Knaus

K

Christine Grän

Dame *sticht* Bube

ROMAN

Albrecht Knaus

Umwelthinweis:
Dieses Buch und sein Schutzumschlag wurden auf chlorfrei gebleichtem Papier gedruckt. Die vor Verschmutzung schützende Einschrumpffolie ist aus umweltschonender und recyclingfähiger PE-Folie.

Der Albrecht Knaus Verlag
ist ein Unternehmen der Verlagsgruppe Bertelsmann

1. Auflage

Gesetzt aus 10.4 pt. dtp Sabon
Satz: Filmsatz Schröter GmbH, München
Schutzumschlag: Design Team München
Druck und Bindung: GGP, Pößneck
Printed in Germany
ISBN 3-8135-0042-X

Jedes Buch lebt von wahren und erfundenen Geschichten, von eigenem und gesammeltem Wissen und der Ausbeutung aller Informationen, die der Phantasie zuarbeiten.

Dieses Buch lebt auch von den Erfahrungen einer Rechtsmedizinerin, von ihrer fachlichen Hilfe und ihrer Begeisterung für die Grenzbereiche von Wahrheit und Fiktion. Ich danke ihr für alles – insbesondere für die Zeiten der Ermutigung.

1. Kapitel

Die Parsen bringen ihre Toten in die Türme des Schweigens, wo die Geier ihre stumme Arbeit tun. Die Vorstellung eines indischen Bestattungsrituals ist ihr nicht unangenehm, weil sie die Stille liebt. Vollkommene Stille, nicht das künstliche Schweigen von Begräbnisveranstaltungen, gebrochen durch Hüsteln und Scharren, gemurmelte Beileidsfloskeln und die plüschigen Sätze der Mittler zwischen Himmel und Erde. Die Toten können sich nicht wehren, doch Evas vorherrschender Gedanke bei der Beerdigung ihrer Mutter war, daß diese auch noch Gefallen gefunden hätte an ihrem finalen Fest. Ein schöner Eichensarg aus dem gleichen Holz wie der überdimensionierte Wohnzimmereinbauschrank, auf den Mutter so stolz gewesen war. Ein Meer von Kränzen und Schleifen und Blumen. Die weinenden Tanten und der gefaßte Witwer. Die Tochter mit schwarzem Hut und steinernem Gesicht. Der Prediger, der die bigotte Christin mit höllischer Grammatik in den Himmel beförderte, begleitet vom Aufheulen der Schwestern der Toten, die Sentimentalität mit Trauer verwechselten. Sie nahmen ihr übel, daß sie nicht weinte am Grab der Mutter, die einzige Tochter, der man nie ganz getraut hatte, weil sie irgendwie anders war, und nun war sie aus Deutschland angereist, um ihrer Mutter das letzte Geleit zu geben, tränenlos, wie man das von ihr erwarten durfte. Die arme Magda, die es mit ihrer Eva nie leicht gehabt hatte...

Warum zum Teufel muß sie an dieses Begräbnis denken nach so vielen Wochen? Die Tote sieht Magda keineswegs ähnlich. Magda war groß und mächtig gewesen, ein Koloß in Tweed, so hat Eva sie in Erinnerung. Sie starb in Tweed, die Mutter, einen gnädigen Tod in den Worten des Hausarztes. Eva stimmte mit ihm überein, daß Herzversagen eine angemessene Form für Magdas Abgang war. Er verstand nicht, was sie meinte. Beim Leichenschmaus erzählte er Witze über Ärzte und Pathologen. Der Vater lachte, und die Tanten schwiegen betreten. Es gab Tafelspitz mit Wirsing und Salzkartoffeln, Mutters Lieblingsspeise. Der Bürgermeister lobte den burgenländischen Rotwein und Magdas Einsatz für die Armen der Gemeinde. Sie waren nicht geladen, die Armen, aber dies hätte die Wohltäterin auch nicht als angemessen empfunden. Eva dachte, daß Mutter die Kellner gescheucht hätte, die mit dem Nachschenken des Weines nicht nachkamen. Ihr Vater sah alt und verloren aus, ein wenig angeekelt, wie ihr schien.

Evas Tote erinnert in nichts an Magda. Sie ist klein und schmächtig, ein greisenhafter Kobold mit schmutzigen Zehen- und Fingernägeln. Schüttere Haare, ein ungepflegtes Gebiß; Eva betrachtet das armselige Ganze, während sie die Plastikhandschuhe überstreift. Die Leiche ist «angerichtet», also entkleidet und mit aufgestütztem Kopf bereit für ein Procedere, das nicht mehr von ihrer Welt ist. Der Obduktionsgehilfe hat Evas Sezierbesteck neben die Waage gelegt, auf der später die Organe gewogen werden. Es ist wunderbar still im Raum, auch noch, als Franz in den Obduktionssaal kommt, ein kleiner Mann, der in einem Deutschland, das nicht mehr existiert, Tiere präparierte. Er umkreist die Tote mit seinem unbeweglichen Gesicht, das auch bei problematischen Leichen nur professionelle Neugierde verrät.

Ihr würde nicht auffallen, daß er ein Mann von beinah obskurer Häßlichkeit ist. Evas Wahrnehmung ist die eines schweigsamen, tüchtigen Mitarbeiters, der während der Obduktion keine Witze erzählt wie die Kripobeamten, die damit im Angesicht des Todes ihr Unbehagen überspielen.

«Keine Zuschauer heute?» Franz hilft ihr, die Tote auf die Seite zu drehen. Ein schmächtiger, bleicher Rücken; die Leichenstarre ist bereits eingetreten.

Blaurote, zusammengeflossene Totenflecken lassen sich auch durch starken Druck nicht mehr entfernen. Merkmale von Fremdeinwirkung sind auf den ersten Blick nicht zu erkennen. «Nein. Die Frau wurde auf einer Parkbank gefunden. Eine Obdachlose.» Nur eine Obdachlose, hatte sie sagen wollen und das eine, häßliche Wort noch schnell unterschlagen. «Sie sterben leichter», sagt Franz, ein monumentaler Satz aus seinem Mund. Zehntel, der gerade den Raum betritt, hat ihn nicht gehört. Dr. Dr. Max Zehntel ist, ebenso wie Eva, nicht zum Kongreß der Gerichtsmediziner nach Wien gefahren, eine Entscheidung, die ihm das Wohlwollen des Direktors einbringen soll, doch zunächst nur eine Leiche beschert. Der Gedanke, daß die Kollegen diesen Tag mit Leichengeflüster und anschließendem geselligen Beisammensein beim Heurigen verbringen, während er und Dr. Röhm die Stellung halten, vermag seine Laune nicht zu bessern. Doch Zehntel hat das Image eines umgänglichen Dicken, und diesem Bild der anderen hat er sich gebeugt. Er grüßt wie immer mit «Schönen guten Tag», ignoriert zunächst die Tote und sucht nach passenden Handschuhen und dem Diktiergerät. Eva wirft ihm ein Paar auf den Tisch, Hausfrauenarbeit, verinnerlichte Handlungsweisen, und er macht einen angedeuteten Diener, weil er glaubt, daß Frauen Clowns lieben, und seine Vorstellung von Frauen sehr eindimensional ist. Erst dann wirft er einen Blick auf die Leiche.

«Gott sei Dank. Kein Wasser, kein Feuer, keine lange Liegezeit. Ich weiß auch nicht, aber in letzter Zeit sind meine Geruchsnerven anfälliger geworden. Ich sollte den Beruf wechseln.»

Du solltest endlich still sein und anfangen, denkt Eva. Zehntel ist ein leidlich guter, jedoch schwatzhafter Kollege, übertroffen nur noch von Dr. Marlies Winter, die Obduktionen dazu nutzt, ihre unendlichen Familientragödien zu transportieren. Evas Verdacht, daß Dr. Winters lustvolle Leichenschnitte in Wirklichkeit ihrem noch sehr lebendigen Ehemann gelten, wird von anderen Kollegen geteilt.

«Dann wollen wir das arme Hascherl mal totbringen.»

Der Jargon der Rechtsmediziner, für die Leichen eine Todesursache aufzuweisen haben, bevor sie tatsächlich als tot gelten dürfen. Alles im Leben muß seine Ordnung haben, also auch das Ende. Eva ist Rechtsmedizinerin geworden, weil sie die Stille liebt und die Klarheit dieser Arbeit. Der Tod ist kein Mysterium, sondern die logische Folge des Lebens, ein anatomischer Vorgang, der wissenschaftlich zu begründen ist. Dr. Dr. Zehntel teilt diese Auffassung, doch im Gegensatz zu Dr. Röhm wecken die Toten in ihm kein persönliches Interesse. Sie interessiert sich für die Geschichte ihrer Leichen. Für ihn sind sie Objekte, deren Erledigung ihn seinem Ziel, Institutsdirektor zu werden, näher bringen.

Während Zehntel die «äußere Besichtigung» der Leiche in sein Aufnahmegerät diktiert, schneidet Eva von Ohr zu Ohr und zieht die Kopfhaut nach vorne. Der Anblick ist grotesk und kümmert niemanden. Mit einer Handsäge beginnt Franz, das Schädeldach zu bearbeiten. Das Geräusch erinnert Eva an die alte Brotschneidemaschine im Haus ihres Vaters. Sie entnimmt das Gehirn und legt es auf die Waage. Das weibliche Gehirn ist durchschnittlich um zehn Prozent kleiner als das männliche, eine Tatsache, die allein aussagt, daß Männerhirne größere Zwischenräume haben und bei Frauen die Nervenzellen dichter sind.

Zehntel diktiert.

Eva untersucht das Schädeldach nach Bruchlinien und stellt keine Auffälligkeiten fest. In der Halshaut sind Würgemale nicht nachweisbar. Sie findet auch kein Hämatom an der Aufgabelung der großen Halsschlagader und erinnert sich an die weibliche Leiche mit dem frischen Bluterguß am Carotissinus. Vor Gericht konnte nicht bewiesen werden, daß der Ehemann seine Frau mit einem gezielten Handkantenschlag getötet hatte. Die Gutachterin Röhm hatte nicht ausschließen können, daß die Frau unglücklich gestürzt war.

Die Frau vor ihr war vierundfünfzig Jahre alt geworden. Sie lebte seit etwa zehn Jahren im Obdachlosenmilieu, so stand es im Polizeibericht. Eva fragt sich, welcher Art Leben sie ausgesetzt war, während sie das Skalpell an der Drosselgrube ansetzt. Die Haut teilt sich willig, es sind kaum Fettschichten zu durchschneiden, und sofort breitet sich der Geruch der Fäulnis aus, den Eva kaum noch wahrnimmt. Zehntel tritt einen Schritt zurück, er denkt, daß er sich nie an diesen Duft gewöhnen wird, er riecht ihn noch, wenn er abends geduscht hat, er nimmt seine Leichen sozusagen mit nach Hause, und seine Frau wirft ihm krankhaften Waschzwang vor, ein Punkt ganz oben in der langen Liste gegenseitiger Vorhaltungen. Sie riecht nichts, seine Frau, genausowenig wie Dr. Röhm, die er um ihren absolut unterentwickelten Geruchssinn beneidet. Röhms Nase hält sogar den überfälligsten Leichen stand. Ihre Nase ist wenig, ein ganz klein wenig adlerartig gebogen und gibt ihrem Gesicht eine Härte, die es nicht verdient. Ausgleichende Gerechtigkeit, er kennt keine vollkommenen Frauen, und wenn, würde er sie fürchten.

Eva untersucht die Organe und schneidet heraus, was für die feingeweblichen Untersuchungen gebraucht wird. Zehntel asserviert Mageninhalt, Blut und Urin für weiterführende Tests. «Eine komplette kleinknotige Leberzirrhose», sagt Eva, «das wäre eine mögliche Ursache.» Vor ihre Hand mit dem Messer schiebt sich das Bild einer Frau, die an einer Straßenunterführung sitzt, die Flasche in der Hand, neben sich zwei Plastiktüten, einen Hund vielleicht, der Wärme gibt. Eine Frau, die sich nirgendwo verstecken kann vor der Welt, eine öffentliche Figur, die Abscheu oder Mitleid erregt, oder schlimmer noch: Gleichgültigkeit. Nie hat sie es fertiggebracht, an solchen Leuten vorbeizugehen, sie zu ignorieren, als wären sie Straßendreck, dem man ausweichen muß. Nein, sie bleibt stehen, schuldbewußt, worüber sie sich ärgert, steht und kramt in ihrer Handtasche nach dem Portemonnaie und dort nach Kleingeld. «Eine absolut lächerliche Demonstration von Güte», hat er sie stets gerügt. Eines von tausend Dingen, die er an ihr auszusetzen hatte.

Sie schneidet ein schmales Stück von der Leber ab und hebt

es mit der Pinzette in Formalin. Franz verschließt die Kopfhaut mit groben Stichen. Niemand wird diese Leiche sehen wollen, doch der Eindruck des Unbeschädigtseins muß erhalten bleiben. Franz wird auch den auseinanderklaffenden Oberkörper zunähen und ihn vorher, je nach Menge der entnommenen Organe, mit Zellstoff ausstopfen. Die ordentliche Leiche gehört zum Rechtsstaat. Man wird sie angemessen entsorgen, weil auch Leichen ihren Platz auf der Welt haben. Rund eine Million pro Jahr sind es in Deutschland. Das Ziel allen Lebens ist der Tod.

Eva denkt an ihre Mutter, während sie das Herz wiegt und ausmißt. Magda war immer so gesund gewesen, von einer Robustheit, die dem kränkelnden Vater wie ein ewiger Vorwurf erscheinen mußte. Nur selten erlaubt sich Eva den Gedanken, daß Magdas plötzliches «Herzversagen» vom Hausarzt allzu willig als Todesursache bescheinigt wurde. Vater hatte als praktischer Arzt doch alle Möglichkeiten. ... Nein, das darf man nicht denken, auch wenn Pathologen behaupten, daß vierzig Prozent aller außerhalb eines Krankenhauses ausgestellten Todesscheine eine falsche Diagnose enthalten. Was hätte Magdas Hausarzt tun sollen? Dem geschätzten Kollegen eine polizeiliche Untersuchung auf den Hals hetzen? An Herzstillstand sterben wir letztlich alle, warum also die Familie der Tortur eines Anfangsverdachts und einer Obduktion aussetzen? Begnügen wir uns damit, daß Magda plötzlich und unerwartet von uns gegangen ist. Ihr Begräbnis war ein großes Familienfest. Die Todesanzeige war geschmackvoll. Und es gibt Menschen, die leben nicht einmal. Sie werden geboren und sterben und füllen die Zwischenzeit mit nützlichen Handlungen aus.

Zehntel diktiert, und Franz weist sie auf die Tätowierung am linken Arm hin. Zwei kaum sichtbare Einstichstellen ... und eine weitere, mit Unterblutung des umgebenden Gewebes, im Handgelenkspalt. «Es sieht so aus, als seien wir fündig geworden.» Sie zeigt Zehntel die Stellen, und er pfeift anerkennend. «Eine ziemlich diskrete Fixerin, hat wohl irgendeinen Anfängerfehler gemacht ... für die Histologie rausschneiden.»

An ihrem Blick sieht er, daß seine letzte Bemerkung überflüssig war. Eine empfindliche Person, die Röhm, und als Frau und Rechtsmedizinerin mit Vorsicht zu genießen. Seit zwei Jahren arbeitet sie am Institut, und fachlich kann man ihr leider nichts vorwerfen. Dies wäre auch nur relevant, wenn sie seinen Plänen im Wege stünde. Doch Ehrgeiz scheint nicht zu ihren Stärken zu zählen.

Um so besser, denkt Zehntel, während er diktiert, daß die Gesamtumstände der Obduktion für eine Intoxikation sprechen, jedoch die endgültige Todesursache erst durch weitere Untersuchungen geklärt würde. «Wie heißt die Frau eigentlich?»

«Maria Blumenschein.» Franz hilft Dr. Röhm, die Organe an ihren Platz zurückzulegen, obgleich sie keinerlei Funktion mehr haben. Evas Handschuhe sind blutverschmiert.

«Mit diesem Namen hätte man aber mehr anfangen können.» Zehntel sieht die Leiche beinahe strafend an. Sie stinkt und beeinträchtigt seinen Appetit auf das bevorstehende Mittagessen mit einer Medizinstudentin.

Vielleicht war sie irgendwann einmal glücklich, denkt Franz, während er behutsam die Stiche setzt, um sie für das Begräbnis zu präparieren. Er hat keine Lust, Zehntel seine Gedanken mitzuteilen, und den begründeten Verdacht, daß dieser sich kaum dafür interessieren würde. Franz liebt seine Leichen auf eine beschützende, behutsame Art. Sie sind so wehrlos, wenn sie auf dem Metalltisch liegen. Man muß sie mit Respekt und Würde behandeln, weil sie alle eine Geschichte haben, die sie nicht mehr erzählen können.

Franz modelliert in seiner Freizeit Puppen, die keine Abnehmer finden, weil ihre Gesichter Leichenmasken gleichen. Seine kleine Wohnung ist voll von ihnen, was niemanden stört, da er alleine lebt. Früher, in Potsdam, hat er sein Zuhause mit ausgestopften Tieren geteilt. Er kann sich bis heute nicht erklären, warum seine Verlobte ihn verlassen hat, doch es ist vorstellbar, daß die Tiere etwas damit zu tun hatten.

Zehntel hat das Diktiergerät zur Seite gelegt und entledigt sich seiner Handschuhe. Dr. Röhm sortiert die Gefäße mit den Leichenteilen und wäscht dann das Blut von ihrem Sezierbesteck. Er muß ihr attestieren, daß sie selbst unter der unförmigen Kittelschürze eine tadellose Figur zeigt, ein wenig üppig, jedoch mit Rundungen an den richtigen Stellen. Sie lebt allein, mehr ist im Institut nicht bekannt, und einen Moment lang stellt sich Zehntel anstelle der Leiche ein Liebespaar auf dem Seziertisch vor, ein angenehm perverser Gedanke, der seine Geruchsnerven besänftigt. «Und was steht bei Ihnen noch an, verehrte Kollegin?»

«Ich muß nachmittags zum Gericht. Ein Alkoholgutachten.» Eva erwidert seinen neugierigen Blick mit Gleichgültigkeit. «Eine Sekretärin, die nach einem Betriebsfest einen Rentner umgefahren hat. Er war auf dem Weg zum Friedhof.» Warum erzählt sie ihm das? Als ob es nicht genug überflüssige Sätze in ihrem Leben gegeben hätte.

Zehntel grinst erwartungsgemäß. «Na, dann hatte es der arme Kerl ja nicht mehr weit ... ich bin nach dem Mittagessen in meinem Zimmer, falls Sie mich brauchen.»

Er nickt Eva zum Abschied zu, auch Franz, aber um eine Spur knapper. Zehntel ist froh, aus dem Obduktionssaal zu kommen und seine Kräfte für etwas sehr Lebendiges zu mobilisieren. Die Medizinstudentin: ein bißchen mollig, ein bißchen dumm, ein bißchen schmachtend. So hat er sie gern, die jungen Frauen. Schade, daß er sich nicht traut, seine Frau zu betrügen, weil er ein bißchen Angst vor ihr hat. Er gehört zu den alten Hunden, die laut bellen, aber nicht mehr beißen, ein koketter Gedanke mit einundvierzig Jahren. Er zieht ihn der Annahme der Feigheit vor.

Eva geht die langen stillen Flure zurück in ihr Zimmer. Die Kollegen sind beim Kongreß in Wien, wo sie viel reden, vor allem aber viel essen und trinken werden. Vermutlich wird sich auch die eine oder andere Affäre entwickeln, die in stereotyper Leidenschaft in uniformen Hilton-Zimmern ausgetragen wird. Eva hat sich freiwillig für die Stallwache gemeldet, weil Wien unerwünschte Erinnerungen wecken würde. Aber vermutlich hätte der Direktor sie ohnehin dienstverpflichtet. Er mag sie nicht, der Herr Professor Wirtz, und er kann es sich leisten, sie nicht zu mögen. Wirtz, genial und eitel, braucht widerspruchslose Bewunderung und Kollegen, die sich an seinen Trinkorgien beteiligen. Nach seiner Vorstellung sind Frauen weder gute Trinker noch gute Rechtsmediziner. Eva weiß, daß er sich manche ihrer Obduktionsberichte vorlegen läßt, doch anscheinend hat er bislang nichts gefunden. Wie hatte Magda doch immer gesagt: «Kind, dein Mangel an Anpassungsfähigkeit wird dich noch in Teufels Küche bringen.» Mutters fromme Erziehungssprüche. Doch. Sie hätte gern Magdas Herz gesehen, schon aus pathologischer Neugierde. Möglich, daß es zu leicht war für den schweren Körper. Die Türme des Schweigens wären ein guter Platz für Magda gewesen.

2. Kapitel

Der Kirschbaum im Garten bot kein Versteck vor Magda, der Unbarmherzigen. Sie wußte, wie gern ich die süßen Kirschen aß, oben in den Ästen sitzend, wo ich auf sie herabsehen konnte und über sie hinweg auf die Straße, die vom Grundstück meines Vaters durch eine Steinmauer getrennt war.

Meine Mutter stand unter mir, und ich widerstand der Versuchung, einen Kirschkern auf die akkuraten braunen Locken zu spucken. Sie waren eingelegt wie Zwiebelringe und mit Spray zementiert. Kein Haar hätte es gewagt, die abscheuliche Perfektion durch Widerspenstigkeit zu torpedieren. Ich spuckte den Kern über die Mauer.

«Komm sofort runter, Eva». Die Stimme meiner Mutter war leise und durchdringend.

«Warum?» Wir kannten die Antwort, doch ich versuchte, sie hinauszuzögern.

«Das weißt du ganz genau. Die Kirschen sind noch nicht reif. Und WENN sie reif sind, werden wir sie gemeinsam pflücken, und wir werden Kirschmarmelade kochen, wie in jedem Jahr. Du wirst mir helfen, die Kirschen zu entsteinen – und nur so viel essen, wie es bekömmlich ist.»

«Bekömmlich», das war eines ihrer Lieblingsworte. Sie spitzte ihre schmalen Lippen, wenn sie es aussprach, dieses Wort. Ich sagte «Sie sind aber schon reif», bevor ich vom Baum kletterte, und sie sagte «Ich weiß es besser, mein Kind», als ich vor ihr stand. Nicht laut, sie wurde sehr selten laut, meine Mutter, doch die Summe ihrer leisen Worte war infernalisches Geschrei. Sie nahm meine Hand und lächelte beinahe. «Außerdem wirst du langsam zu alt, um in Bäumen rumzuklettern. Es gehört sich nicht.»

Auch dieser letzte Satz fand häufige Verwendung in unserem Haus. Magda setzte ihn gegen das Hausmädchen, meinen Vater, die Sprechstundenhilfen und gegen mich ein. Es gab sehr viele Dinge, die Mutter ungehörig fand, und ganz am Anfang stand die Beziehung zwischen meinem Vater und einer Sprechstundenhilfe namens Dorothea. Dorothea trug einen dicken, blonden Zopf, sie hatte blaue Augen und war sehr lustig, noch war sie es, aber ich konnte mir nicht vorstellen, daß es auf Dauer gutgehen konnte. Möglich, daß Mutters Lippen noch ein bißchen schmaler geworden waren. Sie wird Vater ein Ultimatum stellen, und Dorothea wird gehen, dachte ich. Sie wird ihre leisen Sätze wie Messer auf ihn werfen, und er wird nachgeben, weil er ein Feigling ist. Ein unmoralischer Feigling natürlich. Seit einer Woche, seit Mutter sie bei einem Kuß in der Toilette ertappt hatte (ausgerechnet, ich hätte mir etwas mehr Romantik gewünscht), betrat sie die Praxis nicht mehr und konzentrierte ihre Energie auf meine Person. Mutters Energie drückte sich in Wortschwallen aus, sie redete ununterbrochen, so kam es mir jedenfalls vor, und ihre beherrschte, eindringliche Stimme verfolgte mich bis in meine Träume.

Ich bedauerte, daß ich erst siebzehn war und Ferien hatte, und daß Vater und die kleine Blonde einander in der Toilette gefunden hatten. Es war, als hätten sich alle Erwachsenen gegen mich verschworen mit dem Ziel, mich unglücklich zu machen.

«Robert kommt heute nachmittag vorbei, ich habe ihn zum Kaffee eingeladen. Er ist ein so netter junger Mann, und ich wünschte, du würdest ihn etwas liebenswürdiger behandeln. Schließlich hat er sich bereit erklärt, dir Nachhilfestunden in Mathematik zu geben, und weiß Gott, du bist nicht in der Situation, ein so großherziges Angebot auszuschlagen, Eva. Ich weiß wirklich nicht, was du gegen ihn hast.»

«Er ist ein Idiot.» Wir waren in der Küche angelangt, und ich nahm mir ein Stück Extrawurst aus dem Kühlschrank. «Und wenn du nicht dabei bist, legt er seinen Kopf an meinen Busen. Er ist ein Busenfetischist.»

«Du bist unmöglich. Ich glaube dir kein Wort. Und du sollst nicht vor dem Mittagessen naschen, wie oft soll ich dir das noch sagen.»

Ich stopfte die Wurst in den Mund. Aus dem Wohnzimmer war das Geräusch des Staubsaugers zu hören. Emma, unser aller Hausdrachen, schmetterte ein Volkslied dazu, obwohl ihr unter Mutters Regime das Singen längst hätte vergehen müssen. Emma war fünfundsechzig und ein bißchen taub, vielleicht lag es daran, daß sie noch bei uns war. Emma kochte wie eine Göttin und putzte wie der Teufel. Doch Emma liebte den Schnaps, ein Laster, das Mutter ihr nur nachsah, weil sie ihn selten vor Sonnenuntergang trank.

Es gab Ausnahmen mit dazugehörigen Katastrophen. Letzte Weihnachten hatte Emma, offenbar im Halbrausch, Salz statt Zucker in den Apfelstrudel getan, dies jedoch auf Vorhalt meiner Mutter heftig bestritten. Auch, als sie ihn kosten mußte, widersprach sie Magda, was diese so in Rage brachte, daß wir uns den Rest des Abends Emmas Sündenregister anhören mußten. Mutter hatte alles parat, auch, daß Emma mich als Baby vom Wickeltisch fallen ließ. Sie vergaß nichts und sie verzieh nichts, meine Mutter, und sie brachte es fertig, daß ich mich in ihrer Gegenwart stets schuldig fühlte.

Jeden Mittag, um zwölf Uhr, wurde im Speisezimmer, das an die Küche grenzte, gegessen. Emma servierte, durfte aber mit uns am Tisch sitzen. Früher waren auch die Sprechstundenhilfen dabeigewesen, ein soziales Arrangement, das Mutter zur Zeit außer Vollzug gesetzt hatte. Vater sprach wenig bei Tisch, nun eigentlich gar nichts mehr. Er salzte seine Speisen, bevor er sie probierte, dann senkte er den Kopf und widmete sich schweigend den Braten oder Knödeln oder Krautfleckerln, allem, was Emmas böhmisch-österreichische Kochkunst hergab. Mutter pickte allzu demonstrativ von ihrem Teller.

Ich hatte meine Mutter nie viel essen sehen, sie jedoch im Verdacht, heimlich an den Kühlschrank zu gehen oder an die Schublade, in der Süßigkeiten aufbewahrt wurden. Sie war ein Heimlichfresser und sie fand es sehr ungerecht, daß mein zierlicher Vater in aller Öffentlichkeit so viel essen konnte, wie er wollte, ohne jemals zuzunehmen.

«Nun iß doch, Kind», sagte Emma und hielt mir die Schüssel mit den Krautfleckerln hin.

«Sie sollte sich mäßigen, sie wird zu dick», sagte Mutter und stellte die Schüssel zurück. Mein Vater warf mir seinen Laß-sie-reden-Blick zu. Magda und Emma begannen über Begriffe der Leiblichkeit zu streiten, wobei letztere keine Chance hatte, auch wenn sie ihre Argumente zunehmend im Ottakringer Dialekt vortrug, den im Haus zu sprechen Mutter ihr verboten hatte. Emma schnaufte vor Zorn, als sie die Teller und Schüsseln abtrug, und Magda sagte: «Ich weiß nicht, womit ich all das Ungemach verdient habe.» Mit Blick auf Vater, Emma und mich. Der Rundumschlag. In wohlgesetzten Worten vorgetragen und durch Leidensmiene verstärkt.

Ich hielt meine Augen gesenkt und wippte aufrührerisch

mit den Zehenspitzen. Vater stand auf. «Jeder bekommt letztendlich, was er verdient», sagte er und flüchtete sich zurück in die Praxis.

Mutters Gesicht war so hart, daß ich dachte, ein Messer würde abprallen, wenn man es denn zu werfen wagte. «Darf ich aufstehen?» Sie nickte, und als ich ihr den Tochterkuß auf die rechte Wange gab, meinte ich, Tränenflüssigkeit in ihren Augen zu sehen, aber das konnte nicht sein, ich mußte mich getäuscht haben. «Ich bin noch ein bißchen mit dem Fahrrad unterwegs.»

«Sei vorsichtig. Und denk daran, rechtzeitig zu deiner Verabredung zurück zu sein.»

Nicht MEINE Verabredung, ich würde mich nie mit einem Jungen einlassen, der schweißnasse Hände und gierige kleine Augen hat, die an meinem Busen klebten. Robert war ein ekliges Ferkel, und daß er der Sohn des Bürgermeisters war, vermochte mich nicht zu beeindrucken. Was war schon Obrigkeit in einem Kaff irgendwo zwischen Wien und der Provinzsteppe? Zehntausend Seelen, die meisten katholisch, überwiegend Nichtakademiker und in der Feuerwerkskörperfabrik beschäftigt, die dem Direktor Paschel gehörte, mit dessen beiden Töchtern ich dieselbe Klasse des Gymnasiums der Kreisstadt teilte. Ich fuhr mit dem Bus hin, die beiden wurden chauffiert. Vielleicht meinten sie deshalb, etwas Besonderes zu sein. Doch Kaff ist Kaff. In unserem gab es zwei Kirchen und vier Gasthäuser, zwei Arztpraxen und eine Apotheke, eine Konditorei mit angeschlossenem Kaffeehaus, den Fleischer und den Bäcker und drei Gemischtwarenläden. Ich sehnte mich an jeden Ort, der außerhalb unseres Kaffs lag. Hier kannte jeder jeden, und nichts blieb unbemerkt, ungestraft. Vermutlich wußten sie bereits alle von der Geschichte zwischen meinem Vater und Dorothea. Flüsterten darüber im Kaffeehaus, in ihren kleinen Vorgärten vor ihren kleinen Häusern aus schmutzigem Weiß, empörten sich in ihren Wohn- oder Bauernstuben und liefen dann in die Praxis meines Vaters, wo sie stundenlang im Wartezimmer saßen und bedeutungsvolle Blicke auf Dorothea warfen, die tückische Ehebrecherin mit dem blonden Zopf und dem unverschämten Lachen. Und sah der Doktor nicht immer kränklicher aus, was kein Wunder war bei dem unsittlichen Lebenswandel, und die arme Frau Doktor, die man gar nicht mehr in der Praxis sah, so eine Schande, weil sie doch immer so freundlich mit einem geredet hatte …

Ich radelte durch das Kaff und spürte ihre neugierigen Blicke im Rücken. Frau Pöschl würde sich später bei meiner Mutter beschweren, daß ich sie nicht gegrüßt hatte. Tante Ludovika sah ich im Kaffeehaus sitzen, als ich vorbeiradelte, das tat sie immer um diese Zeit, sie war eine Tratsche von besonderer Bösartigkeit und eine meiner ärgsten Feindinnen. In der Aufzählung der örtlichen Sehenswürdigkeiten habe ich meine Verwandtschaft mütterlicherseits vergessen, die Tanten und Cousinen, ein Stall von Frauen, in dem die paar Männer kaum ins Gewicht fielen. Mutters kastenförmige Schwestern waren allesamt gewaltige Wortmaschinen. Es gab wirklich nichts, das sie bei den allseits gepflegten Verwandtschaftsbesuchen nicht zu kommentieren wußten. Vergangenheit, Gegenwart und Zukunft, Politik und Wetter, Ereignisse und Geheimnisse im Kaff: Sie wußten Bescheid, sie hatten eine Meinung und taten sie kund, unermüdlich Worte zermalmend und unterbrochen nur von Handlungen der Nahrungs- und Flüssigkeitszufuhr. Mutter war sozusagen der Clanchef, weil sie den Doktor geheiratet hatte. Mutter organisierte und delegierte die Familientreffen. Sie behandelte ihre Schwestern ein ganz klein wenig von oben herab, was in Anbetracht ihrer gesellschaftlichen Stellung akzeptiert wurde. Vaters Verwandte waren allesamt tot, was ja auch ein Glück sein konnte. Immerhin blieben ihnen die Familientreffen erspart.

Ich bog nach rechts in den Waldweg, der zu dem kleinen Ziegelteich führte, dem Naherholungsziel der Kaff-Jugend. An heißen Sommertagen wie diesem wurde er allerdings auch von Mücken frequentiert, die sich frenetisch auf das junge Blut stürzten. Wenn ich durch den Wald radelte, stellte ich mir immer vor, daß der Teich mir gehörte, mir ganz allein, und daß ich Verbotsschilder aufstellen würde und niemanden in mein Reich ließe. Schon gar nicht die beiden Paschel-Töchter mit ihrer Clique, die natürlich da waren, und irgendwoher plärrte ein Transistorradio ein Lied der Beatles. Sie waren zu acht, und sie beherrschten meinen Teich. Mir blieb keine Wahl, als mich anzuschließen.

Lea und Suse Paschel behandelten mich ein wenig wie Mutter ihre Schwestern. Die Jungs starrten auf meinen Busen, der leider ziemlich groß war, als warteten sie darauf, daß ein Träger meines Badeanzugs reißen würde. Emil, der einzige Pickellose, der überdies das Glück hatte, in einem Internat in Wien zu leben, fragte mich, ob es stimme, daß mein Vater und die Dorothea ...?

Ich sprang ins Wasser, das kalt und an den Ufern schlammig war. Es tat gut, unterzutauchen und nichts mehr zu sehen und zu hören. Leider ging einem dabei die Luft aus. Manchmal spielte ich mit dem Gedanken, unter Wasser zu bleiben, für immer sozusagen. Das Dumme war, daß man in Panik geriet unter der Wasseroberfläche, und ich schaffte es nie mehr als ein paar Sekunden, bevor ich wieder auftauchte.

Lea paddelte auf ihrer Luftmatratze auf mich zu. Ihr Ziegengesicht verriet nichts als Neugierde. «Hast du schon gehört, daß die Dorothea schwanger ist? Ehrlich, ich hab's von unserem Chauffeur gehört.»

Ich lag auf dem Rücken und planschte mit den Beinen. Auf Leas dürrem Hintern ließ sich gerade eine Mücke nieder. Als sie draufschlug, war es schon zu spät, wie schön. Der Himmel über mir war milchig blau. «Hat euer Chauffeur sie geschwängert?»

Haben Ziegen Sinn für Humor? «Blödsinn», sagte Lea, «es wissen doch alle, daß sie von deinem Vater bestiegen wird.»

Ein widerliches Wort, dachte ich und überlegte, ob ich ihre Matratze umkippen und sie ein wenig untertauchen sollte. Aber dann fiel mir etwas Besseres ein. «Das kann gar nicht sein, Lea, weil meine Mutter meinem Vater seine Dings, du weißt schon, abgeschnitten hat, als sie die beiden bei einem Kuß erwischte. Mein armer Vater hat nichts mehr zwischen den Beinen, womit er sie hätte schwängern können.»

Ein Himmel wie im Märchen und ein Ziegengesicht, das mich vorwurfsvoll anstarrte.

«Hör mal, das glaub' ich dir nicht. So etwas gibt's doch gar nicht. Du lügst schon wieder, Eva ...»

Man muß dabei bleiben, das ist die ganze Kunst. «Nein, wirklich wahr. Er hat schrecklich geblutet, der Arme, aber dann hat er sich selbst verarztet sozusagen. Und er hat Mutter verziehen, weil sie es im Affekt getan hat und hinterher sehr bereut hat. Lea, du mußt mir versprechen, daß du es niemandem, hörst du, niemandem sagst.»

Sie glaubte mir kein Wort, doch sie sagte: «Ich schwöre es», und ich war sicher, daß meine Geschichte im Kaff die Runde machen würde. Lea entfernte sich auf ihrer grünen Luftmatratze, und ich blinzelte zufrieden in die Sonne. Der nächste Kirchgang würde spannend werden mit all den neugierigen, verschämten Blicken auf Vaters Unterleib und Mutters Kastrationshände. Wo Rauch ist, ist auch Feuer, pflegten sie im Kaff zu sagen und gierig zu verschlingen, was der Klatsch an Sündigem und Sexuellem hergab. Ob sie wußten, daß die besten Geschichten von mir stammten? Magda sollte es ahnen, schließlich erkannte sie die begabte und lustvolle Lügnerin in mir. Meine Motive blieben im unklaren. Ich wußte nur, daß meine Lügen eine geheimnisvolle Welt schufen, die über dem Kaff und Mutter und dem Rest der Verwandtschaft schwebte. Meine Lügen waren eine Waffe, wohl die einzige, die ich besaß. Und ich glaube, daß ich schon gelogen habe, als ich die ersten Worte sprach. «Liebe Mama» sollen meine ersten Worte gewesen sein, sagte Magda. Wenn sie nicht log, dann habe ich es getan.

3. Kapitel

Vater trug einen Smoking und wirkte sehr fragil. Er hatte mir anerkennend auf die Schultern geklopft, eine für seine Verhältnisse geradezu intime Geste, und von Führerschein und gebrauchtem Kleinwagen gesprochen. Vater litt wieder unter Gichtanfällen und oblag Magdas strengem Diätplan, den Emma immer wieder zu unterlaufen versuchte. Ich fragte mich, warum Vater und ich uns nie nahegekommen waren, und erklärte es mit den Mauern aus Glas, die er um sich herum gezogen hatte. Er war ein guter Arzt, aber nicht sehr populär, weil er sich grundsätzlich nicht für Menschen interessierte. Für ihn waren seine Patienten Fälle, und er blockte persönliche Gespräche konsequent ab. Das nahm man ihm übel. Damit konnte man es in unserem Kaff nicht weit bringen. Aber Magda war ja wieder in der Praxis präsent, der gute Geist des Doktors, die ausgleichende Schwatzhaftigkeit, Florence Nightingale im Quadrat.

Der Abschlußball war ein gesellschaftliches Ereignis im Kaff. Die jungen Damen führten lange Kleider im Empire-Stil und toupierte Hochfrisuren vor. Die jungen Herren trugen Pomade und dunkle Anzüge. Jemand sagte: «Die Eva wird ihrer Mutter immer ähnlicher», was meine Stimmung in bedrohliche Tiefen senkte. Außerdem war ich immer noch Jungfrau, ein typisches Kaff-Schicksal, denn wo sollte man es treiben an diesem Ort der Ohren und Augen und Münder? Und mit wem vor allem angesichts beschränkter Auswahl? Robert, Bürgermeistersohn, hielt sich unserem Haus fern, nachdem ich ihm von meiner Syphilisinfektion erzählt hatte. Was natürlich auch die anderen Jungs erfuhren, so daß mein Marktwert gleich null war. Einzig Hannes, ein aufgeklärter Apothekersohn, wagte sich bis an meine nackten Brüste vor, er wußte, daß er es davon nicht kriegen konnte.

Hannes war auch mein Tanzpartner beim Abschlußball, keine schlechte Partie, wie Magda zu bemerken beliebte. Hannes war ein wenig verliebt in mich, und man konnte ihn wunderbar belügen. Außerdem versorgte er seine Freunde aus dem Giftschrank seines Apothekervaters: Aufputschmittel, Tranquilizer, Cannabis ... Hannes behauptete, daß seine Haschischzigaretten sexuell stimulierend seien, wozu ich wenig sagen konnte, weil ich nach ein paar Zügen regelmäßig einschlief. Diese Orgien fanden im Sommer am Ziegelteich statt und bei Regen oder Kälte in der Jagdhütte von Hannes Vater. Der Apotheker war stark kurzsichtig, aber daß er den Schwund nicht bemerkte, ist mir immer ein Rätsel geblieben, ebenso wie die Anhänglichkeit seines Sohnes, der trotz leichter Plattfüße nicht unattraktiv aussah.

Aber wer war ich? Eine Andeutung von Frau mit langen Beinen und großem Busen, schwerknochig und ungelenk – ein störrischer Maulesel, wie Tante Ludovika sagte. Magda behauptete, daß sie als junges Mädchen sehr graziös gewesen sei, was durch alte Fotos nicht zu belegen war. Aber sie konnte nicht leugnen, daß ich ihre krausen Haare in undefinierbarem Braun geerbt hatte, ebenso wie die graugrünen Augen und die dominante Nase. Vater hatte mir nur seinen Mund mitgegeben, groß und ein wenig schmachtend, was in seinem Fall den Eindruck von Willensschwäche erweckte. Mit achtzehn war ich überzeugt davon, daß man so war, wie die anderen einen sahen – und ich war unglücklich. Vater saß in seinem Glashaus, und Mutter ließ keinen Zweifel daran, daß ich sie enttäuscht hatte. Andere Mädchen waren hübscher, erfolgreicher, beliebter. Jungs waren ohnehin anders und Hannes nur insofern eine Ausnahme, als er allein auf weiter Flur der Meinung war, ich sei liebenswert.

Beim Abschlußball stieg ich ihm dauernd auf die Füße, ein gerechter Ausgleich für seine klebrige Hand auf meinem Rükken. Das Kaff tanzte Walzer, glotzte und schwatzte. «Und wie geht es weiter – mit uns?» Hannes Mund an meinem Ohr. Er war schon ein wenig betrunken von dem guten Riesling, und er sabberte. Sein linker Plattfuß unter mir zuckte zurück, als ich sagte, daß ich auf eine Leprastation nach Afrika gehen würde, er könne ja mitkommen. Ein paar Takte Schweigen. Ob meine Eltern davon wüßten?

Ich schüttelte den Kopf und sah zu dem Tisch, an dem Magda Hof hielt, neben sich den Direktor des Gymnasiums, der uns acht Jahre lang mit schneidender Stimme und mathematischen Formeln terrorisiert hatte. Jetzt war er nur noch ein jämmerliches Männchen im schlechtsitzenden Smoking, das zuviel trank und über die Lebensweisheiten meiner Mutter scheppernd lachte. Selbst von der Tanzfläche konnte ich die Bewegungen ihres Mundes beobachten, ihre flinken Blicke, denen nichts zu entgehen schien, die gekünstelte Bewegung, mit der sie ihr Weinglas an die Lippen führte. Vater unterhielt sich mit meiner Deutschlehrerin, von der im Kaff behauptet wurde, daß sie lesbisch sei. Alle alleinstehenden Frauen im gebärfähigen Alter waren entweder lesbisch oder Flittchen. Erst ab fünfzig wurden sie zu respektablen alten Jungfern, so wie Tante Ludovika, die in ihrem schwarzen Kleid mit dem Schleierhut wie ein Geier hinter Gittern aussah.

Ludovika ebenso wie Magda und ein paar andere Damen der käfflichen Oberschicht kümmerten sich sonn- und feiertags um die Frauen, die im «Witwenheim» lebten und mit ein paar hundert Schillingen Rente nicht auskamen. Man spendete Naturalien, zum Beispiel Magdas Kirschmarmelade oder Ludovikas selbstgestrickte Pullover, und organisierte Wohltätigkeitsbasare, wobei man sich einig war, daß Bargeld die Witwen nur auf dumme Gedanken brächte, Schnaps zum Beispiel.

Ein paarmal war es mir gelungen, Hannes zum Diebstahl von reinem Alkohol aus der Apotheke zu bewegen, ein Geschenk, das den Witwen höchst willkommen war. Sie versetzten den Alkohol mit Wasser und allerlei Kräutern und feierten fröhliche Feste, deren Geräuschpegel allerdings erst die Nachbarn und dann die Gendarmerie auf den Plan rief. Daß ein paar der alten Damen an Alkoholvergiftung gestorben seien, hielt ich für ein böswilliges Gerücht. Und selbst wenn es stimmte, hatten sie weiter nicht viel versäumt. Bestimmt nicht

Magdas Kirschmarmelade, die süß und klebrig war, analog zu ihren guten Taten.

Nach dem Walzer führte mich Hannes, von der Lepra-Information sichtlich geschockt, zurück an den Tisch. Er machte einen Diener, bevor er davonwatschelte, und Magda sagte, was für ein wohlerzogener junger Mann er sei und daß der Apotheker über ein beträchtliches Vermögen verfüge. Der einzige Sohn, setzte Ludovika nach und breitete die Geschichte der Apothekersgattin aus, die drei Fehlgeburten erlitten habe, bevor der kleine Plattfuß zur Welt gekommen war. Ihre Augen glitzerten, und hektische Flecken auf den Wangen deuteten an, daß sie rieslingschwer war. «Ich sag's ja immer, daß schlechte Gene zu nichts Gutem führen. Blut und Blut mischt sich halt nicht gerne.»

Was Ludovika uns damit sagen wollte, war, daß jene bedauernswerte Apothekersfrau aus einer halbjüdischen Familie stammte, die auch noch die Chuzpe besessen hatte, die Hitlerjahre zu überleben. Tante Ludovika war eine lupenreine österreichische Rassistin. Juden, Neger, Burgenländer und alles, was aus dem Osten kam und unter den Sammelbegriff «Tschuschen» fiel, waren ihr fremd und verdammenswert. Sie stand nicht ganz allein da im Kaff.

«Aber Ludovika», sagte Magda tadelnd, jedoch mit einem toleranten Lächeln, nur für den Fall, daß noch weitere Rassisten am Tisch saßen.

Von meinem Geschichtslehrer wußte ich es genau, denn der hatte uns in den letzten beiden Jahren mit Hitlers genialen Feldzügen gelangweilt, seiner tapferen Rolle im großen Indianerspiel und dem schrecklichen Ende, an dem nur die Amerikaner schuld waren. Die Amis hatten ihn auch gefangengenommen, worauf er vorübergehend zum Widerstandskämpfer mutiert war, ein sehr österreichisches Schicksal.

Bei uns zu Hause wurde fast nie über den Krieg gesprochen. Magda fand das nicht bekömmlich, schließlich hatte Vater seinen kränkelnden Gesamtzustand den Kriegs- und Gefangenenjahren zu verdanken. Soviel sie sonst zu sagen hatte: Die

Jahre zwischen 1940 und 1950 waren tabu. Von Tante Ludovika wußte ich nur, daß sich die Schwestern in die amerikanische Zone abgesetzt hatten, weil sie den Russen irgendwie mißtrauten. Einer meiner Onkel war in Rußland gefallen; zwei waren immer dagegen gewesen und hatten still überlebt.

Einer der schlimmsten Nazis des Kaffs, so Ludovika, war Direktor Paschel gewesen, dessen Fabrik vorübergehend Waffen produzierte, weil Feuerwerkskörper für die Vernichtung des Feindes nicht ausreichten. Geschadet hatte es ihm nicht, und seine beiden Töchter bekamen zur Matura zwei Autos der Marke «Opel Kapitän». Beim Abschlußball trugen sie weiße Seidenkleider aus Paris, um uns anderen zu zeigen, daß wir es noch nicht ganz geschafft hatten. Lea Paschel starrte meinem Vater auf die Hose, was er Gott sei Dank nicht bemerkte.

Auf der Toilette erzählte ich Lea, daß meine Mutter sich in einem Wiener Spezialgeschäft Kunstpenisse anfertigen ließ. Ihre Kuhaugen wurden kugelrund, und später fragte mich Magda, warum die eine Paschel-Tochter sie so ungehörig ansehe und dabei kichere. «Zuviel Geld verdirbt den Charakter, merk dir das, Eva.» Mein Lachen führte sie auf den Überkonsum von Wein zurück. Als ich ihr zuflüsterte, daß ich Lea Paschel eben auf der Toilette ertappt hatte, verstrickt in unzüchtige Handlungen gleichgeschlechtlicher Art, da schlug sich Magda entsetzt die Hand auf den Mund, der ultimative Ausdruck ihres Entsetzens. Es gab wenige Dinge, die sie sprachlos machten, zumindest für ein paar Sekunden, und ich war nahe daran, mich durch hemmungsloses Gelächter zu verraten.

Doch sie stand auf und ging zur Toilette, an den Ort des Geschehens, den sie vermutlich in Augenschein nahm, bevor sie darüber nachdachte, ob ich die Geschichte erfunden hatte oder ob sie ihre Empörung über die Ballgäste ausbreiten sollte wie ätzende Regentropfen, die niemanden verschonten. Die Entscheidung mußte vertagt werden, denn als Magda zurückkam, war Vater am Tisch eingeschlafen und Tante Ludovika betrunken vom Stuhl gefallen. Ich schwankte nur ein wenig und lachte zuviel. Magda, von eiserner Konstitution, schleppte die Familie nach Hause. Mir war schwindelig, doch insgesamt war ich zufrieden. War ich doch märchenhafte Lügen losgeworden und auf dem Weg in eine Zukunft, in der das Kaff keine Rolle mehr spielte.

Als wir den Ballsaal verließen, stand Hannes mit Lea Paschel an der Bar, ziemlich eng, und ich dachte, daß die Lepra nach der Syphilis doch ein bißchen viel gewesen war. Männer waren eben nur bedingt leidensfähig, und je mehr man sie auf die Probe stellte, desto schamloser entblößten sie den feigen Kern. Als ich durch die Tür ging, gab ich dem Apothekersohn den Laufpaß. Ihm und allen anderen, die mich in den ersten achtzehn Jahren meines Lebens gequält oder gelangweilt hatten.

4. Kapitel

Rechtlich gesehen endet die Persönlichkeit des Menschen mit dem Tod. Eine Leiche ist eine res extra commercium, eine nicht geschäftsfähige beziehungsweise nicht «verkehrsfähige» Sache und daher kein Gegenstand von Eigentumsrecht. Eine Leiche ist aber auch keine «fremde Sache», sie unterliegt dem «Gewahrsam des Berechtigten». Obduktionen können nur durch Gerichte oder bei Seuchenverdacht angeordnet werden.

Dreißig Mark pro Leiche bringt den Rechtsmedizinern an Evas Institut die gesetzlich vorgeschriebene Leichenschau der «Feuerbestattungsleichen». Sie werden von den Bestattungsunternehmen in den Institutshof gefahren, von Männern mit schlechtsitzenden dunklen Anzügen und gutsitzenden Trauermienen. Sie werden vor die Kühlkammern gebracht und dort auf Strangulierungsmerkmale, Schuß- oder Stichverletzungen untersucht, bevor das Feuer alle Spuren vernichten könnte.

Der alte Mann ist an Herzversagen gestorben, eine Nullachtfünfzehnleiche, und Eva untersucht ihn kurz, aber sorgfältig, bevor der Fahrer den Sargdeckel mit gemessenen Bewegungen schließt, was Eva an Marlies Winters Betriebsunfall vor fünf Monaten erinnert: Dr. Winter war bei einer Leichenbesichtigung der Sargdeckel auf den Kopf gefallen. Marlies, mit einer Beule am Hinterkopf, hatte nicht verstanden, warum dies im Institut große Heiterkeit ausgelöst hatte.

Der Fahrer zieht drei Zehnmarkscheine aus der Tasche, die Eva in die Tasche ihres weißen Kittels steckt. «Schönes Wetter heute», sagt er, und sie denkt, daß die Witwe, falls es eine gibt, davongekommen ist, sollte sie ihren Mann in einer Weise vergiftet haben, die keine äußeren Spuren hinterläßt. Eva könnte die Leiche beschlagnahmen lassen, wenn es Verdachtsmomente gäbe, doch in der Praxis kommt das selten vor. Und wie viele gehetzte Notärzte oder mit der trauernden Familie vertraute Hausärzte sind wohl bereit, auf dem Leichenschauschein «Todesursache ungeklärt» anzukreuzen?

Die beiden Männer schieben den Sarg in den schwarzen Wagen, und Eva tritt einen Schritt zurück und blinzelt in die Sonne. Es ist warm und freundlich, und sie würde gern am Rhein spazierengehen, doch in ihrem Zimmer warten, in Pappmappen aufbewahrt, feingewebliche Leichenschnitte, die mikroskopisch untersucht werden müssen, unfertige Berichte sowie eine Reihe von Alkoholgutachten. Flüchtig denkt sie an die Sekretärin, die nach ihrer Alkoholfahrt mit tödlichem Ausgang zu zwei Jahren mit Bewährung verurteilt wurde und im Gerichtssaal weinend zusammenbrach. Die Frau sagte, daß sie ohne Führerschein nicht leben könne, ein Satz, der Eva seltsam vorkam.

Ein Mathematikprofessor hat ihr die Unterwäsche seiner Frau gebracht, mit dem Auftrag, sie auf Spermaspuren zu untersuchen, die seiner Meinung nach nicht von ihm stammten. Kosten spielen keine Rolle, sagte der kleine Mann, der die Wäsche in Geschenkpapier verpackt und sie Eva wie ein Präsent überreicht hatte.

Theoretisch bis zu vierzig Stunden, in der Praxis zwischen fünf und acht Stunden lassen sich bei Toten Spermien feststellen, entweder mit saurer Phosphatase oder genauer durch den mikroskopischen Nachweis. Anders bei Kleidungsstükken: Hier sind manchmal noch nach Wochen Spuren zu finden. Der Mathematikprofessor, er will es genau wissen, und Eva ist nicht überzeugt davon, daß sie ihm helfen kann, eine Formel gegen den Schmerz zu finden.

Sie geht zurück in ihr Zimmer, in dem Bücher, Papiere und Akten in nur für sie geordnetem Durcheinander gegen den Staub ankämpfen. An den Wänden hängen Kinderzeichnungen, Zeitungsausschnitte und Zitate.

Das Wort «Familienbande» hat einen Beigeschmack von Wahrheit.

Am unverständlichsten reden die Leute daher, denen die Sprache zu nichts anderem dient, als sich verständlich zu machen.

Man muß wissen, was man nicht will. Der Rest ergibt sich von selbst.

Tabus muß man vernichten, ohne sie zu berühren.

Tabu sind Fotos, die in dem Zimmer vollständig fehlen. Ein einziges, winziges Bild trägt Eva Röhm in ihrer Brieftasche, verborgen unter dem Führerschein. Ihre große Handtasche hat sie achtlos auf den Tisch geworfen, der für Besucher gedacht ist. Auf den beiden Besucherstühlen stapeln sich Zeitschriften und Fachbücher. Vertrocknete Rosen ragen aus einem leeren Wasserglas, das einen geborgenen Platz hinter dem Mikroskop gefunden hat. Ein leichter Paraffingeruch schwebt im Raum, er kommt vom nahe liegenden Labor.

Auf einen ihrer zahlreichen Memoblocks schreibt Eva die Zahl 305. Zweitobduzenten bekommen Extrageld, gestaffelt nach «normalen Leichen», Leichen mit erhöhtem präparatorischem Aufwand, zum Beispiel bei zahlreichen Messerstichen oder verwesten Leichen mit Madenbefall. Dieses Zusatzeinkommen zu ihrem Gehalt wird ergänzt durch Privataufträge und Sachverständigentätigkeit vor Gericht. Diese «Extras» sind beständiger Anlaß zu institutsinternen Querelen, die auf Nebenkriegsschauplätzen ausgetragen werden. Niemand möchte über Geld reden, und jeder denkt darüber nach, ob andere mehr verdienen könnten. Schließlich ist es so, daß die wöchentliche Einteilung für Zweitobduktionen und Leichenschauen in kollegialer Absprache erstellt wird. Nach jeder Besprechung ist von «leichengeilen Kollegen» die Rede. Dr. Dr. Zehntel beschuldigt die Institutspförtner, ihn bei Privataufträgen und Feuerbestattungen systematisch zu übergehen. Der Direktor nimmt streng vertrauliche Beschwerdebriefe entgegen und läßt die Dinge laufen.

Eva versucht sich herauszuhalten. Sie hat keine Geldsorgen. Sie lebt allein in einer Dreizimmerwohnung, deren «ruhige Lage» den Mietpreis bestimmt. Außer den geschätzten und gemiedenen Kollegen kennt sie kaum jemanden in dieser Stadt, doch sie hat sich umgesehen, als sie ankam, Viertel für Viertel, und auf einer Liste vermerkt, welche Gegenden für sie unbewohnbar wären. Ruhig sollte die Straße sein, aber nicht von jener fassadenschönen Spießigkeit, die weite Teile dieser Stadt am Rhein prägt. Das Wohnhaus, das sie schließlich fand, ist ein renovierter Altbau mit vier Etagen und einem kleinen Vorgarten, den ein ihr unbekannter Idiot zuzementiert hat, so daß nur noch eine einsame Linde das Mauergrau auflöst. Ein Zimmer ihrer Wohnung steht leer seit dem Einzug, und sie hat es seit Monaten nicht mehr betreten.

Eva überlegt, ob sie ihre Mittagspause beim Vietnamesen verbringen soll, als das Telefon klingelt. Benedikt Hermann meldet sich mit seiner Dienststimme, und sie weiß sofort, daß er sie weder zum Essen einladen noch Anekdoten aus der vergnüglichen Kripoarbeit erzählen will. Hermann ist Kriminalhauptkommissar, Karnevalist, Glatzkopf, ein Scheidungsopfer in emotionaler und finanzieller Hinsicht. Wenn sie gelegentlich mit ihm ausgeht, dann vor allem deshalb, weil er sich für sie als Frau nicht interessiert, keine dummen Fragen stellt und die Rechnung kommentarlos teilt.

«Hallo, Dr. Röhm. Ich hab' mal wieder eine schöne Leiche.»

«Die gibt es nur in Wien, Hauptkommissar. Hier am Rhein finde ich sie nicht so aufregend.»

Hermann kichert, es ist eine merkwürdige, unkontrollierbare Angewohnheit, die sie vor allem im Obduktionssaal irritiert. «Diese schon, das verspreche ich Ihnen. Wir haben den Mann in einer Absteige gefunden, genauer gesagt, ein Mittelklasseschuppen, wo schon mal stundenweise vermietet wird. Ist angeblich mit einer Dame gekommen, gestern nacht, aber die Dame ist verschwunden, was in Anbetracht der Umstände nicht weiter verwunderlich ist. Er lag nackt in seinem Bett und starrte zur Decke. Keine sichtbare Todesursache, keine Papiere, unauffällige Kleidung, ein Mensch wie du und ich, nur eben tot ... Unser Polizeidoktor meint, daß es Herzversagen war, aber wie immer glaubt ihm keiner.»

Gegenstand seines Spottes ist Dr. Otto Lanzen, ein bemerkenswert unfähiges und unsympathisches Exemplar eines Polizeiarztes. Eva ist der Meinung, daß Lanzen eine Schußverletzung nur dann erkennen würde, wenn es sich um ein großkalibriges Geschoß gehandelt hatte.

«Wann ist der Tote gefunden worden?»

«Heute morgen, vom Zimmermädchen.»

«Ist die Temperatur gemessen worden?»

«Ich glaube nicht.»

«Und warum wurde ich nicht geholt?»

«Lanzen meinte, er würde erst mal allein damit fertig. Aber Sie kriegen ihn, Dr. Röhm, keine Angst. Ich wär' ja schon dankbar, wenn Sie was finden, womit wir diesen verdammten Kerl identifizieren könnten.»

«Wie alt?»

«Schätzungsweise vierzig, vielleicht darüber. Lanzen hat immerhin eindeutig festgestellt, daß es sich um eine männliche Leiche handelt.»

Eva lacht. Polizisten brauchen ihre Witze und ihre Feindbilder. Hermann haßt vor allem seine Exfrau, gefolgt vom Polizeiarzt, von Kinderschändern, faulen Staatsanwälten und arroganten Anwälten. Die Liste seiner Abneigungen ist lang, er pflegt sie mit Spott und Griesgrämigkeit und fügt dieser Selbstdarstellung jene des abgebrühten Kripomenschen hinzu.

«Am besten bringen Sie ihn gleich vorbei, Hauptkommissar. Ich habe morgen früh eine Wasserleiche und danach einen Gerichtstermin, die Levin-Sache, sie ist wirklich hochinteressant.»

«Ich weiß, Frau Doktor, denn es war mein Fall. Levin hat seinen Sohn umgebracht, aber er wird schon einen Advokaten finden, der ihn rauspaukt. Ich bringe unseren Kunden, sobald wir mit ihm fertig sind. Die Jungs kleben noch, und im Moment sieht er aus wie 'ne Mumie.»

Hermanns Sprache ist eine Mischung aus Polizeijargon, Bildzeitung und Sportreportage, der verbale Ausdruck seiner Welt, die im wesentlichen aus Verbrechen und genügsamer Freizeitbeschäftigung besteht. Doch in ihren längeren Gesprächen läßt Benedikt Hermann den Menschen aus sich heraus, verwundbar und wund, und dann hat sie ihn beinahe gern. Und es scheint ihn überhaupt nicht zu stören, daß sie nichts von sich preisgibt. Er ist unglücklich, was interessiert ihn da das Unglück anderer?

«Und tun Sie mir einen Gefallen, Hauptkommissar: Den Beamten mit den wahnsinnig komischen Leichenwitzen möchte ich nicht dabeihaben.»

«Sie haben keinen Sinn für Humor, Dr. Röhm, das ist Ihr Problem. Ein zweites ist die Identifizierung der Leiche. Sie werden sein Gebiß raussägen müssen.»

«Warum veröffentlichen Sie nicht sein Foto?»

Hermanns Stimme klingt belustigt: «Oh, das hatte ich ganz vergessen. Er hat kein Gesicht mehr. Es wurde weggeätzt.»

Eva spielt mit ihrem Brieföffner, ein Geschenk ihres Vaters. «Und dann ist er an Herzversagen gestorben ... War Lanzen betrunken?»

Der Kriminalhauptkommissar lacht, aber es ist immer noch eine Art von hysterischem Kichern: «Lanzen ist entweder besoffen oder verkatert. Lang wird es nicht mehr dauern, bis er auf Ihrem Tisch landet. Aber das mit dem Herzversagen war meine Erfindung. Lanzens einzig sinnvoller Kommentar am Tatort war, daß einer, dem man Säure ins Gesicht schüttet, doch schreien und sich wehren würde. Im Nebenzimmer wurde Geschlechtsverkehr ausgeübt, das hätten die trotz des eigenen Geräuschpegels hören müssen. Nein, nein, das Zeug wurde ihm verabreicht, als er schon tot war, darauf wette ich. Unsere Unbekannte wollte eine rasche Identifizierung verhindern. Nach Aussage des Nachtportiers war sie eine Nutte in den besten Jahren, blond und hübsch, ein Herzchen mit Millionengesicht.»

Evas Brieföffner bohrt sich in eine Akte von Kindesmißhandlung. «Cherchez la femme.»

«Na klar doch, und soll ich Ihnen was sagen? Ich hasse die Frauen, weil sie Männer auf die eine oder andere Weise zu Tode befördern.»

Schweigen.

«... von ein paar wenigen Ausnahmen abgesehen, Frau Dr. Röhm. Und sagen Sie jetzt nicht, daß die Geschichte auch umgekehrt funktioniert. Ich würde sagen, in dem Fall sind die Männer nur schneller gewesen.»

Eva nimmt Hermann in ihre Sammlung der verletzten Wesen auf, die sich nur noch mit Zynismus wehren können. «Aber bitte keine weiteren Leichen mehr. Das halbe Institut tanzt in Wien beim Kongreß ...»

Hermanns Kichern: «... Wahrscheinlich buddeln sie Leichen im Zentralfriedhof aus und diskutieren darüber beim Heurigen.»

Eva lacht pflichtschuldig. Sein Humor richtet sich gegen sich selbst und den Rest der Welt. Das gibt Hoffnung auf eine Art von Genesung, irgendwann. «Also dann ...» Sie legt langsam den Hörer auf, weil sie noch keine elegante Form eines Gesprächsendes am Telefon gefunden hat. Sie überlegt, noch zwei Gutachten zu diktieren, bevor Hermanns Leiche anrollt. Doch sie hat Hunger und beschließt, die Akten mit nach Hause zu nehmen. Die Abende sind lang, wenn sie sie nicht mit Arbeit ausfüllt. Und an die Nächte möchte sie lieber nicht denken. Eva Röhms Nächte sind ein Horror der ganz besonderen Art.

«Soll ich Ihnen Salat mitbringen?» Die Sekretärin, die sie mit Zehntel und zwei anderen Kollegen teilt, heißt Gertrud Weiler und leidet daran, nicht wie Claudia Schiffer auszusehen.

«Nein, danke, ich gehe essen.» Die Gertruds ihrer Welt essen immer Salat, ziehen sich stets die Lippen nach, investieren ihr Geld in Kleidung und ihre Energien in die Gewinnung von Männern. Wenn sie die Sinnlosigkeit ihres Tuns erkennen, meist ziemlich spät, werden sie esoterisch, religiös oder feministisch. Jede dieser Optionen ist Eva Röhm verwehrt, weil sie den Gleichklang der Gefühle zwischen mehr als zwei Menschen pathetisch, ja unmöglich findet. Die Einsamkeit ist mittlerweile wie ein Winterfrost, der sie nie verläßt. Merkwürdig, daß bei ihrem ausgeprägten Talent zur Lüge jede Form der Selbsttäuschung stets sehr kurzlebig gewesen ist. Es ist in Betracht zu ziehen, daß Magda, die Beschränkte, Hartherzige, in ihrer Scheinwelt sehr viel glücklicher war als ihre Tochter, die reflektierend, verlierend einem Ende entgegengeht, das nicht mehr ist als das: ein Ende.

5. Kapitel

Mit achtzehn hat man vorübergehend das Gefühl, unbesiegbar zu sein. Drei Tage nach dem Abschlußball erklärte ich meinen Eltern, daß ich erstens in Wien Medizin studieren wollte und zweitens nach London zu reisen gedächte, um meine Sprachkenntnisse zu erweitern.

«Ich dachte, du fährst mit uns nach Caorle», sagte Vater. Magda stellte die Frage in den Raum, wer meine «hochfliegenden Pläne» bezahlen sollte. Graz, sie wollte, daß ich in Graz studierte, weil das nicht so sündig und nicht so teuer sei.

Magda zu Vater: «Die Ansprüche der Kinder heutzutage übertreffen jedes gesunde Maß.» Er blinzelte mir verschwörerisch zu, ein Akt ungeheuren Mutes, und Magda begann ein Selbstgespräch darüber, was einer Ärztin Englischkenntnisse nützen sollten.

«Die amerikanischen Ärzte sind die besten, und wenn man ihre Fachbücher lesen will, muß man Englisch können.» Das hatte ich aus dem Stand erfunden, Vater sah ein wenig skeptisch aus, aber er sagte nichts. Ich setzte noch eins drauf: «Hannes will auch nach London – und er wird auch in Wien studieren, das würde doch wunderbar passen.»

Die Hannes-Lüge, ich sah es an Magdas Gesicht, war ein Volltreffer. Meine einfachen Erfindungen überzeugten sie immer, und ich sah ihr an, daß sie bereits die Hochzeit zwischen der Ärztin und dem Apotheker erwog, eine treffliche Kombination, die im Kaff gesellschaftlich unschlagbar wäre. Magda dachte einen Tag nach, und das Ergebnis war die Präsentation einer Cousine zweiten Grades, die in London lebte. Man würde ihr schreiben, daß sie ein Auge auf mich haben sollte, oder besser noch, ich könnte bei ihr wohnen, um die Familienkontrolle aufrechtzuerhalten. Am Ende war es so, daß Magda die London-Idee als ihre verkaufte. «Das Kind muß noch was von der Welt sehen, bevor der Ernst des Lebens beginnt.» Vater nickte, das ironische Glimmern in seinen trüben Augen sah nur ich.

Eine Woche später reiste ich nach London, im Gepäck die Adresse von Cousine Heather, dreihundert Pfund meines Vaters und neben anderen praktischen Kleidungsstücken einen selbstgestrickten Pullover von Tante Ludovika in Rosaorangetönen. Den Schirm hatte Magda am Koffer befestigt, denn in London regnete es, so wie in Caorle immer die Sonne schien. Sie war auch ein begnadeter Wetterfrosch, meine Mutter, und sie wußte außerdem, daß es in der britischen Hauptstadt schwarze Zuhälter und indische Betrüger gab, eine sehr nette Königin mit scheußlichen Hunden und Untertanen, die grauenhaft kochten. Magda malte alle Katastrophenszenarien aus, die mir zustoßen könnten, um dann abschließend zu sagen: «Ich werde kein Auge zutun, bis du wieder heil und gesund zurückkommst.»

Ich kam im Morgengrauen in London an und schlug mich von Victoria Station bis zum nächsten YMCA durch, eine große Landpomeranze mit großem Koffer und großen Augen. Es war ein fremdes Gefühl, daß die Leute einen nicht ansahen oder grüßten, ich hätte unsichtbar sein können auf meinem Weg durch die Menge, doch ungefähr jeder Fünfte, den ich ansprach, blieb stehen und hörte mir zu, wenn ich in meinem holprigen Englisch nach der Richtung fragte. Die schnellen Antworten waren fast immer unverständlich, so daß ich mehrere Male fragen mußte, bis ich an dem großen Backsteinbau ankam, in dem mich eine unfreundliche Chinesin über den Preis eines Zehnbettzimmers (ein Pfund pro Nacht) und die Hausordnung aufklärte. Keine Männerbesuche, kein Lärm, kein Alkohol, keinen shit.

Daß man nicht zur Toilette gehen durfte, fand ich unverständlich, so daß ich nachhakte. Die Chinesin sah mich an, als sei ich dem Alpenzoo entsprungen: kein Marihuana, Kokain, Heroin und so weiter … Ich hätte ihr gerne eine haarsträubende Lüge aufgetischt, im Wege der Revanche, aber es war schwer in einer fremden Sprache, so daß es bei einem Thank you mit Zungenschlag blieb. Das Thiäitsch hatten wir im Englischunterricht bis zum Exzeß geübt, doch die Chinesin blieb völlig unbeeindruckt. Sie gab mir einen Schlüssel für das Zimmer und einen Schlüssel für den Schrank, in dem ich den Koffer aufbewahren konnte.

Eine Stadt muß man sich erobern, hatte mir Tante Ludovika zum Abschied mitgegeben, doch ich kam nur ein paar Ecken weit, als das Schicksal in Gestalt eines Entjungferers zuschlug. Vielleicht war es auch mehr Klischee als Schicksal, doch das Ergebnis war dasselbe. Das, was einem zustößt in den Sackgassen, die man für endlose Promenaden hält, sind Verkehrsunfälle mit leichten Verletzungen, die irgendwann zu Invalidität führen. Doch darüber dachte ich an jenem sonnigen Tag der Freiheit nicht nach. Ich schlenderte über eine breite, von Menschen verdunkelte Straße, an deren Ecken junge Leute saßen, die Musik machten oder einfach träumten. Der Duft von Räucherstäbchen vermischte sich auf angenehme Weise mit dem Geruch der Garküchen und Hamburger-Restaurants. Gitarrenklänge und Straßenlärm spielten meine Melodie der Freiheit. Die Menschen mit kleinen Zielen glitten gesichtslos an mir vorüber, während ich versuchte, das Lächeln der Bewegungslosen einzufangen. Schreien hätt' ich können vor Glück, die Welt jenseits von Magdas Mauern zu erleben.

Eva wartet auf das Christkind. So ungefähr mußte ich ausgesehen haben, als er mich ansprach. Sanft und ungefährlich sah er aus, und er fragte, ob er mir helfen könne. Statt nein sagte ich ja, das war der erste Fehler. Den zweiten beging ich, indem ich seiner Einladung folgte, ihn zu einer irren Fete zu begleiten. Drittens war niemand in seiner Wohnung, als wir in der Finchley Road ankamen. Es war mehr eine Bude, ein großes, schmutziges Zimmer mit einem Bett und einer Stereoanlage als beherrschende Einrichtungsgegenstände. Ich war verwundert, aber nicht ängstlich, was gewiß mit einem Mangel an sexueller Phantasie zu tun hatte.

Tony, so hieß er, legte eine Cohen-Platte auf und sagte, daß die anderen bald kommen würden, unter anderem der Sohn des Gärtners von Paul McCartney. Vielleicht bin ich deshalb geblieben, wer aus einem Kaff kommt, glaubt die absonderlichsten Geschichten. Tony hatte lange, rötliche Haare und einen kleinen Bart und roch nach Haschisch. Ich merkte es ganz deutlich, als er über mich herfiel, mit zehn gierigen Händen, so fühlte es sich an, und daß ich No brüllte, beeindruckte weder ihn noch irgendwelche Nachbarn.

Zu den Klängen von «Sisters of Mercy» platzte mein Hymen, ein Stück Haut, das mir im Grunde nichts bedeutete, sich aber auf romantischere Weise hätte verabschieden können.

Ein flüchtiger Schmerz und anhaltende Wut auf meine Dummheit waren die dominierenden Gefühle meiner Entjungferung. Danach kam die Angst: Schwanger, das wurden nur die bösen Mädchen im Kaff, von Magda «Flittchen» genannt, und man wußte ja, wo sie enden würden, im Bordell oder im Heim für gefallene Mädchen. Ich hätte mich wehren müssen, aus der Wohnung laufen, ihm das Knie zwischen die Beine rammen, aber nichts hatte ich getan, als dumm dazuliegen und in einer fremden Sprache nein zu schreien.

Das schmutzige Laken war jetzt auch noch blutig. Das Lied war zu Ende. Der Mann hatte sich aufgesetzt und betrachtete sein Ding, dessen vorangegangene Aktivitäten mich ins Unglück stürzen könnten. Ich sah auf die Schere, die neben dem Bett lag, und überlegte, ob ich's ihm abschneiden sollte. Als ich die Schere in die Hand nahm, sprang er auf, schrie etwas, das ich nicht verstand, und lief aus dem Zimmer. Ich lag auf dem zerwühlten Bett und hatte das Gefühl, daß alle Augen des Kaffs auf mich gerichtet wären. Magda sagte: «Du hast ja nie auf mich gehört», und Vater hielt eine Zange in der Hand, die er anklagend auf meinen Unterleib richtete. Tante Ludovika keifte, daß man den Balg abtreiben müsse, und sie alle nickten mit anklagenden Gesichtern. Ich schrie und ließ die Schere fallen. Der Mann, der sich Tony nannte, kam zurück ins Zimmer und sagte «shut up», ein Ausdruck, den ich kannte und befolgte. Wie ein Mädchenhändler sah er nicht aus, eher wie einer, der sich schämt, aber nichts bereut.

«Sorry. Ich dachte, Jungfrauen seien mittlerweile ausgestorben.» Er versuchte, meine Brüste zu berühren, und ich schlug ihm auf die Hand. Es war eine Geste zuviel, der Junge verstand überhaupt nichts. Neben dem Bett lagen meine Kleider. Ich stand auf und sammelte sie ein, während er mich angaffte wie ein seltsames Wesen. Es konnte nicht sein, daß ein Mann, den ich überhaupt nicht kannte, den ich nicht gewollt und also nicht empfangen hatte, mich schwängern konnte. Das versuchte ich mir einzureden, während ich mich anzog. Jemand klopfte an die Tür, und ich dachte, das muß der Sohn des Gärtners von Paul McCartney sein, aber es war nur ein junges Mädchen mit wallenden Gewändern und geflochtenem Stirnband, das erschrocken die Tür hinter sich schloß, als es mich sah, offenbar eine aus der Kollektion entjungferter Idiotinnen. Das Schlimme war, daß mir keine passende Lüge zu dieser Situation einfiel, ich hätte ihn gerne mit Syphilis oder Lepra erschreckt, kannte aber die englischen Worte nicht, und ohne die Macht der Sprache fühlte ich mich hilflos und verloren.

«Willst du nicht ein bißchen bei mir bleiben?», fragte der Mann auf dem Bett, und ich schüttelte den Kopf und ging zur Tür. Erst dort fiel mir etwas Treffendes ein. «Ich gehe jetzt in die Themse», sagte ich. Er dachte wohl, ich hätte mich in der Präposition geirrt und starrte mich nur dümmlich an, so daß nichts weiter zu tun blieb, als wütend die Tür zuzuschlagen. Das Mädchen mit dem Stirnband saß auf der Treppe. Als ich vorbeiging, fragte sie mich, wann die Party steigen würde, und ich antwortete, daß Pauls Gärtnersohn abgesagt habe. Keine Party, kein shit, nur der Scheißkerl da drin ... Sie verstand mich nicht.

Zunächst ging ich an die Themse, eine träge, braune Brühe, die nicht verlockend aussah, und ich erinnerte mich an meine vergeblichen Bemühungen des Ertrinkens im Ziegelteich. Nein, das konnte warten bis zur nächsten Menstruation beziehungsweise dem Ausbleiben derselben. Vielleicht konnte man den Herrn über alles Leben durch gute Taten gnädig stimmen. Ich gab einem Bettler, der mich ansprach, eine Pfundnote, und der alte Penner küßte mir zum Dank die Hand, Wiener Schmäh in London, möglicherweise ein Fingerzeig, daß noch nicht alles verloren war. Ich sah zum Himmel, der undefinierbar grau über allem schwebte. Es war Zeit, Cousine Heather aufzusuchen und zumindest versuchsweise in den Schoß der Familie zurückzukehren.

Am nächsten Morgen pilgerte ich mit Koffer und Schirm nach St. Johns Wood, frisch gewaschen und gekämmt und in einem jener Sommerkleider, die Magda für mich ausgesucht und eingepackt hatte. Es war blau mit weißen Punkten, wadenlang und züchtig geknöpft. Im Vergleich zu den anderen Mädchen auf den Straßen Londons sah ich gewiß komisch aus, doch niemand beachtete die frisch entjungferte Landpomeranze, die einen Deal mit Gott machen wollte und auf der Suche nach Cousine Heathers Zuflucht war.

Nach einigem Fragen und Suchen fand ich das Haus, das hinter efeubewachsenen Mauern eher wie eine Trutzburg aussah, sehr familiär, wenn auch in größeren Dimensionen. Als ich auf die Klingel neben der Sprechanlage drückte, kehrte ich in Gedanken in das Kaff zurück. Der Ausflug in die Freiheit war kurz und ein wenig schmerzhaft gewesen. Und wenn der Pfarrer recht hatte, dann hatte ich eine Todsünde begangen, was bei weitem nicht so schlimm war wie die Möglichkeit der Schwangerschaft. Wie auch immer, meine Lage war beklagenswert, und ich tat mir sehr leid, als ich vor dem fremden Haus stand, den Koffer in der Hand, den Schirm am Koffer festgezurrt, die zitternde Hand mit angemessenen Trauerrändern unter den Fingernägeln am Klingelknopf.

Eine blecherne Stimme fragte: «Who is there», und ich nannte meinen Namen, worauf sich das schmiedeeiserne Tor knarzend öffnete und den Blick auf eine rosafarbene Villa freigab, die gleichermaßen beeindruckend wie kitschig war. Jedenfalls gab es in unserem Kaff kein Haus wie dieses, nicht mit diesen Türmchen und Erkern, die mich an Bilder aus alten Märchenbüchern erinnerten. Dornröschen hatte den Frosch geküßt und gab ihr erstes Kind an Rumpelstilzchen. Schon im zarten, Magdas Version von Liebe völlig ausgeliefertem Alter, hatte mich die Verwechselbarkeit von Märchen irritiert. Ich fühlte mich sehr klein, als ich auf das Haus zuging.

Die Auffahrt war mit Rosenbeeten umsäumt, und unter meinen Schuhen zerstob weißer Kiesel. Es roch nach Rosen und Reichtum, und der Gärtner, an dem ich vorbeiknirschte, stank nach Knoblauch. Er sah mich merkwürdig an, ein Blick, den ich erst später verstehen sollte. Als ich die Treppe zum Eingangstor hinaufstieg, erwartete ich Frau Holle oder die böse Hexe oder einen Verschnitt aus beiden.

Cousine Heather enttäuschte mich. Unter der mächtigen Tür, in der sie mit ausgebreiteten Armen stand, wirkte sie sehr klein, sehr alt, ein greisenhafter Winzling in ihrem gewaltigen Haus.

«Das also ist Magdas Tochter», quäkte sie und umschloß mich mit dürren Armen. Ihre Parfumwolke war atemberaubend. Sie sprach einen unbestimmten Wiener Dialekt mit englischem Akzent und ließ mich erst los, nachdem sie Lippenstiftspuren auf meinen beiden Wangen hinterlassen hatte. «Willkommen, liebes Kind, willkommen.»

Es schien mir unbegreiflich, daß dieses Wesen aus dem mütterlichen Zweig meiner Familie stammen sollte. Ihr fehlte die Robustheit Magdas und ihrer Schwestern, doch als ich ihr in der Halle zum ersten Mal in die Augen sah, begriff ich, daß die fragile Hülle den familiären, harten Kern hatte. Heathers Augen, in Falten und Make-up eingebettet, funkelten unbeugsam. «Du siehst deiner Mutter sehr ähnlich, meine liebe Eva. Allerdings habe ich Magda seit zwanzig Jahren nicht mehr gesehen.»

«Sie ist dicker geworden», sagte ich, weil mich der Vergleich ärgerte.

Cousine Heather kicherte, wobei ihr reichhaltiger Armschmuck klimperte. Ihr Spitzenkleid hatte den gleichen Farbton wie ihre Locken: blaugrau. Sie sah aus wie ein frivoles Schloßgespenst, und ihre piepsige Altfrauenstimme klang als Gelächter fürchterlich. «Magda hatte immer schon eine fette Seele ... und wie geht es deinem Vater?»

Ich hatte meinen Koffer neben einer Löwenskulptur abgestellt. Er wird immer trauriger, wollte ich sagen. «Ganz gut, er kränkelt ein bißchen.»

Ihre Augen waren wie Röntgenstrahlen. «Du bist nicht sehr gesprächig, oder? Ist Magda noch immer die geschwätzige

Nervensäge, die alle nach ihrer Fasson glücklich machen muß?»

Ich glaube, ich habe sie angelächelt. «Sie ist schrecklich», sagte ich und schloß Cousine Heather in mein Herz.

Sie drückte auf einen Klingelknopf. «Alfred wird dir dein Zimmer zeigen. Er ist so eine Art Butler in diesem Haus. Wie alle Männer in seinem Alter ist er mit Vorsicht zu handhaben. Darüber hinaus gibt es eine reizende Köchin, eine Zugehfrau und den Gärtner ... und drei junge Damen, die ich im hinteren Trakt einquartiert habe.» Sie sah meinen fragenden Blick. «Du wirst sie später kennenlernen. Ich kümmere mich ein wenig um sie, ich glaube, sonst würde ich mich auf meine alten Tage langweilen.»

Mein Zimmer lag am Ende eines verwinkelten Ganges, dessen Wände mit Geweihen verziert waren. Tote Augen schauten auf Eva Röhm, die einem stummen Riesen hinterherstolperte, der Alfred genannt wurde. Das Zimmer war vom unbekannten Jäger verschont geblieben, wofür ich dankbar war. Es war klein und plüschig, mit vielen Spiegeln und einem Himmelbett in hellblau, der Farbe der Vorhänge, des Teppichs, der Sesselbezüge.

«Es wird das blaue Zimmer genannt», sagte Alfred, was mich nicht sonderlich überraschte. Er hatte eine tiefe, angenehme Stimme und eines jener alterslosen Gesichter zwischen fünfzig und hundert. «Wenn Sie etwas wünschen, empfehle ich die Betätigung der Klingel.» Es war neben dem Bett angebracht, das herrschaftliche Instrument, und ich ließ mich auf die blaue Bettdecke fallen, als Cousine Heathers Riese endlich den Raum verließ. Mit Schuhen im Bett zu liegen, das hätte Magda gewiß mißbilligt. Die räumliche Entfernung hatte noch nicht die gewünschte Distanz gebracht. In einem Teil meines Kopfes hatte sie sich eingenistet, lästig, mahnend, anklagend. Magdas Sprüche waren wie Brandzeichen, die sich tief unter der Haut festgesetzt hatten. Also war meine Freiheit ein Gefühl mit beschränkter Wirkung. Und während ich in dem

Himmelbett lag und über die Fernwirkung von Eigentumsrechten nachdachte, beschloß ich, niemandem jemals mehr zu erlauben, diese Form von Macht über mich auszuüben. Ich beschloß ferner, nicht schwanger zu werden, Cousine Heather zu beerben und für ewig in diesem Haus zu bleiben. Ein klares, stilles Leben sollte es sein, ohne komplizierte Gefühle, ohne Schuld und Angst. In diese schlichte Vorstellung fügte ich die Erlaubnis zu läßlichen Lügen und ungeschlechtlichen Genüssen. Was sehr schnell dazu führte, die Signale aus meinem Bauch richtig zu deuten. Also verließ ich das blaue Zimmer auf der Suche nach Eßbarem, denn man kann nicht über den Sinn des Lebens nachdenken, wenn man Hunger hat.

6. Kapitel

Die Köchin hieß Lily, stammte aus Shanghai und verbrachte ihre Tage in der weißgekachelten, riesigen Küche im Untergeschoß, die nach Ingwer und Koriander duftete. Jeden Abend um sechs trug Alfred Tabletts mit seltsamen Gerichten in das grüne Speisezimmer: dampfende Schüsseln mit Reis, Nudeln und Suppen, Bambuskörbe mit gegarten oder gebratenen Winzigkeiten aus Fleisch, Fisch und Gemüsen, und Schalen mit Saucen, die am österreichischen Gaumen, an Gewürze wie Salz, Pfeffer und Kümmel gewöhnt, wie Feuer brannten.

Ihre Nächte verbrachte Lily in Cousine Heathers rosa Schlafzimmer. So jedenfalls erzählte Rosa, die aus Berlin stammte, und sich mit Kathleen und Serena den hinteren Trakt der Villa teilte. Rosa war blond, Kathleen eine schwarzhaarige Irin, und Serena trug zum Farbenspiel des Hauses mit hellbrauner Haut bei. Ich lernte die drei beim ersten gemeinsamen Abendessen kennen, ebenso wie Lilys Speisen, zu denen grüner Tee, Wasser und Whisky serviert wurden.

Cousine Heather trank Whisky mit Wasser, die drei Frauen Tee, und sie musterten mich über ihren hauchdünnen Tassen in einer Mischung aus Neugierde und Abwehr. Mir schien, daß sie bei diesem ersten Zusammentreffen eine Verteidigungslinie gegen den Eindringling schlossen, der ihnen beiläufig als «österreichische Verwandtschaft» vorgestellt wurde. Die Cousine meiner Großmutter hatte gesprächige und liebenswürdige wie auch lange und schweigsame Phasen. Ich fand Heather sehr exzentrisch, ein märchenhaftes Wesen zwischen böser Hexe und guter Fee. Später sagte Rosa zu mir, daß ich einen Hang zu unmoralischen Menschen habe und Heather deshalb verehre.

Wir saßen weit voneinander entfernt an einem langen, schmalen Tisch, von Alfred umkreist, der Schüsseln und Schälchen weiterreichte und nachschenkte, während ich im Essen stocherte und staunend das in mich aufnahm, was ich als die große Welt jenseits des Kaffs empfand.

Der grüne Tee schmeckte anfangs bitter, doch zumindest ließ sich damit die Schärfe der Speisen mildern. Außerdem hegte ich die verwegene Hoffnung, daß das explosive Gemisch in meinem Körper abtöten könne, was ich so fürchtete. Ein Winzling würde Lilys Essen nicht überleben, so dachte ich, und lud mir den Teller voll. Cousine Heather bemerkte, daß mein Appetit ebenso erfreulich sei wie Edward Heaths Wahl zum Premierminister.

«Affenhirne sind besonders delikat», sagte Serena und sah mich mit messerscharfem Lächeln an. Erst dachte ich, daß sie den Premierminister meinte, doch Serena blickte auf meinen Teller. Sie war, das begriff ich ziemlich schnell, eine Rassistin wie Tante Ludovika, nur eben andersherum. Die schokoladenfarbene Schönheit, Tochter einer Kenianerin und eines britischen Vaters, hatte sich zwischen zwei Ethnien für die dunkle entschieden und daraus eine Weltanschauung modelliert, die ihr das Gefühl gab, etwas Besonderes zu sein. Unterdrückte Minderheiten waren in Mode gekommen, und in gewisser Weise verstand ich Serena, denn auch ich wünschte mir, anders zu sein, rot, grün oder blau, nur eben nicht das, was ich war.

«Unsinn, Serena. Laß das Kind mit deinem Hokuspokus zufrieden.» Cousine Heather sah mich mit aufmunterndem Lächeln an, und ich steckte folgsam die Gabel mit dem Fleischstück in den Mund. Es WAR Affenhirn, eine von Lilys besonderen Spezialitäten, wie Kathleen mir verriet, als sie mit mir zu reden begann. Die Lüge war in Heathers Haus nichts Außergewöhnliches. Sie diente der Konversation, der taktischen Überlegenheit, und nicht zuletzt der Bewahrung des empfindlichen Gleichgewichts zwischen so unterschiedlichen Frauen. Die Viererbande liebte Geheimnisse ebenso wie deren Enthüllung, und mein Erscheinen inspirierte sie, das Niveau der Selbstinszenierungen anzuheben.

Heather – die «Cousine» ließ ich am zweiten Tag fallen, weil sie die Anrede als unpassend empfand – war die einzige, die von Serena nicht mit verbalen Angriffen attackiert wurde, während sie uns mit arroganter Herablassung behandelte, weil wir weiß und politisch häßlich waren. Serena war damit ihrer Zeit voraus, denn in Londons Straßen sangen die Blumenkinder das Lied der Freiheit und Verbrüderung. Liebe und Haschisch waren die Noten, nach denen gespielt wurde, doch Serena brauchte ihre Aggressionen, um ihr Selbst zu definieren.

Kathleen, als Irin gewissermaßen auch minderheitsberechtigt, schien dies zu verstehen, während Rosa gelegentlich widersprach und Streit vom Zaun brach, den zu gewinnen sie keine Chance hatte. Als Deutsche war sie eine bevorzugte Zielscheibe für Serenas antifaschistische Parolen, die mir aus unserem katholischen Kaff nicht geläufig waren. Heather schien sich über Rosas hilflose Versuche, das Vaterland zu verteidigen, zu amüsieren, und sie schritt nur gelegentlich ein, dann, wenn Serenas Wiederholungen sie zu langweilen begannen.

Doch am ersten Abend wurde überwiegend schweigend gegessen, und ich hatte Zeit, die anderen auf mich wirken zu lassen: die alte Dame am Ende der Tafel in Taft und Perlen, zart und knitterig wie altes Seidenpapier; Serena im gelben Kaftan; Kathleen mit ihrer weißen Haut und den grünen Augen und schwarzen Haaren, schön wie ein Fabelwesen, wären da nicht ihre geröteten, plumpen Hände gewesen, die sie zu verstecken suchte, wenn man darauf sah. Unter all diesen Tischwesen war Rosa das gewöhnlichste, von meiner Person abgesehen. Sie war einfach nur hübsch, auf eine etwas plumpe und vulgäre Art, so hätte es Magda formuliert, die das Gewöhnliche in allen anderen Menschen zu sehen bereit war. Ich mochte Rosa sofort, was zum einen mit der annähernd gemeinsamen Sprache zu tun hatte: Sie berlinerte auch im Englischen. Andererseits erkannten wir einander als ebenbürtig, da gab es nichts zu bewundern oder zu verachten. Rosa, herzlich, schnodderig und so lebensklug, wie es ihre Situation erforderte, war in der Kunst der Selbstdarstellung nicht so begabt wie die anderen, was dazu führte, daß sie unterschätzt wurde. Auch von mir. Das Band, das die drei zusammenhielt, war die Liebe oder Dankbarkeit zu Heather, die sie von den Straßen Londons aufgelesen hatte, Rosa als erste, worauf diese aus sportlichen Gründen stolz war.

Es stimmte nicht ganz, wie so viele von Rosas Geschichten. Lily, die Chinesin, war Heathers erster Fund gewesen. Sie erzählte mir ihre Version an einem der langen, verregneten Nachmittage, an denen nichts zu tun war, außer in der Bibliothek zu lesen, Tee zu trinken und Lilys wunderbare Ingwerkekse im Mund zergehen zu lassen.

Die Farben der Bibliothek waren braun, hell die Tapeten und dunkel die schweren Vorhänge, und das Licht aus schweren Messinglampen ließ die Tageszeit unwichtig erscheinen, so wie die dicken Mauern alle Geräusche von draußen bis zur Unkenntlichkeit dämpften. Das rosa Haus war in gewisser Weise eine Welt für sich, was mir sehr angenehm war, da ich meine Welt auf die Frage schwanger oder nicht schwanger reduziert hatte.

«Störe ich dich?» Heather setzte sich in den braunen Ledersessel neben mich und beäugte das gynäkologische Buch, das ich ihrer Bibliothek entnommen hatte.

«Für das Medizinstudium.» Ich legte das Buch zur Seite, es war ohnehin wenig aufschlußreich gewesen, und schenkte ihr Tee ein, das einzige Getränk, das sie neben Whisky und Wasser zu sich nahm. Heather zündete sich eine ihrer übelriechenden schwarzen Zigaretten an. «Für ein junges Mädchen bist du wenig unternehmungslustig. Als ich in deinem Alter war, meine Liebe ...»

Als Heather achtzehn war, folgte sie einem Schausteller, einem windigen Kerl, der auf die Verführung von Landmädchen spezialisiert war und versprochen hatte, ihr die Welt zu zeigen. Die Welt, das war aus der Perspektive einer Bauerntochter in einem niederösterreichischen Dorf das Paradies schlechthin. Oder anders gesagt war die Hölle ein Leben zwischen Kuhmist und übelriechenden Bauerntölpeln. Und so hatte sie die Beine breitgemacht, um die große Welt hineinzulassen, und reiste mit ihm in deutsche, französische und englische Dörfer, wo der feuerspuckende Leonardo ebenso geizigen wie vergnügungssüchtigen Landmenschen ein paar Pennies abrang, die sofort in Branntwein investiert wurden. Leonardo brannte in mehr als einer Hinsicht, und Heidrun Hinterseer, nunmehr «Heather» genannt, war seine Asche, die Frau, die auf Jahrmärkten sein Geld einsammelte, sein Essen kochte, seine Wäsche wusch, seine Schläge und sein Geschlechtsorgan hinnahm, wann immer es ihm gefiel. Kein besonderes Schicksal für eine aus ihrem Stand in dieser Zeit. Man konnte sich sein Unglück nicht in jenem Maße aussuchen, wie die Frauen dies heutzutage tun, sagte Heather. Mein Interesse schmeichelte ihr, obwohl sie müde war und zunehmend langsamer und leiser sprach.

Als sie das Baby verlor, verließ sie den Feuerschlucker und schlug sich nach London durch, einer Stadt, in der junge Frauen wie Greisinnen aussahen und alte Frauen in Kleidern aus

Tüll, Chiffon oder Crêpe de Chine in den Farben Rosa, Lila und Hellblau glänzten. Sie sah die Kutsche des Königs und die Handkarren der Straßenhändler, und sie begriff, daß es mehr brauchte, als Jugend und gutes Aussehen, um in dieser Welt zu bestehen.

Als Heather einnickte während des Erzählens, fiel ihr die Zigarette aus der Hand, und als ich sie vom Boden aufhob, stieß ich an ihren Gehstock, der auf den Boden knallte. Sie schreckte auf und warf mir einen mörderischen Blick zu.

«Du bist schrecklich neugierig, Eva, und irgendwie lästig. War Magda früher auch auf ihre Art. Ich habe sie übrigens angerufen und gesagt, daß es dir gut geht. Sie war sehr verletzt, daß du dich nicht gemeldet hast.»

«Magda ist ständig beleidigt. Sie braucht das für ihr Seelenheil.»

Heathers Lachen klang wie heiseres Bellen. «Ich bin froh, daß ich keine Kinder habe. Genaugenommen bin ich auch glücklich, keinen Mann mehr zu haben. Weißt du, ich bin schon viel zu alt, um mich mit anderer Leute Gefühle ernsthaft auseinanderzusetzen. Das einzige, was mich noch interessiert, ist, gut essen, gut trinken und nachts gut zu schlafen.»

Mit Lily, dachte ich, und keine meiner sexuellen Phantasien reichte aus, mir dies vorzustellen. «Und Serena? Kathleen? Rosa?»

Heather zündete sich eine neue Zigarette an, und ihre Hand, die das schwere Tischfeuerzeug hielt, zitterte. «Die drei? Sie sind eine Art Familie, aber von dem Zuschnitt, der keine Schmerzen verursacht. Sie bewahren mich vor dem Schicksal, eine alleinstehende alte Frau zu sein. Und manchmal amüsieren sie mich sogar.»

War das ein Grund, drei fremde Frauen ins Haus zu holen? Manchmal dachte ich, daß Heathers Einsamkeit unüberwindbar war. Oder daß sie Menschen brauchte, um sich vor ihren Erinnerungen zu retten.

«Ich finde sie jedenfalls interessanter als Fernsehen oder Lesen oder Patiencelegen. Sie sind meine letzte Verbindung zur

Welt draußen, von der ich nach achtzig Jahren nun wirklich genug habe. Sie ist nicht besser geworden, und daß alle Menschen nun gleich sein sollten, halte ich in der Tat für einen schlechten Scherz.»

Heather war fünfundachtzig. Und bei allem, was sie sagte, spürte ich, daß sie nur noch von einer Furcht beherrscht wurde, der vor dem Tod. Alle in diesem Haus hatten ihre Ängste, doch Heathers Todesangst war allgegenwärtig, und ihre Befindlichkeiten oder auch Launen bestimmten die Atmosphäre bei Tisch. Rosa meinte, daß Heather zu lange gelebt habe, um sich ein Ende vorzustellen. Und daß sie in Lily ihre letzte, vielleicht die erste Liebe gefunden habe.

Lily war Heathers Findelkind aus einer Zeit, in der sie das Haus noch verließ, um ins Theater zu gehen, ihre merkwürdigen Kleider zu kaufen oder beim Chinesen zu essen, denn Heather hatte mit ihrem Mann zehn Jahre in Hongkong gelebt und sich fortan der englischen Küche verweigert. In einem ihrer chinesischen Restaurants war sie auf Lily gestoßen, eine illegale Emigrantin aus China, die nach Art des Hauses als Sklavin gehalten wurde und ihre Tage und Nächte in der Küche verbrachte. Nur die Ketten hätten gefehlt, erzählte mir Heather an jenem Nachmittag, und daß sie beim Anblick «dieses völlig verschreckten Küchentiers» gleichermaßen abgestoßen und gerührt gewesen sei. Das Mitleid muß überwogen haben, denn Heather verhandelte mit dem Chinesen über die Ablösesumme, und für tausend Pfund wechselte Lily ihren Besitzer.

Mit gewissem Vergnügen erzählte Heather, daß sie fünf Stunden um Lilys Kaufpreis gefeilscht habe. «Aus seiner Sicht hat er mich übers Ohr gehauen, aber ich habe mir eine wundervolle Köchin eingehandelt.»

Nach diesem Satz hegte ich gewisse Zweifel an Heathers Primärgefühlen in dieser Geschichte, doch ich wagte nicht zu fragen, was sich an Lilys Lebenssituation grundsätzlich verbessert hatte. Sie mußte nicht mehr in der Küche schlafen, so viel stand fest. Rosa erzählte mir, daß Heather Lilys Familie in Shanghai finanziell unterstützte, um sich damit lebenslange Loyalität zu sichern. Serena, die radikal alles befürwortete, was nicht unter weiße, bürgerliche Normen fiel, erklärte zum Thema Heather und Lily, daß sie die Liebe der beiden alten Lesben für das «Beste unter der Sonne» halte. Kathleen, irisch-katholisch, meinte dazu, daß Lily nur gelegentlich in Heathers Zimmer verweile, um deren Rheumaleiden mit chinesischen Massagen und diversen Kräutertherapien zu lindern.

Eva Röhm, christlich erzogen und sexuell furchtsam, fand diese Version am angenehmsten. Doch die Vorstellung, Magda mit Rosas und Serenas Interpretation zu schocken, war unwiderstehlich. Falls ich Magda wiedersehen würde, selbstverständlich. Die Gedankenspiele um Selbstmord bewegten sich zwischen einem Fall aus großer Höhe und Gift, wobei sich bei letzterem das Beschaffungsproblem stellte. Alles in allem erschien es mir sehr umständlich, sich selbst aus dem Leben zu befördern, und ich beobachtete die Signale meines Körpers mit zunehmender Besorgnis. Konnte es sein, daß etwas in mir wuchs – und ich merkte nichts davon?

Heathers Gegenwart war eine willkommene Ablenkung von meinen Ängsten, und ich holte ihr die Whiskykaraffe und Wasser und fragte sie, wie sie das Trio gefunden hatte, doch sicher nicht beim Chinesen?

Erst blinzelte sie mich argwöhnisch an. Ironie fand sie bei jungen Mädchen nicht angemessen. «Natürlich nicht. Ich habe sie sozusagen von der Straße aufgelesen. Rosa war die erste. Sie servierte in einem obskuren Künstlerlokal, das ich damals gelegentlich frequentierte. Ein paar Monate später traf ich Kathleen, die vor «Harrods» stand und die Leute anschnorrte. Serena habe ich in einem Tabakladen kennengelernt, wo sie Handzettel verteilte und die Besitzerin eine rassistische Kapitalistenhure hieß, worauf diese die Polizei holte und ... Es war alles sehr unerfreulich, aber die arme Kleine tat mir leid, und so habe ich sie in meine Sammlung aufgenommen.»

Heather zuckte mit den Achseln, und es knisterte und knackte, als ob sie gleich zerfallen und sich in Staub auflösen würde. «Schließlich ist das Haus groß genug, und auf diese Weise spare ich die Putzfrau für den hinteren Trakt. Außerdem zählt Tarock zu meinen Altersleidenschaften.»

Heathers Abschlußsätze waren stets am aufschlußreichsten. Tarock spielt man zu viert. Tarock wurde jeden Vormittag, von zehn bis zwölf, im gelben Salon gespielt. Wenn Alfred Lilys Dim-Sum serviert hatte, verschwanden die drei Frauen, und auch nach dem Abendessen verließen sie das Haus. Sie sagten mir nie, wohin sie gingen, und sie fragten mich nie, ob ich sie begleiten wollte.

Heather gähnte hinter vorgehaltener Hand und beobachtete Magdas Tochter, die zu viele ihrer Nachmittage in der Bibliothek verbrachte, statt die Welt jenseits der Mauern zu erobern. Ein scheues und seltsames Wesen, so viel stand fest, und was immer an Qualitäten verborgen sein mochte, ihr blieb nicht die Zeit, sie zu finden. Magdas Tochter: Immer mehr verschmolzen Gegenwart und Vergangenheit zu einer Melange aus Schuld und Sühne. Sie war kinderlos geblieben, während Magda bei Heathers einzigem, spätem Besuch in der Heimat schwanger gewesen war, eine trächtige Tonne mit glückseligem Grinsen und watschelndem Gang, der weder Heathers Reichtum noch ihr scharfer Intellekt imponiert hatten. Bewunderung, nicht Mitleid hatte Heather erwartet, und vielleicht war dies der Grund gewesen, warum sie den Ehemann und künftigen Vater verführt hatte. Armer alter Konrad, der Sex so sehr genoß und an Magda und die Missionarsstellung im Dunkeln geraten war. Sie hatte ihm geraten, seine Frau zu verlassen oder sich zumindest eine Geliebte zuzulegen, wobei sie in Betracht zog, daß ihm für beide Lösungen die Courage fehlte.

Möglich, daß Magda von der Affäre nie erfahren hatte – hätte sie ihr sonst Eva geschickt? Vielleicht sollte man der Kleinen das Tarockspielen beibringen? Oder Geschichten erzählen, die es im Kaff nie gegeben hatte? Heather streckte Eva ihr Whiskyglas entgegen, fügte Wasser aus der Karaffe hinzu und legte die Beine auf den Hocker. Manchmal hatte sie das Gefühl, portionsweise zu sterben, und das einzige, das noch perfekt funktionierte, war der Kopf und das, was darin gespeichert war.

«Könntest du mir die Füße massieren? Gut, das tut gut. Weißt du, wenn ich sechsundvierzig Jahre später nach London gekommen wäre, hätte ich die Wahl gehabt, ein anständiges Proletarierleben zu führen: im Wimpy kellnern, ein Zimmer mit Gasofen mieten, mit einem Hippie im Gebüsch des Hyde Park kopulieren und später irgendeinen netten Arbeiter zu heiraten. Damals war diese Stadt keine Spielwiese für eine Fremde, die nichts besaß und nichts konnte und überdies schlechtes Englisch sprach. Im *Daily Illustrated Mirror* war das erste Farbfoto erschienen, doch glaub mir, das Leben in den Armenvierteln war grau und trostlos. Armut war ein Makel und keine stilisierte Tugend, wie man uns heutzutage vorgaukelt. Mein einziges Kapital war Jugend, aber davon wurde man nicht satt. Also tat ich genau das, was in dieser Situation zu erwarten war: Ich ging in ein Bordell.»

Ich begegnete Heathers forschendem Blick mit Gelassenheit. Ihre Füße unter den Seidenstrümpfen waren eiskalt, und ihre Stimme klang heiser und ein wenig spöttisch, als sie weitersprach. «Es waren nicht die vier schlechtesten Jahre meines Lebens, aus der Rückschau betrachtet. Zumindest hatte ich ein sicheres Zuhause in der Bromley Road, es gab Regeln und Verbote, anständiges Essen und ein warmes Bett, das nach Liebe roch, zumindest jener Art von Liebe, die in einem solchen Haus zu finden ist. Und glaub mir, es gibt keinen besseren Ort, um Männer wirklich kennenzulernen, denn vor Huren muß man sich nicht genieren und darf sich ausziehen bis auf die große Gier.»

«Und die Frauen?»

Sie schätzte es nicht, wenn man sie unterbrach. «Wen kümmern die Gefühle der Frauen, was glaubst du wohl? Sie lernen die Kunst der Heuchelei; sie nehmen Geld und bezahlen dafür mit Erkenntnissen über das Wesen der Lust. Sie ficken mit der Überheblichkeit derjenigen, die nichts empfinden.»

Ich fand sie wundervoll und wünschte mir sehnlichst, Magda würde zuhören können.

Heather erzählte, daß Madame ihren Mädchen dreißig Prozent der Einnahmen überließ, was für damalige Verhältnisse ziemlich anständig war. Für Sadisten war Olga zuständig, für Masochisten eine Frau aus Wales, die vorher Pferde dressiert hatte. Aus Heather wurde «Heidi» mit blonden Zöpfen, und Minouche brachte ihr den französischen Verkehr bei, ein Vorgang, bei dem sie stets Angst hatte, erbrechen zu müssen. Nein, es war nicht das Paradies, das zu finden sie ausgezogen war, doch zumindest ein Ort, der sie am Leben hielt und lehrte, die Spielregeln von Geld, Lust und Liebe zu durchschauen. «Jede Frau sollte ein Lehrjahr im Bordell verbringen», sagte Heather, und sah mich provozierend an. Er war komisch, dieser Satz zwischen der alten, silbrigen Dame und der Achtzehnjährigen aus dem Kaff, die zu ihren Füßen saß. Ich lachte. Heather sagte: «Du bist Magda überhaupt nicht ähnlich.» Es war das Beste, das sie zu mir gesagt hatte seit meiner Ankunft, und in diesem Moment des Glücks geschah es, daß mich meine große Angst verließ. Ich spürte Schmerzen im Unterleib und warme Feuchtigkeit zwischen den Beinen und wußte, daß der Idiot mich nicht geschwängert hatte.

7. Kapitel

Der doppelt promovierte Zehntel ist nicht aufzufinden, was Dr. Marlies Winter zu sexuellen Spekulationen hinter Mundschutz hinreißt. Sie obduziert niemals ohne, aus Angst vor tuberkulösen und anderen ansteckenden Leichen. Die Mundbinde dämpft ihre Stimme, wofür Eva dankbar ist, auch wenn sie die Maskerade albern findet.

Winter über Zehntel: «Er hat Weibergeschichten. Alle Männer haben Weibergeschichten.»

«Dieser hier hat's hinter sich.» Hauptkommissar Benedikt Hermann umkreist seine Leiche, während sein Kollege Schultz fotografiert und Eva Röhm versucht, das Bein im Kniegelenk zu beugen, um die Totenstarre festzustellen. Das Bein ist weiß und unbeweglich. Sie läßt es auf den Metalltisch zurückfallen.

«Unbekannte, männliche Leiche in mittleren Jahren in gutem Ernährungszustand. Totenstarre an den großen und kleinen Gelenken voll ausgebildet. Blaurote livide Totenflecke an den rückwärtigen Partien ...»

Eva schaltet das Gerät ab. «Er ist mindestens neun Stunden tot, vielleicht auch länger. Deckt sich das mit Ihren Erkenntnissen?»

Hermann sieht auf die Stelle, an der einmal ein Gesicht war. Es gibt für ihn zwei Sorten Opfer: die armen Schweine und diejenigen, die es verdient haben. Bei dieser Leiche ist er noch unentschieden. «Er ist gegen neun Uhr abends mit seiner Dame aufs Zimmer. Um zehn Uhr morgens hat ihn das Zimmermädchen gefunden.»

Um zehn Uhr dreißig war das Hotelzimmer mit Polizisten gefüllt, Arzt und Fotografen und Kollegen von der Spurensicherung, die die Leiche vollständig abklebten und die numerierten Streifen in Plastiktüten bargen; mit einem Kriminalhauptkommissar, der die Beschreibung der Leiche und des Fundortes auf sein Band diktierte ... Routinehandlungen, die später in Erkenntnissen münden, vielleicht ... Hermann trägt sein Bündel an ungeklärten Fällen mit stoischer Ergebenheit.

«Hat man einen Behälter mit Säurerückständen gefunden?»

Hermann schüttelt den Kopf. Eva und Marlies Winter sind über das Gesicht der Leiche gebeugt, ein Restgesicht aus Gefäßen und Knochen und Hautfetzen, die mit der Pinzette entfernt und konserviert werden.

«Schwefelsäure», sagt Franz und zieht seine Nasenflügel zusammen. Eva riecht nichts, wie immer, und Marlies Winter denkt an die Gallenblasenoperation ihrer Schwiegermutter.

Man wird sie im Krankenhaus besuchen müssen, und Marlies haßt Krankenhäuser. Der Gallenblasensohn ist, wie immer in Krisensituationen, dienstlich verhindert. Die Kinder werden ihre Begleitung ins Krankenzimmer von Gefälligkeiten abhängig machen. In dieser Familie gibt es nichts umsonst.

«Mein erster Säurefall, Hauptkommissar. Sie werden auf den Obduktionsbericht warten müssen.» Eva weiß, daß Benedikt Hermann schnelle Ergebnisse will und es haßt, auf Berichte zu warten. Er wird täglich zweimal anrufen und danach fragen, und er wird sie zum Essen einladen, um sie auszuhorchen. «Keine weiteren Säurespuren außerhalb des Gesichtsbereiches. Aber die Verätzungen sind nach erster Einschätzung nicht tief genug, um den Tod herbeigeführt zu haben. Für eine postmortale Verletzung spricht, daß keine Spuren an den Fingern sind. Er hätte versucht, es abzuwehren ...»

Marlies Winter untersucht die Handgelenke des Toten. «Keine Druckspuren, er war nicht gefesselt.»

Manchmal denkt sie mit, denkt Eva und deutet ein anerkennendes Nicken an. Gut möglich, daß ausnahmsweise niemand im Hause Winter an physischen oder psychischen Krankheiten leidet, Kinder und Ehemann sich wie vernünftige Wesen benehmen und Marlies eine Atempause bis zur nächsten Familientragödie gegönnt ist, an der sie stets das halbe Institut teilhaben läßt. «Wir nehmen seine Fingerabdrücke, vielleicht hilft Ihnen das weiter.»

«Anaphylaktische Reaktionen?» Franz sägt am Kiefer, um das Gebiß zu entnehmen.

«Er könnte doch einen tödlichen Schock bekommen haben?» Hermann sieht zu, wie das Fleisch sich teilt, und denkt an seinen nächsten Zahnarzttermin.

Klugscheißer, denkt sie und sagt: «An irgendwas ist er sicherlich gestorben, Herr Hauptkommissar».

Hermann grinst in ihr ärgerliches Gesicht. «So was nenne ich einen aufschlußreichen pathologischen Befund, Frau Doktor. DARAUF ist sogar unser Polizeiarzt gekommen.»

Ihr flüchtiges Lächeln erwärmt den kühlen Raum. Er versucht, ihren Blick festzuhalten und in ihn hineinzudeuten, was sein kaltes Herz erfreuen könnte. Doch ihre Augen sind längst wieder bei der Leiche, die er ihr gebracht hat. Die Toten sind die einzige Verbindung zwischen ihnen, Anlaß zum Wiedersehen, Telefonieren und zu Gesprächen bei gelegentlichen Essen. Man muß ihnen also dankbar sein, den Objekten seiner und ihrer Neugierde, auch wenn er in den langen Momenten des Selbstzweifels weiß, daß diese Beziehung so leblos ist wie das, was vor ihm liegt.

Sie steht jetzt neben Dr. Winter, die die Genitalien des Toten in der Hand hält, mit professioneller Geste und abgründigem Gesichtsausdruck.

«Unauffällig.» Dr. Winter biegt den schlaffen Penis mit ihrem Daumen. Eva Röhm deutet auf das Vorhautbündchen. «Hier ist ein winziger Kratzer am Frenulum, vermutlich auf den vorhergegangenen Sexualverkehr zurückzuführen ...»

Benedikt Hermann besieht sich die Entdeckung flüchtig. «Muß ja ein wilder Fick gewesen sein, den er sich zu guter Letzt gegönnt hat.»

Nur der Kollege grinst, er hätte die Bemerkung gern zurückgenommen. «Aber warum zum Teufel hat sie ihm das Gesicht verätzt?»

Dr. Winter läßt den Penis los. «Vielleicht, weil er sie nicht zum Orgasmus gebracht hat?»

Jetzt lächelt sie, die Röhm, und Hermann denkt, typisch, so etwas finden Frauen komisch. Außerdem, wenn es eine Prostituierte war, hatte sie ja wohl keinen Anspruch darauf.

«Oder es war einer von diesen Sexfreaks, die einen ausgefallenen Kick brauchen, um einen hochzukriegen.» Polizist Schultz kann das Geräusch der Säge nur schwer ertragen. Er mag Leichen nicht und denkt über eine Laufbahn im Bereich der Wirtschaftskriminalität nach. Zweite Wahl wäre die Sitte. «Na ja, ich meine, vielleicht hat er sich die Nutte geholt, damit sie ihn mit ein bißchen Säure antörnt, und dabei ist ihr das Fläschen aus der Hand gerutscht, und ... dann ist sie vor Schreck abgehauen ... und ...»

«Der kleine Tod», murmelt Marlies Winter und denkt an Perverse, die sich Plastiktüten über den Kopf stülpen oder sich dosiert drosseln, um zum Orgasmus zu gelangen. Leider ist ihr noch keiner unters Messer gekommen, bei dem der große Tod die Lust einholte. Die Impotenz der Männer findet sie himmelschreiend.

«Und darüber hat sich unser Mann so erregt, daß er an Herzversagen starb ... Sie sollten zum Fernsehen gehen, Schultz.» Benedikt Hermann lächelt mit der Überheblichkeit eines Vorgesetzten, und Schultz errötet.

Marlies Winter setzt zum Schnitt an. Impotent, dumm, überheblich, gefühlskalt ... und einen von ihnen liebt man doch, das ist das Gemeine. Das Messer gleitet durch das Fleisch. Bei Georg Winter wären eindeutig mehr Fettschichten zu durchtrennen, denn Georg läßt sich gehen, ein Vorwurf, den er allerdings auch gegen sie erhebt. Er ißt, sie raucht. Er trinkt, sie trinkt. Sie haben einiges gemeinsam, auch die Kinder, um die er sich selten bemüht. Ein Wunder, daß man nicht selbst da liegt, gestorben an Überforderung durch die Familie. Marlies beneidet Eva Röhm um deren Unabhängigkeit, ist aber nicht sicher, ob sie die Einsamkeit ertragen könnte.

Hermann hält das von Franz gesäuberte Gebiß hoch, als ob er darin lesen könnte. Kein Zahnersatz und keine Kronen, ein völlig intaktes Gebiß, das man nur über DNA identifizieren könnte. Er sieht Dr. Röhm an, daß sie überarbeitet ist, kein Wunder bei Zehntels Faulheit und dem blinden Aktionismus von Marlies Winter. Während der letzten gemeinsamen Obduktion war ihr das Herz aus der Hand geglitten, und er hatte gesehen, wie ihre Hände zitterten, als sie es vom Boden aufhob. Es würde ihn nicht wundern, wenn die Winter ein Alkoholproblem hätte. Eva Röhm klatscht nicht über Kollegen, er ist also auf Spekulationen angewiesen. So wie bei dieser verflixten Leiche, deren Identifizierung schwierig sein wird. Kein Gesicht, keine Papiere, keine maßgeschneiderte Kleidung, Nullachtfünfzehnschuhe, keine Operationsnarben ... und möglicherweise keine schlüssige Todesursache. Bleibt die unbekannte Frau, deren Beschreibung durch den Nachtportier auf jeden Blondinenwitz und einige hunderttausend Frauen im Lande zutrifft. Daß die Fingerabdrücke im Computer sind, wäre die einzige Chance.

Dr. Winter schneidet, und Eva Röhm diktiert. Sie hat Ringe unter den Augen, seine Favoritin unter den Rechtsmedizinern, und in einem fast zärtlichen Gedankenflug stellt er sich vor, daß sie nachts zu lange liest, Akten oder Bücher, und daß sie erst nach Mitternacht zu Bett geht, ein französisches Bett vielleicht, das unter besonderen Umständen Platz für zwei böte ... Nein. Unsinn. Sie könnte auch Lockenwickler tragen und einen Fernseher im Schlafzimmer haben sowie Krümel im Bett von irgendwelchem Knabberzeugs ...

Ihre Haare sind lockig und lang, hinten mit einer Spange zusammengehalten, aus der sich immer wieder Strähnen lösen und ihr ins Gesicht fallen. Benedikt Hermann entscheidet sich für die Lockenwickler-Version, als sie ihn fragt, ob es Fortschritte bei Sissy's Identifizierung gäbe.

Braune Augen, umgeben von Fältchen, die einer Frau über vierzig zustehen. Die Blicke sind immer nur fachlich interessiert. Nein, sagt er und fügt hinzu: «Vermutlich eine Illegale aus dem Osten, die von ihrem Zuhälter umgebracht wurde.» Es waren nur noch einzelne Knochen gewesen, die Schulkinder gefunden hatten, Skelettfragmente, die zusammengetragen und in der Rechtsmedizin geordnet wurden. Man hatte immerhin festgestellt, daß es sich um eine Frau zwischen zwanzig und dreißig Jahren handelte, die an einer Schußverletzung im Herzbereich verstorben war. In dem Knochen-Puzzle hatten einige Teile gefehlt, die wahrscheinlich von Tieren verschleppt worden waren. Professor Wirtz und Dr. Röhm hatten die Restbestände mit absurder Begeisterung sortiert und sich über die Entdeckung der Schußverletzung fast kindlich gefreut. Nun, es hatte nichts gebracht. Das Skelett, das sie Sissy tauften, war mit keiner vermißten Frau auf der Computerliste identisch. Die Knochen liegen immer noch in der Rechtsmedizin, doch irgendwann wird Sissy, die Unvollständige, Geheimnisvolle, den ewigen Frieden finden, wie es die Spezialisten der Seele nennen.

Es ist schwierig, diese Metapher an diesem Ort nachzuvollziehen. Der geöffnete Leichnam wird nunmehr ausgeweidet und die Einzelteile vermessen, gewogen, untersucht. Appetithäppchen, so nennt Zehntel die Organteile, die für weitere Untersuchungen abgeschnitten werden, landen in Marmeladegläsern. Auch dieser Begriff ist eine Zehntel-Schöpfung, und Hermann ist dankbar für die Abwesenheit des Doppeltpromovierten. Nichts gegen dessen Scherze, aber Zehntel macht sich nicht nur über seine Leichen lustig, sondern auch über die anwesenden Polizeibeamten. Was entschieden zu weit geht und ihn zu einem Seitenblick auf Schultz veranlaßt, der etwas grünlich aussieht. Der Junge hat noch keine Verwesten mit Madentango gesehen, denkt er. Eva Röhm behauptet, daß die Maden sich wie Tangotänzer bewegen; alle Pathologen sind ein wenig seltsam, auch sie ist nicht frei davon.

«Gegen eine Zigarettenpause ist nichts einzuwenden.»

Schultz sieht ihn dankbar an und zieht sich durch die offene Tür in den Vorraum zurück. Marlies Winter asserviert Magen- und Darminhalt, Blut, Galle, Leber, Niere und Gehirn für die Forensische Toxikologie sowie Oberschenkelvenenblut und Harn zur Alkoholbestimmung. Es riecht nach Alkohol wie in einer Kneipe, die lange nicht gelüftet wurde. Man hatte zwei Flaschen Champagner im Zimmer des unbekannten Mannes gefunden. Die Gläser waren ohne Fingerabdrücke.

Eva Röhm hat die Arme verschränkt und das Aufnahmegerät gegen ihre Brust gepreßt. «Man kann von reichlichem Alkoholgenuß ausgehen, die genaue Promillezahl später ... Aber sonst, mit allem Vorbehalt: keine auffälligen Befunde. Keine Einstichspuren. Haare, Fingernägel, Haut- oder Sklerenverfärbung weisen nicht auf eine Vergiftung hin. Kein ungewöhnlicher Geruch ... aber wir haben alles Nötige für die Toxikologie entnommen. Wenn es sich nicht um ein ungewöhnliches Gift handelt, bin ich ... im Moment überfragt.»

Hermann sieht so enttäuscht aus, daß sie nach einer kurzen Pause weiterspricht. «Ich bewege mich jetzt im Bereich des Spekulativen, aber ... fest steht, daß sogenannte Seitensprüngler während des Koitus häufiger an Herzversagen sterben als es bei ehelichem Geschlechtsverkehr der Fall ist. Wenn unser Mann eine leichte Vorschädigung hatte, beispielsweise Herzrhythmusstörungen, die pathologisch nicht unbedingt nachweisbar sind, dann könnte er ... möglicherweise ... doch an Herzversagen gestorben sein ...»

«Zuviel Lust kann eben tödlich sein.» Dr. Winter sagt diesen Satz mit mörderischer Entschiedenheit, und Hermann denkt, daß ihm diese Todesart wohl nicht beschieden sein wird. Er ist ein wenig enttäuscht, jedoch nicht entmutigt. Dr. Röhm sieht nachdenklich aus, sie wird nicht so schnell aufgeben, denkt er, denn sie ist eine, die sich an Leichen festbeißt und erst losläßt, wenn sie was gefunden hat.

Marlies Winter zieht sich vorsichtig die blutverschmierten Gummihandschuhe von den Händen und wirft sie angewidert in den Abfallkorb. Warum sollen Männer nicht an Herzversagen sterben, wenn dieses Organ schon im Leben nicht all seine Funktionen ausfüllt? Man nehme den Sohn, der seinem Vater in vielem ähnelt: Siebzehn ist er, kalt wie eine Hundeschnauze und von einer Respektlosigkeit, die sie gewiß nicht verdient. Kinder sollten nicht erwachsen werden, es ist immer eine Enttäuschung, wird immer zum Generationenkrieg, und am Ende bleibt man hohl zurück.

Hauptkommissar Hermann kämpft mit seiner Ungeduld. Es wird Tage dauern, bis die toxikologischen Untersuchungen abgeschlossen sind. An Toten muß man dranbleiben, so lange sie frisch sind, aber wie zum Teufel soll er den Spuren eines Mannes ohne Identität und Todesursache folgen? So folgt er Eva Röhm in den Vorraum, in dem Aschenbecher überquellen. Auch Pathologen brauchen Krücken, um den Tod abzuschütteln. SIE raucht nicht, auch dies gehört zu ihren erfreulichen Zügen. Würde sie seine schüchterne Zuneigung erwidern, wäre sie fast perfekt – für eine Frau.

Sie zieht sich die grüne Kittelschürze aus und wäscht sich die Hände. Ihre Blicke treffen sich im Spiegel über dem Waschbecken, und er kann ihr endlich sagen, daß sie erbärmlich schlecht aussieht, und sie antwortet, daß es in letzter Zeit zu viele Leichen und zu wenig Schlaf gegeben hat.

«Wenn er an Herzversagen starb, warum dann die Gesichtsverätzung?» Hermann wiederholt sich, weil ihm unbeantwortete Fragen ein Greuel sind.

«Ich habe mich nicht festgelegt, Hauptkommissar. Ich weiß es einfach nicht. Wir müssen das Ergebnis der Untersuchungen abwarten.»

«Das dauert grauenvoll lange.»

«Ich für meinen Teil werde mich beeilen.» Sie blättert in der Akte mit den Tatortfotos. Er sieht auf die Uhr, es ist nach sechs. «Abendessen?»

Eva Röhm schüttelt den Kopf. «Heute nicht. Ich bin einfach zu müde.»

«Was war das für ein Typ, ich meine, so nach dem Körper zu urteilen?»

Sie studiert die Aufnahmen des Fundortes. «Nicht unbedingt jemand, der gewöhnlich in einem Mittelklassehotel absteigt, allerdings in Begleitung einer Prostituierten ...?! Ich schätze ihn auf vierzig bis fünfzig, aber das läßt sich noch genauer bestimmen. Gepflegte Hände, einer, der mit den Händen arbeitet, ist er bestimmt nicht. Kein durchtrainierter Körper, aber er hat auf ihn geachtet, würde ich sagen. Waren Spermaspuren auf dem Laken?»

Er schüttelt den Kopf.

«Sind Sie sicher, daß eine Frau bei ihm war?»

«Ein Transvestit?» Hermann sieht sie verblüfft an.

«Oder ein Mann, der sich als Frau verkleidet hat. Ich meine, wenn wir schon im mysteriösen Bereich sind ...»

«Sie meinen, 'ne Frau würde zu so etwas nicht fähig sein?»

Eva lächelt beinahe: «Unsinn, Frauen sind zu allem fähig.

Ungeklärte Todesursachen bringen mich auf dumme Gedanken.»

Sie steht jetzt an der Tür, und er zerbricht sich den Kopf nach einem Satz, der sie zurückhalten könnte. Er ist zu langsam, zu glatzköpfig, zu gewöhnlich, um eine Frau zu begeistern. Ihr freundlicher Abschiedsgruß ist eine von vielen kleinen Niederlagen, die ihn schmerzen oder wütend machen. Er wird es an seinen Untergebenen auslassen oder an der Bedienung seiner Stammkneipe. Das Hinnehmen und Austeilen gehört zu dem Scheißspiel zwischen Geburt und Tod. Benedikt Hermann nimmt seinen Hut und blafft den Kollegen Schultz an, der sich für das Gebiß im Plastikbeutel nicht zuständig gefühlt hatte.

Franz schiebt die mit einem Laken bedeckte Leiche zu dem Aufzug, der zu den Kühlräumen führt. Er macht sich seine eigenen Gedanken, zum Beispiel diesen, daß die Verätzungen durch Schwefelsäure nur beigebracht wurden, um von dem Gift abzulenken, das zum Tod geführt hat. Er wird später darüber mit Dr. Röhm sprechen, nicht in Gegenwart der Polizeibeamten, da ist er nur der Mann fürs Grobe. Dr. Winter findet wieder einmal ihren Autoschlüssel nicht, er sieht sie entnervt in der Handtasche kramen, bevor sich die Aufzugstüren schließen. Es geht abwärts in den Raum, in dem sie temperierte Ruhe finden, zurückkehren zu dem Nichts, das sie einmal waren, zum Leben erweckt auf Zeit, die ungeschätzte Zeit des Lebens, die auf alles vorbereitet, nur nicht auf den Tod.

Sie liegen nebeneinander, der Mann ohne Gesicht und die Pennerin, das Unfallkind und die alte Frau, die sich erhängt hat. Der Tod macht gleich und zeitlos, und seine Uhr tickt ohne jeden Sinn. Für sie. Sie brauchen nichts mehr als die Zeit, zur Erde zurückzukehren und ein Teil von ihr zu werden. Diese Vorstellung findet er natürlich und akzeptabel. Schließlich sind sie auf der Oberfläche nutzlos geworden, nur noch Gegenstand pathologischer Neugierde und bestattungstechnischer Fragen. Über die Seelen und ihre Verwendung nachzudenken, ist nicht seine Sache. Als er Dr. Röhm einmal nach ihrer Einstellung zum Tod fragte, sagte sie, daß sie keine habe. «Wenn ich da bin, ist er weg; und wenn er da ist, bin ich es.» Es gäbe keine Begegnung, sagte sie, weil Leben und Tod einander ein- und ausschließen.

Möglich, daß sie recht hat, denn die toten Gesichter sind einander ähnlich und verraten nichts über letzte Gedanken und Gefühle. Sie sind nicht friedlich, sondern einfach leer. Als er Kind war, sagte man ihm, daß die Seelen davonflögen, und er fragte, aus welcher Öffnung, worauf es eine Ohrfeige gab. Ungefähr seit damals glaubt er, daß es genug Sinn macht, wenn man Anfang wie Ende hinnimmt als die Zeit, die einem gewährt wird zu denken, fühlen und handeln.

«Franz, du redest wieder mit den Toten.»

Der Pförtner hält seinen Schlüsselbund hoch. «Sie sind alle weg, bis auf Dr. Röhm, die sitzt noch in ihrem Zimmer. Und Dr. Winter hat beim Rausfahren die Hofmauer erwischt, da haste was versäumt. Erst hat sie geflucht, dann geheult und schließlich ihren Mann angerufen. Wenn du dich beeilst, kriegst du das dicke Ende noch mit.»

«Kein Bedürfnis.» Franz zieht seinen Kittel aus und folgt dem Pförtner aus dem Kühlraum in den Flur, seine Nase wittert Schnaps, seine Empfindungswelt besteht im wesentlichen aus Gerüchen, und oft sind die der Lebenden nicht angenehmer. Es gibt eine Reihe von Leuten im Institut, die er nicht riechen kann, beispielsweise Max Zehntel, der so viel «Egoiste» aussprüht, daß er manchmal seine Geruchsorgane blockiert, um konzentriert arbeiten zu können. Die Frauen im Institut sind durchwegs erträglicher, und daß ihn die meisten für einen kauzigen Menschen halten, stört ihn nicht. Sie respektieren ihn, solange er in ihrem Sinne funktioniert. Mehr hat er von anderen nie verlangt.

Zu anspruchslos sei er, hat ihm die letzte Frau vorgeworfen, der er sich in besten und schlechtesten Absichten genähert hatte. Das hat ihn eine Weile beschäftigt, denn er findet seine Gedanken nur langsam und hat Schwierigkeiten, sie in die von anderen erwartete Richtung zu ordnen. Bedächtig sei er, sagen die Gutwilligen, und weil er nur ihnen zuhört, kann er an sich nichts Besonderes finden. Schließlich hat Schnelligkeit keine Bedeutung in seinem Leben, und er hat nie nachvollziehen können, was die Meute hetzt ... bis in den Tod. Es gibt nichts zu versäumen, außer der Zeit, die man hat. Dr. Röhm würde das verstehen, denkt Franz, und wählt den Hauptausgang, um dem Winterdrama im Innenhof zu entgehen. Eva Röhms Distanz zu den anderen zeugt von einer wunderbaren Langsamkeit, die nur er erkennt und versteht.

Sein Fahrrad, nicht angekettet, hat auf ihn gewartet. Die Frau, die seine Anspruchslosigkeit kritisierte, hat ihn verlassen. Sie war Verkäuferin in einer Metzgerei und behauptete, daß er sie auf die dümmsten Gedanken brächte. Der Verlust ist nicht tragisch, denn sie war auf eine unbeschwerte Weise sehr schlicht gewesen, auch wenn ihn ihr Geruch sexuell erregt hatte.

8. Kapitel

Es war der Sommer, in dem Louis Armstrong und Nikita Chruschtschow starben, Zehntausende von Pakistanflüchtlingen und die Besatzung des sowjetischen Raumschiffs Sojus 11. In Nordirland ließ der Premierminister IRA-Mitglieder in Internierungslager einweisen, und bei Auseinandersetzungen zwischen Katholiken und Protestanten wurden sechsundzwanzig Menschen getötet. Kathleen trug schwarze Kleider, die bis zu den Knöcheln fielen, und verwandelte ihre schwarzen Locken in eine Twiggy-Frisur von gescheckte Blond. Serena bekämpfte den internationalen Faschismus, und Heather zog sich vor der Sommerhitze immer öfter in ihr Schlafzimmer zurück, wo ein riesiger Deckenventilator Kühle surrte. Lily, für uns andere unerreichbar, schwebte zwischen

Küche und Schlafgemächern, und Alfred ließ uns gelegentlich wissen, daß Madame sich nicht wohl fühle, das Hinzuziehen eines Arztes jedoch kategorisch ablehnte.

Ich vermißte Heather, doch Rosa führte ihre Geschichte fort und erzählte mir, daß Heather unter ihren Freiern einen Bankier fand, der sie in den Stand der Mätresse erhob. Auch Huren haben manchmal Glück, sagte Rosa. Und sie fügte hinzu, daß Heather Männer immer nur benutzt habe, um weiterzukommen. Ich war geneigt, ihrer feministischen Interpretation von Heathers Lebenslauf zu folgen, in dem das Wort Liebe in verschiedenen Begriffen vorkam: Abhängigkeit, Selbstverleugnung, Kampf, Sieg …

Was wußte ich von Liebe? Das Zusammenleben meiner Eltern schien dieses Wort nicht auszufüllen, ebensowenig wie die Handgreiflichkeiten meiner pubertierenden Mitschüler oder die Defloration durch einen Fremden. Real waren die tragischen Liebenden der Literatur: Ich glaubte daran, daß große Gefühle mit Entsagung oder Tod enden mußten – wie anders wären sie über längere Zeit hinweg zu ertragen? Rosa lachte, als ich das sagte. Meine Romanfrauen seien nichts weiter als die Ausgeburt perverser männlicher Phantasien. Liebe sei ganz anders: Erregung, Hingabe, Ernüchterung, Schmerz.

Rosa sagte, daß Heather ihren Bankier verließ, nachdem sie erfolgreich an der Börse spekuliert hatte. Die Freiheit währte ein knappes Jahr, dann verlor sie ihr Geld im Weizengeschäft, doch die Lust an der Unabhängigkeit, deren Basis Geld sei, habe Heather nie wieder verlassen.

Wir saßen im Garten, tranken Eistee mit Minze und aßen Gurkensandwiches, die nur in England so weich und leer schmecken, daß man meint, niemals satt zu werden. Heather, arm und auf der Suche nach finanzieller Unterstützung, fand Harry, einen Beamten Ihrer Majestät, der auf seine Versetzung nach Asien wartete. Die Hochzeit fand noch in London statt, und sie war so grauenvoll wie der Rest der Ehe, sagte Kathleen, die sich zu uns gesetzt hatte und sich mit Rosa in der Erzählung abwechselte. Immer, wenn eine der anderen dabei war, wirkte Rosa eine Spur demütig, und sie schwitzte wie ich, während Kathleen unter ihrem großen Strohhut sehr kühl wirkte, ein wenig abwesend wie immer und von distanzierter Freundlichkeit.

Heather hatte einen Teil ihrer früheren Kolleginnen zur Hochzeitsfeier eingeladen, ein mutiges Bekenntnis zu ihrer Vergangenheit, das von Harry und seiner versnobten Verwandtschaft naturgemäß nicht gewürdigt wurde. Heather war schwanger und erbrach sich während der Rede des Brautvaters, und Harry begann angesichts der geballten Mißbilligung seiner Gäste zu trinken, bis er vom Stuhl fiel.

Ich lachte, und Kathleen sagte, daß Heather ihren einzigen Ehemann als widerwärtigen und korrupten Trunkenbold bezeichnete. Dennoch blieb sie zehn Jahre bei ihm, in dem kleinen Haus in Hongkong, in dem es immer nach Fisch und Whisky roch, im «duftenden Hafen», wie die britische Kronkolonie genannt wurde, in der die englischen Damen die mörderische Hitze und tödliche Langeweile hinwegfächelten, Bridge und Krickett spielten, vom Ball des Gouverneurs träumten und an ihren chinesischen Hausangestellten verzweifelten. Heather war kein gesellschaftlicher Erfolg beschieden. Man betrachtete sie nicht als ebenbürtig, schlimmer noch, als sexuelle Gefährdung aller Ehemänner.

«Hat sie Harry denn betrogen?» Ich nahm das letzte Gurkensandwich und tupfte mit meinem feuchten Zeigefinger Krümel von der Platte. Kathleen hatte ihre riesige Sonnenbrille aufgesetzt und sah aus wie ein unterernährter Pandabär. Ihr letzter Friseurbesuch, ich vermerkte es mit Genugtuung, hatte ihre Schönheit deutlich beeinträchtigt.

«Ja, natürlich. Aber nur in den Wintermonaten. Heather sagte, daß es in der übrigen Zeit einfach zu heiß für jegliche körperliche Betätigung gewesen sei. Mit ihren Affären habe sie die öde Aneinanderreihung von Tagen unterbrochen, auch wenn die Männer Harry alle sehr ähnlich gewesen seien: robust, selbstgefällig, humorlos – und ab Sonnenuntergang betrunken.»

Heather verlor ihr erstes Baby im sechsten Monat; das zweite starb bei der Geburt. Sie war nicht robust, aber zäh genug, Harrys trunkene Wutanfälle zu überstehen und den permanenten Vorwurf, daß eine Hure nicht als Ehefrau und Mutter tauge. Harry kompensierte sein Unglück mit sehr jungen chinesischen Prostituierten und Bestechungsgeldern, die er von chinesischen Geschäftsleuten für die Vergabe von Lizenzen erhielt. Den Großteil seiner Abende verbrachte er an der Bar seines Clubs, wofür Heather sehr dankbar war. Sie sammelte jahreszeitgemäß Männer und antike Buddhafiguren, die aus China geschmuggelt wurden, und bezahlte das eine mit dem anderen. Ihre sexuelle Gunst war bis zu einem gewissen Punkt käuflich. Sie war «Harrys Hure», aber sie war wählerisch und trotz starker chinesischer Konkurrenz ein umschwärmtes Objekt der Begierde, weil sie weiß war, ein Stück Heimat und so rar wie die saftigen Steaks und süßen Puddings, die man in Hongkong vermißte. Die Frauen sahen es anders. Nur wenige beteten für Heathers Seelenheil. Die meisten wünschten sich, daß sie von einer chinesischen Horde vergewaltigt und anschließend ins Meer geworfen würde.

Auch Harry mußte bezahlen, wenn er ihre Nähe wünschte, den höchsten Liebeslohn von allen, was Heather damit begründete, daß Sex mit einem betrunkenen Tier seinen Preis habe. Sie war einsam und unglücklich, sagte Kathleen und fügte mit irischem Nachdruck hinzu, daß dies zu erwarten sei, wenn man sich mit Engländern einlasse.

Die Offensive der britischen Ehefrauen, den Gouverneur zur Ausweisung von Harrys Hure zu bewegen, erreichte ihren Höhepunkt, als Heathers unzüchtige Beziehung zu einem chinesischen Antiquitätenhändler ruchbar wurde. Die gelben Kulis, denen man das Spucken mit Stockhieben ausgetrieben hatte, sie hatten in einem britischen Unterleib nichts zu suchen, darüber waren sich alle Anständigen einig. Das Vergehen rangierte knapp unter einer Majestätsbeleidigung und gefährdete nicht nur Harrys Karriere, sondern auch das Leben des Antiquitätenhändlers, der es vorzog, in einem buddhistischen Kloster unterzutauchen. Harry verprügelte Heather, bis sie eine lächelnde Buddhastatue nach ihm warf, die ihm zwei seiner Zehen brach. Hongkongs Gesellschaft war empört, und Kathleen lächelte böse, als sie sagte, daß es nichts Schlimmeres gäbe als die bigotte Weltanschauung der britischen Mittelklasse. Rosa, die Eiscreme in den Garten brachte, blinzelte mir verschwörerisch zu, und ich wußte nicht, was sie damit meinte.

Die Offensive der britischen Damen wurde von der japanischen überrollt. Hongkong fiel in die Hände des Feindes. Harry, der sich an der aussichtslosen Verteidigung mit gnadenloser Tapferkeit beteiligt hatte, wurde leicht verwundet und kam in ein Internierungslager. Heather fand sich mit anderen Damen in einem Bordell für japanische Offiziere wieder, ein Schicksal, das sie als weniger hart empfand als ihre Leidensgenossinnen. «In dieser Wendung lag natürlich eine wunderbare Ironie», sagte Rosa, und ich nahm an, daß diese Formulierung von Heather stammte. Sie hatte kein Talent zu Selbstmitleid. Sie klagte nicht und beklagte nichts. Wenn es nicht Demut war, dann eine Arroganz gegenüber dem Leben, die beinahe an Unverwundbarkeit grenzte. Im Gegensatz zu Magda, die sich in den Mittelpunkt der Welt stellte und sie von da aus kommentierte, war Heather eine distanzierte Reisende zwischen ihrer und anderen Welten. Ich stellte mir vor, daß sie in jenem japanischen Bordell, in dem sie zwei Monate verbrachte, ihr Bild über Männer zu Ende gemalt hatte. Und vielleicht, aber nur vielleicht, hatte sie Mitleid mit den anderen Frauen empfunden, die nun so nackt waren wie sie und nichts hatten, woran sie sich wärmen konnten.

Kathleen und Rosa wußten keine Einzelheiten über diesen Abschnitt aus Heathers Leben, und ich füllte die Lücke mit fragmentarischem Wissen über japanische Greueltaten während des Krieges, über die unser Geschichtslehrer mit deutlich mehr sittlicher Entrüstung gesprochen hatte als über die «sporadischen Übergriffe» der deutschen Wehrmacht, in der österreichische Soldaten nur eine mitlaufende Rolle gespielt hätten. Ich war im Besitz keiner Wahrheit, nur ein Gefäß, halb gefüllt mit dem selektierten Wissen anderer und Erfahrungen, die in diesem Haus nicht zählten. Niemand fragte mich nach meiner Vergangenheit oder Zukunft, und ich hätte nicht viel zu erzählen gewußt, weil ich mich für das Kaff schämte und sehr vage Vorstellungen über mein künftiges Leben hatte. Die Ärztin einer Leprastation war die romantische Variante, die sich mit der einer berühmten Forscherin, Nobelpreis inklusive, schwer vereinbaren ließ. Keine Kinder: das Risiko, Magda zu kopieren, wollte ich unter keinen Umständen eingehen. Wenn ich gelegentlich davon träumte, John Lennon zu heiraten, antwortete der Spiegel mit Nein. Die Kluft zwischen dem, was ich wünschte, und dem, was ich war, blieb zu groß, um mich zuversichtlich zu stimmen.

Rosa bemalte ihre Zehennägel, und Kathleen sagte, daß man im Leben ein Ziel haben müsse, um nicht verrückt zu werden. Ich dachte, daß sie eine große Künstlerin sein wollte, womit ich völlig falsch lag. Kathleen verriet mir ihr Ziel nicht, und als ich es erfuhr, war es für vieles zu spät. An diesem Sommerabend, auf der Gartenbank, hätte ich vielleicht mehr davon hören können, doch ich war auf Heathers Leben fixiert. Rosa sagte später, daß nichts und niemand Kathleen davon hätte abhalten können, das zu tun, was sie für richtig hielt. Rosa, die Pragmatische, sprach sich und mich von jeglicher Schuld frei, schloß allerdings nicht aus, daß Heather viel gewußt und dazu geschwiegen hatte. Die Nähe des Todes schaffe Angst, die sich auf alle anderen Gefühle lege wie Schnee, sagte Rosa, und sie meinte damit nicht nur Heather, sondern auch Kathleen.

Kathleen, die uns ebenso unvermittelt verließ, wie sie gekommen war, überließ es Rosa, die Geschichte zu Ende zu erzählen, um meine Neugierde zu befriedigen. Während der japanischen Herrschaft in Hongkong verlor Heather ihre wertvolle Buddha-Sammlung und ihren Ehemann. Harry starb im Internierungslager an Wundfieber und mangelnder medizinischer Versorgung einen Heldentod, wie seine Kameraden es nannten. Nachdem der Spuk vorüber war und die britische Fahne wieder auf dem Peak wehte, ging das Gerücht, daß Heather mittels ihrer Beziehungen zu japanischen Offizieren dafür gesorgt hatte, daß Harry das Lager nicht überlebte. Es galt, ein Trauma zu überwinden, und neben Helden brauchte man Verräter. War sie nicht geradezu freundschaftlich mit den Schlitzaugen umgegangen, während ehrbare Frauen die Augen schlossen und beteten, während der Feind sie attackierte?

Die Witwe verließ Hongkong fluchtartig und reiste nach London, wo Harry dankenswerterweise seine Bestechungsgelder deponiert hatte. Der Krieg war zu Ende, und in Japan wurden erstmals Frauen zu den Wahlen zugelassen. In London standen die Sieger um Lebensmittelkarten an, und die britischen Militärbehörden erklärten den Verlierern auf Plakaten, daß ihr Hunger Teil der Welternährungskrise sei. 39 Juden wurden bei einem Pogrom in Polen getötet. Die chinesischen Kommunisten riefen die 190 Millionen Chinesen zum Aufstand gegen Tschiang Kaischek auf. Die Salzburger Festspiele wurden eröffnet. Heather richtete sich in einer Hotelsuite ein und wartete auf bessere Zeiten. Als die Börse wieder eröffnet wurde, spekulierte sie mit Aktien und vermehrte Harrys Nachlaß. Sie kaufte das Haus in St. Johns Wood und unterhielt eine Affäre mit dem Architekten, bis die Renovierung abgeschlossen war. Dann holte sie sich ihre vier Frauen ins Haus.

Der Architekt sei Heathers letzter Mann gewesen, behauptete Serena beim Abendessen, dem Heather fernblieb. Anschließend hielt sie uns einen flammenden Vortrag über die Unrechtsurteile im Prozeß um Andreas Baader und nannte Rosa eine blondierte Faschistin, worauf Rosa empört erwiderte, daß zwischen der Wahl ihrer Haarfarbe und ihren politischen Überzeugungen absolut kein Zusammenhang bestehe. Deutschland war ein besonders kräftiges unter Serenas Feindbildern, und auf meinen schüchternen Einwand, daß Willy Brandt ja doch eine ganz andere Nation repräsentiere, reagierte sie nur mit einem verächtlichen Schnauben. Sie klärte mich dahingehend auf, daß ihr britischer Vater jüdischer Abstammung gewesen sei. Dies würde sie nicht hindern, für die Rechte der Palästinenser einzutreten, doch den Deutschen könne sie niemals verzeihen, geschweige denn trauen. Serenas Verein zur Bekämpfung des internationalen Rassismus und Faschismus hatte an diesem Tag ein Glückwunschtelegramm an Idi Amin abgesetzt, der in Uganda die Macht übernommen hatte. Uns sagte das nicht viel, Rosa meinte allerdings, daß er auf dem Zeitungsfoto wie ein Schwein ausgesehen habe.

«Schweine sind rosa», brüllte Serena, bevor sie aus dem Zimmer stürmte. Ihre Abgänge waren stets vom heftigen Zuschlagen der schweren Tür begleitet, und wir zuckten jedesmal aufs neue zusammen, wenn es soweit war. Kathleen verließ nach Serena das Eßzimmer, und zum ersten Mal fiel mir auf, daß sie hinkte, ein wenig nur, und ich dachte an einen von Magdas Merksätzen: daß man sich vor Krüppeln in acht nehmen müsse. Es waren diese Sätze, vor denen ich mich fürchtete. Kathleen zog die Tür sanft hinter sich zu. Sie bewegte sich stets leise und unauffällig, als ob sie es vorziehe, für andere unsichtbar zu sein.

Rosa, die als einzige Nachtisch aß, sagte, daß Kathleens Vater ein Säufer und Schläger gewesen sei, und daß Kathleen schon früh von zu Hause weggelaufen sei und mehr oder weniger auf der Straße gelebt habe, bevor Heather sie fand. Rosa sprach von Kathleen wie von einer herrenlosen, verwundeten Katze, deren Krallen man akzeptieren müsse. «Bei Serena ist es was anderes. Sie braucht ihre Wut wie die Luft zum Atmen. Sie braucht Pinochet und Johnson und das Apartheid-Regime und die Gestrandeten und Entrechteten ...» Rosa hielt die Luft an, als die Haustür krachend ins Schloß flog ... «Sie raubt mir den letzten Nerv, aber man muß sie auch bewundern und gern haben.»

Ich sagte ihr, daß ich alle in diesem Haus bewundere, insbesonders Heather, die ihren Reichtum so großzügig teile. Manchmal versuchte ich ihnen zu schmeicheln, doch nur Rosa war empfänglich dafür.

Rosa lachte, es klang ein wenig schrill, obwohl sie sonst eine weiche und warme Stimme hatte. «Du kennst das Ende der Geschichte noch nicht, meine Kleine. Heather WAR reich. Aber leider hat sie ihr Geld verspekuliert, jedenfalls war sie vor zwei Jahren pleite, absolut, kein Penny mehr auf der Bank, nur das Haus war geblieben. Sie war immer eine Spielerin, unsere gute Heather ...»

Rosa folgte meinem Blick zur Wand, an dem ein Ölgemälde hing, das Heather zeigte: alt, herrisch, ungebrochen. Sie trug ein goldenes Kleid und hielt eine Rose in der Hand, ein abscheuliches, kitschiges Werk, von dem Rosa nun sagte, daß es ein Geburtstagsgeschenk gewesen sei, gemalt von einem afrikanischen Künstler, der zu Serenas Bedürftigen gehörte. Ich glaubte sofort, daß es sehr preiswert gewesen war. «Hat es Heather gefallen?»

Rosa gab mir keine Antwort, sie schien zu überlegen, wieviel Wahrheit ich vertragen konnte. Ich hielt ihrem Blick stand; Rosas Augen waren blau und kalt.

«Wir drei beschlossen also, das Haus zu retten. Wir wollten, daß alles so bleibt, wie es war. Und taten das, was alle von uns kannten und konnten. Der gute Alfred organisierte die Apartments und vermittelte anfangs die Kunden. Inzwischen läuft das Geschäft sozusagen von selbst – strikt außerhalb dieser Mauern selbstverständlich.»

Rosas Handbewegung umfaßte alle Sonderbarkeiten des Hauses, und bei Gott, es waren nicht wenige, angefangen von der nackten Figur eines griechischen Gottes, der einen Lampenschirm auf dem Kopf hatte, über die chinesischen Masken im Flur bis hin zum viktorianischen Mobiliar, das sicherlich wertvoll, aber äußerst unbequem war. Abgesehen von der farblichen Einheit der Räume paßte alles nicht so recht zusammen, so wenig wie meine Vorstellungen und die Realitäten dieses Hauses. Ich war nicht geschockt, nur ein wenig enttäuscht. Was ich bisher nur geahnt hatte: Nichts war wie es schien in diesem Haus. Es war auf vielen kleinen Lügen gebaut, die sich harmonisch zusammenfügten. So wie Rosa, deren

Güte auch herzlose Nuancen hatte. Sie sah mich neugierig und ein wenig triumphierend an, und ich fragte: «Weiß SIE davon?»

«Ja, natürlich. Es wäre doch merkwürdig gewesen, wenn sie etwas dagegen gehabt hätte. Ihre einzige Bedingung war, daß wir unsere anderen Tätigkeiten nicht einstellten. Kathleen sollte weiter zur Kunstschule gehen, und Serena die Welt verbessern. Ich habe mich ohnehin nie für etwas Besonderes interessiert. Männer mögen das, weil sie dumme Frauen für erotischer halten.»

Rosas Blick war abschätzend auf meine Person gerichtet, die braunen Haare und braunen, ungeschminkten Augen, die Jeans und das T-Shirt mit Lennons Kopf darauf. Die Whiskyflasche war halbleer, Rosa hätte sie halbvoll genannt, weil sie das Leben von dieser Seite betrachtete.

«Und es macht euch nichts aus, ich meine ...»

«Du bist nicht in einer Einzimmerwohnung mit Küche und Außentoilette aufgewachsen, meine Kleine. Sechs Personen, zwei Erwachsene und vier Kinder auf engstem Raum. Waschen neben dem Herd, und Hausaufgaben, die vom Geschrei der kleinen Geschwister begleitet waren. Nächte, in denen ich die Matratze der Eltern ächzen hörte. ICH LIEBE DIESES HAUS. Und wir alle klammern uns an Heather, weil sie und das Haus eins sind. Weil wir nur gemeinsam überleben können. Ich glaube nicht, daß du das verstehst.»

«Warum hast du es mir dann erzählt?»

Rosa sah auf das Gemälde. «Weil mich das Spiel manchmal nervt, und weil ich die Wahrheit mehr schätze als die anderen. Heather ist eine Hure, keine Herzogin. Alfred ist nebenberuflich Zuhälter. Serena und Kathleen bedienen nicht nur ihre politischen Ideale, sondern auch ihre perverse Stammkundschaft. Ich berechne fünfzig Pfund für einen blow job und hundert Pfund für normalen Geschlechtsverkehr. Und es macht mir auch noch Spaß, jedenfalls meistens. Ich mache mir nicht vor, etwas anderes zu sein, als ich bin. Das mußt du noch lernen, Eva: Die Wahrheit zu schätzen, auch wenn sie oft sehr gewöhnlich ist.»

Die Entzauberung hatte stattgefunden, eine Woche vor meiner geplanten Rückreise, und ich trank zum ersten Mal in meinem Leben Whisky, der mir half, Rosas Wahrheiten leichter zu sehen, und sie drückte mich an ihren gewaltigen Busen und sagte mir, wie sehr sie mich vermissen würde. Dann weinten wir ein wenig, Rosa und ich, und sie sprach davon, daß sie gerne ein Kind hätte, nur würden das die anderen Frauen kategorisch ablehnen. Ich sagte, daß Rosa doch weggehen könne, und sie meinte, daß ich nichts verstanden habe.

Als ich am nächsten Abend ins Speisezimmer kam, saß Heather an ihrem Platz am Ende der Tafel. Es war kühler geworden, und nun fror Heather, so daß Alfred das Feuer im Kamin entzündet hatte. Kathleen war rothaarig geworden, trug aber immer noch Schwarz. Rosa lächelte mich an wie eine Komplizin. Ich hatte Kopfschmerzen von unserer Whiskyorgie.

«Du kommst spät», sagte Heather, und ich setzte mich stumm an meinen Platz neben Serena, die mir Tee einschenkte und einen kleinen, braunen Finger spreizte, als sie ihre Tasse hochhielt. Eine alte neue Aufführung wurde gegeben, und ich beobachtete Heather, die ein weißes Kleid trug und ihren Jadeschmuck, der alte, königliche Vogel, der seine Schwingen wieder über uns auszubreiten beliebte. Es gab Roastbeef, das war ungewöhnlich, und Heather wartete, bis Alfred abgetragen hatte, bevor sie uns mitteilte, daß Lily nach China zurückkehren und sie das Haus verkaufen wolle.

Rosa schrie auf, als habe man soeben ihr Todesurteil verkündet. Kathleen verkrampfte ihre Hände, und Serena begann mit dem Kopf zu schwingen, ein Zeichen, daß sie sehr erregt war.

«Das kannst du nicht tun», sagte Rosa. «Nicht nach allem, was wir für dich getan haben.»

Serena und Kathleen nickten, und Rosa ergriff Heathers Hand: «Du machst einen Scherz, nicht wahr?»

Heather schüttelte die Hand ab. «Sei nicht albern, Rosa. Natürlich meine ich es ernst, ich hatte lange genug Zeit, darüber nachzudenken. Ich verkaufe das Haus und ziehe in eines dieser Heime, in denen alte Damen wie ich luxuriös zu Tode gepflegt werden. Was meinst du dazu, Eva?»

Sie war eine so unglaubliche Egoistin. Wie konnte sie die drei auf die Straße setzen, nachdem sie sie von ebendort geholt hatte? «Ich dachte, du hängst an diesem Haus.»

Rosa sah mich flehend an, als ob es an mir läge, die Katastrophe abzuwenden. Serena wackelte mit dem Kopf, und Kathleen kaute an ihren Fingernägeln, während die Herrin des Hauses steif und aufrecht in ihrem Stuhl thronte. «Wir verdienen doch genug», sagte Rosa, sie flehte um Gnade, und ich wußte, daß Heather sie ihr nicht gewähren würde.

«Ich finde, daß es Zeit ist, etwas Neues zu beginnen. Außerdem müßte das Dach erneuert werden, und das können wir uns nicht leisten.»

Ich erkannte wieder ihre Angst, die Angst vor dem Tod, obgleich ich noch im Alter vermeintlicher Unsterblichkeit war. Rosa sagte, daß man doch einen Kredit aufnehmen könne.

«Ich bin nicht kreditwürdig, Rosa, und ich denke, daß auch eure Art der Erwerbstätigkeit die Banken nicht überzeugen. Im übrigen halte ich die Abhängigkeit von ... Dingen für gefährlich. Es lenkt vom Leben ab, sich an tote Gegenstände zu klammern.»

Heathers Blick war auf den Kristallüster gerichtet, der diese bemerkenswerte Szene erhellte. Ich dachte, daß sie etwas mit der Vertreibung aus dem Paradies zu tun hatte, und Heather die Rolle Gottes spielte. Die drei hatten nicht den Hauch einer Chance, und Serena war die erste, die das begriff. Ihre Stimme war bitter. «Und du meinst, daß du auf all dies verzichten und mit einem Zimmer im Altersheim vertauschen kannst. Und wir sind die Mohren, die ihre Schuldigkeit getan haben.»

Serena blieb ihren Farbbildern treu, und ich fragte mich, ob dies eine Premiere der Wahrheiten war und wie weit Heather gehen wollte, bevor sie den Vorhang senkte.

«Es ist eine Senioren-Wohnanlage, Serena. Mit lauter reizenden alten Leuten, wie mir die Direktorin versicherte. Und ich glaube, daß ich mich dort besser an den Gedanken des Todes gewöhnen kann: Schließlich kommen alle zum Sterben dorthin. Und was eure Schuldigkeit betrifft: Ich habe euch damals nicht gebeten, das zu tun, was ihr mir heute vorwerft. Und selbst wenn ihr es anders empfindet, denke ich, daß das Maß an Geben und Nehmen durchaus ausgewogen ist.» Heather legte eine kurze Pause ein, bevor sie die Peitsche in Zuckerbrot verwandelte. «Gleichwohl habe ich euch und Eva in meinem Testament zu gleichen Teilen bedacht. Und aus dem Erlös des Hauses und Inventars werde ich euch drei etwas Startkapital aushändigen; ich dachte an jeweils zwanzigtausend Pfund.»

Ich fand es großzügig, auch wenn ich nur Viertelerbin war, doch Rosa war keineswegs beeindruckt. «Es geht nicht ums Geld», sagte sie, «sondern um unser Zuhause. Ich finde es sehr unfair von dir, daß du uns vor vollendete Tatsachen stellst. Vermutlich hast du auch schon einen Käufer für das Haus.»

Heather verneinte dies und ließ Rosas Vorhalt unwidersprochen. Sie fragte Kathleen nach ihrer Meinung und füllte ihr Glas zum vierten Mal, ein Zeichen zunehmender Gereiztheit. Alt und müde sah sie aus, doch unbeugsam wie immer. Alle Worte waren vergeblich. Kathleen wußte es, denn was sie sagte, klang wie ein Abgesang.

«Das hier war die einzige Familie, die ich je hatte. Ich glaube, daß auch Rosa und Serena es so sehen. Du verkaufst kein Haus, Heather, du zerstörst eine Familie. Wir sind keine ‹toten Dinge›, verdammt noch mal. Wir haben gedacht, daß auch DU an uns hängst – das war offenbar ein Irrtum. Also bitte: Verkauf den Krempel und geh in dein Altersheim, um zu sterben. Nur erwarte nicht, daß wir dir dabei zusehen. Du wirst alleine sterben, Heather, weil du es dir so ausgesucht hast.»

Rosa zog den Kopf ein, und Serena spielte mit dem Messer, das Alfred beim Abtragen des Tisches übersehen hatte. Ich beobachtete die Wirkung von Kathleens Worten auf Heather. Nur das Wort «sterben» hatte ein leichtes Zucken des linken Augenlids zur Folge. Heather griff nach ihrem Glas und betrachtete die schmelzenden Eiswürfel, als gäbe es nichts Wichtigeres als diesen Vorgang des Vergehens. Sie sprach erst, als Kathleen aufstand.

«Ich hasse sentimentales Geschwätz, und ich habe keine Neigung, meine Gefühle zur Diskussion zu stellen. Nur so viel: Die Entscheidung ist mir nicht leichtgefallen. Aber ich habe sie getroffen, weil ich mein Leben lang eine Abneigung gegen die Taktik des Bewahrens hatte. Sie macht unbeweglich und träge. Sie untergräbt den Mut zu Entscheidungen und die Lust am Risiko. Ihr seid noch ziemlich jung und trotz eures exotischen Berufs erschreckend unbeweglich. Wenn ihr mich allein habt sterben lassen, werdet ihr das eines Tages begreifen.»

Ihr letztes Wort zu diesem Thema war gesprochen, denn Heather stand vorsichtig auf und verließ, auf ihren Gehstock gestützt, den Raum. Rosa weinte. Serena schenkte sich Whisky ein, ich hatte sie noch nie Alkohol trinken sehen. Kathleen sagte: «Sie hat in ihrem Leben jede Menge falscher Entscheidungen getroffen.»

Und ihr noch eine hinzugefügt, dachte ich, denn ich stand auf seiten des Hauses. Man mochte es als abscheuliches Monstrum sehen, doch ich liebte seine hohen Räume, den Garten und vor allem die Mauern. Dieses Haus war ein Symbol für Größe – und ich konnte es mir nur so erklären, daß die Angst Heather klein gemacht hatte.

Serena trank ihr Glas leer und warf es gegen die Ritterrüstung, wo es klirrend zersprang. Alfred trat ins Zimmer, als ob ein Drehbuch es vorgeschrieben hätte. Er hatte sein Gesicht unter Kontrolle, wie immer, im Grunde war es kein Gesicht, sondern die Maske, die Alfred zu tragen beliebte, vielleicht schon seit seiner Kindheit. Er war in seiner Tarnung perfekter als wir, nur Heather mochte an ihn heranreichen. Und ich war sicher, daß er bereits alles wußte, doch er kehrte schweigend die Scherben auf, während wir ihm sprachlos zusahen.

Niemand machte sich Gedanken um den Butler und Zuhälter, er war ihrer aller Schattenmann zwischen Keller und Dachgeschoß, und zum erstenmal fiel mir auf, daß wir noch nie mehr als zwei Sätze miteinander gesprochen und daß sie nie etwas berührt hatten, das außerhalb seiner dienstbaren Tätigkeit lag.

Alfred kniete vor dem Ritter, stand etwas mühsam auf und balancierte die Handschaufel mit Serenas Scherben vorsichtig in Richtung Tür. Mit seiner freien Hand zog Alfred sie hinter sich zu. Die Tür knarrte.

«Sie sollte ihn mit in ihr Altersheim nehmen», sagte Serena, die den Zuhälter verachtete. Kathleen kaute an ihren Nägeln, erschöpft von ihrer langen Rede und wieder völlig in sich versunken. Ich versuchte, Rosa zu trösten, und gab ihr mein Taschentuch, in das Magda meine Initialen gestickt hatte. Magda würde mich nach den Erlebnissen dieses Sommers fragen, und was sollte ich ihr erzählen?

Kathleen verlor ihre Familie nicht, sie verlor ihr Leben und nahm Serena mit, was sicherlich nicht beabsichtigt war. Serena hatte zufällig Kathleens Zimmertür geöffnet, als die Bombe hochging. Ich hörte die Detonation im Garten und sah die Fensterscheiben bersten, ein Schauspiel sekundenschneller Zerstörung, das ich nicht gleich verstand, weil Explosionen nicht zu den Gepflogenheiten des Hauses gehörten.

Erst als ich vor der zerborstenen Treppe im hinteren Trakt stand, als ich den Rauch sah und das riesige Loch, das einmal Kathleens Zimmertür gewesen war, begriff ich einen Teil des Geschehens. Es war drei Uhr nachmittags, fünfundsiebzig Stunden vor meiner Abreise, und ich hatte auf dem Weg vom Garten einen Schuh verloren. Ich wußte nicht, wo Kathleen, Serena und Rosa waren. Ich schrie ihre Namen, aber es war Alfred, der hinter mir stand und mich sanft von der Treppe wegzog.

«Die Gasöfen in den Badezimmern hätten längst erneuert werden müssen», sagte Alfred, und es klang vernünftig und irgendwie beruhigend. «Ich werde die Feuerwehr anrufen, und Sie sollten Madam informieren. Sie ist in ihrem Zimmer.»

«Und die anderen?»

«Miss Rosa ist außer Haus.» Alfred sah nach oben. «Von den anderen weiß ich es nicht.»

Als ich einen Schritt hin zur Treppe machte, zog er mich zurück. «Es ist sinnlos, Sie kommen da nicht rauf. Das hier kann jeden Augenblick einstürzen.»

Beethoven stürzte, seine Büste fiel von der Balustrade krachend aufs Parkett und zerbarst, während wir zurücksprangen. Beethoven überzeugte mich, und ich folgte Alfred in den Haupttrakt, wo Heather uns entgegenkam, ein Geist im seidenen Morgenmantel, der erleichtert schien, mich zu sehen. «Ich habe bereits telefoniert», sagte Heather, und mein erster klarer Gedanke war, wie sie etwas melden konnte, das sie nur gehört, aber nicht gesehen hatte.

Heather brachte mich in die Küche, und Alfred schenkte mir Brandy ein, als die Sirenen näher kamen. Das Klingeln, die eiligen Schritte, die lauten Befehle, das alles hörte ich wie durch eine gläserne Wand. Ich saß am Küchentisch, trank Brandy und wartete darauf, daß Kathleen und Serena nach Hause kommen würden. Die Küchenuhr aus dem Schwarzwald tickte unmäßig laut und ohne jeden Sinn. Serena hatte Heathers «bourgeoisen Krempel» stets mit Spott überzogen. Nichts wünschte ich mir mehr, als ihre laute, herrische Stimme zu hören.

Serenas revolutionäres Gedankengut war unerschöpflich gewesen, doch war Kathleen in ihrem Bemühen, die Welt zu verändern, weiter gegangen – zu weit, was ihre Existenz betraf. In den letzten Tagen vor meiner Abreise war das Haus ein Schauplatz der Staatsgewalt, Polizei überall, und Fragen über Fragen, die Heather ausweichend oder nicht beantwortete. Sie sei nur eine alte, kranke Frau, war ihr Standardsatz, und Rosa spielte die dumpfe Blondine mit tränenerstickter Stimme und pathetischer Trauer. Alfred servierte unablässig Tee; er sei nur der Butler und die Tätigkeiten der Damen seien ihm gänzlich unbekannt. Der Besuch aus Österreich wußte tatsächlich von nichts, doch selbst mir schien der Beamte mit dem Gesicht eines heruntergekommenen Landedelmanns nicht zu glauben.

Kathleen und Serena hatten das Haus in Metallbehältern verlassen, in Einzelteilen mehr oder weniger. Heather hatte die Leichen identifiziert und sich danach mit einer Whiskyflasche in ihr Zimmer zurückgezogen. Der weitgehend zerstörte Seitentrakt wurde von der Polizei versiegelt, doch sie ließen uns nicht in Frieden, schließlich war Kathleen Staatsfeindin gewesen, eine IRA-Aktivistin, deren künstlerisches Schaffen sich auf den Bau von Sprengsätzen beschränkt hatte. Ob sie die Bombe in Selbstmordabsicht gezündet oder eine Unachtsamkeit die Explosion verursacht hatte, diese Frage beschäftigte den Inspektor und seine Männer ebenso wie der Verdacht, daß wir alle an der großen Verschwörung beteiligt waren. Für ihn stand fest, daß Serena eine Mittäterin war; kommunistische Agitatorinnen standen nicht zufällig neben Bomben, die hochgingen.

Rosa schlief in meinem Zimmer, in dem Alfred ein Bett gerichtet hatte. Wir schliefen in den Pausen zwischen Rosas Weinen und ihren Geschichten über Kathleen und Serena, mit denen sie die beiden zurückholte. Jede winzige Begebenheit hielt Rosa fest, und mir wurde bewußt, daß auch Rosas Beziehung zu Serena und Kathleen nur aus losen Enden bestanden hatte, die zu verknüpfen niemand wirklich gewollt hatte. Nichts hatte sie gewußt von Kathleens zerstörerischer Kreativität, und nichts hatte sie ihr vorzuwerfen, denn Rosa definierte Recht und Unrecht nicht nach biblischen oder staatstragenden Grundsätzen. Für sie war Kathleen Revolutionärin und Märtyrerin. Ihr Tod war ein Unfall gewesen, und Serenas Begleitung ein tragischer Zufall. Rosa vertrat ganz ernsthaft die Meinung, daß es eine Art Paradies für Menschen wie Kathleen und Serena gäbe, einen Ort, in dem sie Eamus de Valera, Che Guevara und Gandhi träfen, die Geschwister Scholl, Janus Korczak, Sacco und Vanzetti, Marx und Engels …

Ich widersprach nicht, auch wenn mir die Mischung bizarr erschien. Wir diskutierten bis zum Morgengrauen darüber, wer den Vorsitz dieses Paradieses übernehmen sollte. Rosa votierte für de Valera und ich für Korczak. Weitere Überlegungen führten dahin, daß sich die Engel in zwei Parteien spalten würden: Kathleen und Serena würden den Revolutionären folgen, die die Märtyrer niederschreien und unterdrücken würden. Und Marx würde sie alle langweilen. Bei Marx schliefen wir erschöpft ein.

Alfred zog die Uhren des Hauses auf und stockte den Vorrat an Tee, Whisky und Sandwiches auf. Heather strapazierte die Nerven des Inspektors unter anderem dadurch, daß sie bei Verhören immer wieder einschlief. Rosa, die tagsüber mit ihrem Schmerz umzugehen wußte, versuchte mit ihm zu flirten, nicht ganz erfolglos, wie mir schien. Ich freundete mich ein wenig mit einem Polizisten an, den man vor unserer Tür postiert hatte, wohl für den Fall, daß die IRA versuchen sollte, mit dem Haus der Verschwörerinnen Kontakt aufzunehmen. Der Polizist hieß Sean, er war in meinem Alter und sprach diesen hübschen schottischen Dialekt, in den ich mich hineinhören mußte, wenn ich draußen auf dem steinernen Löwen saß und ihm Gesellschaft leistete. Er sprach mit mir über Fußball und Filme, und ich erzählte ihm von meiner unehelichen Herkunft, einer tragischen Jugend im Wiener Waisenhaus und von meinen Plänen, nach Feuerland auszuwandern, um dort Schafe zu züchten. Er fand mich sehr interessant, und ich fand ihn hinreißend normal. Wenn ich auf dem Löwen einschlief, Folge meiner Nächte mit Rosa, wachte Sean über meinen Schlaf. Und als ich ihm sagen mußte, daß der Tag meiner Abreise gekommen war, schien er traurig oder zumindest enttäuscht zu sein. Wir tauschten Adressen aus und wußten, daß wir uns nie wiedersehen würden. Es lag nur ein leichtes Bedauern in diesem Wissen und gleichwohl die Hoffnung, daß es anders kommen könnte. Der Abschied von Kathleen und Serena war in seiner Endgültigkeit viel grausamer. Doch Heather wollte nichts davon wissen, daß ich bis zum Begräbnis bliebe. Ich müsse zurück und mit dem Studium beginnen. Und die beiden möge ich so in Erinnerung behalten, wie ich sie zum letzten Mal gesehen hatte.

Ich dachte an Kathleen, wie sie im Flur stand, mir ein flüchtiges Lächeln schenkte und die Haustür in ihrer sanften Weise hinter sich zuzog. An Serena, wie sie in der Küche Erdnußbutter auf Weißbrot strich; ihre langen, rotbemalten Fingernägel; ihren letzten Satz, daß sie den Friseurbesuch wegen einer spontanen Demonstration absagen müsse. Sie hatte sicher nicht die Absicht gehabt, die Welt mit 29 Jahren zu verlassen. Wenn Rosas Theorie vom Paradies stimmte, würden Serena und Kathleen ewig darüber streiten, mit welchen Waffen man die Welt verändern solle.

Heather gewährte mir ein letztes Mittagessen, an dem auch Rosa teilnahm. Es gab Dim-Sum in großer Auswahl, und der Tisch war zu groß für uns drei. Wir aßen überwiegend schweigend, und Heather gab mir dankenswerterweise keine Ratschläge für die Zukunft. Zerbrechlicher als je zuvor saß sie in ihrem hohen Stuhl, ganz in schwarz gekleidet wie auch Rosa, und es mag ihr in den Sinn gekommen sein, daß ich ihr Unglück gebracht hatte in den drei Monaten, in denen ich Gast in ihrem Haus war. Ich wiederum dachte, daß sie von Kathleens zweiter Familie gewußt hatte. Vielleicht nicht, daß Kathleen in ihrem Zimmer an einer Bombe bastelte, aber doch, daß Kathleens politische Leidenschaften sehr viel konsequenter waren als Serenas. Ich wagte nicht, sie danach zu fragen. Ihre steinerne Trauer war schrecklicher als Rosas tränenreicher Schmerz.

Einmal hatte Heather gesagt, daß man in dem großen Strom am besten schwimme mit geschlossenem Mund und sparsamen Bewegungen. Nun schien es mir so, als ob sie nur noch im Wasser treibe, zu müde, um der Welt mitzuteilen, daß sie untergehen würde.

«Wir werden das Haus verkaufen, so gut es geht, und ein kleines, hübsches Häuschen mieten», sagte Rosa. Sie hatte kaum noch geweint in meiner letzten Nacht in Heathers Haus, und Magda würde ihren Zustand als gefaßt und würdevoll beschreiben. Heathers Augen flackerten, doch sie widersprach Rosa nicht und biß in einen gedämpften Knödel, der mit gehacktem Schweinefuß und Ingwer gefüllt war. Daß ihr dabei ein wenig Sauce übers Kinn rann, schockte mich nicht so sehr wie Rosas Reaktion: Sie tupfte Heathers Kinn mit ihrer Serviette sauber. Es kam noch schlimmer: Heather ließ es über sich ergehen.

Sie sah meinen Blick und legte die Stäbchen zur Seite. «Ich werde mich jetzt zurückziehen. Alfred wird dich zum Bahnhof bringen, Eva. Ich wünsche dir eine gute Reise ... und es tut mir leid, daß du diese Tragödie miterleben mußtest.»

Wir standen beide auf, und ich dachte, daß sie mich umarmen würde, doch es gab nur einen flüchtigen Kuß auf beide Wangen. «Vergiß alles, was ich dir gesagt habe. Es war falsch.» Es war ein Flüstern, ein Abschied, wieder ein Abschied. Ich weinte, aber Heather hatte sich bereits umgedreht und stakste zur Tür. Der Stock mit dem Silberknauf pochte laut auf den Marmorfliesen, vielleicht war ich auch nur empfindlicher geworden für die Geräusche des Hauses.

Rosa fragte, ob sie mir beim Packen helfen sollte, sie war so praktisch und offensichtlich getröstet von dem Gedanken, den kläglichen Rest der Familie bis ans Ende zu umsorgen. Ich lehnte dankend ab, es war ja nur ein Koffer, und als er in der Diele stand, ging ich noch einmal durch das Haus, in die Zimmer, die noch heil waren. Ich ging in den Garten und lehnte mich an die Mauer. Die Brombeeren waren noch nicht reif.

9. Kapitel

Magda beschwerte sich darüber, daß ich keine Ansichtskarten geschrieben hatte, und Vater fand, daß mein gesundes Aussehen auf erholsame Ferien schließen lasse. Das Kaff war das Kaff geblieben. Nichts hatte sich an der dämonischen Gemütlichkeit seiner Bewohner geändert oder an den grauen Fassaden der Häuser, die in den besseren Straßen mit Blumenkästen aufgewertet waren, in denen Geranien blühten. Niemand wäre auf die Idee gekommen, Lilien zu pflanzen oder Bomben zu basteln. Die einzige Frau, die ganz ungeniert für Geld zu haben war, sie war nach Wien gezogen, und ich folgte ihr nach fünf langen Tagen, in denen ich noch einmal die Plätze meiner Jugend aufsuchte und Schulfreunde traf, die mich bedauerten, weil ich meine Ferien bei einer alten Verwandten verbracht hatte. Meine Behauptung, nach einem Konzert mit John Lennon geschlafen zu haben, stieß auf Skepsis, auch wenn ich mit Detailkenntnissen aufwartete, zum Beispiel jener, daß der Mann seine Brille beim Geschlechtsverkehr nicht abgelegt hatte.

Jedes Stück Wahrheit aus dem Sommer 1971 wäre verschwendete Erzählung gewesen. Alles, was ich von flüchtigen Freundinnen hörte, handelte von Sex oder Romantik. Mein Jahrgang war entjungfert worden, spätestens in diesen Ferien. Die Mädchen sprachen vom Heiraten und zweijährigem Pädagogikstudium, weil Lehrerin und Mutter eine mathematische Gleichung in ihren Lebensplänen war.

Die Jungs trugen flaumige Bärte und redeten vom Militärdienst. Es gab eine Armee in Österreich, einen Bundeskanzler, der Bruno Kreisky hieß und von Tante Ludovika «der Jude in Wien» genannt wurde.

Wien! Diesmal reiste ich mit schwerem Gepäck, mit einem Teil meiner Bücher und Garderobe, dem einäugigen Teddybär, Magdas guten Ratschlägen und mit dem Kredit, den man mir gab für Fleiß und Wohlverhalten, regelmäßige Wochenendbesuche und ein rühmliches akademisches Ende als Frau Doktor Eva Röhm.

Magda hatte über eine Wiener Bekannte ein möbliertes Zimmer mit Küche in Universitätsnähe organisiert. Vater überwies die Miete und drückte mir tausend Schilling in die Hand, das Monatssalär, und ermahnte mich, sparsam mit seinem Geld umzugehen. Dankbarkeit ist ein vergiftetes Gefühl. Sie übergaben mich der Obhut eines Onkels, der beruflich nach Wien fuhr und mich und mein Gepäck in die Schwarzspanierstraße 15 brachte, Stiege II, Tür 7, eine Mietskaserne im Stil der heruntergekommenen Wiener Volkswohnpaläste. Der Innenhof war mit Erlaubnis des Portiers zu befahren.

Die Erlaubnis kostete den Onkel ein Trinkgeld von zehn Schilling, wofür der Einarmige auch ein «Habedieehre» draufsetzte sowie eine Art militärischen Gruß mit der verbliebenen Hand. Als wir im Innenhof die Koffer entluden, sah er uns neugierig zu, und ich blickte hoch in den Himmel und zu Fenstern, die geöffnet wurden. Sie wußten Bescheid, die alten Frauen mit den Wienerschnitzelgesichtern, denn es gehörte zum guten Ton, sich bei Einkauf oder Müllentsorgung mit dem Portier zu unterhalten, der einen schikanieren oder informieren konnte, je nach verbalem und materiellem Bestechungsaufwand.

In der Schwarzspanierstraße 15 wohnten Pensionisten und Studenten, in der Mehrzahl Frauen zwischen zwanzig und hundert Jahren. Ich bewohnte eine sogenannte Bassenawohnung exklusive Bad und Toilette. Bassena ist der Ausdruck für das Wasserbecken im Flur; über dem Becken hing der Schlüssel für die unbeheizte Toilette. Die Wohnungen hatten Gucklöcher, Spione genannt, und Küchen mit zweiflammigen Gasherden. Mein neues Zuhause war mit einem Eisenbett, einem verschlissenen Sofa, Schrank, Tisch und Stühlen aus sperrholzähnlicher Substanz eingerichtet. Auf dem Holzboden lag ein Flickenteppich, und an den Wänden blühten Tapetenrosen. Magda hatte mir nichts erspart.

«In Wien ist eben alles anders als in der Provinz», sagte mein Onkel, als er sich erleichtert zum Gehen wandte. Ich dankte ihm und öffnete das Fenster zum Innenhof, um ihn abfahren zu sehen. Ich war allein. Das war das Wichtigste.

Wien ist zentristisch gebaut, die Straßen führen strahlenförmig auf das Zentrum zu oder darum herum, und die dreiundzwanzig Bezirke sind im Uhrzeigersinn um die «Innere Stadt» angeordnet. Mich zu orientieren fiel mir nicht schwer in meinem Bezirk, im neunten, in der sogenannten Ringstraßenzone, in der sich die Universitäts- und Klinikbauten wie Steinklötze aneinanderreihen. Rudolf IV. hatte die Universität 1365 zwischen dem herzoglichen Palast, dem Schottenkloster und den fürstlichen Wohnungen gegründet, «damit die hochwürdigen und weisen Meister aller Künste Bücher lesen und sie lehren können». Durch eine unscheinbare Hintertür in der Reichratsstraße, gegenüber dem Votiv-Espresso, drängte ich mich jeden Tag mit Hunderten Kommilitonen in einen muffigen Gang, der zu den Hörsälen führte, in denen muffige Professoren mit leisen Stimmen ihr Wissen vor uns ausbreiteten, Machtwissen, das sie an Prüfungsterminen gegen uns verwenden würden.

Das Medizinstudium besteht vor allem aus einem: Auswendiglernen. Ich lernte die lateinische Bezeichnung für jeden Knochen und Muskel des menschlichen Körpers, was man unter Primärherdphthise versteht oder wozu tuberkulöse Bakteriämie führt. Ich sammelte nützliches und nutzloses Wissen im Arkadenhof der Universität, im Café Stein oder im Kleinen Café und an schönen Tagen auf einer Parkbank vor der Votivkirche, der gotischsten aller Wiener Kirchen, die von Heinrich Ferstel erbaut wurde, nachdem Kaiser Franz Josef einem Attentat entgangen war und Gott eine Referenz erweisen wollte. Es gab schönere Plätze in Wien, doch die Geschichte seiner Namensnennung war doch sehr österreichisch: Maximilianplatz, Freiheitsplatz, Dollfußplatz, Göringplatz, dann wieder Freiheitsplatz und schließlich Rooseveltplatz, denn man war einer bösen Zeit entgangen und den guten Amerikanern dankbar.

Wien im Herbst 1971 sah vor allem amerikanische und deutsche Touristen. Man suchte die Spuren des «Dritten Mannes» und besuchte das «Demel», nicht die schäbigen Kaffeehäuser, in denen Studenten von acht Uhr morgens bis Mitternacht saßen, unterbrochen nur von Vorlesungen und kurzen Schlafpausen in noch schäbigeren Zimmern. Ich dachte nicht daran, meine Küche zu benutzen, sondern ernährte mich im Kaffeehaus: Kaffee und Schnittlauchbrot zum Frühstück, Kaffee und Rührei zu Mittag und Bier und Würstel oder Gulasch am Abend. Die Ernährung war so stupide wie der Lernstoff, und nicht selten dachte ich mit Sehnsucht an Lilys Kochkünste, an Heathers Bibliothek und das Londoner Himmelbett.

Ich schrieb an Rosa, daß ich eine reizende Wohnung in der Innenstadt gefunden habe und das Medizinstudium ungemein interessant sei. Die Wiener seien liebenswürdig und genußvoll, gemütlich und faul, wehleidig und todessehnsüchtig, ordinär und aggressiv in ihrer Sprache, Meister der Kumpanei, der «Freunderlwirtschaft», die sich als schillernder Sumpf durch Politik, Wirtschaft und Kultur zog – eine Melange aus Hofräten und Hinterhöfen, Ewiggestrigen und Heurigen, Intellektuellen und Würstelständen. Ich schrieb ihr von einarmigen Portiers, die Zuckerln lutschen und Gift versprühen, von Kaffeehauskellnern, die niemals wechseln oder aussterben, und von den Rosen, die im Prater blühen, und ich meinte damit die Hübschlerinnen, die Praternymphen, die Mädchen aus den Arbeitervierteln, die Horvaths «Geschichten aus dem Wienerwald» nachspielten und die Mutzenbacher imitierten in jener zeitlosen Profession der Verliererinnen, die zäh an das Glück glauben. Ich dachte, daß Rosa dies mehr interessieren würde als Beschreibungen der Hofburg oder des Stephansdoms, und ich fragte nicht, ob sie ihr Apartment in Soho aufgegeben hatte, weil mir schwer vorstellbar war, daß Rosas Lebenslust in der Pflege einer alten Dame aufgehen könne. Während ich Rosas Gewerbe als sexuellen und finanziellen

Befreiungsschlag einstufte, erschienen mir die Nymphen im Prater arme Hascherln, die sich für fünfzig Schilling hinter die Büsche begaben, unten Gras und oben Mann und hinterher ein Stück Papier zum Abwischen.

«Von der Realität des Lebens kann man nicht leben.» Diesen Satz von Lina Loos schrieb ich an Rosa. Von der Schauspielerin, Schriftstellerin und Kaffeehausbesucherin, die von Peter Altenberg begehrt und von Alfred Loos geheiratet wurde, dem berühmten Architekten Wiens, der ständig pleite und gewalttätig gegen Frauen war, was zu guter Letzt in einem Sittlichkeitsprozeß endete. Lina Loos hatte das «Buch ohne Titel» geschrieben, aber wie so viele große Frauen ihrer Zeit, wie Rosa Mayreder, Maria Likarz oder Mela Köhler, blieb sie in der Heldengeschichte der Stadt eine Fußnote. Ich schrieb an Rosa, daß in Wien nunmehr die Zeit der Frauen angebrochen sei, und überließ ihr die Interpretation dieser Aussage.

In Amsterdam und anderen Städten Hollands überfielen Angehörige der «Tollen Minna» Männer auf den Straßen, zerrten sie ins Auto und erläuterten ihnen die Ziele der Frauenemanzipation, um sie dann mit der Ermahnung, darüber nachzudenken, auf der Landstraße auszusetzen. Im Wien der siebziger Jahre entstand die autonome Frauenbewegung, der sich deutlich mehr Studentinnen und Akademikerinnen anschlossen als Proletarierinnen. Daß ich abseits stand, hatte mehr mit grundlegender Skepsis vor Parolen zu tun als mit grundsätzlicher Ablehnung emanzipatorischer Thesen. Vielleicht war ich auch nur von Serena und Kathleen geschädigt: Die Begleitgeräusche waren einfach zu laut.

In der Universität kursierten Pamphlete um Gleichberechtigung, Geschlechterkampf und das Recht auf Abtreibung. Junge Frauen mit schwarzumrandeten Augen und Miniröcken diskutierten die sexuelle und kulturelle Revolution sowie die Befreiung von kapitalistischen und patriarchalischen Strukturen. Frauensolidarität war das Zauberwort, das über zwei Straßen hinweg bereits an Klang verlor: in den Mietskasernen des Währinger Gürtels, wo es nach altem Fett und verbranntem Kraut roch, wo blasse Kinder unter der keifenden Aufsicht ihrer fett- oder magersüchtigen Mütter spielten, die von ihren Arbeitermännern gepudert und geprügelt wurden.

Ich schrieb Rosa, daß es im Wienerischen mindestens zwanzig unflätige Ausdrücke für den Geschlechtsakt gäbe. Sie schrieb zurück, daß man von Theorien nicht leben könne. «Hast du immer noch keinen Liebhaber gefunden?» endete Rosa ihren Brief, und ich las ihn im Café Stein und sah mich um unter den Studenten und Künstlern; jeder nannte sich Künstler, der auch nur ein unveröffentlichtes Gedicht geschrieben hatte, denn in diesem Metier war Armut keine Schande und Schnorren eine Lebensart. Die Epigonen Peter Altenbergs spielten Bohème und dünsteten intellektuellen Schweiß aus. Gegen etwas anzustinken galt als zeitgeistig, doch es fehlte an Geist. Für mich waren sie sehr viel lebendiger: Kraus, Kuh, Polgar, Werfel, Schnitzler, Bahr, Torberg, die genialen Gespenster der Wiener Kaffeehauskultur. Sie war tot, nachdem ein kleiner Mann aus Österreich mit Endlösungen zurückgekehrt war.

«Ich wünsche auf meine Art allein zugrunde zu gehen», schrieb Altenberg, «da mir die Art aller anderen nicht imponiert.» Es war ihm gelungen, während andere deportiert wurden oder emigrieren mußten. «Wien bleibt Wien», sangen die Leute beim Heurigen. Das, was Wien nicht mehr war, blieb in der Ehrengräberabteilung des Zentralfriedhofs zu besichtigen.

In den Rauchschwaden Marke Austria schwadronierten die Enkel über Sozialismus und Ästhetizismus, und der plattfüßige Kellner servierte amerikanischen Touristen heißes Wasser mit Teebeutel. «Die Kaffeemaschin is hin», sagte er in seinem besten Wienerisch, und die auffällig besser gekleidete Dame kommentierte in Südstaatenenglisch, daß in Vienna ziemlich viel hin sei, wenn man von der Kärtnerstraße abbiege.

Wir lachten, Sophie und ich, und man sah uns von anderen Tischen befremdet an, denn wir lebten in ernsten Kaffeehauszeiten. Sophie war eine Studienkollegin, und weil sie auch aus der Provinz kam und jemanden brauchte, der medizinische Vokabeln abhörte, hatten wir ein Zweckbündnis geschlossen, das auf einem Minimum von Gemeinsamkeiten gründete. Sophie war hübscher und kontaktfreudiger als ich, das zog mich an und stieß mich ab, doch ihre Großzügigkeit gegenüber meinen Lügen und ihre Lust am Lachen wogen es wieder auf. Wir gingen gemeinsam ins Kino, wenn wir Geld hatten, lungerten in Kaffeehäusern herum, wenn es knapp wurde, und besuchten Museen oder den Zentralfriedhof, wenn wir pleite waren.

Ich mochte diesen Ort, besonders an violetten Herbsttagen, wenn die Touristen ausblieben und die Wiener mit Tannenkreuzen und Blumen zu den Gräbern pilgerten, mit Harken und Gießkannen sowie einer Jause, die sie zwischen Grabsteinen verzehrten: panierte Hühnerflügel und harte Eier und dazu eine Thermoskanne mit Kaffee oder Glühwein. Zwischen Gräbern unterhielt man sich über Politik und Schrebergärten, die Krankheiten der Verblichenen und die eigenen, die dramatischer, jedoch nicht letal waren, und wenn man ihnen zuhörte, mochte man glauben, daß alle Wiener in den Himmel kommen, weil sie so gemütlich mit dem Tod umzugehen wußten.

Mehr als zwei Millionen Tote auf zweieinhalb Quadratkilometern: Es war eine Wanderung durch Stille und Endlichkeit, und wie ein Buch der Toten lasen sich die Namen und Inschriften, die Zahlen von Geburt und Tod, und manchmal, wenn mich ein besonders ungewöhnlicher Name oder eine kitschige Widmung reizte, blieb ich stehen und versuchte mir vorzustellen, was diesem Menschen geschehen war. Krankheit, Unfall, gewaltsamer Tod … das Spiel mit Schicksalen reizte meine Phantasie. Wer war Brigitte Hasenauer, die mit siebenundzwanzig Jahren «unerwartet aus dem Leben schied»? Wer hatte ihr Ingeborg Bachmanns Worte auf den Grabstein meißeln lassen: «Die Liebe hat einen Triumph und der Tod hat einen, die Zeit und die Zeit danach. Wir haben keinen.» Brigittes Grab war noch frisch, und ich dachte an einen Mann, der Trauer trug, ein Lehrer vielleicht oder ein literarisch ambitionierter Sparkassendirektor, und ich dachte, wenn ich nur lang genug bleibe, treffe ich ihn und er erzählt mir von Brigitte ...

Sophie fand das ziemlich morbide. Wenn wir gemeinsam hingingen, scharrte sie während meiner Versenkungsphasen ungeduldig mit den Füßen. Sie interessierte sich mehr für die Ehrengräber mit den berühmten Namen und protzigen Marmorsteinen. Wer in Wien etwas war, endete in der Ehrengalerie des Zentralfriedhofs. Die berühmten Leichen oder zumindest ihre Grabsteine verteilten sich um die Dr.-Karl-Lueger-Gedächtniskirche, benannt nach dem antisemitischen Bürgermeister Wiens.

Sehr verschlungene Pfade führten mich von der Lueger-Kirche zum jüdischen Friedhof, dessen verwitterte Grabsteine von einem besonderen Kapitel des Todes zeugten. Es war der stillste Ort von allen, und ich blieb oft so lange, daß Sophie alleine mit der Trambahn zurückfuhr, weil sie es ablehnte, bei Einbruch der Dunkelheit über den Friedhof zu gehen.

Rosa schrieb, daß Heather das Haus verkauft habe und man plane, im Sommer umzuziehen, in ein Reihenhaus in einem Vorort Londons, wo es ruhig und sicher sei. Eine Neigung zu unfreiwilliger Komik hatte sie immer schon gehabt, und ihre eigenwillige Rechtschreibung deutete darauf hin, daß das geschriebene Wort unsicheres Terrain war. Rosas Briefe überschritten nie eine Seite und verschwiegen mehr als sie beschrieben. Heathers zunehmende Vergreisung war ein Thema, die Finanzen und das Wetter sowie der Zustand des Rosengartens ein anderes. Doch hatte Rosa viele Fragen, die Wien und mein Leben in Wien betrafen, und jedesmal schrieb sie am Ende den Satz: «Und wie steht es mit den Männern?»

Im Frühling 1972 wußte ich darauf mit einem Namen zu antworten. Ben Belushi war Medizinstudent im achten Semester, Amerikaner jüdisch-italienischer Herkunft und mein erster Liebhaber, auch wenn er nicht das zweifelhafte Vergnügen der Entjungferung hatte. Ich lernte ihn in der Berggasse 19, Mezzanin Nr. 6 , kennen. Es war die Wohnung Sigmund Freuds bis zu seiner Emigration 1938. Dann wohnten Juden darin, die auf ihren Abtransport warteten, die SS, die Russen, Heimkehrer und schließlich zwei Wiener Familien, die von der Sigmund-Freud-Gesellschaft vertrieben wurden. Wiener Wohnungsschicksale. Die Einladungen zur Ausstellungseröffnung im Museum Freud hatte Sophie über ein Pantscherl mit einem Wiener Stadtrat besorgt – so wurden die vorübergehenden sexuellen Verhältnisse in dieser Stadt genannt. Hundertfünfzig wichtige Personen aus Politik und Psychoanalyse oder solche mit Beziehungen zu denselben drängten sich durch die Räume und um Paula Fichtel, die berüchtigte Haushälterin Freuds, die aus London angereist war, um die Möbel zurechtzurücken und neben Bundeskanzler Kreisky zu stehen. Ich stand im Hintergrund und wurde gegen Ben Belushi gedrängt, der mich willig festhielt, mir sein Weinglas anbot und mich nach meinen Neurosen fragte. Ich antwortete, daß ich einen starken Todestrieb verspüre, wann immer ich Heurigenlieder höre und Schubertbüsten aus Schmalz begegne. Belushi lachte so laut, daß selbst Paula Fichtel zusammenzuckte, und ich verliebte mich in ihn.

Liebesgeschichten beginnen immer mit einem falschen Knall und enden mit einem echten. Ben Belushi und Eva Röhm begaben sich ins Café Freud, tranken Wein und erzählten einander ein paar Wahrheiten und viele Lügen. Wir teilten die Vorliebe und Abneigung gegen Professoren, die Bewunderung für Qualtinger und Kreisler sowie die Verachtung für Wiener Charme und Gemütlichkeit. Ben kam aus Brooklyn, und ich kam aus der Provinz, und ich schilderte ihm meine Kindheit als alpenländisches Drama, was all seine Vorurteile gegenüber Österreichern zu bestätigen schien. Er liebte Wiener Schnitzel und Wiener Jugendstil und Wiener, die schon begraben waren; ein paar Stunden später liebte er mich, präziser ausgedrückt wälzten wir uns in seinem Bett in seiner Wohnung im

Beethovenhof, und er hatte keinen Orgasmus, was er mit unterdrückten Angstgefühlen gegenüber Herrenmenschen, auch in Gestalt von Frauen, begründete.

Ich hatte auch keinen Orgasmus, fand das aber nicht erwähnens- oder ergründenswert. Eigenversuche ließen mich ahnen, daß es so etwas gab, doch war ich nicht so vermessen, von Männern zu erwarten, daß sie einem Lust bereiten könnten. Also saßen wir in seinem bequemen, breiten Bett und tranken Wein und redeten bis zum Morgengrauen. Belushi hatte Bad und Innentoilette zu bieten, einen gefüllten Kühlschrank und eine schmale, behaarte Brust. Er fand sich häßlich, und ich fand ihn schön: groß, dünn und schwarzhaarig, mit blauen, etwas kurzsichtigen Augen. Während er in seinem amerikanisch gefärbten Wienerisch unablässig redete, streichelte er meinen kurvenreichen Körper, der ihn nach seinem Bekunden entzückte. Das war angenehm. Nach dem Frühstück waren wir immer noch betrunken und sanken zurück ins Bett, wo Belushi seinen zweiten Versuch erfolgreich abschloß und mich fragte, ob ich gekommen sei.

«Ja natürlich. ZWEIMAL.»

«Du lügst.»

«Ich lüge nie.»

«Jetzt hast du schon wieder gelogen.»

«Also gut. EIN MAL. Aber sehr lange. Schon fast ein Doppelorgasmus.» Gab es das überhaupt?

«Wann, Eva?»

«Na kurz bevor DU ... als ich den Schrei ausstieß.»

«Der schien mir nicht sehr lang.»

«Ich wußte nicht, daß ich zu einer Olympiade angetreten bin, du Idiot.»

Er lachte und fiel bei dem Versuch, sich von mir abzurollen, aus dem Bett und brach sich den kleinen Finger, eine Art Verkehrsunfall, der auf dem Weg zum Arzt weitere Heiterkeitsausbrüche auslöste. Wir waren in der Stimmung, die Welt schön und leicht zu finden, und weil wir zu zweit waren, konnten uns die Straßenmenschen nichts anhaben, auch nicht der Tramwayfahrer, der sich durch unser Gelächter in seiner grantigen Laune persönlich angegriffen fühlte.

Der Arzt hieß Horowitz und war auf Geschlechtskrankheiten spezialisiert, so daß er Belushis Finger als Zumutung empfand und uns während der Untersuchung eingehend nach Sexualgepflogenheiten befragte, um schließlich die These aufzustellen, daß Juden besonders anfällig für Gonorrhöe seien, worauf sein Patient (mit bandagiertem Finger) eine Diskussion über den Antisemitismus Wiener Ärzte begann, die von Frau Horowitz beendet wurde. Im Wartezimmer säße ein dringender Tripper, sagte sie, und Horowitz entließ uns mit der Ermahnung, polygame Geschlechtspartner und Kaffeehaustoiletten zu meiden. Auf dem Weg zum Prater erzählte mir Belushi von seinen umfangreichen sexuellen Abenteuern und amüsierte sich über mein zunehmend nachdenkliches Gesicht. In der Riesenradgondel gestand er mir seine Impotenz gegenüber Schicksen, und daß ich die erste sei, bei der er eine Ejakulation geschafft habe. Draußen dämmerte Wien dem Mittag entgegen, und ich verspürte leichte Schwindelgefühle und Bedauern über so viel Aufrichtigkeit, die meine ausgelassene Stimmung beschwerte. Auf dem Weg nach unten sagte ich ihm, daß er, Hand aufs Herz, mein allererster Mann sei. Belushi war ergriffen. Kurz bevor wir auf die Erde zurückkehrten, schwor er mir ewige Liebe beim Augenlicht seiner Mutter. Ich war beeindruckt, ich wußte nicht, daß Mutter Belushi seit zehn Jahren tot war.

Jede Stadt ist für Verliebte geschaffen, nicht für Einsame, und in den Sommermonaten von 1972 vergaßen wir den neunten Bezirk mit seiner Wachssammlung aus medizinischen Exponaten und Professoren, die Patienten wie Studenten auf ausschließlich wissenschaftlicher Basis begegneten, standesgemäß über ihnen schwebten und Wissen herabrieseln ließen, das sich zu Bergen auftürmte, die zu bezwingen ausgeschlossen schien. Für Belushi bedeutete das Studium eine notwendige Speicherung von Daten, deren praktische Nutzung ihm später Geld bringen sollte. In finanziellen Dingen war er pragmatisch, in persönlichen ein depressiver Clown, der den Zirkus verachtete und dennoch keinen komischen Auftritt verpaßte.

Ben Belushis Antwort auf Wien war die des jüdischen Intellektuellen mit amerikanischem Paß. Mochten die Wiener alle Provinzler verachten, die östlichen Nachbarn sowieso und alle Europäer, insbesonders die Katzelmacher, die den Krieg verloren hatten, und die Deutschen, die so getan hatten, als könne man ihn nicht verlieren ... die Amis, wie sie liebevoll genannt wurden, hatten immer noch den Nimbus der großzügigen Sieger, die früher Schokolade und jetzt Trinkgelder verteilten. Je nach Ort und Gegebenheit spielte Belushi die passende Melodie, einfühlsam und immer ein bisserl verlogen, und ich beobachtete ihn, bewunderte ihn, liebte ihn vielleicht ... und fand nur jene Momente unangenehm, in denen er ins Riesenrad der Wahrheit stieg. Die Impotenz war ein nicht gänzlich überwundenes Problem. Je nachdem, wohin seine Gedanken flogen, während wir uns der Lust annäherten, brachte er es zum Orgasmus, während ich so verdammt bemüht war, ihn dahin zu bringen, daß es selten geschah, die postkoitale Belushi-Frage wahrheitsgemäß zu beantworten. Unser Sexualleben war zu bemüht, um befriedigend zu sein, aber er war eben auch ein zärtlicher und komischer Mann, und ich war von dem Wunder fasziniert, geliebt zu werden.

Rosa schrieb, daß das neue Haus ein wenig deprimierend sei, und ich las ihren Brief auf der Wiese im «Gänsehäufl», zweiundvierzig Kilometer Badestrand an der Donau, die niemals blau zum Baden einlud, aber die Wiener, insbesonders an Wochenenden, in Scharen anzog, mit Sack und Pack, Klappstühlen, Sonnenschirmen, Thermoskannen und Butterbroten, Spielkarten und Großmutters Spezialmischungen gegen Mückenstiche. Das Gänsehäufl bot schattige, einsame Plätze für Milieustudien proletarischer Badekultur. Hinter den Donauwiesen lag Kaisermühlen, eines der typischen Wiener Arbeiterviertel mit den Gemeindebauten aus den zwanziger Jahren, den düsteren Gemischtwarenläden und schäbigen Wirtshäusern, die den Kaisermühlern ihren Blues boten, das Leben in der kleinen, überschaubaren Welt eines Viertels, das obendrein die «Riveria» vor der Tür hatte.

«Gegrillte Schweinshaxn» nannte Belushi die Mamas, die in Liegestühlen thronten und mit ihren Nachbarinnen tratschten, immer ein Auge auf den Nachwuchs, der nach Eis oder Kracherl schrie und mit Wasser spritzte, um ermahnt zu werden – «geh Poidl, jetz is owa gnua» – und ebensolches wieder zu tun. Ein ständig wiederkehrendes Gänsehäufl-Thema war der Erwerb einer Kabane, Hütten mit Badesteg zu sechsstelligen Schillingbeträgen, für die es lange Wartelisten gab. Belushi, ein leidenschaftlicher Gänsehäufl-Besucher, hatte in Erwägung gezogen, eine Kabane zu kaufen, war jedoch davon überzeugt, keine Chance zu haben. Sein Lieblingsspruch war Groucho Marx entliehen: In einen Club, der einen wie ihn aufnehme, wolle er schon gar nicht rein.

Als ich den Spruch zum ersten Mal hörte, fand ich ihn komisch. Erst eine Weile später begriff ich, daß er auch auf unsere Beziehung anzuwenden war, an deren Endlichkeit ich in den heißen Gänsehäufl-Tagen keinen Gedanken verschwendete. Rosa schrieb, daß sie Kathleens und Serenas Gräber pflege und eine Affäre mit dem Friedhofsdirektor begonnen habe, der sie mit Blumen und Geschenken verwöhne, jedoch leider verheiratet sei. Belushi behauptete, die Blumenquelle zu kennen, während er seine weißen Beine mit Sonnencreme einrieb.

«Du legst alles negativ aus.»

«Also, wenn ich Friedhofsdirektor wäre ...»

«... würdest du einen Blumengroßhandel aufziehen, statt sie zu verschenken.»

Das war durchaus ernst gemeint, aber Belushi fand es zum Lachen. Ich hatte ihm von meiner Zeit in London erzählt und eine Gasexplosion erfunden, um die Toten zu erklären. Er war nicht beeindruckt und erwähnte den Holocaust, den er mit seiner Familie in Brooklyn überlebt hatte. Die Familie Belushi besaß einen Delikatessenladen, und so, wie er das Wort aussprach, stellte ich ihn mir als schäbiges Hinterhofgeschäft vor, in dem Papa an der Kasse saß und Mama die Zwiebeln auswog. Belushi sprach selten über seine Familie, die ihn immerhin fürstlicher unterhielt als meine Leute es taten. Seit ich nur noch einmal im Monat nach Hause fuhr, waren Vaters spontane Geldgeschenke spärlicher geworden. Magda glaubte ohnehin an das Gute von Naturalien und versorgte mich mit Marmelade, geräucherten Würsten, Bauernbrot und Pullovern aus Tante Ludovikas Strickorgien, die so unvollkommen waren wie alles, was meine Familie hervorbrachte.

Magda und Vater hatten mich nur einmal in Wien besucht und erfreulich schnell den Heimweg angetreten. Magda hatte Angst vor der Hongkong-Grippe, die in der Stadt grassierte, vor dem Küchenmesserstecher, der bereits sieben Frauen ermordet hatte, und vor radikalen Soziologiestudenten, die sich eine Massenschlägerei mit Professoren geliefert hatten. Ihr furchtsames, gepanzertes Herz ließ nichts Fremdes, Unbegreifliches zu. Eine Stadt, die Farkas, Qualtinger, Kreisler und Heller feierte, nannte Magda dekadent und verjudet. Ich hatte Belushi nur einmal erwähnt und ihn zum amerikanischen Millionärssohn befördert; Magda reicherte die Information mit Ölquellen an und verbreitete sie im Kaff.

Belushi bezahlte die Ausgaben für Speisen und Getränke, die Ausflüge ins Gänsehäufl und in die Buschenschänken von Floridsdorf und Stammersdorf, wo es Heurigen gab und Honigschnaps, abgewetzte Holzbänke unter Kirschbäumen, Glühbirnenbeleuchtung und Glühwürmchen und Terrassen, die mit Weinlaub überdacht waren. In den Vororten Wiens war die Zeit in sich selbst versunken, und das mochte Belushi, weil es seine romantischen Vorstellungen des alten Österreichs nährte. Der Wein und die Monarchie stimmten ihn milder gegenüber den Untiefen der österreichischen Seele und dem trunkenen Geschwätz unserer Tischnachbarn, die den «guaten olden Kaiser» hochleben ließen, wenn Belushi eine Runde ausgab. In Stammersdorf waren seine Liebesschwüre am innigsten. In Stammersdorf liebte er mich, weil ich schön, klug und verständnisvoll war. Ich hörte es gern, doch schon im Neonlicht der Linie 31, an der Haltestelle Heeresspital, verwandelte sich Belushis Weinseligkeit in rauschhafte Melancholie, und wenn wir uns dem Bauch der Stadt näherten, wurde ich zur Fremden in seiner Fremde, oder noch schlimmer, eine Mischung aus Mutter Belushi, Eva Braun und all seinen Verflossenen. Das waren die Nächte, in denen ich in der Schwarzspanierstraße schlief, auf Zehenspitzen durch den knarrenden Flur schlich, um am nächsten Tag von Frau Morawa zu hören, daß ich selten nach Hause käme, aber wenn, dann immer sehr spät. Frau Morawa war die Witwe eines Pferdemetzgers und innige Vertraute unseres Portiers; sie erinnerte mich an Magda, nur daß sie strenger roch und Ottakringer Dialekt sprach. Es war schlichtweg unmöglich, in dem engen Gang nur mit einem knappen Gruß an ihr vorbeizuhuschen.

Belushi schenkte mir einen Teil seiner Zeit, seines Lachens und seiner Trauer, seiner sexuellen Höhepunkte und Frustrationen – und ich gab ihm zurück, was ich für Liebe hielt, eine wirre Mischung aus Bewunderung und Abneigung, Freundschaft und sexueller Neugierde, Hingabe und dem Wunsch, ihn zu beherrschen, zu besiegen, ihn zu meinen Füßen zu sehen in bedingungsloser Hörigkeit. Sophie, die ihre Liaison mit dem Stadtrat beendet hatte, bezeichnete unsere Beziehung als verschwenderischen Geschlechterkampf und nannte Belushi einen neurotischen Lipizzaner. Seine weiße Haut fand ihr Gefallen, jedoch nicht, daß er sie spöttisch «Gräfin» nannte, unter Anspielung auf Sophies finanzielle Ansprüche an Männer, die sie nachmittags ins «Demel» zu führen hatten und abends in die «Drei Husaren», wo Zigeuner den Tafelspitz umfiedelten und Friedensreich Hundertwasser gelegentlich hofhielt. Die Stadt des grantelnden Mittelmaßes war so gierig auf lebendige Helden, daß sie selbst diejenigen umjubelte, die sie tödlich beleidigten. Belushi qualifizierte Hundertwasser als Scharlatan ab und André Heller als giftiges Zuckerl; für ihn mußten die jüdischen Künstler tot sein, um wirklich gut zu sein. Als ich ihm das vorhielt, zitierte er Anton Kuh: «Nur ja nicht gleich sachlich werden. Es geht doch auch persönlich!» Ich nannte ihn einen jüdischen Antisemiten und er mich eine dumme Gans; wann immer er keine Lust zum Streiten hatte, wurde er sehr unsachlich.

Sophie nannte Belushi einen Geizkragen, obwohl er uns aushielt, wenn wir zu dritt unterwegs waren. Er hatte mir nie etwas geschenkt, nicht einmal gestohlene Blumen, was wiederum daran liegen konnte, daß ich Geburtstage, Weihnachten und sonstige Feiertage im Kaff verbrachte, im Kreis der erweiterten Familie, die Magda bewirten ließ, wie es einem Arzthaushalt angemessen war. Ich haßte diese Familientage, die mich von meiner Stadt und meinem Liebhaber trennten, der mir ohnehin weniger Zeit zur Verfügung stellte, seit das Semester begonnen hatte. Während ich im Vorklinikum noch das medizinische ABC lernte, hatte Belushi seine Prüfungen in Pathologie und Pharmakologie abzulegen, und Stammersdorf im November war ein Ort in weiter Ferne. Er wollte den Facharzt in Psychiatrie machen, und Sophie bemerkte dazu, daß sie sich gut vorstellen könne, daß Verrückte leicht Zugang zu Idioten fänden. Die Neurosenlandschaft war ihr geläufig, seit sie in Zuckerbäckerkreise vorgedrungen war, in den elitären Sumpf um Udo Proksch alias Serge Kirchhofer, der Miteigentümer des «Demel» wurde und Wiens rote Schickeria mit Kunst und Kuchen köderte, während Heller dazu zynische Lieder sang.

Belushi, ich merkte es wohl, teilte seine Energien in produktives Schaffen und destruktive Freizeitgestaltung. Er spielte Jekyll und Hyde und mit mir Katz und Maus und war weit davon entfernt, sich mir zu Füßen zu legen. Ich nahm es hin und rächte mich mit zwei sexuellen Ausflügen ins maskuline Niemandsland. Der Assistent meines Physikprofessors schwitzte beim Geschlechtsverkehr und redete unablässig von dem Tyrannen, dem er auf Gedeih und Verderb ausgeliefert sei. Der arbeitslose Schauspieler zitierte Thomas Bernhard und vollzog die sexuelle Vereinigung wie in einem drittklassigen Pornofilm. Ich sei nicht eben begeisterungsfähig, sagte er, während er die zweite Haschischzigarette drehte, deren Duft, ich ahnte es, Frau Morawa bis in den Flur erschnuppern würde. Ich lehnte dankend ab, als er den Joint mit mir teilen wollte. «Ich rauche nicht», sagte ich laut genug, damit Frau Morawa es draußen hören konnte. Ich wollte nicht mit einem fremden Mann auf eine unbekannte Reise gehen. Magdas Tochter hatte auch immer Angst vor dem, was ihr an ihr noch unbekannt war. Ich schrieb an Rosa, daß Männern jede Neugierde auf Frauen fehle. Sie seien Sammler und Jäger mit begrenzten Instinkten und grenzenloser Gefräßigkeit. Rosa schrieb zurück, daß sie sich Heathers Hausarzt zugewandt habe, der aus medizinisch-sexuellen Gründen öfter käme und hinreißend, aber leider verheiratet sei.

Weil ich ein schlechtes Gewissen hatte, war ich Belushi gegenüber besonders verständnisvoll. Dreimal begleitete ich ihn ins Kino, um «Cabaret» zu sehen, und je zweimal zu «Doktor Schiwago» und «Der letzte Tango». Wir gingen ins Konzert der «Drei Meckys», deren Hit «Geh Alte, schau mi net so teppert an» die Stadt Mozarts und Beethovens erobert hatte. Belushi führte mich auch ins «Rondell», Wiens erste Bar mit barbusiger Bedienung und saftigen Preisen, wo er mir gestand, daß er sich vor allem wegen meiner schönen Brüste in mich verliebt habe, die ihn sexuell ungemein erregten und ihn andererseits an seine Mutter erinnerten, was wiederum kontraproduktiv sei.

Ich registrierte, daß auch andere Brüste diese Wirkung auf ihn ausübten, und fragte mich zum erstenmal, ob er die vier Nächte pro Woche, die er allein verbrachte, tatsächlich dem Studium der Pathologie widmete? In der Nacht nach unserem «Rondell»-Besuch brachte er es mit mir auf zwei Orgasmen, worauf wir ein wenig stolz waren.

Als Weihnachten näher rückte und ich meine Histologie-Prüfung bestanden hatte, lud ich Belushi ein, die Feiertage bei meiner Familie zu verbringen. Es war ein tollkühner Entschluß, der mit einem Quentchen Eifersucht auf Sophie zu tun hatte, die in Wien bleiben würde. Ich köderte ihn mit Skilaufen und Magdas Nußstrudel, und Belushi kaufte sich eine Pudelmütze, die er für provinzadäquat hielt. Ich kaufte von dem Weihnachtsbonus, den Vater nach Wien geschickt hatte, Geschenke im Dorotheum: eine versilberte Dose für Magda und einen Rasierpinselhalter für Vater. Für Belushi erstand ich einen knallroten Schal, der zu seiner Mütze paßte. Sophie, die den dicken Udo umschwirrte und ihre Prüfung wiederholen mußte, beobachtete mein vorweihnachtliches Treiben mit bohèmehafter Verachtung. Wir hatten unseren ersten ernsthaften Streit, als sie mich eine Spießerin nannte und ich sie ein Provinzflittchen, das man in Prokschen Kreisen nur als Party- und Bettdekoration benutze. Sophie sagte, daß ich selbst dafür nicht schön genug sei, und ich konterte, daß ihre hübsche Larve nicht einen Funken Klugheit verberge. Mit Klugheit, so Sophie, würde man Männer jedenfalls nicht gewinnen. Und im übrigen sei mein Ben Belushi ein impotenter Sexualprotz.

Mit diesen Worten verließ Sophie meine Wohnung, und sie gaben mir zu denken. Ich brachte diesen Satz zur Sprache, als Ben und ich mit dem Zug in Richtung Kaff fuhren. Magda war verständigt und hatte keine Bedenken, nur grenzenlose Neugierde geäußert. Belushi trug seine lächerliche Pudelmütze und einen karierten Anorak zu Knickerbockern mit Wollstrümpfen. Er sah verboten aus und obendrein melancholisch, seine übliche Weihnachtsstimmung, wie er mir erklärte, während er aus dem trüben Fenster auf die vorbeifliegende Landschaft sah, unablässig, als würde sich dadurch an dem Weiß etwas verändern. Er hatte natürlich keine Ahnung, was Sophie mit ihrer Bemerkung gemeint hatte.

«Du lügst.»

«Warum sollte ich? Wenn ich Sophie bestiegen hätte, würde ich nicht zögern, es dir zu erzählen.»

«Würdest du nicht.»

«Meinst du, ich hätte Angst, du würdest mich verlassen?»

«Ich an deiner Stelle hätte Angst.»

«In deiner vordergründigen Bescheidenheit neigst du dazu, dich zu überschätzen, liebe Eva. Die einzige Frau, vor der ich je Angst hatte, war meine Mutter.»

«Laß deine Mutter aus dem Spiel. Du willst nur von Sophie ablenken. ICH habe ihr jedenfalls nicht gesagt, daß du impotent bist.»

Ein Volltreffer. Belushi arrangierte sein Gesicht zu einer Maske des Leidens, hüllte sich in feindseliges Schweigen und blieb dabei, bis der Zug in das Kaff einfuhr und ich meine Eltern am Bahnsteig stehen sah, Magda in ihrem besten Pelz und Vater in Loden und unbehaglicher Erwartung. Ich überlegte kurz, weiterzufahren, doch dies hier war meine Endstation, der kleine Bahnhof, in dem ich als Kind über Schienen gesprungen war, der Gefahr ängstlich trotzend, weil Magda es mir verboten hatte. Ich stieg aus, gefolgt von dem stummen Belushi, der sich erst zu einem Lächeln aufraffte, als ich ihn in die Seite stieß.

«Frohe Weihnachten und herzlich willkommen», sagte Magda, und Vater schüttelte mit seinem besten Patientenlächeln Belushis Hand. Ich wurde umarmt wie eine verlorene Tochter, während der Bahnhofsvorsteher auf Eva Röhms Ölmillionär stierte, der frierend auf dem zugigen Bahnsteig stand und sich fragte, warum er die sichere Stadt gegen ein Provinznest ausgetauscht hatte, in dem die Menschen aussahen wie in Qualtingers bösartigsten Phantasien.

Als wir durch den Schnee zu Vaters Mercedes stapften, redete Magda über die Schneefälle vergangener Tage und die Qualität der Weihnachtsgans, die der Bauer soundso nach ihren Wünschen gemästet hatte. Vaters Patienten grüßten mit neugierigen Gesichtern, wünschten frohe Weihnachten und Auskunft über den Fremden, die Magda bereitwillig erteilte. Ich wünschte mir, nie geboren zu sein.

Belushis tückische Höflichkeit offenbarte nur mir das Ausmaß seines Ekels, als er mit Vater das Haus und die Praxis besichtigte, den Keller und den Garten sowie «Evas Reich», das neben dem Gästezimmer lag, ein bautechnischer Zufall, der meinen Vater den unsäglichen Satz sagen ließ: «Aber ich mache darauf aufmerksam, daß die Dielen knarren.» Belushi grinste schmutzig, Magda gab vor, nichts verstanden zu haben, und ich warf die Tür meines Zimmers hinter mir zu und hörte Belushi sagen: «Ihr Heim ist so wundervoll, daß ich nicht verstehe, warum Eva nicht öfter nach Hause fährt.»

Ich sagte mir, daß es mein Fehler war, ihn einzuladen, als er beim Abendessen den netten, gefräßigen amerikanischen Jungen mimte und Magda mit Fragen umschmeichelte, ihre Antworten beifällig kommentierte und mir dabei Blicke zuwarf, die seine Meinung über das Tischgespräch offenbarten. Sie merkten nichts. Sie erzählten Belushi Geschichten von mir, als sei ich gar nicht anwesend, und sie schenkten ihm Burgenländer Wein nach und kicherten über Belushis vernichtende Urteile über Wien und die Wiener. Das Chamäleon schlug sich auf die Seite meines konservativen Vaters, als über Kreiskys Politik gesprochen wurde. Belushi verteidigte die Bombardierung Vietnams und pflichtete Magda bei, daß man das Vordringen des Kommunismus mit allen Mitteln verhindern müsse. Meine Versuche, ihn zu stoppen, schlugen fehl, weil er mich, ebenso wie meine Eltern dies taten, aus dem Gespräch ausschloß.

«Ihre Tochter ist politisch ein wenig romantisch veranlagt, Frau Röhm.»

«Eva war immer schon ein Geist, der alles verneint. Sie war ein schwieriges Kind, Herr Belushi.»

Ich spielte mit meinem Weinglas – Magda hatte das gute Kristall aus dem Schrank geholt – und dachte über Rotweinflecken auf weißen Damasttischdecken nach. Magda schien meine Gedanken zu erraten, denn sie nahm das Glas und stellte es in sichere Entfernung. Ich war ein braves Kind gewesen, das nie etwas zerbrochen hatte dank ihrer mütterlichen Fürsorge.

Belushi lächelte mitleidlos und wandte sich an Magda. «Nennen Sie mich doch Ben, wie meine Freunde das tun.»

Magda, mit geröteten Wangen vom Wein und ihrem Geschwätz, nannte ihn Ben und bot ihm das DU und einen Bruderschaftskuß an, der zwischen den beiden Männern wiederholt wurde. Vater brachte zur Feier des Tages den alten Cognac auf den Tisch, und ich haßte Ben, den Schmierenkomödianten, der meine Eltern vorführte, um mich zu demütigen.

Als Magda fragte, wie seine Familie Weihnachten feiere, kam die Stunde der Wahrheit. Ich sah ihn zögern, nach einer ausweichenden Antwort suchen und sagte: «Ben ist Jude. Sein Vater besitzt ein kleines Delikatessengeschäft in Brooklyn.»

«Ach wirklich?» Magda sah gefaßt aus, aber ihre Stimme zitterte ein wenig. Vater, der seinen Akademikerdünkel im Verborgenen pflegte, räusperte sich. Dein mieses Spiel ist vorüber, sagten meine Augen zu Ben Belushi. In der Küche tropfte ein Wasserhahn, es war deutlich zu hören.

Als wir am zweiten Weihnachtsfeiertag zurückfuhren, erzählte mir Belushi zwei Stunden lang, wie reizend er meine Eltern gefunden habe, auch das gemeinsame Weihnachtsfest und das Skilaufen, bei dem er sich erfreulich ungeschickt angestellt hatte. Seine Lügen waren die fällige Einleitung des Endes, das wir noch hinauszögern wollten. Nach drei Tagen angestrengter Heuchelei und Fröhlichkeit waren wir zu erschöpft für Wahrheiten; ich war nicht einmal imstande, ihn zu bitten, seine Pudelmütze abzusetzen.

Magda und Vater waren tatsächlich sehr bemüht um ihren Gast gewesen, bemüht war das Wort dieser Weihnachtstage, und auch der Heilige Abend verlief stimmungsvoll nach Magdas Geschmack und Regie: Die Familie um den kerzenschimmernden Baum, Glockengeläut aus dem Radio und Geschenke in Wachspapier, der Duft nach Anis und Zimt, die pflaumengefüllte Gans im Ofen und der Sekt auf Eis ... alle Rituale wurden vollzogen, alle Spielregeln eingehalten, und niemand brach aus seinem Text aus oder weigerte sich, den Teller zu leeren, den Magda bis zum Rand füllte.

Belushi hatte sich auf seine Weihnachtsrolle festgelegt und

blieb dabei. Keine spöttischen Seitenblicke mehr, nur noch höfliche Anpassung und Charme, und ich hatte die ganze Zeit das Gefühl, auf einem Pulverfaß zu sitzen, dessen Explosion ich geradezu herbeisehnte. Magda war so peinlich bemüht, ihr «Ach wirklich» wiedergutzumachen. Sie stopfte Belushi mit Braten und Keksen und Jausen voll und wiederholte sich in dem Satz, daß er so «typisch österreichische Weihnachten» doch sicherlich ganz wundervoll fände, was er wiederholt bejahte.

Vater tauschte mit Belushi Erfahrungen über das Medizinstudium aus und war immerhin beeindruckt, mit einem künftigen Psychiater bei Tisch zu sitzen. Sein «Es muß ja auch einfache Dorfärzte geben» fand Erwähnung ebenso wie Magdas «Sie haben es sicher nicht einfach mit unserer Eva.» Weil Emma Weihnachtsurlaub hatte – «Das Personal ist auch nicht mehr, was es einmal war» –, half ich Magda beim Auf- und Abtragen, Spülen und Trocknen, während die beiden Männer im Wohnzimmer saßen und über die männlichen Dinge des Lebens sprachen.

Belushi begleitete uns ohne religiöse Bedenken zur Christmesse. Tante Ludovika nannte ihn einen «feschen, wenn auch unterernährten Kerl», und Onkel Hermann steuerte bei, «daß unsere Eva ja auch einen netten Mann verdiene». In Vietnam ging zum Weihnachtsfest ein Bombenhagel nieder, und ich hätte es vorgezogen, dort zu sein. Aber es war ja meine Schuld, das sagte ich mir immer wieder, während ich Belushis Spiel verfolgte, seines und meines, das eher zu entschuldigen war. Er und ich, wir waren wie Musils Mann ohne Eigenschaften: ambivalent bis zur Selbstaufgabe, imstande, das Gegenteil von dem zu sagen, was wir dachten, und mit einer Hand die Wurzeln kappend, an denen wir mit der anderen hingen. Vielleicht hätten wir nachts darüber lachen können, wenn Belushi oder ich die knarrenden Dielen nicht gescheut hätten. So trafen wir uns beim Frühstück, das Magda mit der Frage überschattete, ob sie nun Rühreier mit Speck oder Spiegeleier mit Würstchen zubereiten solle. Wir gingen zum Idiotenhügel, auf dem Belushi das Skilaufen übte, als ob er sich die Nationalmannschaft zum Ziel gesetzt habe. Wir aßen mittags, nachmittags und abends und fielen genährt und trunken, einsam und angeekelt in getrennte Betten.

Es seien wirklich wunderschöne Weihnachten gewesen, sagte Magda, als wir in den Zug nach Wien stiegen. Es klang so aufrichtig, daß ich mich einen Moment lang schämte und dachte, daß ich niemandem etwas vorzuwerfen hatte außer mir, dem schwierigen Kind und der ewig unzufriedenen Geliebten. Belushi hatte sich beim Skifahren erkältet und begann zu niesen, als wir in den Ostbahnhof einfuhren. Als ich in der Schwarzspanierstraße aus dem Taxi stieg, sagte er, daß er der Provinz nicht gewachsen sei. Der Portier übersah mich, weil ich ihm nichts zu Weihnachten geschenkt hatte. Frau Morawa überreichte mir im Flur eine Pappschale mit selbstgebackenen Keksen. Meine Wohnung war kalt und abweisend, und ich ging mit Friedrich Torberg ins Bett und dachte, daß wir alle getrennt leben, dies aber nicht begreifen wollen.

10. Kapitel

Wenn ich den pathologischen Befund habe, werde ich sie anklagen.»

«Denn mein ist die Rache, o Herr.»

Der Staatsanwalt hält für einen Moment die Luft an, bevor er seine Lippen gegen den Telefonhörer bewegt. «Liebe Frau Dr. Röhm, bei Kindestötung kenne ich kein Erbarmen. Für mich ist sie eines der übelsten Auswüchse menschlicher Verkommenheit. Woran ist der Kleine gestorben?»

«Hirnblutung, vermutlich infolge eines Sturzes. Darauf deuten auch Hämatome im Bereich der Oberarme und am Gesäß hin. Darüber hinaus gibt es allerdings keine Anhaltspunkte für körperliche Mißhandlung oder Verwahrlosung.

Der Bericht geht Ihnen übermorgen zu.» Eva zeichnet mit der rechten Hand kleine Kreuze auf ein Blatt Papier. «Ich hatte nicht die Absicht, frivol zu sein, Herr Staatsanwalt. Aber ich habe Zweifel an Ihrer These, daß die Mutter den Jungen fallen ließ oder zu Boden schleuderte. Waren Sie schon mal in der Wohnung?»

Er blättert in der Akte, die vor ihm liegt. «Nein. Aber ich habe vor mir die Fotos des toten Kindes und des Tatorts. Drangvolle Enge, schwieriges soziales Milieu, überforderte, alleinerziehende Mutter ... der übliche MIST. Im übrigen habe ich auch Ihren letzten Bericht in den Akten: Hämatome und Abschürfungen im Gesichtsbereich, die auf Mißhandlungen an dem fünfzehn Monate alten Jan schließen lassen. Sie hat es nicht zum erstenmal getan, Dr. Röhm, nur diesmal ist sie weiter gegangen.»

Ein Blatt voller Kreuze ... sie legt den Stift zur Seite. «Wieso war der Kleine bei ihr? Nach dem ersten Vorfall wurde er doch in die Obhut der Großmutter gegeben – und Frau Weber hatte lediglich Besuchsrecht.»

Der Staatsanwalt legt die Füße auf den Tisch; es würde ein längeres Gespräch werden, und er muß an seine Durchblutungsstörungen denken. «Der kleine Jan hatte Geburtstag, da hat Oma ihn rausgegeben. Die Mutter hat ihn an seinem zweiten Geburtstag umgebracht. Ist das nicht schön?»

Staatsanwälte sind engagiert, zynisch, abgestumpft, es ist eine Frage der Moral und Dienstjahre. Eva meint sich zu erinnern, daß dieser Staatsanwalt noch recht jung und Vater zweier kleiner Kinder ist. «Mehr als Körperverletzung mit Todesfolge werden Sie kaum beweisen können. Aber was die Wohnung von Frau Weber betrifft: Sie ist klein und keineswegs luxuriös, doch sie ist sauber und sehr ... na ja gemütlich eingerichtet. Margot Weber ist keine Asoziale; sie arbeitet halbtags als Verkäuferin. Und ihre siebenjährige Tochter macht einen sehr gepflegten, aufgeweckten Eindruck.» Beinahe zu clever, denkt Eva, aber vielleicht muß man so widerstandsfähig sein wie Tamara, um sich in dieser Straße zu behaupten.

«Frau Weber trinkt gelegentlich und hatte auch den einen oder anderen Liebhaber», sagt der Staatsanwalt in das Schweigen.

«Na und?»

Ihre Na-und-Sätze sind berüchtigt. Als Pathologin ist sie erste Klasse, denkt er, aber als Gutachterin vor Gericht nicht unumstritten. Dr. Röhm läßt sich von Staatsanwälten nicht in die gewünschte Richtung führen. Nicht eben wortreich, aber präzise beharrt sie auf ihrem Standpunkt respektive Gutachten, während ältere und berühmtere Kollegen als sie durchaus ... flexibler sind. «Wollen Sie behaupten, der kleine Jan sei vom Wickeltisch gefallen. Ein Unfall? Wo SIE mir bei jedem plötzlichen Kindstod auf den Leib rücken, damit ich die Obduktion veranlasse?» Die Laborassistentin öffnet die Tür, sieht Dr. Röhm mit auf dem Schreibtisch gekreuzten Beinen telefonieren und zieht sich mit entschuldigendem Lächeln zurück.

«Bringen Sie nicht zwei verschiedene Bereiche durcheinander, Herr Staatsanwalt. Bei plötzlichem Kindstod kann eine natürliche Todesursache nicht von vorneherein unterstellt werden – und es gibt immer zahlreiche andere Möglichkeiten, wie ein Säugling zu Tod gekommen ist. Da muß obduziert werden, ob die Eltern nun einverstanden sind oder nicht.»

«Die letzten waren es nicht, Frau Dr. Röhm.»

«Wenn ich meinem Kind ein Kissen auf den Kopf gedrückt oder es heftig geschüttelt hätte, würde ich eine Obduktion auch ablehnen. Nein, ich will es nicht unterstellen, aber Sie glauben doch auch nicht nur an das Gute im Menschen, Herr Staatsanwalt. Es ist erschreckend einfach, Babys oder alte Menschen umzubringen.»

Ich möchte nicht mit ihr liiert sein, denkt der Staatsanwalt: Sie wüßte zu gut, wie man es anstellt. «Eben. Das hat Frau Weber auch gedacht. Ich werde anklagen, Dr. Röhm.»

Eva denkt, daß sie wie immer voller Zweifel ist, während er seine Sicherheit dagegensetzt, das System von Schuld und Sühne, das so unvollkommen ist wie jedes Regelwerk, das Menschen erfaßt. «Dann lassen Sie die Frau zumindest psychiatrisch begutachten. Margot Weber ist nicht der Typ überforderte Mutter, die plötzlich ausrastet. In Anbetracht ihrer sozialen und finanziellen Verhältnisse ist sie sogar erstaunlich lebensbejahend, fast ... fröhlich. Sie war es zumindest.»

«Ich habe bereits mit Professor Anzenmacher Kontakt aufgenommen.»

O mein Gott, denkt Eva, ausgerechnet Anzenmacher, der jede Frau a priori für verrückt hält. Er wird die Weber dem Gericht mit Sowohl-als-auch-Thesen und leichter Tendenz gegen die Angeklagte zum Fraß vorwerfen. «Sie sollten auch mal mit der Tochter und mit der Großmutter sprechen, Herr Staatsanwalt.»

«Warum mit der Tochter?»

«Ich weiß nicht. Es ist nur so ein Gefühl.»

Ein Gefühl! Das, worauf Frauen sich letztlich zurückziehen! Der Staatsanwalt sagt zu, darüber nachzudenken und legt auf.

Im Aufstehen ärgert sie sich über ihren ungeschickten Versuch, ihn manipulieren zu wollen. Sie telefoniert ständig, tut es aber nicht gerne. Am Telefon geschieht es, daß sie nach Worten suchen muß, sich in der Vorstellung eines Gesprächspartners verliert, der vielleicht auf der Toilette sitzt, während er mit ihr spricht. Haben Staatsanwälte Handys?

Auf Evas Stuhl liegen Bücher und Aufsätze über Kindesmißhandlungen, für die sie nun einen Platz sucht und nicht findet. Ihr Arbeitszimmer weist jenes Maß an Chaos auf, das sie auch den Gutwilligsten gegenüber nicht mehr als organisiert bezeichnen kann. Ich muß aufräumen, denkt sie und findet Ausreden, es nicht zu tun: Gutachten, Akten, Kostenrechnungen ...

Marlies Winter klopft nie an, bevor sie die Tür öffnet, eine schlechte Gewohnheit, die ihr einmal die gute Sicht auf Max Zehntel und eine Laborassistentin in inniger Umarmung geboten hatte. In Eva Röhms Zimmer findet sie nur Unordnung vor, die sie ausnahmsweise nicht kommentiert. «Tag, Eva. Hast du den Artikel in der Medical Tribune gelesen? Von unserem Kollegen in Connecticut, der eine Silikonpuppe obduzieren wollte?»

«Könnte Zehntel auch passieren. Er sieht nie so genau hin.»

Marlies Winter findet das noch komischer als den Artikel und vergißt über ihrem Heiterkeitsausbruch den Ärger um die Reparaturrechnung für ihr Auto. Die Versicherung wird auch den Schaden für das Hoftor begleichen und mit der Prämie kräftig anziehen. Und man hat dem Ehemann und Sohn Giftpfeile für die kommenden Monate geliefert, das ist schlimmer als alles andere. Ein Glück, daß nicht mehr passiert ist, hatte ihre Schwiegermutter im Krankenhaus den Unfall kommentiert. Die Leute haben wirklich merkwürdige Vorstellungen vom Glück. Wie Georg darüber denkt, weiß sie allerdings genau: Bahamas, Bier und zwei Mulattinnen auf dem Schoß, während Marlies und die Kinder in Oberbayern Urlaub machen.

Evas Glück? Eine schöne Leich, denkt Marlies gehässig. Die Arbeitswut der Kollegin ist den anderen eher unheimlich, auch wenn sie manchmal als hilfreich empfunden wird. «Sie paßt sich nicht an», formulierte es Zehntel in seiner unnachahmlichen Treffsicherheit. Marlies fügt für sich hinzu: Sie braucht uns nicht und interessiert sich nicht für uns. Sie ist freundlich, aber es kümmert sie nicht, daß man die Kälte dahinter registriert. Eva Röhm ist ein ganz besonderer Fall von Autismus. Man müßte sie aufschneiden, um mehr zu erfahren.

«Was macht unser Säuremann?» Marlies Winter bleibt stehen, weil es keinen freien Platz in diesem Büro gibt.

Eva Röhm blättert aufreizend gelassen in einem Buch. «Keine neuen Erkenntnisse. Allerdings sind die toxikologischen Gutachten noch nicht da.»

«Weißt du, was ich glaube?»

Eva sieht sie an, als ob sie sich dafür interessiere. «Ich glaube, daß diese Gesichtsverätzung nur ein Ablenkungsmanöver ist. Für eine Vergiftung mit irgendeinem synthetischen Zeug, das wir noch nicht nachweisen können.»

«Warum dann ein Ablenkungsmanöver, Marlies? Die Leiche wäre vermutlich als natürlicher Tod durchgegangen, wenn die Säure nicht gewesen wäre. Nein, es hat eine andere Bedeutung ... ich weiß nur nicht, welche.»

«Nun, es war ohnehin nur so eine Idee von Franz. Er wird immer nekrophiler, findest du nicht?»

«Ich finde ihn ganz normal.» Eva dreht Marlies wieder den Rücken zu und liest in ihrem Buch. Marlies denkt, daß sie kein Recht habe, das Wort «normal» zu gebrauchen. Niemand in diesem Institut ist normal – und Eva Röhm schon gar nicht. «Ist die Kripo weitergekommen?»

Eva legt das Buch zur Seite und weist mit einer unbestimmten Handbewegung auf zwei Stühle, die mit Akten belegt sind. «Räum sie irgendwohin. Nein, Hermann hat noch keine Spur. Aber der Staatsanwalt will Margot Weber anklagen. Obwohl ich in meinem Gutachten schreiben werde, daß ein Unfall nicht gänzlich ausgeschlossen werden kann.»

Marlies Winter denkt an das kleine, leblose Wesen, das sie und Eva Röhm geöffnet hatten, und daß dabei nur die nötigsten Worte gefallen waren, wie immer bei der Obduktion von Kleinkindern. Jans Hirnblutungen hätten, wenn er Glück gehabt hätte – schon wieder dieses Wort – vermutlich zu bleibenden Schäden geführt. Laut Professor Trube-Becker wurden achtzig Prozent aller hirngeschädigten Kinder als Babys mißhandelt. «Es war der zweite Vorfall, Eva. Und es gibt Frauen, die hervorragend Mutter spielen und in dieser Rolle überhaupt nicht klarkommen.» Wie ich. Die Fremdlinge in meinem Haus waren schon als Babys gefräßige kleine Monster, die meine Energien aufzehrten und meine Brüste in schlaffe, milchleere Lappen verwandelten, die Georg nie wieder reizten. Sie waren schwierige Kleinkinder, die nachts in unser Bett krochen und mir den Schlaf raubten. Und mit jedem Jahr, mit dem sie stärker und unabhängiger wurden, vermittelten sie mir deutlicher, daß ich ihren Ansprüchen nicht genüge. Du nervst, sagt mein Sohn, und Georg lacht darüber, um anschließend über Mutter-Kind-Konflikte zu dozieren. Sie respektieren ihn, weil sie seine intellektuelle Distanz spüren, die nie etwas anderes war als getarnte Lieblosigkeit.

«Kaffee?» Eva sucht in ihrer Schublade nach einer zweiten Tasse, wird fündig und schenkt Marlies ein. «Ich weiß. Margot Weber ist von Jans Vater wiederholt verprügelt worden, noch während der Schwangerschaft. Am Tag von Jans Geburt hat er sie verlassen, was man ja auch als Glück bezeichnen kann.»

«Bitte nicht dieses Wort. Es verfolgt mich.»

Eva spricht schnell weiter, um einen Themawechsel zu vermeiden, der in Richtung Wintersche Familientragödie führen mußte. «Er hätte sie eines Tages totgeprügelt ... aber das Schlimme ist, daß Professor Anzengruber genau DAS gegen sie verwenden wird. Margot Weber, das Opfer, das zur Täterin wird und an ihrem Sohn ausläßt, wozu sie mangels Stärke dem Vater gegenüber nicht fähig war.»

«Und was spricht dagegen?»

«Der Zweifel», sagt Eva, und sie meint damit ihr sehr schnell gefaßtes Urteil gegenüber einer Frau, die beinahe unberührt schien von der Mühsal eines mit Widrigkeiten versetzten Alltags. Trotz ständiger Geldnöte und Demütigungen durch Vorgesetzte und Liebhaber und Nachbarn war Margot Weber eine Starke, die Männer nicht hatten zugrunde richten können, eine Kämpferin mit lächerlichen Waffen, und eine davon war Liebe. Sie liebte ihre Kinder, weil sie die einzigen Wesen waren, die nicht auf ihr herumtrampelten. Selbst wenn ihr das nicht bewußt war, hatte Margot gespürt, daß dieses Gefühl größer war als die flüchtigen Räusche und sexuellen Begegnungen. Und da war dieser Rest von Zweifel: Wie viele Schläge steckt man ein, bis man sich dort zu wehren beginnt, wo es am wenigsten weh tut?

«Ich weiß, daß Mütter ihre Kinder zu Tode schütteln, verbrühen, erfrieren lassen, beißen, schlagen, foltern, sexuell mißbrauchen, körperlich und seelisch zugrunde richten. Aber Margot Weber ist dazu nicht fähig.»

«Du kannst nicht in sie reinsehen.» Marlies Winter denkt

an ihren Mann, der Psychologe ist und sich für den lieben Gott der Seele hält. Georg kann alles verstehen und begründen, andere mit seinem Gerede aufspießen wie Schmetterlinge ... und sich dann umdrehen und das zappelnde Wesen vergessen. Die Seelen, für die er mitverantwortlich ist, interessieren ihn nur am Rand seiner sorgsam gehüteten Gefühlswelt. «Ich kann meine Kinder nicht verstehen, Eva. Ich weiß nicht mehr, was sie denken und fühlen ... vielleicht planen sie gerade, mich umzubringen, damit niemand mehr ihre Kreise stört, sie zur Ordnung mahnt und drängt, ihre Schulaufgaben zu machen. Mein Sohn interessiert sich in letzter Zeit geradezu auffallend für meine Arbeit. Ich finde es abwegig, mit ihm über perfekte Tötungsmethoden zu diskutieren. Er sieht mich dabei so merkwürdig an, als ob ...»

Marlies greift an ihr Herz, von dem sie weiß, daß es nichts als ein glitschiger, roher Klumpen ist. Georg findet ihr anatomisches Körperbewußtsein abstoßend; es ist nicht auszuschließen, daß ihn ihr Körper gleichermaßen ekelt, da er sich ihm nur noch im Zustand der Trunkenheit nähert. Und dunkel muß es sein.

Eva sagt ihr, daß sie übertreibt, schließlich sei es für sechzehnjährige Jungen nicht ungewöhnlich, sich mit Gewalt auseinanderzusetzen. Die Todesangst ihrer Kollegin scheint sie deutlich weniger zu beschäftigen als das Schicksal einer fremden Frau. «Margot Weber ist nicht hübsch oder klug, und du fändest sie vermutlich vulgär. Sie lacht zu laut und zu oft, und man fragt sich, woher sie die Unverschämtheit nimmt, ihr Leben auch noch schön zu finden. Aber das tut sie, und selbst als man ihr Jan wegnahm, nach dem ersten Vorfall, war sie noch imstande, das Positive daran zu sehen. ‹Dann habe ich für eine Weile mehr Zeit, mich um Tamara zu kümmern›, sagte sie zu mir. Und daß ihre Mutter auch sehr an dem Baby hänge und sich bestens um es kümmern würde. Die Tochter war offensichtlich mit dem Lauf der Ereignisse sehr zufrieden. Tamara war geradezu euphorisch, nun wieder ein Zimmer für sich allein zu haben – und die ungeteilte Aufmerksamkeit ihrer Mutter.»

Marlies hat endlich verstanden. «Du meinst, die Tochter ...??»

«Alles ist möglich, Marlies, selbst du denkst das Unvorstellbare. Ich weiß, es ist ein schrecklicher Verdacht. Ich bin keine Kinderpsychologin, aber das Mädchen erschien mir extrem geltungsbedürftig. Von dem wenigen, das da ist, will sie alles haben: allen Platz, alle Liebe, alles Spielzeug. Sie hat miterlebt, wie Jans Vater ihre Mutter verprügelte, und sie haßte ihn dafür, das hat Margot Weber mir gesagt. Es ist doch möglich, daß sie diesen Haß auf das Baby übertragen hat, verbunden mit allen anderen Motiven.»

«Hast du mit der Mutter darüber gesprochen?»

Eva erinnerte sich an ihr Erschrecken über diese Gedanken, und wie sie nach Worten suchte, mit Margot Weber darüber zu reden, ohne sich zu verraten. «Ich habe es angedeutet, und sie hat sehr abweisend, fast grob reagiert. Was in der beschriebenen Konstellation nicht ungewöhnlich ist, denn sie betet ihre Tochter an.»

Ich würde sie auch zu schützen versuchen, denkt Marlies, und daß Eva in ihrem Ringen um Wahrheit entschieden zu weit gehe. Sie hat kein Recht, sich in das Leben anderer einzumischen. «Ich finde, du solltest die Frau in Ruhe lassen. Selbst wenn deine Version stimmen würde, sollte man ihre Entscheidung respektieren, die Sache auf sich zu nehmen.»

«Meinst du das ernst?»

«Ja. Welchen Unterschied macht die Wahrheit in einer Tragödie, die bereits geschrieben ist? Welchen Unterschied macht es, daß mein Mann den Leuten erklärt, warum sie sich wie Schweine oder Idioten benehmen? Glaubst du, daß die Analyse einen zum besseren Menschen macht? Sie zwingt dich nur, über einen Abgrund auf einem Seil zu balancieren, von dem du vorher geglaubst hast, daß es eine stabile Brücke ist.»

«Aber das Mädchen braucht Hilfe.»

Ein wenig habe ich sie verunsichert, denkt Marlies befriedigt. Man muß sich auch über kleine, unbedeutende Siege freuen, zumal bei einer Gegnerin, die so wenig Angriffsflächen bietet. «Die Hilfe von einem wie Georg? Habe ich dir schon erzählt, daß er seit neuestem würfelt, bevor er irgendwelche Entscheidungen trifft? Er nennt es ‹mit dem Schicksal würfeln›, ein irrwitziges Experiment um Handlungsfreiheit oder Selbstbestimmung oder so was ähnliches. Als ich gestern mit ihm essen gehen wollte, hat er fünfzehn Augen gewürfelt und behauptet, daß dies Nein bedeute. Vielleicht spielt er heute darum, ob er mich verlassen soll.»

«Warum tust DU es nicht?»

Marlies sieht auf ihre Kollegin, die nicht ihre erste Wahl einer Freundin, aber immerhin eine Frau ist. «Weil ich zu alt bin, liebe Eva, noch einen anderen Mann zu finden. Und weil einer, der mich unglücklich macht, immer noch besser ist als keiner, der mich unglücklich macht. Außerdem lebe ich gern in unserem Haus und wüßte nicht, wie ich allein mit den Kindern fertig werden sollte.»

Dann hör doch auf, dich zu beklagen, denkt Eva. Es gibt schlimmere Geschichten, meine und Margot Webers und Millionen andere. Lebe deine Anleitungen zum Unglücklichsein und behellige mich nicht damit. «Wenn du so gewürfelt hast, Marlies, muß man es wohl nicht kommentieren.»

«Das ist eine häßliche Formulierung.» Es gab viele Momente, in denen sie Eva Röhm abscheulich fand, und dieser hier zählt eindeutig dazu.

Marlies Winter stemmt ihre Hände auf die Stuhllehne, um aufzustehen, als Max Zehntel den Raum betritt, der Mann, der sie einmal in seinem Auto vor ihrer Haustür geküßt hatte, im Anschluß an einen Betriebsausflug mit alkoholischen Getränken, denen sie im Übermaß zugesprochen hatte. Es ist exakt drei Jahre und vier Monate her, ihr Gedächtnis für Unbedeutendes läßt sie nicht im Stich; Dr. Zehntel hatte es getan, indem er am nächsten Tag so tat, als sei nichts geschehen, während sie die halbe Nacht lang wach gelegen und darüber gegrübelt hatte, ob sie eine Affäre mit ihm beginnen sollte.

«Es gibt Ärger, meine Damen.»

Er sieht entzückt aus, denkt Eva. Mehr als alle anderen liebt er Institutsintrigen und unser künstliches Klima von Kollegialität und wissenschaftlicher Verschworenheit. Zehntel steht in der Mitte des Zimmers, er hat die Arme verschränkt, und seine flinken Augen unter der Armani-Brille registrieren Unordnung, die ihn zu gefälligen Rückschlüssen animiert. Er trägt rotbraune Schuhe mit Bommeln, Eva findet solches Schuhwerk an Männern abscheulich und starrt darauf, während Marlies Winter sich an eine gierige Zunge und feuchte Hände erinnert.

«Keine übertriebene Neugierde? Nun, ich werde es trotzdem verkünden. Professor Wirtz wird sein dreißigjähriges Dienstjubiläum mit einem großen Empfang begehen. Aber, liebe Kolleginnen, nicht alle von uns werden der Ehre teilhaftig, daran teilnehmen zu dürfen. Und Ehepartner sind NICHT eingeladen.»

«Eine Frechheit.» Marlies Winter ist empört, obwohl sie Georgs Begleitung zu Empfängen fürchtet, weil er dazu neigt, sie vor anderen bloßzustellen.

«Werden ausschließlich Doppeltpromovierte geladen?»

Die Röhm macht sich über ihn lustig, das kann er nicht komisch finden. «Natürlich nicht. Aber Wirtz hat nur das akademische Personal berücksichtigt. Diese Entscheidung hat bereits beträchtliche Unruhe im Haus ausgelöst. Man fühlt sich zurückgesetzt.»

«Es ist nicht sehr feinfühlig von ihm.» Mehr möchte Marlies Winter nicht dazu sagen, denn man weiß, daß Max Zehntel ein zutragendes Verhältnis zum Institutsdirektor pflegt. Eva Röhm nannte ihn einmal, als Zehntel gerade aus dem gekühlten Leichenraum trat, «der Spion, der aus der Kälte kommt». Früher hat die Röhm öfter Witze gemacht und öfter gelacht, das fällt ihr jetzt auf. Seit sie aus dem Urlaub zurückkam, ein halbes Jahr mag es her sein, ist sie noch stiller geworden, eine Kollegin, auf die man verzichten könnte, würde sie nicht allzeit einspringen, wenn berufstätige Mütter Probleme mit dem Zeitmanagement haben.

«Mir ist das vollkommen gleichgültig, wen er einlädt oder nicht.»

Das sieht dir ähnlich, denkt Zehntel, denn um die Befindlichkeiten Lebender machst du dir keine Gedanken. Eva Röhm ist eine Frau ohne Eitelkeit, eine nymphomanische Leichentante mit gehemmtem Sexualtrieb. Oh, sie kann wütend werden, wenn bei einer Obduktion etwas schiefläuft, aber noch nie hat sie weiblich auf ihn reagiert, ein Befund, den man keinesfalls dem männlichen Selbstverständnis anlasten sollte, sondern einzig und allein ihrer ... Geschlechtslosigkeit, die sich auch in ihrer Kleidung artikuliert, die keineswegs dazu angetan ist, Männer auf gewisse Weise zu erfreuen. Hosen, Pullover, T-Shirts, je nach Jahreszeit, darüber den weißen Kittel und ein Gesicht, das ausgebrannte Glut trägt, die anzufachen ihm zu mühsam wäre, schließlich gibt es so viele Studentinnen, die bereit sind, Frische gegen Erfahrung einzutauschen, bis zu einer Grenze, die man als treuer Ehemann nicht überschreiten möchte. Was die Röhms und Winters und auch die eigene Frau nicht verstehen, ist, daß Männer erotische Momente im Leben brauchen und nicht die Sachlichkeit inniger oder distanzierter Beziehungen. Es sind die sexuellen Schwingungen, die die Atmosphäre im Institut erträglich gestalten, davon ist Zehntel überzeugt und auch, daß Eva Röhm ein fleischgewordenes Ozonloch ist. Das ist komisch, das muß er sich merken für das nächste Männergespräch. Die beiden Frauen sehen ihn an, als wollten sie ihn loswerden, das reizt zum Bleiben. «Übrigens hat sich Wirtz für Ihre Säureleiche interessiert, Frau Kollegin. Hat sich der Tote schon mitgeteilt?»

«Er durchläuft Vergleichsmuster im Computer. Bisher sind keine giftigen Substanzen gefunden worden. Und Ihr Kopfloser?»

Ihn hätte er beinahe vergessen über der Aufregung um Professor Wirtz und seine poröse Einladungspolitik. Zehntel legt eine Kunstpause ein, um die Spannung zu erhöhen. «Ein netter Fall von Dekapitation, zweifelsfrei Suizid, da man den

Rumpf genau der durchgetrennten Halshaut zuordnen konnte. Keine Fremdspuren, keine Zeichen von Gewaltanwendung, aber dennoch eine makabre Geschichte. Der Mann hat ein Ende des Abschleppseils an der Garage befestigt und aus dem anderen eine Schlinge um seinen Hals befestigt. Dann hat er den Wagen gestartet und ist mit Vollgas losgefahren, allerdings nicht sehr weit, weil ihm das Seil den Kopf abriß, der aus dem offenen Fenster fiel. Der Rest von ihm knallte mit dem Auto gegen die Nachbarsmauer, was die Nachbarsfrau auf den Plan rief. Sie rannte zum Unglücksort und fiel prompt in Ohnmacht, als sie den Kopf da rumliegen sah. Also nahm man erst einmal an, daß sie mit dem Kopf was zu tun hatte, aber hervorragende Polizei- und Obduktionsarbeit haben den Fall schnell gelöst.»

«Haben Sie Liquor entnommen?»

«Es war in diesem Fall nicht nötig, Frau Kollegin, da die Polizei einen Abschiedsbrief im Haus gefunden hat. Das ist überhaupt die Pointe der Geschichte: Der Mann hat sich geköpft, weil er einen Rechtsstreit mit den Nachbarn über die Höhe der Mauer verloren hat. Oder war es die Größe des Kirschbaums? Na ja, ist ja auch egal.»

«Du bist ein begnadeter Geschichtenerzähler.» Marlies Winter entschärft den Satz mit einem Lächeln. Man duzt sich seit jenem Abend der betrunkenen Zärtlichkeiten, aber sie hat ihm nicht verziehen, daß er ein Kapitel aufgeschlagen und nicht zu Ende gelesen hat.

Männer, antwortet Max Zehntel, zeigen auch in der Wahl ihres Suizids mehr Phantasie und Mut als Frauen. Eva Röhm lächelt, als habe er etwas Amüsantes gesagt, und er beschließt zu gehen, bevor sie ihn fragen könnte, ob er an der Wasserleiche interessiert sei, die gerade eingegangen ist. «Ich muß Sie leider verlassen. Dringende Berichte ... manchmal weiß man wirklich nicht, wie man die Arbeit noch schaffen soll.»

Zehntel hinterläßt einen Duft von «Egoiste» und Wichtigkeit.

«Wenn Faulheit stinken würde, überträfe er jede Dreimonatsleiche.» Marlies möchte über Max Zehntel sprechen, doch Eva hat den Telefonhörer abgenommen. Sie hält die Hand auf den Hörer. «Man hat ein junges Mädchen aus dem Wasser gefischt, etwa dreißig Kilometer flußabwärts.»

«Fährst du hin?»

Natürlich fährt sie hin, sie ist jederzeit abrufbereit, schließlich hat sie keine anderen Verpflichtungen oder Leidenschaften. Im Institut wird darüber geflüstert, daß ihr Mann an AIDS gestorben sei, danach zu fragen, wäre Marlies allerdings peinlich.

Sie sieht Evas kleines, blaues Auto aus dem Hof fahren, als sie sich umzieht, um vor Geschäftsschluß Einkäufe zu erledigen. Marlies haßt das Gehetze durch überfüllte Supermärkte, die Entscheidung, etwas zu kaufen, das in seiner Gesamtheit ein Essen für vier ergibt, die schweren Plastiktüten, die im Wagen umkippen, den Feierabendverkehr, der sie im Schrittempo in das Haus an der Peripherie bringt, wo diejenigen residieren, die es geschafft haben. WAS GESCHAFFT, ist ihre allabendliche Frage an sich selbst, wenn sie in der Designerküche steht, die von einer peruanischen Putzfrau gesäubert und von den Kindern wieder verschmutzt wird, wenn sie ausräumt, einräumt und das Essen vorbereitet, Handlungen von unendlicher Monotonie, die niemanden interessieren, solange das Marlies-Winter-Programm ohne Störungen abläuft. Man hat diesen Fernsehapparat gekauft, der verschiedene Sender auf dem Bildschirm einblendet, und so kommt ihr das Familienleben vor: ein Bild, vier Programme und der ewige Streit darum, welches das wichtigste ist.

Sie mixt sich einen Pink Gin, den ihre Tochter Anna «das Lieblingsgetränk der Oberklassenalkoholikerinnen» nennt. Anna verabscheut Alkohol, Zigaretten und Fleisch, den Lebensstil ihrer Eltern und die gemeinsamen Abendessen am französischen Landhaustisch, den Marlies während eines Normandie-Urlaubs erstanden hat. Was immer auf diesen Tisch kommt, wird von einer Partei kritisiert und von Georg zu einer Diskussion über Eßkultur ausgeweitet. Sigmund, der seinen Namen ebenso verabscheut wie seine Namensgeber, wird schweigend in sich hineinschaufeln, während Anna es immer noch nicht aufgegeben hat, ihrem Vater Widerworte zu geben, die Georg bei seiner Tochter amüsieren, bei seiner Frau jedoch zu scharfen, demütigenden Repliken führen. Marlies wird den Satz «Kann mir denn keiner zur Hand gehen?» ins Leere sprechen. Georg wird sich mit der Bemerkung «Du hast die Kinder nicht im Griff» ein Zigarillo anzünden und ihre hektischen Bewegungen zwischen Tisch und Spülmaschine verfolgen. Anna wird ob der Rücksichtslosigkeit ihres rauchenden Vaters aufspringen und den Tisch verlassen, während Sigmund gemächlich zu Ende essen und sich dann in sein Zimmer an seinen Computer zurückziehen wird, der Gegenstand, zu dem er die innigste Beziehung pflegt.

Marlies und Georg Winter werden die Flasche Wein leeren, schweigend oder streitend, je nachdem, ob ein passendes Stichwort gefallen ist, und danach zum Cognac übergehen. Er wird sie fragen, wie ihr Tag war, und sie wird antworten «anstrengend». Sie wird ihn fragen, und er wird ihr von einem Patienten erzählen, zum Beispiel diesem, der nur zur Erektion kommt, wenn seine Frau Windelhöschen trägt. Sie wird zu Pink Gin übergehen und die Holzdecke nach Spinnweben absuchen, weil das peruanische Mädchen für diese Schmutzvariante blind ist. Und irgendwann werden das Haus und Georgs Reden an ihr vorbeischwimmen wie die Fische in seinem überdimensionierten Aquarium im Wohnzimmer, und dann wird sie eintauchen in trunkene Müdigkeit, in der sie für die Georgs dieser Welt unerreichbar wird. «Nimm in diesem Zustand keine Schlaftablette», wird er ihr nachrufen. Er weiß alles und versteht nichts.

Anna kommt in die Küche, sieht von ihrer Mutter auf das Glas und sagt, daß sie bei einer Freundin essen wird.

«Kannst du das nicht vorher sagen?»

«Wann? Du bist ja eben erst gekommen.»

«Ich stehe seit einer knappen Stunde in der Küche, um das Essen vorzubereiten.»

Anna schaut auf das Glas, sagt nichts.

«Es fiele ja keinem von euch ein, mir zu helfen.»

Anna ist gegangen. Marlies hört die Haustür knallen und Georgs Wagen, der in die Doppelgarage einfährt. Sie deckt den Landhaustisch, von dem sie einmal gedacht hat, daß er der Mittelpunkt zauberhafter Abende im Kreis von Familie und Freunden würde. Georg findet Einladungen im Hause Winter anstrengend. Seine Bereitschaft, Menschen zuzuhören, beschränkt sich auf Arbeitsstunden à 300 Mark. Manchmal hat sie das Gefühl, daß er auf die Uhr sehen möchte, wenn sie ihm etwas erzählt.

Sigmund hält es für richtig, vom Rinderwahnsinn zu sprechen, während sie die Steaks essen. Neben Georgs Teller liegen drei Würfel, die er sinnend betrachtet. Seit siebzehn Jahren lebt sie mit ihm, neben ihm, und sie hat immer noch nicht entschieden, ob es Haß oder Liebe ist.

«An irgend etwas stirbt man ja doch», sagt Georg und sieht sie an. «Frag unsere Expertin für Steaks und ungeklärte Todesfälle.»

Marlies schiebt ihren Teller zur Seite und greift nach dem Weinglas. «Ich kann auch vegetarisch kochen, wenn ihr das wünscht. Was sagen deine Würfel?»

Georgs wulstige Lippen, die manche Frauen als sinnlich empfinden, verziehen sich zu einem geheimnisvollen Lächeln. «Ich bin noch nicht soweit, mich in lebenswichtigen Fragen ihrer Entscheidung zu unterwerfen. Auf den Punkt gebratene Steaks empfinde ich als unverzichtbaren Teil meiner Lebensqualität ... obwohl dieses hier, Marlies, wenn du mir die Bemerkung verzeihst, ein wenig zu roh geraten ist. Und was deine unappetitlichen Ausführungen betrifft, Sigmund, so fällt mir dazu nur ein, daß Nahrungszufuhr, in ihrer Gesamtheit betrachtet, eine zwar lustbetonte, aber in jedem Fall ungesunde Angewohnheit ist. Wie immer sich der Mensch entscheidet, was immer er tun mag – er steht unter einem mythischen, undurchschauten Gesetz, das den individuellen Lebensvollzug zum Schicksalsvollzug macht.»

«Was hat Freud mit Rinderwahnsinn zu tun?» Sigmund spießt ein letztes Fleischstück auf; das Thema ist für ihn abgeschlossen, nachdem er weder Marlies noch Georg den Appetit verderben konnte. Schade, daß Anna nicht dabei war, sie hätte einen ihrer berühmten hysterischen Anfälle bekommen, auf die Georg, der allwissende Fleischfresser, stets mit angestrengtem Verständnis reagiert, während Marlies jeden Angriff auf ihr Harmoniebedürfnis mit verstärktem Trinken erwidert.

«Findest du es nicht bemerkenswert, daß die Leute auf die paar BSE-Toten mit weitaus größerer Hysterie und Anteilnahme reagieren als ... beispielsweise auf das Gemetzel im Bosnienkrieg?» Georg hält ein Fleischstück hoch, so daß Marlies es sehen kann. Es ist blutig.

«Mich wundert nichts mehr in dieser Scheißwelt.» Sigmund beendet Diskussionen immer mit einem unangreifbaren Satz. Er steht auf und teilt Marlies mit, daß er den Obstsalat mit auf sein Zimmer nehme. Sie muß es kommentieren: «Was ist so toll an deinem Computer, daß du ihn einem Gespräch mit deinem Vater vorziehst?»

«Ich werd's dir sagen, Marlies: Man kann ihn abschalten.»

Georg spielt mit seinen Würfeln. Kühl gleiten sie durch seine Finger, und ebenso glatt ist er imstande, auf menschliche Verhaltensweisen zu reagieren. Anna und Sigmund spielen die Eltern-Kind-Konflikte gnadenlos durch, und nur Marlies, das Muttertier, kläfft hilflos dagegen an. Nun sammelt sie das schmutzige Geschirr ein, anklagend klappernd, und kommt mit der Cognacflasche zurück, die vor kurzem gekauft wurde und beinahe leer ist. Sie trinkt zuviel, um zuviel zu vergessen. Als er sie kennenlernte, war sie ein in jeder Hinsicht leichtes, unkompliziertes Wesen mit strahlendem Lächeln und hinreißender Figur. Nun ist sie schwer geworden, innen und außen, woran er vielleicht Anteil hat, aber keineswegs schuld.

«Meinst du nicht, daß wir eine sehr unvollkommene Familie sind?»

Seine Fingerkuppen ertasten die Sechs, das Symbol völliger

Ablehnung. «Deine Kinder, Marlies, sind so normal oder pervers wie alle anderen dieses Alters. Ich würde mir keine Sorgen um Anna und Sigmund machen. Sie werden ihren Weg gehen.»

Sie schenkt sich nach, nur noch einmal: «Notfalls über unsere Leichen.»

Dramatisches Geschwätz, schwer und blähend wie ihr Bohnengemüse. «Sie meinen, uns nicht mehr zu brauchen und verachten zu müssen. Dein idiotisches Klammern verstärkt diese Gefühle.»

«Empfindest du das auch so?»

«Ich habe nicht von mir gesprochen. Im übrigen kann ich dir nur eine Analyse empfehlen. Du bist in einer Krise, Marlies.»

«Die Krise hat drei Namen: Georg, Anna und Sigmund.»

«Du irrst. Du hast wesentliche Daseinsvoraussetzungen nicht begriffen, Marlies. Glück und Harmonie in Seifenblasenform gehören nicht dazu. Deine Ängste, dich bei Sektionen zu infizieren; deine Ängste, daß die Kinder scheitern; deine Ängste, daß ich dich eines Tages verlasse; deine Ängste, nicht gut genug zu sein ... damit mußt du dich mal ernsthaft auseinandersetzen.»

Das Glas ist leer. «Um zu begreifen, daß ich NICHT GUT GENUG BIN?»

«Vielleicht.» Georg würfelt gegen ein Gespräch an, das in vielfältigen Variationen bereits geführt wurde und zu nichts geführt hatte. Er gewinnt. «Ich gehe noch ein wenig spazieren. Warte nicht auf mich, wenn du zu Bett möchtest.»

«Ich hasse dich.»

Georg steht neben dem Aquarium und betrachtet einen dicken, blauen Fisch, der mühelos seine Kreise im Wasser zieht. «Du projizierst deinen Selbsthaß auf mich, Marlies. Bei den Kindern schaffst du es nicht, weil du sie für unschuldige Geschöpfe hältst, was wiederum eine Täuschung ist. Erst wenn du dich von dem Ballast ...»

«Klugscheißer.» Sie spuckt dieses Wort aus. Sie möchte

nach der leeren Cognacflasche greifen und sie in seine Richtung werfen. Das Zersplittern von schwerem Glas und die Befreiung der Fische wäre ein wundervolles Erlebnis. Wasser auf seiner teuren Lederjacke und Fische auf den italienischen Fliesen ... wie würde Georg wohl auf das konkrete Chaos reagieren ..., doch er ist weg, bevor sie sich entscheiden kann; es hat immer ein bißchen Mut gefehlt, das Mögliche zu tun.

«Wenn einer von uns sterben sollte, ziehe ich nach Paris.» Georgs Lieblingswitz fällt ihr ein. Sie wird nie nach Paris ziehen, und Georg wird sie verlassen, sobald die Kinder aus dem Haus sind. Sie wird noch einen Pink Gin trinken und dann ins Bett fallen und auf den Schlaf warten; irgendwann aufstehen und sich im Badezimmer mit Grauen ins Gesicht sehen; geplatzte Äderchen überschminken und das Frühstück zubereiten; alles wird sein wie immer, nicht gut, aber auch nicht wirklich schlecht. Georg wird die Zeitung lesen und Anna ihr Müsli essen; Sigmund trinkt nur Milch zum Frühstück, einen halben Liter, mit Honig gesüßt. Sie alle werden Maria nach dem Wohlbefinden ihres peruanischen Clans befragen, weil man das schlechte Gewissen gegenüber illegal Beschäftigten mit besonderer Freundlichkeit ausgleichen muß. Maria ist die einzige, die in diesem Haus noch nie schlecht behandelt wurde, was sie allerdings nicht sonderlich zu schätzen scheint.

Sie, Marlies, sollte souveräner werden, unabhängiger und damit bescheidener in ihren Ansprüchen an andere. Eine Diät, verbunden mit dem Rückzug in das Ich; subtilere Verhaltensweisen gegenüber Georg; mehr Toleranz und Duldsamkeit im Umgang mit den Kindern ...

Als es an der Haustür schellt, glaubt Marlies an das neue Leben und daß Georg seinen Schlüssel vergessen hat. Doch es ist Anna, die ihren Schlüssel verloren hat und etwas in ihrer Tasche trägt, das sich bewegt. Marlies fühlt das Ding, als sie versucht, ihre widerstrebende Tochter zu umarmen. Sie wollte Anna fragen, ob sie gemeinsam noch ein Glas Milch trinken sollten, nun weicht sie erschrocken zurück. «Was zum Teufel ist das ... in deiner Tasche?»

Anna legt ihre Hand behutsam auf die Ausbuchtung und sieht Marlies herausfordernd an. «Mein neues Haustier. Eine Ratte.»

11. Kapitel

Das Allgemeine Krankenhaus war ein Ort, an dem das Klappern des medizinischen Handwerks jede menschliche Stimme übertönte. Ein monströses Bauwerk, in dem Krankenschwestern mit Nachttöpfen durch düstere Flure marschierten und Studenten wie orientierungslose Schafe ihre Kreise zogen zwischen Blinddärmen, Nierenleiden und Tuberkulosen, die sich auf vier Klassen verteilten. In Zimmern von funktionaler Abscheulichkeit lagen Menschen ohne Anspruch auf Namen oder Mitgefühl. Niemand entkam den Operations- und Fütterungsplänen, den Witzen der Oberärzte und der Grantigkeit der Schwestern, die im Laufe ihrer Dienstjahre einen gesunden Haß auf frisches akademisches Personal und Patienten entwickelten, die zum Leben zu krank und zum Sterben zu fit waren. Der Zentralfriedhof schien mir ein wundervoller Ort verglichen mit dem Allgemeinen Krankenhaus. Selbst die Toiletten dort waren besser. Die tosende Klospülung, das Schlurfen, Schmatzen, Stöhnen, Schreien, Knirschen, Knarren, Quietschen ... all diese Töne waren für mich schwer zu ertragen, auch wenn die anderen nichts mehr zu hören schienen. Selbst in dem Raum, in den wir die Toten schoben, schien es niemals still zu sein.

Die Visiten des Professors glichen Auftritten göttlicher Niederkunft. Er war alles, und wir waren nichts. Und am wenigsten zählten die Bettenmenschen, die gebrechlich, demütig, blöde unsere professionelle Neugierde ertrugen, unsere hündische Angst vor dem Mann mit der schneidenden Stimme und dem gemeinen Lächeln der Oberschwester, deren Lippenbart zufrieden bebte, wenn wir stammelten, uns räusperten, versagten.

«Dies hier, meine Damen und Herren, ist eine chronischproduktive Tbc, die, Fräulein Röhm, wie entsteht?»

Ich unterdrückte meine Panik, rief das Gelernte ab und flüsterte: «Bei Einbruch der Tuberkulose in das Bronchialsystem mit Streuung über beide Lungen. Ausgangspunkt ist meist eine tuberkulöse Kaverne. Diese Tbc-Variante wird auch azinonodöse Lungentuberkulose genannt.»

«Wiederholen Sie das noch einmal, aber lauter.»

Ich schwitzte unter dem weißen Kittel und flehte stumm um Gnade, während ich meine Sätze wiederholte und auf Schwester Gertruds Bart starrte. Die chronisch-produktive Tbc hustete, der Professor nickte anerkennend und dozierte über das histologische Bild der Krankheit, die noch ein wenig lebendig unter uns lag, eine Frau von etwa vierzig Jahren, die sich dafür schämte, krank zu sein und im Mittelpunkt unserer Aufmerksamkeit zu stehen. Auf ihrem Nachttisch stand ein Zahnputzglas mit drei rosa Nelken, daneben lag die Kronen-Zeitung mit der Schlagzeile «Wiesenthal beschimpft Österreich im Ausland». Es roch nach Urin und Desinfektionsmitteln. Ein paar Strahlen von Wintersonne brachen sich an schmierigen Fensterscheiben, die einmal im Monat von einer Putzkolonne behandelt wurden. Unsere Gummisohlen quietschten auf grauem Linoleum. Der Professor griff nach dem Krankenblatt und stieß eine Wasserflasche um, die die Zeitung beschwerte. Sie zerbrach auf dem Boden und einige Wasserspritzer benetzten seinen weißen Kittel, was er uns allen sehr übelnahm. Die Oberschwester eilte aus dem Zimmer, um eine für niedrige Arbeiten zuständige Hilfsschwester zu holen. Die Patientin schämte sich für ihre Wasserflasche, und wir duckten uns vor seinem Zorn über unmedizinisches Gerät am Krankenbett.

Die Kolonne wanderte um die Scherben herum zu einer postnekrotischen Leberzirrhose, die am Tropf hing und zur Decke stierte. Der Professor machte einen Scherz über die

Stadt der anonymen Alkoholiker, und wir lachten, Sophie am lautesten, weil sie zur Erkenntnis gelangt war, das Medizinstudium nur mit Hilfe zwischenmenschlicher Beziehungen zu schaffen. Die Zirrhose sah uns dankbar an, vielleicht in dem Glauben, daß ihr Fall nicht so schlimm sein könnte, wenn wir so herzlich lachen konnten. Nach ihren Werten zu urteilen, die der Oberarzt vortrug, stand sie kurz vor dem Leberausfallskoma, aber sie tat uns nicht den Gefallen, bei solch lehrreicher Gelegenheit die portosystemische Encephalopathie vorzuführen.

Ich haßte die Krankenbesichtigungstermine im Schlepptau des Obergurus, seine mitleidlose Fleischbeschau und die Demut der Opfer, die dritt- oder viertklassig litten, um ein freundliches Lächeln der Oberschwester winselten und in ihren Nachttischschubladen kalte Schnitzel, Schnaps oder Zigaretten verbargen, ein Verbrechen, dessen Entdeckung je nach Krankheitsbild mit vorzeitiger Entlassung geahndet wurde. Ob sie diesen Ort aufrecht verließen oder ins Totenzimmer geschoben wurden, war eine zufallsbedingte Folge ärztlicher Quotenkunst. Die geballte Hinfälligkeit deprimierte mich, der Geruch von Schweiß und Exkrementen, das Dahindämmern oder Aufbegehren ... und mein Gefühl, nichts zu wissen und nichts zu können, um daran etwas zu ändern. Auch mein Vater war durch dieses Leidenstal gegangen, um später Hühneraugen zu behandeln, Masern und grippale Infekte. Der Gedanke, eines Tages den Kranken ausgeliefert zu sein mit all den weißen Flecken meiner ärztlichen Kunst, er war furchterregend. Ich sei für den Arztberuf ungeeignet, hatte Professor Herberstein gesagt, als ich einem alten, an Darmkrebs erkrankten Mann auf seine Frage wahrheitsgemäß antwortete, daß er nur noch ein paar Monate zu leben habe. Die Schwester hatte es gehört und dem Oberarzt weitererzählt, der wiederum Herberstein informierte, denn man liebte die Fehler der anderen und die möglichen Meriten der Denunziation. Der Professor schrie mich vor versammelter Mannschaft nieder, weil ich meine Kompetenzen überschritten hatte und gegen eines seiner fünf Gebote verstoßen, das da hieß, Patienten niemals die Wahrheit zu sagen.

Der alte Mann starb drei Wochen nach meiner Todsünde, und ich sah zu, wie ihm der Assistenzarzt eine letzte Gnade gewährte und Morphium spritzte, um die Schmerzen zu betäuben. Menschen schreien wie verängstigte Tiere, wenn die Qualen unerträglich werden. Und wenn sie sterben, ist es manchmal wie ein letzter, stummer und schon vergeblicher Schrei. Keine Fanfarenklänge, keine Sphärenmusik begleiten den Übergang vom Sein zum Nichtsein. Da versagt etwas im System, und das Ganze, Große, Einmalige und Unwiderbringliche, der Mensch, hört einfach auf zu existieren. Eine enorme narzistische Kränkung nannte Freud die Sterblichkeit, gleichwohl der Tod der notwendige Ausgang alles Lebens sei. Jeder von uns, so Freud, schulde der Natur einen Tod und müsse vorbereitet sein, die Schuld zu bezahlen.

Niemand vermochte dieser Wahrheit etwas abzugewinnen. Nicht das kleine Mädchen von der Kinderstation, das an Hirntumor zugrunde ging, und nicht die junge Frau, die an Blinddarmdurchbruch starb, weil der Hausarzt die falsche Diagnose gestellt hatte. Auch nicht Eva Röhm, die ihr vorklinisches Examen mit mittelmäßigem Erfolg bestanden hatte und nun Menschen beim Leiden und Sterben zusehen und darüber nachdenken durfte, wo die Grenzen ärztlicher und menschlicher Kunst lagen, die Schuld hinauszuzögern oder einzulösen.

Vor mir lagen das Klinikum und Einzelprüfungen zum Doktorat sowie eine sechsjährige praktische Ausbildung zur Fachärztin, eine unendliche Zeitspanne gemessen an dem körperlichen Unbehagen, das mir das Krankenhaus bereitete. Elf Jahre Knechtschaft, das war der Preis, der zu zahlen war für eine glänzende finanzielle Zukunft, so sahen es die Kommilitonen, die von florierenden Arztpraxen träumten, während ich versuchte, ein Immunsystem gegen Patienten und vor allem Professoren zu entwickeln, die überwiegend beliebten, uns zu demütigen und alles Zarte zu zerbrechen auf dem Weg in die Professionalität. Ich hielt sie damals für Monster, ein Urteil, das Sophie nicht teilte, weil sie mit der Eitelkeit alter Männer umzugehen wußte. Auch Ben Belushi hielt mich für übertrieben empfindlich; unsere Beziehung ging ins dritte Jahr und wurde nicht besser, doch wir pflegten sie aus Gewohnheit oder Bequemlichkeit und in der städtischen Mischung aus Sadismus und Masochismus. «Geh'ns, seins net fad», sagt der Wiener zu jedem, der sich in seiner Gesellschaft langweilt. Belushi und ich, wir waren einander nicht mehr interessant. Wir kannten uns kaum und zu gut; selbst ihn lustvoll anzulügen, machte mir keine rechte Freude mehr. Ich erzählte ihm von den Hansis und Walters und Herberts, die meinen Weg gekreuzt hatten, für eine Nacht oder zwei, wir trennten uns über meinen oder seinen Affären und versöhnten uns wieder, weil wir nicht fad sein mochten.

Es war die Zeit der großen sexuellen Freiheit, und ich nahm sie mit wie die Vorlesungen und Kaffeehausnächte und Pflichtbesuche im Kaff. Ich hielt mich für ein sehr melancholisches und abgebrühtes Mädchen; Belushi nannte mich wehleidig und hartherzig. Er, der mein Spiegel war wie all die anderen Männer und auch Sophie, bestätigte immerhin, was ich selbst wußte: Ich war nicht gefällig; mir flogen die Herzen nicht zu; selbst die Toilettenfrau im Burgtheater hatte nur ein Nicken für mich übrig, wenn ich fünfzig Groschen auf ihren Teller legte.

Belushi, der unvollkommene Freudianer, diagnostizierte, daß viele meiner Verhaltensweisen mit Angst zu tun hatten. Menschen machten mir Angst, wenn sie etwas von mir erwarteten; aber auch Fremde, die ich auf der Straße traf und denen ich auswich, weil ich eine Berührung fürchtete, eine Ansteckung durch jene überschäumende, oberflächliche Herzlichkeit oder flüchtige verbale Aggressivität, die Wiener Krankheit der Ambivalenz, die stadtneurotisch vor keinem haltmachte. Vor Belushi hatte ich keine Angst, er langweilte mich nur.

Ich schrieb an Rosa, daß die Zweifel an meiner Liebesfähigkeit und der gewählten Profession wuchsen. Sie schrieb zurück, daß man Männer nicht so ernst nehmen dürfe, wohl aber die Anstrengung des Geldverdienens. Sie hatte sich von Heathers Hausarzt getrennt und bediente sporadisch Stammkunden, eine «willkommene Abwechslung», wie sie es nannte, von der Pflege der alten Frau, die sich entschieden hatte, das Bett nicht mehr zu verlassen. Heather will sterben, schrieb Rosa, doch diesmal reiche ihr eiserner Wille nicht aus, das Gewünschte zu verwirklichen. Rosa wusch Heather und wechselte ihre Windeln, sie schrieb sehr detailliert darüber, und ich schüttelte mich bei dem Gedanken an diese Lebensgemeinschaft, erinnerte sie mich doch an die alten Leute im Krankenhaus, die in einer Art triumphaler Hilflosigkeit die intimen Handlungen der Schwestern und Pfleger über sich ergehen ließen, greisenhafte Babys, die jedes Schamgefühl, jede Würde verloren hatten.

Rosa schrieb, daß Heather kaum noch esse, aber immer noch Unmengen von Whisky trinke, ein Quell unendlicher Auseinandersetzungen zwischen den beiden Frauen. Den Whisky schmuggelte die Putzfrau ins Haus, aber Rosa hatte auch den Briefträger und den Milchmann im Verdacht, von Heather bestochen zu sein. Rosas Baby lebte in einem siechen Körper, doch ihr Geist schien ungebrochen, und das freute mich. Ich schrieb an Rosa, daß ich sie besuchen wolle im nächsten Sommer, sofern es meine stets angespannte Finanzlage zulasse. Es war keine Lage, es war eine Katastrophe. Vaters Zuweisungen waren nach wie vor zu knapp bemessen, insbesondere, seit Belushi sich weigerte, meine Speisen und Getränke zu übernehmen. Er war in dem Freud-Stadium der relativen Frauenverachtung angelangt und kritisierte die Unvereinbarkeit unserer Ansprüche an Männer und der Wertschätzung derselben. Dies an einem Würstelstand zu diskutieren, nur weil er wußte, daß ich Sophie meine letzten hundert Schillinge geliehen hatte, war ein Akt besonderer Grausamkeit. Ich war hungrig, und er verweigerte mir eine zweite Burenwurst mit dem Hinweis auf meine sexuelle Unabhängigkeit, die sich auch in ökonomischen Bereichen niederschlagen sollte. Ich erwiderte, daß ich ihn nie betrogen habe, es sei alles nur Erfindung gewesen, eine Doppellüge, bei der es um die Wurst ging, und er ließ sich erweichen, meinen Hunger zu stillen, obwohl er mir nicht glaubte.

Die Leute lassen sich gern beschwindeln, weil sie der Wahrheit nicht trauen. Diese aus Erfahrung gewonnene Einschätzung verleitete mich weiterhin zu Lügen aus Selbstschutz und abstrusen Geschichten zu meiner Unterhaltung. Frau Morawa hatte ich erzählt, daß der Portier eine Geliebte habe, worauf sie ihren Fensterplatz kaum noch verließ. Meinen gelegentlichen Liebhabern schwatzte ich von radikalem Feminismus vor, oder ich erzählte ihnen, daß ich Nonne werden wollte, was der eine oder andere sexuell stimulierend fand. Jede dieser nächtlichen Eintagsfliegen war aufregender als Belushi, zumindest an der Zahl meiner Orgasmen gemessen. Sich am unbekannten Subjekt zu messen, war immerhin eine Entdeckungsreise, während der Belushi-Röhm-Akt mehr und mehr zum Ritual verkommen war, dessen forcierte Anstrengung wir schweigend, schuldbewußt und schuldzuweisend ertrugen.

Ich hoffte sehr, mich zu verlieben, aber keiner von den Kerlen blieb an Eva Röhm haften, kuhäugig, mit Hennarot gefärbten Locken, die unordentlich aussahen, an ihrem Körper, der so unvollkommen war wie ihre Hingabe an das, was Liebe genannt wurde. Entweder fand ich sie nicht großartig genug, eine Nacht zu überdauern, oder sie empfanden mich zu leicht, zu schwer, zu sprunghaft, zu verlogen, zu wenig intellektuell, zu anspruchsvoll. Blieb Ben Belushi, meine Taube auf dem Dach, der ich nie verziehen hatte, mich mit Sophie betrogen zu haben.

Magda fand es bedauerlich, daß ich mich nach wie vor mit dem Sohn eines kleinen Ladenbesitzers (das Wort jüdisch sprach sie nicht aus, doch es schwang gewaltig mit) herumtrieb. Sie war absolut sicher, daß ihre einzige und einmalige

Tochter etwas Besseres verdient hatte, sich jedoch aus Bequemlichkeit oder Widerspenstigkeit mit dem Schlechteren begnügte.

Ich hatte Belushi nie mehr mit ins Kaff genommen, und meine Eltern weigerten sich, nach Wien zu kommen, in eine Stadt, in der Staatspolizisten von Terroristen erschossen wurden. Wenn sie es wenigstens untereinander ausmachten und den Rest der Welt in Ruhe ließen, kommentierte Magda den Überfall auf das OPEC-Gebäude und die Ermordung des Polizeibeamten Anton Tichler, eine Tat, die die österreichische Seele mehr bewegte als alle Nahostkriege und Terrortoten zusammen.

Bruno Kreiskys SPÖ war im Monat zuvor mit absoluter Mehrheit wiedergewählt worden. Es geschähe dem antizionistischen Juden ganz recht, sagte Belushi, daß arabische Terroristen in seiner Hauptstadt zugeschlagen hatten. Es gab eine Spezies Menschen, die er noch unerträglicher fand als antisemitische Österreicher: Juden, die nicht mit seinen Meinungen konform gingen.

Ich hörte soviel von ihm und all den anderen, die meine Wege zwischen Krankenhaus, Universität, Kaffeehaus und Heurigen kreuzten. Eine fundierte Meinung hatten sie alle: zur sozialistischen Reformpolitik Kreiskys, zum Nahostkonflikt, dem Vietnamkrieg, der zu Ende gegangen war, zum Baader-Meinhof-Prozeß, zur Universitätspolitik und Erhöhung der Straßenbahnfahrkarten, zu Bergmans «Szenen einer Ehe», DDT in der Muttermilch, der KSZE-Schlußakte, der Qualität des Heurigen. Sie alle gaben ihre Meinungen willig zum besten, bestätigten oder widersprachen einander und diskutierten Nächte hindurch; Worte flossen in Strömen wie Wein oder Bier, versickerten in den Stunden zwischen Mitternacht und Morgengrauen, wurden neu formiert und ausgeworfen; sie gestalteten die Welt mit ihren Worten ... und manchmal, wenn ich müde wurde, schloß ich die Augen und stellte mir vor, wie es wäre, unter Stummen zu leben. Sie würden mit ihren Körpern sprechen, dachte ich dann, es wäre ein wildes

Gestikulieren, eine Händeschlacht darum, gesehen und verstanden zu werden. Das Bild brachte mich stets zum Lachen, und ich dachte weiter, daß, wären wir alle stumm, man auch mit den anderen sprechen würde, mit den Leuten am Nebentisch, den Arbeitern und Nachbarn und Portiers, weil die Sprache dann ja nicht verräterisch oder trennend wäre; kein Dialekt, der verrät, aus welchem Bezirk oder Milieu einer kommt; kein schrilles Gelächter und keines jener grauenvollen Heurigenlieder, die stets von Wein und Weibern handeln, von Donau und Tod. Stumme Professoren mit schönen Händen, die uns nur das Nötigste vermitteln würden; Belushi ohne amerikanisch-wienerischen Akzent und ätzende Wortsäure; Magda in stiller, vorwurfsvoller Würde; Sophie einfach hübsch statt oberflächlich-manieriert. Könnten Politiker mit ihren Händen lügen? Generäle Befehle gestikulieren? Demagogen in aller Stille Seelen vergiften? Ich stellte mir vor, daß diese stumme Welt ein wundervoller, friedlicher Ort wäre, und wußte, daß ich unrecht hatte. Sie würden es nicht ertragen, ungehört zu sein, und übereinander herfallen mit ihren Händen, mit ihrer Sprache, die natürlich auch töten kann. Und es gäbe keine Musik, das wäre ein Verlust. Also dachte ich an eine Zwischenlösung, an ein Land, in dem jeder jeden Tag nur fünf Sätze sagen durfte. Zuwiderhandlungen würden im Wiederholungsfall mit dem Maulkorb und bei Serientätern mit dem Abschneiden der Zunge bestraft.

«Eva hat keine Meinung. Sie interessiert sich nur für sich selbst.» Das sagte Belushi zu den anderen, wenn es, was selten vorkam, auffiel, daß ich mich an ihren Gesprächen kaum beteiligte. Dann sagte ich, daß die Welt doch auch Zuhörer brauche, und die anderen lachten, über ihn oder über mich. Deshalb erzählte ich manchmal Geschichten, um ihn Lügen zu strafen, Lügengeschichten, schöne, traurige und komische, wie sie in Wirklichkeit viel zu selten vorkamen, und sie reagierten mit Unglauben, Entsetzen, Gelächter. Wenn Belushi mich eine gemeingefährliche Schwindlerin nannte, konterte ich mit der Öde aller Wahrheiten und der Erzählung unserer ersten gemeinsamen Nacht, und ich machte daraus eine göttliche Komödie, die Belushi absolut nicht lustig fand. Er hatte verlernt, über sich selbst zu lachen, das war sein Unglück oder meines. Belushi war ein ernsthaftes, engagiertes, intellektuelles Stinktier geworden, a pain in the ass, wofür es keine adäquate Übersetzung gab, ein Wiener Jugendstilpissoir, äußerlich beeindruckend und innen nach verdünntem Urin stinkend, mit verstopften Ausgüssen und Messingtafeln voller Verhaltensregeln.

Vielleicht blieb ich deshalb bei ihm, weil wir so lustvoll streiten konnten, oder auch nur, weil wir dieselben Leute kannten und dieselben Cafés und Beiseln frequentierten. Ich wartete auf eine Art Märchenprinz, der sich in solche Lokalitäten verirren und mich erwählen würde, obwohl mir mit Größe 39 der gläserne Schuh niemals passen konnte. Das war es, was mich von den anderen trennte: Ich paßte nirgendwo hin und spielte keine stringente Rolle, präsentierte mich weder als Tragödin oder Komödiantin, und auch als Zuhörerin oder Geschichtenerzählerin mißtrauten sie mir. Belushi identifizierte den «typisch verschlagenen, gehemmten Provinzcharakter». Ich konterte mit ethnischen Wesensmerkmalen, worauf er mich eine fette Nazischlampe nannte und ich ihn eine semitische Ratte, wir waren steigerungsfähig in unseren verbalen Attacken, die die Nachbarn zu langweilen begannen, weil wir uns wiederholten.

Zur Radikalfeministin war ich jedoch unbegabt, dies bestätigte auch Sophie, die mittlerweile zu einer Mischform von Emanze und Weibchen gefunden hatte. Die seidenen Kreise Wiens, die Kärtnerstraßen-Etablissements und Edelheurigen, die Vernissagen und Partys in Jugendstilvillen waren immer noch ihr Jagdrevier auf der Suche nach dem kapitalen Bock; doch zwei Abende pro Woche verbrachte sie ungeschminkt und solidarisch im Kreis ihrer autonomen medizinischen Frauengruppe, wo über das Selbstbestimmungsrecht des weiblichen Körpers, Abtreibung, die psychische und physische Gewalt gegen das weibliche Geschlecht sowie die Entdeckung (!) des klitoralen Orgasmus diskutiert wurde. Mein Einwand, daß diese Variante weiblicher Sexualität keiner öffentlichen Ausbreitung bedürfe, da Männer sich ohnehin nicht dafür interessierten, wurde als regressives Argument zurückgewiesen. Sophies Gruppe plante die Herausgabe einer Broschüre mit Schwerpunkt Klitorisbefriedigung, worauf es zu Widerständen von seiten des marxistischen Frauenflügels kam und sehr lautstarken Auseinandersetzungen darüber, ob Politik oder Sexualität Primärindikatoren für die Unterdrückung der Frau seien. Die Marxistinnen setzten ihren Standpunkt durch; die Broschüre, für die auch Sophie mit ihrer speziellen Neigung zur Klitorisbefriedigung eingetreten war, wurde nicht veröffentlicht.

Die siebziger Jahre waren starke Frauenjahre, zumindest im sozialistischen Wien, wo Politik eine völlig andere Dimension hatte als in der katholisch-konservativen Provinz, wo die Arbeiterschaft Kreisky nicht ob seiner politischen Visionen, sondern der Schillinge wegen wählte. Wie ein Sonnenkönig residierte er in einer Zeit beispiellosen wirtschaftlichen Aufschwungs und baute den Sozialstaat nach seinem Gusto aus: Schulgeld, Kindergeld, kostenlose Schulbücher und Busfahrten für Schüler, Heiratsgeld, Geld für alle und Chancengleichheit, jeder und jedem seine frühzeitige Pension und Heurigen bis zum Abwinken; es war tatsächlich eine Zeit wachsenden Wohlstands für alle, und einige profitierten mehr als andere, das lag in der Natur der Sache. In Kreiskys Sonnenstaat wuchsen nicht nur Löhne und Sozialbezüge, sondern auch die intimen Strukturen parasitärer Verflechtungen, die Zahl der Haberer und Spezis, jener verpflichtenden, mauschelnden Zweckfreundschaften, die Gutes und Böses hervorbrachten, sowie das höfische Gepränge der Funktionärsschicht, die ihren Geschmack für Kaviarsozialismus entdeckte, und schließlich die Selbstbedienungsmentalität der braven Bürger und der politische Einfluß des «Club 45» unter Udo Proksch, in dessen gesellschaftlichen Ausläufern auch ein Wesen wie Sophie ihren Platz gefunden hatte.

Sie war ein hübscher Parasit, auch wenn ich diesen Aspekt ihres Wesens mit neidvoller Verachtung strafte. Sophie, die das charmante Wiener Mädel geradezu karikierte, war ebenso begeisterungsfähig wie desinteressiert, liebenswürdig, doch selten loyal, großzügig, aber auf anderer Leute Kosten, eine Frau, die keine Geschichten erzählen mußte, um zu imponieren, weil sie ein höchst erfreulicher Anblick war und unstrittig die Gabe hatte, sich einzuschmeicheln. Sie war eine ehrliche, samtweiche Haut, die allenfalls sich selbst belügen wollte. Nicht einmal ich, die ich sie durchschaute, konnte ihr wirklich böse sein, worüber ich gelegentlich zornig wurde.

Belushi? Eine Laune, die sie in einem Satz über Impotenz entschuldigt hatte. Ihre Schulden bei mir? Eines Tages, wenn ihr das große finanzielle Glück in den Schoß fiele, würde sie es tausendfach vergelten. Sie glaubte es, ich glaubte es, und ihre Frauengruppe glaubte ihr nicht, wenn sie mit ihrem angelernten Wiener Oberklassenakzent sagte: «Sollte ich keinen reichen Mann abbekommen, werde ich eine Lesbe.»

Everybody's Darling, wie Belushi sie spöttisch nannte, trug grundsätzlich Kleider, die sie sich nicht leisten konnte, und ging, abgesehen von der Studentenclique, nur mit Männern aus, die in einen Abend mindestens tausend Schilling investierten. Wie ein anmutiger Goldfisch schwamm sie in den Zierteichen der Wiener Gesellschaft, in den Tümpeln des Studentenlebens, in den tosenden Wogen des Feminismus, nirgendwo dazugehörend, aber überall zu Hause, schlaflos, mühelos, immer a bisserl verliebt, aber nie von Gefühlen überwältigt. Vielleicht hatte sie keine, so wie ich keine Meinungen hatte, und wir ergänzten einander in unseren Unzulänglichkeiten, über die ich nachdachte, während Sophie sie auslebte.

Ich mochte ihre erlebten Geschichten: Die von dem General der österreichischen Armee, der sein Lusthäuschen, das im Garten seiner Villa in Grinzing stand, mit Hakenkreuzen ausstaffiert hatte und während des Geschlechtsverkehrs weinen mußte, um zum Orgasmus zu kommen. Jener General war Mitglied im Verein CUM (Civil und Militär), dem Medienleute und Funktionäre angehörten, die gern Soldaten spielten, während die richtigen Soldaten gern österreichische Großmacht spielten, und zusammen schmiedeten sie Pläne über Rüstungsexporte oder die Einführung der Senkrechtbestattung, die im Kriegsfall Platz und Zeit bei der Aushebung der Gräber sparen würde.

Durch Sophie erfuhr ich Geschichten, die besser waren als meine Erfindungen, und ich lernte einen Teil jenes Wiens kennen, das meiner Provinz- und Studentenwelt verschlossen war. «Die Reichen brauchen mehr Spaß, weil es ihnen schneller fad wird», sagte Sophie und empfand sich als Teil der Spaßgesellschaft, in der der Architekt X in den Minister Y verliebt war, der sich zwar von X bestechen ließ, um ihm einen Auftrag zuzuschanzen, aber ein Verhältnis mit der Architektenfrau vorzog, die sich mehr zu Frauen hingezogen fühlte, es jedoch aufregend fand, ihren Mann auszustechen. Ich dachte, daß die Mehrzahl der Wiener unkompliziertere Verhältnisse pflegten, nicht minder abgründig, aber schlichter konzipiert, sei es aus Mangel an Energie oder Phantasie oder einfach deshalb, weil der Spaß Geld kostete, das sie nicht besaßen. Wenn Sophie erzählte, daß einige ihrer Damen es unter gewissen Umständen erregend fanden, verprügelt zu werden, hielt ich dagegen, daß die Arbeiterfrauen, die sich regelmäßig in der Ambulanz einfanden, um blaue Augen oder andere Blessuren behandeln zu lassen, so viel Spaß sicher nicht gehabt hatten. Sophie fand dieses Argument spießig, schließlich käme niemand auf die Idee, ein Blunzengröstl mit einem Tafelspitz zu vergleichen. Und seien nicht alle Frauen, die in der Brigittenau, am Währinger Gürtel oder in der Ottakringer Straße aufgewachsen waren und dann einen von dort heirateten, inklusive Hochzeitsreise in den Prater, Bassenawohnung, vieler kleiner rotziger Kinder und heurigenbesoffener Ehemänner, auch Masochistinnen, halt eher schicksalhaft als lustbetont?

Sophie forderte das Schicksal heraus, sie nach weit oben zu

befördern. Sie war einer der hübschen, weichen Bälle, mit denen die Spaßgesellschaft spielte. Sie hörte es nicht gerne und sie glaubte an nichts, das in irgendeiner Weise unangenehm war, obwohl sie eine Art Rückversicherung mit ihrer Frauengruppe und den gelegentlichen Auftritten in der Universität abgeschlossen hatte. Sophie meinte, daß Frauen mehr Macht zustünde, und sie meinte damit Geld, ihr Geld und ihre Macht, und ich glaubte, daß sie von den Feministinnen gründlich mißverstanden wurde, anders konnte ich mir ihre ungeschminkten Abende nicht erklären.

Sophie und ich entfernten uns vom Medizinstudium aus unterschiedlichen Gründen. Sie fand, daß man die beste Zeit seines Lebens nicht in Hörsälen oder im Allgemeinen Krankenhaus zubringen sollte. Ich zweifelte oder, besser gesagt, verzweifelte am System der Krankenbehandlung und -verwahrung. Willy Brandt hatte in einem anderen Zusammenhang das schöne Wort «compassion» gebraucht. Meine Mitleidensfähigkeit war ebenso begrenzt wie mein Glaube daran, Leiden heilen zu können. Ich beneidete den Krankenhauskaplan um seine stille, saubere, klar umrissene Arbeit, Menschen im Grenzbereich zwischen Leben und Tod eine Geschichte erzählen zu können, an die in gewissen Stunden fast jeder zu glauben bereit ist. Ich neidete ihm seinen Glauben, mit dem er die Siechen zu trösten vermochte, denn ihrer war das Himmelreich, von dem er stets im Singsang sprach, als ob die Geigen schon gestimmt würden für die Reisenden zwischen Hölle und Himmel. Die Hölle, das war hier, und der Kaplan mit seinem dicken, weißen Kopf und der zarten Singstimme, er stank nach Knoblauch. Er wäre gerne Opernsänger geworden, erzählte er mir, als wir in der Krankenhauskantine einen Tisch teilten und das von Sophie verachtete Blunzengröstl aßen, eine schmalzgebratene Mischung aus Blutwurst, Zwiebeln und Kartoffeln, die jeden Magenkranken umgebracht hätte. Der Kaplan bot mir dazu garantiert bauerngebrannten Wacholderschnaps an, den er aus einer Feldflasche ausschenkte. Der liebe Gott hatte ihn mit gesundem Appetit und

Durst ausgestattet, die sich in beträchtlicher Leibesfülle und zahlreichen geplatzten Äderchen auf Nase und Wangen niederschlugen. Ich tippte auf Fettleber, doch der Kaplan versicherte mir, daß Knoblauch der beste Schutz gegen Krankheiten und Ansteckungen aller Art sei. Als seine Pläne, in der Wiener Oper den Othello zu singen, an der finanziellen Bedürftigkeit der Familie scheiterte, habe er sich dem Theologiestudium zugewandt, eine akademische Laufbahn, die auch dem Sohn eines Werkelmanns offenstand. Werkelmänner, zu Zeiten Maria Theresias Kriegsinvaliden, die anstelle einer Rente eine «Bettelmusikantenlizenz» erhielten, waren in Wien nur noch selten anzutreffen, aber sein Vater habe damit noch seine Groschen verdient, während die Mutter als Wäscherin gearbeitet habe, eine trostlose und überwiegend unmusikalische Jugend, sagte der Dicke, und daß er sich erinnern könne, immer hungrig gewesen zu sein.

Eine Art Leierkasten dreht er jetzt auch, dachte ich ketzerisch, aber wer in der Provinz aufgewachsen ist, hat Respekt vor der Geistlichkeit. Ich erzählte ihm, daß ich mit zwölf Jahren zum letzten Mal gebeichtet hatte, weil der Pfarrer auf mein stockendes Bekenntnis, unkeusch gedacht zu haben, mit peinlichen Detailfragen reagierte. Das stimmte sogar, doch ich erweiterte die Geschichte um unzüchtige Berührungen seitens des Beichtvaters, die dem Kaplan das Blut in die Wangen trieben und ihn erneut zur Feldflasche greifen ließen. Ich schloß sie mit der mageren Pointe, daß meine Sühne zehn Vaterunser betragen habe. Der Kaplan schlug ein geschwindes Kreuz über der mächtigen Brust.

Allüberall gäbe es schwarze Schafe, murmelte er, und daß das schwere Los des Zölibats so manchen auf Abwege bringe. Ich sagte, daß Knoblauch gewiß ein gutes Abwehrmittel gegen sexuelle Anfechtungen sei, und registrierte, daß die Schwesternschülerinnen am Nebentisch unserer Konversation andächtig lauschten. Die Kaplanaugen schimmerten krokodilsgelb, und ich überlegte mir, ob ich die Möglichkeit einer Zirrhose ansprechen sollte. Aber nein, seine Leber war in

Gottes Hand. Und hatte Er nicht verfügt, daß die Sterblichkeitsrate bei hundert Prozent liegt?

Rosa schrieb, daß sie im Zuge ihrer Recherchen um Heathers Whiskynachschub Gefallen an dem Postboten gefunden hatte, der irischer Abstammung sei und absolut überall rote Haare habe. Sexuell fand ich das nicht aufregend, doch ich mußte an Kathleens Asche denken, und daß die IRA vielleicht ein neues Plätzchen in London suchte, um explosive Politik zu betreiben. Da war die Diskrepanz zwischen meiner vagen und wohl auch romantisch geprägten Sympathie für einen Befreiungskampf – und die Erinnerung an zwei Frauen, die dafür gestorben waren. Vom Abstrakten auf das Profane reduziert, war es nichts weiter als eine blutige Schweinerei.

Rosa war nur verliebt, doch sie war auch neugierig und hatte Beweise dafür gefunden, daß Heather eine IRA-Sympathisantin war. Sie schrieb, daß sie Heathers Schreibtisch aufgeräumt und einen Dauerauftrag von fünfhundert Pfund monatlich entdeckt habe, ebenso wie regelmäßige Überweisungen an Serenas revolutionären Club, worauf sie die alte Dame zur Rede gestellt habe und von ihr angespuckt wurde. Die Senilität schreite rapide fort, schrieb Rosa, und ich antwortete ihr, daß ich ihre Briefe zerreißen würde, sollte sie es wagen, Heather entmündigen zu lassen. Ich hoffte, daß Heather noch genug Speichel hatte, um sich gegen Rosas Bevormundung zu wehren, und genug Beharrlichkeit, am Leben festzuhalten, bis ich in der Lage sein würde, eine Londonreise zu finanzieren.

Geld beziehungsweise der Mangel desselben war ein dauerhaftes, lästiges Problem, das ich leichtnahm, aber nicht ignorieren konnte. In den Semesterferien arbeitete ich vier Nächte pro Woche als Portiersfrau im Hotel «Orient» in der Innenstadt. Den Job hatte mir Sophie vermittelt, die den Besitzer kannte, und die Arbeit war praktisch, weil ich tagsüber ins Gänsehäufl gehen konnte und es nachts kaum etwas zu tun gab. Ich las Ludwig Wittgenstein im trüben Licht einer Jugendstillampe und händigte den Gästen kleine Anmeldeformulare und riesige Schlüssel aus. Das «Orient» hatte, wie so viele Wiener Bauten, bessere Zeiten gesehen. Die Wände blätterten, und dem plüschigen Interieur entströmte ein modriger Geruch, der sich in der winzigen Bar mit kaltem Zigarettenrauch und Alkoholschwaden mischte. Es war ein wunderbarer alter Kasten in reinstem Fin de siècle, eines dieser Häuser, in dem die Leute nach innen lebten, weil sie sich für den Verfall schämten, aber nicht mehr tun konnten, als die Fassade aufrechtzuerhalten.

Es gab eine «Kaisersuite» im Hotel und eine «Orientalische Suite» sowie eine Reihe von Zimmern mit Schimmelpilz an den Wänden und Außentoilette inklusive Urinstein. Es war gut, daß der alte Lift weitgehend geschont wurde, denn er knirschte in Ankündigung eines baldigen Todes, so daß ich stets die Musik lauter stellte, sobald ein Gast ihn in Anspruch nahm. Wenn einer in der Bar saß, erzählte ich ihm, daß auf eben diesem Stuhl Orson Welles gethront hätte, während der Dreharbeiten zum «Dritten Mann»; es gab fünf Stühle vor dem Tresen, aber sie waren insofern austauschbar, als der Mann keine Abdrücke hinterlassen hatte. Alle liebten diese Geschichte, vor allem die Amerikaner, die ihren Damen Champagner oder Likör ausgaben.

Das «Orient» war ein Stundenhotel; nur im zweiten Stock logierten Dauergäste: ein Maler, zwei Schauspieler und eine Tänzerin mit Python-Schlange, die in der «Paradies-Bar» auftrat. Elly, von ihren Eltern Elisabeth getauft und Sissy genannt, trug ihre Schlange in einer Art Badekorb zu ihren nächtlichen Shows, die sie «komplett nackert» absolvierte, mit Schlange und Zithermusik, die habe Mowgli am liebsten, sagte sie, und daß die Kipling-Geschichte das einzige Buch sei, das sie in ihrem Leben gelesen habe.

Ellys Dschungelwelt bestand aus einer Nachtbar, die überwiegend von Arabern finanziert wurde, und ihrem Zimmer im «Orient», das sie tagsüber kaum verließ. Die Männer, sagte Elly, seien sowieso nur geile Ratten, und Wien eine Schlangengrube, in die man nur nachts eintauchen könne. Elly hatte aus einem einzigen Buch ihre Lebensphilosophie gezimmert, grob, aber brauchbar. Jeden Sonntag wurde Mowgli ein lebendes Huhn präsentiert, um ihn bei Laune zu halten.

Elly hatte rabenschwarze Haare, die sie glatt und lang trug, und ein Barockengelgesicht, das sie für ihre Auftritte bis zur Unkenntlichkeit bemalte. Wenn sie um zehn Uhr abends das Hotel verließ, trug sie einen schwarzen Trenchcoat nebst Schlapphut und ihre überdimensionale Basttasche, und sie hoffte, Curd Jürgens zu begegnen, der ein Palais in Wien gekauft hatte. Für ihn, sagte Elly, würde sie tanzen wie eine Göttin, und es solle bloß niemand behaupten, daß ihre Kunst pervers sei. Ich dachte darüber nach und kam zu dem Schluß, daß ich ihre Show lieber nicht sehen wollte.

Morgens, zwischen vier und fünf, kam Elly zurück ins Hotel, ein wenig abgeblättert und somit besser ins «Orient» passend, und dann mußte ich ihr Bloody Marys mixen, bis sie müde wurde und die zwei Holztreppen hoch in ihr Zimmer ging, meist im Morgengrauen, wenn meine Schicht zu Ende war.

Elly war eine hervorragende Trinkerin; ein einziges Mal nur während meiner Nächte im Orient stolperte sie auf dem Weg in ihr Zimmer, die Tasche fiel ihr aus der Hand, und Mowgli schlängelte sich die Treppe abwärts in Richtung Eingangshalle, wo ein Paar auf den Lift wartete, der sie in eine der Suiten befördern sollte. Die Beleuchtung, auf die Funktion des Hotels abgestimmt, ließ die Schlange zunächst nur als beweglichen Schatten erkennen, und erst als Mowgli auf den untersten Stufen angelangt war, begann die Frau zu schreien, wobei ihr die Champagnerflasche aus der Hand fiel, ein Geräusch, das sich mit Ellys Flüchen verband, die die Treppe heruntergepoltert kam. Der Gast, der sich mit Fritz Meier eingetragen und wie üblich im voraus bezahlt hatte, murmelte etwas, das nach «weiße Mäus'» klang, während Elly versuchte, Mowglis Schwanzspitze zu fassen, was ihr beim dritten Versuch auch gelang. «De Hur' sull si net aufregn», sagte Elly, die Tänzerin, deren Partner sich gemessen um ihre Schultern schlängelte. Dann ging die Schlangenfrau die Treppe wieder hoch, und ich klingelte nach dem Stubenmädchen, das im Hinterzimmer auf einem Klappbett schlief und zu deren nächtlichen Pflichten das Putzen der Zimmer und Beziehen der Betten gehörte. Nur Ellys Zimmer betrat sie niemals, sie bekreuzigte sich nur, wenn sie vorbeiging. Jetzt kniete sie am Boden und wischte die Scherben auf, und Fritz Meier verlangte sein Geld zurück mit der Begründung, daß er in einem Zoo nicht kopulieren wolle. Seine Begleiterin klapperte mit den Zähnen, und ich entschloß mich, den Vorfall zu vergessen, um Ellys Verbleiben im «Orient» nicht zu gefährden.

Wittgenstein, Mowgli und Elly waren in ihrer unterschiedlichen Distanz zu meiner Person sehr angenehme Begleiter dieser Sommernächte. Wittgenstein schrieb: «Ja so, wie die Grammatik einer Sprache erst aufgezeichnet wird und erst in die Existenz tritt, wenn die Sprache schon lange von den Menschen gesprochen worden ist, werden primitive Spiele auch gespielt, ohne daß ihr Regelverzeichnis angelegt wäre, ja wohl auch, ohne daß eine einzige Regel dafür formuliert worden wäre.»

Auch die Gäste waren schemenhafte Figuren. Sie standen im Halbschatten der Halle und flüsterten betrunken von Wein und Gier, sie hatten es eilig für eine Nacht und schrieben Namen ohne Bedeutung in das Anmeldeformular, blätterten Scheine hin, für die sie kein Wechselgeld verlangten, Männer und Frauen, Männer und Männer, auch Frauen und Frauen, die wünschten, jemand anderes zu sein, mich nicht zu kennen und hinter den dunklen Zimmertüren einzutauchen für zwei Stunden. Wenn ich morgens in den Tag zurückkam, war das helle Licht brutal und unwirklich und die Geräusche der Straße eine Folter für meine Ohren. An heißen Tagen fuhr ich mit der Straßenbahn direkt ins Gänsehäufl, wo ich an meinem schattigen Stammplatz einschlief, bis die Geräuschkulisse der Kinder und Mammas mich in die Welt zurückbrachte.

Belushi fand sich selten ein, da er eine Affäre mit einer Dichterin begonnen hatte.

«Was dichtet sie denn?»

«Gedichte.»

«O mein Gott. Sind sie wenigstens schön?»

«Überirdisch schön, Eva.»

«Du meinst, Rilke war ein Dreck dagegen.»

«Sie steht über deinen unzulässigen Vergleichen.»

«Du bist doch viel zu geizig, um eine arme Dichterin zu unterhalten.»

«Ihr Mann ist Arzt, und sie lebt in besten Verhältnissen.»

«Du meinst, sie dichtet auf seine Kosten, wie angenehm für dich.»

«Eines Tages wird sie ganz groß sein.»

«Und wie findet sie deinen Schwanz?»

Nach dem Vorspiel fand ich stets eine verwundbare Stelle. Belushi sprang auf und blickte auf mich und meine Lektüre hinunter. «Du bist unappetitlich. Und für Wittgenstein eindeutig zu blöd.»

Ein bißchen weh tat es doch. Wittgenstein schrieb: «Wie würde eine Gesellschaft von lauter tauben Menschen aussehen? Wie, eine Gesellschaft von Geistesschwachen? Wichtige Frage! Wie, als eine Gesellschaft, die viele unserer gewöhnlichen Sprachspiele nie spielte?»

Belushi hörte mir nicht mehr zu, sondern ging einfach weg, zu seiner gutsituierten Poetin, nachdem ich ihm einen Teil seiner sexuellen Ängste genommen hatte.

Ich wechselte zu Joseph Roth und dem Maler im zweiten Stock, der Bassena und Toilette mit Elly und den beiden Schauspielern teilte und sich den Phantastischen Realisten der Wiener Schule zugehörig fühlte. Ein Hundertwasser war er nicht, und Elly mußte ihm ständig Geld für die Miete borgen, wofür Ludwig im Gegenzug die Sonntagshühner für Mowgli besorgte. Umsonst gab es nichts, auch nicht im Kuriositätenstockwerk des «Oriental». Die arbeitslosen Mimen, Sandor und Joseph, übernahmen kleinere Reparaturarbeiten im Haus, damit ihnen die Miete gestundet wurde; wie Ludwig lebten sie von der «Soziale», die ins Kaffeehaus getragen wurde, ihr Wohn- und Speisezimmer mit Bedienung, wo es jeden Morgen frische Semmeln und Zeitungen gab, Rascheln und Stille, konspiratives Geflüster und lauthalse Diskussionen um alles und nichts. Mittelpunkt der architektonischen Tristesse dieses Kaffeehauses war eine monumentale Standuhr, ein Erbstück des Besitzers, und alle zuckten zusammen, wenn sie die volle Stunde schlug, als ob Zeit eine Bedeutung hätte in der Ewigkeit, die sie dort verbrachten mit Lesen, Reden, Schachspielen, Schnapsen, Essen und Trinken. Jeden Tag wurde das melancholische Stück, das sie spielten, neu aufgeführt, und Fremde waren erwünscht, weil sie noch nicht alle Texte kannten, zum Beispiel Ludwigs Standardsatz, wenn er anschreiben ließ: «Man müßte einen Kulturdezernenten kennen oder eine Verwandte von Friedensreich.» Oder: «Wenn ich ein Bild verkaufe, gebe ich eine Lokalrunde.» Oder: «Man müßt' die Leut' schockieren, um berühmt zu werden, awa des Problem is, daß de sie über nix mehr wundern.»

Ludwig arbeitete nachts, weil da das Kaffeehaus geschlossen war, und er behauptete, daß die Geräusche des Hauses, insbesondere seiner beiden Nachbarn, keinen Schlaf zuließen und erotisierend wirkten. Hier kam ich ins Spiel. Sandor hatte für die Kammer hinter der Rezeption ein schmales, aber stabiles Bett gebaut und eine Klingel installiert, die wie ein Sensor reagierte, wenn sich jemand der Rezeption näherte. Ludwig schenkte ihm dafür einen seiner Männerakte aus einer frühen Schaffensperiode, und auf diesem Bett lernte ich den Coitus interruptus kennen, denn Sandors Klingel funktionierte perfekt. Ludwig war ein sehr zärtlicher Liebhaber, der sogar mit Klitorisbefriedigung vertraut war. Er gab sich redlich Mühe, eine fast vollständig bekleidete Frau zum Orgasmus zu bringen und keine Flecken auf dem Rock zu hinterlassen. Er sprach nicht beim Tun, allerdings sehr viel, wenn er es nicht tat: über Surrealismus, Kubismus, Realismus, Klee, Kandinsky, Kokoschka, Prachensky, Rainer, Hollegha, Hundertwasser, Plattner ... und sie alle waren unvollkommen, weil sie dem Kommerz dienten, während Ludwig ein verkanntes, verarmtes Genie war. Hätte er daran nicht geglaubt, wäre er im «Steinhof» gelandet, dem städtischen Irrenhaus am Rande des Wienerwaldes. Wenn er nicht über die verdammte Konkurrenz oder die göttliche Kunst sprach, dann darüber, wie er es schaffen könnte, öffentliche Aufmerksamkeit zu erlangen. Ich schlug Selbstverbrennung auf der Kärtnerstraße vor, aber das ging ihm ein bißchen zu weit. Ein Schlangentanz von Elly auf seinen Bildern? Ludwig verwarf meine Vorschläge mit dem Argument, daß er seine Kunst verkaufen wolle, nicht seine Seele; so kokettierte er endlos mit dem Ruhm, der ihm verwehrt wurde, und ich begann zu glauben, daß Männer Geschöpfe von großem Selbstmitleid waren.

Ich fand Ludwigs Bilder hübsch und bunt und mehr phantastisch als realistisch, nur wollte niemand sie kaufen. Ein paar kleine Aquarelle wurde er ab und zu los, wenn sich Touristen in das Kaffeehaus verirrten, wo es eine Ludwig-Wenzel-Dauerausstellung in den Toilettenräumen gab. Die Kunst muß leiden, und Leiden ist eine Kunst, das war Ludwigs Credo, nicht sehr originell, aber auf seine Lebensumstände durchaus zutreffend. Wäre ich Galeriebesitzerin gewesen, hätte er mich geliebt, so war es nur nächtlicher Zeitvertreib auf der Grundlage gegenseitiger Sympathie und sexueller Einsamkeit. Außerdem wollte ich mich an Belushi rächen.

Gegen Ende des Sommers traf ich Belushi wieder, in einer Gründerzeitvilla in Grinzing mit Auffahrt und Eingangshalle, die zehnmal größer war als mein Zimmer in der Schwarzspanierstraße. In dieser Halle befanden sich Menschen, die nie mit der Straßenbahn fuhren oder auf Wechselgeld achteten, die auf der Kärtnerstraße einkauften und sich mit André Heller duzten, prächtig ausstaffiert und ein wenig blasiert, Schauspieler des Geldes und guten Geschmacks, Wangenküsse und Goldgeklimpere und Blicke, die über mich hinwegsahen. Ich fühlte mich sehr fremd und sehr schäbig und ihnen selbstverständlich überlegen, weil sie, wie Ludwig es formuliert hätte, nichts weiter waren als exklusives Gesindel.

Sophie hatte mich überredet mitzukommen, da sie der Meinung war, daß die Orient-Gäste nicht der richtige Umgang für mich seien und Ludwig ein larmoyanter Hungerleider. «Du mußt endlich einen richtigen Mann kennenlernen», sagte Sophie und ließ mich dann alleine stehen, um sich küssen zu lassen von all den schönen Menschen, auf die Wangen, damit kein Lippenstift verschmiere, und sie versicherten einander, wie entzückend Wotrubas nunmehr vollendete Kirche sei, fast religiös möcht' man werden, sagten sie, und bewunderten einander noch mehr in ihrer Kunst der Selbstdarstellung und des manierierten Dialogs, der sich zu einem Stimmengewirr monumentaler Belanglosigkeit vereinte, aus dem, wie es schien, nur ich ausgeschlossen war.

Was war echt? Magda und das Kaff? Das Allgemeine Krankenhaus und das Café Stein? Das Orient-Hotel mit seinen Verlierern oder das Gänsehäufl mit seinem dickleibigen Potpourri der Wiener Arbeiterklasse? Oder das hier, Sophies feine Gesellschaft, die melancholisch-belustigt Champagner trank, den dunkelhäutige, junge Männer mit nacktem Oberkörper und glänzenden Pumphosen barfüßig servierten? Ihre Gesichter waren schön und unbeweglich, und einen Farbenblinden hätten sie an die Statuen am Wiener Zentralfriedhof erinnert. Man starrte sie an und durch sie hindurch und nahm von den Gläsern, die auf silbernen Tabletts erschienen und wieder verschwanden, und in dem Eismeer aus Augen und Mündern und Händen erschienen sie mir wie Rettungsbojen, etwas, woran man sich festhalten konnte, wenn alles zu schwanken begann, was wiederum am Champagner lag, den ich nicht gewohnt war wie den Heurigen oder das Ottakringer Bier, die das gewöhnliche Volk in rauschhafte Zustände versetzten.

«Die Neger sind sehr originell von dem Poldi», sagte eine näselnde Stimme neben mir, die einem jungen Mann mit Pferdeschwanz gehörte, einem bleichen Menschen, der an einer von ihm nicht näher definierten unheilbaren Krankheit litt, die ich als Lebensekel einstufte. Sie sei nicht ansteckend, sagte er, als ich zurückwich, und ich fragte ihn, ob dies die Mitleidsaufreißmasche der feinen Gesellschaft sei, und er erwiderte, daß er sich für Frauen sexuell nicht interessiere, eine Antwort, die er mit sehnsüchtig-schwindsüchtigem Blick auf einen Champagnerträger begleitete.

Der Todgeweihte war ein Neffe des Gastgebers. Poldi, so erfuhr ich, produzierte Toilettenbrillen im großen Stil und war Galeriebesitzer und Kunstmäzen sowie ein bekennender Homosexueller, von denen es in Wien nicht allzu viele gab. Jedenfalls stand nichts darüber in der Kronen-Zeitung, aus der die Wiener ihr Wissen um Sex und Skandale zogen und jenes rudimentäre Wissen um Politik, das ausreichte, alle vier Jahre ein Kreuz in der Wahlliste zu machen und im Beisl über die unfähigen, korrupten Akteure zu hadern, die man gleichermaßen bewunderte und beneidete um ihre glückliche Position, im großen Stil zu mauscheln, während meine Marktfrau nur ihre Waage hatte und der Kellner sein schlechtes Gedächtnis in bezug auf das Wechselgeld.

Poldis Neffe drehte mir seinen zarten Rücken zu, als ein Burgtheaterschauspieler ihn auf beide Wangen küßte, und ich hielt mich an meinem Glas fest, suchte Sophie und fand Ben Belushi, der neben einer griechischen Götterstatue lehnte, an seiner Seite eine ausgemergelte Blondine, die wie eine dichtende Arztfrau aussah. Von weitem waren sie ein schönes Paar, und ich fühlte eine Art von Schmerz, den ich nicht als Eifersucht akzeptieren wollte, allenfalls als Bedauern, einen intimen Feind verloren zu haben. Sich leid zu tun war ja auch ein schönes Gefühl, und ich trank darauf, einsam und ungeliebt dazustehen, während alle anderen so taten, als ob sie sich amüsierten mit ihrem Gläsergeklirr und Konversationsgeklimper, ihren Tellerchen mit den Hummerschwänzen und dem Bewußtsein, irgendwo dazuzugehören, zum Kreis der Kloschüssel-, Kunst- und Wortfabrikanten, der Schöner-Wohnen-, Essen- und Kleiden-Leute, dem elitären Pack, das mich nicht wahrnahm.

Aus der Eingangshalle führte eine geschwungene Marmortreppe nach oben zu einer Galerie, auf der Leute standen und die herabschauen konnten. Auf dieser Treppe bewegten sich Gestalten auf und ab, als hingen sie an Schnüren, die einer bewegte, der unter der gläsernen Kuppel hockte, die das Haus krönte. Ich setzte mich auf ein Kunstwerk, das wie ein Stuhl aussah, an einem zentralen Punkt der Halle mit guter Sicht auf alles, was ich verabscheute, und ich entdeckte Sophie in ihrem silbernen Kleid, das die vollkommenen Schultern frei ließ. Sie stand auf der Galerie und hielt eine Flasche in der Hand, und um sie herum standen ein paar Figuren, die zu lachen schienen, aber vielleicht hatten sie auch nur ihre Münder geöffnet, um Geistreiches auszuspeien, und ich sah, wie Sophie die Flasche an ihren Mund setzte und trank, und ich konnte nicht sehen, nur ahnen, daß ihr der Champagner aus den Mundwinkeln über das Kinn rann, eine klebrige Spur hinterließ und zwischen ihren Brüsten versickerte, ihrem Kapital in der Umgarnung des Kapitals.

Sie hält das für dekadent, dachte ich, es war eines ihrer Lieblingswörter, und daß sie es liebte, im Mittelpunkt zu stehen, denn die Figuren um sie herum applaudierten, und sie taten es noch, als Sophie auf das Geländer stieg, ein silberfarbener Provinzschmetterling, der Poldis Party mit einem Balanceakt auf der schmalen Balustrade krönte. Sophie hatte ihre Arme weit ausgebreitet, um das Gleichgewicht zu halten, und sie schrie etwas, das ich nicht verstand, obwohl es plötzlich stiller wurde. Alle sahen nach oben, alle sahen auf Sophie, eine Lichtgestalt mit Flasche, eine kichernde, schwankende Elfe, die ihnen zurief: «Das Leben ist herrlich.»

«Eine göttliche Erscheinung», sagte ein Mensch neben mir. Ich dachte an die endlosen Sekunden in Heathers Garten, als ich die Detonation hörte und ins Haus rannte. Die katastrophalen Momente im Leben haben ihre eigene Zeit. Und ich war wieder nur Zuschauerin, zur falschen Zeit am falschen

Ort, das perfekte Timing verpaßter Gelegenheiten. Hätte ich oben gestanden, ich hätte ihr die Hand gegeben und sie auf die Erde zurückgeholt. Ich hätte ihre Beine umklammert, als sie zu schwanken begann, aber niemand tat etwas, als es geschah, man hörte nur ein gewaltiges Raunen, und ein paar Leute wichen zurück, und ein paar schrien, als sie fiel, ein silberner Schmetterling, der nicht fliegen konnte, sondern zur Erde plumpste, und als ich reagierte und losrannte, war es zu spät.

Hätte Tony ihren Fall nicht gebremst, sie hätte keine Chance gehabt. Hinterher wußte jeder seinen Namen, er war einer von Poldis schwarzglänzenden Kellnern, und er war, aus Trägheit oder Mut, nicht ausgewichen, als sie von oben kam wie ein glitzernder Schatten. Sie lagen beide auf dem Marmorboden, und ich schrie: «Ich bin Ärztin. Lassen Sie mich durch!» und der Kreis öffnete sich bereitwillig, schließlich war das Spektakel vorbei, und nun mußte etwas getan werden, wie ich hörte, als ich niederkniete neben Sophie und dem stöhnenden Mann, der halb unter ihr lag. Beide bluteten aus Schnittwunden, die von Tonys Gläsern herrührten. Sophies rechtes Bein lag in einem absonderlichen Winkel auf dem Boden, und ein Knochen sah hervor, während ihr linkes Bein unversehrt auf Tonys Oberschenkel ruhte. Sie war bewußtlos, und ich sah eine Blutlache unter ihrem Hinterkopf, und mir war schlecht, während die Umstehenden mich erwartungsvoll ansahen, als könnte ich ein Wunder vollbringen und Sophie auferstehen und sagen lassen: Das Leben ist herrlich.

Ich fühlte ihren Puls und sagte: «Sie lebt», während ich dachte, sie stirbt unter meinen Händen, und ich kann nichts tun. Es war der Moment, an dem ich erkannte, daß ich als Ärztin nichts taugte. Sie alle erkannten es, ich sah es an ihren Gesichtern, und jemand sagte: «Wo bleibt der verdammte Krankenwagen?», und Sophies Auffangmann stöhnte grauenhaft, während sich ihrer beider Blut vermischte, es hatte dieselbe Farbe, ihr Blut und sein Blut, und es tropfte unaufhörlich in die Champagnerlache, in der sie lagen.

Ich hielt noch Sophies Handgelenk, als die Sanitäter und der Arzt mich wegschoben. Ich ließ es bereitwillig los, denn ich wollte keine Verantwortung für Sophies Leben oder Tod, und ich stellte mich in den Kreis der Gaffer, mit blutverschmiertem Hosenanzug, und jemand drückte mir ein Glas in die Hand, durch eine Nebelwand sah ich Belushi, der sehr besorgt aussah, und ich dachte, kein Wunder, schließlich hat er mit ihr geschlafen. Es tat nicht mehr weh, DAS nicht, und er fragte mich, ob er mich nach Hause bringen sollte, doch ich schüttelte den Kopf und ging weg, aus der Halle, vorbei an Leuten, die von Tony, dem Lebensretter, und Sophie, der verrückten Selbstmörderin, redeten, sinnloses Geschnatter, das ich Wort für Wort registrierte auf dem langen Weg ins Freie, wo sie in Grüppchen standen und dem Krankenwagen nachsahen, der mit heulenden Sirenen das Grundstück verließ.

In Grinzing blühte der Flieder. Meine Schuhe klapperten auf dem Kopfsteinpflaster. Links und rechts der Straße hingen Kränze aus, und von geöffneten Toren dröhnte Heurigenseligkeit aus menschengefüllten Innenhöfen. Die Sonne schien, und ich wich den Leuten aus, die mich anstarrten. Blutverschmiert wie ich war, dachten sie, daß ich jemanden umgebracht hätte, und in gewisser Weise gab ich ihnen recht, denn nichts hatte ich getan, um Sophie zu retten. Nichts hatte ich in meinem Leben vollbracht, das gut war, außergewöhnlich oder vollkommen. Daß ich existierte, daß Magda mich verkrüppelt hatte und niemand mich so liebte, wie ich es erhoffte, war keine Entschuldigung.

Das Studium war eine furchtbare Fehlentscheidung, eine Erkenntnis, die ich schon lange genährt, mir aber nie eingestanden hatte, weil ich nicht nur alle anderen belog, sondern auch mich selbst. Ich war nicht besser als Belushi, Ludwig, Rosa oder die Schlangentänzerin. Sie alle ließen mich an ihrem Leben teilhaben und erkannten meine Teilnahmslosigkeit, meine selbstgewählte Rolle als Zuschauerin, die nichts anderes zu verbergen suchte als Angst vor Gefühlen, Taten, die Konsequenzen von Entscheidungen.

Ich war vierundzwanzig Jahre alt und hatte nichts vorzuweisen außer dieser beschämenden Erkenntnis. Und wenn Sophie tot war, dann hatte sie einen herrlichen letzten Satz hinterlassen und einen Abgang gewagt, der ihren absurden Lebenszielen entsprach, denn sie war oben gewesen, ganz weit oben, und das war ein Ort, an dem man nicht ewig ausharren konnte. Sophie, die die Ehrengräber am Zentralfriedhof so gemocht hatte, würde keines bekommen, aber doch Furore machen, zu guter Letzt – was immer noch besser war, als blutverschmiert und verstört durch Grinzing zu laufen, wo die Leute ihre Armseligkeit mit Alkohol betäubten und ihre Leere mit Backhendln und Schweinebraten auffüllten.

Der Polizist, der aus dem Wagen stieg, war sehr freundlich, wahrscheinlich dachte er, daß ich aus dem «Steinhof» entwichen sei. Auf der Fahrt in das Sanatorium erklärte ich ihm, daß alle Menschen verrückt seien und man in dieser Kategorie nur noch zwischen Feiglingen und Mutigen zu unterscheiden habe. Und daß Sophie sehr mutig gewesen sei und ich hoffe, daß Poldis Gäste, die ihr auf der Galerie applaudiert hatten, alle ins Gefängnis kämen, das, wie in Wien jedermann wußte, ein Ort des Grauens war.

Im «Steinhof» kannte man mich nicht, und der Polizist begann meine Geschichte zu glauben, nachdem das Geschehen in Poldis Haus über Sprechfunk bestätigt wurde. Er nannte es eine «b'soffene G'schicht»; die Feste im Haus des Fabrikanten Leopold Steingruber seien bekannt für Exzesse, aber das sei ja doch ein bißchen weit gegangen. Ich fragte ihn, ob er das Leben herrlich fände, und er sagte, daß dies ein unpassendes Wort für einen anständigen Menschen sei, und auf der Fahrt ins Allgemeine Krankenhaus sah er mich immer wieder von der Seite an, weil er mich doch für verrückt hielt, was ich wiederum völlig normal fand.

Sophie hatte Glück gehabt. So bezeichnete es der Assistenzarzt, der mir Auskunft gab, weil ich zum untergeordneten Krankenhausclan zählte. Schnittverletzungen, Rippenbrüche, Prellungen und mindestens zwanzig Brüche im rechten Bein zählten zu ihrem Glück, überlebt zu haben. Tony hatte einen Beckenbruch und Verletzungen an der Wirbelsäule erlitten, die voraussichtlich zur Unterleibslähmung führen würden. Er sagte das im gleichen Tonfall wie die nachfolgende Bemerkung über das Kantinenessen. Der Assistenzarzt war kein Unmensch; er hatte Blähungen und führte dies auf eine Unverträglichkeit von Paprikagulasch zurück, das er zum Antritt seiner Nachtschicht zu sich genommen hatte. Sophie sei noch im Operationssaal, unter den Händen von Dr. Hitzing, der ein Faible für komplizierte Knochenbrüche habe.

Ich wünschte ihm gute Besserung und ging nach Hause.

12. Kapitel

Was die Patienten nicht aßen, wurde an die Schweine verfüttert, und wenn es Schweinefleisch gab, kam der Fraß wieder auf die Teller, die unzerbrechlich waren, in einer Art ewigen Kreislaufs, der dem ganz normalen Wahnsinn im «Steinhof» entsprach, dem Sanatorium vor den Toren Wiens, in dem die Schizophrenen und Hysteriker, die Autisten und Alkoholkranken, die Blinden und Blöden und Rauschgiftkranken ihr Zuhause fanden. Es war mein psychiatrisches Halbjahr, und ich fand sie alle ziemlich normal, bis auf die Schwestern und Ärzte, die oft sagten, daß sie verrückt sein müßten, im «Steinhof» zu arbeiten. Der Sechzig-Betten-Saal, in dessen Mitte sich ein Klohaus mit quietschender Tür befand, ein pausenlos frequentiertes Geruchs- und Geräuschzentrum, war tatsächlich ein Ort des Grauens, so mußte die Hölle stinken und so sich anhören, wenn Menschen an sich und den Umständen litten.

Wir verwahrten die wunden Seelen und fütterten die unansehnlichen Leiber mit Medikamenten, die dämpften und ruhigstellten, und wer sich dagegen wehrte, kam ins Gitterbett, eine Art Käfig mit Nylonschnüren, den «Affenkäfig», wie die Patienten ihn nannten, sie hatten alle einen abgrundtiefen Sinn für schwarzen Humor, einige kicherten pausenlos, während andere brüllten oder stöhnten, es gab keinen Spielraum für den Ernst des Lebens, weil jede Minute eine Schlittschuhfahrt auf dünnem Eis war, ohne Sinn und ohne Ziel.

Es gab Wörter, die im «Steinhof» bedeutungslos wurden, Wörter wie Zeit und Raum, Schönheit, Glück, Liebe ... Eine Fliege, die sich im Saal verirrte, war ein magisches Ereignis, oder die trockene Mehlspeise, die es sonntags gab. Die Kinder in den zu großen Leibern waren lieb und böse, sanft und explosiv, sie spielten ihr Spiel ohne Rücksicht auf andere, und ich fand sie so normal. Die «lieben Kinder» durften den Schwestern zur Hand gehen bei Arbeiten wie Windeln wechseln oder Kloschüssel leeren, und bekamen dafür den «guten Kaffee» oder ab und zu Süßigkeiten, Zeitungen, Zigaretten. Dankbar waren sie nicht, und sie hatten auch keinen Grund dazu.

Wie verhalten sich Menschen, die in einem Saal eingesperrt werden, mit Fremden, mit einem Minimum an Beschäftigung und vergittertem Ausblick auf den Park, Essen dreimal täglich und sonst nichts? Die alte Frau, die unter dem Fenster lag und Stunden um Stunden redete, erinnerte mich an Magda. Wenn man ihr zuhörte, lächelte sie und freute sich, aber sie konnte unglaublich böse werden, wenn man sich abwandte. Dann fing sie zu fluchen und zu schreien an und beschwor Satan, die Ungläubigen zu vernichten, die nicht auf Gottes Wort hörten. Sie hielt sich für Gott, während ihre Nachbarin der Welt den Rücken gekehrt hatte, buchstäblich, denn sie lag auf dem Bauch und starrte stumm auf die Gitter; sie mußte gefüttert, gewaschen und gewickelt werden, und wenn ich ihr den Löffel in den Mund schob, redete ich mit ihr: «Iß, Eva, sagte ich, es schmeckt abscheulich, aber du mußt es runterschlucken. Nimm den Strohhalm, Eva, und saug daran, wenn du weiterleben willst. Sag mir, was du denkst, Eva, ich weiß, daß du denken und sprechen kannst. Du bist nicht verrückt, du bist wie ich, nur daß ich mich verhalte, wie die anderen es erwarten, während du dich verweigerst. Draußen regnet es, Eva. Die Leute draußen schimpfen auf das Wetter und auf ihre Kinder, die in Pfützen springen. Steh auf und komm mit mir nach draußen. Wir machen einen Spaziergang, barfuß durch das nasse Gras. Das ist schön ...»

Eva Wildgruber sah mich an, wenn ich zu ihr sprach, und ich hätte zu einem Spiegel reden können, nur daß sie mich manchmal anspuckte, wenn ich sie fütterte, und ich führte Buch darüber, aber vielleicht waren es nicht meine Worte, sondern der Fraß, der sie dazu trieb. Sie hatte eine Geschichte wie alle im «Steinhof», und niemand interessierte sich dafür außer zwei Ärzten, die sich allerdings bevorzugt um ihre «Spezialfälle» kümmerten – und Stumme waren nicht darunter.

Eva Wildgruber hatte, das wußte ich vom Assistenzarzt, den Bauernhof angezündet, in dem sie mit ihrer Familie gelebt hatte. Alle überlebten, aber Eva weigerte sich, ihre Gründe darzulegen, und wurde in den «Steinhof» verbracht, weil eine stumme Brandstifterin nirgendwo hingehörte. Die Nachbarn munkelten, daß der Vater und der Bruder ... aber nix Genaues wußte man nicht, und Eva schwieg.

Eine emotionale Bindung an Patienten sei nicht wünschenswert, sagte der Assistenzarzt, und er schien sich darüber zu freuen, daß all meine Versuche, Eva zum Leben zu erwecken, vergeblich waren.

In die geschlossene Abteilung für Männer durften wir nur in Begleitung von Wärtern. Sexuelle Übergriffe waren nicht auszuschließen, obwohl die meisten sich mit stumpfem Onanieren begnügten. Jegliche Intimsphäre war außer Kraft gesetzt, das war mein erster Eindruck vom «Steinhof». Ich fand Ludwig wieder in einem jungen Mann, der stundenlang auf ein Van-Gogh-Zeitungsbild starrte und es mit den Fingern nachzeichnete, und Belushi in Reinhard Pfeiffensack, einem Studenten, der sich von Hexen verfolgt fühlte und eingeliefert worden war, weil er auf bestimmte Frauentypen mit wahnsinnigem Gebrüll reagierte. Das war draußen nicht üblich, deshalb war er hier, und die blonden Schwestern hielten sich von ihm fern, denn so lange nichts Helles in seiner Nähe war, war er liebenswürdig und dankbar, wenn man ihm Bücher und Zeitungen mitbrachte. Reinhard Pfeiffensack war überzeugt davon, daß der Professor ihn von seiner Paranoia heilen würde, und seine platinblonde Mutter, die ihn einmal pro Woche besuchte, war es auch.

Sophie konnte nicht verstehen, daß ich an diesem Ort den Menschen suchte, der, seiner Schutzmechanismen beraubt, individuelle Formen der Überlebenskunst entwickeln mußte. Sophie, die ich jeden zweiten Tag besuchte, beherrschte alle Variablen des normalen Wahnsinns. Sie sorgte sich um die Narbe an ihrer rechten Wange, die Champagnernarbe, wie sie sie nannte, und beklagte sich darüber, wochenlang ans Krankenbett gefesselt zu sein. Ihren fatalen Auftritt bei Poldis Fest erklärte sie mit einer kleinen weißen Pille, die ihr einer der Gäste ins Glas getan hatte. LSD vermutlich, sie habe sich irrsinnig high gefühlt, selbst beim Fallen, und daß sie keiner zurückgehalten habe, erklärte Sophie damit, daß sie eben alle high gewesen seien. Der Polizei habe sie selbstverständlich nichts erzählt, und dafür sei ihr der Poldi absolut dankbar, schon fünfmal habe er sie besucht und immer Champagner und Blumen mitgebracht, nur schade, daß er schwul sei, der Poldi, und für Tony würde er selbstverständlich sorgen, irgendwie sei ein Krüppel ein neuer sexueller Kick für den verrückten Homo, sagte Sophie, und ich nahm diesen letzten Satz zum Anlaß, ihr meinen Taschenspiegel zu reichen, damit sie ihre Narbe eingehend studieren konnte. Sie weinte dann ein bißchen und meinte abschließend, daß sie ja immer noch Ärztin und Feministin werden könne, je nachdem, wie geschickt der Schönheitschirurg sei, den Poldi ihr sicherlich bezahlen würde.

Ich fand kranke Leute unerträglich, Sophie ganz besonders,

auch wenn sie mich mit ihren Beschreibungen des Krankenhausbetriebs – nunmehr aus Patientensicht – zum Lachen brachte. Sie war eben auch eine geschickte Leidende, schmeichelte den Schwestern und Ärzten und ließ gelegentlich anklingen, daß eine gewisse Melancholie zum Galeriesturz geführt habe. Laut Sophie waren drei Versionen im Umlauf: Für die Polizei war es ein Unfall, für das Krankenhauspersonal eine Art mißglückter Selbstmord eines unglücklichen Mädchens und für Poldi und seine Kumpane die Folge eines hinterhältigen LSD-Angriffs. Mir gefiel keine dieser Geschichten, und ich hielt an meiner Auslegung fest: Nach dem Satz «Das Leben ist herrlich» gab es keinen anderen Ausweg, als es zu beenden.

Sophie wurde auch von Tony besucht, den man im Rollstuhl in ihr Zimmer schob, und sie behauptete, daß der arme Junge sich in sie verliebt habe, ein Gefühl, daß sie unter den waltenden Umständen nicht zurückweisen könne, auch wenn es Poldi mißfallen würde. Sexuelle Komplikationen waren vorerst nicht zu befürchten; die beiden spielten «Monopoly» oder unterhielten sich über ihre glänzenden Zeiten. Tony trage sein Schicksal mit bewundernswertem Gleichmut, sagte Sophie, und es schwang tatsächlich Zuneigung mit, wenn sie von ihm sprach. Einem Lebensretter sei man schließlich zu gewissem Dank verpflichtet. Diesem meinem Satz begegnete sie mit einem gütigen, wenn auch vorsichtigen Lächeln, um die Wundheilung nicht zu gefährden. «Gibt es ein extremeres Zusammentreffen zweier Menschen als unseres? Kann es ohne Folgen bleiben?»

«Er ist gelähmt, und du wirst vielleicht auf entzückende Weise hinken.»

«Du kannst so bösartig sein. Hast DU etwa Anstalten gemacht, mich aufzufangen? Wenn Tony nicht gewesen wäre, würdest du heute an meinem Grab stehen. Bei deiner Neigung zu Friedhöfen wäre dir das vermutlich lieber.»

Es gab Sätze zwischen Wahrheit und absurder Unterstellung, die ohne Antwort bleiben mußten. Ich fragte sie, ob sie

Tony mit in ihr Studentenzimmer nehmen und pflegen wolle – oder ob sie beide bei Poldi einziehen und ihn unterhalten würden, eine Hinkende und ein Gelähmter für die Kuriositätensammlung, und Sophie nannte mich eine äußerlich wie innerlich häßliche Person, auf deren Krankenbesuche sie gut verzichten könne. «ICH habe genug Menschen, die mich lieben», sagte Sophie triumphierend, und ich ging, weil sie recht hatte mit diesem letzten Satz. Ich besah mich im Spiegel eines Schaufensters und versuchte, innere Schönheit nach außen zu leiten, aber alles blieb ein wenig verschwommen, und ich sagte zu der Rothaarigen, daß niemand sie lieben würde, so lange sie nicht die Kunst der angenehmen Lüge beherrschte.

Das erste Opfer meiner Verstellungsversuche war Fabian Wagner, sechsundzwanzig, Rechtsreferendar aus München und zu Besuch in Wien. Elly, die Schlangentänzerin, sagte hinterher, daß eine Affäre, die im «Bestattungsmuseum» beginne, niemals ein glückliches Ende nehmen könne.

Er stand vor dem Bild eines großen Leichenbegängnisses erster Klasse, aus einer Zeit, in der es in Wien dreiundachtzig Leichenunternehmen gab, jene «Entreprises des pompes funebres», die im Volksmund «Pompfüneberer» genannt wurden. Der Museumsführer lispelte, daß es im guten alten Wien sieben Klassen von Begräbnissen gegeben habe, die japanische Touristin sah ergriffen aus, und Fabian Wagner lächelte mich über einen Prachtsarg hinweg an. Nur das. Er hatte schöne Zähne und lange, schmale Finger. Seine dunkelbraunen Haare waren ganz kurz geschnitten, gegen die Mode, und seine Augen sahen belustigt aus. Seine Augen ließen mich nicht los, während der Lispelnde uns mit seinen Worten in die Vergangenheit führte, und ich mühte mich, andächtig zuzuhören, obwohl ein Teil von mir in die Gegenwart drängte, in die Zukunft, in die nächsten Sekunden oder Minuten, in denen etwas geschehen mußte, das größer war als alles Erfahrene. Liebe muß der Tod jeglicher Vernunft sein, so dachte ich im Spiel der Blicke und verfluchte meine ungewaschenen Haare, die zu einem schlampigen Zopf gebunden waren.

Die schöne Wiener Leich' wurde im Geleite von Geistlichkeit, Kreuzträgern, Leuchterknaben, Kirchensängern, Posaunisten, Konduktführern und Vorbetern vom Sterbehaus durch die Wiener Straßen zum Friedhof gebracht. Das Begräbnisspektakel, das die Wiener so sehr liebten, konnte auch Österreichs einziger fortschrittlicher Kaiser, Joseph II., nur für ein Jahr unterbinden. Nach seinem Hofdekret durfte jede Gemeinde nur einen Mehrzweck-Holzsarg nutzen, in den die in einen Sack gebundene Leiche gelegt und per aufklappbarem Boden in die Erde versenkt wurde. So war Mozart verscharrt worden, ganz ohne Gepränge, und so nachlässig begruben die Wiener ihre Leichen nur noch am Ende der beiden Kriege, als ganz Europa ein Friedhof war.

«Wie hätten Sie es denn gerne?» fragte mich Fabian Wagner und zeigte auf die ausgestellten Särge aller Preis- und Prunkklassen.

Unsere Augen waren etwa auf gleicher Höhe. «Nicht zu früh und nicht zu spät.»

Der Museumsführer stand vor den bemalten Totenköpfen in der Glasvitrine, eine Kunstform, die inzwischen ausgestorben war. «Ein Prachtbegräbnis mit spanischen Reitern müßte es sein», sagte Fabian Wagner.

«Wenn SIE an meinem Grab stehen, würde ich auch mit dem Armenbegräbnis vorlieb nehmen.»

Kann Liebe mit solchen Sätzen beginnen? Und trifft die biblische Wendung zu: Sie erkannten einander? Ich erkannte einen Mann von durchschnittlich gutem Äußeren, groß und ordentlich gebaut, mit einem Allerweltsgesicht, das mir gefiel, weil es eine harmonische Mischung aus Heiterkeit und Ernst war. Möglicherweise erkannte ich auch einen Teil von mir in Fabian Wagner, das vernünftige und lebensbejahende Element meiner geistigen und emotionalen Turbulenzen. Es war nicht auszuschließen, daß er mich nur deshalb anzog, weil ich seine ungestüme Aufmerksamkeit erregt hatte, und dies in einem Abschnitt meines Lebens, in dem ich mich ungeliebt und einsam fühlte. Wenn man lügen und betrügen mußte, um geliebt zu werden, dann war ich nunmehr bereit, es zu tun. Mit jedem, der mir ein Stück Brot gab, denn verwöhnt war ich nicht. Und so beschloß ich vor dem Bild der Leichentramway mit der Nummer 7031, mich in Fabian Wagner zu verlieben, der mir seinen Namen nannte und mich fragte, ob ich für ihn Zeit habe, und ich zögerte ein wenig mit der Antwort, die nur Ja sein konnte, wie wir beide wußten. Die Japanerin himmelte den Museumsführer an, der ihr alte Todesanzeigen ins Englische übersetzte und ihr dabei in den dezenten Ausschnitt starrte. Eva Röhm schwebte zwischen Särgen einen Millimeter himmelwärts. «Küß die Hand» waren die letzten Worte unseres Führers, bevor wir aus den Städtischen Bestattungsbauten ins Freie traten in einen Regennachmittag, schirmlos, schamlos, losgelöst von Zeit und Raum.

Er mochte, wie ich hieß: Eva, die «Mutter alles Lebendigen» in der biblischen Bedeutung; die babylonische «Göttin des Lebensbaumes», «Adita Eva – der erste Anfang» in einer ihrer tantrischen Namen.« »Wie ihr Urbild, die Kali Jaganmata, gebiert Eva sowohl den Tod wie auch das Leben», sagte Fabian Wagner, der Mann mit Kenntnissen über einen Namen, den ich als magdagegeben hingenommen hatte. «Das Buch Henoch sagt, daß Gott den Tod schuf, um die Menschheit für Evas Sünde zu bestrafen.»

Evas Schuld war schon sehr früh festgeschrieben worden. Eine gute Feministin, sagte Fabian Wagner, müsse bei der Bibel beginnen. Er war bei den Jesuiten in die Schule gegangen, und seine erste Freundin hieß Eva. Für alles gab es Erklärungen, auch für seinen Namen, denn seine Mutter hatte während der Schwangerschaft Kästner gelesen und sich in eine melancholische Romanfigur verliebt. Fabian sprach zärtlich von seiner Mutter, und ich ließ Magda aus dem Spiel. Alles, was er mir erzählte in den zwei Tagen und Nächten, nahm ich kritiklos auf, es waren Sätze ohne Bedeutung, bis auf den einen, den er aussprach, als wir zum erstenmal gemeinsam frühstückten im Café Dobner. Während ich meine zwei Eier im Glas pfefferte, sagte Fabian: «Ich liebe dich.»

Draußen am Naschmarkt standen Frauen mit Kopftüchern und Tragetaschen am Fischstand an. Der Würstelverkäufer stritt sich mit einem Kunden, und ein kleiner Junge biß mit hingebungsvollem Gesicht in eine Semmel. Auf der Rechten Wienzeile stauten sich Autos in Richtung Innenstadt. Ein Taxifahrer zeigte einem Fußgänger den Vogel. Der Wiener Himmel war grau und verhangen, und auf dem Trottoir standen Regenpfützen. «Dein Ei wird kalt», sagte Fabian.

Ich liebe dich, weil du mich liebst, wollte ich sagen, hielt es aber für klüger, diese Begründung zu verschweigen. Ich wurde taktisch und tückisch, um mich den großen Gefühlen würdig zu erweisen. Fabian nahm meinen Löffel und fütterte mich mit lauwarmem Eigelb. Er war ein starker, schweigsamer Liebhaber, leidenschaftlich und gar nicht sanft. Wir hatten kaum geschlafen in seinem knarrenden, quietschenden Pensionsbett, das nun am Rande des Zusammenbruchs war. Wir hatten gemeinsam geduscht in der Naßzelle mit den verblichenen Kacheln und dem gepunkteten Plastikvorhang, der an der Haut klebte, der so empfindlichen Haut nach dieser Nacht der Berührungen. Uns an der Rezeptionsdame vorbeigeschlichen, die mit einem italienischen Gast beschäftigt war, der sich lautstark über nächtlichen Lärm beschwerte. Ihr Blick, den ich auffing, sagte mir, daß sie eine «Doppelbelegung» eintragen würde. Ihr Blick war bösartig und neidvoll, und ich sagte zu Fabian, daß die Wiener nichts so sehr verabscheuten wie den Anblick von glücklichen Menschen.

Ich war glücklich. Es war kein vertrautes Gefühl und sogleich begleitet von der Angst, es zu verlieren. Fabian sagte, daß er eigentlich an diesem, an unserem Tag, nach München zurückfahren wollte. Für mich blieb die Welt stehen, aber er lachte und sagte dann, daß jeden Tag Züge fuhren.

«Alle vier Monate werden die Fahrpläne geändert. Wußtest du das?»

«Am Montag muß ich zurück in der Kanzlei sein, Eva.»

«Und ich im ‹Steinhof›, das trifft sich gut.»

Jedem anderen hätte ich jetzt gesagt, daß ich in der offenen Abteilung sei und Wochenendausgang habe. Fabian erzählte ich von meiner Unfähigkeit, mit normalen Kranken umzugehen, von Eva Wildgruber und dem Saal mit den sechzig Betten, von Sophie und ihren verrückten Anwandlungen, von Elly, Mowgli und dem Hotel «Orient», sogar über Kathleen und die Bombe sprach ich zu ihm, und er verstand alles und stellte die richtigen Fragen, lachte, wenn ich komisch sein wollte, und blieb in den richtigen Momenten ernst und still. Ich breitete Eva Röhm vor ihm aus, ein wenig geschönt, aber beinahe ehrlich. Nur über Magda schwieg ich, und Ben Belushi war in fünf Sätzen erledigt.

Wir gingen den Donaukanal entlang und fuhren auf einem Donau-Ausflugsschiff mit Restauration und Touristenpanorama. Der Wein war süß, und wir hielten uns an den Händen, während wir miteinander sprachen. Ich zeigte ihm mein Gänsehäufl, und wir brachen in eines der Strandhäuser ein, um es miteinander zu treiben, aufeinander, nebeneinander, untereinander, füreinander … und ich hatte keine Angst vor Entdeckung, denn Fabian Wagner hatte mich in ein unverwundbares Wesen verwandelt.

Mein Fabian hatte gewisse Ähnlichkeiten mit Kästners Moralisten. Doch er konnte schwimmen, und obwohl er sensibel und ein wenig verrückt war, ließ er eine gewisse Härte erkennen, die er überwiegend gegen sich selbst richtete. Die Anwaltskarriere war keine Frage, denn Fabian hatte vor, Geld zu verdienen, Geld, das einmal in der Familie gewesen war, bis der Vater in Konkurs ging und nichts zurückblieb als das große Haus, das er Liliane überschrieben hatte. Liliane Wagner, die ihr Erbe in die Firma gesteckt hatte, hielt die Fassade des Hauses und der Familie aufrecht, auch oder besonders, als ihr Mann verstarb. Ein Fall von gebrochenem Herzen, sagte Fabian. Der Vater sei zu anständig gewesen, um ein exzellenter Geschäftsmann zu sein.

«Erbsensuppe in Meißner Porzellan» war die Kurzbeschreibung seiner Jugendjahre nach dem finanziellen Fall. Am

Kohlmarkt, vor einem Juweliergeschäft, stellte ich die erste falsche Frage: Warum Liliane das Porzellan nicht verkauft habe?

«Erbstücke verkauft man nicht, Eva.»

Eine Falte zwischen den Brauen; ich dachte an das Silberbesteck, das Magda zur Hochzeit bekommen hatte und das im Wohnzimmerschrank ruhte zwischen Samt und Seidenpapier und all dem Krempel, der ihrer Schonbezug-Mentalität entsprach. ICH würde nichts davon haben wollen, auch nicht die Kristallgläser und goldenen Mariatheresientaler oder Magdas zweireihige Perlenkette für besondere Gelegenheiten. Liliane, ich ahnte es, war anders als meine Mutter, aber nicht weniger furchterregend.

Es war Sonntag, und der Juwelier hatte geschlossen, doch Fabian fand neben der vergitterten Glastür mit Jugendstilornamenten einen Klingelknopf für die Privatwohnung, und er schellte, bevor ich ihn nach seinen Absichten fragen konnte. In die Gegensprechanlage sagte er, daß er sich für einen Ring im Schaufenster interessiere, und die Stimme aus dem Haus fragte: «In welcher Preislage?»

Siebzehntausend Schillinge waren offenbar einer sonntäglichen Ruhestörung angemessen; wir hörten Schritte im Flur, und ein kleiner, alter Mann öffnete uns und bat uns herein. Wir folgten ihm in den efeuumrankten Innenhof eines großbürgerlichen Hauses; er trug Pantoffeln und eine samtene Hausjacke und fragte Fabian, ob er auch an anderen Stücken interessiert sei, einen Einkaräter aus einer Erbmasse, lupenrein und mit Zertifikat, und Fabian lachte und sagte, daß er in dieser Preisklasse erst in ein paar Jahren einkaufen könne. Aber er würde zurückkommen nach Wien.

Würde er? Die Frage hatte ich bisher nicht zugelassen und den Montagszug verdrängt so wie vieles andere, das offen war zwischen uns beiden. Der Juwelier holte mit vorsichtigen, gichtverkrümmten Fingern einen schmalen Goldring mit drei Rubinen aus dem Schaufenster. Die Steine waren nicht groß, aber sie funkelten beunruhigend in der Dunkelheit des Raumes. «Gefällt er Ihnen?» fragte er, und ich nickte.

«Er gehörte Betty Paoli, die von Grillparzer als eine der ersten Lyrikerinnen Österreichs bezeichnet wurde. Paoli war Gesellschafterin des Fürsten Schwarzenberg, und sie gehörte zur Tarockrunde der Marie von Ebner-Eschenbach. Sie starb 1894.»

«‹Kluge Frauen haben Millionen geborener Feinde: alle dummen Männer›». Ich sah zu Fabian, der den Ring gegen das spärliche Tageslicht hielt; es war ein kleines, fast winziges Schaufenster, in dem der Juwelier seine weniger kostbaren Stücke ausstellte.

«Das Zitat, liebes Fräulein, ist von der Eschenbach, nicht von der Paoli. Ihre Gedichte sind heute vergessen ... aber es ist ein sehr hübscher Ring.»

«Ich bin nicht dein Feind», sagte Fabian, als er sich zu mir umdrehte. «Willst du den Ring haben?»

«Ich dachte, du wolltest ihn deiner Mutter schenken.»

Unser Juwelier hatte schlechte Zähne und die trüben Augen eines Mannes, der das Leben zu lang und zu beschwerlich fand. Aber sein Geist war wach, ich registrierte seine Blicke zwischen uns beiden und ein Lächeln, das zynisch war oder auch nur erhaben über Kinderspiele. «Für eine ältere Dame», sagte er, «ist der Ring vielleicht zu ... fragil.»

Fabian steckte mir den Ring an den Finger. «Ich möchte ihn dir schenken. Wenn du mich nicht mehr liebst, kannst du ihn ja ins Dorotheum tragen.»

Der Ring paßte, Fabians Handkuß auch, und in Eva Röhms Kopf drehte sich das Liebesrad, eine Spur aus Dankbarkeit und Bewunderung, Wärme und sexueller Anziehung. Wer denkt in diesen wirren Augenblicken, daß es in den Abgrund führen könnte?

«Sie können ihn mir zurückbringen», sagte der Juwelier, «aber ich glaube nicht, daß sie das tun.»

Alte Männer, die von ewiger Liebe sprachen, waren unglaubwürdig, aber was kümmerte mich das in diesem Moment der Glückseligkeit. Es war das erste Geschenk eines

Mannes, mein erster Ring, das einzige Schmuckstück, das ich besaß abgesehen von Kinderkettchen. «Er ist wunderschön, wirklich.»

«Die Paoli wird sich freuen in ihrem Grab.» Der alte Mann, der ein Herz für Einkaräter und Liebende hatte, ließ sich von Fabian um tausend Schilling herunterhandeln und akzeptierte einen Scheck. Die Liebenden schlenderten über den Michaelerplatz zum Loos-Haus, das den gegenüber logierenden Kaiser Franz Josef zu dem Satz «Mir bleibt auch nichts erspart» inspiriert haben sollte. Mit meiner beringten Hand zeigte ich auf die Stallburg, Wiens prächtigstes Renaissancebauwerk, und Fabian sagte: «Irgendwie erschlägt sie einen, diese imperiale Architektur. Sie ist kalt, und mir ist kalt. Wärme mich, Eva.»

Ich wärmte ihn mit meinen Armen und mit meinem Mund, und wir wärmten uns im Café Landtmann bei Verlängertem und Apfelstrudel und später in der Schwarzspanierstraße in meinem Zimmer, in meinem Bett. Mit meinem Ring kratzte ich seinen breiten Rücken, als ich die Vernunft verlor, für Sekunden oder Minuten. Auch dieses, mein Bett, ächzte schrecklich, so daß wir uns auf den Boden rollen ließen und dort weitermachten, auf dem Flickenteppich, bis wir auseinanderfielen, mit Erleichterung und Bedauern. Ich hörte Frau Morawas Schritte im Gang, vor meiner Tür blieb sie stehen, dann schlurfte sie weiter zum Bassena, um einen Eimer mit Wasser zu füllen. Morgen, sagte ich zu Fabian, wird sie mich mit ihrem «Welcher-Mann-war-denn-das-Blick» durchbohren.

«Gab es viele Männer?» Fabian hatte sich aufgesetzt und lehnte jetzt gegen mein Bett. Sein Blick war durchdringend zu nennen.

Ich lag auf dem Rücken und streckte die Beine zur Decke. «Ein paar. Nicht viele.»

«Zwei, fünf, zehn, zwanzig, fünfzig ...?»

Man neigt zur Ehrlichkeit, wenn man liebt, aber es ist ein Fehler, den man später bereut. Ich zählte im Kopf und kam auf zwölf Männer inklusive Fabian, natürlich registrierte ich nur die Eindringlinge in meinen Körper, nicht die Grapscher meiner Pubertätsjahre. «Sechs mal Sex plus eins. Und du?

«Ich weiß nicht genau. Vielleicht ... fünfzig.»

Ich zog die Beine an und machte eine Rolle rückwärts, die an den Wänden meines Zimmers endete. «Beachtlich. Und wie viele sind noch eingeplant?»

«Das Weib stellt mir doch tatsächlich eine Fangfrage.» Fabian sprang vom Boden auf und lachte mich aus. Sein hübscher Körper mit dem nunmehr kleinen, verklebten Geschlechtsorgan war ein erfreulicher, erstaunlich vertrauter Anblick. «Würdest du mir glauben, wenn ich dir jetzt Treue schwörte?»

«Ja.»

«Ja?»

Die Frage blieb so stehen. Ich schlich in den Flur, um Wasser zu holen, dann säuberten wir uns gegenseitig, zogen uns an und fuhren mit der Taxe nach Rammersdorf, um Wein zu trinken und Hendln zu essen, alles, was betrunken machte und den Bauch füllte. Ich sah nicht auf die Uhr, aber der Sand rieselte durchs Glas, während der Zigeuner fiedelte und wir über Liebe sprachen, gegenwärtige, nicht künftige, und wir waren so lustig, und ich war so schwermütig, und als ich schon viel getrunken hatte, fragte ich Fabian, wann sein Zug gehe, und er sagte, er nehme den ersten, um sieben Uhr morgens.

«Soll ich dich zum Zug begleiten?»

«Nein. Du siehst morgens immer so traurig aus.»

«Ich werde lachen. Ehrlich.»

«Ich würde dich anrufen, wenn du in diesem Zimmer Telefon hättest. So werde ich dir schreiben. München und Wien, das ist keine unüberwindliche Entfernung.»

Südpol und Nordpol, dachte ich, weinunselig, mit heranziehenden Gewittern von Sentimentalität und Blitzen von Selbstmitleid. Der Mann neben mir wirkte nicht eine Spur traurig. Belushi hätte ich in dem Zustand und mit diesen Gefühlen eine bühnenreife Szene geliefert. Bei Fabian erschien es mir unmöglich, mich gehen zu lassen. Die Liliane seiner Erzählungen war die Personifizierung der Contenance. Er liebte und bewunderte seine Mutter.

Und er liebte mich, so sagte er, und das war ein Wunder. Ich glaubte nicht an Wunder, aber daran wollte ich jetzt nicht denken. Also trank ich noch ein Viertel Wein, das berühmte letzte Killerviertel, und das allerletzte, woran ich mich am nächsten Morgen erinnerte, als ich in meinem Bett aufwachte, war ein Mann, der mich über die Schulter warf und zu einem Wagen trug, auf dem ein Schild blinkte mit verschwommenen Buchstaben. Und daß es einen lautstarken Streit gab zwischen zwei Männern, von denen der eine sagte, daß er die B'soffene nicht mitnehmen wolle, worauf der andere ihn einen Idioten schimpfte, und so ging es hin und her, während ich mit dem Kopf wackelte und auf den Asphalt stierte und darum betete, nicht erbrechen zu müssen.

Ich schämte mich, als ich aufwachte und in den Fetzen meiner Erinnerung diesen Abschied rekonstruierte. Es war elf Uhr morgens. Das grelle Licht, das durch die fadenscheinigen Gardinen drang, tat weh, auch das. Mein Dienst im «Steinhof» hätte vor drei Stunden begonnen. Fabian war jenseits der Grenze. Mein Kopf dröhnte, und mein Herz war gebrochen. Jemand klopfte an die Tür. Sie kommen mich holen, dachte ich, so wie man bisweilen in den «Steinhof» geholt wird von Männern mit weißen Gesundheitsschuhen und starken Händen. Ich tastete mit geschlossenen Augen nach einem Kleidungsstück, fand den Pullover des Vorabends, der lang genug war, und ich öffnete meine Augen einen Spalt und schlurfte zur Tür, an die jemand mit entsetzlicher Beharrlichkeit pochte.

«Wer ist da?»

«Der Florist, Fräulein Röhm.»

«Ich kenne keinen Floristen.»

«Blumen bring' ich, gnä' Frau.»

Durch den Spion sah ich Rosenköpfe, und so öffnete ich die

Tür und stand vor einem Rosenstrauß, sehr groß und rot, und dahinter war ein Jüngling, der außerdem noch mit einem Brief wedelte. Dahinter stand Frau Morawa mit Wassereimer. Sie entbot mir einen Gruß und sagte: «Au mei. A Rosenkavalier. Für zwa is de Wohnung owa z'klan.»

Der Bote fuchtelte mit dem Rosenstrauß. «Wollenses nun nehmen oder net?»

«Doch.» Ich entriß ihm den Strauß und den Umschlag und warf die Tür zu. Trinkgeld! Ich wühlte in meinem Portemonnaie, fand kein Kleingeld, wollte mich entschuldigen, aber der Jüngling war bereits gegangen. Auf eine Entschuldigung hätte er ohnehin gepfiffen. Frau Morawa, noch an meiner Tür befindlich, sagte: «Mei, sie schaun owa grauslich aus.» Ich schloß die Tür.

Auf dem Bett lagen die Rosen. An meinem Finger blinkten kleine Rubine, stumpfer im Tageslicht. Auf dem weißen Papier standen drei Worte und sein Name, darunter eine Adresse und zwei Telefonnummern. Man kann sich an jenen drei Worten festhalten für eine gewisse Zeit.

13. Kapitel

Der Chinese schneidet Grimassen, während er serviert, die Beleuchtung erinnert Benedikt Hermann an Bahnhöfe, und das Essen an Futter, das seine Frau für die Katze zubereitete, die sie stets mehr geliebt hatte als ihn, ihren Besteiger, Beschützer und Versorger. Katzen seien schnurriger als Männer, das hatte sie ihm vorgehalten über all die Jahre, und auch mit diesem Wort hatte er nie etwas anzufangen gewußt. Er haßt Katzen. Er haßt seine Exfrau, die ihre Katze streichelt, während sie mit ihm wegen höherer Unterhaltskosten telefoniert. Er haßt den Chinesen, der Schutzgelder zahlt und niemals darüber sprechen würde. Er ist ein rechtschaffener Bürger, ein ehrlicher Steuerzahler, ein guter Polizist und ein Gefäß voller bitterer, vernichtender Gefühle. Das Gefäß ist nach außen dicht und funktioniert, so viel hat er gelernt in fünfzig Jahren. Manchmal glaubt er, daß er die Anlage zum Amokläufer hätte. Das sagt er ihr, und sie scheint nicht erstaunt zu sein.

«Aber ich glaube nicht, daß Sie es tun. Kollektiver Haß ist ein Gefühl, vor dem SIE noch einige Barrieren aufgebaut haben.»

Eva Röhm ißt mit Stäbchen, sie verschlingt mit diesen Geräten erstaunliche Mengen an Fisch, Fleisch, Gemüse und Reis, sie matscht alles durcheinander und würzt reichlich mit Chili- und Sojasauce. Sie trinkt Bier und sieht ihn an, wenn sie mit ihm spricht. Sie ist der Felsen, an den er sich lehnen und weinen möchte. Und natürlich hat sie recht: Nützliche Idioten wie er lassen sich in Ausübung ihrer Pflicht erschießen. Sie sehen weg, wenn auf der Polizeiwache ein Verdächtiger hart angefaßt wird, weil man Kollegen nicht denunziert. Sie waten im Schmutz und werden schmutzig dabei. Und am Ende reicht die Pension nicht für warme Wintertage in Mallorca. «Warum erzähle ich Ihnen das alles?»

«Weil Sie mir im Rahmen Ihrer Möglichkeiten vertrauen?»

Das chinesische Licht ist ungünstig. Sie ist eine alternde, schöne, anmutige Frau, der er vertraut. Sie ist anständig und aufrichtig, und er hätte sie gern als erotisches Luder. Frauen sind nie das, was Männer haben wollen, und es ist besser, das Thema zu wechseln, bevor sie ihm zu nahe kommt.

«Wir haben Prostituierte vernommen, die das Hotel frequentieren. Fast alle sind blond, und fast keine hat ein Alibi, weil sich die Freier nicht mit Namen verewigen. Eine ist darunter, die mal eine Konkurrentin mit Säure attackierte, aber ich halte das nicht für eine heiße Spur. Unser Mann ohne Gesicht bleibt ein … Rätsel. Und SIE sind keine große Hilfe, Frau Doktor Röhm.»

Die Stäbchen weisen anklagend in seine Richtung. «Sie wissen genau, daß die feingeweblichen Untersuchungen mindestens eine Woche dauern. Und ich bin nicht optimistisch, daß wir etwas Entscheidendes finden werden. Übrigens hat das Screening ergeben, daß unser Mann regelmäßig Medikamente gegen Bluthochdruck nahm, auch Valium mit ziemlicher Häufigkeit. Der Blutalkoholwert zum Zeitpunkt seines Todes lag bei zwei Prozent. Außerdem deuten seine Leberwerte darauf hin, daß er ein Gewohnheitstrinker war. Sie haben also einen Mann mittleren Alters, kein Typ, der mit den Händen arbeitete, der Kleidung nach zu schließen ein Mann, der gut verdiente, aber unter Druck stand, was die Tabletten und den Alkoholkonsum erklärt. Der Muskelaufbau deutet darauf hin, daß er ein wenig Sport trieb, um sich fit zu halten, aber er hat es nicht übertrieben.»

«Das trifft auf ein paar hunderttausend Männer zu.»

«Seien Sie nicht so ungeduldig. Eines Tages kommt die Vermißtenmeldung, die sich mit unserer Leiche deckt. Oder Sie lassen sein Gesicht rekonstruieren.»

«Das dauert Monate. Und es ist zu teuer.»

«Fragen Sie Professor Wirtz. Er ist vom Kongreß zurück. Vielleicht interessiert ihn die Leiche.»

Sie sagt es leichthin, so als ob sie nicht daran glaube. Hermann kennt den Institutsdirektor aus einigen Prozessen, gesellschaftlich pflegt man nicht miteinander zu verkehren. Die Akademiker bleiben unter sich, eine dünkelhafte Kaste, die er vage verabscheut wie alles, das ihm verschlossen ist. «Ein unbekanntes männliches Subjekt bringt ihm keine Lorbeeren ein. Ihr Professor würde mich auslachen, Dr. Röhm.»

«Wirtz lacht nie. Er ist völlig humorlos und leidet darunter, daß das Institut nicht den wissenschaftlichen Stellenwert einnimmt, den es seiner Meinung nach verdient.»

«Mit einem Ötzi kann ich nicht dienen.» Hermann schiebt seine Schale mit Katzenfutter zur Seite und leert sein Bierglas, während sie immer noch ihre Stäbchen bewegt, als gelte es, keinen Krümel übrigzulassen. Seine Exfrau hat überwiegend Diäten zelebriert, schlechtgelaunt und vom Wunsch besessen, ihren Hohlkörper makellos über die Jahre zu bringen. Im Scheidungslicht besehen, glaubt er, daß sie es seinetwegen tat, weil sie wußte, daß er Frauen mit Formen mochte. Er schätzt es, wenn Frauen zu einer gewissen Schwere neigen, wenn sie weich und rund sind, anschmiegsam, aber nicht anhänglich, sexy, ohne provozierend zu sein. Eine ausgestorbene Gattung, denkt er, auch Eva Röhm entspricht nicht in allen Punkten seinem Idealbild. Sie gibt ihm dieses verdammte Gefühl, nie ganz präsent zu sein, selbst wenn sie aufmerksam zuhört. Ihre braunen Augen sehen dich an und über dich hinweg. Ihr Mund lächelt mit einer gewissen Mechanik, und ihre Wärme ist wie ein kleines Feuer in großer Kälte. Nur im Obduktionssaal ist ihre Konzentration perfekt, ihre Hingabe echt und ihr Eifer rührend. Der Bulle in ihm wittert ein Geheimnis, das er aus einer Vielzahl von Gründen enträtseln möchte. Aber er fragt nicht, weil er ahnt, daß dies das Ende ihrer fragilen Beziehung bedeuten könnte. Sie glaubt, daß er ein unsensibler Idiot ist, der nur über sich reden kann, und sie weiß nicht, daß er mit Ausdauer auf seine Chance wartet, Eva Röhm zu erforschen, bis sie nackt vor ihm steht und ...

«Ich mag schweigsame Männer.» Sie hat die Reisschüssel leergepickt, und spricht diesen Satz ohne jeden erotischen Unterton aus.

«Immer schon?»

Sie dreht sich um und zeigt dem Chinesen ihr leeres Bierglas. Ihre Schultern sind rund und kräftig, und er würde gern hineinbeißen. Warum lebt sie allein? Warum spricht sie nie über ihre Vergangenheit? Warum ist sie so, wie sie ist: Ein freundliches Wesen, das sich jeder Berührung entzieht?

«Wußten Sie, daß Ihr Kollege Zehntel die Wochenendleichen kassiert?»

«Wie meinen Sie das?»

Ein Hauch von echter Aufmerksamkeit, er registriert es mit Wonne und schlägt erst einmal einen verbalen Haken, indem er ihr von Anfangsermittlungen gegen den größten Bestattungsunternehmer der Stadt erzählt, gegen Ernst Kubelka, der mit billigsten Angeboten die meisten Toten kassiert. «Kubelka hat sich überregional mit anderen Unternehmen zusammengetan, und sie importieren Särge zu Dumpingpreisen aus Tschechien, die in der Holzqualität nicht immer ganz halten, was sie versprechen. Aber was einmal unter der Erde ist ... Bloß hat Kubelka einen anderen Clou gefunden. Er verkauft Zukunftsbestattungen ... lachen Sie nicht, das Geschäft läuft blendend, besonders in den östlichen Bundesländern. Kubelka verkauft den Leuten ihr Begräbnis. Für sechstausend Mark garantiert er per Vertrag eine Erste-Klasse-Bestattung im Friedhof der Wahl zum beliebigen Zeitpunkt. Kranz inklusive. Auf Wunsch und etwas billiger auch Feuerbestattungen.»

«Wer macht denn so etwas Blödsinniges? Und was hat das mit Zehntel zu tun?»

Benedikt Hermann wartet, bis der Chinese die Biergläser abgestellt hat und davonschlurft. Ausländer sind die schwierigeren Verbrecher, insofern liebt er sie nicht. Und Chinesen, sofern man ihnen etwas vorwerfen kann, haben eine Art, bei Verhören grinsend und schweigend dazusitzen, die ihn wahnsinnig macht. «Meine liebe Doktor Röhm, ein paar tausend Leute hat er bundesweit an der Begräbnisangel. Die Zeiten sind instabil, die Inflation frißt das Geld und auf die Verwandtschaft ist auch kein Verlaß mehr. Da will man Vorsorge tragen für einen ordentlichen Abgang. Das Geschäft ist todsicher, sozusagen ... und weil ich nur ein dummer Polizist bin, kann ich nicht einmal behaupten, daß es gegen das Gesetz verstößt. Wir ermitteln lediglich, weil einer dieser Zukunftsinvestoren an die Unsterblichkeit zu glauben begann und seine Kohle zurückwollte. Kubelkas Leute machten Schwierigkeiten – und da kam er zu uns.»

«Doch nicht Dr. Dr. Zehntel?»

Sie gluckst den Namen, so hat er sie noch nie lachen hören, und er kann bis in ihren rosa Gaumen sehen. Wäre er nicht ein armer, glatzköpfiger Polizist, sondern Harrison Ford, er würde sie jetzt über den Tisch hinweg packen und in seinen Wagen zerren. Seinen gebraucht gekauften Kleinwagen, den er monatlich abstottert, während die Ex den BMW fährt. Alle

Polizisten des Reviers kennen das Auto und haben ein wachsames Auge auf Verstöße gegen die Straßenverkehrsordnung. Aber erst einmal seit der Scheidung ist die Schlampe bei Rot über die Ampel gefahren. Eva Röhms Augen glitzern beinahe sensationslüstern. «Nun machen Sie es nicht so spannend.»

«Nein, nicht Zehntel ... aber im Zuge unserer Ermittlungen sind wir darauf gestoßen, daß Kubelka Ihren Kollegen am Wochenende in Sachen Feuerbestattungsleichen konsultiert. Zehntel kassiert fünfundzwanzig Mark pro Leiche, also weniger, als euer Institut berechnet. Ein kleines Nebengeschäft sozusagen. Die beiden spielen auch zusammen Golf. Vielleicht fahren sie anschließend in die Kühlkammer und ...»

Sie sieht ein wenig enttäuscht aus, und Hermann spielt seine letzte Karte aus, von der er weiß, daß er es nicht dürfte. «Das ist aber nicht alles. Ein Angestellter, von dem sich Kubelka im Streit getrennt hat, behauptet, daß den Toten Hüftgelenkprothesen aus Titan entnommen und verkauft wurden. Stellt sich die Frage, wer die rausgeschnippelt hat ...»

Sie schüttelt den Kopf. «Das erste glaube ich, das zweite nicht. Zehntel ist kein Dummkopf.»

Aber ich bin einer, denkt Hermann, denn ich habe Informationen aus Ermittlungen preisgegeben, die sie gegen mich verwenden könnte. Zum Beispiel, indem sie es Zehntel erzählt. «Gut möglich, daß es sich nur um üble Nachrede handelt. Wir gehen der Sache nach, das ist alles. Und ...»

«Und ich werde mit niemandem darüber sprechen.» Sie winkt dem Chinesen, der die Rechnung und Pflaumenschnaps bringt, und er erzählt ihr von dem Artikel, den er gelesen hat, vom Schacher mit Häuten, Knochen und Organen Verstorbener, die gewinnbringend an die Pharmaindustrie verkauft werden.

Sie sagt, daß dies an ihrem Institut nicht geschähe, und daß er nicht alles glauben solle, was Journalisten schreiben. Die Tabuisierung des Todes führe zu Frankensteinschen Spekulationen, schließlich würden auch in der Rechtsmedizin Teile entnommen und konserviert, und in der Medizin gäbe es keine Ersatzprodukte für beispielsweise die Augenhornhaut oder die harte Hirnhaut, die bei Hirn- und Rückenmarksverletzungen erforderlich seien. Zu behaupten, daß Tote geplündert würden, wäre eine typisch journalistische Übertreibung. Schließlich: Welchen Unterschied mache es, ob das Auge vor der Grube oder dem Feuer entfernt oder von Tieren gefressen oder verbrannt werde?

Ihre Augen sind braun, und ihre brutale Wortwahl mißfällt ihm. Sie teilen die Rechnung, wie sie es immer tun, der Chinese schenkt ihnen ein letztes Grinsen, und auf dem Weg zum Parkplatz sagt sie, daß sie das Wort Pietät im Zusammenhang mit dem Tod makaber fände, nichts anderes sei es, als der letzte Akt von Heuchelei, Verdrängung und Unfähigkeit, sich dem zu stellen, was zum Leben gehöre. Tote, sagt sie, brauchen keine Pietät, wohl aber die Lebenden, doch seien den Menschen die klaren Gefühle wie Liebe oder Haß abhanden gekommen in dem Gewirr egozentrischer Emotionen. Und mit den klaren Gefühlen seien auch die klaren Worte verschwunden, ersetzt durch nichtssagende Begriffe, Verkleinerungen und Umschreibungen. Die Sprache, sagt Eva Röhm, diene nicht mehr der Verständigung, sondern der Verschleierung. Und bis hin zu Todesanzeigen und Grabesinschriften reiche die Sprachlosigkeit der Gesellschaft, die sich keine Gefühle mehr leisten könne, nur Autos, Fernsehapparate und Fernreisen …

Sie erschlägt Benedikt Hermann mit ihren Sätzen, und am Ende, als sie an ihrem Wagen stehen, scheint sie erschöpft zu sein von ihrem Ausbruch. Sie entschuldigt sich und versichert ihm, in der Sache Kubelka Stillschweigen zu bewahren. Sie gibt ihm einen Kuß auf die Wange, bevor sie den Wagen aufschließt. Die Stelle brennt, und wäre er Harrison Ford, er würde sie nicht wegfahren lassen und allein auf dem Parkplatz zurückbleiben. Er verfolgt die Rücklichter ihres Wagens, bis die Dunkelheit sie geschluckt hat, und versucht, ihre Sätze in seine Wünsche einzuordnen. Klarheit will sie, aber wie würde sie wohl reagieren, wenn er seine klaren sexuellen Absichten zur Sprache brächte? Er steigt in sein kleines Auto, das er haßt, und fährt an die nächste Bude, um Bratwurst mit Pommes frites und Ketchup zu essen, weil sie ihn stets hungrig zurückläßt. Das Fleisch ist warm und fett, doch nicht das, was er sucht, und die Stehtische sind von Ausländern frequentiert, so daß er sich als Fremder unter Fremden fühlt. Der Tag hatte mit einer Leiche begonnen, einer jungen Türkin, die von ihrem Bruder erschossen worden war, weil sie einen deutschen Freund hatte. Ein klarer Fall, den niemand begreifen kann, der in einer anderen Kultur aufgewachsen ist und Fragen der Ehre nicht versteht. Meinte sie DAS mit den klaren Gefühlen, mit Liebe und Haß? Benedikt Hermann beschließt, diesen Tag mit einem Bordellbesuch zu beenden. Polizeibeamte erhalten Rabatt, Hauptkommissare bezahlen nur die Getränke. Annette, wenn sie frei ist, wird ihm die Illusion geben, ein starker Mann zu sein. Annette hat einen türkischen Zuhälter. Er haßt Türken, mit Ausnahme seines Hausbesitzers, der ein netter, freundlicher Mensch ist. Die Obduktion hat ergeben, daß die siebzehnjährige Türkin noch Jungfrau war.

Marlies Winter sitzt auf den Treppenstufen, als Eva Röhm das Gartentor öffnet. Sie sagt: «Ich warte schon eine Weile», und es klingt anklagend. Eva schließt schweigend die Tür auf. Sie hat nie Kollegen in ihre Wohnung eingeladen, doch ist die Adresse bekannt, und Marlies Winter steht die Katastrophe ins Gesicht geschrieben. Sie riecht nach Alkohol und schwankt ein wenig, als sie hinter Eva die Treppe hochgeht. Marlies hält sich am Geländer fest und unterdrückt eine Bemerkung über Häuser ohne Aufzüge. Eva wohnt im zweiten Stock, zu dem eine leicht knarrende Holztreppe führt. Ihr ungebetener Gast sieht neugierig aus, als sie die Wohnung betritt.

«Möchtest du was trinken, Marlies?»

«Kaffee? Aber ich möchte keine Umstände machen.»

Das klingt komisch, aber Eva lacht nicht, sondern bereitet Mitternachtskaffee, während sich Marlies auf der Küchenbank ausbreitet wie eine unglückliche Krake und betont, wie peinlich ihr der Überfall sei, aber sie habe nicht gewußt, an wen sie sich wenden könne, und das Frauenhaus sei doch ein wenig übertrieben, schließlich habe Georg sie nicht geschlagen, zumindest nicht mit seinen Händen; das habe nicht nötig, wer Worte wie Peitschenschläge gebrauchen könne. «Ich hätte mich angemeldet, aber du warst bei Gericht und dann nicht mehr auffindbar.»

Eva schenkt den Kaffee ein und nimmt sich eine von Marlies' Zigaretten. Sie raucht dreimal im Jahr, und dies ist eine Zigarettenstunde. «Ich war in der Stadt und dann mit Hermann beim Chinesen.»

«Ich weiß wirklich nicht, was du an dem Glatzkopf findest.»

«Nichts. Er ist einfach nett. Und einsam.»

«Sehr originell. Erst hat er mich bei der Obduktion dieser Türkin genervt, und dann kam der absolute Hammer. Es mußte ja passieren, wenn ICH Dienst habe, ich ziehe das Unglück an, jedenfalls alle unseligen Ereignisse, und Max Zehntel, wie man sich denken kann, war nicht bereit, mir den Gefallen zu tun, ins Irrenhaus zu fahren. Macht es dir wirklich nichts aus, daß ich hergekommen bin?»

Eva schüttelt den Kopf, um nicht lügen zu müssen. Die Zigarette schmeckt stark und gut, und Marlies wird irgendwann auf den Punkt kommen. «Cognac?»

«Einen kleinen, ich hab' schon was getrunken, was kein Wunder ist nach diesem Wahnsinnstag.» Alle Tage sind Wahnsinn, und sie trinkt immer, aber das auszusprechen würde das dünne Eis brechen, auf dem sie schlittert. Eva Röhm ist bestimmt keine Frau, die einem hilft, Konflikte zu bewältigen, vermutlich weiß sie nicht einmal, was dieses Wort bedeutet. Doch Eva Röhm war die einzige Adresse, die ihr einfiel, als Georg diesen Satz aussprach.

Eine merkwürdig lieblos eingerichtete Wohnung, denkt Marlies, während Eva den Cognac aus einem Küchenschrank holt. Es ist alles da, nichts ist häßlich oder überflüssig, aber kein Stück sieht aus, als sei es mit Bedacht oder Zuneigung ausgesucht worden. «Ein ausgezeichneter Cognac. Den brauch' ich jetzt ... Hermann ist schier ausgeflippt, als ich sagte, daß die kleine Türkin noch Jungfrau sei, als ob ich etwas dafür könne. Dann kam Wirtz und monierte einen meiner Berichte. Er sei unpräzise. In diesem Oberlehrerton. Dann warf er mir den Bericht auf den Schreibtisch, als ob ich seine Sekretärin sei. Und DANN kam der Anruf aus dem Landeskrankenhaus. Eine Vergewaltigung in der geschlossenen Abteilung. Ausgerechnet, wenn ICH Dienst habe.»

Eva trinkt Cognac, der den Geschmack von Bier und Rauch verdrängt, und beobachtet sich und Marlies, zwei Frauen an einem Küchentisch, zur Schwere neigend, auch in der Seele, nicht mehr jung, nicht mehr nüchtern, wohl niemals wieder trunken vor Glück.

Dafür gibt es Zeiten, aber die sind begrenzt, sie erinnert sich daran und kann es nicht mehr nachempfinden, und Marlies' Worte fließen an ihr vorbei und hinterlassen Tropfen von Mitgefühl und Ekel.

«Ein Irrer vergewaltigt eine Irre. Na und, sage ich zu dem Polizisten, und der lacht und sagt, jemand müsse kommen, um den Scheiden- und Penisabstrich zu machen, und ich solle einen Kamm mitbringen zum Auskämmen der unteren Behaarung, bei beiden. Wirtz war im Zimmer, als der Anruf kam, und als ich dem Polizisten gerade sagen wollte, daß es überhaupt nicht in Frage käme, ging Wirtz dazwischen und meinte, das sei ja hochinteressant und da sollte ich auf jeden Fall hinfahren. Ich könnte ihn umbringen.»

Ein Marlies-Winter-Satz, der nie wahr wird, denkt Eva. Marlies lebt in Konjunktiven. «Bist du tatsächlich hingefahren?»

«Ja, natürlich bin ich hingefahren, nachdem ich im Institut vergeblich nach einem passenden Kamm gesucht habe, den durfte ich unterwegs noch kaufen, und dann haben zwei Pfleger den Vergewaltiger festgehalten, während ich ... o Gott, es war so widerwärtig, eine Madenleiche ist nichts dagegen ...

DU LACHST. Wahrscheinlich findest du es ganz normal, einem Wahnsinnigen die Schamhaare zu kämmen.»

«Ich habe es noch nie gemacht, ehrlich. Ich finde nur die Vorstellung ... komisch. Entschuldige. Warum hast du Zehntel nicht gebeten, dich zu vertreten?»

Marlies schenkt sich nach. «Weißt du, was der gesagt hat, als ich fragte? Daß er den Gedanken, eine Frau würde seine Schamhaare kämmen, irgendwie sexy fände, aber leider könne er mich nicht entlasten, da er zu einer Vorlesung müsse. Weißt du, daß er die ganze Zeit grinste, während ich kämmte, nein, nicht Zehntel, der Irre, und er lallte so obszönes Zeug, während die beiden Pfleger schmierig grinsten ... ich wäre fast gestorben, und die ganze Zeit dachte ich, warum bist du nicht Nuklearmedizinerin geworden oder Chemikerin, irgend etwas Steriles, Nettes ... und natürlich war ich vollkommen fertig hinterher ... na und dann hab' ich den Bus übersehen.»

Sie sollte einen Eselskarren fahren, denkt Eva, während Marlies sich nach der erklärenden Einleitung den Katastrophen nähert, die sie auf Evas Treppe gebracht haben. Marlies Winter tut ihr leid, aber es ist kein Gefühl von Bedeutung, und sie wird ihr weder Trost noch Hilfe anbieten können, nur zuhören kann sie und nachschenken. Das Phänomen, zur falschen Zeit am falschen Ort zu sein, hat Marlies einmal mehr getroffen, nur teilt Eva nicht deren Überzeugung, das Unglück magisch anzuziehen. Marlies Winter liest morgens Horoskope und deutet sie tragisch, eine Jeanne d'Arc der Bananenschalen, die sich einen Scheiterhaufen wünscht. Eva legt ihre Hand auf die zitternden Finger, die ein Glas oder eine Zigarette umschließen möchten. «Ein Unfall?»

«Es war Pech. Wäre ich nicht so genervt gewesen und der Bus nicht in meinem toten Winkel, hätte ich die Fahrspur nicht gewechselt und ... Es war Georgs JAGUAR, verstehst du, weil mein Auto ja noch in der Werkstatt ist. Die rechte Seite ist ... ziemlich hinüber, es sieht nicht gut aus, und dieser Busfahrer war ein unglaublicher Prolet, und als ich den Polizisten zu erklären versuchte, daß meine kleine Unaufmerksamkeit ausschließlich damit zu tun hatte, daß ich aus dem Irrenhaus kam und völlig fertig war ... es war Chaos, verstehst du, und ringsherum hupten diese Autofahrer und die Leute glotzten ...»

Früher, denkt Eva, hätte ich an Marlies Stelle in diesem Chaos zu lachen begonnen, was vermutlich die Sache verschlimmert hätte. Marlies reibt ihre Fingerkuppen aneinander, eine Angewohnheit, die nur durch Rauchen unterbrochen wird. Ihre Unruhe ist ansteckend, und Eva greift nach der zweiten Zigarette und erkundigt sich vorsichtig nach Georgs Reaktion.

Marlies lacht. Schrill und nur kurz. «Er weiß es noch gar nicht, das heißt, vielleicht hat er das Auto inzwischen gesehen, ich habe es in der Garage geparkt, nachdem ich vom Institut nach Hause bin. Ich WOLLTE es ihm erklären, aber zu Hause war die Hölle los, weil unser Mädchen den Temperaturregler am Aquarium falsch eingestellt hatte. Georgs Fische trieben an der Wasseroberfläche. Und Anna suchte ihre Ratte, die aus ihrem Zimmer entwischt war. Georg tobte, und ich war wieder an allem schuld, weil ich Maria nicht richtig angewiesen und Anna schlecht erzogen habe. Wie HÄTTE ich ihm den Unfall erklären sollen in dieser Situation? Anna heulte und behauptete, daß ICH die Ratte vergiftet habe. Maria schluchzte auch, weil Georg ihr fristlos gekündigt hatte. Und Georg schrie mich an, daß ich als Frau und Mutter eine totale Versagerin sei, er war völlig außer sich, bloß wegen dieser toten Fische. Als ich mein drittes Kind verlor und beinahe draufgegangen bin, das hat ihn nicht so aufgeregt, das habe ich nicht vergessen. Und als ich ihm das vorhielt, schrie er mich an, daß ich besser keine Kinder bekommen hätte, denn dann wäre er schon längst fort ... und Anna holte während unserer Szene die Fische aus dem Aquarium und legte sie auf das Silbertablett, einen nach dem anderen, ich weiß nicht warum, aber es hatte eine gewisse Ähnlichkeit mit der Szene im Irrenhaus, und ich fing an zu schreien ...»

Marlies' atemlose Sätze lassen keine Pausen zu. Der schrille Ton, der sich allmählich steigert, kippt ins Hysterische. Marlies zupfte an den halblangen schwarzen Haaren, derentwegen sie Georg einst Schneewittchen genannt hatte, in Zeiten der Liebe, der Illusion, daß zwei so unterschiedliche Menschen in Frieden miteinander leben könnten. Marlies ist ganz sicher, daß Georg die Quelle aller falschen Entscheidungen ist, die sie im Leben getroffen hat. Seinetwegen studierte sie Medizin; auf seinen Rat hin machte sie den Facharzt in Pathologie; seine Kinder brachte sie zur Welt; und er ist es, der ihr das Gefühl vermittelt, unfähig und vom Pech verfolgt zu sein.

«Als er mir eine Ohrfeige gab und sagte, daß er mich einweisen lassen würde, habe ich das Haus verlassen. Mit einer Taxe.» Marlies leert ihr Cognacglas, stellt es auf den Tisch und trommelt mit den Fingern. Stakkato. Sie weint Tränen des Selbstmitleids, und Eva sagt: «Das hat er sicher nicht so gemeint», ein Satz so nutzlos wie ein Blatt, das im Herbst zu Boden fällt. Außerdem kennt sie Georg kaum, eine Weihnachtsfeier im Institut war ihre einzige Begegnung, liebenswürdig schien er ihr, aber auch glatt und selbstgefällig, ein Mann ohne Wärme. Eva steht auf und holt ein Taschentuch aus ihrem Wäscheschrank, gibt es ihr schweigend. Häßlich sind die geröteten Augen und die geplatzten Äderchen, der bittere, nach unten verzogene Mund mit den winzigen Längsfalten, die wie Risse wirken. Menschen über vierzig sollten ihre Gefühle nach innen ziehen und ihre Umwelt nicht mit Gift und Altmüll belasten. Still sollten sie sein. Bescheiden. Tüchtig, wenn sie es nötig hatten, jedoch ohne unmäßigen Ehrgeiz zu entwickeln. Dem Geschick ihrer Nachkommen zugewandt. Würde und Güte sollten sie pflegen, die einzig brauchbaren Eigenschaften des Alters. Manchmal glaubt Eva Röhm daran, daß sie es beinahe geschafft hätte, wenn ES nicht geschehen wäre.

«Wenn Zehntel diese Geschichte passiert wäre, würdest du darüber lachen, Marlies.»

«Du kennst Georg nicht.»

«Verlaß ihn, wenn du ihn nicht mehr kennen willst.»

«Ich habe Angst.»

«Wovor?»

Marlies sieht sich in der Küche um, die ordentlich aussieht, aber auch vernachlässigt, einsam, ein Raum ohne Leben. Niemand, der Blumen auf den Tisch stellt, für mehr als eine Person kocht, liebevoll den Tisch deckt. Evas Gesicht ist im Halbschatten, verschlossen, ohne Emotionen. «So zu leben wie du. Davor habe ich Angst.»

«Ich auch. Als Kind hatte ich Angst vor meiner Mutter und vor meinen Lehrern. An der Uni hatte ich Angst, das Studium nicht zu schaffen oder schwanger zu werden. Dann ... die Ängste veränderten sich nur, sie verließen mich nicht. Und am Ende wird es die Angst vor dem Tod sein. Obwohl ich ihn so gut zu kennen glaube.»

Frauen haben mehr davon, denkt Marlies, mehr als Männer, die sich abhärten und mit ihren Spielen ablenken, den Spielen um Karrieren, Macht und Geld. Georgs Ängste haben sich ihr nie offenbart, und solche Gespräche würde er ablehnen. Eva versteht sie, weil sie eine Frau ist, eine andere Frau, aber immerhin ein Wesen mit Gefühlen, und sie hat ihr Unrecht getan, was ihr leid tut und wiedergutzumachen ist. Nur einen Menschen brauchst du, der dich versteht und akzeptiert. Warum nur hat sie sich an Georg geklammert, in ihm diesen Menschen gesucht und sich bis zur Selbstauflösung demütigen lassen? Derjenige, den man sich aussucht anstelle der Lebensversicherung, er kann das größte Unglück sein. «Mit Liebe hat es nichts mehr zu tun», sagt sie zu der Frau, die sie versteht, und Eva Röhm hört ihr zu, als sie mit der Schneewittchenzeit beginnt, der Leidenschaft, der Schwangerschaft und Geburt, der unmerklichen Zersetzung der Gefühle in Gewohnheiten, der zweiten Niederkunft und Verhärtung der Gewohnheiten, Pflichten und Rituale. Georgs Affäre mit einer Patientin. Marlies' Wiedereinstieg in den Beruf. Das wachsende Bewußtsein der Überforderung und Unzulänglichkeit. Georgs emotionale Krisen. Marlies' emotionale Krisen. Der Alkohol. Georgs Affäre mit einem Au-pair-Mädchen. Marlies' Auszug aus dem

Haus, der mit einer grandiosen Versöhnung endet, die mit ihrem Einzug in das Haus an Bedeutung verliert. Das Leben geht weiter, aber das ist kein Grund zum Jubilieren.

Eva hört zu und raucht ihre dritte Zigarette. Sagt zwischendurch, daß Kinder ein Glück seien, aber eines, das viel Demut erfordere.

«Meine Kinder lieben mich nicht. Sie haben gelernt, mich mit Georgs Augen zu sehen. Du liebst nicht, was du nicht auch respektierst.« Ein Satz, der mit Schluckauf endet. Ein Leben, das sie um drei Uhr morgens zu Ende erzählt hat, beinahe, denn was soll noch kommen nach der Erkenntnis, daß viele Bemühungen falsch und alle vergeblich waren. Selbstmitleid ist ein vertrautes Gefühl, das sich nun mit Müdigkeit verbindet. Marlies gähnt, und Eva fragt, ob sie bei ihr übernachten wolle. Ein Platz auf der Wohnzimmercouch, ein Kissen und eine Decke, kein perfekt eingerichtetes Gästezimmer wie im Hause Winter. Auf dem Weg zum Badezimmer öffnet Marlies eine Tür zu einem vollkommen leeren Raum mit Parkettboden und einer einsamen Glühbirne. Die Jalousien sind geschlossen. Sie löscht das grelle Licht und schließt leise die Tür.

«Im Schrank findest du eine Zahnbürste!» ruft Eva aus dem Wohnzimmer, und Marlies spült ihr Gesicht mit kaltem Wasser und putzt sich die Zähne, systematisch, wie sie es immer tut, weil sie Angst vor Zahnärzten hat. Ein leeres Zimmer und eine leere Frau mit verweinten Augen vor dem Badezimmerspiegel, das Licht nicht gedämpft wie in ihrem Haus, sondern erbarmungslos hell. Wie gut, daß der Blick bereits verschwommen ist. Es gibt Fragen, aber keine Antworten. Eva bringt ihr ein Nachthemd und legt ihr die Hand auf die Wange, während sie ihr gute Nacht wünscht. Marlies möchte nach dem leeren Zimmer fragen, doch sie wagt es nicht. Es wird keine gute Nacht werden, doch es hat längere gegeben. Wenn Georg den Wagen sieht, sagt Marlies, wird er vor Zorn nicht schlafen können.

«Ein schöner Trost», sagt Eva und nimmt ihre Hand von der Wange.

14. Kapitel

Sophie und Tony bezogen eine gemeinsame Wohnung im Zweiten Bezirk, in einem renovierten Altbau am Mexikoplatz, der dem Klobrillenfabrikanten Poldi gehörte. Eine abgewohnte Gegend mit rissigen Häusern, in denen der Osten haust, wie Sophie es nannte. Poldi kaufte billig Wohnblocks auf und vermietete sie zu Wucherpreisen an Polen, Tschechen, Russen, Georgier, Ostjuden, in der Hauptstadt Gestrandete und Händler aller Arten; es gab nichts, was am Mexikoplatz nicht angeboten wurde, über billigen Ramsch und geschmuggelten Kaviar bis zu gestohlenen Autos und Waffen aus Armeebeständen östlicher Nachbarn. Poldi nannte seine Immobiliengeschäfte im Zweiten Bezirk eine Zukunftsinvestition. Sophie fand ihr neues Umfeld sehr exotisch. Mutter Courage von Poldis Gnaden hatte mir verziehen, den Streit vergessen, und ich half ihr, die Wohnung einzurichten, geschmackvoll, behindertengerecht und auf Poldis Kosten. Tonys Unterleibslähmung war nach Meinung der Ärzte irreversibel. Sophie hingegen würde keinen Kaiserwalzer auf dem Opernball mehr tanzen können. Ihr linkes Bein war verkürzt, und sie zog es ein wenig nach, doch auf sehr geschickte und graziöse Art, und wenn ich sie von hinten sah, erinnerte sie mich ein wenig an Kathleen.

Sophies Narben waren fast verheilt, über die letzten Spuren strich Tony mit zärtlicher Hand, wenn sie vor seinem Rollstuhl kniete und den Kopf in seinen unbeweglichen Schoß legte, vorsichtig, um den künstlichen Harnausgang nicht zu gefährden. Florence Nightingale hatte ihr Studium unterbrochen, um ihren Retter zu lieben, und wer, wenn nicht ich, verstand die Größe und Bedingungslosigkeit dieser Hingabe, denn natürlich hätte ich Fabian auch in partieller Unbeweglichkeit geliebt, so wie ich es über die Entfernung und die entsagungsvollen Zeiten der Trennung tat. Nach unserer schicksalhaften Begegnung war er zweimal nach Wien gekommen, übers Wochenende, weil er hart an seiner Karriere arbeitete, doch er schrieb mir jede Woche Briefe voller kindlicher Zärtlichkeit, die ich mit ebensolchem Gestammel erwiderte und um meine Erlebnisse auf dem Weg zur Fachärztin in Gerichtsmedizin anreicherte.

Meine Eltern, insbesonders mein Vater, waren über diesen Entschluß sehr enttäuscht gewesen, und Magda hatte ein Abendessen lang versucht, mich umzustimmen, während Vater mir nur das Gefühl gab, sein Lebenswerk zu vernichten. Für ihn waren Pathologen Leichenfledderer, und Magda stellte wiederholt die Frage nach der Herkunft meiner nekrophilen Neigungen. Alle Erklärungsversuche waren vergeblich. Vater konnte nicht nachvollziehen, daß mich Krankheiten ekelten. Magda fühlte sich persönlich geschmäht, nachdem man alles für das Kind getan hatte und ihm sozusagen ein warmes Bett, die Praxis, bereithielt, die nun in fremde Hände übergehen würde. Sie sprach es nicht aus, gab mir aber zu verstehen, daß ich an ihren Gallenkoliken Schuld trage, die sie immer wieder befielen, wenn ich zu Besuch war. Ich kam selten, und in ihrem Unglück erkannten sie mein Glück nicht, wußten nichts von Fabian Wagner, dem Ursprung strahlender Augen, gepflegter rotgefärbter Locken und schöner Kleider, die von Sophie nicht mehr gebraucht wurden, und in die ich nunmehr paßte, seit verzehrende Sehnsucht, gnadenloses Lernen für die Einzelprüfungen zum Doktorat mit Appetitlosigkeit einhergingen. Keine lauen Tage im Gänselhäufl mehr, Heurigenbesuche oder Kaffeehausorgien. Wenn ich nicht studierte oder wartete, betreute ich Tony, während Sophie zu ihren Frauenversammlungen ging, wo sie als Märtyrerin gefeiert wurde, schließlich war es nicht jeder vergönnt, lesbische Neigungen und eine akademische Karriere für einen verkrüppelten Neger einzutauschen. «Man kann den Armen doch nicht allein in der Wohnung lassen», sagte Sophie unnachgiebig, und Tony lächelte geduldig, ihr Opfer, ihr Held, der Schlagzeilenmann Wiens, den Poldi unermüdlich an die Kronenzeitung verkaufte, denn Tony hatte zu malen begonnen, naive Bilder in kräftigen Farben, die Poldi in geschickter Kombination mit Heldenepos und doppeltem Minderheitenbonus zu beachtlichen Preisen vermarktete. Tony malte, und Sophie ließ sich von den Fotografen am Rollstuhl ablichten, die Muse des Künstlers, die selbstlose, schöne Geliebte des gehbehinderten schwarzen Mitbürgers. Sie waren DAS Paar der Saison, und Sophie liebte ihre Rolle mehr als Tony, aber dies hätte sie nicht einmal unter Hypnose zugegeben. Poldi zog die finanziellen Fäden, und Tony war glücklich, von Sophie gepflegt und verwöhnt zu werden, seine Bilder zu malen und von der Außenwelt verschont zu werden, die sich ihm durch die Panoramascheibe präsentierte, der Mexikoplatz mit seinen tristen Fassaden und armseligen Geschäften, den Überlebenskünstlern der minimalen Gewinnspannen, den kleinen und großen Gaunern und dem levantinischen Geräuschpegel, der bei geöffneten Fenstern zu hören war. Tony war kein Typ, der mit dem Schicksal haderte, sondern einer, der sich ihm gelassen, beinahe phlegmatisch ergab. Er wurde geliebt und verdiente viel Geld. Dafür, sagte Tony, müsse man in irgendeiner Weise bezahlen. Auch wenn er unten nichts mehr spüre, würde der Rest von ihm Sophie auf das Trefflichste verwöhnen. Ich fragte nicht nach Details, aber ich hoffte sehr, daß Poldi nicht zuschauen durfte.

Auf meinen Brief über das Traumpaar von Wien antwortete mir Rosa, daß Sophie ihren Retter nach angemessener Zeit verlassen würde, um einen netten, normalen und reichen Mann zu heiraten, denn dies sei das Ziel aller vernünftigen und minderbegabten Frauen. Im übrigen sei sie der Meinung, daß Baader, Ensslin und Raspe von faschistischen Kräften ermordet worden seien. Heather hatte Rosa inzwischen dahingehend bekehrt, daß man kapitalistisch leben, aber revolutionär denken müsse. Rosa als Dreigestalt und Wiederauferstehung von Kathleen und Serena: Ich dachte, daß Heather eine gebrechliche Teufelin war, und ich wünschte mir sehr, die beiden wiederzusehen, doch wie konnte ich planen, Wien zu verlassen, wenn Fabian seine Besuche nur kurzfristig anmeldete. Zur Feier der Verleihung meiner Doktorwürde wollte er nach Wien kommen, er hatte seinen Doktor bereits in der Tasche, aber bislang keine Einladung nach München ausgesprochen. Seine Stadt war tabu, wir waren ein Wiener Liebespaar, und aus Angst und Weisheit sparte ich das Thema aus, ersparte ihm meine Freunde, Sophie und Tony, Elly und Ludwig, der sich mit Tony angefreundet hatte und in der Wohnung am Mexikoplatz Speisen und Getränke schnorrte, vorzugsweise russischen Kaviar, den Sophie von einem Polen kaufte, und Wodka, den die beiden Künstler tranken, und wenn Ludwig sehr betrunken war, dann haderte er mit seinem Schicksal, nicht gerade dort gestanden zu haben, wo Sophie zur Erde schwebte. «Dann wärst du aber immer noch kein Neger», pflegte Tony ihm zu antworten: «Und außerdem bist du kein Naiver.»

Ludwig versuchte vergeblich, mich zu gelegentlichem Geschlechtsverkehr zu bewegen. Ich war treu und nahm selbstverständlich an, daß auch Fabian es sei, in München, in der Oase meiner Wüsten, aus der Briefe einschwebten, die an mein Herz rührten. «Du erzählst keine Geschichten mehr», sagte Sophie, und ich erwiderte, daß es nur EINE Geschichte gäbe, und erzählen könne ich sie nicht, nur leben. Sophie verstand mich, nur Elly blieb skeptisch und meinte, daß mein Wahn in dieser Form nicht ewig dauern könnte.

Sie hatte recht. Nachdem sie mir die Doktorwürde verliehen hatten und meine Eltern bei einem verschwenderischen Essen in den «Drei Husaren» meinen Berufswunsch kritisiert hatten und wieder ins Kaff gereist waren, kam Fabian in die Stadt. Nicht mehr mit dem Zug, sondern mit einem gebrauchten Porsche-Cabrio, von Liliane finanziert, aus dem Verkauf von Erbstücken, wie ich annahm, aber nicht zur Sprache brachte. Dr. Fabian Wagner war in Wien, und die Zeit stand still, während wir durch die Vorstädte brausten, in den Wienerwald, nach Pötzleinsdorf und Heiligenstadt, während Heinz Conrad, Magdas Lieblingswiener, im Radio «Autofahrer unterwegs» raunzend moderierte, meine Haare im Wind flogen, und Fabian seine rechte Hand auf meinen Schoß legte und mit mir spielte, bis ich zu stöhnen begann, und er den Wagen auf einen Waldweg lenkte, parkte, den Sitz nach hinten verstellte, und wir uns beengt und weit weg fliegend liebten auf dem schwarzen Ledersitz, der kühl meinen heißen Körper auffing und zurückwarf, und in seinen Augen sah ich mich, bevor ich zu schreien begann und er mir den Mund verschloß.

«Ich habe Hirsche röhren hören», sagte ich, als wir im Gras saßen und den warmen Champagner aus der Flasche tranken.

«Das war ich. Du machst mich verrückt. Ich muß schwierige Schriftsätze bearbeiten und denke an dich. Ich schlafe mit Laura und denke an dich. So geht es nicht weiter.»

Ein Erdbeben. Vulkanausbruch. Sonnenfinsternis. Dennoch zwitscherten die Vögel, und auf der Flasche, die ich abgesetzt hatte, saß eine Biene, die vor meinen Mordgelüsten davonflog. Aus weiter Ferne war das Gelächter eines Kindes zu hören, es klang schrecklich. Irgendein Idiot hatte mir ein Messer ins Herz gerammt, und es tat weh. Er sah mich an, abwartend, abwägend. Ich mußte etwas Kluges sagen. «Wer ist Laura?»

«Meine Verlobte. Die Tochter einer Freundin meiner Mutter. Wir kennen uns schon seit der Kindheit, und letzte Weihnachten war die Verlobung. Laura ist Anwältin.»

Fabian spielte mit einem Grashalm und hatte die Chuzpe, mir in die Augen zu sehen. Er sah auf eine widerwärtige Art unschuldig aus, beinahe ungerührt, und ich trank den ekelhaften Champagner, bevor ich zum Gegenschlag ausholte. «Es ist nicht so schlimm, weißt du. Ich habe Ludwig auch schon seit längerer Zeit. Als Liebhaber ist er nicht ganz so begabt wie du, aber er hat andere Qualitäten. Ludwig ist ein sehr erfolgreicher Maler.»

«Soso», erwiderte Fabian und biß in seinen Grashalm. Er sah nicht mehr so verdammt ungerührt aus. Und er wußte nicht, wie es weitergehen sollte. Sprach von einer «anständigen Lösung», die mich nicht im mindesten interessierte, was hat Anstand mit Liebe zu tun? Irgendwann merkte er, daß ich ihm nicht mehr zuhörte. Dann schwieg er.

> *«Er war mein Nord, mein Süd,*
> *mein Ost und West,*
> *meine Arbeitswoche*
> *und mein Sonntagsfest,*
> *mein Gespräch, mein Lied,*
> *mein Tag, meine Nacht,*
> *ich dachte, Liebe währet ewig:*
> *Falsch gedacht.»*

Ich zitierte Auden, weil mir kein besserer Begräbnis-Blues einfiel, und Dr. Fabian Wagner fragte mich, ob ich ihn oder Ludwig damit gemeint habe.

Es war die falsche Frage, jeder Satz tat jetzt weh, auch die klebrige Feuchtigkeit zwischen meinen Beinen war scheußlich, und ich dachte, daß die Reihenfolge Sex und Geständnis eine Demütigung war, die an Vergewaltigung grenzte. Also goß ich den restlichen Champagner über seine Hose und stand auf. Auch wenn ich nicht wußte, wo ich war und wer ich war, würde ich einen Waldweg nehmen und nicht sein Auto.

Fabian hielt mich an einem Bein fest. «Bleib hier. Mein Leben hat nicht mit dir begonnen, Eva. Es gibt Verpflichtungen und … ach verflucht, sei nicht so spießig. Und sieh mich nicht an wie eine Richterin über mein Leben. Wir kennen uns doch kaum …»

Ein mieses Plädoyer, dachte ich. Und daß perfekte Liebe damit zu tun haben mußte, jemanden NICHT zu kennen.

«Schließlich hast du deinen Ludwig.»

«Laß meinen Fuß los. Das war gelogen. Ich habe nicht mehr mit ihm geschlafen, seit WIR uns kennen. Findest du das spießig?»

Dr. Fabian Wagner zog seine Hand zurück. Ehrlich währt am längsten: Vermutlich hatte nicht nur Magda, sondern auch Liliane diesen Spruch gepredigt, und er war darauf hereingefallen. Man durfte Müttern nichts glauben und Männern auch nicht und niemals die Wahrheit über die Liebe fordern. Fabian sah zu mir hoch. «Es wird dir leid tun, wenn du jetzt gehst.»

«Aber sicher.» Es war eine unzulängliche Antwort, doch ich ging trotzdem. In den Wald. Keine röhrenden Hirsche mehr, und das Gezwitscher der Vögel schallte aufdringlich. Es roch nach Moder und verbranntem Reisig, und irgendwann kam ich an eine Straße, die von glücklichen Familien in spießigen Autos zu Ausflugszwecken befahren wurde. Ein Pärchen nahm mich mit, sie sahen aus, als hätten sie sich im Wald geliebt, und ich weinte am Rücksitz und erklärte auf Nachfrage, daß ich meinen Mann verloren habe. Sie dachten an einen Tod, und ich widersprach nicht.

Das Diesseits war der eigentliche Trauerfall. Sophie, bei der ich mich für die nächsten Tage einquartierte, riet mir, einen Mann zu suchen, der nicht weglaufen konnte. Tony malte mich in orangeroten Farben, weil ich mich in meinen erstarrten Posen als Modell eignete. Man müsse sich jemanden suchen, der unterlegen sei, sagte Tony. Sich unterlegen Fühlende würden mehr fühlen, mehr Sicherheit geben. Elly gab an der Bar des «Orient» viele Bloody Marys aus. Sie war beunruhigt, weil sie meinte, daß Mowgli Anzeichen von Depressionen zeige. Zu wenig Licht, meinte Elly, und daß Schlangen mehr davon bräuchten als Menschen. Sie bot mir keinen Trost an, wofür ich dankbar war, während Ludwig die Auffassung vertrat, daß Sex und Alkohol heilende Wirkung versprachen, und ich gab allen meinen Freunden recht und lebte weiter. Ich trank Tonys Wodka und schlief mit Ludwig, zerriß Fabians Briefe und ließ mich von Sophie bemuttern, die eine Lehre als Krankengymnastin begonnen hatte. Einen Teil meiner schlaflosen Nächte verbrachte ich mit Elly an der Bar des «Orient». Sie spürte, daß ich für Gegenwart und Zukunft wenig empfänglich war und erzählte mir Geschichten aus ihrer Vergangenheit, aus einer Kindheit in einem mittelprächtigen Zirkus, wo ihre Eltern als Trapezkünstler auftraten. Die «Großen

Fandinis» waren ein kleingewachsenes und äußerst streitbares Paar, das seine lautstarken Auseinandersetzungen nur während der Auftritte aussetzte. Als sie alt genug war, um zu begreifen, sagte Elly, habe sie unter den Streitigkeiten ihrer Eltern sehr gelitten, und bei jeder Vorstellung habe sie erwartet, daß ihr Vater seine Drohung wahrmache und ihre Mutter nach dem Salto NICHT auffangen würde. Michelle Fandini, die nebenbei als Wahrsagerin fungierte, habe wiederum ihrem Mann einen frühen und schrecklichen Tod prophezeit. Alle Auseinandersetzungen seien mit tödlicher Verbissenheit geführt worden, sagte Elly und trank ihren roten Lebenssaft. «Sehr viel später verstand ich, daß es ihre Art von Liebe war und daß in diesem Wahnsinn Kinder keinen Platz hatten. Sie waren auch bitter enttäuscht, daß sie mich nicht in ihre Nummer aufnehmen konnten. Ich hatte Höhenangst. Jedesmal, wenn sie mich nach oben zwangen, machte ich mir in die Hose vor Angst, buchstäblich, und schließlich gaben sie auf. Ich besuchte eine Reihe von Schulen und lernte immerhin Lesen und Schreiben und ein paar Sprachen, von denen ich keine richtig beherrsche. Sie setzten mich als Platzanweiserin ein, und der Sohn des Zirkusdirektors entjungferte mich hinter dem Löwenkäfig. Ein unvergeßliches Geruchserlebnis, und meine Mutter bezahlte die Abtreibung, nicht ohne mich unflätigst zu beschimpfen. Allerdings hatte sie die Größe, es meinem Vater zu verschweigen, der gelegentlich zuschlug, wenn ihm die Worte fehlten. Sie riet mir dringend, einen ordentlichen Beruf zu lernen, eine Nummer mit Tanz oder Tieren … und da ich nichts Brüllendes ertragen konnte, wählte ich eine Schlange und brachte uns beiden eine Art Tanz bei. Mowgli ist mein dritter Partner, irgendwann ging der Zirkus pleite, ich wechselte zu einem anderen und blieb vor ein paar Jahren in Wien hängen, wo ich mir einen Job in einem Nachtclub suchte und die Nummer ein wenig erotischer aufzog. Konkret gesagt: Ich tanze nackt, aber es macht mir nichts aus, weil ich in dem Schweinwerferlicht die Leute im Dunkeln nicht sehe, ich höre nur Geflüster, Lachen oder Applaus. «

Elly streichelte über ihre Hüften: «Mein Körper ist perfekt. Noch. Wenn mich das Tanzen nicht mehr ernährt, werde ich Mowgli trainieren, mich zu erwürgen. Ich bin der Meinung, daß man sich seine Todesart aussuchen sollte.»

Perfekt. Der Körper und der Abgang. Ich war Elly dankbar für ihr Vertrauen und versprach ihr, sie zu obduzieren, wenn es soweit wäre, eine völlig unsinnige Zusage, wie wir beide wußten. Elly wollte ihren Körper der Anatomie hinterlassen, und die Vorstellung, daß ich ihn auseinandernähme, fand sie sehr beruhigend. Ludwig hatte den Auftrag, Mowgli nach Ellys Tod im Wienerwald auszusetzen. Er war ihr Alleinerbe, ein pompöses Wort, meinte Elly, da sie über wenig Besitztümer verfüge. Sie fragte mich, warum ich IHM nicht den Ring vor die Füße geworfen hätte? Ich hatte nicht daran gedacht und mir erst hinterher grandiose Szenen und große Worte ausgemalt. Die letzte Viertelstunde, ich durchlebte sie in Hunderten von Versionen, und keine war gut genug, meine Verletzungen zu heilen. Und mich quälte der Gedanke, was in Fabians Briefen stehen mochte, die ich zerrissen hatte. Nur ein Teil von mir sei anwesend, sagte Elly, und sie hatte recht. Alles war ein bißchen gläsern, durchsichtig fast, Worte klangen wie Echos, und Ludwigs Berührungen waren von eisiger Wärme. Rosa schrieb, daß Heather einen zweiten Schlaganfall erlitten und als letze Warnung kommentiert habe.

15. Kapitel

Heather starb am 26. August 1979, einen Tag, bevor die IRA Lord Mountbatten auf seiner Yacht explodieren ließ. Margret Thatcher wurde Premierministerin. Herbert Marcuse verließ die Welt seiner Kritischen Theorie, und Diktator Somoza wurde von Nicaragua ins Exil nach Miami geschickt.

Ich flog zum Begräbnis nach London, wo Rosa mich abholte und in das Haus brachte, in dem Heather sich aufs Sterben vorbereitet hatte. Rosa trug Schwarz und weinte, auch auf dem Friedhof, wo wir mit einem sehr gebückten Alfred, dem ehemaligen Butler und Zuhälter, sowie einem Laienpriester und den Sargträgern im Nieselregen alleine waren. Heather wurde neben Kathleen und Serena bestattet, und wir standen stoisch vor dem Erdloch, in das sie den Sarg senkten, und warfen Heathers Hülle hundert Lilien hinterher, weil sie es so angeordnet hatte. Es war ihr Ziel gewesen, hundert Jahre alt zu werden, und sie hatte es nicht ganz geschafft.

Die Männer in den schlechtsitzenden dunklen Anzügen füllten das Loch mit nasser Erde, bis ein kleiner, schlammiger Hügel entstand, den wir wiederum mit Lilien bedeckten. Keine Rede an ihrem Grab, in ihren letzten klaren Stunden hatte Heather exakte Anweisungen gegeben. Nur ihr Name sollte auf einem schlichten Kreuz stehen, keine Jahreszahlen und verdammt noch mal kein monströser Grabstein nach Rosas Geschmack.

Rosa weinte, und ich erinnerte mich an einen Sommer vor vielen Jahren, einen Jungfrauenschänder und ein Schmuddelbett mit blutigem Laken. Ein Haus wie aus einem Märchen. Alfred, damals noch greisenhaft jung, der Lilys duftende Schalen ins Speisezimmer trug. Die Viererbande an dem großen Eßtisch. Die Geheimnisse und das Flüstern am Telefon. Lily, die zurück nach China ging, und Kathleen und Serena, die das Haus in Zinksärgen verließen. Rosa, die mit mir Whisky trank und mich in die Überlebensstrategien der Erwachsenen einweihte ...

Rosa war dick geworden, beinahe unförmig, so daß ich sie am Flughafen nicht erkannte hätte, wenn sie nicht auf mich zugekommen wäre. Sie bewegte sich schwerfällig und schnaufte beim Gehen, doch die Veränderung war nur äußerlich, und als sie mit dem Weinen aufhörte, erzählte sie mir, daß sie einen neuen Kundenstamm aufgebaut habe, der sexuell zu molligen Frauen tendiere. Sie erzählte sehr viel, Rosa, die Gütige, beim chinesischen Essen in Soho und später in dem Haus in Bromley mit seinem lächerlichen Vorgarten und dem weißgestrichenen Zaun. Sie trank Bier aus vielen Dosen und leerte eine Schale mit Nüssen und sprach von Heathers Leiden und den Freuden mit Männern, sie weinte und lachte und nannte mich «meine Kleine», wobei sie mich an den mächtigen Busen drückte. Ein Segen, daß Heather sanft entschlafen war. Allerdings sei ihr letztes Wort «fuck» gewesen, nicht unbedingt eine hoffnungsvolle verbale Passage in den Himmel. Auch in überirdischen Dingen neigte Rosa zu Sentimentalität. Wir sprachen eine Weile darüber, wen oder was Heather mit ihrem letzten Wort gemeint haben könnte. Ich kam zu dem Schluß, daß es das Leben war.

Heather hatte ein handschriftliches Testament hinterlassen, das Rosa mir um Mitternacht präsentierte. Sie und ich, wir sollten uns das Erbe teilen, schrieb Heather, und daß es nicht mehr so großartig sei, um viele Worte darüber zu verlieren. «Mit Haus und allem rund hundertfünfzigtausend Pfund für jeden», sagte Rosa und sah mich aus schlauen, fettgepolsterten Augen abschätzend an.

«Möchtest du eine genaue Aufstellung?»

Ich sagte, daß sie alles alleine abwickeln und mir den Betrag überweisen könne. Und daß ich nur ein paar Bücher wolle und ein Foto von Heather. Magda, die mich bereits als Millionenerbin sah, hätte meine Reaktion nicht verstanden. Rosa fand sie wundervoll und drückte mich liebevoller als je zuvor. Ich ahnte, daß sie mich ein wenig betrügen würde, und es kümmerte mich nicht, schließlich war ich nur eine Viertelerbin, so hatte Heather es in jenem Sommer bestimmt, und Rosa war auch vom Umfang her gut für drei, so daß sie Kathleens und Serenas Anteil verdiente.

Rosa ging nicht mehr, sie watschelte, und in dem mit Möbeln zugestellten Haus war jeder ihrer Wege ein Ausweichmanöver, das sie mit blauen Flecken bezahlte. Da war ein Mißverhältnis zwischen ihrem Körper und der Selbstdarstellung als kindliche Verführerin, doch in den beiden Tagen, in denen ich bei ihr war, konnte ich immer noch Rosa erkennen, liebenswürdig, gutmütig und sehr lebensklug hinter der schlichten Fassade. Wir trauerten um Heather und Kathleen und Serena, indem wir über sie sprachen und uns an Momente des Lachens und der Lächerlichkeit erinnerten. Rosa weinte erst wieder, als sie mich zum Flughafen begleitete, und sie versprach, mich in Wien zu besuchen, sobald die finanziellen Angelegenheiten geregelt seien. Gierige, gütige Rosa: Zum Abschied drückte sie mir ein Bild in die Hand, das Heather in ihrem Thronsessel zeigte, in voller Pracht und im Bewußtsein ihrer Stärke, dem Leben den Mittelfinger entgegenzustrecken, auch zu guter Letzt.

An Rosas kleinem Finger funkelte Heathers Diamantring, als sie mir noch einmal zuwinkte. Meine Rubine sahen sehr bescheiden dagegen aus, angemessen immerhin der Bedeutung, die ihr Spender mir zugebilligt hatte. Wie immer, wenn ich fremdes Terrain betrat, ein Flugzeug, einen Zug oder ein Restaurant, wappnete ich mich innerlich für eine überraschende Begegnung mit Dr. Fabian Wagner. Doch meine Furcht oder Hoffnung war nie erfüllt worden.

Leichen in allen Erscheinungsformen, Leichen in Teilen oder auf Glasplättchen zur histologischen Untersuchung gepreßt, waren mein Wiener Brot in der Sklavenzeit der Facharztausbildung. Wenn man sich erst an den alles durchdringenden Geruch des Todes gewöhnt hatte, war die Pathologie ein weit angenehmerer Ort als das Allgemeine Krankenhaus. Es war still und beschaulich. Kühl. Die Lebenden gingen sorgfältig mit den Toten um, denn es gab ihrer nicht allzu viele. Meine erste selbständige Sektion war eine alte Frau mit akuter Pankreatitis, die mich fast zur Verzweiflung brachte, weil sie von einer schönen Wiener Leich' weit entfernt war. Als ich sie aufschnitt, hatte der Zerfall der Bauchspeicheldrüse mit Nekrosen ihren Bauch in eine rotbraune Matsche verwandelt, so daß einzelne Organe kaum noch zu erkennen waren. «A Sauerei», wie der Pathologe kommentierte, der während der Sektionen

Pfefferminzbonbons lutschte und mich dabei beobachtete, wie ich in dem Gewebsbrei nach der Leber suchte und anhand der abnormen Fettanreicherung in der Leber sowie der Fettgewebsnekrosen und dem vom Pathologen gesummten Lied «Es wird a Wein sein, doch mir wern nimmer sein» zu dem Befund kam, daß die Frau vermutlich infolge von Alkoholabusus an akuter Erkrankung der Bauchspeicheldrüse verstorben war. Wir feierten meine erste Sektion beim Heurigen, wo der Pathologe mir riet, Gerichtsmedizinerin zu werden, weil dies seiner Meinung nach die interessantere Variante des Berufs sei. «Sie kriegen jede Menge Leichen und können auch noch a bisserl Detektiv spielen. Wenigstens am End' sollt' man wissen, wie einen das Leben umgebracht hat. Sie haben doch a Faible für die Wahrheit, Dr. Röhm, lieg' ich do richtig?»

«Nicht immer», erwiderte ich, doch ein paar Dutzend Sektionen später begann ich ihn zu verstehen. Die Ereignisse des Sterbens und die Umstände des Todes waren die letzten, zumindest konkreten Geheimnisse menschlicher Existenz – und ich lernte, sie zu entschlüsseln. Organe begannen langsam zu mir zu sprechen. Skelette, die unverwüstlichsten Zeugen des Lebens, flüsterten Wahrheit. Fragmente nur, winzige Teilchen des Menschen gaben Auskunft über die Ursachen seines Todes. Ich überwand die Skrupel, den ersten Schnitt zu machen an Körpern, die frisch und warm erschienen, wie Schlafende, deren Ruhe man nicht stören sollte. Und ich empfand keinen Ekel vor Brandopfern, Wasserleichen oder Körpern, die durch Verwesung – die Freisetzung von Gas in Blutgefäßen und Geweben – auf das Doppelte anschwollen. Vieles am Leben fand ich unnatürlich, jedoch nicht, daß Kohlenstoff als Element des Lebens und des Todes Prozesse in Gang setzt wie die Verfärbung der Haut, ihre Auflösung, oder das Hervorquellen von Organen aus unteren Körperöffnungen durch Ansammlung von Gasen. Ich gewöhnte mich an die absonderlichsten Gerüche und an Kollegen, die Obduktionen nur mit Hilfe schräger Witze überstehen konnten. Wenn ich an einer Leiche stand, war ich voller Neugierde und ohne

Trauer. Ich dachte nicht an Fabian. Ich dachte daran, nichts zu übersehen oder zu vergessen. Erst wenn zugenäht wurde, kehrte ich in die Welt zurück, zufrieden oder manchmal auch enttäuscht.

«Eine Leiche ohne Todesursach' ist wie ein Heuriger ohne Wein», war der Standardspruch unseres Professors, der an mir unter anderem schätzte, daß ich nach einer Sektion ein Beuschl essen konnte, eine Art Gulasch aus Innereien. Er war ein angenehmer Mann, weit entfernt von jeder Herzlichkeit, aber auch jener schneidenden Arroganz, die ich während meines Studiums erfahren hatte. Er war ein wenig seltsam, der Professor, jeder wußte von seiner privaten Fötensammlung, derentwegen ihn seine Frau verlassen hatte, und von dem separaten Sezierzimmer neben seinem Büro im anatomischen Institut. Darüber hinaus interessierte er sich für forensische Anthropologie. Seine Assistenten behaupteten, daß er am liebsten alle Leichen am Zentralfriedhof ausgegraben und untersucht hätte. Er war Jude und er war Knochenfreak, er verabscheute Krematorien, eine in Wien lange Zeit umstrittene Einrichtung, deren Dienste lediglich sechzehn Prozent der Bevölkerung in Anspruch nahmen. «Totenfabriken» nannte er sie, und keiner seiner Studenten entging seiner Beschreibung einer Feuerbestattung: «Man schiebt die Leichen in Pappendeckelsärgen in den Ofen, meine Damen und Herren, wo in der Mitte eine Rinne verläuft, die die Überreste auffängt und vernichtet. Geheizt wird mit Erdgas, im Gegensatz zu anderen Zeiten und Orten eine ungiftige Variante, die bei fast tausend Grad allerdings auch ihre Wirkung zeigt. Der Mensch verkohlt, bevor er verbrennt – und bei den Dicken geht's schneller als bei den zähen Dünnen. Die Knochen werden erst schwarz, und erst dann, wenn die Organe verkokelt sind, immer heller bis weiß. Von mir, meine Damen und Herren, würden schätzungsweise drei Kilo Asche beziehungsweise Knochenfragmente übrigbleiben. Wenn die Leich' in kalzinierter Form aus dem Ofen kommt, sind meist noch Schädel und Becken erhalten. Da ließe sich noch was machen, zumindest das Geschlecht oder Alter bestimmen. Aber DANN (mit erhobener Stimme) wird das auch noch in einem extra Metallkasten entsorgt, wo ein Eisenmagnet die künstlichen Teile – Zähne, Hüftprothesen etc. aussortiert, bevor die Knochen zerstoßen und zermahlt werden. Spätestens dann, ihr Lebenden, reden wir von Asche zu Asche, und aus der Kremationsschlacke am Ofenboden läßt sich nichts mehr weissagen, dann haben wir nur noch das künstliche Gepäck der Leiche: Zähne, Katheter, Metallclips aus Operationen ... dann suchen Sie mit dem Mikroskop nach Nadeln im Heuhafen ... und ICH FRAGE SIE, WOLLEN SIE WIRKLICH IN EINE DIESER SCHEUSSLICHEN VASEN KOMMEN UND DORT IHRE EWIGKEIT VERBRINGEN? Der Professor schloß seine Ausführungen zur Feuerbestattung mit der Bemerkung, daß die Wiener – zumindest in ihrer Bestattungskultur – doch ein recht vernünftiges Volk seien.

Der Verkauf von Tonys Bildern hatten die Millionen-Schilling-Grenze überschritten dank Poldis Taktik der künstlichen Verknappung. Denn Tony malte ein Bild pro Woche, er konnte den Pinsel nicht aus der Hand legen und produzierte naiven afrikanischen Alltag, für den es nur einen begrenzten Markt gab. Der Maler litt an Muskelschwäche, was Sophie durch tägliche Massagen zu bessern versuchte. Das Wiener Traumpaar hatte durch die Legalisierung seiner Beziehung noch einmal Schlagzeilen gemacht, doch Poldi fürchtete das kurze Gedächtnis der Journaille und überredete Sophie, eine Gesellschaft zur Förderung multikultureller Beziehungen zu gründen, zum Zwecke des Artenschutzes, wie Poldi scherzhaft bemerkte, aber im Grunde ging es um nichts anderes als Schlagzeilen und Verkaufszahlen. Sophie hätte lieber einen Lobbyistenverein für gehbehinderte Menschen aufgebaut, was nach Diskussionen um Pressevermarktung und optische Darstellung verworfen wurde. Also sammelte Sophie die kleine Schar von dunkelhäutigen und in Wien befindlichen Menschen um sich, die den Vorteil hatten, bei wohltätigen Veranstaltungen durch Musik und Tanz zu glänzen und sehr exotisch zu sein, etwas, das die Wiener mochten, so lange es sich um gesellschaftsfähige Minderheiten handelte. Poldi unterstützte Sophies Verein finanziell, doch sexuell nicht immer uneigennützig, und auch die Presse spielte eifrig mit. Das Konstrukt hatte nur einen Nachteil: Tony fand Gefallen daran, seine Wurzeln wiederzufinden, mit Leuten aus seiner Heimat umzugehen und seine Sprache zu sprechen. «Er wird so ... afrikanisch», klagte Sophie und verwies auf den Umstand, daß die gemeinsame Wohnung beinahe täglich und oft bis nach Mitternacht von Tonys neugewonnen Freunden okkupiert werde, die sich in multikultureller Selbstverständlichkeit aus Bar und Eisschrank bedienten und ihren erfolgreichen Bruder hochleben ließen, so lange, bis absolut nichts mehr zu trinken im Haus war. Und nicht selten käme es vor, daß die eine oder der andere im Wohnzimmer übernachtete, schließlich seien ja nicht nur Akademiker und Künstler darunter, sondern auch Zeitungs- und Rosenverkäufer, Straßenhändler und Prostituierte, politische Flüchtlinge, Legale und Illegale, die sich in Wien irgendwie durchschlugen und für einen warmen Platz empfänglich waren. Im Gegensatz zu Sophie war Tony nicht der Auffassung, daß Künstler Stille und Konzentration brauchten, er malte in Gesellschaft und bei Musik, und nichts schien ihn aufzuregen, auch nicht Sophies Szenen, die steigerungsfähig waren. «Er braucht mich nur noch für die Massagen», sagte Sophie und fühlte sich an einen Platz gedrängt, den sie haßte: in den Hintergrund. War noch niemandem aufgefallen, daß Tonys Demut und Bescheidenheit nichts anderes war als Egoismus in seiner afrikanischen Variante? Sophie beschwerte sich bitter bei ihren Freunden und ging so weit, sich mit Poldi anzulegen, weil einer Schuld haben mußte, und mit Tony ließ es sich nicht streiten, er malte einfach weiter und lächelte geduldig, und seine Fans nahmen Sophie nicht ernst, auch nicht, wenn sie ihnen die Tür wies. «Sie verstehen dich nicht», sagte Tony dann, und sie blieben. Die Frauen okkupierten Sophies Küche, wo sie stundenlang schmorten und garten und brieten und dabei sangen oder redeten und lachten. Die Männer saßen im Wohnzimmer, machten Musik, erzählten Geschichten, aßen und tranken, tanzten und schliefen. Ich fand das sehr angenehm, wenn ich zu Besuch war, vielleicht, weil ich die Sprache nicht verstand, wohl aber die Atmosphäre schwereloser Heiterkeit, die ihren eigenen unverständlichen Rhythmus hatte und keinen Anspruch auf Zeit oder Ziel. Und ich mochte das westafrikanische Essen, das aus Sophies Küche kam, üppig und scharf gewürzt, in riesigen Schüsseln, die dampften und dufteten, und es war immer genug für alle da, und der Mann an der Trommel spielte Sehnsucht und Vergessenheit. Im Seziersaal und in Tonys Wohnung war Fabian Wagner in weitester Ferne, und nur wenn ich an Orte kam, die wir gemeinsam besucht hatten, spürte ich ihn noch. Der Weltschmerz war auf Wiener Impressionen geschrumpft, eine Größe, die auszuhalten war. Fabian in dunkelblauer Weste und grüner Krawatte im «Kleinen Café» gegenüber der Franziskanerkirche: Wir tranken Einspänner, und er sagte mir, daß die Croissants nicht in Frankreich, sondern in Österreich erfunden worden seien. Und daß man im England des 19. Jahrhundert erfolglose Selbstmörder henkte. Fabian wußte, daß der Penis des Elefanten im Durchschnitt dreißig Kilo wiegt und Harvey Kennedy die Schnürsenkel erfand. Er fand unnützes Wissen komisch, und ich liebte es, mit ihm zu lachen. Wiener Griesgrämigkeit schmolz vor seiner guten Laune, und selbst die Garderobenfrau im Burgtheater schenkte ihm ein Lächeln. Alle Frauen Wiens beneideten mich um seine Liebe. Die Art, wie er meine Fingerspitzen küßte oder mit Blumenverkäuferinnen um den Preis für eine Rose feilschte. Luftballons, die wir im Prater aufsteigen ließen. Die weinseligen Gespräche im kleinen Laden der Frau Krögler in der Teinfaltstraße, wo man sich bei Schilcher oder Riesling festtrinken konnte, bis es draußen dunkel wurde, bis die Nächte mit Fabian begannen, die sich aus endlosen Sekunden zusammensetzten. Er war wie ich, wir waren eins. So nah, wie Menschen einander kommen können. Doch es gab immer auch den Morgen. Die Abreise.

Und es gab Laura, die ich mit dem Fluch belegt hatte, wie ich die Wahrheit über die Liebe erfahren zu müssen.

Ludwig war immer noch willens, meine schlaflosen Stunden auszufüllen, auch wenn er eine Affäre mit einem deutschen Fräulein begonnen hatte, das in Wien Musik studierte. Ludwig nannte sie tatsächlich «Fräulein Elsa» und brachte sie eines Abends in Sophies Wohnung, wo sie verzückt den Trommeln und Gesängen lauschte. Sie war ein unscheinbares und schüchternes Wesen, doch sie betete Ludwig an, hielt ihn für das größte Talent seit Klimt und besaß einen millionenschweren Vater am Tegernsee. Die Voraussetzungen für eine große Liebe waren gegeben, und Ludwig entschuldigte sich augenzwinkernd, als er mich zum Abschied auf beide Wangen küßte.

Sophie war empört über Ludwigs Verhalten und mein Verständnis dafür, daß Ludwig sich ein weiches, warmes Bett suchte, die Flucht aus den existentiellen Sorgen, die seiner Kunst die Zeit stahlen. Sophie fand Ludwigs Elsa gewöhnlich, ein Wort, das in ihrem Verständnis einem Todesurteil gleichkam. Sie war auch ein wenig betrunken, Whisky machte sie aggressiv und führte oft zu unerfreulichen Szenen. Sophies Wechsel ins tragische Fach hatte sich langsam vollzogen, und war mir, die ich in meinem Schmerz watete, nicht aufgefallen. Heldinnen brauchen Anbetung, und eben dies wurde ihr nicht mehr im ausreichenden Maße gewährt. Ludwigs gewöhnliches Glück kam einem Verrat gleich, ebenso wie meine Weigerung, ihre Sicht der Dinge in bezug auf Tonys Gastfreundschaft zu teilen. In ihrem schwarzgoldenen Kaftan, dem äußerlichen Zugeständnis an multikulturelle Gepflogenheiten, saß sie da wie eine zürnende Rachegöttin. «Ohne mich», sagte Sophie mit Blick auf den Maler, «wäre er immer noch einer von Poldis Lustknaben.» Aber noch ganz, erwiderte ich, und Sophie zischte, daß es um den heterosexuellen Schwanz nicht schade wäre. Ihr Frauengruppenjargon, sie neigte in ihren bösartigen Stimmungen zu obszönem Sprachgebrauch. Ich ahnte seit langem, daß Sophies Charakter den Anforderungen, die sie an sich selbst stellte, nicht entsprechen konnte. Wenn das Leben nicht herrlich war, so war das nicht ihre Schuld.

Die Frauen hatten das Essen abgetragen und sangen in der Küche, während sie auf eine Art sauber machten, die Sophie als «abartig» bezeichnete. Die «Gesellschaft für multikulturelle Beziehungen» existierte nur noch auf dem Papier und in Tonys Wohnung. Sie leide an Schlaflosigkeit, sagte Sophie, weil der Lärm bis weit nach Mitternacht dauere. Und morgens, wenn sie ins Bad käme, würde sie dort schwarze Haare im Becken vorfinden, krause schwarze Haare, und das fände sie ekelhaft. Nichts gegen Ausländer, aber doch nicht im eigenen Badezimmer. Und Tony sei nicht nur gelähmt, sondern auch blind und taub für ihre Klagen. «Er hätte mich besser nicht aufgefangen, dieser Idiot. Und ich hätte das Studium nicht aufgeben dürfen. Und du glaubst nicht, welchen Streß ich in der Frauengruppe habe. Eine kapitalistische Rassistin haben sie mich genannt, nur weil ich Claire, die sich nicht nur in meiner Wohnung, sondern auch in der Gruppe eingenistet hat, vorgehalten habe, daß es okay ist, wenn sie das Huhn aus meiner Tiefkühltruhe nehmen, aber NICHT den Hummer, den ich zu Tonys Geburtstag besorgt habe. Diese dummen Weiber finden Claire umwerfend, weil sie ihnen über Klitorisbeschneidung und die Unterdrückung der afrikanischen Frau erzählt, nun haben sie endlich ein neues Schlachtfeld gefunden, nachdem der österreichische Feminismus ein wenig fad wurde. Also sind Claire und der Hummer okay, während ich eine postkoloniale Egoistin personifiziere. Und das NACH ALLEM, was ich für SIE getan habe.»

Der letzte Satz klang sehr nach Magda, doch Sophie tat mir leid, schließlich hatte sie versucht, ein guter Mensch zu sein, und sie war in ihrer Rolle sehr beeindruckend gewesen. «Warum nimmst du das Studium nicht wieder auf? Oder eröffnest eine Praxis als Krankengymnastin? Du machst das mit Tony wirklich wundervoll.»

«Willst du meine ehrliche Meinung hören? Es langweilt mich zu Tode. Tony soll seine Bilder malen und seinen Clan unterhalten – aber in Zukunft ohne mich. Ich lasse mich scheiden und heirate Poldi.»

Sie sagte es laut genug, daß jeder im Raum es hören konnte, auch Tony. Er malte weiter. Claire brachte ein Gefäß mit Bowle aus der Küche, sie hatte den Gang einer Königin, und selbst dafür wurde sie von Sophie verabscheut. Ich holte mir ein Glas mit Bowle, um Zeit für richtige Antworten zu finden, aber es gab keinen Kommentar, der einer Verbindung zwischen Sophie und Poldi angemessen gewesen wäre.

Sophie sprach jetzt sehr leise. «Ich dachte mir schon, daß es dich überrascht – und DU bist die einzige, der ich die Wahrheit sage. Poldi hat Probleme mit der Polizei. Ein fünfzehnjähriger Junge, verstehst du, er hat sich als älter ausgegeben, und nun versucht sein großer Bruder, Poldi zu erpressen. Auch die Presse hat schon Wind bekommen, es ist alles sehr unangenehm, und Poldi hat Angst, daß ihm die Sache einen Staatsauftrag vermasselt – die Toilettenausstattung des neuen Gästehauses. Ich meine, so was ist nicht gut fürs Geschäft, und deshalb hat Poldi mich gebeten, ihn zu heiraten. Eine Vernunftehe. Ich gebe ihm den Schein, so daß die Presse das Maul hält, und er gibt mir eine monatliche Apanage und diskrete Freiheiten.»

«Und die Polizei?»

«Poldi hat sich mit dem Bruder arrangiert, die Sache wird irgendwie vertuscht. Du weiß ja, wie das in Wien ist.»

Ich wußte es nicht. Ich wußte, daß Poldi mindestens sechzig war und große Angst hatte, daß es in der Hölle keinen Champagner gäbe. «Und du meinst, du hältst das aus ... auch sexuell gesehen?»

Sophie, die sich wieder schminkte, verzog den roten Mund: «Geh hör auf. Ich hab's mit Männern und Frauen und Impotenten und Krüppeln versucht, und ich sag' dir, es ist ein kurzes Vergnügen – oft nicht einmal das. Von Poldi hab' ich nix zu befürchten, und er wird sich jetzt eh ein bisserl zurückhalten mit seinem Harem, weil, wenn es ums Geld geht, versteht er keinen Spaß. Wir werden die Galerie ausbauen, ich mach' eine Zweigstelle in München auf ... und sag jetzt nicht, daß ich nix von Kunst versteh', nachdem ich ein Jahr lang einen Maler durchgebracht hab'. Ich versteh' was von Geld, Eva, das ist wichtig. Sobald die Scheidung durch ist, werden wir eine Hochzeit geben, wie sie Wien noch nicht gesehen hat. Das Fernsehen wird auch kommen.»

Tony malte. Ich dachte, sie wird es ihm heute abend sagen, und er wird eine Krankengymnastin verlieren, aber nicht eine Managerin, so lange sie seine Bilder verkaufen kann. Falls nicht, wird sie ihn fallenlassen, und wer wird diese fröhliche Gesellschaft ernähren, wenn das geschieht?

Ich sagte: «Du paßt gut zu Poldi. Eure Ehe wird wie einer dieser blöden Ausstattungsfilme sein, in die jeder reingeht und es hinterher bereut, wenn er auch nur einen Funken Verstand hat.»

Sophies schöne Augen füllten sich mit Tränen. «Ich dachte, daß DU es verstehst.»

«Nein. Ich versteh' nichts von Geld, Sophie.»

Ich stand auf und hörte Sophies Stimme im Rücken. «Wenn du EIN Wort von dem weitertratschst, was ich dir gesagt habe, dann hast du eine Verleumdungsklage am Hals.»

Ich ging zu Tony und küßte ihn auf die Wange. Fragte leise, ob ich wiederkommen könne, und er nickte. Er sah nicht traurig aus, dieser Mensch, der sich zur falschen Zeit am falschen Ort aufgehalten hatte. Würdest du es wieder tun, flüsterte ich in sein Ohr, und Tony sah mich an und zuckte mit den Achseln. Ich sah Sophie auf mich zukommen und verließ die Wohnung. Am Mexikoplatz standen kleine Menschentrauben im Schein der Laternen. Niemand kümmerte sich um eine Fremde, mit der keine Geschäfte zu machen waren. In den kleinen Läden brannte noch Licht, und aus den schäbigen Wirtshäusern drangen laute und seltsame Worte. Ein Mond beleuchtete die Mietskasernen, ein Brechtscher Mond, der für Sophie unerreichbar war. Meine Schritte hallten auf den Pflastersteinen. Ich dachte an Fabian Wagner, an meine erste Obduktion eines Kleinkindes, die mir am Morgen bevorstand, und ich nahm mir vor, Eva Wildgruber im «Steinhof» zu besuchen. Ich brauchte einen Menschen, den ich verstehen konnte.

16. Kapitel

Marc Chapman hatte in New York John Lennon erschossen, und ich trauerte über der Leiche eines Jugendlichen, der an einer Überdosis Heroin gestorben war. Dem Zweitobduzenten erzählte ich, daß ich vor vielen Jahren eine Nacht mit Lennon verbracht und ihn nie vergessen hätte. Er respektierte meine persönliche Betroffenheit und übernahm die Säuberung von Magen und Gedärmen, während er «Imagine» summte. Die Vorstellung einer Welt von guten und freien Menschen überstieg meine schönen Phantasien von einer Diktatur des Schweigens: Man müßte harte Strafen einführen für alle Menschen, die Dummes, Verführerisches, Verletzendes, Verhetzendes, Verlogenes aussprachen, und nur die leisen und klugen Sätze dulden, instrumentale Musik, die ersten Worte von Kindern. Lebenslanges Sprechverbot für Politiker und Militärs. Strengste Überwachung von Mutterworten. Die Todesstrafe für unmusikalische Zweitobduzenten ...

Ich hatte die Lust am Lügen wiedergefunden parallel zur Unlust an allem, was real und wahr erschien. Die Chapmans waren in der Überzahl: Sie legten Bomben in Bologna, in Ausländerheimen, auf Oktoberfesten. Sie führten Krieg im Iran und Afghanistan. Sie filmten, wie im Sahel Menschen verhungerten und der Bundespräsident auf dem Opernball tanzte. Brachten Kinder mit grausamen Verletzungen auf den Seziertisch. Mißhandelte, vergewaltigte Frauen. Verwahrloste Alte. Männer mit Stich- und Schußverletzungen. Die Gewalt der Armut war auch in Wien lebensverkürzend, und das, was im «Steinhof» aufbewahrt wurde, war nur der augenfälligste Wahnsinn, die diagnostizierte Verzweiflung.

Ich besuchte Eva Wildgruber jeden Sonntag, außer, wenn ich ins Kaff fuhr. Sie kommentierte meine Besuche nicht, sie blieb stumm, doch sie erhob sich aus ihrem Bett, streifte die Pantoffeln an und zog einen Mantel über, den ich ihr mitgebracht hatte, und wir gingen eine Stunde durch den Park, auch bei Regen. Ich paßte mich ihren langsamen, schlurfenden Bewegungen an bei unseren Spaziergängen mit Monologen. Ich erzählte Eva, daß Kokoschka gestorben war, Rudi Dutschke und Tito. Von dem kleinen Jungen, der nach inneren Blutungen nicht mehr zu retten war, Verletzungen infolge einer Vergewaltigung durch seinen Vater. Ich erzählte Eva von der Welt draußen und begann zu glauben, daß es wenig zu versäumen gab.

Sie blickte immer geradeaus, während ich sprach, sie fixierte den Raum ihrer nächsten beiden Schritte und sah nur manchmal nach oben zu den Bäumen, den Mauern und dem, was Himmel genannt wurde und oft nur als niedrige, graue Decke erschien, durchlässig für Regen und Schnee und düsterer Widerspruch zur Verheißung jeder Unendlichkeit.

Eva hatte Fortschritte gemacht, wie der Arzt feststellte. Sie mußte nicht mehr gefüttert werden, sondern aß selbst, langsam und in so winzigen Portionen, daß es gerade zum Überleben reichte. Ich brachte Schokolade mit, wenn ich kam, aber was sie nicht sofort essen konnte, wurde ihr von anderen Patientinnen weggenommen. Die in sich geschlossene Welt funktionierte nach denselben Prinzipien wie jenseits der Mauern, nur deutlicher und brutaler. Ich bestach die Pflegerin mit Pralinenschachteln, damit sie ein Auge auf Eva habe. Vergewaltigungen von Frauen durch Frauen kamen durchaus vor, also schmuggelte ich eine Nagelfeile ein, die ich Eva in die Hand drückte. Ich sagte ihr, daß sie sie unter der Matratze verstecken und sie im Fall eines Angriffs als Waffe benutzen solle. Sie mußte mich verstanden haben, denn sie umschloß die

Feile mit ihrer kleinen Hand und schob sie in Griffweite unter ihr Bett. Dieses eine Mal glaubte ich, in ihren Augen ein Lächeln gesehen zu haben, doch es erlosch, bevor ich es festhalten konnte. Eine Frau, die ihre Gefühle konsequent versteckte. Die jedoch Angst kannte, sonst hätte sie meine Feile nicht angenommen. Also gab es keinen Zustand der Furchtlosigkeit außer dem des Todes. Aber noch mehr als dies erschreckte mich die Furchtlosigkeit der Starken, im «Steinhof» und draußen. Ich war überzeugt davon, daß der fundamentalste Ausdruck menschlicher Dummheit das Fehlen von Angst sei.

Auf unseren Spaziergängen erzählte ich Eva von der Wohnung, die ich mir gekauft hatte, nachdem Rosa meinen Teil des Erbes überwiesen hatte, mit eigenem Bad und Toilette und drei Zimmern in einem renovierten Altbau im 6. Bezirk. Sie sei schön und hell, die neue Wohnung, sagte ich ihr, und ob sie mich besuchen werde, wenn der Arzt es erlaube? Auf meine Fragen gab ich die Antworten selbst, und so sagte Eva, daß es noch ein wenig dauern würde, bis sie Lust habe, über die Mauer zu springen. Zeit sei doch keine Größe im «Steinhof», wo niemand die Tage und Nächte zählte und Uhren nutzlose Gegenstände waren.

Ich zeigte Eva ein Bild von Sophies Märchenhochzeit mit Poldi, in allen Räumen des «Sacher» inszeniert und von der Wiener Gesellschaft spöttisch bewundert. Man mußte dabeigewesen sein, um über die Prachtentfaltung herzuziehen, das mit Goldblättchen übersäte Kleid der Braut und die diamantene Krawattennadel des Bräutigams in Form einer Klobrille. Tony, im unverzierten Rollstuhl, fungierte als Trauzeuge und saß an der Tafel neben seiner ehemaligen Frau. Mich hatte Sophie an einem Katzentisch plaziert, unser Verhältnis war abgekühlt seit jenem Abend, und ich unterhielt mich schleppend mit einem entfernten Verwandten Poldis, der in der Steiermark ein paar Weinberge besaß und von der Traubenernte im Detail zu berichten wußte. Ich revanchierte mich während des Essens mit Geschichten aus dem Obduktionssaal, und als ihm beim Dessert immer noch nicht übel war, zogen wir uns in sein Hotelzimmer zurück, wo er mir zeigte, wie unerschrockene steirische Weinbauern mit angehenden Fachärztinnen Liebe machen. Eine Art von Liebe, die damit endete, daß ich mich anzog und zur Hochzeitsgesellschaft zurückging. Ich hatte ihm erzählt, daß ich an unheilbarem Krebs leide und nur noch wenige Wochen zu leben habe, worauf er in Tränen ausbrach und nicht zu beruhigen war, obwohl ich ihm versicherte, daß Knochenkrebs nicht ansteckend sei.

Ich mochte die Krebslüge sehr und testete sie an verschiedenen Männern, obwohl Elly mich warnte, das Schicksal nicht zu versuchen. Die Schlangentänzerin war sehr abergläubisch, vorbelastet von einer wahrsagenden Mutter, und wenn sie meinte, daß ihre Sterne ungünstig standen, verließ sie ihr Zimmer nicht aus Angst vor einem Unfall, der ihren makellosen Körper beeinträchtigen könnte, was wiederum Selbstmord zur Folge haben mußte. Mit dem Tod dürfe man nicht spielen, sagte Elly, denn er sei ein ernstzunehmender Partner des Lebens. Ich widersprach ihr. Man müsse mit allem spielen, wovor man Angst habe, denn nur so sei es möglich, mit ihr, der Angst, zu leben.

«Außerdem ist es ein interessanter Männertest. Wenn du einem erzählst, daß du praktisch schon tot bist, ändert er sein Verhalten sofort. Die Feigen ekeln sich ein wenig. Haben Angst, daß du sie in etwas hineinziehen könntest, womit sie nicht fertig werden. Die anderen fühlen sich geschmeichelt, irgendwie auserwählt.»

«Und wie hätte dein Fabian Wagner reagiert?» fragte Elly, die mir nachtrug, daß sie IHN nie kennengelernt hatte.

«Ich habe ihn nie belogen. Nur mich selbst. Man neigt dazu, wenn man verliebt ist.»

Ellys nackte Beine kreisten in der Luft. Sie lag auf dem Rücken und trainierte ihren perfekten Körper. Ihr Zimmer bestand im wesentlichen aus einem Bett, einer Gymnastikmatte und einem breiten Sessel, der am Fenster stand, neben dem Korb für Mowgli. Ihre Kleider hatte Elly in einem Schrank im

Flur untergebracht; der kleine Kühlschrank war in der Abstellkammer. Ein Leben, auf das Nötigste reduziert.

In dem Sessel am Fenster saß Eva Röhm. Mit Eigentumswohnung und wechselnden Männerbekanntschaften, abgeschlossener Facharztausbildung und einem Job am Gerichtsmedizinischen Institut. Ein Körper, nicht annähernd so schön wie der Ellys, jedoch für Leibesübungen mit Männern durchaus zu gebrauchen. Die Seele auf Eis gelegt.

«Nichts macht Sinn», sagte Elly auf dem Boden. «Ich habe die Versuche schon vor ein paar Jahren aufgegeben.» Sie stützte sich auf ihre Ellenbogen und sah mich an: «Was willst DU?»

Ellys Fenster zur Welt war klein und von getrockneten Regentropfen gezeichnet. Die Spitzengardine reichte bis zur Fensterhälfte und gewährte einen halben, verschwommenen Ausblick. «Alles», sagte ich. «Alles, was ich kriegen kann. Gut und Böse. Lüge und Wahrheit. Glück und Unglück.»

Sie ließ sich zurücksinken und malte mit ihren Zehen unsichtbare Kreise. «Wenn du zu demselben Ergebnis gelangst wie ich, macht es Sinn. Sonst nicht. Dein Problem ist, daß du noch nicht die Distanz gefunden hast, die du zur Welt einnehmen möchtest. Du kriegst die Gegensätze, Eva, aber nicht die Harmonie zwischen den Gegensätzen.»

Mowgli kam unter dem Bett hervor, als es an der Tür klopfte. Elly sprang auf und schrie «Keine Besuchszeiten», doch Ludwig war einer ihrer Ausnahmefälle, und Ludwig hatte Neuigkeiten, die er erst uns und dann seinen Stammtischfreunden im Kaffeehaus mitteilen mußte. «Ich heirate», sagte Ludwig, «und ihr seid zur Hochzeit eingeladen. Am 15. September. Am Tegernsee.»

«Ich kann Mowgli nicht allein lassen. Aber Eva wird fahren.» Elly kraulte die Schlange, bestimmte meine Termine und sah davon ab, Ludwig zu gratulieren, der mit Fräulein Elsa sein komfortables Nest gefunden hatte. Ich wußte, was Elly dachte: Daß sie nun jemand anderes finden mußte, der Mowglis Hühner besorgte, und daß im Fall ihres Selbstmordes es ein anderer übernehmen mußte, der Python eine Chance zu geben. Welche Chancen haben Pythons im Wienerwald? Träge Lebewesen wie Mowgli, die für ihr Irgendwie-anders-Sein Beschützer brauchen. Oder Käfige wie Eva Wildgruber?

Elly war böse auf Ludwig, und ich gratulierte ihm mit einer Umarmung von sexloser Herzlichkeit. «Elsa möchte, daß alle Wiener Freunde kommen», sagte Ludwig, und ich stellte mir einen weißhaarigen, toleranten Vater vor, der angesichts ihrer Wiener Eroberungen nicht in die Knie gehen würde. Ludwig hatte die Familie gefunden, die er verdiente. Er sah aus wie ich vor vielen Monaten, ein wenig verzückt und jeglicher Vernunft abhold.

«Ich hasse Veränderungen», sagte Elly. «Und was willst du in Bayern malen? Schloß Neuschwanstein? Das Porträt deiner Schwiegermutter?»

Ludwig lachte und versuchte Elly in den Arm zu nehmen, doch die Schlange fuhr dazwischen. «Elsa wird musizieren und ich malen. Es wird eine wunderbare Ehe werden.»

Ich war dabei, als sie begann, die wunderbare Ehe zwischen zwei Künstlern ohne Geldsorgen. Auch Tony und ein Teil seines Clans sowie Ludwigs Kaffeehausfreunde waren eingeladen und gaben den Eltern der Braut einen Eindruck von Wiener Bohème und Weltoffenheit, der so falsch war wie der Stuck an den Decken der Villa am See. Sie war groß und repräsentativ und, wie selbst Ludwig zugeben mußte, «a bisserl zu viel des Guten». Das unweit gelegene Hotel beherbergte die Hochzeitsgäste, die zur kirchlichen Trauung mit anschließendem Champagnerempfang und festlichem Bankett geladen waren. Elsa war eine glückliche, unscheinbare Braut, und Ludwig trug seinen Stresemann, als sei er darin geboren. Eine barocke Trauung in ebensolcher Kirche. Die Brauteltern sahen nervös aus, die unüberschaubare Menge der Gäste gemessen und gelangweilt. Der Priester sprach mit bayerischem Akzent, und von oben dröhnte eine Orgel. Man scharrte mit Lackschuhen. Die Protagonisten sagten ja und küßten sich, und Elsas Mutter entfernte mit behandschuhten Fingerspitzen eine Träne, die vielerlei Ursachen haben konnte. Ich war ganz sicher, daß auch Magda bei meiner Hochzeit weinen würde, sollte es je dazu kommen. Es gab eine Art Hutgemenge, als wir die Kirche verließen, und draußen warteten Fotografen auf das Paar, längst nicht so viele wie bei Sophies Hochzeit mit Poldi.

Es war meine zweite Hochzeit, und ich dachte, daß sie einander glichen. Frau und Mann zelebrieren ein Bündnis, das sie mit Hoffnung erfüllt. Gäste zelebrieren sich selbst und kritisieren die Tischordnung. Eine Rede, launig und ernst. Braut lächelt. Bräutigam sieht nachdenklich und verwirrt aus. Am Ende sind alle betrunken, aber nicht vor Glück.

Es lag an den vielen Hüten, daß ich Fabian erst beim Champagnerempfang sah. Er stand an der Tür zur Terrasse mit Seeblick. Ich stand neben dem Klavier, weil dies ein Platz war, an dem man sein Glas abstellen konnte. Ich sah ihn, bevor er mich erkannte. Die Haare waren noch immer sehr kurz, und sein Gesicht war gebräunt. Ein gutes, kluges Gesicht, das nichts von seiner Anziehungskraft auf mich verloren hatte. Die Kombination aus Glücksgefühl und übelkeiterregender Wut wirkte wie eine Lähmung. Ich stand da und sah ihn an. Er sprach mit Elsas Mutter, und an seiner Seite stand eine blonde Frau. Sie trug einen blödsinnigen Hut über einem langen, schmalen Oberklassengesicht. Fabian drehte seinen Kopf. Wir sahen uns an. Ein Hut mit Obstdekoration kam dazwischen. Ich versuchte, meinen Beinen den Befehl zu geben, diesen Ort zu verlassen. Niemand, dem ich mich jetzt zuwenden und Fabian als meinen Verlobten vorstellen konnte. Der Klavierspieler intonierte den Hochzeitsmarsch. Die Luft war schwer von Parfüm und Rauch. Meine Beine gehorchten mir nicht. Unbeweglich stand ich da, als Fabian auf mich zukam, und vierhundert Leute verschwanden im Nebel widersprüchlicher Gefühle für EINEN.

«Ich liebe dich», sagte Fabian, als er vor mir stand. Ein Satz, der ihm leichtfiel und mich wie eine Gewehrsalve traf. Ich war auf «Wie nett, dich wiederzusehen» vorbereitet gewesen oder «Können wir nicht Freunde sein?». Es war nicht fair von ihm, mich mit drei Worten zu erledigen, die Vergangenes verrotten ließen und Wiesenblumensträuße zauberten. Ein blühendes Kornfeld. Sonnenuntergänge auf Tahiti. Rammersdorf in Herbstfarben. Schneeflocken, die sanft auf Tannenbäume niederglitten.

Er sah mich an und wartete. Ich nahm einen Stift aus meiner Handtasche und ein Stück Papier und schrieb darauf, daß ich stumm sei. Ihn aber liebe. Ich gab ihm den Zettel, und er sagte: «Mein Gott, Eva, was ist mit dir passiert? Ein Unfall?»

Ich nickte. Der Schmerz in seinem Gesicht erfüllte mich mit heißer Freude. Es war so einfach, nichts zu sagen. Seine Hand zu spüren, die meine festhielt. Tausend Sätze, die ich zu ihm gesprochen hatte, als er nicht da war, mündeten in befreiendem Schweigen, das mir Zeit gab, ihn anzusehen und über die Liebe nachzudenken. Man mußte ihr verzeihen, daß sie keinen Sinn machte außer jenem, die Einsamkeit abzustreifen. Ihr vorhalten, daß sie verwundbar machte und anfällig für Träume von Perfektion und Ewigkeit. Sie annehmen wie ein Geschenk, das alles enthalten konnte – und nichts. Wie hätte dies wohl geklungen, wenn ich es ausgesprochen hätte. Ich gab mir die Antwort selbst: ausgesprochen kitschig.

«Ich war so unglücklich», sagte Fabian, und ich war froh darüber und mußte nichts sagen über die Tage und Nächte meiner Verzweiflung. Meines Hasses. Meines nicht beherrschbaren Gefühls, ohne ihn ein unvollständiger Mensch zu sein. Nun war ich ganz. Schön, vollkommen und stark. Und stumm. Ich schrieb auf einen Zettel: Und was ist mit Laura?

Seine Nasenflügel zitterten ein bißchen. Fabians Nase war perfekt geformt, nicht zu groß und nicht zu klein, und sie bewegte sich, wenn er aufgewühlt war. Er zeigte auf die Blondine mit dem abscheulichen Hut, die auf der Terrasse stand und uns ansah, während sie jemandem zuhörte. «Wir sind nur noch Freunde. Ich habe ihr von dir erzählt, und sie hat es verstanden.«

Ich dachte, so sieht sie nicht aus, und warum hat sie dich zu einer Hochzeit begleitet? Frauen, die einen Mann geliebt haben und zurückgewiesen werden, können ihn nicht gern haben, das wäre absurd. Ich mag dich nicht, Fabian Wagner, aber ich liebe dich. Abgründe liegen dazwischen, und ich bin bereit, sie mit geschlossenen Augen zu überspringen.

«Sag was. Bitte.»

Fabian nahm mich mit beiden Händen an den Schultern und schüttelte mich. Diese Verzweiflung. Nun hatte er Eva wiedergefunden, und sie war ein Problem. Sein Problem. Laura liebte er nicht, doch Laura sprach zu ihm. Wohlklingende Sätze. Der große, kirschrot bemalte Mund vor ihm lächelte nur. Überheblich, wie ihm schien. Und nun kam Laura auf ihn zu, gefolgt von Liliane, und was sollte er ihnen sagen? Daß er eine stumme Frau liebte?

Es war so dramatisch. Und komisch. Die Blondine sah Fabian fragend an, und die alte Dame musterte mich hinter Brillengläsern, als sei ich eine besonders geschmacklose Beethovenbüste, die sie gerne vom Klavier entfernt hätte. Ich wußte sofort, daß sie Liliane war, die Mutter mit den eisernen Tränen. Laura war in meinem Alter und auf eine so unauffällige Weise hübsch, daß es schon wieder aufdringlich war. Fabian stellte uns einander vor, und ich sagte: «Es freut mich sehr, Sie kennenzulernen.»

Ganz still war es dann. Abgesehen vom Klavierspiel und dem Lärm der Gäste. Fabians Nase zitterte, dieses Mal vor Zorn. Männer schätzen es nicht, verspottet zu werden, aber dieser hier brach jetzt in Gelächter aus, das den Kristallüster über uns zum Klirren brachte. Fabian lachte so laut, daß einige Umstehende ihn strafend ansahen.

«Ich würde gerne mitlachen», sagte Laura, und Liliane faßte ihren Sohn am Ärmel und sagte: «Ich verstehe den Witz auch nicht. Würdest du bitte damit aufhören.»

Er konnte es nicht, und sein Lachen war so ansteckend, daß ich ihn begleitete. Die Leute hielten uns für verrückt, womit sie in gewisser Weise recht hatten.

«Manchmal», sagte Liliane zu Laura, «ist mir mein Sohn völlig fremd.» Doch sie glaubte zu verstehen, daß ich daran schuld hatte, und ihr Blick verhieß lebenslange Feindschaft. Sie nahm Lauras Arm und ließ uns stehen. Wir lehnten über dem Flügel und kicherten zum Ausklang des großen Gelächters. Fabian legte seine Hand auf meine Fingerspitzen. «Willst du mich heiraten? Und wieder mit mir sprechen?»

Ich nickte und spürte Lilianes Blicke im Rücken. Der Klavierspieler wiederholte den Hochzeitsmarsch, zu dessen Klängen wir den Empfangsraum und die Villa verließen. Wir fanden eine Stelle am See, die sich als Refugium für Liebende eignete und später einen Gasthof mit winzigen Zimmern und karierter Bettwäsche. Elsas und Ludwigs Hochzeitsnacht war UNSERE Nacht, schlaflos, orgiastisch, erfüllt von Geflüster, Bekenntnissen und Versprechungen. Wir waren uns vollkommen einig, daß jede Trennung verschwendete Zeit sei. «Denn die Zeit, wenn sie groß ist, geht auf dem Weg des Besseren fort, und das Geringere bleibt ohne Folge», sagte Fabian. Ich tippte auf Goethe.

17. Kapitel

Margot Webers Wohnung liegt in einer Straße unsozialer Bauten, die nicht typisch sind für die kleine Stadt am Rhein. Die grauen Mietskasernen im Stil der sechziger Jahre sind gezeichnet von Armut und Aggression in Form kleiner Zerstörungen und obszöner Graffiti an Türen und Wänden. Eva liest sie mit Widerwillen, während sie an der Wohnungstür wartet. Du bist, was du ausdrückst. Und wer nicht gelernt hat, die Sprache als Tarnung zu nutzen, offenbart nur die Armseligkeit menschlicher Existenz.

Margot Weber öffnet die Tür nur einen Spalt breit, und Eva sieht ihr an, daß sie keineswegs erfreut ist über den Besuch am frühen Morgen. Sie widersteht dem Impuls, die Tür aufzudrücken, und wartet. Margot Weber trägt einen verwaschenen Morgenmantel und reibt sich die Augen. «Kommen Sie rein», sagt sie schließlich, und Eva folgt ihr durch den engen Flur ins Wohnzimmer, das von dem Bemühen zeugt, mit wenig Aufwand Schönes zu schaffen. Die Ordnung ist augenfällig, selbst die Fernsehzeitschrift liegt im exakten Winkel neben dem Apparat.

Eva hat ihre Wohnung fast fluchtartig verlassen, aus Angst, Marlies Winter im Bad oder in der Küche zu begegnen. Nach Nächten, die aus Alpträumen oder wachen Ewigkeiten bestehen, kann sie morgens niemandem ins Gesicht sehen.

«Kaffee?»

Eva nickt, und Margot Weber bringt nach kurzer Zeit zwei Tassen mit Instant-Kaffee. Sie legt Untersetzer auf den gläsernen, spiegelnden Couchtisch. Alles hat seine Ordnung, nur der kleine Jan fiel aus dem Raster. Jemand hat ihn fallen lassen, aus Nachlässigkeit oder Absicht. Eva fällt es schwer zu glauben, daß Margot Weber mit ihren umsichtigen, exakten Bewegungsabläufen ein so fataler Fehler unterläuft. Nach Jans Verletzungen zu schließen, betrug die Fallhöhe mindestens einen Meter. Ein Tisch oder eine Wickelkommode. Eine betrunkene Mutter und ein Moment der Unachtsamkeit. Es ist möglich, doch Margot Weber hat die Version eines Unfalls stets mit Nachdruck bestritten.

«Warum starren Sie mich so an? Gibt es was Neues?»

Eva sieht auf die Kommode, wo zwei Bilder in Plastikrahmen stehen: Jan und Tamara. Sie haben sich ihre Rahmen nicht ausgesucht. Das kleine Mädchen lächelt selbstbewußt in die Kamera. Sie ist hübsch mit ihren blonden Locken und den großen, strahlenden Augen. Sie sieht ihrer Mutter ähnlich, während Jan dunkel war, mit abstehenden Ohren und dem Gesicht eines kleinen Äffchens. Jesus nimmt alle Kinder an, was für ein gottverdammter Trost liegt in diesem Satz. «Ich bin hergekommen, um Ihnen einen Anwalt zu empfehlen. Dr. Schröder, er ist wirklich sehr gut.»

«Ich kann keinen Anwalt bezahlen, das wissen Sie doch.» Margot Weber denkt an die Raten für den Videorecorder, den Tamara sich so sehr gewünscht hatte. Sie bezieht Sozialhilfe, und sie geht putzen, macht zusammen vierzehnhundert Mark im Monat, die zum Verhungern zuviel sind. Es reicht nie, das Geld. Und die Frau vor ihr soll bloß nicht fragen, wofür Arme einen Fernseher und einen Videorecorder brauchen. So eine wie die steht nicht vor der Kasse im Supermarkt und zählt das Geld im Portemonnaie. Und eine wie Dr. Röhm muß sich keinen Mann aufreißen, der in der Kneipe das Bier bezahlt, die acht Gläser, die sie braucht, um die Ebbe ihrer Tage zu vergessen.

«Man wird ihn als Pflichtverteidiger bestellen. Er kostet nichts.» Eva registriert ein Lächeln der Erleichterung. Schröder ist gut, denkt sie. Er wird Professor Anzengruber auseinandernehmen und dessen psychiatrisches Gutachten mit anderen Akzenten wieder zusammenfügen. Und mit etwas Glück würde Margot Weber einen gnädigen Richter finden und eine Bewährungsstrafe bekommen. Verminderte Schuldfähigkeit. Ihr eigener Vortrag würde sich auf die forensischen Tatsachen konzentrieren. Jans innere Verletzungen waren auf einen Sturz zurückzuführen. Ein Unfall ist ebenso möglich wie die Hypothese, daß man ihn mit Absicht fallen ließ, ihn zu Boden schleuderte. Babys sterben so leicht. Daran zu denken, macht Eva kalt vor Schmerz.

Jan war zum Zeitpunkt seines Todes in einem gepflegten, wohlgenährten Zustand. Margot hatte sich um ihr Kind gekümmert, vielleicht zu sehr um den Jungen, und sie hatte dabei ihre Tochter vernachlässigt, eine selbstbewußte, altkluge Fünfjährige, gegen die Eva nach ihrem ersten Gespräch eine instinktive Abneigung gefaßt hatte.

«Ich würde gerne nochmals mit Tamara sprechen.»

«Warum? Die Kleine hat genug mitgemacht, mit dem Tod ihres Bruders und allem. Und im Kindergarten sagen die anderen, daß ihre Mutter eine Mörderin sei. Meinen Sie, das Kind steckt das einfach so weg? Nachts wacht sie auf und schreit, und wenn ich sie nicht zu mir nehme, ist sie nicht stillzukriegen. Mein neuer Freund ist abgehauen, weil er das bescheuert findet ... glauben Sie, mir macht das alles Spaß?»

Sie umschreibt ihre Trauer mit unangemessener Rhetorik, denkt Eva, und daß Margot Weber vor Gericht keinen guten Eindruck machen wird. Die Haare zu blond gefärbt über einem Gesicht, dessen offene, freundliche Züge schlechter Schminke und einer gewissen Härte zum Opfer fielen. Vielleicht war es vorher anders gewesen, dieses Gesicht, bevor Männer, Kinder, Existenzsorgen ihre Spuren zogen. Und man wird sie an ihrer Sprache messen, an unbedachten Worten wie «das Kind ist nicht stillzukriegen», auf die sich Professor Anzengruber stürzen wird mit all seiner abstrakten Erfahrung von Müttern, die physisch und psychisch überfordert sind und in Streßsituationen versagen. Margot Weber wird wenig von dem verstehen, was vor Gericht über sie gesagt wird. Ihr Anwalt wird sie auf abgesprochene Texte reduzieren müssen, auf die Rolle der Mutter, die das Beste für ihre Kinder wollte und nur einmal, ein einziges Mal versagte. Und würde das der Wahrheit entsprechen? Evas Zweifel sind stärker als ihre Abneigung, in Margot Webers Leben einzudringen.

«Wenn Sie abends mal in die Kneipe gingen, Frau Weber: Wer paßte da auf die Kinder auf?»

Sie antwortet nicht sofort. Sie ahnt, worauf Dr. Röhm hinauswill. Sagt widerstrebend: «Meine Mutter, das wissen Sie doch. Sie wohnt zwei Häuser weiter.»

«Immer?»

Margot Weber nestelt am Knoten ihres Morgenmantels. Möchte die Frau hinauswerfen, die sie so forschend ansieht und all diese Fragen stellt. Was weiß die von Kindern und Sorgen. Davon, daß man morgens nicht aufstehen möchte und abends nicht einschlafen kann. Tamaras Wünsche und Vorwürfe. Die Mutter, die sich in alles einmischt. Die Sicherheit, die man bei Männern sucht, die letztendlich nichts hergeben außer ihrem Samen. Niemand, der einem gesagt hat, daß das Leben ein großer, schmutziger Kampf voller kleiner Niederlagen ist. Jan hat es überstanden, so muß man es sehen. Und Tamara braucht Schutz, weil sie sonst niemanden hat auf der Welt außer ihrer Großmutter, die alt und verbraucht ist und bald sterben wird.

«Ich weiß, was Sie wollen, Frau Dr. Röhm. Aber von mir werden Sie es nicht kriegen. Gehen Sie. Bitte.»

Eva sieht zu der Stelle, an der Jans Wiege gestanden hatte. Sie wurde entfernt und durch einen Gummibaum ersetzt. «Ich kann Ihre Mutter fragen, Frau Weber, ob sie an dem Abend hier war, bevor Jan ins Krankenhaus eingeliefert wurde. Oder ob Tamara auf ihren kleinen Bruder aufgepaßt hat, wie sie es wohl öfter getan hat, wenn die Großmutter keine Zeit oder keine Lust hatte. Sie waren an diesem Abend circa drei Stunden weg, haben Sie der Polizei gesagt. Und daß Sie, als Sie um elf Uhr zurückkamen, nach Jan sahen, und er still in der Wiege lag. Und daß Sie dachten, er schliefe. Und drei Stunden später, als er zu schreien und zu wimmern anfing, da haben Sie ihn aus der Wiege geholt und den Notarzt gerufen ...»

Margot Weber sieht ihr Gegenüber haßerfüllt an. «Er atmete so schwer. Ich dachte, er kriegt wieder einen seiner Erstickungsanfälle.»

Eva schlägt mit der Faust auf den Glastisch. «Er hatte keinen Erstickungsanfall. Jan hatte Schmerzen. Er hatte zahlreiche Brüche und starb an inneren Blutungen. Sie müssen sich doch gefragt haben, WIE das passiert ist. Hat Tamara ihn aus der Wiege geholt, als Sie weg waren? Hat er geweint, und sie wußte nicht, was sie tun sollte? Vielleicht die Kneipe anrufen, in der Sie waren? Und dabei ist er ihr aus den Händen gerutscht und zu Boden gefallen? Oder sie ließ ihn fallen, weil sie sein Schreien nicht mehr ertragen konnte?!»

Margot Weber hat die Hände vor das Gesicht geschlagen, und ihre Schultern sind gekrümmt, als wolle sie zurückkriechen in den Bauch der Welt, in dem niemand mit Schuld konfrontiert wird. Eva Röhms Stimme ist wie ein Skalpell, das in toten Körpern nach Wahrheit sucht, aber denen tut es nicht mehr weh, denkt Margot, die in ihren Träumen das Messer sieht und Jans kleinen nackten Körper. Der Arzt hat ihr Schlaftabletten verschrieben, aber sie töten nicht alle Ängste der Nacht, und da sind immer noch die Tage ... das Putzen ... Frau Kannengießer, die sich über Spinnweben im Hausflur erregt ... und Tamaras Schweigen ... das Tuscheln der Nachbarn und Mutters vorwurfsvolles Gesicht ...

Evas Stimme übertönt Margots Schluchzen. «Eine Fünfjährige ist mit der Betreuung eines Säuglings überfordert. Und sie ist nicht schuldfähig.» Wie sie es manchmal haßt, sich selbst zu hören. Kluge und vernünftige Sätze, die im eigenen Handeln keine Anwendung fanden. Wann ist man ausreichend erwachsen, um mit dem Bösen umzugehen – dem eigenen und dem der anderen? Und wann so groß, die Schuld anzunehmen?

Margot Webers Stimme ist klein und vorwurfsvoll: «Ich brauche ein bißchen Freude im Leben. Leute um mich. Männer. Und an diesem Abend wollte Mutter unbedingt ihre Lieblingssendung sehen. Und unser Fernseher war kaputt. Und ich wollte nur eine Stunde bleiben, aber da war dieser neue Typ, den ich nett fand. Erich hieß er ... und als das mit Jan passierte, da kriegte er es mit der Angst. Ich meine, Männer wollen keine Frauen, die Sorgen haben. Eine Tochter, die nachts schreit.»

Freude. Männer. Kinder. Sorgen. Worte, die Leben und Tod beschreiben, so unvollkommen wie das, was sie nicht auszudrücken vermögen. Margot Weber, Marlies Winter, Eva Röhm und die Bewältigung des Seins mit unterschiedlichen Mitteln. Letztere in der Rolle der Anklägerin eine eher komische Figur oder tragisch, je nachdem, wie der Weg zur Wahrheit zu beurteilen ist. Wie soll sie eine Frau verstehen, die ihr Wohnzimmer mit einem Gummibaum schmückt?

«Sie wußten aber doch, daß Tamara ihren Bruder nicht mochte», sagt sie leise. «Als ich damals mit ihr sprach, da sagte sie mir, daß sie Jans Schreien gräßlich findet. Daß sie deshalb nicht schlafen könne, so wie damals, als Jans Vater noch in der Wohnung war ... und wo es manchmal wohl häßliche, lautstarke Szenen gab.»

Margot Weber weint nicht mehr. Aggressiv ist sie jetzt, Verteidigerin ihres Lebens und der Entscheidungen, die sie getroffen hat. Richtig ist, daß ein paar davon falsch waren, aber wie zum Teufel sollte man das vorher wissen? Und Liebe war immer ein Grund gewesen, irgendwie. Und daran denkt sie jetzt, während sie in ihrer Handtasche wühlt, die auf der Couch steht, für die noch zwei Raten zu bezahlen sind. Sie holt das Klappmesser aus der Tasche, läßt es aufschnappen und richtet es gegen Dr. Röhm, auf die Stelle, wo das Herz zu vermuten ist. Daß deren Augen ein bißchen flattern, gefällt ihr. Das Messer ist das beste Geschenk, das ihr je ein Mann gemacht hat. «Sehen Sie das? Ich kann mich wehren, und Jans Vater war nicht der Schlechteste. Manchmal ein bißchen jähzornig, aber Tamara konnte ihn sowieso nicht leiden, weil sie ihren Vater zu so 'ner Märchenfigur gemacht hat, ich hab' ihr erzählt, daß er gestorben ist, was gewissermaßen stimmte, denn der Typ ist mit unbekanntem Ziel abgehauen, und für mich war er tot. Jans Vater zahlte immerhin noch Unterhalt, nachdem er ausgezogen war.» Margot Weber unterstreicht ihre Sätze mit dem Messer, das der Luft imaginäre Wunden zufügt. «Vielleicht wär' er geblieben, wenn es nicht ständig Zoff mit Tamara gegeben hätte, und ich hab' mich auf ihre Seite gestellt. ICH HABE IMMER ALLES FÜR MEINE KINDER GETAN.»

«Ich weiß», sagt Eva. Es ist nicht das Messer, das sie lügen läßt, denn Angst hat sie nicht. Schon lange nicht mehr. «Ich glaube nicht, daß Tamara ihren Bruder töten wollte.» Noch eine Lüge. «Sie wollte ihn zum Schweigen bringen. Kinder denken nicht über die Konsequenzen ihrer Handlungen nach. Aber ich bin überzeugt davon, daß es Tamara – und auch Ihnen hilft, wenn das ... aufgearbeitet wird. Ein Gespräch zwischen Ihnen und Tamara und einer Psychologin. Die Wahrheit wirkt manchmal ... erleichternd.»

Dummes Gewäsch, denkt Eva. Wenn sie noch zu Gefühlen

fähig ist, dann zu jenen, sich für Sätze zu schämen, die zu einer Situation passen, aber nicht durch das Raster ihrer Zweifel gefallen sind. Margot Weber denkt nach. Sie hat das Messer auf den Glastisch gelegt, vorsichtig, um ihn nicht zu zerkratzen. Eva widersteht dem Impuls, es aufzunehmen und gegen den Gummibaum zu werfen.

«Und dem Kind würde nichts passieren?»

Eva schüttelt den Kopf. Jetzt nicht mehr, denkt sie. Diese Geschichte kennt drei Opfer, von denen eines tot ist. Wenn Tamara sprechen würde, wovon sie nicht überzeugt ist, bliebe gegen Margot Weber der Vorwurf der unterlassenen Sorgfaltspflicht bestehen. Und ein Rest von Zweifel. Denn wer sagt ihr, daß die Fünfjährige das Schreien des Babys nicht mehr ertragen konnte? Daß nicht die Mutter nach Hause kam, ein wenig betrunken, sehr frustriert, vielleicht wartete ein Mann draußen vor der Tür, und sie wollte ihre Ruhe haben, ein bißchen Freude ...

Margot Weber sagt ihr, daß sie einverstanden sei. Eine Psychologin, keine Polizei, und Eva nickt und steht auf. Sie wird zu spät ins Institut kommen, und es warten eine Reihe von Alkoholgutachten. Vielleicht eine Leiche. Marlies Winter, wenn sie ihren Rausch ausgeschlafen hat. «Ich bin nicht sicher, daß ich das Richtige tue», sagt Margot Weber an der Tür. «Aber danke jedenfalls. Und ...»

Eva hat die Tür geöffnet. «Und was?»

«Könnten Sie mir hundert Mark borgen? Bis Ende der Woche?» Nichts ist ihr so schwer gefallen wie diese Bitte. Armut schändet nicht, sie ist bloß eine endlose Demütigung.

Eva drückt ihr den Geldschein in die Hand. Wehrt den Dank ab, der fast wieder aggressiv klingt. Sie läuft die Treppe hinunter ins Freie, zu ihrem Wagen, der vor dem Haus geparkt ist. Viele Autos stehen davor, und auf den Flachdächern prangen Satellitenschüsseln. Die Armut hat ein unschaubares Gesicht in Deutschland.

18. Kapitel

Die dritte Hochzeit des Jahres wurde in meinem Geburtsort vollzogen, ein grandioser Sieg für Magda und eine Niederlage für Liliane, die sie der langen Liste ihrer Abneigungen gegen meine Person hinzufügte. Fabian hatte sich im vorangegangen Streit um den Ort des Geschehens geschickt enthalten. Ich plädierte für die Osterinseln. Liliane für München. Ihrem Sohn war alles recht, und Magda überzeugte mit dem Argument, daß Vater Röhm die Hochzeit ausrichte. Sie war eine so schlechte, triumphierende Gewinnerin.

Und so geschah es, daß Fabian und ich zu Hauptdarstellern in Magdas Posse wurden, die einzige Tochter angemessen käfflich unter die Haube zu bringen. Der Anhang des Schwiegersohnes mochte sich über die Feuerwehrkapelle mokieren, das Festzelt und die ländliche Verwandtschaft in Dirndl und Loden ... ich blieb bleich und bräutlich weiß und weit entfernt von dem Geschehen, in dem ich nur einige Personen wahrnahm: Rosa, die aus England angereist war, ein pinkfarbener Elefant, Sophie, blasiert in Chanel, Tony im Rollstuhl, Ludwig und Elsa, noch immer verliebt, und Elly in Schwarz mit Schlapphut, jedoch ohne Schlange.

Fabian gab mir Jawort, Ring und Kuß und kümmerte sich im übrigen um die deutschen Gäste, seinen Seniorpartner, der neben Liliane plaziert war, seine Kollegen und Freunde und Frauen, die schon immer eine typisch österreichische Hochzeit auf dem Lande erleben wollten und Magdas Arrangements mit falschen Komplimenten bedachten. Meines Vaters Tischrede war zu lang und der Jahrgangssekt zu warm. Magda weinte. Rosa drückte mich schluchzend an ihr großes Herz, und Elly versicherte mir, daß sie Hochzeiten so unbekömmlich fände wie Geburten oder Begräbnisse. Tante Ludovika, die bei Tisch einschlief, wurde diskret entfernt. Lilianes gefrorener Blick erwärmte sich nur beim Anblick ihres Sohnes, der so stattlich und liebenswürdig war und dennoch ein Verräter an ihren Idealen, insofern er sich an eine inadäquate und sehr seltsame Person vergeudete, die entweder zu still war oder zu laut lachte und es nicht für nötig befand, dem Seniorpartner ihres Mannes die gehörige Aufmerksamkeit zu widmen. Das schmuck- und geschmacklose Kleid mußte man der Dorfschneiderin zuordnen.

«Ein reizendes Gewand trägt Ihre Tochter», sagte Liliane zu Magda, die in enervierender Art ihr Taschentuch einsetzte.

«Nicht wahr? Wir haben es gemeinsam ausgesucht, aber sie glauben ja nicht, wie schwierig es war, Eva überhaupt dazu zu überreden, ein Brautgeschäft aufzusuchen. Sie war immer schon ein wenig starrköpfig, wissen Sie, Liliane, ich darf doch Liliane sagen, wo wir sozusagen verwandt sind jetzt, und ich bin sehr froh, daß Eva Ihren Fabian gefunden hat, ein solcher Prachtkerl, aber natürlich hat meine Tochter auch einiges aufzuweisen, ein beträchtliches Erbe aus dem Vermögen der englischen Verwandtschaft, einen akademischen Beruf, ganz zu schweigen von der Mitgift, schließlich ist sie unser einziges Kind ... eigentlich wollte ich ja, daß sie den Apothekersohn heiratet und die Praxis meines Mannes übernimmt, aber die Kinder tun nie das, was man für sie wünscht ...»

«Wie wahr», erwiderte Liliane, die neben Magda so edel zur Geltung kam und meine Mutter zu der lächerlichen und geschwätzigen Matrone degradierte, die sie auch war. Und dennoch empfand ich während der langen Stunden meiner Hochzeit zum erstenmal eine Art Zuneigung zu meiner Verwandtschaft, die rotgesichtig und aufrichtig ihrer Freude an meinem Glück Ausdruck gab, zuviel aß und trank und redete und mich nicht beäugte, als sei Fabian meine unwürdige Beute. Mein Vater war tatsächlich gerührt, und nach achtundzwanzig Jahren sagte er mir zum erstenmal in vielen Worten, daß er stolz auf mich sei. Er war kein Mann, der es verstand, Gefühle auszudrücken, und ich hatte ihn über all die Zeit als zu respektierenden Bestandteil meines Lebens geführt, ohne mich für seine Gefühle zu interessieren. An meinem Hochzeitstag verstand und liebte ich ihn, meinen kleinen, stillen Vater, der so altmodische Tugenden wie Verläßlichkeit und Anstand in seinem Wortschatz führte und meine Hand mit dem Platinring drückte, als er mir versicherte, daß sein Haus immer für mich offenstehe.

Was sollte schon geschehen in einer Ehe mit dem großartigen, vielversprechenden jungen Mann, als der Fabian von Magda gefeiert wurde? In meinem vagen Abschiedsschmerz von allem, was mein bisheriges Leben ausgemacht hatte, war sogar Magda inbegriffen, die auf Lilianes glatter Höflichkeit ausrutschte wie eine Kuh auf Eis. Niemand entging ihren Beschreibungen der einzigartigen Tochter, die bereits mit eineinhalb Jahren den Windeln entwachsen war, nur die besten Noten nach Hause brachte und der umschwärmte Mittelpunkt der Dorfjugend gewesen sei, immer anständig und respektierlich gegenüber ihren Eltern, auch als Studentin ernsthaft und fleißig, an Männern einfach nicht interessiert, so daß man sich als Mutter schon Sorgen um Glück und Nachkommen machen mußte ...

Magda redete von einer Person, die mir weitgehend unbekannt war, doch ich verstand, daß sie mich nur nach ihrem Bild lieben konnte und daß diese Liebe alles ausschloß, was ihr an mir unverständlich war. Sie war eine herzensgute Idiotin und zu bedingungsloseren Gefühlen fähig als ich. Ich sagte zu Liliane, daß ich meine Mutter sehr verehre, und Magda griff zu ihrem Taschentuch.

«Ich halte es für selbstverständlich, daß Kinder ihre Eltern verehren», sagte Liliane mit Blick auf den verlorenen Sohn, der in ein Gespräch mit dem Seniorpartner vertieft war. «Und ich finde, daß Frauen die Karrieren ihrer Männer unterstützen sollten – oder hast du etwa die Absicht, in München eine Arbeit aufzunehmen?»

«Hast DU etwa die Absicht, das Klischee der bösen Schwiegermutter aufrechtzuerhalten?»

Magda neben mir rang nach Luft, doch Liliane lächelte über meine Worte. «Mein liebes Kind, ich sehe schon, was mein Sohn an dir schätzt. Du bist irgendwie anders, und er hatte immer schon einen besonderen Geschmack. Ich wünsche euch aufrichtig, daß Ihr glücklich miteinander werdet, auch wenn ich meine Zweifel habe. Und ich denke, daß wir uns aneinander gewöhnen werden. Schließlich lieben wir ihn beide, und das verbindet.»

Magda war gerührt, und ich hätte Liliane gern nach dem Grund ihrer Zweifel gefragt, doch sie wurde von meinem Vater zum Tanz aufgefordert, und Fabian, der stets alles richtig zu machen schien, führte meine Mutter zum Walzer auf die Holztribüne, die als Schiebefläche diente. Mein Mann konnte auch tanzen, während ich mich in musikalischer Umklammerung stets unsicher fühlte und aus dem Takt kam.

«Ich weiß wirklich nicht, was er an ihr findet», sagte Fabians Freund und Anwaltskollege zu seiner Frau. «Sie ist nicht häßlich, aber bei Gott nicht schön. Scheint ja ein wenig Geld zu haben, aber von Charme keine Spur. Kein Wunder bei dem Beruf.»

«Das Kleid ist grauenvoll», flüsterte seine Frau. «Sie hat so eine Art Selbstbewußtsein, das ich unheimlich finde. Sie redet nicht mit den RICHTIGEN Leuten, wenn du verstehst, was ich meine.»

Ich verstand, was sie meinte, während ich an den beiden vorbeischlich auf dem Weg zu den chemischen Toiletten, die für die Hochzeitsgäste mit Blumenherzen geschmückt waren. Was das Kleid betraf, so hatte sie recht, ich war einfach nicht der Typ für ein langes Weißes und hatte mich nur schnell entschieden, um Magdas spitzen Schreien und den Kommentaren der Verkäuferin zu entkommen. Die Osterinseln oder jeder beliebige Ort wären passend gewesen, und nirgendwo auf der Welt hätte ich mich einsamer fühlen können als auf der Festwiese des Kaffs, die mit bunten Lichterketten geschmückt war wie bei einer Kirmes, und auf der sich die falschen und richtigen Menschen bewegten wie aus der Form geratene Glühwürmchen. Die Kapelle spielte Walzer, Märsche und altmodische Tanzmusik, auch nicht ganz richtig. Niemand beklagte das Fehlen der Braut, solange der perfekte Bräutigam seine Runden zog, das passende Wort für jedermann und jede Frau, und sogar Tante Ludovika hatte er becirct, bevor sie sich dem Alkohol ergeben hatte.

Ich liebte meinen so begabten Ehemann, der meine Unzulänglichkeiten ausglich, meine Lügen belächelte, meine Launen tolerierte. Das war kein Grund zum Weinen, doch ich tat es am Rande der Hochzeitsgesellschaft, die ich so nicht gewollt hatte. Mein Leben mit Fabian begann also mit einer großen Lüge. Es mache mir nichts aus, hatte ich ihm versichert, ein großes Fest zu feiern. Die Kirche: warum nicht? Ein langes, weißes Kleid: wenn er es wünschte. Magdas Speisenfolge und Lilians Blumendekoration: wie wundervoll. Und, o ja, ich hatte große Lust, die Hochzeitsreise in Italien zu verbringen, in Venedig, wo auch seine Eltern ihre Flitterwochen verbracht hatten. Hehre Selbstverleugnung oder pure Idiotie? Wie war das mit Fabians Leuten, die so selbstsicher auftraten, zweifellos gut erzogen und der eleganten Lüge mächtig? Würde ich zu ihm sagen, wie nett sie alle seien, später, in der Hochzeitsnacht, und vielleicht noch einen Orgasmus vortäuschen?

«Eva sieht a bisserl mitgenommen aus», sagte Sophie zu einem Münchner Paar, das sie als potentielle Galeriekunden einstufte. «Wo ist sie überhaupt?» Sophie erzählte von ihrer Hochzeit mit Poldi, die kein Dorffest, sondern eine gesellschaftliche Veranstaltung gewesen war, Kaviar statt Kalbsbraten, haha, aber es habe eben jeder seinen eigenen Gusto, auch in bezug auf Brautkleider. Sie hätte, dem Rahmen entsprechend, ein festliches Dirndl gewählt, sagte Sophie, und erzählte von ihrer Hochzeitsreise auf die Fidschi-Inseln, worauf man ihr erwiderte, daß die Sonnenuntergänge auf Bora-Bora besser seien, spektakulärer irgendwie, und Sophie nahm sich vor, Poldi nach Bora-Bora zu schleppen, vielleicht mit dem Argument, daß es dort wunderschöne junge Männer gäbe, und in Wien müsse man doch nach wie vor aufpassen, gell, Poldi, und wenn ich beide Augen zudrück', gibt es ein Geschenk, aber ein standesgemäßes.

«Haben Sie Eva gesehen?» Der Bräutigam tippte auf Sophies Schulter, und sie verspürte ein angenehmes Schaudern, das sie auf einen gewissen sexuellen Notstand zurückführte.

«Nein. Haben Sie hier einen passablen Mann gesehen, der mich unterhalten könnte? Ich nehme alles über zwanzig.»

Fabian lächelte, sie fand ihn attraktiv und bedauerte kurzfristig den Umstand, altes Geld geheiratet zu haben.

«Ich sehe mich für Sie um. Aber erst muß ich Eva finden.»

Sophie sah den breiten Schultern nach, die in der Menge verschwanden, und dachte, daß Fabian Wagner ein wenig John Waynes Gang kopierte, er sah überhaupt fabelhaft aus und war für Eva viel zu schade. Was für ein provinzielles Fest, und der Poldi hatte recht gehabt, nicht mitzukommen. Aber fad war es in Wien auch. Poldis Schwulen- und Schnorrergesellschaft war auf die Dauer eine einsame Veranstaltung. Es war an der Zeit, nach München aufzubrechen, sozusagen auf Evas Spuren. Und wenn sie jetzt nicht bald einen zum Flirten fand, würde sie sich sinnlos betrinken.

Elly schob Tonys Rollstuhl an die Tanzfläche, wo leicht angetrunkene Gäste versuchten, Tango zu tanzen. Sie beobachtete mit angewidertem Gesicht, wie Rosa einen von Evas Onkeln über die Bretter schob, das rosarote, schmuckbehangene Ungetüm mit vorgestrecktem, festgezurrtem Wahnsinnsbusen, und sie dachte, daß man fetten Menschen das Tanzen verbieten sollte. Mit Tony auf den Beinen hätte sie jetzt den Bauern zeigen können, was Tanzen bedeutete. «Mögen Sie Schlangen», fragte sie Tony, und er bejahte die Frage nicht wahrheitsgemäß, weil ihm Ellys Körper gefiel und er sie malen wollte. Elly suchte einen Retter für Mowgli im Falle ihres Ablebens, und sie zog den Umstand in Betracht, daß der Aufzug im «Orient» auch einem Rollstuhlfahrer Platz bot. Außerdem mochte Mowgli Menschen, die sich nicht hektisch bewegten.

«Eva ist bestimmt abgehauen», sagte sie zu Tony. «Dies hier ist auch schwer zu ertragen.»

Sie saß jetzt auf der Lehne seines Rollstuhls, und mit der

rechten Hand zog er die Linien ihres Körpers nach, denn sie trug ein enganliegendes schwarzes Kleid, das wie eine zweite Haut wirkte. «Aber sie liebt ihn», sagte Tony sanft, wie es seine Art war, und Elly unterdrückte ein höhnisches Lachen.

Ein schwarzes Gesicht, von bunten Glühbirnen beleuchtet, war immer noch ein besserer Fixpunkt als die Leiber auf der Tanzfläche. «Eva glaubt, daß sie in ihm alles gefunden hat, was sie für ihr Leben braucht. Sicherheit, Sex, Freundschaft ... für manche Frauen sind Männer wie Rettungsringe, nur sind die von begrenzter Haltbarkeit. Und wenn man sich klein macht, fällt man durch. Aber was das Schlimmste ist: Auf diesem gottverdammten Fest ist keine Bloody Mary zu kriegen.»

Tony lachte und hielt ihr sein Weinglas hin, aus dem sie mit vorsichtigen Schlucken trank, als könne man sich an Veltliner vergiften. Die Tangointerpretation der Feuerwehrkapelle ging in Polkaklänge über, und Tony lud Elly in seine Wohnung ein, nachdem sie über afrikanischen Tanz gesprochen hatten. Er hatte ein Herz für Einsame und wollte Elly malen. Elly hatte ein Herz für Menschen, die sich mit der Rolle des Zuschauers begnügten, und auf dieser Grundlage waren sie bereit, einander näherzukommen.

Sie sprachen über Eva wie über eine kürzlich Verstorbene, und Ludwig und Elsa, die zu ihnen kamen und sich umschlungen hielten, meinten, daß die Braut nach guter österreichischer Sitte entführt worden sei, denn anders sei nicht zu erklären, daß die Glückliche das schönste Fest ihres Lebens verlassen habe.

Rosa versicherte Evas Onkel, der die heftig Schnaubende zum Weinstand begleitete, daß diese Hochzeit fast so schön sei wie jene von Lady Diana und Prinz Charles. Nur eben österreichischer, nicht so steif. Evas Onkel, nach der Polka ebenfalls außer Atem, verspürte heftiges sexuelles Verlangen, das allenfalls durch die Anwesenheit seiner Ehefrau gebremst werden konnte. Später würde er ihr erklären, daß es verwandtschaftliche Pflicht gewesen sei, sich um Evas Londoner Gast zu kümmern. So rosarund war sie und so verführerisch, daß er beinahe Magda übersehen hätte, die ihre Tochter suchte und ihn mit dem berühmten Schwägerinnenblick strafte, bevor sie ihn aufforderte, nach der Braut Ausschau zu halten.

«Entweder sie ist entführt worden, oder sie spielt mal wieder verrückt», sagte Magda. «Ich möchte, daß sie gefunden wird, bevor es unseren deutschen Gästen auffällt.»

Rosa, deren Schmuck Magda blendete, versprach, bei der Suche zu helfen. Evas Cousins waren bereits unterwegs zu den beiden Gasthöfen, in die man die Braut entführt haben könnte. Evas Vater versuchte Magda zu beruhigen, die Abweichungen von ihren Regieanweisungen als persönlichen Affront betrachtete. «Es ist ein wirklich schönes Fest», sagte Evas Vater, und Magda erwiderte, daß man Fabians arroganter Verwandtschaft schließlich etwas bieten müsse und daß die Braut wirklich sehr wenig zum Gelingen des Festes beigetragen habe.

Sophie unterhielt sich mit Liliane über die Münchner Kunstszene und erhielt wertvolle Tips über die Beschaffenheit der tonangebenden und kaufkräftigen Gesellschaft. Sie flirtete dezent mit Fabians Seniorpartner, dessen Gattin in Frankreich weilte. «Ich wußte gar nicht», sagte Liliane, «daß Eva so interessante Frauen kennt.»

«Wir sind enge Freundinnen. Und Eva ist viel klüger als ich. Obwohl ... das Kleid ... ich weiß nicht.»

Liliane lächelte überheblich. Toilettenbrillenfabrikantengattinnen mochten mehr Geschmack als Geist haben, doch dies bedurfte keiner weiteren Kommentierung. Sie teilte die Aufregung um Evas Abwesenheit nicht, das arme Mädchen war überfordert und benötigte vermutlich etwas Ruhe. Nicht belastbar mit Trivialem, dachte Liliane, die sich für ihren Sohn eine etwas unkompliziertere Frau gewünscht hätte. Tatsächlich schienen sich in ihrer Familie die Fehlentscheidungen in Sachen Liebe zu wiederholen. Fabian hatte sich eine Frau gesucht, die seiner Mutter nicht im geringsten ähnelte. Sicher war sein Bild von Eva naiv gezeichnet; in dem Mädchen steckte mehr als Modelliermasse. Aber Männer verstanden nun mal nichts von Frauen, und Frauen verstanden und verstellten sich.

Laura, die arme Laura, war ihrem Sohn zu durchschaubar gewesen, klug, hübsch und liebenswert, aber eben auch ein wenig langweilig. Eva mit ihrem exotischen Beruf und dieser Unfähigkeit, nett oder gefällig zu sein, entsprach Fabians Faible für das Extreme. Das eine oder andere Kunststück wird sie auch können, dachte Liliane, die Sex allerdings für eine überbewertete Leibesübung hielt, die für den Ausgang einer Ehe ohne Bedeutung war. Man würde sehen.

«Ich hoffe sehr, daß Sie zur Eröffnung meiner Galerie kommen», sagte Sophie.

«Vielleicht. In meinem Alter muß man auch in seinen gesellschaftlichen Aktivitäten Prioritäten setzen, meine Liebe. Außerdem brauche ich etwas Zeit, um mich von dieser Hochzeit zu erholen.» Liliane begegnete Sophies erbostem Blick mit arroganter Unschuld. Evas beste Freundin war eine dumme Gans, deren Bekanntschaft man in München entbehren konnte.

Rosa weihte Evas Onkel in die Geheimnisse englischer Liebe im Heu ein, als Fabian seine Braut fand. Sie saß auf einer Baumwurzel ein Stück hinter den chemischen Toiletten im Dunklen, eine schemenhaft weiße Gestalt, die ein wenig zitterte, als er den Arm um sie legte. Fabian löste Haarspangen aus der Hochsteckfrisur, bis sich das Taftgebilde auflöste. «Sah ein bißchen spießig aus», sagte Fabian und kämmte ihr mit den Fingern durchs Haar.

«Ich weiß. Das Kleid ist auch abscheulich.»

«Genaugenommen die gesamte Veranstaltung. Bist du deshalb weggelaufen? Magda argwöhnt eine Entführung und hat Suchtrupps losgeschickt.»

Eva begann zu lachen. «Ich habe großen Durst. Auf ein Bier. Und nachher große Lust auf dich, da bin ich ganz sicher.»

Fabian hob sie hoch und legte sie über seine Schulter, siebzig Kilo Eva Röhm, und er empfand sie als leichte Beute. «Wie weit ist es bis zum nächsten Gasthof mit Betten, Frau Dr. Wagner?»

«Keinen Kilometer. Außerdem bin ich hungrig. Laß mich runter.»

Eva rutschte an ihm herab, zog die Schuhe aus und warf sie in Richtung des Waldes. Fabian holte eine kleine Taschenlampe aus der Hosentasche, und sie sagte ihm, daß er sehr praktisch veranlagt sei. Aber eben auch ein wenig verrückt. Und daß sie ihn immer lieben werde.

«Auch wenn ich ... zum Beispiel jemanden umbringen würde?»

«Auch dann. Auch mit Glatze oder Glasauge oder ...»

«Du lügst», sagte Fabian. «Du lügst meistens, und es macht mir sogar Spaß. Wahrscheinlich hast du auch in der Kirche gelogen. Ich stand neben dir und wartete darauf, daß du nein sagst, einfach so, weil dir alles auf die Nerven ging und du Magda diese Hochzeit nicht verzeihen konntest.»

Sie gingen in Richtung Dorfstraße, Eva barfuß, so daß das Kleid am Boden streifte. Das Gras war kühl und weich, und der Mann neben ihr verstand, wer sie war. Soweit sie es selbst verstehen konnte. «Ich habe daran gedacht. Aber dann hatte ich Angst, daß du diese Aufführung nicht wiederholen würdest.»

«Ich hasse Wiederholungen», sagte Fabian und dachte daran, daß eine Ehe eben diese Gefahr in sich barg. Er hatte lange gebraucht, sich zwischen Laura und Eva zu entscheiden – und ebensolange, sich überhaupt für eine Ehe zu entscheiden, um dann, als er Eva wiedersah, jegliche vernünftige Überlegung zu vergessen. Sie war etwas Besonderes, da hatte Liliane recht, auch wenn seine Mutter diesen Eindruck eher im Bereich des Kuriosen ansiedelte. Eva war besonders aufrichtig und gleichzeitig eine hingebungsvolle Lügnerin. Sie war ernsthaft und liebte das Lachen. Von bescheidener Gier und die personifizierte Unvernunft. Hochmütig. Klug. Sinnlich. Bar jeder Eleganz. Oder Rücksichtnahme. Eine grauenhafte Egoistin.

«Möchtest du Kinder, Eva?»

Sie übersprang einen Stein. «Ich glaube nicht. Ich habe aber noch nicht darüber nachgedacht. Du?»

«Doch. Schon. Irgendwann.»

Irgendwann lag außerhalb ihres Vorstellungsvermögens. Eva dachte daran, daß sie weder kinder- noch tierlieb war und keinerlei praktische Qualifikationen besaß, die sie zur Ehefrau befähigten. «Wußtest du, daß ich nicht kochen kann?»

«Ich hatte so eine Ahnung. Und wir sind schon über einen Kilometer gelaufen.»

Eva wies auf ein erleuchtetes Haus neben der Kirche. «Zum Ochsen. Da sind wir früher hingegangen, wenn es einen Geburtstag zu feiern gab, und am zweiten Weihnachtstag und zu Ostern. Meine Eltern leben in sehr exakten bürgerlichen Zwängen. Alles ist vorhersehbar, berechenbar. Man tut dies und sagt das und erfüllt im übrigen die Pflichten des Tages. Jeden Abend, bevor Vater zu Bett geht, trinkt er einen Cognac. Und Magda ihren Marillenlikör. Und sie sagt jeden Abend, daß Alkohol, in Maßen genossen, doch sehr bekömmlich sei. Vater nickt dann.»

«Wie kannst du das wissen, wenn du schon so lange Zeit weg bist.»

«Ich weiß es, Fabian. Und wenn du es jemals wagen solltest, vor dem Schlafengehen einen Cognac zu trinken, verlasse ich dich.»

Eva öffnete die Tür zur Gaststube und nickte freundlich in verblüffte Gesichter. Setzte sich an den Stammtisch und winkte dem Wirt. Bestellte zwei große Gläser Bier und Würste mit Senf und Kren. «Hast du keinen Hunger?»

Fabian schüttelte den Kopf. Es war ihr völlig gleichgültig, daß die Leute sie anstarrten. Daß Magda sie suchte. Eva würde zu ihm stehen, wenn er jemanden umbrächte, und ihn wegen einer Trinkgewohnheit verlassen. Sie war anbetungswürdig, doch Liliane hatte recht: Ein wenig Anpassung war notwendig, wenn sie den Alltag meistern wollten. Und jemand mußte Eva das Kochen beibringen. Ihr etwas Geschmack in bezug auf Kleidung vermitteln. Dieses Kleid, das jetzt am Saum verschmutzt war, gehörte definitiv in den Müll. So wie das meiste ihrer Garderobe, mit Ausnahme einiger Kleider, von denen sie sagte, daß sie Geschenke von Sophie seien. Ein wenig von Sophie, dachte Fabian, würde Eva gut stehen. Und er erschrak bei dem folgenden Gedanken, daß er bereits auf dem Wege war, sie nach seinem Geschmack verändern zu wollen.

«Was starrst du mich so an? Man kann Würste mit den Fingern essen. Jedenfalls im Kaff.»

«Ich liebe dich, Eva. Schwör mir, daß du mich nie verläßt.»

Sie hob zwei fettgetränkte Finger zum Schwur. Sechs Gäste, die Eva kannten, seit sie ein kleines Mädchen war, denn im Kaff kannte jeder jeden, verfolgten das Schauspiel einer Hochzeitsnacht mit dumpfer Faszination. Eva lächelte reihum und sagte: «Wir gehen jetzt bald ins Bett, aber vorher gebe ich noch eine Runde Schnaps aus.»

Das Hochzeitsfest neigte sich dem unvermeidlichen Ende zu, als der Wirt Eva und Fabian in das Zimmer weit hinten im Flur führte, eine wohlbedachte Wahl, denn er hatte die Absicht, die Nacht ohne störende Geräusche zu verbringen.

Als Fabian Eva auszog und das Kleid in den Mülleimer stopfte und Eva so laut lachte, daß die letzten Gäste unter dem Fenster stehenblieben und hochsahen, organisierte Magda den Bus, der die deutschen Gäste in das nächste Hotel bringen sollte, eine angemessene Unterkunft, die die Mutter der Braut im Kaff nicht gefunden hatte. Mit besonderer Herzlichkeit verabschiedete Magda den Seniorpartner ihres Schwiegersohnes sowie Liliane, die von einer «sehr originellen Feier» sprach, was Magda zutiefst verletzte.

«Ich hoffe, Fabian hat Eva gefunden, und sie sind wohlauf», sagte Magda, als Liliane in den Bus stieg.

«Ich hoffe, daß sie nicht irgendwo im Wald liegen. Fabian neigt zu Erkältungen.» Lilianes letzte Worte, bevor sie in den Sitz sank und die Augen schloß. Eine gräßliche Veranstaltung, dachte sie, eine gräßliche Familie und vermutlich gräßliche Matratzen in einem mediokren Landhotel. Magdas besorgt-verkniffenes Gesicht blieb hinter getönten Scheiben zurück.

«Eine reizende Familie – und eine wundervolle Hochzeit», sagte Fabians Seniorpartner, der Sophies Visitenkarte in die Seitentasche seines Jacketts gesteckt hatte und es ein wenig bedauerte, daß die charmante Wienerin nicht in seinem Bus saß. Obwohl er doch ein wenig müde war nach diesem anstrengenden Abend mit sehr gemischter Klientel. Fabians Braut war nicht sein Typ, aber das letzte Urteil darüber wollte er seiner Frau überlassen, die die Gattinnen der Juniorpartner im Rahmen von Teekränzchen röntgenartigen Untersuchungen unterzog. Liliane neben ihm schnarchte.

Rundum auf den Sitzen gab es Manöverkritik im Flüsterton. Die Braut wurde nicht geschont. Magda bot dem betrunkenen Rest der Hochzeitsgesellschaft Kaffee an, doch der Gast aus England bestand darauf, daß noch ein Bierfaß angezapft wurde. Magda hatte die Grasflecken auf Rosas Kleid nicht übersehen, ebensowenig die zeitgleiche Abwesenheit ihres Schwagers, der nun in einer ekelhaften Gesichtsmischung aus Geilheit und Schuldbewußtsein neben ihrer Schwester saß und sich mit Schnaps zugoß. Es war eine Schande, daß Heather den Großteil ihres Vermögens einem Schwein namens Rosa hinterlassen hatte, das in einer Art postkoitaler Depression nach der Braut jammerte, die wiederum bewiesen hatte, daß sie ein rücksichtsloses Monster war. Immer schon, dachte Magda wehleidig, während sie Evas Freundin Sophie beobachtete, die sich am Weinstand an den Hornisten drückte und dabei ordinär lachte. Die Schlangentänzerin war irgendwann mit dem Krüppel verschwunden, und hatte es nicht einmal für nötig befunden, sich dankend zu verabschieden. Fabians Anhang hatte eindeutig bessere Manieren, soviel stand fest, und auch, daß die eigene Verwandtschaft ein perfides Sitzfleisch und ruinösen Durst hatte. Nur ihre Schwester, das arme, betrogene Wesen, sah nüchtern, um nicht zu sagen ernüchtert aus. Evas Hochzeit zu mißbrauchen, um niedrigste Instinkte zu befriedigen, war ein Skandal, der Folgen haben würde. Aber nicht jetzt, und wo zum Teufel war Konrad? Magda suchte ihren Mann und fand ihn schlafend im Wagen. Auch er ein Verräter, der sie in kritischen Situationen im Stich ließ. Vor neunundzwanzig Jahren, als sie hochschwanger war, da hatte er sie mit Heather betrogen, dreimal mindestens, wie sie seinem Brief entnehmen konnte, den sie abfing. Das war nach der Geburt; Konrad schrieb Liebesbriefe nach London, während sie Eva stillte, die ein niedliches Baby war, ihr einziger Trost in dieser schweren Zeit. Danach wollte sie kein Kind mehr, nicht von einem Mann, der die Würde einer Schwangeren schändete. Keine Pille, sondern schlichte Verweigerung. Konrad hatte gebettelt, getobt und sich dann gefügt. Man hatte das gemeinsame Schlafzimmer beibehalten, schließlich sollte es kein Gerede geben. Das hatte sie von ihm verlangt: Die Aufrechterhaltung des Scheins, auch um Evas willen, die in einer ordentlichen Familie aufwachsen sollte. Ein niedliches Baby, ein schwieriges Kind und eine fremde Erwachsene: Das Schicksal hatte ihr wenig erspart, und nun blieb zu hoffen, daß es Fabian gelingen würde, Eva zu einer vernünftigen Frau zu erziehen.

Konrad schlief. Magda rüttelte ihn und dachte, daß die Zeit seiner Affären wohl vorbei sei. Er wurde ein alter Mann, Gott sei Dank, und sie war ihm trotz allem eine gute Frau, er hatte keinen Grund zu klagen.

«Wach auf. Ich will nach Hause.»

Er stöhnte und öffnete die Augen. «Ist das Fest schon vorbei?»

Magda führte seine Hand zum Zündschlüssel. «Für mich jedenfalls. Ich habe die Anweisung gegeben, daß ab drei Uhr nichts mehr ausgeschenkt wird. Unsere Verwandtschaft findet mal wieder kein Ende. Sie sind alle betrunken. Und unser Schwager Gerhard hat sich mit dieser Rosa im Dreck gewälzt. Nun fahr endlich. Die Sache wird ein Nachspiel haben, das schwör' ich dir. Und was deine Tochter betrifft, so erwarte ich von ihr eine Entschuldigung für ihr unmögliches Verhalten.»

Konrad fuhr vorsichtig, denn sein Sehvermögen hatte nachgelassen, so wie alles nachließ, peu à peu, und als nächstes wünschte er sich ein wenig Taubheit. «Sie war überfordert, das arme Kind. Du weißt doch, wie sensibel Eva ist.»

«Von DIR hat sie das bestimmt nicht.» Magda stieg aus und öffnete das Garagentor. Sie stand so, daß er knapp an ihr vorbeifahren mußte, sie tat es immer, und er fragte sich, ob dies zu ihrem Rachefeldzug gehörte: ihn auf besondere Weise in Versuchung zu führen.

Im Wohnzimmer schenkte Magda zwei Gläser ein: mit Likör und Cognac. Magda erhob ihr Glas und sagte: «Trinken wir darauf, daß die beiden glücklich werden. Obwohl sie es nicht verdient hat.»

Konrad setzte sein leeres Glas neben den Untersetzer. «Niemand hat es verdient.»

Während Eva und Fabian festumschlungen schliefen, endete die Hochzeitsfeier mit einer Schlägerei, ein nicht ungewöhnlicher Abschluß von Dorffesten. Soweit sich jemand dessen bewußt war oder sich später erinnern konnte, war Sophie der Anlaß. Ihr Flirt mit mehreren Musikanten der Feuerwehrkapelle löste zunächst einen Streit und dann den ersten Fausthieb aus, der den Hornisten am Kinn traf. Rosa feuerte die Kämpfenden an, und Magdas Schwägerin schickte ihren Mann in die Schlacht, um die Kampfhähne zu trennen. Sie sah es nicht ungern, daß auch er auf dem Schlachtfeld verwundet wurde, bevor der Dorfpolizist dem Spuk ein Ende bereitete. Sophie fand die rustikale Einlage wahnsinnig komisch, und Rosa pflegte die Verwundeten mit desinfizierendem Schnaps und Pflaster, das sie stets mit sich führte.

Magda, die am nächsten Tag davon erfuhr, dankte dem lieben Gott, daß den deutschen Gästen dies erspart geblieben war. Sie hörte auch, wo Eva und Fabian übernachtet hatten. Daß die von ihr angemietete Hochzeitssuite im Hotel dennoch bezahlt werden mußte, war ein Ärgernis unter vielen.

Das Kaff bebte vor Neuigkeiten und Berichten über die

große Feier. Der Ochsenwirt hatte beizutragen, daß man ein Brautkleid im Abfallkorb gefunden hatte, und die Braut, nur mit einem Frackhemd bekleidet, ins Auto gestiegen sei. Der Bräutigam hatte nichts unter seinem Jackett an und wenig Haare auf der Brust. Der Porsche war in Richtung Salzburg abgefahren.

Rosa erwachte im Feuerwehrauto, wo sie gemeinsam mit einigen Verwundeten den Rest der Nacht verbracht hatte, in aller Keuschheit und ziemlich unbequem. Sophie hatte den einzigen Taxifahrer des Kaffs frühmorgens aus dem Bett geklingelt und ihn überredet, sie nach Wien zu fahren.

Elly hatte Tony ins Hotel gebracht, wo sie gemeinsam Bloody Marys tranken, bevor sie ihm half, ins Bett zu kommen. Elly dachte an Mowgli, bevor sie einschlief.

Liliane hatte von einer Scheidung geträumt.

Magda litt an Migräne.

19. Kapitel

Die Leichen waren nicht das Problem. Ich fühlte mich wohl im Münchner Institut für Gerichtsmedizin, die Kollegen respektierten meine Arbeit, und der Chef interessierte sich ohnehin nur für Knochen; sein Spezialgebiet war die forensische Anthropologie, die Beschäftigung mit Skeletten und die Rekonstruktion beziehungsweise Identifizierung von Schädeln. Professor Wenninger war kaum zu begeistern für die fleischumhüllten Toten, für Alkoholgutachten oder Vaterschaftsbestimmungen; er war Wissenschaftler und erst in zweiter Linie Institutsdirektor, und wir nahmen seine relativ lässige Amtsführung in großer Dankbarkeit hin.

Wir waren ein fröhliches Team aus Alkoholikern, Melancholikern, Workaholics, Ledigen, Verheirateten, Geschiedenen, Frustrierten und Fröhlichen, Kettenrauchern, Nägelkauern, Katholiken und Atheisten, Skifahrern und Schachspielern. Sie nannten mich Wagner II, weil es bereits einen Dr. Michael Wagner im Institut gab, Molekularbiologe und Junggeselle, der Schwarm aller Sekretärinnen, was vor allem darauf gründete, daß er jung und verfügbar war und von unverbindlicher Herzlichkeit gegenüber allen Frauen.

Ich obduzierte Leichen, und Fabian machte Karriere. Er hatte sich auf die Scheidungsangelegenheiten begüterter Menschen spezialisiert und die Seniorpartnerschaft im Visier. Er vermittelte mir und allen anderen das Gefühl, daß er alles erreichen könne, was er nur wolle. Es war nie genug. Das war sein Problem, aber natürlich war es auch meines. Fabians Wohlbefinden war die Luft, die ich atmete; seine Worte die Bibel meines Privatlebens; seine Lust die Bestätigung meiner selbst.

Wir waren ein so glückliches, junges, erfolgreiches Paar. Alle sagten es, und ich glaubte daran. Wir bewohnten eine sanierte Altbauwohnung in Schwabing in einem Haus, das dem Seniorpartner meines Mannes gehörte. Fabian fuhr seinen geliebten Porsche und ich den kleinen Zweitwagen, der meinen Anfängerfahrkünsten angemessen war. Ich war eine orientierungslose Person, auch was das Autofahren anbelangte, verfuhr mich ständig und lieferte mich willig dem Gespött meines Mannes aus, der einige meiner Schwächen komisch fand. Fabian schätzte an mir, daß ich so bereitwillig über mich selbst lachen konnte.

Wir gingen oft aus, in Restaurants, ins Kino oder Theater, zu Empfängen und Vernissagen. Ich hatte von Liliane Einführungsunterricht im Kochen und Bewirten von Gästen erhalten. Unsere Gläser waren von Riedel und das Geschirr von Hutschenreuther, die Lampen italienisches Design und die Möbel eine stilvolle Mischung aus Antiquitäten und klassischer Moderne. Fabian suchte meine Garderobe aus, er liebte es nach eigenem Bekunden, mit mir in teure Boutiquen zu gehen und dort champagnertrinkend zu begutachten, was seine Frau ihm vorführte. Die Verkäuferinnen sagten nie, daß ich zu üppig sei für das eine oder andere; sie sprachen von Problemzönchen, die man mit lässiger Eleganz und teuren Stoffen überspielen konnte. Die Sprache der Gesellschaft, der wir angehörten, war unpräzise, aber selten verletzend. München war eine freundliche, beinahe gemütliche Stadt, und selbst dort, wo sie schäbig wurde, hielt sich die Tristesse in Grenzen. Manchmal vermißte ich Wien.

Wir gaben viel Geld aus, zuviel, wie ich glaubte, doch Fabian, der vorsichtig und recht erfolgreich mit Aktien spekulierte, hatte unsere Finanzen unter Kontrolle. So sagte er. Wir fuhren Ski in Berchtesgaden, segelten auf dem Chiemsee und verbrachten den Spätsommer in der Toskana. Jeden Sonntagabend dinierten wir mit Liliane. Jeden Tag rief er sie an. Zweimal pro Woche, mittags, ging er mit ihr essen. Liliane war sehr freundlich zu mir und betonte immer wieder, daß ihr nichts ferner läge, als sich in unser Leben einzumischen. In der Tat hatte sie mich nie gefragt, ob wir in ihrem Haus leben wollten. Sie war eine kluge Frau und vermietete die zweite Etage an einen Philosophieprofessor, der sich still und geschlechtslos darstellte und in seiner Freizeit Lilianes Garten pflegte.

An jedem ersten Mittwoch im Monat gab Frau Wiesenmayer, die Frau des Sozietätsgründers, ihr Teekränzchen für Anwaltsgattinnen. Sie hatte mir nur partiell verziehen, daß mein erstes Auftreten in ihrem Hause einer zweitklassigen Komödie gleichgekommen war. Ich hatte erstens zuviel von dem Cognac getrunken, der zum Tee angeboten wurde, zweitens ungezwungen von meiner Arbeit geplaudert und den selbstgebackenen Kuchen mit einer getrockneten Plazenta verglichen und zum krönenden Abschluß die Pfote des Wiesenmayerschen Dackels eingeklemmt, als ich die Terrassentür schloß. Versehentlich. Ich hatte nicht geahnt, daß es ein so großes Aufheben um einen so kleinen Hund geben könnte, und entschuldigte mich am nächsten Tag schriftlich bei der Gastgeberin. Ihre Antwort war von makelloser Heuchelei, dennoch wurde ich nach angemessener Frist wieder eingeladen und benahm mich fortan unauffällig. Still wie meine Leichen. Übereinandergeschlagene Beine. Ein interessiert zugeneigter Kopf. Lächeln statt Lachen. Der kleine Finger abgespreizt und Tee in kleinen Schlucken getrunken. Bei Wiesenmayers galt es als unfein, die Toilette aufzusuchen; Oberklassenblasen hatten zwei Teestunden standzuhalten. Oberklassengespräche kreisten um Kunst und Kultur, wozu ich sehr wenig beizutragen hatte. Ich fand, daß Opernsänger während ihres Tuns wie nach Luft schnappende Fische aussahen, Musiker wie Schwachsinnige, und Dirigenten Traumwandlern ähnelten, die versuchen, in einem schwankenden Ruderboot das Gleichgewicht zu bewahren. Diese Dinge sagte ich nur zu Fabian, und er dachte, ich wollte ihn damit amüsieren.

Ich begriff, daß es im wesentlichen ausreichte, zuzuhören und an geeigneter Stelle tiefsinnig zu nicken. Diese meine Tarnung ließ mich in den Augen der anderen als wenig lebhafte, aber durchaus angenehme Gesprächspartnerin erscheinen. Schweigen wurde stets als Zustimmung gewertet, und niemand interessierte sich wirklich für die Meinung des anderen, solange es nicht um Geschäfte respektive Mandate ging. Auch die Ehefrauen hatten einiges zu sagen, denn die meisten von ihnen übten Berufe aus, die sich durchaus für Tischgespräche eigneten: Juristinnen, Journalistinnen, Lehrerinnen, Ärztinnen. Sie alle waren gepflegt, gebildet und von diskretem Charme in ihrem Bemühen, den dekorativen Teil der glücklichen, erfolgreichen Paare darzustellen.

Evelyn Lechner war die einzige, mit der ich über das Stadium der Floskeln hinausgekommen war. Sie arbeitete als Journalistin für eine Münchner Boulevardzeitung und war mit einem Steueranwalt verheiratet. Sie sah aus wie Edith Piaf und liebte Edith Piaf. Sie haßte Opern, so wie ich, und teilte meine Abneigung gegen Dackel und Franz Josef Strauß. Evelyn und ich hatten die stillschweigende Abmachung getroffen, nie über unsere Männer zu sprechen, während alle anderen menschlichen Gattungen zum verbalen Abschuß freigegeben waren, insbesondere Frau Wiesenmayer, die uns während ihrer Einladungen eindringlichst klarzumachen versuchte, daß wir, die Ehefrauen, die wahre Stütze der Sozietät seien, die duldsamen Heldinnen der Überstundenmänner – und siehe, eines Tages werdet ihr die Früchte eurer Arbeit ernten und würdige Seniorpartnergattinnen sein. Manchmal sezierte ich sie in Gedanken und fand – nichts, außer fokalen Vernarbungen im Gehirn.

Es waren vor allem Fabians Kreise, die mich ein- beziehungsweise ausschlossen. Denn mein Mann bemühte sich um seine Mitmenschen, aus Gründen der Sozietäts- und Mandatspolitik, aber auch, weil er Gesellschaft und Gespräche schätzte. Wer es in München zu etwas bringen wollte, mußte sich in politischen Kreisen umtreiben, mit Journalisten an der Bar des «Vier Jahreszeiten» trinken und auf wichtigen Empfängen Visitenkarten verteilen. Wer reiche Leute scheiden wollte, mußte reiche Leute kennen. Wer mit Aktien spekulierte, lud Banker zum Abendessen ein. Wer mit einer Rechtsmedizinerin verheiratet war, stellte sie als «die Frau, die mich schon zu Lebzeiten seziert», vor. Fabian fand meine Arbeit makaber bis originell, allerdings nicht von dieser Welt. Details interessierten ihn nicht, es sei denn, ich hatte einen Prominenten aufgeschnitten. Er ekelte sich vor Krankheit und Tod. Selbst Liliane hütete sich, ihn mit altersbedingten Verfallserscheinungen zu belästigen.

Wir waren selten allein und lebten in einem Tempo, das wenig Zeit für Reflexionen ließ. Oder für Gespräche, die über das aktuelle Geschehen hinausgingen. Wenn wir im Bett lagen und Fabian mich liebte, mit seinem Körper und mit seinen Worten, dann war ich glücklich. Die Leidenschaft war ungebrochen, und manchmal fragte ich mich, woher er nach zehnstündigem Arbeitstag mit anschließendem Abendessen bei Kollegen die Energie nahm, mich nach Mitternacht in ein sehr feuchtes, willenloses Wesen zu verwandeln, das vor ihm, mit ihm, nach ihm Höhepunkte erreichte, die unvergleichlich schön und unendlich kurz waren. Sex mit Fabian war wie Segeln bei Windstärke zehn oder Schußfahrten über Steilhänge mit Pulverschnee. Wenn wir mit anderen zusammen waren und ich mich einsam fühlte oder langweilte, und wenn er mich dann ansah, über den Tisch oder Raum hinweg, spürte ich sein Begehren wie eine körperliche Berührung.

Die sexuelle Spannung war das stärkste Element unserer Liebe. Sie hinderte uns, Gedanken auszusprechen, die die Grenzen von Gefühlen berührten. Wir hatten zwei Leben zusammengeworfen und suchten in dem Chaos nach Gemeinsamkeiten. Meine Zahnbürste in deinem Glas. Deine Barthaare im Waschbecken. Die Geheimnisse, die wir so sorgsam vor anderen hüteten, die lächerlichen, ekelhaften Schwächen entblößten sich im Rhythmus eines Marathon-Striptease. Meine Bauchfalte. Deine Krampfader. Die Sicherheit, den anderen zu besitzen, und die Angst vor vollendeten Tatsachen. Am Ende eines Tages wartete ein Bett mit dem Satinlaken, das Fabian ausgesucht hatte. Ich mochte die Glätte nicht, und er haßte es, wenn ich abends las. Wir waren eine Einheit aus tausend Gegensätzlichkeiten und ignorierten dies im Namen der Liebe. Sorgsam bedacht auf Toleranz und gute Umgangsformen und gierig die Schwächen des anderen erforschend. Wir waren wie Steine, die, in den See geworfen, Kreise zogen, während sie schon zu Boden sanken.

Wir gingen in Romy-Schneider-Filme und betrauerten die Nachricht über ihren Selbstmord. Wir lachten über Frau Wiesenmayer, die ihren Dackel einsperrte, wenn ich geladen war, und wir teilten die Auffassung, daß Helmut Kohl eine Legislaturperiode nicht überstehen sollte. Fabians politische Überzeugungen deckten sich allerdings nicht mit seinen Beweglichkeiten in CSU-Kreisen; er nannte das Mandatspolitik und schalt mich eine Törin, wenn ich den Münchner Parteiklüngel kritisierte. Mundus vult decipi, ergo decipiatur, das war sein Bekenntnis zum guten, erfolgreichen Leben, und er konnte nicht verstehen, daß ich kein Verlangen zeigte, mich zu habilitieren und zur Institutsdirektorin hochzuarbeiten. «Deine Genügsamkeit hat etwas von Arroganz», sagte er, «und wenn ich so wäre wie du, würde ich heute noch Verkehrssachen bearbeiten und Honorarrechnungen von sechshundert Mark schreiben.»

«Aber mir macht Spaß, was ich tue. Wissenschaftliche Arbeit interessiert mich nicht, und ich hätte absolut keine Lust, mich mit bürokratischen oder personalpolitischen Dingen zu beschäftigen.»

«Wer spricht von Lust? Man muß doch Ziele im Leben haben, etwas erreichen wollen. Ich will der beste Scheidungsanwalt der Bundesrepublik werden und die Sozietät führen, wenn Wiesenmayer in den Ruhestand geht. Dafür bin ich bereit, Opfer zu bringen, liebe Eva.»

«Liebe Eva» war sein Ausdruck zunehmender Gereiztheit, den ich meistens, aber nicht immer zum Anlaß nahm, das Thema zu wechseln. «Ich habe eher den Eindruck, daß es dir Spaß macht, dich mit anderen zu messen und als der Stärkere hervorzugehen. Du gewinnst gerne, Fabian. Liliane behauptet, daß du schon als Kind ein miserabler Verlierer warst.»

Fabian lächelte ein wenig herablassend, wie immer, wenn wir verschiedener Meinung waren. «Niemand liebt Verlierer, Eva, mach dir nichts vor. Liliane zum Beispiel hat meinen Vater nie geliebt, weil er ein Schwächling war und sie ihn dafür verachtete. Dennoch war sie von eiserner Loyalität. Aber sie hat ihn nicht zurückgehalten, als er ihr sagte, daß er sich umbringen würde, nach dem Konkurs. Sie hat ihm zugehört und dann im Salon gewartet, bis er seine Worte in die Tat umsetzte. Vater erschoß sich in seinem Arbeitszimmer. Immerhin hat er DAS richtig gemacht. Als es vorbei war, rief Mama den Hausarzt.»

Es war die Kälte, mit der er darüber sprach, die mich verstörte. «Und du? Findest du ihr Verhalten richtig?»

Fabian erwiderte, daß Liliane sehr unter seinem Vater gelitten habe; es war keine Antwort, doch an diesem Abend waren wir mit Evelyn und Walter Lechner, mit Sophie und einem ihrer Maler bei «Käfer» verabredet, und Fabian verschwand im Badezimmer. Gereizt. Er sprach nicht gerne über seinen Vater, und er ermahnte mich, mich besonders hübsch zu machen, weil er wußte, daß ich diese Floskel verabscheute.

Walter Lechner beriet Sophie in finanziellen Angelegenheiten ihrer Galerie; Sophie verbrachte einen Großteil ihrer Zeit in München und logierte standesgemäß im «Vier Jahreszeiten», doch wir sahen uns selten. Sophie verabscheute Ehefrauen, die das Einkommen ihrer Männer nicht in ihre expressionistischen Bilder investierten, und mir mißfiel ihre kunstsinnige Konversation, die aufgesetzt klang und stets den Geruch des Geldes verströmte. Sophie in der Rolle der geschäftstüchtigen Galeristin war ein Publikumserfolg, doch ich war nicht mehr imstande, meine Wiener Sophie zu erkennen, und ich hatte keine Lust mehr, ihre Wandlungen nachzuvollziehen. Fabian warf mir vor, daß ich mich nicht genug um Menschen bemühe. Er kritisierte meinen Mangel an oberflächlichem Charme, an belangloser Herzlichkeit. Hatte er nicht früher eben diese Eigenschaften an mir gelobt? Früher in unserer Zeitrechnung waren die Tage, an denen wir noch eine Wahl gehabt hatten.

Unsere Geplänkel endeten wie so oft ohne Ergebnis. Wir hatten es noch nie gewagt, genauer gesagt, ICH hatte noch nie gewagt, ein Thema bis zum Ende auszufechten. Ich ahnte, daß ich verlieren würde, und Fabian hielt es nicht für nötig, mich zu besiegen.

Sophie sagte, daß ich bezaubernd aussehe, doch Evelyn wurde mit deutlich mehr Komplimenten bedacht, schließlich war sie als Journalistin nützlicher; bei «Käfer» speisten überwiegend Nutzer und Nutznießer und Menschen mit absetzbaren Bewirtungskosten. Wer wie Sophie vom Chef mit Vornamen angesprochen und mit Wangenkuß begrüßt wurde, durfte sich als gesellschaftlich etabliert betrachten. Der Tisch lag zentral, mit Ausblick auf andere Gäste. Sophie war die Gastgeberin und Mittelpunkt des Abends, und sie sprühte vor jenem Charme, den Fabian schätzte. Ihr Maler war ein «junger Wilder», eine expressionistische Stilrichtung, die zur Zeit «in» war. Er pflegte sein Image auch äußerlich: ganz in

Schwarz und Leder saß er neben mir und sprach von «brutalen Farben» und seinem künstlerischen Vorbild Bruce McLean, den er an Originalität längst übertroffen habe.

Ich studierte die Speisekarte, und als der Oberkellner kam, um die Bestellungen aufzunehmen, war ich immer noch unentschieden, ob ich den bretonischen Hummer oder den gefüllten Saumagen nehmen sollte, und als alle ihre Wünsche vorgetragen und Sophie den Wein ausgesucht hatte, als alle warteten, sagte Fabian: «Sie kann sich nicht entscheiden. Eine ausgeprägte Charakterschwäche. Es ist ein Wunder, sag' ich euch, daß sich diese Frau für mich entschieden hat.»

Alle lachten, und ich bestellte den Hummer. Sophie fragte, ob dies der Grund sei, warum ich keines ihrer Bilder kaufe? Ich antwortete wahrheitsgemäß, daß mir ihre Ausstellungsstücke nicht gefielen, und der Maler neben mir zuckte zusammen. Er hatte Kaviar geordert, und er schien sehr hungrig zu sein, denn er leerte den Brotkorb in hektisch-krümelnder Weise und strich so dick Butter aufs Brot, wie ich das aus dem Kaff kannte, wo Kalorien und Cholesterin Fremdworte waren. Im Kaff sprachen die Leute langsam und bedächtig, während in diesem, meinem neuen Leben die Schnelligkeit zählte, das raffinierte Wortspiel, der Witz, der Gag, die verbale Attacke als Ausdruck der Überlegenheit. Fabian war sehr begabt darin. Ich war es nicht. Bevor ich mich entscheiden konnte, welche Antwort ich meinem Mann geben könnte, war das Gespräch in behenden Wendungen weitergelaufen. Sie hätten nicht gelacht, wenn ich gesagt hätte, daß Entscheidungen aus Liebe leichtfallen.

Sophie umgarnte Evelyn, über die nächste Vernissage ausführlich zu berichten, während ihr Mann und Fabian über Sozietätspolitik sprachen. Der Maler schlürfte schweigend seinen Champagner. Ich langweilte mich und erzählte ihm, daß ich eine Weile in Spanien gelebt hätte, ein paar Monate als Kinderfrau in Picassos Haus. Und daß ein paar seiner Bilder gar nicht er, sondern seine Tochter gemalt habe, ein Scherz, über den sich Picasso königlich amüsiert habe, schließlich hielt er bekanntermaßen nichts von der Szene, die Kunst definierte und damit Geld verdiente. Picasso, sagte ich, habe sich nie für einen großen Maler gehalten.

«Glauben Sie ihr kein Wort», sagte Fabian. Er lächelte.

Sophie sah mich über den Tisch hinweg prüfend an. Sie war sehr schön, sehr schlank, sehr glatt. Perfekt in ihrem Äußeren, den eleganten Lügen, der Selbstinszenierung einer Frau, die nichts falsch machen konnte. «In Wien», sagte sie, «nannten wir Eva die ‹läßliche Lüge›. Sie liebt es, Leute zu provozieren, entweder durch brutale Wahrheiten oder durch absurde Geschichten.»

«Die Kombination», sagte Evelyns Mann, «ist doch sehr interessant.»

Mein Mann stimmte ihm zu, nahm meine Hand und küßte sie. Evelyn lächelte mich über den Tisch hinweg an, und Sophie erhob ihr Glas.

«Auf das, was wir am Leben interessant finden, meine Lieben.»

Es war ein typischer Sophie-Satz. Sie hatte die Gabe, jede Diskussion mit einem banalen Resümee abzuwürgen. Ein Abend, den sie bezahlte, mußte mit Themen gefüllt werden, die sie bestimmte. Und so tranken wir Sophies Sancerre, und ich aß den Hummer, der in seiner toten Gesamtheit serviert worden war und mich aus schwarzen Knopfaugen anstarrte. Seine Fühler zitterten, wenn ich mit der Hummergabel in seinem Fleisch stocherte, und ich bereute. Ich war dafür verantwortlich, daß man ihn aus dem Bassin geholt und in siedendes Wasser geworfen hatte. Andererseits hatte ich ihn aus seiner nassen Todeszelle geholt, wo er mit zusammengebundenen Scheren einem unausweichlichen Schicksal entgegengesehen hatte. Stets gab es zwei Betrachtungsweisen, und man neigte dazu, sich die angenehmere auszusuchen. Das Fleisch war weich und geschmacklos, und ich haderte mit meiner unter Gruppendruck getroffenen Wahl. Sophie schlürfte Austern, die ich noch abscheulicher fand, aber sie tat es mit einer genießerischen Hingabe, die einen sexuellen Beigeschmack hatte.

«Hast du keinen Appetit?» fragte Fabian, der Wachteln auf dem Teller hatte und die kleinen, kopflosen Tiere mit gekonnten Schnitten sezierte.

«Doch», murmelte ich, weil ich wußte, was kommen würde.

«Erst kannst du dich nicht entscheiden – und dann wählst du garantiert das Falsche», sagte Fabian. Liebevoll. Er hatte es schon oft gesagt, und natürlich hatte er recht. Meine Marotten waren nicht immer amüsant, andererseits war ER jemand, der stets eines seiner fünf Lieblingsgerichte bestellte und niemals etwas anderes: Wachteln, Ente, Steak, Hirschbraten oder Tafelspitz. In Venedig, während unserer Hochzeitsreise, war er zwangsläufig davon abgewichen, jedoch stets im Rahmen des Vertrauten; Fabian würde niemals ein Gericht wählen, das ihn überraschen könnte. Keine Straße gehen, von der er nicht wußte, wohin sie führte. In Venedig hatte er sich mit Hilfe eines Stadtführers orientiert, eines Restaurantführers und eines Wörterbuchs. Wir ließen weder Goethes säulentragende Häuser noch die «stummen Marmorbilder» aus, nicht den Palazzo Vendramin, in dem Richard Wagner seine letzten Monate verlebt hatte, das Teatro Comploy, in dem Eleonora Duse aufgetreten war, keine Kirchen und Bauwerke und Straßen, die für das Auge von Touristen bestimmt waren. Es war kalt gewesen in Venedig, zu kalt für die Jahreszeit, wie die Padrones versicherten, bei denen wir uns ausruhten und stärkten für die nächsten Etappen in Fabians Venedigführung. Aber auch Heinrich Manns Bacchanal-Satz stimmte: «Sie waren im Banne ihrer Sinne und genossen das Fleisch.» In einem der billigeren Zimmer des Hotels Cipriani, und nur daran konnte es gelegen haben, daß unser Hochzeitsbett nicht den hohen Anforderungen des Hauses entsprach.

Wir liebten Venedig, Fabian und ich, doch jeder auf eine andere Weise. Ich mochte das ziellose Dahinstreifen, das Hören und Riechen und Schmecken einer Stadt jenseits ihrer augenscheinlichen Attraktionen, das Verweilen in obskuren

Geschäften und Restaurants, deren Speisekarte ich nicht lesen konnte. Auf unserer Hochzeitsreise entdeckten wir, daß die Architektur der Liebe gewaltige Brücken bauen muß. Wir nannten sie Ergänzungen: meine Orientierungslosigkeit und seine Beherrschung von Raum und Zeit; meine planlose Neugierde und Fabians strategische Suche; meine Lust am Schweigen, die ihn fragen ließ, ob ich mich nicht wohl fühle oder er etwas falsch gemacht habe?

Sie redeten von Marianne Bachmeier, die den Mörder ihrer siebenjährigen Tochter im Gerichtssaal erschossen hatte. Sophie hatte das Thema in einer Kunstpause angesprochen, und Fabian bemerkte dazu, daß Selbstjustiz zweifellos auf übersteigertem Geltungsdrang beruhe. Zum Dessert wurde Blutorangenparfait serviert. Sophie bestellte dazu Champagner und schloß sich Fabians Meinung an. Mein Tischnachbar murmelte, daß Menschen das größte Kunstwerk seien und man sie also nicht zerstören dürfe.

«Entartete Kunst», sagte ich. «Ich könnte mir vorstellen, daß ich dazu auch fähig wäre, wenn jemand mein Kind umgebracht hätte.»

Evelyn sekundierte: «Vermutlich wäre das Schwein als nicht schuldfähig davongekommen.»

Fabian verabscheute die Popularisierung juristischer Themen. Seine Gabel mit der aufgespießten Blutorange zeigte erst auf Evelyn, dann auf mich. «Wahrscheinlich seid ihr beide für die Todesstrafe. Oder Folter ersten Grades bei Sexualtätern. Der Mann hatte das Recht auf eine faire Verhandlung, wie jeder andere Angeklagte auch. Ihr seid die typischen Liberalen mit radikalen Ausfallerscheinungen bei emotionalen Themen. Und im übrigen kann ich mir nicht vorstellen, daß meine Frau das Leben ihrer Familie zerstören würde, nur um ... abstruse Rachegefühle auszuleben.»

Sophie nickte beifällig. Mein Tischnachbar, dessen Namen ich gehört und wieder vergessen hatte, sah mich ein wenig mitleidig an. Ich empfand es so. «Ich habe nie behauptet, daß mein Charakter meiner Intelligenz standhält.»

Der Satz löste Lachen aus, auch bei Fabian, und ich ärgerte mich über meine Erleichterung, so leicht davongekommen zu sein. Es gab Frauen, denen mein Mann verzieh, wenn sie Ungereimtes sagten, Sophie zum Beispiel, die er in seinem Buch der Menschen als hübsche und unterhaltsame Schundliteratur führte. Geradezu wohlwollend sah er sie über den runden Tisch hinweg an, und ich nahm mir vor, Sophie bei nächster Gelegenheit zu sagen, was Fabian von ihr hielt.

Evelyn war nicht so kapitulationsfähig wie ich. Sie verwickelte die beiden Juristen in ein längeres Streitgespräch über Recht und Gerechtigkeit, sie brachte schöne Argumente vor und wurde mit fachkundiger Arroganz abgeschmettert. Es schien ihr dennoch Spaß zu machen. Evelyn kümmerte sich nicht um Sophies Mißmut und mein Schweigen. Mein Tischnachbar fragte mich leise, ob ich wirklich nichts von Kunst verstehe, und ich zuckte mit den Achseln. Kaum, sagte ich, und daß mir Vermeers Frauenbilder gefielen, die sinnliche Wiedergabe der Wirklichkeit, und an der Art, wie er mir zuhörte, erkannte ich, daß er mich für eine Idiotin hielt.

Evelyn stritt noch immer lustvoll und emotional gegen sachliche Einwände und herablassende Juristengesichter. Evelyn konnte sprechen, essen, mit den Händen gestikulieren, alles an ihr war Bewegung, und wenn es die Zigaretten waren, die sie stopfte, drehte, rauchte, im Aschenbecher zermalmte. Ich stellte mir vor, daß sie unter dem Tisch mit den Füßen wippte, mit ihren roten Schuhen, die sie immer trug, rote Schuhe zu schwarzen Kleidern und kleine, lächerliche Hüte, die zu ihrem Koboldgesicht paßten. Sie war eine furchtlose Verrückte, und ich mochte sie oder vielmehr vertraute ihr, weil sie mich in allem, was ich für sie war, akzeptierte.

Es war einfach, mit Evelyn zu lachen. Ernst nahm sie wenig, auch nicht ihren Beruf oder ihr Eheleben, und so zelebrierte sie den oberflächlichen Witz der Münchner Gesellschaft, den unbedenklichen Charme, den Geist ohne Bedeutung. Aber anders als Sophie wußte sie um das Verhängnis der

Leichtigkeit, und manchmal dachte ich, daß ihre größte Begabung die Kaschierung der Traurigkeit war.

Von ihrem Mann sprach Evelyn nie, wohl aber von Jonny und Kurt und Alois ... Männer, denen sie erst beruflich und dann privat begegnete, für kurze Zeit und nie bis zu dem Punkt der Sentimentalität, wie sie es ausdrückte. Evelyn begründete ihre Promiskuität damit, daß sie zu früh geheiratet habe und ihr nur noch zehn Jahre blieben, Spaß zu haben. Dann sei es Zeit, sich der Mutterschaft und den Zwängen des Lebens zu widmen. Genieße die Männer, sagte Evelyn, so lange sie dich begehren. Ich wußte nicht, ob ihr Mann diese Spaßphilosophie teilte. Evelyns Mann erschien mir tüchtig, gemütlich, nicht einmal im Ansatz unmoralisch. Neben meinem Mann wirkte Wolfgang Lechner blaß und unbedeutend, doch natürlich war ich blind, taub und stumm, Äffchen in Fabians Käfig – und auch noch glücklich dabei.

Sophie kam von der Toilette zurück. Sie zog im Stundentakt ihren Lippenstift nach und war sichtlich verärgert, daß das Tischgespräch keine andere Wendung genommen hatte. Ihr Maler sah sie bewundernd an, und sie schenkte ihm eines ihrer berühmten Lächeln mit Perlweißzähnen, bevor sie sich setzte und sagte: «Also ich finde diesen Abend zu schön, um ihn mit juristischen Themen zu beschweren. Ich schlage vor, daß wir an der Bar noch Champagner trinken und über die erfreulichen Dinge des Lebens sprechen. Kunst. Liebe. Geld. Davon versteh' ich was.»

«Sie hat einen untrüglichen Blick für Qualität», sagte der Maler, und ich dachte, abgesehen von der eigenen, was sehr illoyal war, schließlich nannte ich sie immer noch eine Freundin. Sophie war die einzige, die mich mit Wien verband. Mit meiner Vergangenheit, die ich Fabian nur in ausgesuchten Stücken präsentierte, seit ich wußte, daß er durchaus willens war, Erzähltes gegen mich zu verwenden.

Eva Wildgruber: Ich hatte sie noch ein paarmal besucht vor der Hochzeit. Ihr erzählt, daß ich nach München ziehen würde und sie nicht mehr besuchen könne. So leichte Monologe auf unseren Spaziergängen, ich sprach über meine Liebe und mein Glück, und weil ich mich an ihr Schweigen gewöhnt hatte, nahm ich es als Zustimmung. Niemand wußte, was Eva von außen aufnahm, was sie fühlte und wie sie darauf reagierte. Und vielleicht wollte ich es auch nicht mehr wissen. Wollte weg aus meinem Wiener Leben, das schon Vergangenheit war.

Sie habe kleine, aber wichtige Fortschritte gemacht, sagte der Arzt, und daß ich vielleicht dazu beigetragen habe. Und daß es schwierig sei, wenn Patienten ihre Bezugspersonen verlören. Er sprach über Eva, als würde sie ihn um Bruchteile mehr interessieren als andere Fälle. Sie war so winzig, so schrecklich dünn, und bei meinem letzten Besuch saß sie auf ihrem Bett und trug den Mantel, den ich ihr geschenkt hatte, obwohl es ein heißer Tag war, einer jener Wiener Gänsehäufl-Tage, in denen die Luft stillstand und die Patientensäle im «Steinhof» schwer von Ausdünstungen waren.

Sie trug den Mantel bis oben zugeknöpft, und ihre Hände versteckte sie in den Taschen. Jemand hatte ihr die Haare gekämmt und die Fingernägel geschnitten. Eva trug weiße Socken und Schlappen, in denen ihre Kinderfüße schlurfende Bewegungen vollführten. Und sie ging langsamer als sonst, so daß ich immer wieder stehenblieb, um auf sie zu warten.

Ich war stets vorsichtig gewesen mit Berührungen, denn auf jede körperliche Annäherung reagierte Eva mit Versteifung, im schlimmsten Fall mit einem stummen Schrei, der schrecklicher war als jeder menschliche Ton, von dem ich wußte. Ich hatte Eva stets nur am Ärmel berührt, um ihr etwas zu zeigen, oder meine Fingerspitzen an ihre Wange gelegt, um Zuneigung auszudrücken. Doch bei unserem letzten gemeinsamen Gang durch den Park, als ich mich von ihr verabschiedete, da nahm ich sie in die Arme, meine andere Eva, und sagte ihr, daß wir uns wiedersehen würden, irgendwann, wenn ich nach Wien käme. Abschiedsworte, die mir nicht schwerfielen, weil ich die Reisende war. Sie sah mich für einen langen Augenblick an, obwohl ihre Blicke sonst ständig herumirrten, als suchten sie etwas, von dem sie wußten, daß es nicht zu finden war. Sie sah mich an, und ich sah als erste weg.

Als ich aus München anrief, zwei Monate später, sagte mir der Arzt, daß Eva an jenem Tag die Pflegerin angegriffen und im Gesicht verletzt habe. Mit einer Nagelfeile. Die Tatsache, daß Eva eine Nagelfeile unter der Matratze versteckt hatte, sowie die Frage, wie sie daran gekommen war, schien ihn mehr zu erschüttern als die Tatsache, daß Eva wieder dort angekommen war, wo sie im «Steinhof» begonnen hatte: in ihrem Bett, angeschnallt an Händen und Füßen, befestigt und ruhiggestellt, mit Blick auf die Decke und Personen, die sie fütterten, löffelweise, ihr das Wasserglas an den Mund setzten, sich zur Seite drehten, wenn sie spuckte, sie nachlässig säuberten und das bißchen entfernten, das Eva noch von sich gab.

Sie wird jeden Tag weniger, sagte der Arzt am Telefon, und es klang unprofessionell, beinahe menschlich. Er sagte nicht, daß es meine Schuld sei, AUCH meine Schuld, aber ich dachte es die ganze Zeit, während er sprach, und ich fühlte mich so verdammt schuldig. Ich fragte Fabian, ob ich nach Wien fahren solle, als er nach Hause kam.

Vielleicht war es der falsche Zeitpunkt, denn es hatte Ärger in der Sozietätssitzung gegeben, nichts Großes, aber sie nahmen alles wichtig, vor allem ihren Status im hausinternen Machtgefüge, und ein Kollege hatte kritisiert, daß Fabian eine zweite Referendarin beschäftigte, eine mehr als die anderen. Fabian hatte geschmeidig reagiert, sozietätsversöhnlich, doch diese meine Frage überforderte sein Potential an liebenswürdigen Antworten.

«Was willst du in Wien? An ihrem Bett sitzen und dir leid tun, weil du ihr nicht helfen konntest?»

Er saß am gläsernen Eßtisch und sah mir zu, wie ich den Tisch deckte. Sein häuslicher Beitrag zum Abendessen beschränkte sich auf das Öffnen der Weinflasche. Er konnte nichts dafür, Lilianes Sohn, den sie zu einem perfekten Mann in ihrem Sinne erzogen hatte. «Ich weiß nicht. Ich meine, vielleicht kann ich ihr helfen – und wenn nicht, habe ich es zumindest versucht.» – «Zur Beruhigung des Gewissens. Deine guten Taten, liebe Eva, sind ebenso undurchdacht wie unvollkommen. Eine Mark für den Penner, ein wenig Sympathie für die Grünen, ein bißchen Zeit für Eva Wildgruber. Ich möchte deine Großherzigkeit nicht kritisieren, doch solltest du dir darüber im klaren sein, daß sie nicht sehr effektiv ist.»

Es gab Salat zum Abendessen und hinterher Käse. Fabian korrigierte das Arrangement des Bestecks und betrachtete mißbilligend die Serviette, die Frieda, unsere Zugehfrau, nicht in ausreichendem Maß gestärkt hatte. «Ein bißchen ist besser als gar nichts, findest du nicht? Daß die Sozietät zu Weihnachten das Rote Kreuz und das Kinderdorf bedenkt, wirst du dir ja wohl kaum auf deine humanitären Fahnen schreiben.»

«Es ist immerhin auch MEIN Geld und im übrigen ein jahreszeitlich bedingtes Ritual. Außerdem übernehme ich von Zeit zu Zeit Sozialmandate, wie du weißt. Das hat durchaus einen Robin-Hood-Effekt, wenn ich von den Reichen nehme und den Armen meine Arbeitskraft zur Verfügung stelle. Und in meiner Arbeit bin ich äußerst effektiv.»

Er hatte immer recht, das war das Problem. Die Servietten waren zu weich, und seine guten Taten waren erfolgsorientierter als meine. Ich trank zu viel, wenn ich darüber nachdachte, einen vollkommenen Mann zu lieben. So gutaussehend, so klug, besser in allen Belangen bis hin zum Skilaufen oder Segeln oder hauchdünnen Schneiden des Rettichs in durchschimmernde Scheiben. Die Rosen, die er mir mitgebracht hatte, standen auf der Glasvitrine in der teuren Vase, die ich zum Geburtstag bekommen hatte. Fabian hatte stets Zeit für schöne Gesten, Blumen oder kleine Geschenke, während ich vor obligaten Anlässen verzweifelt durch Geschäfte hetzte und mit Sicherheit das Falsche wählte, für ihn oder Liliane, was von beiden mit verzeihendem Lächeln akzeptiert wurde. «Sehr hübsch», sagten sie dann und legten mein Geschenk mit achtloser Geste zur Seite, während ich mich meiner Unfähigkeit schämte, ihrem Geschmack genug Zeit und Sorgfalt zu widmen.

Fabian schnitt sich ein Stück Käse ab und legte einen Pfirsich auf den zweiten Teller. Er gehörte zu den Menschen, die einen Pfirsich mit Messer und Gabel essen konnten und dies in Perfektion zelebrierten, und ich hegte die irrwitzige Hoffnung, daß das Fruchtfleisch am Stein kleben würde, doch die Frucht war reif und willig.

«Wenn du was für Eva Wildgruber tun willst, hol' sie aus dem «Steinhof» raus und bring sie in einem privaten Sanatorium unter», sagte Fabian.

«Weißt du, was das kostet?»

Er schob mir ein Stück Pfirsich in den Mund. «Das war eine sehr entlarvende Bemerkung. Vielleicht solltest du dich damit abfinden, daß du nicht gut genug für eine Eva Wildgruber bist. Spende was für ein Behindertenzentrum, das ist simpel. Oder gib deinen Pennern fünf Mark, dafür kriegen sie zwei Liter Wermut ... nur tu mir den Gefallen und konzentriere deine Wünsche und Taten auf das Machbare.»

«So wie DU.»

«Ja. Findest du, daß ich ein schlechter Mensch bin?»

«Ganz im Gegenteil. Deine Intelligenz, dein Charakter und dein Auftreten ergeben ein harmonisches Gesamtbild. Du bist perfekt durchgestylt, ich meine, du hast überhaupt keine Anlagen zum Unglücklichsein. Oder anders gesagt: Du stellst keine Fragen mehr, weil du dir alle Antworten schon zurechtgelegt hast.»

«Wenn man dich ins Unrecht setzt, wirst du immer so schön böse. Sie steht dir, diese Mischung aus Scham und Wut. Und ich liebe dich sehr, obwohl dein Käse nach Gummi und dein Schmerz an der Welt ebenso belanglos schmeckt.»

Eva starb zu Allerheiligen. Sie sei sanft entschlafen, sagte der Arzt am Telefon, und ich fuhr nach Wien, um sie zu begraben. Fabian war unabkömmlich, und wir sprachen nicht darüber, ob er andernfalls mitgereist wäre. Er meinte, daß dies eine gute Gelegenheit sei, Magda und Konrad zu besuchen, und er brachte mich zum Bahnhof, denn wir waren uns einig, daß ich mich Auto fahrend auf dem Weg nach Wien verirren würde. Ich kannte mich in München immer noch nicht aus, wußte den Weg zum Institut und den Geschäften, in denen ich einkaufte, und das war's. Die Stadt war ein Labyrinth, eine unsystematische Anhäufung von Straßen und Häusern, die einander ähnelten in ihrer Pracht oder Schäbigkeit, und so war es auch um die Leute bestellt, die meine Wege kreuzten. Münchner lebten mit Föhn und Schein, Gewittern und Tücke, Sonnentagen und barocker Lebenslust. Häßliches wurde nicht zugelassen, so kam es mir manchmal vor, und selbst im Institut herrschte eine fast trotzig lebensbejahende Stimmung. Leichen waren unser täglich Brot, doch gleich danach kam die Brotzeit, und schon während der Obduktion wurde über die Qualität des Leberkäses diskutiert. Das tote Baby war tragisch, aber der Stau zum Starnberger See war es auch. Die an Leberzirrhose verstorbene Erna Kommern vom Viktualienmarkt: Hatte sie nicht die besten Eierschwammerln verkauft? Die Toten waren dem Leben näher als in Wien, so empfand ich es, aber vielleicht war es auch nur umgekehrt.

Welcher Eva ich diesen Dienst erwies, war mir nicht ganz klar, doch nach zähen Verhandlungen mit dem städtischen Bestattungsamt Wiens setzte ich durch, daß Eva Wildgruber ein Grab am Zentralfriedhof erhielt, nicht an einem der prominenten Plätze, sondern in der Nähe des jüdischen Friedhofs, dort, wo die Gräber ungepflegt und verwunschen waren, von Efeu überwuchert und manchmal mit Plastikblumen geschmückt, denen der Herbstregen die Farben auswusch.

Ein Holzkreuz mit ihrem Namen und dem Todestag blieb von Eva erhalten, die mit zwanzig Jahren eine Art Leben beendet hatte. Eine Pflegerin aus dem «Steinhof» kam zum Begräbnis, eine junge Frau aus Wiener Neustadt, die bei solchen Anlässen zu weinen pflegte und mir erzählte, daß sie diejenige war, die Eva mit meiner Nagelfeile attackiert hatte. Die Narbe auf der Wange sei schon verheilt, sagte sie, und das, was an den Armen zurückgeblieben war, sei nicht so schlimm, und daß die Versicherung für den Arbeitsunfall bezahlt habe, wovon man sich einen Farbfernseher angeschafft habe. Dem armen Hascherl würde sie nichts nachtragen, das habe ja nicht gewußt, was es tue. Ich hoffte, daß sie recht hatte, als ich an Evas Grab stand und sie um Verzeihung bat für die Flüchtigkeit meiner Gefühle. Fabians Schuldspruch war allgegenwärtig, und ich wünschte mir, daß er neben mir stünde und mich trösten würde für mein Versagen an Eva Wildgruber. Von der Nagelfeile hatte ich ihm nichts erzählt, dies blieb mein und Evas Geheimnis, und der Priester sprach kurze Worte der Erlösung, die an mir abglitten wie der Allerheiligenregen, der von Stürmen begleitet war, die die Schirme der Trauernden aufblähten und die Friedhofsdiener in mißmutige Käuze verwandelten, die ihre Schaufeln hektisch schwangen und uns zur Eile trieben. Der Priester schlug ein letztes Kreuz, und ich legte den Rosenstrauß auf Evas Grab. Die Pflegerin sagte: «So a Sauwetter hat sie net verdient», und ich gab ihr recht. Wir tranken einen Grog in der Gaststätte am Zentralfriedhof, und sie gab mir zum Abschied die Adresse von Evas Eltern, ein Dorf an der ungarischen Grenze, dessen Name mir unbekannt war.

Zu Allerheiligen waren die Straßenbahnen vom Zentralfriedhof zurück in die Stadt überfüllt mit Menschen, die einander dafür haßten, daß es zu wenig Sitzplätze gab und nasse Schirme den Ausstieg behinderten. Sie haßten mich, weil ich aufstand und einer alten Frau meinen Sitzplatz anbot. Sie dankte mir nicht; vermutlich haßte sie mich, weil ich jünger war als sie und weniger einsam. Der Schaffner haßte uns alle, weil er am Feiertag arbeiten mußte. Er lächelte, als ein junger Mann über einen Schirm fiel und sein Fall von einer Frau mit Tirolerhut gebremst wurde, die zischte: «Können's net aufpassen, Se Trampel.»

Ich stieg an der Börse aus und ging die paar Schritte zum Hotel «Orient», wo ich ein Zimmer für drei Nächte gebucht hatte, ein renoviertes mit Innenbad und Toilette, ein vertrautes Stück Wien, das ich brauchte, auch wenn Fabian meine Hotelwahl mißfallen hatte. Mein Leben vor seinem Eintritt in dasselbe, was er davon kannte, war nicht mehr nach seinem Geschmack, und manchmal dachte ich, daß er eifersüchtig war auf meine fabianlosen Jahre, insbesonders die Wiener Zeit, die ich auszuschmücken pflegte, wenn ich in der Stimmung war, ihn zu reizen. Es geschah nicht oft.

Elly stand in der Bar, um mich zu begrüßen. Sie umarmte mich und küßte mich auf beide Wangen, sie roch nach teurem Parfüm und Alkohol und sah schlecht aus, eingefallen und müde. «Das macht das Leben aus dir», sagte sie, als ich sie forschend ansah. «Und im übrigen schaust du auch nicht viel besser aus. Hochzeiten und Begräbnisse machen uns zu Wracks, Eva, und darauf trinken wir jetzt.»

Die Rezeptionistin und Barfrau hieß Jana, sie stammte aus Polen, hatte Archäologie studiert und mixte ausgezeichnete Bloody Marys. Sie hatte das Orient-Gesicht: bleich, unausgeschlafen und standhaft gegenüber allen moralischen Anfechtungen. Sie sah uns beim Trinken zu und las Gedichte von Auden, während Elly und ich drei Jahre aufbereiteten, in denen alles und nichts geschehen war. Mowgli ging es gut, die Geschäfte in der Bar gingen schlecht. Die Handwerker, die den Verfall des Hotels aufzuhalten suchten, waren eine tägliche Qual an Lautstärke und Inkompetenz. Die SPÖ hatte die absolute Mehrheit im Parlament verloren. Anna Freud, Luise Ullrich und Oscar Werner waren tot. Die Burgenländer Weine waren mit Frostschutzmittel vergiftet. Tony war zur abstrakten Malerei übergegangen, was sich nicht verkaufte, ihn aber sehr glücklich machte. Das Wiener Wetter war grauslich, da war das in München schon besser. Nette Kollegen, netter Freundeskreis, netter Mann. Alles in bester Ordnung, bis auf die Sache mit Eva Wildgruber, man hätte sich um sie kümmern müssen, und Jana sah von ihrem Buch auf und sagte, daß Wien halt eine Stadt zum Sterben sei, auch Auden habe sich hier vom Leben verabschiedet; wer auf sich halte, der müsse es in Wien oder Venedig tun, alles andere sei stillos.

Jana hatte sich bereit erklärt, Mowgli in den Wienerwald zu bringen, wenn es soweit war, und Elly hob ihren schwarzen Pullover hoch und bat uns um ein Gutachten, und wir sagten ihr, daß sie noch ein paar Jahre vor sich habe.

«Das G'sicht», sagte Elly, «kann ich abends wegschminken.»

Fabian rief an und warf mir vor, daß ich mich nicht nach meiner Ankunft gemeldet hatte. Ich entschuldigte mich, und er sagte, daß er gerne bei mir wäre, um mich in einem Stundenhotel zu trösten, und ich glaubte ihm und weinte ein bißchen und legte auf, als es nichts mehr zu sagen gab. Wir tranken sehr lange, Elly und ich, und ich wurde immer nüchterner und trauriger.

«Du gefällst mir nicht», sagte Elly nach Mitternacht, als Jana uns den Schlüssel zur Bar ausgehändigt hatte, um in dem Bett hinter der Portiersloge zu schlafen, Ludwigs und mein Bett in unbeschwerten Zeiten, in denen ich mich nicht rechtfertigen mußte für die, die ich war. Ich erzählte Elly von Ludwig, der in die Firma seines Schwiegervaters eingetreten war und nur noch in seiner Freizeit malte, während seine Elsa zum zweitenmal schwanger war; das erste Baby hatte sie im siebten Monat verloren.

«Schrecklich», sagte Elly und ließ offen, wen oder was sie damit meinte. Ich dachte, daß sie die einzige war, die sich nicht verändert hatte. Elly und Mowgli, das «Orient» und die Bar verharrten regungslos im Strom der Zeit.

Elly war der bescheidenste Mensch, den ich kannte, denn seit Curd Jürgens gestorben war, in einem Wiener Krankenhaus, hatte sie keine Wünsche mehr ans Leben. Sie war ihm nie begegnet, wie auch, wenn sie kaum auf die Straße ging. Und er war nie in die Bar gekommen, in der sie tanzte. «Männer müssen saufen, lachen und huren können und ansonsten die Frauen in Ruh' lassen», sagte Elly, und daß Jürgens so einer gewesen sei. Sie wußte es eben, und sie glaubte, daß sie, als Schlange wiedergeboren, eine Tänzerin treffen würde, die ER war. Darauf tranken wir, und wir hörten Janas Schnarchen, das vom Schrillen der Hausglocke abrupt unterbrochen wurde. Die Gäste, die für zwei Stunden Glück suchten oder für ein paar Sekunden Ekstase, kamen immer noch ins Hotel «Orient», und an der Art, wie sie Jana ansprachen, erkannte ich, daß sie sich immer noch dafür schämten.

«Männer wollen Sex und Gemütlichkeit», sagte Elly. «Wie soll das gehen? Und wie geht's bei dir?»

Irgendwie, dachte ich, und daß es ungesund wäre, von der schönen Oberfläche auf den Grund zu steigen. «Wir führen eine perfekte Ehe, Elly, wirklich.» Ein Wort zuviel. «Leidenschaft, Freundschaft, Loyalität, es stimmt alles. Fabian ist ein so glücklicher Mensch, daß man gar nicht anders kann, als ihm darin zu folgen.»

Elly sah mich voller Zweifel an, und ich hatte das Gefühl, noch nie in meinem Leben so wahrhaftig gelogen zu haben. Und so erzählte ich Elly von meinen Träumen, den immer wiederkehrenden Filmen meiner Nächte, in denen ich hoch oben auf einer Leiter stand, starr vor Angst und nicht fähig, vorwärts oder rückwärts zu gehen. Angst, einen Abgrund zu überspringen. Angst, einen Zug zu versäumen. Immer die Angst, nicht imstande zu sein, das zu tun, was von mir erwartet wurde.

Ich erzählte Elly von meiner ersten falschen Diagnose nach einer Obduktion, der ersten, deren ich überführt wurde. Von dem jungen Mann, der Selbstmord begangen hatte, indem er sich von einem Bahnsteig vor die einfahrende U-Bahn warf. Selbstmord war MEINE Diagnose nach der Untersuchung der Überreste seines Körpers, doch die Eltern intervenierten bei Professor Wenninger, weil sie überzeugt davon waren, daß ihr Sohn, katholisch und glücklich, niemals Selbstmord verübt haben konnte. Es gab eine zweite Untersuchung, die Wenninger durchführte, und er entdecke winzige Brandspuren an zwei Fingern und an der Penisspitze. Wenninger fand heraus, daß der Junge auf die Schienen uriniert hatte; der mit Salzen angereicherte Strahl traf die stromführenden Schienen, wirkte wie eine Stromleiter und brachte den Jungen zu Fall. Ein

Unfall, kein Selbstmord, und Professor Wenninger war so gütig gewesen, meinen Fehler mit mangelnder Berufserfahrung und der Außergewöhnlichkeit dieses Falls zu entschuldigen. Ich hatte Fabian nichts davon erzählt.

«Warum nicht?» fragte Elly, und ich antwortete, daß Fabian Niederlagen nicht schätze. Wir erzählten uns von unseren Erfolgen, demonstrierten einander, wie gut wir waren, und scherzten gemeinsam über die, denen wir uns überlegen fühlten.

«Sei mir nicht bös', Schatzerl, es klingt ganz grauenhaft, was du erzählst», sagte Elly und wechselte das Thema. Wir sprachen über Eva Wildgruber, und sie überredete mich, vielmehr ich drängte sie dazu, mich zu überreden, Evas Familie aufzusuchen. «Vielleicht verstehst dann mehr von der Geschicht' und kannst besser schlafen», meinte Elly und sagte noch, daß sie mich gern begleiten würde, aber ein Ausflug in ein burgenländisches Kaff sei mehr, als sie ertragen könne. Meine Hochzeit sei ihr letzter Exkurs ins Tageslicht gewesen, eine Veranstaltung von zweifelhaftem Vergnügungswert, die sie nicht zu wiederholen wünsche. «Die Leut'», sagte Elly, «werden immer häßlicher, lauter und langweiliger.»

Die Welt, sagte Elly, sollte aus lauter Spiegeln bestehen, in denen sie sich ständig beobachten müßten, die Leute, beim Gehen, Reden, Essen, Tanzen. Beim Lieben. In einer Spiegelwelt würde zumindest keiner den anderen sehen, sondern nur sich selbst, und das wäre schon ein Fortschritt.

Wir sprachen sehr betont und langsam, wie es Betrunkene zu tun pflegen. «Aber keiner sieht sich, wie er ist, Elly, es wäre wie in der Spiegelkammer im Prater, wo alles verzerrt ist – und am Ende meinte man, im Irrenhaus zu sein.»

Elly spielte mit ihren schwarzen Haaren, die glatt und sehr lang herabhingen und sich im dämmrigen Licht in ihrer schwarzen Kleidung verloren. «Genau das mein' ich. Und ich seh' mich, wie ich bin: Eine lichtscheue Motte, die nichts weiß und nichts kann außer tanzen. Ein nutzloser Mensch – politisch, sozial und sexuell gesehen. Eine tierliebe Säuferin. Der menschgewordene Weltschmerz. Eine Selbstmörderin, die das Ende eitel hinausschiebt ...»

«Hör auf.» Ich stieß an mein Glas, und der rote Saft rann über die Theke auf Ellys schwarzen Samtrock. Ich sprang auf, aber Elly blieb sitzen. «Und soll ich dir sagen, wie du dich siehst? Nein? Dann erzähl du's mir.»

Jana schnarchte wieder. Elly mixte zwei neue rote Getränke mit viel Tabasco. Die Wodka-Flasche war beinahe leer. Sie machte eine Handbewegung, als wolle sie mich auffordern, durch einen Feuerreifen zu springen.

Ich sagte: «Als Zuschauerin. Ich sehe mich immer im Spiegel der anderen, und schön ist das nicht. Als Mitmacherin. Ich bemühe mich zu sein wie die anderen, aber mit mäßigem Erfolg. Als Hauptdarstellerin in einem Stück, das ich nicht kenne. Als Lügnerin. Selbst wenn ich die Wahrheit sage, zweifle ich daran. So wie jetzt.»

Elly begann zu lachen, das ging dann in Husten über, der nicht enden wollte, und Jana kam angelaufen. Sie gab ihr ein Glas Wasser und sah mich vorwurfsvoll an. «Sie sollte nicht so viel trinken.»

Elly würgte an dem Wasser. «Sei still, du polnische Schlampe. Wißt ihr, was das Geheimnis meines Erfolgs ist? Ich brauch' für mein Unglück die anderen nicht. Keinen von euch Menschenfreunden. Denn ich bin ein städtischer Eremit.»

Mit diesen Worten fiel sie vom Barhocker. Sie fiel seitlich und ziemlich sanft in der Art von Betrunkenen. Jana schrie auf und wollte ans Telefon laufen, um einen Rettungswagen zu holen, aber Elly setzte sich am Boden auf und murmelte: «Mir geht's gut. Schleift's mich nach oben.»

Was wir taten, doch ohne Jana hätte ich es nicht geschafft. Jana zischte die Schlange an, als wir Elly ins Zimmer brachten, und Mowgli schlängelte sich neben Elly aufs Bett, als wir sie dort abluden. Elly schleuderte ihre Schuhe ins Zimmer, tätschelte Mowgli und verwies uns des Zimmers. «Die braucht sich nicht umzubringen», sagte Jana, als sie die Zimmertür schloß. «Die säuft sich zu Tode.» Sie bot mir noch an, mich ins Bett zu bringen, doch ich versicherte ihr, daß ich es auch alleine schaffen würde.

Man schafft alles, wenn man nur will. Fabians Worte ... oder Magdas? Ich versuchte vergeblich, diese Frage zu beantworten, während ich in meinem Zimmer in meinem Koffer nach der Zahnbürste wühlte, die ich offensichtlich in München vergessen hatte. Auch darin etwas unbegabt, systematisch zu packen, würde Fabian jetzt sagen, aber er war nicht hier.

Gott sei Dank. Es war schön, daß er mal nicht da war, um mich zu loben oder zu kritisieren. Niemand, der Elly oder Jana oder das Hotel mit beißendem Spott überzog. Ich war ganz allein und furchtbar betrunken und sehnte mich nach ihm. Fabian hatte mich, ich erkannte es in aller Klarheit, zu seiner Idiotin gemacht. Im Zimmer neben mir schrie eine Frau, der es ähnlich erging. Aber vielleicht nur für zwei Stunden.

20. Kapitel

Für uns ist sie schon früher g'storben.»

Evas Mutter stand an dem Herd, der mit Holz beheizt wurde, und rührte in einem Topf, in dem Speck und Kartoffeln schmorten. Sie sah mich nicht an, während sie mit mir sprach, ihre Augen fixierten den Kochtopf, und ihre gerötete Hand hielt den hölzernen Löffel wie eine Waffe, deren kreisrunde Bewegungen nichts bewirkten. Man hatte sie vom Tod ihrer Tochter in Kenntnis gesetzt, ich erzählte ihr nichts Neues, und ich glaubte nicht, daß irgend etwas, auch nicht die Nachricht vom Weltuntergang, das kleine, harte Gesicht verändert hätte. Es war steingewordener Alltag, die Mühsal eines Lebens, das einen Anfang und ein Ende hatte, und dazwischen Tage in Armut und Arbeit. Die Armut roch nach geräuchertem Speck, Schweiß und Urin und verband sich mit dem Geruch von feuchtem, kokelndem Holz.

Fünf Mädchen im Alter zwischen drei und fünfzehn Jahren saßen auf der Küchenbank im Hauptraum des Hauses, dessen Holzdecke so niedrig war, daß ich unwillkürlich den Kopf eingezogen hatte, als ich ihn betrat. Ein zweistöckiges, altes Bauernhaus aus Holz und Steinen gebaut, mit kleinen, zugigen Fenstern, die wenig Licht gaben. Nichts Schmückendes war in dem Raum zu entdecken, wenn man von dem Kreuz und dem mit einem frommen Spruch bestickten Wandtuch absah. ‹Und segne, was du uns bescheret hast.› Die Mädchen saßen still, während ihre Mutter den Tisch deckte mit Löffeln und Tellern und Brot. Sie hatte mich hereingelassen, mir jedoch keinen Platz angeboten. Der Vater, sagte sie, sei unterwegs zu einer Kuhauktion. Evas Vater. Sie fragte mich nicht, warum ich gekommen war. Was ich von ihr wollte. Sie zeigte mit einem bandagierten Arm in Richtung des Holzfensters. «Da draußen stand der Neubau. Den hat sie angezündet. Und die Scheune, da sind die Kühe verbrannt. Jetzt können wir nicht mehr bauen. Und Kühe sind teuer.»

Sie sprach wie jemand, der es nicht gewohnt ist, viel zu reden. Langsam, nach Worten suchend. Sah aus dem Fenster auf einen Punkt in weiter Ferne. Evas Mutter trug eine Kittelschürze über einem Nylon-Trainingsanzug. Braune Farben, es gab nichts Schönes in diesem Raum, aber dies war meine arrogante Meinung aus meinem geschmackvollen Leben.

Im Kaff hatte es zwei Keuschler gegeben, so nannten wir die Bauern, die kaum Land besaßen und sich mit Lohnarbeit am Leben hielten. Die Tochter eines Arztes war nicht mit ihnen in Berührung gekommen. Diese Art von Armut war mir fremd. Sie hatte nichts mit den Studenten zu tun, die Marx zitierten, und nichts mit dem gelegentlichen Geldmangel meiner Wiener Zeit. Nichts mit meiner Kindheit und Jugend und dem Leben, das ich führte. Mein Bekenntnis, daß Geld nicht wichtig sei, wurde etwas unscharf in diesem Raum. Unsere Bekannten in München schwärmten vom einfachen Landleben, den knorrigen Holztischen, selbstgebackenem Brot und Wein aus Tonkrügen. Das einfache Leben, dieses hier, war ein schlechter Witz ohne Pointe. Niemand lachte. Sie sahen mich an fast ohne Neugierde. Es war ziemlich kalt im Raum, der Ofen wärmte nur, wenn man vor ihm stand.

Evas Mutter stellte den Suppentopf auf den Holztisch und füllte die Teller mit einer Blechkelle. Sie schob einen in meine Richtung. «Wenn Sie schon hier sind», sagte sie, und ich setzte mich auf den freien Stuhl. Dann wurde das Tischgebet gesprochen, murmelnd und mit gesenkten Köpfen.

Ich versuchte mir Eva vorzustellen, das sechste Mädchen mit dürren Armen und schlechten Zähnen. Die Kleinste wurde von ihrer Schwester gefüttert, sie hatte noch lebhafte Augen, doch ihre Nase triefte, und sie wischte sich den Rotz mit dem Handrücken übers Gesicht, so daß ich schnell wegsah und meine Suppe mit gesenktem Kopf löffelte so wie die anderen. Niemand sprach. Dieses Schweigen war nicht mein Schweigen.

«Warum hat Eva das getan – das Haus angezündet?»

Die Mutter und die Älteste hoben den Kopf und sahen mich an. Sie wußten es. «Sie war eben verrückt», sagte Evas Mutter.

«Sie war immer schon komisch.» Evas Schwester würgte diesen Satz hervor, als habe sie lange Zeit Wörter gekaut und endlich in die richtige Reihenfolge gebracht. Es gab keine Schule in Evas Dorf, ich hätte sie auf meinem Weg zum Gehöft gesehen. Wenn überhaupt, hatten die Mädchen einen weiten Weg zur Grund- und Hauptschule. Die sozialistische Regierung hatte kostenlose Schulbusse für alle eingeführt, Chancengleichheit im Erziehungswesen, auch wieder so ein schlechter Witz im Angesicht der Familie Wildgruber. Ich sah keine Bücher oder Zeitungen. Ein Transistorradio gab es, keinen Fernsehapparat. Die Welt bestand aus einem Raum, der Küche. Ein großer Holztrog stand in der Ecke. Einmal pro Woche würde man ihn mit heißem Wasser füllen und sonntags in die Kirche gehen. Ein gottgefälliges Leben. So stumm. Keineswegs so, wie ich mir meine stille Welt vorstellte.

Nur oberflächliche Leute urteilen nicht nach dem Aussehen. Das Geheimnis der Welt ist das Sichtbare, nicht das Unsichtbare. Ich dachte an Oscar Wilde und daß ich aus einer Welt kam, die hier, in diesem deprimierenden Raum nicht zählte.

Evas Mutter räumte den Tisch ab, und die Älteste half ihr dabei. Ich sagte, daß die Suppe sehr gut gewesen sei, und sie sahen mich an, als hätte ich etwas Unanständiges gesagt. «Warum war Eva komisch?»

Sie setzte Wasser auf für den Abwasch. Sprach mit dem Rücken zu mir. «Eva war verrückt aufs Lesen. Wollte Lehrerin werden.»

«Mit Arbeiten hatte sie nichts am Hut.»

Die Stimme der Schwester klang gehässig. Sie war ein dünnes, unschönes Mädchen, das an Akne litt und sprach, als habe es einen Knödel im Mund.

Ich war so arrogant. Und wütend, vor allem auf mich selbst. Die Mutter machte eine Handbewegung, als ob sie ihre Tochter schlagen wollte, und da erkannte ich, daß auch SIE zornig war. «Sie wollte Lehrerin werden», wiederholte sie. «Der Vater war dagegen.»

Der Vater war abwesend, doch ich spürte seine Präsenz. Die Mädchen waren zu still, selbst die kleineren bemühten sich, unauffällig zu sein. Zwei spielten, in die Ecke gedrückt, mit einer Stoffpuppe. Eines streichelte die Katze und starrte dabei ins Leere. Auch die Katze war mager. Das Kleinste krabbelte zwischen den Beinen der Mutter auf dem Holzboden, und viel fehlte nicht, und die Mutter hätte den Topf mit kochendem Wasser über sie gegossen, als sie stolperte. «Steinhof» in der kleinsten Hütte. Man muß nicht viel denken, um verrückt zu werden.

Evas Mutter schob das Kind mit einem Fuß weg, nicht allzu sanft, und es krabbelte weiter, unberührt von der Gefahr, der es entgangen war. Ich versuchte, mich an Magdas Zärtlichkeiten zu erinnern. Eine behütete Kindheit, dafür sollte ich ihnen dankbar sein, meinen Eltern, die mir im Rahmen ihrer Vorstellungen die Möglichkeit gaben, mich zu einem denkenden Menschen zu entwickeln. Gott lenkt. Gott gibt uns eine Seele, die mehr wert sein sollte als alle Abstraktionen. Insofern lag der Unterschied zwischen Geist und Seele nicht in Glück oder Unglück. Vielmehr in Äußerlichkeiten und Möglichkeiten der Wahl. Eva hatte, so wie ich es sah, keine gehabt.

«Wie sind Sie hergekommen?»

Warum, wäre die bessere Frage gewesen. «Mit der Bahn. Von da hat mich jemand mitgenommen. Das letzte Stück bin ich zu Fuß gegangen.»

Evas Mutter sah auf die Uhr, die über der Tür hing. «Der Vater kommt bald, Sie sollten jetzt gehen. Herta bringt Sie zur Bushaltestelle.»

Sie wandte sich ab und ihrem Abwasch zu. Ich wollte ihr sagen, daß Eva ein wunderbares Mädchen gewesen war, aber auch dies wäre ein schlechter Witz gewesen. Ihre Mutter war zornig, das war das Beste, was ich aus diesem Haus mitnehmen konnte. Und das Gefühl, daß der «Steinhof» nur eine andere Art von Hölle gewesen war. Eine, in der man keine Wahl mehr hatte. Dies hier war Terrain, in dem ich mich nicht zurechtfand und falsche, vorschnelle Urteile fällte. Wer sagte mir, daß Sprachlosigkeit keine Gefühle zuließ? Sie war zornig, Evas Mutter, und ihre Härte, die mich abstieß, war eine Überlebensformel, die ich nie gelernt hatte. Vielleicht hatte sie Eva geliebt, so wie Magda mich liebte, auf eine verständnislose, erfolglose Weise, die nie zur Gegenliebe geführt hatte. «Jemand hätte sich um sie kümmern müssen», sagte ich an der Tür.

Sie sah mich schweigend an. Und ich ging. Mit dem Gefühl, daß sie mich durchschaut hatte. Sie wußte, daß ich nur gekommen war, um mich freizusprechen von der Schuld an Evas Tod. Sie wußte um ihren Teil der Verantwortung. Jeder darf Kinder in die Welt setzen, sie behüten, vernachlässigen, lieben, quälen, vernichten. Wer schützt Kinder vor ihren Eltern? Wer konstruierte das System der wahllosen Fortpflanzung, die früher oder später mit Vernichtung endet? Welchen gottverdammten Sinn hatte alles, was ich tat oder unterließ, die Qual der Entscheidungen und die Aneinanderreihung von Siegen und Niederlagen?

«Einmal wird sie ihn umbringen», sagte Herta, als sie das Tor schloß, ein Satz von großer Entschiedenheit, den ich schweigend hinnahm. Ich war Evas Geschichte nicht gewachsen, das erkannte ich, als wir schweigend nebeneinander hertrotteten, Herta in einem Wollmantel, der zu groß für sie war, stumm, nach ihrer gewaltigen Ankündigung, die einer Erklärung bedurfte. Wir gingen an Wiesen vorbei, auf denen Kühe eingezäunt waren. Das Leben auf dem Land war naß und matschig vor eintöniger Wiesenkulisse. Die Felder waren abgeerntet, es war still und grau, und ich wollte plötzlich nicht mehr wissen, warum es das Einmal für Evas Mutter geben mußte. Ich fragte Herta nach ihren Plänen, und sie legte eine lange Denkpause ein, bevor sie antwortete, daß sie gerne Friseuse werden würde, aber es sei schwierig mit den Lehrstellen, und nach Wien würde der Vater sie nicht lassen.

«So, wie er nicht wollte, daß Eva Lehrerin wird?»

Herta antwortete, daß er Eva am meisten gemocht habe, der Vater. Aber ab und zu habe er sie schlagen müssen, weil sie anders war, als er wollte. Zum Schluß nicht mehr, sagte Herta, aber dann habe Eva den Neubau angezündet und die Scheune.

«Warum?»

Wir blieben stehen, kurz vor dem Dorf, dessen einzig schönes Bauwerk die Kirche war. Barock. Auch die Kirchen schützten die Kinder nicht. Ich faßte Herta an den Oberarmen und zwang sie, mich anzusehen. Sie hatte eine Art vorbeizusehen, die mich an ihre Mutter erinnerte – und an Eva. «Es muß doch einen Grund dafür gegeben haben.»

Evas Mutter hatte mir Herta mitgegeben, damit diese es aussprach. Aus keinem anderen Grund, denn sie war voller Zorn – und Haß, der einmal ein Ventil finden würde. «Sag es mir Herta, bitte.» Ich schüttelte sie, und sie bekam Angst. Angst war ein Gefühl, das sie gut kannte. Herta riß sich von mir los und zeigte auf den dunklen Punkt, der vom Steingruberhof noch zu sehen war.

«Sie war schwanger. Und sie wollte, daß er weg ist. Er war in der Scheune. Und sie wollte ihn weghaben. Und den Neubau, wo das Bett stand.»

Ein Freudenfeuer, dachte ich, und daß es ein Unglück war, daß er nicht verbrannt war. Für alle Frauen in seinem Haus, aber ich wagte nicht, Herta zu fragen, wollte es nicht wissen, weil ich doch eine Zuschauerin war, und was hätte ich tun können für das Mädchen, außer zu sagen: «Du mußt weggehen, Herta, am besten gleich. Steig in den Bus und fahr nach Wien. Ich geb' dir Geld und Ellys Adresse. Hier, ich schreib's dir auf. Elly ist so tierlieb.» O Gott, was redete ich? Ich drängte ihr das Geld und den Zettel mit der Adresse auf, und Herta steckte beides ein, ohne zu danken. Beiläufig. Und ging mit mir weiter zur Bushaltestelle. Keine Kühe mehr, sondern Menschen auf Traktoren begegneten uns. Sie sahen uns neugierig an, und einer grüßte, und Herta zuckte zusammen, ihr aknegezeichnetes Gesicht wieder furchtsam, als ob alles an diesem Ort ihr Angst mache, einschließlich meiner Person.

Ich hatte nicht gesagt «Steig mit mir in den Bus», das nicht. Ich war, mit Fabians Worten gesagt, nicht gut genug für meine Ansprüche. Ich war ein frierendes Wesen im schwarzen Regenmantel, das sich auf der Suche nach Wahrheit an Leichen halten sollte. Zunähen, einen Bericht schreiben. Die Akte schließen. «Was ist mit Evas Baby geschehen?»

«Er hat sie geschlagen nach dem Feuer. Und dann ging das Kind weg. Und dann brachten sie sie weg. Erst ins Krankenhaus und dann nach Wien.»

Während sie es sagte, begann sie zu laufen, denn der Bus stand schon an der Haltestelle, und ich lief hinter ihr her. Um nichts in der Welt wollte ich diesen Bus versäumen, und ich rannte wie um mein Leben. Der Bus war gelb, und er schaukelte altersschwach bei laufendem Motor. Herta stand vor der geöffneten Tür, als ich meinen Fuß auf das Trittbrett setzte. Evas Mutter wollte, daß ich sie mitnahm, ich wußte es, und obwohl ich es nicht wollte, sagte ich: «Fahr mit.» Der Busfahrer ließ den Motor aufheulen und brüllte etwas, das ich nicht verstand. Das Leben besteht aus Straßen, die sich gabeln, ohne Wegweiser. Gott lenkt, nein der Busfahrer war es, der aufstand und mich zur Seite schob, um die Tür zu schließen. Es gab keine automatischen Türen in Österreichs Landbussen. Keine Sicherheit, die richtige oder falsche Entscheidung zu treffen. Und Herta stand draußen, die Hände in den Taschen vergraben, ich hatte keine Hand ausgestreckt, als sie noch hätte aufspringen können. Evas Schwester blieb an der Bushaltestelle stehen, als wir losfuhren, und ich sah sie noch, bis wir um die Kurve bogen, die aus dem Dorf herausführte. Ich hielt mich an einer Stange fest und dachte, daß einmal täglich ein Bus nach Wien fuhr und daß es nicht unbedingt dieser sein mußte. Und daß es nicht wahr sein mußte, was ich glaubte, daß Herta die nächste war in der Gunst ihres Vaters, weil Häßlichkeit ja auch ein Schutz sein konnte. Der Bus schaukelte, und der Fahrer verlangte fünfundzwanzig Schillinge von mir, die ich nicht hatte, nur noch deutsches Geld, alles andere war in Hertas Manteltasche.

Er hieß mich eine «Schwarzfahrerin», und ich schimpfte ihn einen Idioten. Die vier Fahrgäste waren entzückt über unser Geschrei, das sich mit jedem Kilometer steigerte und darin gipfelte, daß ich ihn einen Kinderschänder und er mich «a depperte Hur'» nannte. Vor dem nächsten Gendarmerieposten hielt er an, packte mich an den Armen, er war leider stärker als ich, und schleifte mich in die Amtsstube, wo ein Gendarm in seiner Jause gestört wurde und mit zunehmender Begeisterung eine Anzeige wegen Schwarzfahrens, schwerer Beleidigung und tätlichen Widerstands gegen eine Amtsperson entgegennahm. Busfahrer und Gendarmen waren uniformierte Seelenverwandte, und ich landete nach lautstarken Protesten und der Abnahme meiner Handtasche in einem Zimmer, das Arrestzelle genannt und von außen verschlossen wurde. Ich hörte Schritte, dann war es still. Und ich dachte, was für ein Glück, daß Herta nicht mitgefahren ist. Und daß

Fabian nicht wußte, daß er mit einer Hysterikerin verheiratet war. Es gab Dinge, die nirgendwo auf der Welt ungestraft blieben: kein Geld zu haben und eine Amtsperson zu beleidigen. Mein Oberarm schmerzte von dem brutalen Griff eines Mannes, dessen Gesicht mich gereizt hatte, es in Aufruhr zu bringen. Eine Biedermannsche Visage ohne besondere Kennzeichen außer der der Selbstgerechtigkeit. Eine starke Ähnlichkeit mit dem Gendarmen, nur daß dieser einen Schnauzbart trug und eine andersfarbige Uniform. Ich stellte mir vor, daß Evas Vater auch so aussehen könnte, und mir kam der Gedanke, daß ich genausogut auf ihn hätte warten können. Fabians Worte: Du setzt deine Energien nicht zielgerecht ein. Ich sah sein Gesicht vor mir und warf ihm vor, herzlos zu sein. Nicht zu fühlen, was ich fühlte: Selbstmitleid, Weltschmerz, Wut, Zerstörungswut. Es gab nichts in dieser sogenannten Arrestzelle, das man kaputtmachen konnte, außer dem Stuhl, auf dem ich saß, und er erschien mir sehr stabil. So wie Fabians Herz, das die Gestalt eines stumpfen Kegels hatte und einen zentralen Hohlraum umschloß, der in vier Teile geteilt war. Ich hatte schon viele Herzen in Händen gehalten und wußte genau, wie Fabians Herz aussah: ein roter Klumpen, der sauerstoffarmes und sauerstoffreiches Blut durch den Körper pumpte, ein Muskel in der Gestalt eines stumpfen Kegels. Nichts weiter.

Fabian nahm mir eine Identität, nach der ich noch suchte. Er trieb mich in ein Leben, das ich nicht wollte, weil ich vor allem wußte, was ich NICHT wollte. Fabians Körperzentrum war der Sinusknoten, der alle Herzfunktionen steuerte. Hundert seiner Herzschläge pumpten sieben Liter Blut durch den Körper. Sein schwer arbeitendes Herz wurde von Koronargefäßen mit Energie- und Nährstoffen versorgt, die in seinem Alter vielleicht schon arteriosklerotische Veränderungen aufwiesen. Ich hatte Herzen obduziert, bei denen die Koronargefäße so rissig waren wie altes Mauerwerk. Herzen mit vernarbten Kammern, Gefäßverschlüssen, zerstörtem Gewebe. Fabians Herz war eine überaus leistungsfähige Maschine, deren Verschleißerscheinungen er nicht aufhalten konnte, auch wenn er nicht rauchte, mäßig trank und fettes Essen mied. Wir starben letztlich alle an Herzversagen, irgendwie, irgendwann. Der Gedanke war nicht so schrecklich wie jener von D.H. Lawrence: «Die meisten Menschen sind tot und hasten umher und sprechen im Schlaf des Todes.»

«Frau Doktor Eva Wagner?»

Ich sah den Gendarm mit dem sorgfältig gestutzten Schnauzbart an der Tür stehen und meinen Paß in Händen halten. Seine Stimme klang untertänig bis zweifelnd. Ich konnte eine Hochstaplerin sein, eine Verrückte, die Frau eines einflußreichen Mannes, alles war möglich, und dies alles strapazierte sein Vorstellungsvermögen. Ich nickte, und er sagte mir, daß er die Anzeige des Busfahrers aufgenommen habe. Jetzt, da ich mich offenkundig beruhigt habe, könne er meine Aussage zu Protokoll nehmen und mich unter Hinterlegung meiner Adresse gehen lassen. Gespreizte Worte und verschränkte Arme. Eine funktionierende Herzmaschine, obwohl er ein wenig asthmatisch schien, und fett war er auch, ein Jausenfresser, ein Schweinsbratenmann, ein bißchen Qualtinger, aber ohne Durchblick. Vielleicht sah Evas Vater so aus, vielleicht waren sie im selben Schützenverein und begegneten einander beim Kirchgang, wohlanständige Leute, ein bißchen triebhaft und brutal, wenn sie getrunken hatten, aber nicht wirklich böse, nur ein wenig und nicht bewußt, und da gab es noch die Beichte und das Beichtgeheimnis und das große Schweigen auf Erden. Ich hatte Eva zum zweitenmal begraben, endgültig diesmal.

«Haben Sie Kinder?»

«Nein. Sie?»

«Nein. Ein Segen, nicht wahr?»

Er kratzte sich am Kopf. «Meine Frau sieht das anders.»

«Wir sehen alle alles anders, weil wir anders sind, aber dann wieder auch nicht, und nur die ganz Klugen hassen sich selbst dafür.»

Er hielt mich für eine Verrückte. Legte das Papier auf meinen Schoß und trat einen Schritt zurück. Die Leute hatten Angst vor freilaufenden Verrückten. Alles, das irgendwie anders war, gehörte eingesperrt. Die entscheidende Frage war lediglich, wer darüber bestimmte. Der Mann reizte mich stellvertretend, und so las ich den Wisch auf meinem Schoß und entwarf eine Geschichte zur Ablenkung.

«Das Protokoll ist in Ordnung, aber mit der Adresse werden wir ein Problem bekommen. Ich bin nämlich auf der Durchreise, Urlaub sozusagen. Zu Hause bin ich in Rajasthan, Indien. Ich leite da eine Peststation. Überwiegend Patienten mit Lungenpest, das ist die extrem ansteckende Variante.»

Er WAR asthmatisch, denn jetzt rang er nach Luft. Ich konnte sein Hirn gleichsam arbeiten sehen, den Adrenalinspiegel steigen vor Angst, denn entweder sprach ich die Wahrheit, oder ich war eine Irre, und beide Möglichkeiten waren gleichermaßen besorgniserregend. Er trat noch einen Schritt zurück, stand jetzt vor der Tür und rasselte mit seinem Schlüsselbund. Vielleicht war es auch nur das unkontrollierbare Zittern der Hände. Es war schön, Busfahrer anzuschreien und Ordnungshüter in Panik zu versetzen. Ich sollte es öfter tun, auch in München. Jetzt nicht an Fabian denken und seine Kritik an irrationalen Handlungen. «Ich bin nach Österreich gekommen, weil die Möglichkeit besteht, daß ich mich infiziert habe.»

Der Gendarm schloß die Tür nach einem fast behenden Satz nach rückwärts. Er versperrte sie nicht, das hätte ich gehört, so waren es nur seine eiligen Schritte ins Dienstzimmer, zum Telefon, wie ich vermutete, um Verstärkung beizuholen, vielleicht rief er auch den Pfarrer an.

Es war angenehm, auf einem Stuhl in einem leeren Raum zu sitzen. Ich erinnerte mich an den letzten Urlaub in der Toskana, an die Dörfer mit den alten Häusern, vor denen alte Männer auf Stühlen saßen, im Schatten, und sie starrten nirgendwohin und sprachen nur noch zahnlose Dinge, und ich liebte ihren Anblick, weil er ein so friedliches Warten auf den Tod war. Natürlich war es nur ein Bild, mein Bild, und Fabian zerredete es, während wir Hand in Hand die gepflasterte Straße entlanggingen auf der Suche nach dem wirklich originären, erstklassigen Lokal, in dem der Wirt Deutsch sprach und uns die Fische zeigte, bevor er sie zubereitete.

Ich hatte Hunger. Ich hatte einen perfekten Mann, den ich nicht verdiente. Einmal würde Evas Mutter den Mann umbringen, und einmal würde Herta in den Bus nach Wien steigen. Die Fliege in meinem Zimmer begann, idiotische Bahnen zu drehen. Zwei Männer in Uniform kamen herein und brachten mir ein Glas Wasser und eine Wurstsemmel sowie eine Matratze und eine grünkarierte Decke. Sie hatten sich Tücher um den Mund gebunden, die beiden Männer, und mein Gendarm stand draußen in sicherer Entfernung – oder was er dafür hielt. Es sah nach einem längeren Aufenthalt aus, und ich fragte den Gendarmen, wie er sich die Verrichtung meiner Notdurft vorstellte? Er hielt sein Gesicht abgewandt, trotz sicherer Entfernung, und gab nach einigem Überlegen die Anweisung an die Vermummten, mir einen Nachttopf ins Zimmer zu bringen. Der Topf war aus Emaille, ein altes Stück von beträchtlichen Ausmaßen, und sie stellten ihn unters Fenster, bevor sie aus dem Zimmer flüchteten. Bevor mein Gendarm den Raum versperrte, wünschte er mir eine gute Nacht. Österreicher waren im Prinzip sehr freundliche Menschen.

Meine erste Begegnung mit begrenzter Bewegungsfreiheit: Ich versuchte, mich an Sartres «Geschlossene Gesellschaft» zu erinnern, während ich die Semmel aß, dick mit Butter bestrichen und mit Salami belegt, und war beinahe zufrieden mit meiner gegenwärtigen Situation. Sie war absurd, aber nicht tragisch, und gab mir die Zeit, über Eva nachzudenken, über alle Frauen, die ich kannte, und ihr Maß an Dummheit, Selbstverleugnung und Verzweiflung. Irgendwann schlief ich auf der Matratze ein, in die Decke gehüllt, die nach Menschen roch, die fünfundzwanzig Schillinge zu wenig besaßen oder anderer Vergehen schuldig waren.

21. Kapitel

Fabian kam am nächsten Mittag, um mich zu holen. Er sah sehr wütend aus. Er war wütend, nachdem Magda ihn angerufen und unter fortdauerndem Schluchzen eine wirre Geschichte erzählt hatte. Man hatte meine Eltern anhand meines österreichischen Passes ausfindig gemacht und telefonisch über den Aufenthaltsort ihrer Tochter informiert, und natürlich hatte Magda umgehend Fabian verständigt, der ein Gespräch mit einem Mandanten zu Ende führte, bevor er sich ins Auto setzte, um in ein niederösterreichisches Dorf mit Arrestzelle zu fahren, in der sich eine Frau befand, die nach amtlicher Auskunft im höchsten Maße ansteckend oder geistig umnachtet war.

Er hatte sich nicht einmal verfahren, den Gendarmen angeschnauzt und ein Formular unterschrieben, in dem er für meine körperliche und geistige Gesundheit bürgte. So einfach war das. Die Geschichte mit dem Busfahrer würde ein gerichtliches Nachspiel haben, sagte Fabian, und daß er nicht das leiseste Verständnis für Hysterikerinnen habe. Er trug sein dunkelblaues Cashmere-Jackett und einen roten Schal und sah fabelhaft aus.

«Ich würde gerne ein Bad nehmen.»

«Wo, Eva? Im Irrenhaus oder im Wiener Gefängnis?»

Er saß auf dem Stuhl, und ich hockte auf der Matratze. Äußerlich zerknittert, aber keineswegs zerknirscht, wie er erwartet hatte. «Was hältst du von einem Hotel? Außerdem habe ich Hunger und Durst.»

Wir schwiegen auf der Fahrt nach Wien, jenes Schweigen zweier Menschen, die einander gut kennen, aber wiederum nicht gut genug, um die Wahrheit zu wagen. Ich dachte, daß Evelyn über die Episode lachen würde, wenn ich sie nur lustig erzählte, aber wohl niemand sonst in der Sozietätsfamilie, und daß Fabian panische Angst davor haben mußte, daß Dr. Wiesenmayer davon erfahren könne. Sich lächerlich zu machen war eine Form der Niederlage, die mein Mann nur schwer verkraften könnte. Den schönen Schein, den Liliane um ihre unheile Familie gelegt hatte, galt es, auch in künftigen Generationen zu bewahren. Unverzeihliche Einbrüche wurden mit dem Tod bestraft; immer wieder versuchte ich mir die letzte Szene der Eheleute Wagner vorzustellen. Hatte sie wirklich kein Wort gesagt, als er ihr seinen Selbstmord ankündigte? Hatte er verzweifelt gehofft, daß sie ihn umstimmen würde? Hatte sie ihn zum Abschied geküßt oder tröstend die Hand auf die Schulter gelegt – oder ihm in kühlen Worten gesagt, daß es sicherer sei, die Pistole in den Mund zu nehmen und aufwärts zu schießen, weil beim Ansatz an der Schläfe die Möglichkeit bestand, das Ziel zu verfehlen oder nur blind zu werden.

Fabians Vater hatte – mit den Worten seines Sohnes – alles falsch gemacht im Leben, und ich hielt dies für ein herzloses, grausames Urteil, das nicht einmal Liliane unterschreiben würde. «Erwartest du jetzt, daß ich dem Beispiel deines Vaters folge, um die Schande zu tilgen?»

Fabian überholte einen Lastwagen, bevor er antwortete: «Sei nicht albern. Außerdem riechst du ganz schrecklich.»

«Dann mach das Verdeck auf.»

«Es regnet, Eva. Manchmal glaube ich wirklich, daß du ein wenig seltsam bist.»

Fabian fuhr sehr konzentriert und langsamer als gewöhnlich, weil die Straße vor Nässe spiegelte. Die Scheibenwischer kämpften monoton gegen Regentropfen an, und sein Profil war eine Maske der Mißbilligung. «Es ist eine Frage der Perspektive, findest du nicht?»

«Nein. Es gibt Regeln zwischenmenschlichen Verhaltens, in deren Grenzen man sich zu bewegen hat. Das gilt für eine Ehe ebenso wie für Busfahrten. Und versuche nicht, mir zu erklären, warum ich dich von einer Polizeistation abholen mußte. Ich würde es doch nicht verstehen.»

«Es war ein Gendarmerieposten.»

«Spielt das eine Rolle?»

«Spielt es eine Rolle, was ich sage?»

Wiederholungen. Wir tauschten Worte und Schweigen und Zärtlichkeit und Leidenschaft, und wir verstanden einander kaum. Die Erkenntnis über die Unmöglichkeit meiner Liebe fiel zeitgleich mit dem Quietschen von Bremsen und dann einem Aufprall, der von knirschenden Blechgeräuschen begleitet war. Fabians Hand war da, als ich nach vorne flog; nicht seine Hand bremste mich, sondern der Sicherheitsgurt, doch es war typisch, daß er auch in einer unvorhersehbaren Situation eine instinktiv richtige Geste machte. Ich fiel zurück, beinahe sanft, und dann stand der Wagen still, und man hörte nur noch den Regen. Ich hielt die Augen geschlossen, es war ein sehr schöner, leiser Augenblick des Lebens. Jemand rüttelte mich und eine verzweifelt klingende Stimme schrie mich an: «Ist dir was passiert? EVA. LIEBSTE ...»

«Ich liebe dich.» Das kam sehr leicht. Er sah so besorgt aus, als ich die Augen öffnete, und ich dachte, daß die drei Worte eine gute Entschuldigung für alles waren, was wir einander antaten. Fabian öffnete meinen Gurt und zog mich aus dem Wagen, der nur noch Zweidrittelporsche war, der Rest hing im Hinterteil eines Traktors, der, wie die Gendarmen später feststellten, aus einem Seitenweg verkehrswidrig in die Landstraße eingebogen war. Es fiel ihnen offensichtlich schwer, einem deutschen Porschefahrer die Absolution zu erteilen, doch auch die Bremsspuren gaben keinen Anhaltspunkt darauf, daß Fabian zu schnell gefahren war. Der Junge auf dem Traktor stand unter Schock, war aber unverletzt, wir alle waren davongekommen und standen im Regen, und Fabian tröstete den Jungen, was mich so anrührte, daß ich zu weinen begann. Auch die Gendarmen waren beeindruckt, und sie boten uns einen Platz in ihrem grünen Dienstwagen an, während sie die Personalien aufnahmen und über Funk einen Abschleppwagen anforderten.

«Der schöne Wagen», sagte ich, als sie ihn an die Kette legten und hochzogen. Ich stank, war naß und fror, und Fabian legte sein Jackett um meine Schultern. «Es ist nur ein Ding», sagte er, und das war wirklich komisch, weil er seinen Porsche sehr geliebt hatte. Ich kam mir vor wie in einer Filmszene, nur, daß nicht Ingrid Bergman ins Flugzeug stieg, sondern ein schwarzes Cabriolet abgeschleppt wurde. Fabian Bogart war bleich, aber gefaßt, ein Mann für alle Lebenskrisen, und sein Arm auf seinem Jackett war stark und beruhigend. Warum ich mich schuldig fühlte, wußte ich nicht. Aber es war ein sehr vertrautes Gefühl in Fabians Gegenwart. Wenn ich nicht zu Evas Eltern gefahren wäre, mich nicht mit dem Busfahrer angelegt und den Gendarmen belogen hätte, dann wäre er nicht auf dieser Straße gefahren, in die ein Junge auf dem Traktor eingebogen war, der nun heulte, weil er Angst vor seinem Vater hatte. Eva am Anfang einer kausalen Kette, die zum Unglück führte. Fabian sagte zu den Gendarmen, daß die Versicherung alles regeln würde. Er organisierte ein Taxi, das uns nach Wien brachte, ins «Orient», wo er Jana überredete, uns für eine Nacht die «Fürstensuite» zu überlassen, zum Spezialpreis. Jana fand ihn hinreißend, ich sah ihre vergleichenden Blicke und fühlte mich wie eine häßliche, nasse Katze, die ein gütiger Mensch aufgelesen hatte.

In der Suite telefonierte er mit der Versicherung und seiner Sekretärin. Ich hörte, wie sie ihn wegen seines Wagens bedauerte, und ich hörte ihn den Satz wiederholen, den ich schon beim erstenmal nicht geglaubt hatte. «Meine Frau ist ein wenig mitgenommen, deshalb bleiben wir noch einen Tag hier», sagte Fabian und zwinkerte mir zu. Er war strahlender Laune, unbekümmert fast, und er erinnerte mich an den Fabian der alten Wiener Tage, den Mann, der Zaubergärten öffnete und mich staunend wandeln ließ. Und dann dachte ich gehässig, daß er alles nur inszenierte, um mich ins Unrecht zu setzen. Ich war an dem Unfall schuld, und er dankte es mir durch Großherzigkeit.

Fabian ließ mein Badewasser ein und wusch mir die Haare. Er bestellte Champagner aufs Zimmer und stellte ein Glas auf die Marmorwanne, deren Ausmaße für Orgien konstruiert und wohl auch gedacht waren.

Fabian und ich, Champagner trinkend in der Badewanne, das war ein anderer Film, ein erotisches Meisterwerk, inszeniert vom Hauptdarsteller, der mich in seiner unnachahmlichen Mischung aus Zärtlichkeit und Gier zum Stöhnen brachte. Neu daran war, daß ich nicht aufhören konnte, mich zu beobachten. Und ihn. Fabian und Eva in ihren besten Rollen. Er wußte genau, welche Punkte meines Körpers am empfindlichsten reagierten, und ich wußte genau, daß ihn meine Bisse erregten, fest genug für lüsternen Schmerz, aber nicht so fest, daß sie Spuren hinterließen. Das heiße Wasser verlangsamte die Bewegungen der Einheit unserer Körper, und er hatte die Wassermenge so dosiert, daß sie uns auch beim Stellungswechsel nicht behinderte. Eva auf Fabian im letzten Akt, kurz vor dem grandiosen Finale, das wir in routinierter Perfektion gemeinsam erreichten, und ich hatte alles richtig gemacht und nicht einen Moment damit aufgehört, darüber nachzudenken. Und ich hatte dabei an Ellys Beschreibung der Paarung von Pythons gedacht, bei der das Weibchen mit dem Körper zuckt und mit dem Schwanz schlägt, bis der männliche Python sich um sie windet und sich mit seinem Geschlechtsorgan in ihr verankert, stundenlang ihren Bewegungen folgend – bis er sich aushakt und wieder zum Einzelgänger wird.

Als wir uns gegenseitig abtrockneten, erzählte mir Fabian, daß ich soeben mit einem Seniorpartner der Sozietät kopuliert hatte. Dr. Wiesenmayer hatte vorgeschlagen, die Wartezeit dank besonderer Leistungen zu verkürzen; der Sozietätsbeschluß war einstimmig gefallen und ihm am Vorabend bei einem Abendessen im Hause Wiesenmayer mitgeteilt worden. Ich dachte, daß dies ungefähr die Zeit war, in der ich in meiner Arrestzelle das Verhalten von Fliegen studiert hatte, um nicht im Gedankensog meiner Zweifel abzutrudeln. «Warum hast du mir das nicht gleich gesagt?»

«Du warst zu weit weg, Eva.»

Und nun hatte er mich wieder zurückgeholt. Man mußte ihm dankbar sein. Ich war dankbar.

Fabian öffnete seinen Koffer und gab mir ein Kleid, das er aus München mitgebracht hatte, vorsorgend und fürsorglich. Ein Kleid, mit dem man in ein Kaffeehaus oder in ein feines Restaurant gehen konnte, alle Möglichkeiten waren bedacht. Es war eines jener Kleider, die er ausgesucht hatte, ein türkises Stück von zeitloser Eleganz, das ich je nach Stimmung als Verkleidung empfand. Während ich es unschlüssig in den Händen hielt, fragte er mich, ob ich mich über seinen Karrieresprung denn gar nicht freue.

«Doch. Natürlich. Sehr.»

«Du hast eine merkwürdige Art, es auszudrücken. Mama ist mir um den Hals gefallen, als ich es ihr erzählte. Selbst deine Mutter war beeindruckt. Du solltest sie übrigens anrufen, sie hat sich große Sorgen gemacht.»

Ich rief Magda an und berichtete ihr das Nötigste, Fabians Blicke im Rücken, während er sich anzog. Magda sagte ein paarmal «Um Gottes willen» und betonte, daß meines Vaters schwaches Herz meinen Eskapaden nicht gewachsen sei. Ich war schuldig.

Wir aßen in den «Drei Husaren», um Fabians Karrieresprung gebührlich zu feiern. Ich trug sein Kleid und hatte die Haare hochgesteckt, ich sah gut aus, wie Fabian sagte, war eine aufmerksame Zuhörerin und fühlte mich wie ein seeuntüchtiges Schiff, das in der Arktis zwischen Eisschollen trieb, die einen immer dichteren Kreis schlossen. Bis zum Stillstand. Das Funkgerät sandte Signale aus, die niemand hörte. Fabian sprach vom Kauf eines neuen Porsche. Dem Erwerb eines repräsentativen Hauses stand die Erwartung entgegen, daß man Liliane beerben würde, ihr Haus, das natürlich der Renovierung bedurfte, jedoch in einer erstklassigen Gegend lag. Nicht, daß man sich ihren Tod wünschte, Gott bewahre, aber es würde der Tag kommen, an dem Mama besser in einem Seniorenheim untergebracht wäre als in dem großen, alten Haus.

«Sie wird niemals ausziehen.»

Fabian wechselte das Thema, doch ich hatte eine Ahnung, daß Lilianes Haus in seinen Lebensplänen eine feste Rolle spielte. So merkwürdig, daß ihn der Gedanke nicht erschreckte, eine gerade, allseits markierte Straße zu gehen. Die Sozietät, Eva, Liliane: Drei Eckpfeiler in seinem Leben, die keine Abweichungen zuließen. So dachte ich. «Macht es dir nichts aus, jeden Abend mit mir ins Bett zu gehen und jeden Morgen mit mir aufzuwachen?»

Er fand meine Frage merkwürdig. Verneinte sie und formulierte die Frage neu und an mich gerichtet, und ich log, wie ich es immer tat, wenn ich zu feige war, meine Zweifel an seiner Logik zu messen. Dazu spielte die Zigeunerkapelle. Die Kellner waren aufmerksam, wie sich das in einem teuren Lokal gehörte, und der Wein war wohltemperiert. Ich wußte, mit welcher Handbewegung er die neue Flasche prüfen und wie er den Probeschluck kommentieren würde. Die freundliche Herablassung gegenüber geschultem Personal und die schneidende Arroganz, wenn es nicht seinen Anforderungen entsprach. Nun wußte ich auch, wie Dr. Fabian Wagner auf Verkehrsunfälle mit schwerem Blechschaden reagierte, noch ein Punkt abgehakt, und eines Tages würde es keine weißen Flecken mehr auf seiner Landkarte geben, kein einziges Geheimnis zwischen uns außer dem Haß, den wir mit Liebe nährten.

Fabian sprach von seinem bisher lukrativsten Mandat, der Scheidung einer bayerischen Adeligen von ihrem Industriellengatten, einem Millionenspiel, wie er es nannte, und die Zahlen ließen seine Augen leuchten. Der für die Anwaltskosten relevante Streitwert lag beim dreifachen Monatseinkommen; die von ihm vertretene Adelige unterstrich ihre Forderungen mit Kenntnissen über Steuerhinterziehung und Luxemburger Konten, eine pikante Scheidungsvariante, die er als Anwalt natürlich nicht vertreten konnte. Niemals und niemandem gegenüber dürfe man sich erpreßbar machen, sagte Fabian, und ich konterte leichthin mit der Tatsache, daß wir über getrennte Konten verfügten und ich keine Ahnung von seinen finanziellen Regelungen habe. Fabians Geheimnis war seine panische Angst, die Geschichte seines Vaters könne sich wiederholen. Er hütete es mit wohlgesetzten Worten und verriet es durch extreme Geldgier. Es war überwiegend mein Geld, Heathers Erbe, das wir in die gemeinsame Wohnung investiert hatten, den Rest hatte Fabian in Aktien angelegt, unser Vermögen, wie er sagte, aber was vermochten wir zu tun als gut zu leben, so gut wir konnten, oder so schlecht; was interessierte mich Geld, so lange es da war; was interessierte mich dieser Mann, der von Geld sprach, als sei es etwas Sakrales, Gottes Lohn auf Erden für diejenigen, die es verdienten. Meine Gleichgültigkeit gegenüber der Vermehrung unseres Vermögens irritierte ihn bisweilen, fügte sich jedoch andererseits in sein Frauenbild der schönen, durchaus geistreich sein dürfenden Staffage. Wie klug er es zu verbergen wußte, wenn er mit Politikerinnen, Juristinnen, Journalistinnen zusammentraf. Ich hatte einen klugen Mann, und ich war nur eine dumme Frau. Und Liebe war wie eine Sektion: Man hielt das Skalpell verborgen, doch die Schnitte waren unausweichlich, immer tiefer, verbissener, von Mitgefühl begleitet manchmal, oft nur neugierig oder gleichgültig. War der Schnitt einmal vollzogen, so wurde ausgeweidet; Herz und Hirn waren die wichtigen Organe, doch sie gaben nichts preis in Angelegenheiten der Liebe. Es gab keine Erkenntnis außer jener, daß wir die Illusion brauchten, um der Einsamkeit Sinn zu geben. Und daß jeder Schnitt ein teilbarer Schmerz war, einer, der uns dem Ende näher brachte.

Fabian schlug vor, den Abend in der Bar zu beenden, in der Elly auftrat. Ich wehrte mich kaum, obwohl ich die Begegnung fürchtete. Es war Ellys Urteil, vor dem ich Angst hatte, nicht seines, doch weil ich das nicht erklären konnte, gingen wir hin, Arm in Arm durch die Touristenstraßen des Ersten Bezirks, am Stephansdom vorbei, wo Fabian vor dem Schaufenster eines Juweliers stehenblieb und davon sprach, mir einen Einkaräter zu kaufen, ein angemessenes Geschenk für die Frau eines Seniorpartners und eine Geldanlage zugleich. Ich fror in meinem dicken Mantel, der innen mit Pelz gefüttert war, der bescheidene Luxus einer heuchelnden Tierschützerin.

Einem Bettler, der vor dem Stephansdom ausgeharrt hatte, gab ich zwanzig Schillinge und erhielt dafür ein «Vergelt's Gott» und ein spöttisches Lächeln meines Mannes. Herta hatte ich tausend Schillinge gegeben, zuwenig, um mich von der Schuld freizukaufen, und zuviel, um Fabian davon zu erzählen.

Ellys Bar lag in einer kleinen Seitengasse hinter dem Dom, und Elly und Mowgli waren auf Farbfotos hinter verschmutzten Scheiben ausgestellt, neben Bildern von Stripperinnen, die Fabian eingehend studierte, bevor er die Tür öffnete, die wiederum zu einem Vorhang führte und dahinter zu einer winzigen Garderobe, in der ein zierlicher junger Mann uns darauf hinwies, daß der Mindestverzehr pro Person achthundert Schillinge betrage. Wir gaben unsere Mäntel ab und betraten einen kleinen, rauchgeschwängerten Raum von angenehmer Dunkelheit. Es war noch früh, nur ein paar Gäste saßen an den Tischen auf Plüschsofas, Schattenwesen, die auf eine Bühne starrten, auf der eine Asiatin sich im Scheinwerferlicht entkleidete, dem Rhythmus der Discomusik angepaßt, gelangweilt oder lasziv, es lag im Auge des Betrachters, und wir setzten uns an die Bar, und Fabian bestellte eine halbe Flasche Champagner, deren Preis dem Mindestverzehr zweier Gäste entsprach, und am Ende ihrer Entkleidungsvorführung trug das Mädchen nur noch rote Lackstiefel. Sie drehte sich nach allen Seiten, damit man ihren makellosen Körper bewundern konnte, dessen unbestreitbar schönster Teil die Verlängerung ihres Rückens war. Ich kam mir sehr fett vor in meinem türkisfarbenen Kleid, aber niemand beachtete mich, weil alle Augen auf die Bühne starrten, wo das Mädchen sich mehrmals verbeugte, clownhaft, wäre sie nicht nackt gewesen, um alsdann hinter einem roten Vorhang zu verschwinden. Als die Scheinwerfer erloschen, saßen wir in einer kleinen, beinahe gemütlichen Bar, in der die Tischgäste einander in der Dunkelheit nicht sahen, für sich allein waren in ihrer Gier und Einsamkeit.

Ellys Welt. Die Bühne, die Bar und das Zimmer im «Orient». Sie hatte sich auf nichts Großes, Weites eingelassen. Und andererseits kam es nicht darauf an, wie viele Kilometer man zurücklegte. Die Strecke der Gedanken zählte.

«Hier also arbeitet deine Freundin Elly», sagte Fabian. Sanft, nur ein wenig spöttisch. Er war in Siegerlaune und gab der Barfrau, die Sabine hieß, ein Glas Champagner aus. Sabine kam aus Ottakring und war seit fünfzehn Jahren im Geschäft, wie sie uns bereitwillig erzählte. Ihr Geschäft war Reden, Reizen, die Vermittlung von Mädchen und der Verkauf von teuren Getränken. Sie hatte uns bereits als Ehepaar, das einen sexuellen Kick braucht, sich aber nicht traut, eingestuft, als finanziell uninteressante Gäste, und nun waren wir, Ellys Freunde, der Familie nähergerückt, die aus zwei Barfrauen («Nur verbale Obszönitäten, nix mit Anfassen»), Stripperinnen und Animierdamen («Asiatinnen san exotischer und billiger – und die Wiener Gschnaslerinnen, sa ma ehrlich, de tonzn wia die Hendln im Wienerwald-Grill»), einem Klavierspieler («Der Franzl kokst wia a Wülder, owa spült göttlich») und den Herren im Hintergrund bestand («Wer si net anständig benimmt, fliagt raus»). Und natürlich Elly, die Tänzerin, die keinen Schutz brauchte, weil sie Mowgli hatte und nicht mit Gästen mitging. Elly ist ein anständiges Mädchen, sagte Sabine, das Adjektiv gebrauchte sie oft, und ich verstand, was sie meinte.

«Es gibt nichts Unanständiges, außer man tut es», sagte Fabian, ein abgewandelter Kästner für Sabine, die herzlich lachte und meinem Mann schöne, violett geschminkte Augen machte. Berufliche Routine, so nahm ich an, schließlich war es Aufgabe aller Frauen hier, allen Männern zu gefallen. Dieser Mikrokosmos der Liebe war in seiner Künstlichkeit ebenso abstoßend wie aufregend. Worüber flüsterten der Mann mit dem Doppelkinn und die Stripperin mit den roten Lackstiefeln, die jetzt ein schwarzes Spitzenkorsett trug? Welche der vier Filipinas würden die zwei Araber auswählen, die am Eingang standen und sich suchend umsahen? Wohin führte die Tür, hinter der ein Paar verschwunden war? Ich zählte sieben Türen, und Sabine erzählte meinem Mann, daß das Zimmer mit Badewanne fünftausend Schillinge kostete, inklusive zweier Mädchen und einer Flasche Sekt. Fabian wußte nach kürzester Zeit alle Preise für alle Variationen der Liebe im «Paradies». So hieß Ellys Bar, die sich mit Männern füllte und zwei Frauen, die Anzüge und Hüte trugen, Schlangenliebhaberinnen, sagte Sabine mit gewisser Verächtlichkeit, die kämen immer zu Ellys Show und würden sich zum Preis des Mindestverzehrs an dem Schlangentanz aufgeilen, was irgendwie unanständig sei.

«Wie fühlt sich Eva im Paradies?» fragte Fabian, und ich lächelte, wie ich hoffte, mit abgebrühter Zustimmung. Die beiden Araber hatten sich zwei sehr jung aussehende Mädchen an ihren Tisch geholt, doch war das Alter der zierlichen Mandeläugigen schwer zu schätzen. Sie saßen an einem Tisch nahe der Bar, still die eine und aufgeregt in Englisch schnatternd die andere. Ich verstand nicht, was sie sprachen, doch ich verstand, daß die Rituale der sexuellen Annäherung im Schnellverfahren und bar jeglicher Verstellung vollzogen wurden. Niemand lächelte. Die Lust war ein ernsthaftes, in gewisser Weise anständiges Geschäft. Ohne Witz oder Sentimentalität. Fabian zischte mir ins Ohr, nicht so neugierig zu starren, doch gleichzeitig legte er mir die Hand auf den Unterleib, auf das türkisfarbene Kleid, und seine Hände waren ein wenig feucht vor Erregung. Seht her, sagte seine Geste, ich berühre eine anständige Frau, eine, die ihr nicht haben könnt, und sie kostet mich nichts außer legalisierter Zweisamkeit.

Ich schob Fabians Hand weg, und er lachte. Aus dem Hintergrund ertönten Trommeln, afrikanische Rhythmen, und der koksende Klavierspieler begleitete sie auf so wundervolle Weise, daß allein die Musik eine besondere Stimmung, eine Erwartung schuf, die sich darin äußerte, daß die gemurmelten

Gespräche verstummten. Die Trommeln wurden lauter, als die Scheinwerfer die kleine Bühne in gleißendes Licht tauchten, so hell, daß es anfangs blendete, und dann schlängelte sich Mowgli auf die Bühne, langsam, unendlich lang, und ich bildete mir ein, daß er die Augen geschlossen hielt, aus Lust, denn Schlangen lieben Wärme und Licht.

Mowgli glitt bis an die Bühnenrampe, und die Gäste in der ersten Tischreihe wichen in ihren Stühlen zurück, als Elly auf die Bühne kam und Mowgli zärtlich zurückhielt, sich weiter nach vorn zu wagen. Sie war nackt, die Haut eingeölt, schlangengleich, und sie hielt ihre Augen wirklich geschlossen, während des gesamten Tanzes öffnete sie sie nicht einmal, obwohl sie hinterher behauptete, daß ich mich getäuscht hätte. Ellys Bewegungen waren vollkommen, so ihrem Partner angepaßt, daß man im Verlauf des Tanzes, als Mowgli sich um ihren Körper schlängelte, die beiden kaum auseinanderhalten konnte, weil sie eins schienen. Die perfekte Paarung zum Klang von Trommeln und Klavier, Musik, die sich steigerte, lauter und aggressiver wurde, verstörend fast, und Elly tanzte nicht mehr, sie bewegte sich mit der Schlange wie in Trance, ekstatisch, sicherlich erotisch, doch aus Gründen, die ich nicht nennen konnte, niemals vulgär.

Ich sah Fabian nicht an, während Elly tanzte. Erst, als Elly und Mowgli auf der Bühne lagen und das Licht abrupt verlosch, spürte ich, daß ich schweißgebadet war. Jemand begann zu applaudieren, und ich schloß mich an. Auch Fabian klatschte, als ich zu ihm hinsah, doch dann sagte er leise: «Sodomie oder Kunst, das ist hier die Frage.» Einer seiner geistreichen Sätze, die einordnend, plättend den Ereignissen und Dingen ihren Zauber nahmen. Ich haßte es, wie er meine noch suchenden Gedanken und Gefühle mit einem Satz zerstören konnte. Er wiederholte ihn, als wir mit Elly an der Bar des «Orient» saßen, und Elly antwortete leichthin: «Sodomie ist auch eine Kunst, das kann schließlich nicht jeder.»

Wir waren gegangen nach ihrem Auftritt. Ich wollte nicht mit Elly an der Bar sitzen und begafft werden, und sie hätte es vermutlich nicht getan, auch nicht mir zuliebe. So trafen wir uns später, lange nach Mitternacht, Elly ganz in Schwarz und ich in meinem lächerlichen Kleid, das sie stumm und vernichtend musterte, so wie meinen Mann, der schon ziemlich betrunken und in diesem Zustand zutraulich wurde, er ging sogar so weit, zu sagen, daß er Ellys Auftritt erotisierend gefunden habe (und gleichermaßen abstoßend, wie er mir später sagte, als wir alleine waren).

«Glückliche Paare zählen normalerweise nicht zu meiner Kundschaft», erwiderte Elly mit Blick auf den Arm, den Fabian um meine Schulter gelegt hatte, seine Hand nah an meinem Busen, schwer, so daß ich sie nicht abschütteln konnte. Die beiden mochten einander nicht, wie ich es vorhergesehen hatte. Elly drückte es deutlicher aus als Fabian. Sie schwieg nicht mit mir, wie sie es sonst tat, wenn wir die Nacht tottranken. Sie redete zuviel, über die Männer in der Bar und die Mädchen, die sich vor Arabern und Türken fürchteten und am liebsten Amerikaner hatten, weil diese sentimental und schnell waren. Ihre Sprache war ungewöhnlich brutal, sie wollte ihn damit provozieren, aber Fabian, der sie nicht kannte und dies nicht erkannte, fand sie originell, witzig, so abgründig, wie Ehefrauen nicht sein durften, aber alle anderen Frauen sein sollten. Er spielte belustigt mit bei der Dialektik des verbalen Sex, und ich verabscheute beide, weil sie mich bloßstellten und demütigten, meine Freundin und mein Mann, und hinterher behauptete Fabian, daß ich eifersüchtig war, als ich Elly anschrie, daß es nun genug sei, nachdem sie Fabian angeboten hatte, den Tanz zu wiederholen, ohne Musik und ohne Schlange, Kunst ohne Sodomie, ein Freundschaftsdienst für Evas wundervollen Mann, und sie sah mich an, während sie das sagte, und ich wußte, was sie mir wirklich sagen wollte. Ich schrie sie an und fühlte mich sofort schuldig. Ich stand auf und ging die Treppe hoch in unsere Fürstensuite, und eine Weile später, Sekunden oder Stunden, kam Fabian zu mir ins Bett, in dem ich nicht geschlafen hatte, und sagte: «Deine Freundin Elly ist eine Lesbe.»

Stumm hatte ich bleiben wollen, doch ich antwortete: «Vermutlich hältst du jede Frau, die nicht mit dir schlafen will, für lesbisch.»

Fabian ignorierte diesen Satz und behauptete, daß ich auf Elly eifersüchtig sei. Offensichtlich gefiel ihm der Gedanke, denn er rollte sich neben mich, auf mich, schwer und nach Alkohol riechend, und ich hatte nicht einen Hauch von Lust, mit ihm zu schlafen, doch es auszusprechen hätte, ich wußte es, eine lange Diskussion provoziert, und es war einfacher – und schneller –, ihn aufzunehmen, sich mit ihm zu bewegen und ihn zum frühen, betrunkenen Orgasmus zu bringen.

«Ich liebe dich», sagte Fabian, als er fertig war, ein postkoitaler Standardsatz, dem ich mich diesmal, zum erstenmal, nicht anschloß. Es fiel ihm nicht auf, als er sich von mir löste und fast sofort einschlief, den Kopf auf meinem Bauch, was sehr unangenehm war, so daß ich mit vorsichtigen Bewegungen abrückte, an den Rand des überdimensionierten Doppelbetts, in dem er quer lag und ich auf der Kante, eine symbolische Lage, dachte ich, bevor meine Müdigkeit meine Wut besiegte. Der letzte Gedanke vor dem Einschlafen war, daß ich die Pille in München vergessen hatte.

22. Kapitel

Bernhard Levin, fünfundvierzig Jahre alt, wird von der Schwurgerichtskammer des Totschlags an seinem zwölfjährigen Sohn Marc angeklagt. Drei Berufsrichter und zwei Schöffen sitzen über einen Mann Gericht, dem der psychiatrische Gutachter starke Neigung zu Depressionen, jedoch volle Zurechnungsfähigkeit zum Zeitpunkt der Tat bescheinigte.

Bernhard Levin bestätigt in seiner Einlassung das Gutachten insofern, als er sich als einen zutiefst unglücklichen Mann bezeichnet. Er habe seinen Sohn geliebt, sagt Bernhard Levin, und das Gericht folgt ihm in diesem Punkt und hört sich seine Geschichte an, die gewöhnlich ist, wäre das Ende nicht, jener Abend, an dem Levin mit seinem Sohn ein Abendessen einnahm und zwei Schlaftabletten der Marke Somnupan in dessen Getränk auflöste.

Marc ging zu Bett, und Bernhard Levin trank einen Scotch mit Wasser, schrieb einen Abschiedsbrief und nahm anschließend fünfundsechzig Tabletten derselben Sorte, mit der Absicht, nie mehr aufzuwachen. Bernhard Levin sagt an diesem Punkt der Einlassung, daß er ein Pechvogel sei, ein Mensch, dem vieles im Leben mißglücke, obwohl er sich stets bemüht habe, das Richtige zu tun.

Soweit die Geschichte eines mäßig erfolgreichen Werbemannes, Inhaber einer kleinen Agentur, die er zusammen mit einem Partner betreibt. Levin ist verheiratet und hat zwei Kinder, Tochter Esther und Sohn Marc, glücklich verheiratet war er, wie er dem Gericht versichert, bis zu dem Tag, an dem ihn seine Frau mit dem Geschäftspartner verläßt, unter Mitnahme der Tochter, die sein Sonnenschein war. Levin neigt zu blumigen Worten vor Gericht, er spricht in einen großen Saal mit erhöhten Bänken, auf denen die Richter und Schöffen thronen, ihm gegenüber der Staatsanwalt, neben ihm sein Verteidiger, hinter einer großen, leeren Fläche die Pressebank und die Stuhlreihen der Zuschauer.

Der erste Verhandlungstag ist gut besucht; Väter, die ihre Söhne umbringen, sind ein Gegenstand von öffentlichem Interesse, und auf der Pressebank scheiden sich die Meinungen, ob man es mit einem Täter oder einem Opfer zu tun habe, Differenzierungen sind schwierig in diesem Gewerbe, und letztendlich wird es Sache des Gerichtes sein, die Wahrheit zu finden. Der Vorsitzende Richter, die Insider wissen es, ist ein strenger Mann mit gelegentlich gütigen Ausfällen, also sind alle Vorhersagen über den Ausgang des Prozesses schwierig.

Bernhard Levin und sein Sohn Marc wurden von der Putzfrau gefunden, die einen Schlüssel zur Wohnung besaß und eine halbe Stunde früher kam als gewöhnlich. Sie rief den Notarzt, der den Tod des Jungen feststellte; bei Bernhard Levin waren noch Atmung und Puls feststellbar, so daß er sofort in die Intensivstation des nächsten Krankenhauses eingeliefert wurde, wo er zwei Tage in Lebensgefahr schwebte, jedoch langsam genas, körperlich zumindest, denn als man ihm die Nachricht vom Tod seines Sohnes mitteilte, sprach er einige Zeit nicht, so daß man ihm eine Lernschwester ins Zimmer setzte, die einen weiteren Suizidversuch verhindern sollte.

Bernhard Levin hinterließ einen kurzen Abschiedsbrief an die Frau, die ihn verlassen hatte. Darin schrieb er, daß er sie ebenso liebe wie seine Kinder und daß er ihren Verrat als Existenzvernichtung empfunden habe. Der für das Gericht relevante Satz lautete: «Ich bringe es kaum übers Herz, Marc allein zurückzulassen.» Dieses eine Wort, vielleicht dahingeschrieben oder auch mit Bedacht gewählt, ließ Spielraum für mannigfache Deutungen, von denen der Staatsanwalt in seiner Anklage die für Bernhard Levin ungünstigste wählte. Der Anwalt des Staates hielt dem Angeklagten vor, daß er seinen Sohn mit in den Tod nehmen wollte, um sich an seiner Frau zu rächen, die die Scheidung eingereicht und das Sorgerecht für beide Kinder beantragt hatte.

Bernhard Levin bestreitet dies vor Gericht. Er habe keine Rachegefühle, nur unendliche Traurigkeit empfunden, sagt er. Müde sei er gewesen, des Lebens und Kämpfens müde, und die Aussicht auf eine strittige Scheidung inklusive Sorgerechtskampf und finanzieller Forderungen seiner Frau, die ihn ruiniert hätten; das Damoklesschwert bitterer Jahre habe ihn in seinem Entschluß gestärkt, Selbstmord zu begehen.

Die Agentur habe er nicht mehr betreten, seit dem Verrat seiner Frau und seines Partners. Bernhard Levin wiederholt das Wort «Verrat» einige Male. Er weiß keinen stärkeren Ausdruck für das, was er auch die Vernichtung seines Privat- und Berufslebens nennt. Auf Vorhalt des Vorsitzenden räumt er ein, daß es natürlich Momente gegeben habe, in denen er seine Frau gehaßt habe. Gehaßt mit aller Kraft eines gebrochenen Herzens, sagte er, ein Satz, der seltsam klingt in der sachlichen Atmosphäre einer Gerichtsverhandlung. Sein Anwalt läßt ihn reden und antworten; gelegentlich sieht der Anwalt nachdenklich aus, wenn sich Levin auf juristisches Glatteis begibt, doch er greift nicht ein. Er habe Marc nicht umbringen wollen, sagt der Angeklagte. Er habe ihn nur ruhigstellen wollen, verhindern, daß der Sohn aufwache und ihn rechtzeitig finde, um ihn ins Krankenhaus zu schaffen. Ein unvollendeter Selbstmord, sagt Bernhard Levin, sei ebenso unwürdig wie die Impotenz eines Mannes in der Hochzeitsnacht.

Der Vergleich löst Gelächter aus unter den Zuschauern und Presseleuten. Auch der Angeklagte lächelt, ein wenig einfältig, als überrasche ihn die komödiantische Wendung seiner Tragödie. Der Vorsitzende bittet autoritär um Schweigen im Saal; Levins Anwalt blättert in Akten. Er ist als Pflichtverteidiger bestellt; die Hauptverhandlung wird mit 800 Mark pro Tag honoriert, und tröstlich ist allemal die Tatsache, daß die Presse seinen Namen erwähnen wird. Von den paar Pflichtverteidigungen kann man nicht leben und nicht sterben. Wer von der Gnade abhängt, vom Gericht bestellt zu werden, wird sich klugerweise hüten, eben dessen Wohlwollen durch aggressive Verteidigung zu gefährden. Levin, denkt sein Anwalt, ist ein armes Schwein. Wer so idiotisch vieldeutige Abschiedsbriefe schreibt, sollte nicht von der Schwelle des Todes zurückgeholt werden. Man sollte niemand daran hindern, der Mühsal des Lebens ein Ende zu bereiten.

Der Anwalt beobachtet, wie eifrig die Journalisten Levins Sätze mitschreiben. Sätze wie: «Mein Schicksal war mir aus den Händen geglitten. Ich wollte nicht, daß mein Sohn zu meiner Frau kommt, die mit meinem Partner zusammenlebte. Sie sollten mir nicht alles nehmen.»

Gefährliche Sätze, juristisch gesehen, doch menschlich verständlich. Der Anwalt schreibt seinem Mandanten das Wort «Vorsicht» auf ein Stück Papier, das er ihm hinschiebt. Bernhard Levin ist irritiert und verstummt für ein paar Sekunden, bevor er das Thema wechselt. Seit er sich aus der Agentur zurückgezogen hatte, überwies man ihm einige Monate weiterhin das Grundgehalt eines Geschäftsführers und stellte die Zahlungen vor vier Monaten ein, nachdem er sich wiederholt weigerte, mit seinem ehemaligen Partner zu reden; seither ist er nicht mehr gewohnt, vor Publikum zu sprechen. Daß sein Leben gleichsam öffentlich geworden ist, hat er vor seinem geplanten Tod nicht ahnen können. Es wäre eine verstörende Erfahrung, wäre er nicht schon in den Wellen des Schmerzes versunken, unerreichbar für kleinere Widrigkeiten, die Anfragen von Privatsendern in die Untersuchungshaft, die Angebote, ihm einen Anwalt zu bezahlen, wenn er seine Geschichte exklusiv verkaufte.

Natürlich sei Geld ein Problem gewesen, sagt Bernhard Levin vor Gericht, aber er habe es nicht über sich bringen können, die Agentur noch einmal zu betreten und seinem Partner zu begegnen, der ihm die Frau gestohlen hatte. Nun, da er vor Gericht steht, zwingt man ihn, diesem Menschen zuzuhören, der im Zeugenstand aussagt, daß man sich um eine gütliche Regelung bemüht habe, des Geschäftes und der Kinder wegen, aber Levin habe sich bereits am Telefon wie ein Tobsüchtiger aufgeführt, so daß die Frau Angst vor ihm hatte.

Levins Geschäftspartner, der neue Partner seiner Frau, stellt sich als großzügiger Sieger dar, er ist ein geschmeidiger Zeuge, bemüht um Wahrheitsfindung und angemessene Selbstdarstellung. Er hat sich nichts vorzuwerfen in dieser Tragödie, schließlich verlassen tagtäglich Frauen ihre Männer, und was die Agentur betrifft, so hätte man Bernhard Levin großzügig abgefunden. Der Zeuge, so wird deutlich, denkt nicht in Kategorien von Opfer oder Täter; er beurteilt Menschen und Ereignisse nach Stärke oder Schwäche, Siegen und Verlieren. Er wirft Levin einen bedauernden, jedoch keineswegs mitleidvollen Blick zu, als er den Zeugenstand verläßt.

Levins Frau erscheint in Schwarz, eine trauernde Mutter, die im Zeugenstand mit den Tränen kämpft und wiederholt betont, daß auch sie ihr Maß an Schuld am Tode ihres Sohnes trage. Moralische Schuld, sie habe von Levins labilem Charakter gewußt, jedoch nicht ahnen können, daß er seinen geliebten Sohn umbringen würde.

Der Anwalt des Angeklagten beanstandet den letzten Satz als unzulässig, und der Vorsitzende gibt ihm recht; er läßt sich juristisch tilgen, dieser Satz, obwohl Worte, einmal ausgesprochen, wie Geschosse ihren Weg finden. Levins Frau spricht von einer Ehe, die viele Jahre nur noch der Kinder wegen existiert habe, und sie sieht ihren Mann auf der Anklagebank nicht an, während sie über ihn redet, kein einziges Mal, so als gäbe es ihn nicht in diesem Saal. Sie starrt auf das Kreuz, das über dem Vorsitzenden an der Wand hängt, während sie darlegt, daß ihr Mann immer ein verschlossener Mensch gewesen sei, melancholisch bisweilen und in geschäftlichen Dingen nachlässig, überwiegend erfolglos. Manchmal sucht die Zeugin nach Worten, doch sie macht den Eindruck, ihre Aussage als Erleichterung zu empfinden. Sie hat Gelegenheit, sich zu rechtfertigen: Levins Partner sei ein Mann, der alles richtig mache, beruflich und privat, jemand, der ihr das Gefühl gegeben habe, daß das Leben noch schön sein könne. Und sehr schwer sei ihr der Entschluß gefallen, ihren Mann zu verlassen, Wochen habe sie gebraucht, bis sie endlich den Mut fand, die Koffer zu packen. Die Zeugin greift nach ihrem Taschentuch, als sie sagt: «Ich dachte mir, daß er es leichter verkraftet, wenn ich ihm Marc dalasse, für eine Weile zumindest.»

Die Zeugin weint nun, wendet sich nach links und zeigt mit dem Finger auf den Angeklagten. Schreit: «Warum hast du das getan. WARUM?»

Der Satz ist als Headline geeignet, viele Journalisten unterstreichen ihn in ihren Aufzeichnungen.

Der Vorsitzende denkt, daß eine wahrheitsgemäße Antwort den Prozeß erleichtern und beschleunigen würde. Doch die Wahrheit, ausgesprochen durch Angeklagte oder Zeugen, ist eine sehr seltene Erscheinung im Gerichtssaal. Dieser Angeklagte hält den Blick gesenkt, sicherlich im Bewußtsein, daß er ETWAS getan hat, das fatale Folgen hatte. Körperverletzung mit Todesfolge, denkt der Vorsitzende, wäre auch eine mögliche Anklage gewesen, doch der Staatsanwalt verbiß sich in den einen Satz, das eine Wort des Abschiedsbriefes. Der Vorsitzende meint sich zu erinnern, daß der Staatsanwalt gerade frisch geschieden ist. Projektionen eines rachedurstigen Scheidungsopfers? Er schiebt den Gedanken zur Seite; man selbst ist zufriedenstellend verheiratet, er gehört zu einer Generation, die von der Institution Ehe nicht erwartet, daß sie alle Wünsche befriedigt. Disziplin und Loyalität sind die altmodischen Tugenden, die eine Ehe erhalten; Toleranz ist ein Wort, dessen Inflationierung ihn mißtrauisch macht, man mußte einfach bereit seit, den anderen in seinen Unzulänglichkeiten zu akzeptieren, zu respektieren. Niemand würde behaupten, daß dies einfach ist, schon gar nicht bei den vielfältigen Schwächen seiner Frau. Doch sie würde ihn nicht um «schöner Tage willen» verlassen, davon ist er überzeugt.

Der Vorsitzende entläßt die Zeugin und hört eine neue Geschichte, die der Putzfrau, die sich zu schämen scheint, vor Gericht zu stehen, jedoch im Verlauf ihrer stockenden Aussage keinen Zweifel daran läßt, daß sie Herrn Levin für das Opfer und Frau Levin für die Täterin hält. Sie hat ihm das Herz gebrochen, sagt die Zeugin über die Frau des Angeklagten, und daß man aus Verzweiflung auf die komischsten Gedanken käme. Niemals glaubt sie, daß Herr Levin den kleinen Marc umbringen wollte.

Die rechtsmedizinische Sachverständige, Dr. Eva Röhm, beschränkt sich am zweiten Prozeßtag auf die pathologischen Befunde. Die Obduktion habe ergeben, daß als Todesursache des Marc Levin ein Erstickungsvorgang nach Einatmung von erbrochenem Speisebrei in die tieferen Luftwege erfolgt sei. Als Folge der Schlaftabletten seien Schutzreflexe wie beispielsweise Husten ausgefallen. Breiartige Antragungen habe man in der Speiseröhre des Jungen, im Kehlkopf, in Mundhöhle und Nasenöffnungen sowie in der Luftröhre und den tieferen Verzweigungen der Bronchien gefunden. Auch die wäßrige Schwellung im Gehirn sei mit einem Sauerstoffmangelzustand im Rahmen einer Intoxikation vereinbar.

Zeichen äußerer Gewalteinwirkung oder innere Erkrankungen als mögliche Todesursache seien bei der Obduktion nicht festgestellt worden.

Der Vorsitzende fragt die Gutachterin, ob die Einnahme von Barbituraten in der Menge von zwei Schlaftabletten für einen zwölfjährigen Jungen letal sein könnten, und ärgert sich, noch während er ihn ausspricht, über die Absurdität dieses Satzes.

Dr. Röhm überlegt, bevor sie antwortet, er hat unpräzise formuliert: «Auf der Basis einer letalen Intoxikation: nein. Im Zusammenhang mit der Reizung der Magenschleimhaut, dem Erbrechen des Abendessens und dem Aussetzen der Schutzreflexe durch die Folgen der Einnahme der Barbituratmenge: ja.»

Der Vorsitzende fragt sie, ob die Einnahme von fünfundsechzig Schlaftabletten der genannten Marke im Normalfall tödlich sei?

Eva Röhm denkt, daß er nicht in Form ist, der Vorsitzende, denn auch das Wort «Normalfall» liegt etwas daneben. Sie antwortet, daß man im Blut des Bernhard Levin eine Cyclobarbitalkonzentration von vierundfünfzig Mikrogramm pro Liter festgestellt habe, eine im letalen Bereich liegende Dosis. Der sehr hohe Spiegel in Verbindung mit dem Intoxikationsablauf lasse Rückschlüsse auf eine mehr oder weniger regelmäßige Verwendung dieses Barbiturats zu. Herr Levin habe auch angegeben, nach dem Auszug seiner Frau gelegentlich Schlaftabletten genommen zu haben.

«Konnte er davon ausgehen, daß die Dosis nicht tödlich sein könnte?»

«Nein. Ebensowenig wie er davon ausgehen konnte, daß zwei Schlaftabletten den Tod seines Sohnes herbeiführen könnten.»

«Dies zu bewerten, liegt im Ermessen des Gerichts, Frau Dr. Röhm.»

Sie errötet; er sieht, daß sie wütend ist und freut sich über die kleine verbale Revanche, fragt den Verteidiger, ob er noch Fragen habe, aber nein, die Gutachterin hat ja schon für den Angeklagten gesprochen, was sollte der kleine Anwalt noch zu fragen haben. Auch die Schöffen schweigen still, die Sekretärin und der pensionierte Beamte, deren Mimik zwischen Langeweile (bei juristischen Exkursen) und Interesse (wenn Dramatik aufkommt) wechselt, und der Vorsitzende weiß bereits jetzt, daß die beiden Schöffen den drei Berufsrichtern keinen Widerstand entgegensetzen werden, wenn es zur Entscheidungsfindung kommt.

Dr. Röhm macht dem psychiatrischen Gutachter Platz, einem emeritierten Professor, der von der Strafkammer gern bestellt wird, weil er in schöner wissenschaftlicher Rede (das ausführliche schriftliche Gutachten ist in den Akten) für und gegen die Schuldfähigkeit der Angeklagten spricht und somit dem Gericht den erwünschten Ermessungsspielraum läßt. Es gibt Ausnahmen, doch das Gros der Angeklagten bewegt sich in den vielschichtigen Grenzbereichen zwischen Normalität und Wahnsinn. Im Falle des Bernhard Levin spricht der Professor in Begriffen wie Narzißmus, ich-struktureller Störung oder depressiver Neurose, die seine Explorationen in die Seele des Angeklagten ergeben haben. Er deutet an, daß Levins durchaus vorhandene Haßgefühle auf seine Ehefrau und seinen Partner zu dem unbewußten Wunsch geführt haben könnten, die beiden zu bestrafen, nicht nur durch seinen, sondern auch durch den Tod des Jungen. Levin, so der Professor, sei ein von Ängsten beherrschter Mensch, dem der Entschluß zum Selbstmord sicher nicht leichtgefallen sei. Andererseits habe die abrupte Verschlechterung seiner Lebensverhältnisse zu einem Realitätsverlust geführt, der aus psychiatrischer Sicht zumindest verminderte Schuldfähigkeit erkennen lasse.

Einerseits, andererseits, zumindest und eventuell: Eva Röhm fängt Worte auf und reiht sie an einen Faden menschlichen Handelns, das nicht von der Ratio bestimmt wird und sich insofern wissenschaftlichen Beurteilungen entzieht. Bernhard Levin tut ihr leid, dieser Gedanke ist weder weise noch hilfreich, doch sie wünscht sich, daß die Richter einem ähnlichen Gefühl folgen und den Angeklagten freisprechen mögen.

Hauptkommissar Benedikt Hermann, dem sie nach Ende des zweiten Verhandlungstages auf den Gerichtsfluren begegnet, ist auf dem Weg zu einem Vergewaltigungsprozeß, in dem er als Zeuge aussagen muß, nachdem der Angeklagte behauptet hat, daß man ihn zu einem Teilgeständnis genötigt hat. Er ist zwanzig Minuten zu früh gekommen und führt es darauf zurück, daß unverständlicherweise ein legaler Parkplatz vor dem Gerichtsgebäude frei gewesen sei. Er ist prinzipiell schlecht gelaunt («Ich hasse es, den Schweinen vor Gericht wiederzubegegnen, wo ihre Ferkelstecher von Anwälten versuchen, Polizisten zu diskreditieren»), dennoch freut er sich, Eva Röhm so unverhofft wiederzusehen. Und er hat Neuigkeiten im Fall des Gesichtslosen, wie die Leiche genannt wird, die noch immer in den kühlen Räumen des Rechtsmedizinischen Instituts ruht. «Wir haben die Prostituierte festgenommen, die vor zwei Jahren eine Konkurrentin mit Säure attakkiert hat. Es gab eine Gegenüberstellung mit dem Nachtportier, der sie als die Frau identifizierte, die mit unserem Gesichtslosen in Zimmer Nummer zwölf ging. Sie bestreitet es natürlich, aber sie hat kein Alibi. Behauptet, zur Tatzeit in einem Mercedes gekniet zu haben, von dessen Fahrer sie weder Namen noch Beschreibung geben kann. Bei Blow jobs schaut sie den Freiern angeblich nicht ins Gesicht. Die meisten haben häßliche Gesichter, sagte sie bei der Vernehmung, deshalb.»

Eva Röhm lehnt mit verschränkten Armen neben der Tür eines Richterzimmers. Warum sie seine Neuigkeiten so kühl hinnimmt, vermag er nicht zu sagen. «Unser Kandidat ist, nach allem, was wir wissen, an Herzversagen gestorben, Hauptkommissar.»

«Na und? Vielleicht hat sie ihn mit dem Säurefläschchen bedroht, als er nicht zahlen wollte. Daraufhin kriegt der Mann mit dem schwachen Herzen einen tödlichen Anfall, und sie, aus Angst, mit dem Typen in Verbindung gebracht zu werden, zerstört sein Gesicht; die Flasche hatte sie ja nun mal dabei. Andere Version: Sie haßt Männer, das könnte man bei Nutten ja irgendwie verstehen. Als er wegstirbt, benutzt sie die Flasche aus Zorn darüber, daß er sie in eine unangenehme Situation gebracht hat. Konnte ja nicht mehr schaden, er war ja schon tot. Brigitte Wieler war übrigens früher mal Lernschwester in einem Krankenhaus, flog aber raus, als sie einem nörgelnden Patienten den Nachttopf über den Kopf stülpte. Den von ihm gefüllten Nachttopf.»

Sie lacht, das hat er gerne. Sie sagt: «Gelegentliche Wutanfälle sind sehr gesund. Irre ich mich, oder hegen Sie eine gewisse Sympathie für Brigitte Wieler?»

«Brischitt, sie spricht ihren Namen französisch aus. Sie ist nicht übel, das stimmt, aber sie ist eine pathologische Lügnerin. Wie alle Frauen.»

Sie rafft sich selten zur Verteidigung ihres Geschlechts auf, auch das gefällt ihm an ihr. «Ich lüge auch ständig, Hauptkommissar, außer in dienstlichen Belangen. Wenn mich die Leute fragen, wie es mir geht, sage ich GUT, und wenn mich jemand um meinen persönlichen Rat zu seinen Problemen fragt, beschönige ich, um nicht zu tief verstrickt zu werden. Ich lüge, um mich interessant zu machen oder um mein Interesse zu verbergen. Wir alle versuchen doch, uns durchs Leben zu mogeln. Was ist, wenn ihr Alibi doch stimmt – oder sie zur Tatzeit etwas getan hat, das sie nicht unbedingt der Polizei erzählen möchte?»

Hermann sieht auf seine Uhr: «In fünf Minuten bin ich dran. Und Ihre ständigen Zweifel, Doktor Röhm, sind nervtötend. Sie ist nun einmal die beste Verdächtige, die wir haben. Von unserem einzigen Zeugen identifiziert. Wir haben übrigens ein Computerbild unseres Gesichtslosen anfertigen lassen, nach den Angaben des Nachtportiers.»

Neugierde registriert er. «Wie sieht er aus?»

Hermann zuckt mit den Achseln. «Nett. Ein nettes Allerweltsgesicht, das ungefähr auf jeden dritten Mann im Lande zutrifft. Immerhin meint der Zeuge, daß der Mann deutsch ausgesehen habe, aber ich bitte Sie, was heißt das schon? Jedenfalls halte ich mich an Brigitte Wieler, bis wir was Besseres haben. Und es sieht verdammt noch mal nicht so aus.»

Er sieht wieder auf seine Uhr und fragt, ob sie Lust habe, mit ihm ins Kino zu gehen, ein Actionfilm mit Sean Connery, doch sie gibt an, Berichte schreiben zu müssen, wieder eine Lüge, denkt er, sie hat keine Lust auf mich und Connery und will es mir nicht sagen, um mich nicht zu verletzen. Er überwindet den idiotischen Impuls, bei ihr zu bleiben, für immer im Gerichtsflur zu stehen, und macht sich auf den Weg in Saal IV, zu seinem Vergewaltiger, dessen sexuelle Angriffe auf ältere Frauen mit Behinderungen ebenso unverständlich wie gewalttätig waren. Der Psychiater, denkt Benedikt Hermann, wird herausfinden, daß der Sozialhilfeempfänger eine behinderte Mutter hatte, die ihn fortwährend schlug, so daß es in späteren Jahren zwangsläufig zu Kompensationshandlungen kommen mußte. Mutterliebe und Mutterhaß. Jeder hat seinen Grund für schweinische Gier, doch nicht jeder lebt sie aus, und genau an dem Punkt scheiden sich die bösen Sünder von den guten Feiglingen. Gott, wie sie ihn anekeln, die Typen, die kleine Kinder und alte und junge Frauen anfallen, weil sie zum Leben zu blöd, zu schwach, zu schlecht sind, Sadisten, Charakterkrüppel, verbogen schon von Kindheit an und in eine Gesellschaft geworfen, die ihnen tolerant ein paar Kröten zum Leben hinwirft, bis sie ein bißchen zu weit gehen.

An der Tür dreht er sich nochmals um und sieht ihr nach, wie sie die Treppen hinuntergeht, langsam und nachdenklich, wie ihm scheint. Eva, die Zweiflerin, die Lügnerin, die gute Frau seines beschissenen Lebens, und was zum Teufel hält ihn zurück, sie zu nehmen, wie es ihm beliebt, mit oder gegen ihren Willen?

Er will die Antwort nicht wissen und ist beinahe erleichtert, als der Uniformierte die Tür öffnet, um ihn in den Zeugenstand zu bitten. Auf dem Weg in die Mitte des Saals wappnet sich Benedikt Hermann mit all seinem Haß gegen Anwälte.

Eine Nötigung durch Polizeibeamte hat es nicht gegeben, nicht den geringsten Versuch der Einschüchterung. Man hat dem guten Mann seine Rechte erklärt, auch das Recht, einen Anwalt beizuziehen, und wenn der so blöd war, keinen Anwalt zu kennen, mußte man ihm diesen ja nicht aufdrängen, oder? War vielleicht nicht ganz korrekt, aber in jedem Fall hilfreich. Manchmal muß man gekrümmte Wege gehen, um ans Ziel zu gelangen. Und aufhören, darüber nachzudenken, was richtig und falsch ist.

Ich möchte alles sein, es schließt sich aber aus.

Einer von Evas klugen Wandsprüchen, die Marlies Winter studiert, während sie auf die Kollegin wartet, die distanzierte Freundin, die ihr Unterschlupf gewährt hat in dieser schlimmen Nacht, der ein Morgen mit bösen Kopfschmerzen folgte. Drei Schmerztabletten und eine Kanne Kaffee. Danach ein Achtundneunzigjähriger, der an Lungenentzündung verstorben war, doch in Anbetracht seines Gesamtzustandes hätte er jeden Tag an irgend etwas sterben können, an den arteriosklerotischen Veränderungen an den Gefäßwänden des Herzens oder Gehirns, an Infarkt oder Schlaganfall, einfach an den Verschleißerscheinungen des Körpers nach einem langen Leben. An Altersschwäche. Mediziner haben die Pflicht, dies näher zu definieren, nicht zuletzt, um die Statistik des Sterbens auszufüllen. Das ist nachvollziehbar, doch wie die Polizei auf die Idee kommen konnte, daß der Greis von seiner zweiundsiebzigjährigen Lebensgefährtin vergiftet wurde, ist ihr schleierhaft. Das böse Gerede der Nachbarn, vermutet Marlies, und nimmt allen Beteiligten übel, daß man ihr diese Leiche zugemutet hatte.

Man sollte nicht alt werden, körperlich und geistig verfallen und in die Phase eintreten, in der der Tod erwartet und gefürchtet wird. Das Klimakterium, vielen Dank, liebes Leben, ist bereits eine gräßliche Veränderung, der Abschied von Jugend und Fruchtbarkeit, der Einstieg in die letzte Lebensphase. Nicht, daß es Georg noch interessiert, wie es um ihre Sexual- und sonstigen Hormone bestellt ist. Er hat nicht angerufen im Institut, und die Möglichkeit ist in Betracht zu ziehen, daß ihn ihr Abgang erfreute. Daß er ihn zum Anlaß nimmt, die Scheidung einzureichen, um sich mit seinen Würfeln zu vereinigen. Die Sechs bedeutet Sex: An Auswahl würde es ihm nicht mangeln angesichts der vielen jungen Dinger mit Vaterkomplexen. Die Kinder würde er nicht wollen, Anna vielleicht, weil ihn ihre seelische Entwicklung interessiert, sein hauseigenes Versuchskaninchen für Psychotests. Komisch, daß die einzige Seele, die ihn wirklich nie interessierte, die von Marlies Winter ist.

Aber sie wird ihn nicht verlassen. Diesen Entschluß faßt Marlies Winter in Evas Arbeitszimmer, während sie eine Zigarette raucht und die Asche im Mülleimer entsorgt. Er ist nicht nur die Summe ihrer Ängste vor dem Alleinsein. Marlies denkt an die Kinder, die sie noch brauchen, obwohl sie dies heftig bestreiten würden. Sie denkt an das Haus, das sie mit so viel Liebe und Sorgfalt eingerichtet hat. An Georg, dem sie die Freiheit nicht gönnt, denn im Gegensatz zu ihr würde er sie auskosten, und der Gedanke, daß fremde Frauen in ihrem Ehebett liegen, erfüllt sie mit Horror.

Ihr Bett, ihre Küche, ihr Eßtisch, die Miniaturfiguren, die sie ihr Leben lang gesammelt hat, die Freunde, viele sind es nicht, aber sie würden zu Georg halten – dies alles zu verlieren, würde über ihre Kraft gehen, sie weiß es.

Deshalb wird sie bleiben. Georg mag sie nicht gut behandeln, aber wer sagt ihr, daß andere Männer anders sind – oder daß es andere Männer überhaupt geben wird? Max Zehntel vielleicht, denkt Marlies, aber mehr als eine kleine, heimliche Affäre ist nicht denkbar. Der Staatsanwalt, den sie beim letzten Karnevalsfest kennenlernte? Der Mechaniker aus ihrer Autowerkstatt? Ihr Versicherungsagent? Mit vierundvierzig Jahren besteht man aus einer Reihe von Problemzonen, äußerlich und innerlich. Der Bauch wächst, die Brüste neigen sich, und die Haare werden brüchig. So soll es sein, daß Georg Zeuge ihres Verfalls wird, schließlich hat sie ihm auch ihre besten Jahre gegeben. Ihm zwei Kinder geboren, sein Haus bestellt, und nun heißt es, gemeinsam in Würde zu altern, Georg, mit allen Gemeinheiten, deren wir fähig sind, und aller Liebe, die wir füreinander noch aufbringen können.

«Ich werde ihm ein neues Aquarium kaufen, bevor ich nach Hause fahre», sagt Marlies Winter, als Eva ihr Zimmer betritt, den Rauch schnuppert (anklagend, wie Marlies meint) und ihre Jacke auf den Sessel mit Büchern wirft.

«Warum?»

«Eine Geste der Versöhnung. Ich habe beschlossen, bei ihm zu bleiben.»

Eva öffnet das Fenster. «Wie schön. Würdest du mit dem Gedanken spielen, deine Kinder mitzunehmen, wenn du Selbstmord begehen wolltest? Zum Beispiel, wenn Georg dich verlassen würde?»

Marlies fragt sich, wie diese Frau es fertigbringt, sie immer wieder zu irritieren? «Er würde mich nicht verlassen, dazu ist er viel zu bequem. Und ich würde mich nicht umbringen. Ich hasse Leichen.»

Eva lacht. Es erinnert Marlies an das Krächzen von Krähen, dieses heisere Lachen. Es ist immer zu kurz, um ernstgenommen zu werden. «Aber um deine Hypothese zu vollenden: Nein, ich finde diese Mitnahme-Selbstmorde fürchterlich. Daß ich Kinder in die Welt gesetzt habe, gibt mir nicht das Recht, über ihr Leben zu bestimmen – oder ihren Tod.»

«Du meinst, es ist in keinem Fall berechtigt, jemanden umzubringen? Was, wenn einer dein Kind getötet hätte? Auch dann nicht? Würdest du dich nicht rächen wollen?»

Marlies schließt das Fenster. Auch eine Art, jemanden umzubringen, der ständig an Schnupfen leidet und gegen Zugluft empfindlich ist. «Mein Gott, das sind extreme Gedankenspiele. Ich weiß es nicht. Jedenfalls sollte man das Schwein im Männergefängnis zur Vergewaltigung freigeben und ihn obendrein verhungern lassen.»

«So läuft es nicht. Die Leute schreien nach Gerechtigkeit, doch niemand will sich die Hände schmutzig machen. Unser zweites Leben, das nicht gelebte, es besteht überwiegend aus Feigheit und Angst vor großen Entscheidungen.»

Marlies hört Max Zehntels Stimme im Nebenraum; er blafft eine MTA an, aber man hört nur Wortfetzen. «Ich habe mich entschieden, Eva. Für Georg und die Kinder.»

«Und das Aquarium.»

Das klingt nach Spott, und weil Marlies sich darüber und den Mangel an Begeisterung für ihre Entschlußkraft ärgert, spricht sie den Satz aus, vor dem sie sich lange gehütet hat. «Was war mit deinem Mann? Im Institut geht das Gerücht, daß du Witwe bist und er an AIDS gestorben ist.»

Schweigen. Marlies macht einen Schritt zur Tür und denkt, daß es lächerlich ist, vor Eva Röhm Angst zu haben. Vor einem Gesicht aus Stein.

«Ich bin geschieden. Es war eine ziemlich häßliche Geschichte, und ich spreche nicht gern darüber. AIDS hatte er jedenfalls nicht.»

«Es tut mir leid», sagt Marlies an der Tür. Ihr tut leid, daß Eva nicht darüber sprechen will, denn die häßlichen Ehegeschichten der anderen sind so anregend wie ein guter Cognac nach einem harten Tag. Marlies öffnet die Tür gleichzeitig mit Max Zehntel, dessen Gesichtszüge noch eine gewisse Erregtheit über die Impertinenz subalterner Laborkräfte erkennen lassen. «Egoiste» schwebt durch den Raum. Eva öffnet das Fenster.

«Man müßte dieses Weib rausschmeißen. Und sie gibt auch noch Widerworte.»

Zehntel bewegt Marlies, noch ein paar Minuten zu bleiben. Sie schließt die Tür und sagt: «Frau Brettschneider ist eine gute MTA.»

Er setzt sich an den Rand von Evas überfülltem Schreibtisch, auf eine Akte von Kindesmißhandlung. Eva sitzt auf ihrem Bürostuhl. Marlies steht an der Tür. «Sie war, verehrte Kolleginnen, sie war. Die Brettschneider ist verliebt, wußten Sie das nicht? Seit Tagen nervt sie mich mit ihrem dämlichen Grinsen, und jetzt hat sie eines meiner Blutalkoholteströhrchen verschlampt. Es ist weg, verschwunden. Und das Weib behauptet auch noch, es nie in den Fingern gehabt zu haben.»

Wenn etwas verlorengeht im Institut, sind es immer die Laborassistenten. Promovierte, allemal Doppelpromovierte, sind qua Status nicht schuldig. Und die Bestimmung von Blutalkoholwerten stellt eine beachtliche Einkommensquelle des Instituts dar. Der Kleinkram, den niemand besonders schätzt außer Marlies Winter, die sterile Arbeiten bevorzugt. Eva sieht Bernhard Levin vor sich, einen so kleinen Menschen in einem so großen Saal. Sie sieht auf Zehntels Knie, die unter der scharfen Bügelfalte rund erscheinen, so stabil und widerstandsfähig.

«Wir haben einen wahnsinnig interessanten Fall», sagt Zehntel, und man muß ihm für den Plural dankbar sein. «Ach», sagt Marlies, die sich in Zehntels Gegenwart immer einen Hauch verändert, auf eine merkwürdige Art kokett und gleichzeitig abweisend wirkt. Eva wartet schweigend auf das Unausweichliche.

«Eine unglaubliche Geschichte. Mann und Frau fahren zur Uniklinik zum Zwecke der künstlichen Befruchtung. Sie haben einen schweren Autounfall, der Mann wird tödlich verletzt und ich kriege ihn unters Messer.»

«Wahnsinnig interessant», sagt Eva. Zehntel überhört den Sarkasmus.

«So weit, so normal. Die Todesursache ist ein Halswirbelbruch, auch das nicht weiter aufregend. Aber jetzt kommt es: Kurz nach der Obduktion taucht die Frau bei mir auf, die bei dem Unfall nur ein paar Prellungen erlitten hat. Und was glauben Sie, was sie von mir verlangt hat?»

«Die Inseminierung des Spermas ihres verstorbenen Mannes», sagt Eva. Die Spielverderberin. Zehntel denkt, daß sie ganz abscheuliche Manieren hat und deshalb keinen Mann, weil sie auf unerträgliche Weise immer alles besser weiß.

«Exakt. Die Frau ist besessen von ihrem Kinderwunsch. Erzählte mir, daß es ihr helfen würde, den Tod ihres Mannes zu verkraften. Nun, ich sage ihr wahrheitsgemäß, daß die Samenzellen im Nebenhoden zwei- bis dreihundert Stunden nach Todeseintritt noch am Leben sein können. Eine realistische Chance, sage ich, allerdings mit dem Risiko verbunden, daß man nicht weiß, ob und wie die Samenzellen aufgrund des Sauerstoffmangels geschädigt sind. Ich habe ihr abgeraten. So, wie sie aussah, gehe ich davon aus, daß sie noch einen lebenden Samenspender finden wird.»

«Wie furchtbar», sagt Marlies Winter und läßt offen, wen oder was sie damit meint. Zehntel erhebt sich von Evas Schreibtisch, die Akte von Kindesmißhandlung klebt an seinem Kittel, bis er sie abschüttelt.

«Wie hat die Frau entschieden?» fragt Eva.

Max Zehntel steht neben Marlies an der Tür. Weißer Kittel, weiße Schuhe, weißes Herz. Der Mann, den Marlies nicht abweisen würde, wenn sie es fertigbrächte, Georg zu verlassen. «Sie ist zurück in die Uniklinik, um sich mit ihrem Frauenarzt zu beraten. Ich werde Sie das Ergebnis wissen lassen. Und ich werde einen Vermerk über die Brettschneider schreiben. SO geht es nicht weiter.»

Zehntel öffnet die Tür und hinterläßt seinen Duft. «Es geht immer weiter», sagt Eva, ein Satz von monumentaler Nichtigkeit. Marlies nickt, weil sie an Georg denkt, nun, da Zehntel gegangen ist. «Würdest du meinen Bereitschaftsdienst übernehmen für die nächsten drei Stunden? Ich muß in die Stadt, um das Aquarium zu kaufen. Und die Fische. Georg liebt die besonders häßlichen Exemplare.»

Es gäbe noch soviel zu erledigen, ihr Schreibtisch ist ein Chaos. Nein, will sie sagen, doch sie fragt, ob eine Leiche angekündigt sei, was Marlies verneint. «Sonst hätte ich dich nicht gefragt, Eva.» Eine Lüge.

«Also gut. Ich sehe ein, daß Georgs Aquarium wichtig ist.» Noch eine Lüge. Marlies entschwebt mit Dankesworten, und Evas Büro ist still, endlich ist sie allein mit ihrer Arbeit, den Merkzetteln und Aphorismen an der großen Magnetwand, den Geistern aus Gegenwart und Vergangenheit. Margot Weber hat einen toten Sohn und einen guten Anwalt; Bernhard

Levin hat einen toten Sohn und einen schlechten Anwalt; der Mathematikprofessor hat eine untreue Frau und einen ehetaktischen Vorsprung; der Gesichtslose hat noch keinen Namen, aber Hermann glaubt, seine Säurefrau gefunden zu haben. Eine Frau will ein Kind von ihrem toten Mann. Zehntel will die Laborassistentin für seinen Fehler büßen lassen. Zwei Millionen Kinderprostituierte sind zu weit weg, um sich über ihr Schicksal zu erregen. Das Böse hat manchmal Namen und eine dokumentierte Geschichte, jedoch nie eine befriedigende Erklärung. Auch Goldhagen hat sie nicht gefunden in seinem Buch über die deutsche Vergangenheit, und die Philosophen, Psychologen, Psychiater und Neurologen können den Menschen nicht das Geheimnis um das Wesen des Ichs entreißen. Die pathologischen Befunde von Opfern und Tätern, sie gleichen sich dort, wo Herz und Gehirn betroffen sind, und das Böse entzieht sich der Definition, auch wenn die Kirche eingängige und einschüchternde Unterscheidungsmerkmale gefunden und die Gesellschaft Regeln aufgestellt hat, die das Böse ächten. Die Regeln sind so gut oder so schlecht wie der Zustand einer Gesellschaft und die geistige Verfassung derjenigen, die an der Macht sind. Desertierende Soldaten werden bestraft und nicht Präsidenten oder Generäle, die sich des Völkermordes schuldig machen. Das Gute ist abgeschlafft, und das Böse, es ist reizvoll und verwegen und nur dann banal oder häßlich, wenn es sich verantworten und in widerwärtigen Einzelheiten begründen muß.

Bernhard Levin vor Gericht: Er wird nicht für die Wahrheit bestraft oder freigesprochen, sondern für das, was seine Richter als solche empfinden. Das entspricht den Regeln der Gerechtigkeit, die nicht im Prinzip, aber im Detail scheitern müssen, weil Menschen einander nicht gerecht werden.

Es gibt keine universelle Wahrheit zu den Begriffen Gut und Böse. Beides ist Teil des gelebten – und nicht gelebten – Lebens, davon ist Eva überzeugt. Auch ihres Lebens. Es war um Würde bemüht, vielleicht unbewußt den Vorbildern Heathers folgend oder Kathleens, Serenas oder Rosas, ein letztlich ausswegloser Kampf um Identität und Wahrhaftigkeit im Strom von Ereignissen, die solche Werte mitrissen, unterspülten, wegschwemmten. Kathleen und Serena starben einen lächerlichen Tod; Heather und ihr langer, aussichtsloser Kampf gegen den Tod; Rosa in einem Pflegeheim in London, an Alzheimer erkrankt und im Bemühen um Würde im Leben und Sterben grauenvoll betrogen. Eva Röhm, in der Kunst des Lebens weitgehend gescheitert, fast leblos und doch nicht imstande, dem Ganzen ein Ende zu setzen.

Als das Telefon klingelt, hebt Eva in der Gewißheit ab, daß eine Leiche angekündigt wird. Doch es ist eine Stimme aus der Vergangenheit, Sophies Stimme, laut und fordernd. Sophie ist in Berlin. Sophie hat einen Bekannten in der Charité, der einer Dr. Eva Röhm begegnet war und ihren Aufenthaltsort wußte, und dann war es ein Kinderspiel, Evas Telefonnummer herauszufinden.

Sophie hat eine Galerie in Kreuzberg eröffnet, München war ihr doch zu provinziell. Sophie hat sich von Poldi scheiden lassen, weil es auf die Dauer unerträglich war, mit einem alten Schwulen verheiratet zu sein. Sophie wird wieder heiraten, deshalb ruft sie an. Einen Maler und Bildhauer, ein großes Talent, nicht so ein ethnischer Pinsler, wie Tony es war. Sophie will Eva zu ihrer Hochzeit einladen, deshalb ruft sie an, schließlich hat man sich zu allen Hochzeiten getroffen, wie es sich für Freundinnen gehört. Sophie fragt, wie es Eva so gehe, und Eva sagt «gut».

«Das freut mich. Du hast es verdient nach dieser Tragödie. Hast du noch Kontakt zu Fabian?»

«Nein.»

«Nun, ich könnte euch sowieso nicht beide einladen, obwohl das ein bißchen spießig gedacht ist. André ist so progressiv, ein Philosoph der Farben und Formen, wenn du verstehst, was ich meine.»

«Ich verstehe nichts von Kunst, Sophie.»

«Ich weiß. Er ist ein bißchen jünger als ich, dafür habe ich mehr Geld als er. Yin und Yang, alles braucht sein Gleichgewicht, besonders die Waage der Liebe. Ich war immer der Meinung, daß du und Fabian nicht zusammenpassen. Hast du dir was Neues gesucht?»

«Nein. Ich bin mit meinem Leben ganz zufrieden.»

«Das klingt gräßlich, Eva. Wirst du kommen, wenn ich dir eine Einladung schicke? Du mußt ihn einfach kennenlernen.»

«Wenn ich es irgendwie mit meiner Arbeit vereinbaren kann, werde ich kommen.» Eine Lüge.

«Gut. Wir haben uns soviel zu erzählen. Und es wird eine sehr originelle Hochzeit werden, nicht so bombastisch wie mit Poldi, André fände so was spießig, aber es werden jede Menge Szene-Leute da sein, und wer weiß, vielleicht findest du was Passendes, obwohl ich mir vorstellen könnte, daß dein Beruf die Männer irgendwie abschreckt. Na, du mußt ihn ja nicht verraten beim ersten Mal. Ich werde dich als medizinische Forscherin vorstellen, das klingt gut, außerdem sind die meisten Künstler ziemlich blöd, ja wirklich, sie interessieren sich für nichts, außer für ihr Lebenswerk – und Geld natürlich. Geld und Liebe, Eva, das ist das einzige, das zählt. Sicherheit und Ekstase, ich bin alt genug, um das beurteilen zu können. Also, ich zähle auf dich ...»

Sophie legt auf nach einem Abschiedswort. Eva hält den Hörer in der Hand, sie spürt kalten Schweiß auf ihrer Stirn, Entsetzen über Fragmente der Vergangenheit, die sich wie Eis auf sie legen. Oder wie Feuer. Es gab eine Zeit, in der sie Sophie gehaßt hat. Und Sophie hat nie etwas davon bemerkt. Evas Gefühle, die bestgehüteten Geheimnisse ihres Lebens, erreichten selten ihre Empfänger.

23. Kapitel

Alexander Wagner kam in dem Jahr zur Welt, in dem Orson Welles, Marc Chagall, Heinrich Böll und Axel Springer starben. Es war das Jahr der Terroranschläge in Wien und Rom, des großen Vulkanausbruchs in Kolumbien, des Halleyschen Kometen, des Machtwechsels im Kreml durch Michail Gorbatschow und der ersten rot-grünen Koalition in einem deutschen Bundesland.

Ein Dezemberkind. Mutter und Kind wohlauf nach dem Kaiserschnitt, zu dem der Professor geraten hatte, weil die Lage des Kindes nicht optimal gewesen war. Der Vater hatte es besichtigt, während ich noch in Narkose lag, der überaus stolze Vater, der sich einen Sohn gewünscht und auch bekommen hatte. Alles war nach Fabians Wünschen verlaufen. Ich lag in einem komfortablen Einzelzimmer in der besten Münchner Klinik, nahm Blumen und Glückwünsche entgegen, Geburtsgeschenke und den Einkaräter meines Mannes. Alle waren sich einig, wie ähnlich das Kind dem Vater sähe, und ich behielt meine Meinung für mich, daß Alexander, in der Fürstensuite des «Orient»-Hotels gezeugt, einem winzigen Faltenwesen glich, einem häßlichen Äffchen, das sehr viel Schutz und Liebe brauchen würde, um zu einem Menschen heranzuwachsen.

Ich wurde in den Club der Mütter aufgenommen: Magda und Liliane wetteiferten in guten Ratschlägen über Kost und Erziehung. Für Magda kam nichts anderes in Frage als Stillen; Liliane hielt dies in Zeiten gesunder Babynahrung für eine überflüssige Tortur, die zudem die Brüste ruiniere. «Man darf die Ehemänner nicht vergessen», sagte Liliane zu Magda, die diesen Satz nicht verstand. Der mütterbewegende Streit fand ein Ende, als meine Milch versiegte; die Umstellung war schwierig, und das Äffchen schrie, weil es nie genug bekommen konnte. Mein Wunderwesen konnte noch nicht viel, was einen Menschen ausmachte, verfügte jedoch über leistungsfähige Lungen. Fabian legte seinen Sohn in meine Arme, wenn Alexander laut wurde. Trotz schwieriger, zeitaufwendiger Mandate kam er zweimal täglich ins Krankenhaus. Er war fürsorglich, so wie er es auch in der Zeit der Schwangerschaft gewesen war, als mein Bauch und meine Brüste wuchsen und die Beine schwer wurden. Fabian hatte darauf bestanden, daß ich mich ab dem vierten Monat im Institut beurlauben ließ. Appellierte an meine Verantwortlichkeit gegenüber dem Ungeborenen mit dem Argument, daß die Ansteckungsgefahr im Umgang mit Leichen groß sei; er übertrieb maßlos, doch ich gab nach um des ehelichen Friedens willen. Ich trug seinen Sohn in mir, war nicht mehr ein Mensch für mich allein, sondern ein Doppelwesen, Mutterfrau, und er nahm im Gegenzug meine Launen während der Schwangerschaft auf sich, meine Gefräßigkeit und heitere Melancholie – und meine vollkommene Abkehr von der Lust.

«Es könnte dem Kind schaden», sagte ich, wohl wissend, daß die Begründung unsinnig war. Ich hatte keine Lust mehr auf Sex mit Fabian, das war die Wahrheit, die nicht ausgesprochen wurde. Seine rücksichtsvolle Sanftmut war mir lästig, und wenn er bis in die Nacht arbeitete oder zu Empfängen oder Parteisitzungen ging, war ich froh, allein zu sein und nicht antworten zu müssen auf seine Fragen nach meinem und des Kindes Wohlbefinden.

Es war eine Schwangerschaft ohne körperliche Komplikationen, eine Zeit der einsamen Spaziergänge durch den Englischen Garten, des Lesens und Fernsehens, der Isolation von den anderen, den Einzelwesen, und nur in meiner Schwangerschaftsgymnastikgruppe fühlte ich mich heimisch, dem Club der dickbäuchigen, reduzierten Frauen, die über Babynahrung und die Qualität von Windeln oder Kinderärzten sprachen.

Ich ließ mich in meinen Bauch fallen. Sophie konstatierte eine «unförmige Selbstzufriedenheit», und Evelyn, die häufig kam, unterschied zwischen drei Geschlechtern – Männern, Frauen und Müttern –, und manchmal hatte ich den Eindruck, daß meine beste Freundin Neidgefühle entwickelte. Evelyn sagte, daß Schwangerschaft der genialste Rückzug aus den Anforderungen des Geschlechterkampfes sei, den sie immer noch mit Lust, aber auch mit zunehmendem Selbstekel betreibe. Ich konsumierte die Erzählungen von Evelyns Affären wie meine Fernsehsendungen und Fabians Kanzleigeschichten in einer Art von «splendid isolation». Ich fraß mich durch Schokolade und Bücher, Kraus und Kästner, Rilke, García Lorca, Octavio Paz, Yeats und Eliot. Fabian brachte mir Bücher über Kinderziehung und -gesundheit; ich kaufte und las heimlich Fachliteratur über geistig oder körperlich behinderte Kinder. Mein Frauenarzt beantwortete diesbezügliche Fragen mit außerordentlicher Geduld, auch wenn er mir immer wieder versicherte, daß Alexanders Entwicklung völlig normal verlaufe.

Ich traute Ärzten nicht. Der Gedanke, daß das Kind nicht so perfekt sein könnte, wie Fabian von mir erwartete, war ein ständiger Begleiter meiner Tage und Nächte, und ich sprach (mit Ausnahme des Gynäkologen) zu niemandem darüber, auch nicht zu Evelyn, die meinte, daß es nun langsam an der Zeit sei, sich in den lächerlich-elitären Club der Frauen einzureihen, die Leben schenkten.

«Bist du jetzt glücklich, Eva?»

«Ich weiß es nicht. Ich befinde mich in einem Stadium der Wahllosigkeit, das nicht unangenehm ist. Vielleicht ist das Glück.»

Evelyn trug einen schwarzen, eng taillierten Hosenanzug und eine rote Kappe mit verwegenem Federschmuck. Sie sagte: «Es muß jedenfalls angenehm sein, in weiten Pullovern und Hosen mit Gummizug durch die Welt zu laufen. Und den Bauch RAUSZUSTRECKEN.»

Liliane begleitete ihre Schwiegertochter in einen Laden mit Umstandsmode und ermahnte mich, Haltung und Aussehen zu bewahren. Sie war auf beunruhigende Weise liebevoll, und wäre ich nicht so selbstversunken gewesen, hätte ich dies als Zeichen schlechten Gewissens gewertet. Ungewöhnliche Liliane-Sätze wie «Man darf Männer nicht ernster nehmen als unbedingt nötig» oder «Die Stärke der Frauen liegt in ihrer Leidensfähigkeit» glitten an mir ebenso ab wie Lilianes Besorgtheit um meine körperliche und geistige Gesundheit. Später, als ich es zu deuten vermochte, fragte ich mich, ob Liliane mit dem Gedanken der Wahrheit gespielt hatte, die sie gewußt oder zumindest geahnt hatte.

Später, am fünften Tag meines Krankenhausaufenthaltes, hatte ich das unwiderstehliche Bedürfnis, nie wieder Ärzte und Krankenschwestern zu sehen, genoppte Plastikvasen, verpackte Käsewürfel, stillende Mütter und gratulierende Besucher sowie Frauen mit dicken Bäuchen, die in Gesundheitsschuhen über den Flur schlurften. Ich unterschrieb ein Formular, daß ich auf eigenes Risiko das Krankenhaus verlasse, legte Alexander in die unhandliche Tragetasche und bestellte ein Taxi. Nach Hause. In die Wohnung mit Kinderzimmer, in der statt Fabians antikem Schreibtisch nun Alexanders Wiege stand. Nach Hause, wo in unserem Schlafzimmer Fabian und Evelyn lagen, besser gesagt, sich bewegten in leidenschaftlicher Umarmung, so beschäftigt mit ihrer Lust, daß sie mich nicht bemerkten, als ich an der offenen Tür stand und ihnen zusah, auf sehr merkwürdige Weise fasziniert und gleichzeitig beschämt. Durchaus überrascht. Völlig überflüssig, aber nun einmal hier, weil dies der Ort war, den ich mein Zuhause nannte.

Ich fühlte zunächst nichts oder sehr wenig, Erstaunen vor allem, und als Alexander, den ich mit der Tragetasche im Wohnzimmer abgestellt hatte, zu weinen begann, ging ich zu ihm und nahm ihn auf den Arm. Mein Baby hatte die Augen geschlossen und den Mund weit geöffnet; es schrie so erbarmungslos, daß ich zu weinen begann, und dann stand Fabian neben mir, in seinem seidenen Morgenmantel, und sagte zwei Sätze: «Vielleicht hat er Hunger?» Und: «Wir hatten vereinbart, daß ich dich morgen abhole.»

Magda hatte stets behauptet, daß ich nur aus Wut weine, nicht aus Schmerz. Daran dachte ich, als ich erwiderte: «Ich werde ihm seine Flasche machen.» Und: «Es war ein spontaner Entschluß: Ich wollte dich überraschen.»

«Das», sagte Fabian, «ist dir durchaus gelungen.»

Ich ging in die Küche, den Kleinen im Arm, der immer noch schrie, stellvertretend für alle Anwesenden. Wärmte die Milch mit dem Pulver, einhändig, von nun an war ich einhändig, und hörte in den kurzen Pausen, in denen Alexander Luft holte, Schritte im Wohnzimmer und das Zuschlagen der Wohnungstür. Ich goß die Milch in die Flasche, prüfte die Temperatur und setzte mich, Alexander im Arm, auf den einzig bequemen Stuhl im Wohnzimmer, um meinen Sohn zu füttern. Als sich dessen Lippen um die Flasche schlossen, war er still, das war sehr schön. Fabian kam zu uns, er hatte sich angekleidet.

Meine Stimme klang fast normal, als ich fragte: «Ist sie weg?»

«Ja. Es tut ihr furchtbar leid.»

Ein Zweipersonenkammerstück, ziemlich langweilig und mit berechenbaren Dialogen. Trotzdem, ich konnte noch nicht aufhören. «Was tut ihr furchtbar leid? Daß ich euer schönes Spiel unterbrochen habe?»

Ich sah auf meinen trinkenden, saugenden Sohn, während ich zu ihm redete, und Fabian sah auf das Bild seiner Familie, die perfekt sein könnte, wenn es sie denn gäbe, die vollkommene Lüge.

«Es hat nichts mit uns zu tun, Eva. Eine Affäre, mehr ist es nicht. Der Zeitpunkt der Enthüllung ist allerdings etwas unglücklich. Es tut mir aufrichtig leid.»

Ich sah hoch zu Fabian, der vor mir stand und sich jetzt vor Mutter und Kind hinkniete, eine Geste der Demut, die ich nicht anerkennen wollte.

«Laß das, wir sind nicht im Beichtstuhl. Trotzdem, wie lange schon?»

«Drei Monate. Es ist keine Liebesgeschichte, sondern purer Sex. Evelyn ist in solchen Dingen sehr unsentimental. Danke übrigens, daß du uns eine Szene erspart hast.»

Fabian, einmal nicht in der Rolle des Siegers, war fremd und widerwärtig. So wie die Wellen aller negativen Gefühle, die ineinander überliefen: Kränkung, Eifersucht, Zorn, Erniedrigung, Hilflosigkeit, Angst und wieder Zorn. Auf Fabian, Evelyn und mich. Auf Alexander, der die Flasche wegstieß und erneut losschrie, bis ich ihn über meine Schulter legte und auf seinen winzigen Rücken klopfte. Ich war imstande, alle nötigen Bewegungen auszuführen, doch eines konnte ich nicht: Fabian ansehen.

«Ich liebe euch», sagte er, und ich stand auf, um meinen Sohn in die Wiege zu legen, ein antikes Stück, das Liliane in einem Antiquitätengeschäft gefunden und uns zur Geburt ihres Enkels geschenkt hatte. Fabian war mir gefolgt und betrachtete Alexander, der sich zur Seite gerollt hatte, um zu schlafen, ein Winzling, ein Teil seiner selbst, für den er alles tun würde – auch, sich Eva zu Füßen werfen und sie um Verzeihung bitten.

Das letzte Mal bin ich davongerannt, dachte ich, doch wir waren nicht im Wienerwald, und vor mir stand Alexanders Wiege, die von seinem Vater sanft geschaukelt wurde. Dieses Mal saß ich in einer Falle, an der ich selbst mitgewirkt hatte. Das so liebevoll eingerichtete Kinderzimmer und das schlafende Kind in der schönen Wiege; der reuige Ehemann und liebende Vater; das Wesen in der viel zu weiten Hose mit Gummiband, das sich schwach und elend fühlte; es galt, Entscheidungen für zwei zu treffen, Fabian nicht mitgerechnet, und ich war nicht einmal sicher, ob ich es mit meinem Sohn bis zum nächsten Hotel schaffen würde.

«Du siehst erschöpft aus. Willst du dich nicht hinlegen?»

Als er mich am Arm berührte, zischte ich ihn an, daß er mich nicht anfassen sollte. Ich ging ins Schlafzimmer und registrierte, daß Fabian nicht vergessen hatte, die Betten zu richten, eine seiner rücksichtsvollen Gesten, denen ich immer mißtraut hatte. Vielleicht aber auch nicht. Ich nahm meine Bettwäsche, die nach Evelyns Parfüm roch, und warf sie in den Wäschekorb, bevor ich mein Bett auf der Couch richtete.

Fabian sah mir schweigend zu, als ich mich auszog und in mein neues Bett legte.

«Nie wieder. Ich verspreche es dir», sagte Fabian mit einer kleinen Stimme, die nicht zu ihm paßte.

Ich sah ihm zum erstenmal ins Gesicht: Seiner jetzigen Rolle war Fabian nicht gewachsen, und er war auch wütend, daß er sie spielen mußte.

«Wir sollten uns eine größere Wohnung suchen», sagte ich. «Angesichts der neuen Verhältnisse brauchen wir mehr Platz.» Und während ich den Kopf zur Seite drehte und auf den Schlaf wartete, dachte ich an Magda, die in der Schwangerschaft von ihrem Mann mit Heather betrogen wurde, an meine arme Mutter, die alles so sprachlos getragen hatte, vorwurfsvoll stumm oder in belanglos-giftigen Nebensätzen. Auch ich wußte keine geeignete Form, meine Gefühle auszudrücken. Evelyn schmerzte, der doppelte Verrat – und wie mich ihre Geschichten über Affären mit verheirateten Männern doch stets amüsiert hatten, und nur eine hatte gefehlt, was verständlich, aber nicht verzeihlich war. Wie gut und bequem ich doch in der Lüge gelebt hatte; so hätte es bleiben können, wäre nicht diese dumme Idee gewesen, einen Tag früher nach Hause zu gehen. Also auch meine Schuld. Meine Schuld, weil ich keine Lust mehr auf ihn hatte seit vielen Monaten. Wäre es zur Diskussion gekommen, Fabian hätte dieses Argument ins Feld geführt. Viele Argumente, die an der Wahrheit vorbeiglitten, sie berührten oder entblößten – und wieviel davon, auch von meiner Seite, wäre verträglich gewesen? Der Konjunktiv der Feigheit oder meine Unfähigkeit, zwischen Haß und Liebe eine Trennungslinie zu ziehen. Ich war während der Schwangerschaft überzeugt gewesen, Fabian nicht mehr zu brauchen. Aber das stimmte nicht: Mein Vertrauen und seine Loyalität, ich hatte sie als selbstverständliche Basis unserer Beziehung angenommen. Und im Lichte seines Verrates betrachtet, war alles, was wir in den letzten Monaten gemeinsam unternommen, miteinander gesprochen hatten, nicht real, sondern eine Täuschung.

«Ich habe mich bereits auf dem Häusermarkt umgesehen», sagte Fabian. «Es ist schwierig, aber bei einigen Scheidungsmandaten müssen sich Leute von ihrem gemeinsamen Heim trennen – und ich habe da schon etwas im Auge.»

Es klang nach Leichenfledderei, aber ich sagte nichts. Ich tat so, als ob ich schliefe. Doch es war schwierig einzuschlafen bei meiner großen Müdigkeit.

24. Kapitel

Sechs Monate später zogen wir um, in ein Haus in Haidhausen, zwischen dem noblen Bogenhausen und der Armeleutegegend von Giesing, BEI Bogenhausen, wie Fabian stets betonte, ein aufstrebendes Künstlerviertel mit noch bezahlbaren Grundstückspreisen, und das Schönste an unserem neuen Heim war ein weinumrankter Innenhof mit einer alten Linde, eine Idylle, die käuflich war, und so kauften wir sie.

Das Haus, stilgerecht renoviert, bot genug Platz, auch für zwei Schlafzimmer, Fabians Arbeitszimmer und einen lichtdurchfluteten Raum für Alexander. Der Umzug, der Ärger mit den Handwerkern, und die Suche nach passenden, möglichst alten, aber nicht zu teuren Möbelstücken boten Ablenkung und ehelichen Gesprächsstoff. Und natürlich Alexander: Ich erzählte Fabian, wieviel unser Sohn getrunken, gerülpst und geschlafen hatte, wie viele Male gelächelt oder geweint, und er versorgte mich mit Nachrichten aus der Außenwelt: Scheidungen und Kanzleiintrigen, das Chaos im Berufsverkehr und die intimen Details bayerischer Politik, die er zum Teil aus den Scheidungsmandaten, zum Teil aus seinen Aktivitäten im CSU-Ortsverein kannte, das gemütliche Spinnengeflecht des Franz Josef Strauß und seiner Günstlinge, Spezis und Parteifreunde, nicht so giftig wie Tschernobyl, aber ebenso unsichtbar und weitreichend in den Auswirkungen.

Wir waren uns einig, Fabian und ich, daß die Welt schlecht war jenseits unseres Innenhofes, in dem wir an schönen Sommertagen unter der Linde saßen, auf einer alten Holzbank, neben uns Alexander in seinem Wagen, ein kleiner Mensch schon, nicht mehr Äffchen, ein gieriges, gefräßiges Monster, das mich Schlaf und Energie kostete, mehr Zeit und Liebe, als ich je einem Wesen gegeben hatte. Mein Sohn. Auch Fabian nannte ihn so, nicht «unser Kind», und wie alles, das zu kritisieren war, fiel auch dies unter unsere unausgesprochene Vereinbarung des höflich-rücksichtsvollen Umgangs miteinander. Außenstehende hielten uns für ein schweigsames Paar, doch tatsächlich vermieden wir unbedachte Worte und gefährliche Sätze, die, gleich einem Dammbruch, die fragile Harmonie mitreißen könnten. Daß Fabian fast allen gesellschaftlichen Pflichten alleine nachkam, war mit dem Kind leicht zu begründen. Nur selten luden wir Bekannte nach Haidhausen, und wenn, waren sie entzückt über unsere Idylle, das Kind und das stilvolle Landleben in der Stadt, und wir saßen unter der Linde, und sie sagten, Eva ist so mütterlich geworden, und ich sagte lächelnd, daß mir keine Wahl bliebe. Fabian fügte hinzu, daß er sich dieses Familienleben immer gewünscht habe, Haus inklusive, und daß die Renovierung ein kleines Vermögen gekostet habe.

Die Renovierung unserer Ehe kostete Zeit, die mir knapp bemessen schien angesichts der Ansprüche, die Alexander an meine Liebe und Fürsorge stellte. Natürlich verlangte er nicht, daß ich seinen Schlaf bewachte, aber ich tat es, ein Buch in der Hand, in dem ich unkonzentriert las, um mich immer wieder über ihn zu beugen und seine Atmung zu kontrollieren. Nachts wachte ich alle paar Stunden aus unruhigem Schlaf auf und ging an seine Wiege, wissend, daß ich den plötzlichen Kindstod nicht verhindern konnte, aber unfähig, die Angst zu kontrollieren, die mich Tag und Nacht begleitete.

Wenn Alexander wach war, saß ich neben ihm und erzählte ihm Geschichten. Er mochte den Klang meiner Stimme, auch wenn er noch nicht verstand, was ich sagte. Die Geschichte vom Kirschbaum, in dem ich mich vor Magdas Forderungen zu verstecken suchte. Meine Angst vor dem Religionslehrer, der als Pfarrer auch die Beichte abnahm und so schrecklich durchdringende Fragen stellte, wenn die gebeichteten Sünden sexueller Natur waren. Meine Liebe zu meinem Vater, deren distanzierte Erwiderung mir stets als unzulänglich erschienen war. Der Tag, an dem er mir das Schwimmen beibrachte, mich ins Wasser warf, und ich den Glauben daran verlor, daß er mich immer beschützen würde.

Ich erzählte Alexander von Tante Ludovika und den seltsamen Leuten im Kaff, die mir im Laufe meines Lebens in veränderten Erscheinungen immer wieder begegnet waren. Von Heather, der Unbeugsamen, Rosa, der Gütigen, Kathleen und Serena im Himmel der Revolutionäre und von Ben Belushi, von dem ich glaubte, daß er in New York eine gutgehende psychiatrische Praxis hatte, eine jüdische Frau und mindestens drei Kinder, mit denen er im Central Park joggte.

Alexander war ein guter Zuhörer, und wenn es ihm zuviel wurde, er schrie oder strampelte, wechselte ich das Thema, fütterte ihn oder wiegte ihn in den Schlaf. Sophie, die mich zweimal besuchte (sie war neugierig auf das Haus und wollte in einer Galerie spionieren, die neben uns eröffnet hatte), schwankte zwischen Verachtung und Bewunderung meines matronenhaften Lebens. Sie erschien mir hektischer als je zuvor, unglücklich vielleicht, aber ich fragte nicht, und wir blieben an der Oberfläche. Ob sie von Evelyn und Fabian wußte, hätte ich gern erfahren, doch dann genügte es mir zu hören, wie erfolgreich mein Mann agierte, wie beliebt er in Münchens Gesellschaft war und daß ich mich glücklich schätzen mußte, ihn zu besitzen. «Ich wette, dein Mann kennt die Bettgeschichten von halb München», sagte Sophie. «Schließlich rennen alle Weiber zu ihm, wenn sie genug von ihren Männern haben.» Sophie hatte genug von Poldi, aber nicht von seinem Geld, und nahm deshalb Abstand davon, Fabian zu konsultieren. Zum Abschied gab sie mir den guten Ratschlag, meinen Stil zu verändern. «Du schaust immer gleich aus, Eva, das wird auf die Dauer langweilig.»

Sophie ging zu ihrem blauen Porsche. Sie hinkte kaum noch, aber wer davon wußte, konnte es erkennen. Ich hatte vergessen, ihr von Tony zu erzählen, der ins Hotel «Orient» gezogen war, in das Zimmer neben dem Aufzug, in den sein Rollstuhl paßte. Seine Bilder verkauften sich nicht mehr, aber er malte unentwegt, und irgendwie sei immer ein bißchen Geld da, hatte Elly geschrieben. Einmal im Monat kam ein Brief von ihr, eine engbeschriebene Seite, nie mehr und nie weniger, und ihre Geschichten handelten von Leuten, die ich kannte, und von komischen oder traurigen Ereignissen, die im «Orient» häufiger auftraten als an anderen Orten. Jana hatte sich in einen schwulen Ballettänzer verliebt und war sehr unglücklich. Der neue Besitzer hatte die Mieten und Zimmerpreise erhöht, und im Juli war ein weiblicher Gast von seinem männlichen Begleiter fast zu Tode geprügelt worden («Eine Sadomaso-Geschichte, die aus den Fugen geraten ist»), schrieb Elly, worauf erst Mowgli, dann andere Gäste und schließlich die Polizei einschreiten mußten. «Und du glaubst es nicht, dieses Weib lächelte auch noch mit ihrem gebrochenen Kiefer, es sah jedenfalls so aus, und nicht den Typen wollte sie anzeigen, sondern mich wegen unerlaubter Tierhaltung in einem öffentlichen Gebäude.» Wien wird immer verrückter, schrieb Elly, und daß sie nur darauf warte, daß der Waldheim in seiner SS-Uniform ins Hotel geritten käme, und hinter ihm ein gewisser Jörg Haider als dessen Lustknabe im Lederoutfit, an der Leine natürlich. Elly beendete ihren Brief mit dem Satz, daß sie froh sei, so normal zu sein.

Ich las den Brief Alexander vor, und er lachte. Ich wünschte mir, daß Elly nach München käme, und wußte, daß Fabian es nicht hinnehmen würde, wenn ich mit meinem Sohn nach Wien, ins «Orient» fahren würde. Er hatte nichts dagegen, daß ich meine Eltern besuchte: Landluft, familiäre Geborgenheit und ein Arzt im Haus. «Aber ein Hotel mit Nutten und Schlangen ist nichts für meinen Sohn.»

«Du übertreibst maßlos. Und immerhin war das ‹Orient› gut genug, ihn dort zu zeugen. Was soll schon passieren?»

«Mowgli könnte ihn mit einem Huhn verwechseln. Oder Elly kommt auf die Idee, ihm ihren Nackttanz vorzuführen. Das ist kein Ort für Babys. Außerdem finde ich, daß er blaß aussieht. Du solltest ihn mal wieder zum Arzt bringen.»

«Alexander ist nicht krank. Er hat meine helle Gesichtsfarbe.»

«Vielleicht ernährst du ihn falsch. Außerdem schläft er zuviel.»

Es war ein schöner Herbstabend, und wir saßen unter der Linde. Wir begannen wieder miteinander zu streiten, und ich wußte nicht, ob dies ein gutes oder schlechtes Zeichen war. «Er ist ein sehr munteres Kind, aber da du die meiste Zeit weg bist, kannst du seine Schlafgewohnheiten schwerlich beurteilen.»

Fabian war bereit einzulenken. Ich sah es an seinem resignierten Gesichtsausdruck, der besagen sollte, daß man mit der Ehefrau ohnehin keine sachliche Diskussion führen konnte. «Du solltest wieder arbeiten, Eva, zumindest halbtags. Mama hat sich bereit erklärt, Alexander ein paar Stunden zu nehmen, wenn du wieder ins Institut möchtest. Du bist eine wundervolle Mutter, aber jetzt solltest du langsam wieder an DICH denken. Halbtags.»

Wie hätte ich ahnen können, damals, daß es ein vergiftetes Angebot war, ein trojanisches Pferd, das Fabian und Liliane mir präsentierten? Ich erregte mich darüber, daß Liliane, die beinahe jeden zweiten Tag vorbeischaute (ihr Haus in Bogenhausen lag ganz in der Nähe), mir dieses großzügige Angebot nicht selbst unterbreitet hatte.

Liliane, die vorbildliche Großmutter, so rüstig noch und liebenswürdig und hilfsbereit: Ich war ihr dankbar für ihre Hilfe, und gleichzeitig hatte ich Angst, ihr mehr von Alexander zu geben als die paar Stunden, in denen ich einkaufen ging und sie auf ihn aufpaßte. Würde Liliane meinen Sohn zu Fabians Ebenbild erziehen, wenn ich ihn ihr überließ, halbtags?

Wir waren uns einig, daß eine Kinderfrau, legal beschäftigt (eine Ausländerin kam nicht in Frage für einen gesetzesfürchtigen Anwalt), zu teuer war. Fabian legte mir die finanzielle Belastung von Haus und Hof dar, und ich mußte ihm zustimmen. Auch teilte ich seine Auffassung, daß ich mich nicht für immer aus der Welt zurückziehen konnte (seine Worte), und strittig blieb nur seine Forderung, daß ich mich Laborarbeiten zuwenden und nicht mehr mit Sektionen beschäftigen sollte.

Als Alexander ein Jahr alt wurde, begann ich wieder im Institut zu arbeiten, sechs Stunden täglich und bei reduziertem Gehalt. Um neun Uhr morgens kam Liliane, die großzügig erklärt hatte, daß es viel umständlicher sei, wenn ich Alexander zu ihr bringen müßte. Wir bezahlten ihre Taxifahrten, das war alles, und in der Tat war es praktisch, nach der Arbeit in ein wohlorganisiertes Haus zurückzukommen, zu einem zufriedenen, von der Großmutter bestens umsorgten Kind, das «Mama» und «Oma» sagen konnte und sich auf wundervolle Weise zu einem normalen, glücklichen Wesen entwickelte. Wenn ich kam, krabbelte er auf mich zu, und ich nahm ihn in die Arme und wartete, bis Liliane ging, um ihm meine Geschichten zu erzählen, während wir auf dem Boden lagen und mit den Beinen strampelten. Manchmal blieb sie auch, wenn Fabian früher nach Hause kam, und wir aßen zusammen, aber sie übertrieb es nicht mit ihrer Anwesenheit, und so sehr ich mich bemühte, Kritikpunkte zu finden – Lilianes Perfektion und Diskretion ließen es nicht zu.

«Wir können uns glücklich schätzen, Mama zu haben», sagte Fabian, der Magdas Besuch zwei Wochen lang ertrug, eine Zeit, in der sich Liliane zurückzog, um sich um ihr Haus zu kümmern. Ich war ihr dankbar für ihre Rücksichtnahme, ich war ihr stets dankbar, jeden Tag, an dem ich Alexander von ihr in Empfang nahm und mir berichten ließ, welche großartigen Fortschritte mein Sohn machte. «Er erinnert mich so sehr an Fabian», sagte Liliane. Und: «Ich bin dir dankbar, daß ich mich nützlich machen kann in meinem unnützen Alter.» So demütig. Selbstlos. So vorsichtig im Umgang mit Sätzen, die mich beunruhigen oder verletzen könnten. Wir sprachen nie über Fabian, nur über Alexander. Und ich fragte sie nie nach Fabians Vater, obwohl ich oft darüber nachdachte, wenn ich sie ansah, die gepflegte ältere Dame mit den weißen, nie unordentlichen Haaren, den angemessenen Falten im kontrollierten Gesicht, das weicher und älter wirkte, wenn sie meinen Sohn im Arm hielt. Liliane behauptete, keine Angst vor dem Tod zu haben, es sei ein natürlicher Vorgang, Platz für die nächste Generation zu machen, sagte sie, und wie glücklich sie wäre, wenn Alexander sich an sie erinnern könne, später, denn in der Familie müsse weitergegeben werden, was im Leben zähle.

«WAS, Liliane?»

«Oh, nicht viel, denke ich. Erfolg. Der äußere Erfolg natürlich, es gibt nichts Schlimmeres als Versager, die die Schuld bei anderen suchen, um ihren Rest von Selbstwertgefühl zu retten. Und ... die Beherrschung der eigenen Persönlichkeit im Umgang mit anderen. Distanz und Rücksichtnahme. Ich bin nicht der Meinung, daß man andere Menschen mit seinen Fehlern belästigen sollte.»

«Im wesentlichen stimme ich dir zu. Aber es klingt ziemlich arrogant.»

Liliane verfügte über ein gekünsteltes und ein herzliches Lachen, und diesmal mischte sie es. «Oh, ich bin arrogant. In meinem Alter muß man es nicht mehr verbergen.»

Magda war anders, natürlich. Magda übernahm in Lilianes Abwesenheit das Regiment über mein Kind und mein Haus. Sie putzte, kochte und überhäufte mich mit Ratschlägen bezüglich Alexanders Wohlergehen.

Sie fand es nicht in Ordnung, daß ich wieder im Institut arbeitete und einen Teil der Erziehung meines Sohnes Liliane überließ. «Sie ist ja auch nicht mehr die Jüngste und bestimmt völlig überfordert. Ich würde mir das jedenfalls nicht zumuten wollen – und ich bin um einiges jünger als sie.»

«Vier Jahre, Mutter. Und sie macht es ausgezeichnet.»

«Ich will dir ja nicht dreinreden, aber das Kind scheint mir ein bisserl ruhig, du hast in Alexanders Alter schon viel mehr gesprochen – und du warst nicht so schrecklich dünn, Eva, gebt ihr ihm nicht genug zu essen?»

Magda meinte es gut, doch sie strapazierte unsere Familienidylle. Fabian ertrug sie mit Abwesenheit oder leicht gequälter Miene, und nur manchmal, wenn wir abends alleine waren und einen Whisky tranken oder ein Glas Cognac, machte er sich über sie lustig, was ich wiederum nicht in Ordnung fand, denn sie war meine Mutter, und nur ich hatte das Recht, über sie zu spotten.

«Ich sage ja auch nichts über Liliane.»

«Was gäbe es da schon zu kommentieren, Eva? Abgesehen davon, daß Mama Alexander weder verhätschelt noch mästet, tupft sie sich mit der Serviette den Mund ab, bevor sie aus dem Glas trinkt.»

«Eine perfekte Schwiegermutter. Genau das, was ich mir immer gewünscht habe.»

«Du bist undankbar. Und unlogisch wie immer. Wenn dir Liliane mißfällt, verstehe ich nicht, warum du ihr Alexander überläßt.»

«Das habe ich nicht gesagt. Außerdem habe ich keine andere Wahl.»

Fabian lächelte, man konnte es überheblich nennen. «Aber natürlich hast du sie. Niemand zwingt dich, wieder zu arbeiten. Aber da dir deine Leichen nun mal Spaß machen, hast du dich – schweren Herzens, wie ich weiß –, für einen Kompromiß zwischen Mutterschaft und Karriere entschieden. ICH zähle ja ohnehin nicht in diesem Hause.»

Keine Spur mehr von demütiger Reue. Es machte ihm Freude, wenn ich vor Zorn die Lippen zusammenpreßte und ihm ein Satz gelang, auf den es keine gute Antwort geben konnte. So wie früher stritten wir, und nicht mehr so wie früher schliefen wir miteinander, sporadisch und zumeist nach enthemmendem Alkoholgenuß. Sex war einfach nicht mehr die große

Nummer unserer Ehe, obwohl wir ihn ordentlich und mit angemessener Lust zelebrierten. «Ich liebe dich», war ein Satz, der im Bett nicht mehr fiel, in seinem Bett, wo wir uns manchmal noch zusammenfanden, und danach stand ich auf, um in mein Zimmer zu gehen, in mein Bett. Oder zu meinem Sohn, der wie ein Engel schlief und wie ein Teufel brüllen konnte. Meine große Liebe, und manchmal dachte ich, meine einzige Liebe. Sie wuchs mit ihm, jeden Tag, und ich war eine jener närrischen Mütter, die nicht anders konnte, als dummstolz zu lächeln, wenn sie ihr Kind ansah. Mein Kind.

Fabian überhäufte Alexander mit Spielzeug; er war der große, großzügige Vater, auf den mein kleiner Sohn schon ein wenig anders reagierte als auf mich: vorsichtiger oder respektvoller. Doch ich war diejenige, nach der er verlangte, wenn er sich verletzt hatte oder ängstlich war. Liliane, Fabian und ich registrierten Alexanders Gunstbeweise mit wohlgehüteter Eifersucht und warfen einander vor, das Kind zu verwöhnen. Wir waren in diesem Punkt wie Kinder, und Alexander begriff es instinktiv und versuchte sein Bestes, uns alle zufriedenzustellen.

Magda fuhr zurück ins Kaff nach einer ihrer tränenreichen Abschiedsszenen, und Liliane kam zurück. Sie bedauerte, meine Mutter nur einmal gesehen zu haben, und sah mich triumphierend an, als Alexander bei ihrem Anblick jauchzte. Fabian fuhr zu einem Anwaltstreffen nach Frankfurt, und ich nahm die Einladung meines namensgleichen Kollegen zu einem Mittagessen an, um mit ihm den Fall eines Ehepaares zu diskutieren, das gemeinsam Selbstmord begangen hatte. Für die Erben war von besonderem Interesse, wer von den beiden zuerst verstorben war.

Der fünfzigjährige Arzt und seine Frau aus zweiter Ehe hatten sich mit Zyankalikapseln vergiftet, wobei die Salzsäure des Magensaftes die tödliche Blausäure freisetzt. Ein typisches Zeichen dafür war das hellrote Blut im Venensystem; worüber wir diskutiert hatten, war lediglich der Todeszeitpunkt, der sich aus einer Vielzahl von Faktoren zusammensetzt und sich selten auf die Minute genau feststellen läßt.

Dr. Michael Wagner vertrat die Auffassung, daß der Mann an leichten Magenbeschwerden gelitten und die reduzierte Salzsäure des Magensaftes seinen Tod hinausgezögert hatte. Seine Theorie des späteren Todes würde sich, wenn überhaupt, erst nach den feingeweblichen Untersuchungen klären lassen, doch ich fand es schön, mit ihm darüber zu streiten. Über Spaghetti mit Fischsauce in einem kleinen italienischen Restaurant, das wir zufällig gefunden hatten.

Ein Mann, den ich nicht kannte und der mich nicht kannte. Der Speisekarten nicht studierte wie Gesetzestexte. Der mich nie betrogen, nie besiegt hatte. Ein netter Mann, der mich ernst nahm, zumindest in fachlichen Dingen. Ein Mann, der schwer wirkte, ein wenig Bierbauch vor sich hertrug und in keiner Weise perfekt schien. Der erste Mann, den ich geschlechtsspezifisch zur Kenntnis nahm, seit ich Fabian geheiratet hatte. Als ich ihm dies sagte, lachte er sehr laut und sehr lange, um mir dann zu sagen, daß er trotz seiner Häßlichkeit ein Frauentyp sei – und nie würde er es verstehen.

«Haben Sie deshalb nie geheiratet?»

«Frauen haben so grundsätzlich andere Fehler als Männer, Dr. Wagner, daß ich es immer schwierig fand, sie mit Ewigkeitsansprüchen zu belästigen. Es funktioniert immer nur eine Zeitlang. Ehrlich.»

Es war mir gleichgültig, ob er ehrlich war. Mir gefiel zunächst, was ich sah und roch und hörte, und ich wollte ihn nicht heiraten, nicht einmal eine Affäre beginnen. Eine Freundschaft, dachte ich, als wir ins Institut zurückgingen, ich hatte keine Freunde in München, keinen Menschen, mit dem ich unbeschwert über die Gegenwart reden oder lachen konnte.

An der Institutspforte kamen wir überein, daß die doppelte Doktor-Wagner-Anrede albern war und wir uns mit Vornamen siezen sollten. Im Lift sagte Michael, daß ich der netteste Eisberg sei, den er jemals habe schmelzen sehen.

Drei Tage später traf ich Evelyn. Beim Zahnarzt, und dies schien immerhin ein passender Ort des Wiedersehens zu sein.

25. Kapitel

Es war nicht so, daß ich sie vergessen hatte, nur verdrängt aus meinem Leben, aus der Familienidylle, die auch ohne schmerzliche Erinnerungen ein fragiles Gebäude unser aller Bemühungen war. Evelyn. Mit rotem Hut und schwarzem Kostüm, eine Frau, die ihrem Stil treu blieb, immerhin.

Sie grüßte mich so herzlich, als ich in das Wartezimmer kam, daß ich meinem ersten Impuls widerstand, mich woanders hinzusetzen als auf den freien Platz an ihrer Seite. Sie sagte «Du siehst fabelhaft aus», und überbrückte mein Schweigen mit einer Reihe von schwerelosen Sätzen über Wetter, Kunst und Politik. Ich hatte Zahnschmerzen.

«Bist du mir immer noch böse?»

Welch subtile Aneinanderreihung von Worten im Wartezimmer eines Zahnarztes. Ich dachte darüber nach, langsam wie immer in der Formulierung meiner Gefühle. «Ja. Ich glaube schon. So was verjährt nicht.»

«Es war doch kaum der Rede wert, das hat Fabian dir sicher gesagt.»

Die Wiederholung meines Gespräches mit Fabian war das letzte, was ich mir wünschte. Ich wünschte, sie würde tot umfallen oder als nächste ins Behandlungszimmer gebeten werden. «Evelyn. Ich bin kein Gefühlsexhibitionist, oder mit anderen Worten: Ich mag es nicht, solche Dinge auszudiskutieren.»

Sie wippte immer noch mit den Füßen, wenn sie gelangweilt oder erregt war. Sie sagte: « Nein, DU mußt Dinge ausschweigen und wandelst umher wie der personifizierte Vorwurf. Als Image mag das ja nicht schlecht sein, aber mich nervt es. Ich habe etwas Böses getan, das kannst du mir vorwerfen, und ich kann dich dafür um Verzeihung bitten, die du mir gewährst oder auch nicht. Ganz einfach. DEINE Methode ist grausam und unversöhnlich.»

«Wärst du mit zehn Vaterunser zufrieden?»

Es war zynisch, nicht komisch gemeint, doch Evelyn begann zu lachen, sie riß ihren großen, bemalten Mund so weit auf, daß ich ihre Zahnlücke sehen konnte, und dann wurde sie von der Assistentin aufgerufen und ging lachend in das Behandlungszimmer. Auf roten Schuhen, die ein wenig zu hoch waren, so daß ihr Gang staksig wirkte.

Ich dachte an nichts. Oder vielmehr daran, daß ich noch für das Abendessen einkaufen und zu Hause einen Termin mit Alexanders Kinderarzt vereinbaren mußte. Der Kleine war nur erkältet, doch Fabian und Liliane hätten mir die Mißachtung einer Lungenentzündung nie verziehen. Ich dachte daran, daß Michael mit seiner Hypothese gescheitert war: Eine Magenkrankheit war nicht feststellbar und auch nicht unterschiedliche Todeszeiten. Nun mußten die Kinder aus beiden Ehen sich arrangieren mit dem Erbe. Das Ehepaar hatte einen Abschiedsbrief hinterlassen, in dem stand, daß die Frau an Blutkrebs erkrankt sei und man es vorziehe, rechtzeitig und gemeinsam Abschied zu nehmen. Die Obduktion der Frau hatte diese Diagnose nicht bestätigt, das war der Witz an der Tragödie. Nun ließ sich noch spekulieren, ob der Mann, der Arzt, die Fehldiagnose gestellt hatte oder ein anderer – und was wäre es dann, juristisch gesehen: Körperverletzung mit Todesfolge? Ich mußte Fabian fragen, auch wenn es ein theoretisches Problem war …

Evelyn kam aus dem Zimmer, und ich wurde als nächste aufgerufen. Ich bekam die Betäubungsspritze, vor der ich Angst hatte, die beruhigende Musik und die neue Füllung, die nicht weh tat. Spekulierte auf dem Zahnarztstuhl darüber, ob Evelyns Mann ihr den Zahn ausgeschlagen hatte; so dumm konnte doch kein Ehemann sein, sich über Jahre hinweg betrügen zu lassen, ohne etwas zu bemerken. Zehn Vaterunser, das war die Formel göttlicher Vergebung für die Sünden meiner Jugendzeit. Weil ich so lange nicht mehr gebeichtet hatte, konnte ich mich nicht erinnern, wie es um die Todsünden bestellt war. Wurden auch sie im Wege der Beichte verziehen? Ich fragte den Zahnarzt, als er die Hand aus meinem Mund nahm, und er zuckte bedauernd die Achseln. Er sei Atheist.

Evelyn war noch im Wartezimmer, als ich zurückkam, eine unerwartete Prüfung meiner Großherzigkeit. Sie hatte auf mich gewartet, und sie bat mich inständig um ein Gespräch – «In einem Café, Biergarten, wo du willst. Bitte, Eva.»

Meinen Religionslehrer hatte ich verärgert, weil ich die göttliche Vorsehung nicht verstand. Wie, fragte ich ihn, kann ER alles wissen, vorhersehen, und wir haben dennoch einen freien Willen? Wenn er bereits weiß, was wir tun, ist die Möglichkeit der Wahl doch eine Illusion, sagte ich, und was immer er damals erwiderte, es war keine befriedigende Antwort. Und während ich überlegte, ob ich Evelyn nachgeben sollte oder nicht, während ich mit meinem, Fabians und Alexanders Leben spielte, dachte ich daran. Und sagte schließlich: «Na gut. Aber nur eine halbe Stunde, dann muß ich nach Hause.»

Die göttliche Vorsehung hatte mich Evelyns Reue ausgeliefert. In einem Biergarten, wo wir Wein und Wasser tranken und sie mir erzählte, wie sehr sie mich bewunderte – und bedauerte. «Wie erträgst du es, von ihm betrogen zu werden?»

Der Auftakt der Halbstundenwahrheiten. Ich fragte sie, wie sie es ertrage, ihren Mann ständig zu betrügen.

«Nicht mit meiner Seele, Eva. Es sind wirklich nur Sexgeschichten. Selbstbestätigung eines deformierten Egos. Mein Psychiater sagt, daß mein Vater schuld sei, der mich nicht liebte und zurückwies. Wie auch immer, langsam macht es mir keinen Spaß mehr, das Jagen. Es ist so anstrengend, ihnen vorzuspielen, daß SIE die Jäger sind. Und daß sie alle so toll im Bett sind. Vielleicht ist es auch nur so, daß ich diese Männerunterhosen nicht mehr ertragen kann. So häßlich – und uniform.»

«Wirklich, du dauerst mich, Evelyn.»

«Spar dir deinen Sarkasmus. Ich habe lange darüber nachgedacht, WIE ich es wieder gutmachen könnte. Und als ich auf diesem Zahnarztstuhl lag, da fiel es mir ein.»

«WAS um Himmels willen?»

Evelyn sah mich an wie eine gute Freundin, die schlechte Nachrichten zu überbringen hat. «So schwer es mir fällt – ich muß dir die Wahrheit sagen. Über Fabian. Du glaubst doch nicht, daß ich die einzige war – oder bin. Ich meine, unsere Geschichte ist zu Ende, aber da gab es noch Sophie, deine Freundin Sophie, und Annabelle und eine Stewardess, deren Namen ich vergessen habe. Und natürlich Laura. Seine Exverlobte. Sie ist die einzige, mit der er dich dauerhaft betrügt, soviel ich weiß, geht es schon über ein Jahr.»

Der Wein schmeckte bitter, und ich setzte das Glas ab.

«Jetzt sag nicht, daß du überhaupt nichts wußtest. München ist ein Dorf, man trifft sich ja überall. Und besonders vorsichtig ist er ja nicht gewesen, während du in eurem Schneckenhaus ... mein Gott, Eva, es tut mir so leid ... aber ist es nicht besser, die Wahrheit zu wissen, statt immer nur die dumme, betrogene Ehefrau zu sein?»

Es war ein Reflex, wie damals beim Busfahrer. Ich holte aus und gab ihr eine Ohrfeige. Mein Weinglas flog vom Tisch, und das Klirren zerbrechenden Glases verband sich mit dem klatschenden Zusammenprall meiner rechten Hand mit ihrer Wange. Evelyns roter Hut flog vom Kopf. Im Zeitlupentempo, wie mir schien. Es war ein sehr schöner Hut, der zu Boden schwebte. Ich hatte ihre verwegenen Kopfbedeckungen stets bewundert, auch ihre sprudelnde Art zu reden, ohne über die Wirkung ihrer Worte nachzudenken. Hatte dieses herzlose Luder wirklich gemeint, ich würde ihr dankbar sein für ihre Aufklärungsarbeit? Und wußte sie nicht, daß man früher die Überbringer schlechter Nachrichten geköpft hatte?

Die Leute rings um uns starrten schamlos, mit entzücktem

Entsetzen, und eine Kellnerin eilte auf uns zu. Der Wein tropfte auf meine Hose, und Evelyn hielt sich ihre gerötete Wange. Sprachlos, immerhin.

Diesmal hatte ich Geld bei mir und legte einen Zehnmarkschein auf den Tisch. Ich wollte sagen, daß ich ihrem dummen, gehörnten Ehemann alles erzählen würde, doch meine Stimme gehorchte mir nicht. Ich konnte nichts sagen, kein Wort, und so ging ich, das Gekeife der Kellnerin bereits im Rücken. Was immer Evelyn noch sagte, ich hörte es nicht mehr.

Leute, die unter Schock stehen, spüren den Schmerz zunächst nicht. Ich kaufte Lebensmittel ein, vergaß nichts und überfuhr eine rote Ampel, ohne einen Unfall zu verursachen. Zu Hause telefonierte ich mit dem Kinderarzt und sprach mit Liliane darüber, ob Alexanders Erkältung auf eine Allergie zurückzuführen sei. Ich begleitete meine Schwiegermutter (was wußte sie?) bis zum Gartentor und spielte mit meinem Sohn, bis er müde wurde. Das Leben geht weiter. Als es erlaubt ist. Karl Kraus und ein Valium für Eva Wagner. Ich wollte den Zustand der Schmerzlosigkeit bewahren, für eine Weile noch, während ich kochte, den Tisch deckte, den Wein kalt stellte. Mein Sohn schlief, und ich küßte seinen hellen Haarflaum und dankte ihm dafür, daß er mich noch nie getäuscht oder gedemütigt hatte. Eva Wagner, tragische Heldin eines miesen Stückes mit erstaunlich besetzten Nebenrollen: Sophie, die beim Balustradensprung leider nicht zu Tode gekommen war. Laura, die Zweitfrau in Fabians Liebesleben, Annabelle und all die anderen, die ich nicht kannte, und vielleicht war auch unsere Nachbarin im Spiel, die geschiedene Bildhauerin, keine Frau war auszuschließen, er hatte ja sogar mit mir geschlafen.

Er war wie immer, das war das Erstaunliche. Leicht erschöpft von einem harten Arbeitstag (Annabelle, Laura?), gereizt über eine beratungsresistente Mandantin (schlief er auch mit jenen?), ein formvollendeter Ehemann und Vater (Wangenkuß und der Gang in Alexanders Zimmer). Wir saßen in unserem schönen Eßzimmer an dem schönen Tisch mit dem silbernen Kerzenleuchter und zelebrierten bürgerliches Eheleben in höflicher Heuchelei. Evelyn hatte ihn offensichtlich nicht gewarnt, er war wie immer, und mein valiumberuhigtes Gehirn lockte mich mit dem Gedanken, mein Wissen zu begraben und die Lüge weiterzuleben. Liliane, dachte ich, wäre dazu imstande, und in gewisser Weise war Magda es auch, allerdings mit weniger Stil. Und natürlich Evelyn, die als exzentrischer, frustrierter Kobold ihren Marathonbetrug rechtfertigte. Und Sophie, die Loyalität für einen schlechten Scherz hielt. Laura: Ich hoffte, daß sie ein wenig litt unter dem Status der Geliebten, weil sie nicht der Typ für unordentliche Verhältnisse war. So hatte ich sie in Erinnerung.

«Hast du keinen Appetit?»

«Nicht sehr.» Ich hatte die Gabel wiederholt zum Mund geführt und sie wieder gesenkt. Mein aufmerksamer Mann füllte mein Weinglas zum viertenmal.

«Das Essen ist ein wenig überwürzt, wenn du mir die Bemerkung gestattest. Und du solltest deiner Putzfrau sagen, daß sie die Servietten besser stärkt. Ich habe das schon öfter beanstandet, aber offenbar kommt meine Kritik nicht an. Es sind LAPPEN, Eva.»

Er schwenkte seinen LAPPEN vor meinem Gesicht. Es war keine weiße Fahne der Unterwerfung, und ich wußte, was er als nächstes sagen würde: daß wir zu Hause, in meinem Kaff, wohl Papierservietten benutzt hatten – oder vielleicht gar keine? Und daß Lilianes Haushalt immer beanstandungslos gewesen sei. Und an DIESEM Abend wollte ich es nicht hören, eigentlich nie mehr.

«Schläfst du auch mit der Putzfrau?»

Ein ungepflegter, überraschender Satz, der Fabian aus dem Konzept brachte. «Wenn ich es täte, liebe Eva, würde sie die Servietten sicherlich perfekt stärken.»

Er lächelte über seine geistreiche Erwiderung, und ich hatte das starke Bedürfnis, sein Lächeln zu zerstören. AUCH hatte ich gesagt. Hörte er mir nicht zu? Ich sagte, ein wenig zu laut: «Vielleicht solltest du Laura oder Sophie oder Annabelle bitten, unsere Servietten zu stärken. Am besten Laura, dann wäre die Kontinuität gesichert.»

Nun lächelte er nicht mehr. Ich konnte förmlich sehen, wie sein Gehirn an diesem Satz arbeitete, wie er sich eine Taktik zurechtlegte, noch mehr Lügen, denn der Kniefall in Sachen Evelyn war nicht zu wiederholen.

«Ich verstehe nicht ganz, was du meinst. Hast du zuviel getrunken?»

Ich widerstand dem Impuls, ihm mein Glas an den Kopf zu werfen. Zuviel Gewalt an einem Tag, und nun mußte fortgesetzt werden, was ich begonnen hatte. «Nein. Ich habe Evelyn zufällig in der Stadt getroffen, beim Zahnarzt, stell dir vor. Und sie bereut ihre böse Tat und ist auf den ungewöhnlichen Gedanken gekommen, sie durch Aufklärungsarbeit zu sühnen. Ist das nicht komisch? Sie kennt nicht alle deine Frauen beim Namen, nur einige, aber sie weiß, daß Laura sozusagen eine Dauerstellung einnimmt. Vermutlich habt ihr eure Beziehung nie beendet.»

Ich bemühte mich, die Stimme zu senken, weil ich ihm nicht gönnte, meine Wut zu spüren. Valium hielt die Tränen zurück. Fabian, ich sah es, rang ebenfalls um Beherrschung.

«Evelyn ist eine hysterische Kuh. Und sie hat mir nie verziehen, daß ich diese Affäre nicht fortgesetzt habe.»

«Mag sein. Aber was hat das damit zu tun, daß du mich permanent belügst und betrügst? Mit jedem Weib, das dir vor die Flinte kommt. Und was sagt die Konkubine Laura dazu? Oder ist sie so blind und blöd wie ich?»

Fabian hielt die Augen geschlossen, seine Finger spielten mit dem Weinglas. Graue Augen mit dichten Wimpern, die er wieder öffnete, um mich anzusehen. «Mußt du so vulgär werden?»

«Vulgär ist lediglich deine Untreue. Vulgär und rücksichtslos – gegenüber allen Beteiligten.»

Was glaubte ich in seinen Augen lesen zu können? Reue?

Liebe? Das Bekenntnis, für eine Frau zu gut zu sein – im Bett und außerhalb? Ein wenig Wahrheit nur, die er mir nie gewährt hatte, nur Lügen und Täuschung und die Erniedrigung der Betrogenen. Es war in diesem Augenblick, in dem ich erkannte, daß nichts an guten Gefühlen geblieben war außer unserer Liebe zu Alexander und zu dem Haus, in dem wir lebten. Und daß unsere Geschichte damals im Wienerwald zu Ende ging, und es mein Fehler ebenso war wie seiner, sexuelle Anziehung mit Liebe verwechselt zu haben. Wenn es sie gab. Wenn es möglich war, Leidenschaft in Vertrauen und Freundschaft umzuwandeln. Wenn läßliche Lügen von einem Fundament aus Respekt und Loyalität aufgesogen wurden. WENN das Wunder geschah, daß man den anderen durchschaute und nichts Verachtenswertes fand. Wenn es sie gab, die Liebe, hatte Fabian sie zu leichtgenommen, und vielleicht hatte ich es ihm zu leichtgemacht. Und es gab nichts mehr zu sagen oder zu tun, um das Ende abzuwenden.

All das versuchte ich ihm zu erklären, sanft beinahe und bemüht, zumindest das Ende unserer Liebe mit Wahrheit zu begleiten. Ich sagte ihm, daß ich eine Wohnung suchen wollte, für Alexander und mich, und daß es sehr anständig wäre, wenn er bis zu diesem Zeitpunkt in ein Hotel ziehen würde.

Er könne das Haus behalten, und wir würden uns in finanziellen Dingen sicherlich einig werden. Auch über seine Besuchsrechte, schließlich wolle ich Alexander seinem Vater nicht gänzlich entziehen.

Fabian war während meines Monologs aufgestanden und hatte sich einen Cognac eingegossen. Er zündete sich eine Zigarre an, was er selten tat. Er sagte: «Bist du fertig?»

Ich nickte. Die Teller standen noch auf dem Tisch, und ich kam meinen Hausfrauenpflichten nach, bevor ich mir ein Glas Whisky nahm. Ich stellte die Flasche nicht exakt auf ihren Platz zurück, sah, daß er dies mißbilligend registriert hatte. Fabian hatte einen Sinn für Details, jedoch kein Gefühl für das Ganze. Er sagte: «Gut. Dann darf ICH dir sagen, daß alle anderen Frauen mit meiner Liebe zu dir und Alexander nichts zu tun haben. Absolut nichts, aber ich sehe, daß du das nicht begreifen kannst in deiner so selbstgerechten Interpretation einer perfekten Beziehung. Also geh, wenn du meinst, gehen zu müssen. Aber alleine, Eva, ohne meinen Sohn. Ich werde um das Sorgerecht kämpfen – und gewinnen. Das sollte dir völlig klar sein, bevor du diesen Schritt tust. Ich werde Alexander behalten – und das Haus. Über alles andere, da hast du recht, können wir uns einigen.»

Fabians Gesicht war ein neues Gesicht, das ich nicht kannte. «Das ist nicht dein Ernst. Das ist eine absurde Drohung, um mich einzuschüchtern.»

«O nein, Eva. Und ich darf noch hinzufügen, daß du vor deiner einsamen Entscheidung, unsere Ehe zu beenden, noch einmal gründlich nachdenken solltest. Erstens darüber, daß ich dich liebe, und zweitens, daß ich Alexander liebe. Du wirst alles verlieren, glaub mir. ALLES.»

26. Kapitel

Dr. Wolfram Wagner verkörperte das tragische Gegenteil eines Mitläufers, denn er war gegen die Nazis, als diese an die Macht kamen, und er engagierte sich als Offizier und Patriot, als der Krieg bereits verloren war. Als Nazi wurde er von den Amerikanern interniert und entwickelte sich in der Kriegsgefangenschaft zu einem Sozialisten, der in der Freiheit und der Ära Adenauer wiederum gegen den Strom schwamm. Ein sicheres, wenn auch ungeliebtes Ufer war die Möbelfabrik seines Schwiegervaters, die er nach dessen Tod übernahm, zu jenem Zeitpunkt ein florierendes mittelständisches Unternehmen, das Wolfram Wagner – in den Worten seiner Witwe – als revolutionäre Spielwiese mißbrauchte und letztendlich ruinierte. Das von ihm verwirklichte Mitbestimmungs- und Aktionärsmodell für die Belegschaft war seiner Zeit weit voraus, doch kontroverse und lustvolle Diskussionen um die Geschäftspolitik führten in die Krise, die nur noch der Hauptaktionär als kreatives Chaos empfand. Die Fusion mit einem finanzstarken Partner schien die Rettung und bedeutete den Untergang, da der von Dr. Wagner ausgesuchte Geschäftspartner sein Ziel, die Konkurrenzfirma zu liquidieren, mit kapitalistischer Entschlossenheit verfolgte. Bilanzfälschungen, ein eigenmächtiger Versuch des Prokuristen, das Schlimmste abzuwenden, führten schließlich zum betrügerischen Bankrott.

Die Familiengeschichte. Erzählt von Liliane Wagner. Am Ende, sagte sie, hätten die Arbeiter Wolfram Wagner angespuckt, weil es einen Schuldigen geben mußte – und wer eignete sich besser als er, der ewige Verlierer, ihr Mann, der sie Kassandra genannt hatte, liebevoll erst und am Ende mit Bitterkeit. Und sei sie nicht von ihrem Vater davor gewarnt worden, einen genialen Idioten zu heiraten? Eine Mischung aus Karl und Groucho Marx. Als letzter von allen, sagte Liliane, habe ihr Mann erkannt, daß er nicht in dieses Leben hineinpasse. «Er liebte Kästner, weißt du, diesen Menschen mit dem Faible für die Kleinkunst des Guten. Wolfram wollte seinen Sohn unbedingt Fabian nennen.» (Auch darin hatte mich ihr Sohn belogen.) «Und als mein Mann beschlossen hatte, die Konsequenz aus seinem Scheitern zu ziehen, da ging er, du glaubst es nicht, tagelang an der Isar spazieren. Er wartete darauf, daß jemand ins Wasser fiele, damit er nachspringen könne. Wolfram konnte nämlich nicht schwimmen, wie dieser Moralist in Kästners mediokrem Roman. Aber natürlich tat ihm niemand den Gefallen, eine literarische Pointe nachzuspielen. Wolfram wollte sich umbringen, aber er wußte nicht wie. Diskutierte mit mir über alle möglichen Todesarten, bis ich nicht mehr konnte und ihm Vaters Pistole gab. Schießen hat er im Krieg ja immerhin gelernt. Doch es ist mir bis heute ein Rätsel, daß er es geschafft hat, EINMAL das Richtige zu tun.»

«Hast du ihm gesagt, WIE er schießen soll?»

«Ich weiß nicht. Kann sein. Ja.»

«Hattest du kein Mitleid, Liliane?»

«Nein. Nur noch Überdruß ... und Erleichterung, als es vorbei war ... und versuche jetzt nicht, Eva, die Situationen zu vergleichen. Fabians Vater hat sich nie um seine Familie gekümmert, er lebte für seine Ideologien und Ideale. Mein Sohn liebt dich und Alexander, auch wenn er eine Schwäche hat, die Frauen. Glaub mir, sie haben es ihm immer zu leichtgemacht, es ist nicht nur seine Schuld. MEIN Vater war ein leidenschaftlicher Jäger, und ich neige dazu, gewisse Parallelen zu ziehen. Es wird nachlassen, mit dem Alter ... und es gibt keinen Grund, die Qualität der Beute überzubewerten.»

«Mit Ausnahme von Laura.»

Liliane zuckte graziös mit den Schultern. «Sie hätte besser zu ihm gepaßt als du. Aber er hat DICH geheiratet, weil er dich liebt. Und er leidet sehr unter deinem Fortgang, auch wenn ich dir das nicht sagen dürfte. Wir alle leiden, mein liebes Kind, AUCH DEIN SOHN wird dich eines Tages fragen, warum du das getan hast.»

Liliane war Fabians Botin, seine Botschafterin, die Alexander in meiner Wohnung abholte und wieder zurückbrachte, die Grenzgängerin unserer Ehe, die nur noch auf dem Papier existierte. Ich hatte Fabian nicht wiedergesehen seit meinem Auszug aus dem Haus, wir telefonierten nicht und korrespondierten über Anwälte. Fabians Anwalt war sein Juniorpartner Rolf Hässling, und ich war davon überzeugt, daß jeder bösartige Brief, unsere Trennung betreffend, von meinem Mann diktiert worden war.

Dr. Fabian Wagner in eigener Sache, in seinem Element der Rache. Ich glaubte Liliane nicht, daß er litt, nicht meinetwegen. Besiegen wollte er mich, und Alexander war der Preis des Sieges. Man verließ nicht ungestraft den Sohn eines Moralisten, der von Liliane erzogen worden war.

Ich hatte keine renommierte Praxis in München gefunden, die dazu bereit war, einen Scheidungskrieg mit einem ehrenwerten Kollegen auszufechten, und war bei einer jungen Anwältin gelandet, die mir Michael Wagner empfohlen hatte. Michael hatte mir auch die Wohnung in seinem Apartmenthaus unweit des Instituts vermittelt. Sie war klein und teuer, doch sparte ich aufgrund ihrer zentralen Lage kostbare Zeit, die ich für Alexander benötigte, die Neuorganisation unseres Lebens als Kleinstfamilie mit beschränkten Mitteln. Ich hatte mein Auto verkauft, um die Kaution aufzubringen und ein paar Möbel anzuschaffen. Denn ich hatte nur das, was ich im Institut verdiente, keine Sparkonten, kein Vermögen, all dies war in seinen Händen, und darum hatte ich mich nie gekümmert. Mein Fehler.

Es hatte mich nie wirklich interessiert, wenn mir Fabian von seinen Scheidungen erzählt hatte, von den mörderischen Kämpfen um Unterhalt, Zugewinn- und Versorgungsausgleich, von den Verzögerungstaktiken und der schmutzigen Wahl der Waffen, wenn es um das Sorgerecht für die Kinder ging. Ich hätte besser zuhören sollen, um Fabians Waffengang zu verstehen. Nach viermonatigem Korrespondenzkrieg zahlte er Unterhalt für Alexander, rückwirkend. Er legte weiterhin dar, daß er mein Vermögen, Heathers Erbe, bei Aktienspekulationen verloren habe. Mein Anteil des Hauses, das laut Fabian mit Hypotheken belastet war, würde zum Gegenstand des Zugewinnausgleichs im Falle der Scheidung. Monatliche Unterhaltsansprüche für Mutter und Kind, ebenfalls im Scheidungsfall, schätzte meine Anwältin auf rund zweieinhalbtausend Mark, da Fabian seine Einkommensverhältnisse noch nicht offengelegt hatte. Die Anwälte korrespondierten in Juristendeutsch, in der Sprache der Macht, der Verschleierung, der messerscharfen Wendungen und verhüllten Drohungen. Es war eine Qual, die Briefe zu lesen, und ich verstand, daß die Rituale der Scheidung einem Zersetzungsprozeß glichen, an dessen Ende das Skelett einer Liebe stehen mußte.

Wie schafften es Frauen, ihre Männer zu verlassen, wenn sie kein Geld verdienten? Selbst auf Notunterhalt zu klagen, konnte bis zu drei Monaten dauern. Wie fanden sie eine menschenwürdige Wohnung in München? Vermieter und Makler wucherten mit Kautionen und Provisionen und haßten alleinstehende Frauen mit Kleinkindern. Wie fand man zuverlässige Babysitter, bezahlbare Kinderfrauen? Sie waren zu jung, zu alt, zu teuer, zu immobil. Sie waren ohne Aufenthalts- und Arbeitserlaubnis, und Fabian, dessen war ich sicher, informierte das Ausländeramt, das mich meiner Filipina beraubte und eine Geldbuße von zweitausend Mark für die Beschäftigung einer illegalen Person verhängte.

Wie hätte ich die Anfangswochen geschafft ohne Michael, Rosa und Elly? Elly kam, als ich sie rief. Sie kam mit dem Nachtzug aus Wien und hatte Mowgli der Obhut von Jana und Tony anvertraut. Elly, der wundervollste schwarze Rabe, den Alexander je gesehen hatte, betreute meinen Sohn, während ich im Institut war, sie kaufte ein und kochte, als ob sie nie etwas anderes getan hätte. Seltsam riechende vegetarische Gerichte, die besser schmeckten, als sie aussahen – und Alexander aß ihr buchstäblich aus der Hand. Er liebte ihre dunkle Stimme, ihre Lieder und Tänze, und er klatschte vor Vergnügen in die Hände, wenn sie die Schlange für ihn spielte. Elly verkaufte meinen Wagen an den Besitzer einer Reptilienhandlung und überredete meine Nachbarn, den Kinderwagen im Hausflur zu akzeptieren. Sie öffnete die Anwaltsbriefe. Fabian hatte beim Familiengericht das Sorgerecht für Alexander beantragt und in einem Schreiben an das Jugendamt Klage geführt, daß sein Kind von einer Nackttänzerin stundenweise betreut würde.

In einer Stellungnahme an das Jugendamt schrieb meine Anwältin, daß dies nur eine vorübergehende Lösung sei, und der Begriff «Nackttänzerin» auf Elly nicht zuträfe, da diese eine seriöse Künstlerin sei. Eine Vertreterin des Jugendamtes besuchte uns nach Voranmeldung und war von Elly verzaubert, interessierte sie sich doch für orientalischen Tanz, und das Kind machte einen gepflegten, aufgeweckten Eindruck, und die Wohnung war sauber. Wir waren noch einmal davongekommen. Wir hatten die leeren Wodkaflaschen in die

Mülltonne gestopft, es waren viele Flaschen, und ausgerechnet Elly sagte mir im Rahmen unserer hastigen Entsorgungsaktion, daß ich zuviel trinke. «Du mußt einigermaßen nüchtern bleiben, um nichts zu vergessen und nichts zu verzeihen.» Von den Valiumtabletten wußte sie nichts, ich versteckte sie in meiner Handtasche.

Elly blieb vier Wochen, in denen sie mein Tagesleben organisierte und meine Nächte begleitete, die schlaflosen Nächte, in denen wir in der Küche saßen und Wodkagespräche führten, bis eine von uns am Tisch einschlief. Kein Detail meiner Ehe mit Fabian blieb ihr erspart, keine meiner Ängste und Euphorien, und ich wiederholte den Satz, daß ich nichts in meinem Leben bereute, und Elly sagte darauf: «Blödsinn. Du warst immer schon so, daß du auf andere REAGIERT hast, statt konsequent einen eigenen Weg zu suchen. Und da kam dir dieser Typ gerade recht, einer, der dich formt und führt, und bitteschön, vielleicht war er ja gut im Bett, aber dein Fabian ist einer, der zu zerstören sucht, was er nicht unterwerfen kann. Ein brillantes, herzloses Arschloch. Frauen fallen ständig darauf herein, weil sie glauben, daß die Liebe Männer verändert. Tut sie aber nicht, sie verändert nur die Frauen, und die meisten zu ihrem Nachteil.»

Elly hob ihr Glas. Sie trank grundsätzlich erst nach Sonnenuntergang, doch waren ihre Nächte länger als die Tage, zumindest in Wien: «Prost, Eva. Du hast gute Manieren mit Charakter verwechselt. Das kommt vor. Aber man darf es auch bereuen dürfen.»

Morgens nahm ich Aufputschmittel, um den verlorenen Schlaf zu kompensieren und im Institut wach zu bleiben. Uppers and Downers, meine kleinen bunten Pillen, die mich stark und unverletzlich machten. Wie ich Ellys Energie bewunderte und wie sorgsam ich meine Tabletten vor ihr verbarg, bis ich eines Morgens zufällig ins Badezimmer kam, das sie vergessen hatte abzuschließen. Elly saß auf der Toilette und zog mit geschlossenen Augen ein weißes Pulver in die

Nase, ein winziger Schneeberg auf ihrem Handrücken, der verschwunden war, als sie die Augen öffnete und mich ansah.

«Kokain, Eva. In einer Woche geht mein Vorrat zu Ende, und dann muß ich zurück nach Wien. In der Münchner Szene kenne ich mich nämlich nicht aus, und das ist mir zu gefährlich. Nun schau nicht so schockiert, ich mach' das schon seit Jahren und sehr dosiert. Ich bin eine disziplinierte Süchtige, sonst wär' ich längst pleite oder, was weniger schlimm wäre, tot.»

Kokain, Wodka und Tanzen, dachte ich, und als Baby eine Python – warum nicht? Es gab Schlimmeres, zum Beispiel ein Brief meiner Anwältin, den ich aus dem Briefkasten geholt hatte und nicht lesen mochte. «Ich wünschte, du könntest für immer bleiben, Elly. Wenn alles vorüber ist, gehe ich mit Alexander zurück nach Wien.»

Elly war aufgestanden und betrachtete kritisch ihre Nasenflügel im Spiegel. «Laß dir Zeit mit den großen Entscheidungen. Und bis dahin versteck deine Tabletten vor der eisernen Großmutter. Sie spioniert für ihn. Und dieser Michael ist auch nichts für dich. Der Mann hat nicht nur einen fetten Bauch, sondern auch ein fettes Herz.»

Sie mochten einander nicht, das war bei der ersten Begegnung klargeworden. Michael hatte ein Regal im Flur gebaut, und Elly, die ihm schweigend zugesehen hatte, behauptete nach Vollendung des Werkes, daß es schief sei. Er war beleidigt, und Elly lachte. Ich sagte: «Er ist hilfsbereit, freundlich, humorvoll. Einfach nett. Ich brauche solche Menschen im Moment.»

Alexander war aufgewacht, und während ich ihn wickelte, erzählte mir Elly von Mowglis Eßgewohnheiten. «Er fixiert das Hendl fast liebevoll, völlig gelassen. Geduldig, als ob er den Moment des Zuschlagens hinauszögern wollte. Das arme Ding flattert rum und ist plötzlich ganz starr vor Angst – oder Faszination, was weiß ich, was in Hendln vorgeht. Und dann, eine blitzschnelle Bewegung, er umschlingt das Vieh, das gar nicht den Versuch macht, seinem Schicksal zu entgehen, er drückt zu, sperrt das Maul ganz weit auf und schlingt es runter, Stück für Stück, ganz langsam, bis es verschwunden ist, das Hendl.»

Ich knöpfte Alexanders Strampelanzug zu, er war ungeduldig, weil er hungrig war. Ich nahm ihn hoch. «Bin ich das Hendl?»

Elly sah auf meinen Sohn, der einmal ein Mann werden würde. «Dieser Michael hat jedenfalls auch ein ziemlich großes Maul.»

Sie spielte mit Alexander, während ich die Flasche bereitete, und sie begann ihn zu füttern, als ich die Wohnung verließ. Eine disziplinierte Kokserin und Trinkerin. Ein Wesen, das Tiere und Kinder liebte, doch kaum eine andere Gattung. Der Mensch, der mir am nächsten stand, nach Alexander. Ich wünschte nicht, sie zu ändern, und Elly hätte niemandem erlaubt, ihr nahe genug zu kommen, dies auch nur zu versuchen.

Magda rief im Institut an. Sie ignorierte meine neue Wohnung und die neue Privatnummer; dies war ihre Art auszudrücken, daß sie meinen Auszug aus dem ehelichen Haus mißbilligte. Sie fragte mich, wie es mir und meinem Sohn «unter diesen schrecklichen Umständen» ging, obwohl sie die Äußerlichkeiten meines neuen Lebens bereits kannte. Fabian oder Liliane hielten sie auf dem laufenden, man telefonierte miteinander, und ich empfand dies als Verrat an mir und meinem Sohn. Magda hielt dagegen, daß die beiden ihr nichts getan hätten; ihr Schuldspruch war bereits gefallen, nachdem Fabian sie vor mir über meinen Auszug informiert hatte.

«Und wie lange willst du euer Kind noch dieser unmöglichen Person anvertrauen?»

Eine Information der Gegenseite. Magda war nie fähig gewesen zu abstrahieren oder abzuwägen. Magda glaubte, was in der Kronen-Zeitung stand und in ihr Weltbild paßte. Und man verließ den Ehemann nicht, außer in Fällen von roher Gewalt oder Trunksucht. «Elly ist wundervoll. Und DU hast dich immer zur Unzeit in mein Leben eingemischt, Mutter.»

«Ich habe immer alles für dich getan, Kind.»

Magdas Satz. Vielleicht würde ich ihn zu Alexander sagen, eines Tages, und vielleicht würde er mir glauben. Das Problem war nur, daß man für ALLES auch ALLES erwartete. Eine Liebe gespickt mit Forderungen: Gehorsamkeit, Leistung, Dankbarkeit. Eine Liebe gepaart mit schlechtem Gewissen: Selten genug war sie stolz auf mich gewesen. Meine Trennung von Fabian würde sie im Kaff geheimhalten, so lange dies möglich war. «Wie geht es Vater?»

«Sein Herz», sagte Magda. Wir beide wußten, was gemeint war. Vaters Herz litt unter den Aufregungen, die sein einziges Kind verursachte. Rücksichtslos, wie es meine Art war. Vaters Herz hatte sich mir überwiegend als Krankheitsobjekt offenbart. Seine Krankheiten hatten mich immer auf Distanz gehalten. Auch seinen Enkel, zu dessen Taufe er angereist war, behandelte er mit jener maßvollen Liebenswürdigkeit, die die Erinnerung an meine Jugendjahre prägte. Das Herz mußte geschont werden.

Ich wehrte Magdas gütigen Vorschlag ab, Alexander zu seinen Großeltern zu schicken, bis die «Krise» vorbei sei. Ich sagte ihr nicht, daß ich Angst davor hatte, daß Fabian ihn dort holen könnte. So, wie ich jedesmal Angst davor hatte, daß Liliane ihn nicht zurückbringen könnte.

«Ich würde unter Umständen auch nach München kommen», sagte Magda.

Sie würde meine Wohnung auf den Kopf stellen. Meine bunten Pillen finden. Mir ins Gewissen reden, wie sie es nannte. Magda setzte nach: «Liliane findet auch, daß es eine gute Idee wäre.»

Mein Leben lang war es mir schwergefallen, nein zu sagen. Ein Wort so klein und klar. Die Absage an Unterwerfung, Widerwillen, den faulen Kompromiß und die falsche Rücksichtnahme. «NEIN, Mutter. Es wäre keine gute Idee.»

Schweigen.

«Außerdem hat sie dich nie leiden können. Oder mich. Unsere Familie. Die Hochzeit. Liliane benutzt dich nur, verstehst du das nicht?»

«Du bist so hart geworden», erwiderte Magda. Wenn sie etwas nicht verstehen wollte, ging sie zum Gegenangriff über. Und als ich nicht antwortete, sagte sie: «Meine Ehe war auch nicht perfekt. Aber ich habe durchgehalten. Deinetwegen.»

Ich legte auf. Meinetwegen sollte sie zum Teufel gehen – oder in die Kirche, wo sie stets in der ersten Reihe saß, damit auch jeder sie sehen konnte, bigott wie sie war. NEIN. Ich wollte mich nicht schuldig fühlen an ihrem Leben. An Vaters Herzleiden. Lilianes stillem Vorwurf. Fabians enttäuschten Vorstellungen einer perfekten Familie. NICHT SCHULDIG. Sie waren nicht die Richter meines Lebens, und nur vor Alexander mußte ich mich verantworten. Später. Und vielleicht vor einem, der Gott genannt wurde. Es war möglich, aber nicht sicher. Der Gott, den Magda, die Religionslehrer und Pfarrer mir vermittelten, als ich noch bereit war, alles zu glauben, er war mir damals schon fremd erschienen. Einer, vor dem man sich hinknien, den man anbeten mußte. Ein Gott, den alte, harte Männer repräsentierten, die alten, furchtsamen Weibern predigten. In prächtigen, kalten Kirchen. Schöne Lieder, so falsch und inbrünstig gesungen; der Organist, der kleinen Mädchen nachsah, und der Kaplan, der ihnen lüstern die Beichte abnahm und sie gegen Rosenkranzgebete entließ; das Schauspiel der lateinischen Messe und das Amen der Schäfchen, gemurmelt mit gesenkten Köpfen; und wie sie einander beäugten, wenn der Klingelbeutel herumging; Geburten, Hochzeiten und Begräbnisse, ein ganzes Leben im Schoß der Kirche. Hochwürden lispelte bei seinen Predigten, doch in Gottes Haus durfte nicht gelacht werden.

Ich erinnerte mich an Heathers Buddhafiguren, die feisten, lächelnden Gesichter, die in ihrer Erhabenheit nie lächerlich wirkten. Rosa hatte mir eine dieser Statuen zur Hochzeit geschenkt, und sie stand in Alexanders Zimmer und grinste auf ihn herab, meinen Sohn, dessen Lächeln mein Herz wärmte.

Wenn ich ihn festhielt, versprach ich ihm, die Pillen wegzuwerfen am Tag der Scheidung. Wenn die Angst vorbei wäre, würde ich sie nicht mehr brauchen, nie mehr, und das Wort «Sucht» verdrängte ich ebenso wie den Gedanken, daß Fabian seine Drohung wahrmachen könnte. Ich war ein diszipliniertes Bündel aus Angst, zusammengehalten von Alexander und der Arbeit im Institut. Niemand merkte etwas, auch Michael Wagner nicht, und er sagte oft, wie er meine Stärke bewundere, alles im Griff zu haben.

Wenn meine Hände zitterten, nahm ich ein Valium. Michael hatte die Angewohnheit, meine Hand zu küssen, wenn er mir begegnete, auch im Institut, und einige der Sekretärinnen und MTA sahen die Wagner-Wagner-Freundschaft mit Argwohn. Michael hatte geholfen, meine Billigmöbel zusammenzubauen; wir gingen gelegentlich zusammen essen, und er besuchte uns an Sonntagen und spielte mit Alexander; er brachte Blumen und Spielzeug und strahlte diese fröhliche Gelassenheit aus, die nicht aufregend, aber angenehm war. Keine erotischen Annäherungsversuche: Elly äußerte den Verdacht, daß er ein pädophiler Homosexueller sei, sie pflegte ihr Weltbild sexueller Abartigkeiten, aus deren Einzugsbereich sie sich masturbierend entfernt hatte. Sie und Michael begegneten einander mit eisigem Schweigen, so daß er seine Besuche während ihres Aufenthalts schließlich einstellte. Michael fand Elly deprimierend, nannte sie eine neurotische Krähe und sparte das Thema aus, nachdem ich wütend auf seine Kritik reagiert hatte.

«Schlafe nie mit gemütlichen Männern; sie sind es nicht», sagte Elly (nur für den Fall, daß ihr sexueller Verdacht falsch sein sollte), als wir am Bahnhof standen und auf den Zug nach Wien warteten. Alexander schlief in seinem Wagen, und Ellys Gesichtsausdruck war unergründlich, als sie sich niederbeugte, um ihm einen Abschiedskuß zu geben. Ihr dunkelroter Lippenstift hinterließ Spuren auf seiner Stirn, und ich konnte mir meine Panik nicht erklären. Es war nur ein Abschied auf unbestimmte Zeit. Elly war in Wien, jederzeit erreichbar. Sie war in düsterer Stimmung, weil Tageslicht UND Menschenmengen sie irritierten. Sie wollte nichts von meinem Dank hören und von meinem Versprechen, bald nach Wien zu kommen.

Murmelte, daß sie in ihrem Abteil bestimmt auf einen Exhibitionisten treffen würde, als der Zug einfuhr.

«Sei vorsichtig.» Wir sagten es gleichzeitig, als Elly einstieg und ich ihr den Koffer reichte. Sie lächelte noch einmal, bevor sie sich umdrehte und hinter spiegelnden Scheiben verschwand. Alexander schlief, und ich winkte dem Zug nach, bis nur noch die Rücklichter zu sehen waren. Es war besser zu gehen als zurückzubleiben. Nur schien mir meine Reise aus der Ehe ein gefährliches Unternehmen, manchmal, und es gab kein definiertes Ziel außer jenem, mein Leben für Alexander zu retten.

An diesem Abend kam Michael, und in dieser Nacht schlief ich mit ihm. Keine orgiastische Paarung, eher ein Suchen nach Wärme und Zärtlichkeit. Auch heuchelte ich kein Stöhnen, um Alexander nicht zu wecken. Wenn Michael enttäuscht war, sagte er es nicht. Von Liebe fiel kein Wort, er flüsterte nur, daß er mich sehr gern habe, in der Art gemütlicher Männer. Ich sagte ihm nicht, daß er ein schöner Ersatz für Valium sei, doch so war es. Es war unmöglich, mit einem Mann im Bett zu liegen und ihm Wahrheiten zu sagen. Dieser Mann sagte, daß er Bierdurst habe, und so gingen wir leise in die Küche, und er trug meinen Bademantel, der ihm zu eng war. Alles, was wir uns nicht sagten, war dazu angetan, die Nacht ruhig und friedvoll zu gestalten. Er trank Bier und ich Wodka. Wir sprachen über die Brandleiche, die die Polizei in einem intakten Wagen gefunden hatte. Die Leiche war völlig rußgeschwärzt und die Hautoberfläche weitgehend verbrannt. Selbst bei stark verkohlten Körpern war es möglich festzustellen, ob der Mensch beim Verbrennungsvorgang noch lebte oder bereits tot war. Dieser Mann war lebend verbrannt. Wir hatten bei der Obduktion Rußeinatmung bis in die tieferen Luftwege sowie verschluckte Rußteilchen im Magen gefunden. Die Polizei rekonstruierte, daß er seinen Wagen an einem Feld geparkt und sich von seinem Auto entfernt hatte, um sich mit Benzin zu übergießen und anzuzünden. Wie eine lebende Fackel war er dann zu seinem Wagen gelaufen und hatte es noch geschafft, sich auf den Fahrersitz zu setzen, bevor er starb. Die tödliche Grenze bei Verbrennungen liegt im Durchschnitt bei achtzig Prozent der Hautoberfläche.

Michael sagte, daß er den Geruch von verbranntem Fleisch nicht mochte und deshalb seine Steaks fast roh esse. Dies wiederum fand ich ekelhaft, doch ich gähnte nur, und rücksichtsvoll, wie er war, verließ er mich bald mit der Begründung, daß man eine zarte Beziehung nicht durch Schnarchen verletzen sollte. Sein Schnarchen. Und das sei wohl der tiefere Grund, warum er sich noch nicht gebunden habe. In der ersten Nacht sagt man liebe Worte, und ich versicherte ihm, daß mich dies nicht störe – in der einen oder anderen Nacht. Er lächelte dankbar und küßte mich, bevor er leise die Treppe hinunterschlich, leise die Haustür schloß und leise seinen Wagen startete. Während ich am Fenster stand, dachte ich an Fabian. Wie er Frauen zurückgelassen hatte, um nach Hause zu fahren. Er hatte nie geschnarcht, aber vielleicht hatte er diese Ausrede gebraucht, um Nächte zu vermeiden, die Zärtlichkeit der Frauen nach dem Liebesakt, die er verabscheute. Zumindest an mir hatte er es nicht gemocht.

In dieser Nacht träumte ich von meinem Mann – und von Elly. Wir standen auf einer Leiter hoch oben in einem Zirkuszelt, Elly auf der einen und ich auf der anderen Seite. Fabian hing am Trapez, und während er hin- und herschwang, rief er mir zu, daß ich springen sollte, er würde mich auffangen. Es war kein Netz unter uns, und ich sah in die Tiefe und war wie gelähmt vor Angst, während Fabian mich mit Worten lockte und Elly schrie, daß ich bleiben sollte, wo ich war. Die Menge unter uns wartete, und Fabian wurde ungeduldig, und dann sah ich Alexanders Wiege in der Manege stehen, direkt unter uns, und ich wußte, daß ich auf ihn fallen würde, wenn ich spränge, und ich schrie NEIN, und Fabian schwang auf Elly zu – und sie sprang. Er streckte die Arme aus, doch er verfehlte sie, und Elly stürzte in die Tiefe, auf die Wiege zu, während ich schrie …

27. Kapitel

Briefe gingen hin und her. Anwaltsbriefe, die ich nicht verstand, weil mich die Juristensprache blockierte. Dr. Herzig, meine Anwältin, erklärte mir geduldig am Telefon, wie die Tabellen zur Berechnung des Regelunterhalts oder jene zur Ermittlung des Barwerts einer auszugleichenden Versorgung zu verstehen seien. Es gab eine Verordnung über die Behandlung der Ehewohnung und des Hausrates sowie Paragraphen und Tabellen zur Unterhaltsberechtigung oder Verpflichtung, die Dr. Herzig so routiniert handhabte wie ich mein Sezierbesteck. Gesetze regelten alle Aspekte des Todes einer Ehe – und Anwälte übernahmen die Bestattungsrituale.

Fabian war auf schreckliche Weise lebendig, kämpferisch und nach wie vor entschlossen, mich mit allen Mitteln zu besiegen. In unserem Kampf um das Sorgerecht ging es um Paragraph 1671 des Bürgerlichen Gesetzbuches: *Das Familiengericht bestimmt, welchem Elternteil die elterliche Sorge für ein gemeinschaftliches Kind zustehen soll. Das Gericht trifft die Regelung, die dem Wohle des Kindes am besten entspricht; hierbei sind die Bindungen des Kindes, insbesonders an seine Eltern und Geschwister, zu berücksichtigen.* Diesen Paragraphen kannte ich auswendig.

«Wir werden es mit einer Familienrichterin zu tun haben», sagte Dr. Herzig, und ich dachte, daß dies gut für uns sei, doch das Gesicht meiner Anwältin, die meine Scheidung stets als «unseren Fall» bezeichnete, spiegelte Zweifel.

«Richterin Ohlsen ist unverheiratet, sehr emanzipiert und äußerst bemüht um gerechte Urteile – soweit dies in Familiensachen überhaupt möglich ist. Es könnte sich für uns als Bumerang erweisen: Weil sie der Spezies Männer so kritisch gegenübersteht, versucht sie, ihre Ressentiments nicht in ihre Urteile einfließen zu lassen. Vergangene Woche hat sie in einem Fall strittigen Sorgerechts die Kinder dem Vater zugesprochen. Allerdings gab es ein psychiatrisches Gutachten, in dem die Mutter als psychisch extrem instabil beurteilt wurde.»

Ein Todesurteil. Meine Hände krampften sich um die Handtasche, in der meine bunten Pillen ruhten. «Ich bin völlig normal – sofern das überhaupt jemand ist.»

Dr. Herzig lächelte. Sie tat es selten, vielleicht, weil ihr Aussehen ihrem Namen entsprach und nicht dem Bild, das sie von sich selbst hatte. Meine Anwältin gab sich kühl und distanziert, und in gewisser Weise verstand ich, daß sie Abstand halten mußte von den Scheidungsfällen, die sie vertrat. Was ich von ihr verlangte, war nicht Mitgefühl, sondern das Sorgerecht für meinen Sohn.

«Sie halten sich den Umständen entsprechend gut, Frau Dr. Wagner. Aber Sie sehen, wenn Sie mir die Bemerkung gestatten, elend aus: Sie sollten mehr essen – und vor allem mehr schlafen.»

Ich sagte ihr, daß ich beides versuchte. Aber der Schlaf sei ein unwilliger Gefährte – «und dazu kommt, daß ich nachts manchmal angerufen werde. Wenn ich den Hörer abnehme, wird aufgelegt. Halten Sie es für Verfolgungswahn, wenn ich dabei an meinen Mann denke?»

Meine Anwältin ließ sich nicht auf Fragen zu meinem Gemütszustand ein. «Sie sollten eine Fangschaltung beantragen.»

«Habe ich bereits getan. Seither haben die Anrufe aufgehört. Der zuständige Beamte hat mir bereits zu verstehen gegeben, daß er mich für hysterisch hält.»

Dr. Herzig sah mich mitfühlend an. Ich haßte diesen Blick, weil er mich daran erinnerte, daß ich alles verlieren könnte. «Im Rahmen der Aufteilung des gemeinsamen Vermögens bietet ihr Mann dreihunderttausend Mark als Ihren Anteil für das Haus und das Mobiliar an. In Anbetracht dessen, daß das Haus stark belastet ist, halte ich das für ein faires Angebot. Wir sollten es annehmen.»

Fairneß war ein Wort, an das ich im Zusammenhang mit dem Scheidungsverfahren nicht mehr glaubte. Ebensowenig daran, daß Fabian mein Geld, Heathers Erbe, durch Aktienspekulationen verloren hatte. Mein Geld steckte in dem Haus, und es war erheblich mehr wert als Fabian angegeben hatte. Doch war seine erotische-neurotische Beziehung zu Besitz letztendlich nur ein Nebenkriegsschauplatz, zumindest für mich. «Er soll den Krempel behalten, darum geht es doch gar nicht.»

Dr. Herzig rückte ihre Brille zurecht, ein Ausdruck von Mißbilligung. «Darum geht es AUCH. Schließlich müssen Sie an das Erbe Ihres Sohnes denken, auch wenn Sie die Feilscherei als unwürdig empfinden. Soll ich das Angebot also annehmen?»

Ich nickte. «Welche Chancen hat er im Sorgerechtsverfahren?»

Dr. Herzig ließ sich Zeit mit der Antwort. Ich hätte auch fragen können: Frau Doktor, wie lange habe ich noch zu leben?

«Zwei Drittel aller Scheidungen werden von Frauen eingereicht – und die Rechtsprechung bezüglich des Sorgerechts für die Kinder ist sehr frauenfreundlich. Väter als primäre Bezugsperson sind außerordentlich selten. Und man muß der Mutter schon psychische Instabilität bis hin zu Suizidtendenzen, Drogen- oder Alkoholabhängigkeit oder soziale Verwahrlosung nachweisen können, um als Vater das Sorgerecht zu erhalten. Ihr Mann, Frau Dr. Wagner, führt das Argument ins Feld, daß der Sohn bei beiderseitiger Berufstätigkeit überwiegend von der Großmutter beaufsichtigt wurde – und daß man Alexander nicht nur aus seiner gewohnten Umgebung und von seiner Bezugsperson entfernt, sondern ihn auch in zweifelhafte Obhut gegeben hat, da Sie ja nun einmal berufstätig sind und nicht ausschließlich für ihn sorgen können. Als Beispiele führt er eine ... Nachtclubtänzerin an sowie eine illegal beschäftigte Ausländerin ...»

Das trojanische Pferd: Liliane und ihre großmütterlichen Taten waren der Strick, an dem Fabian mich aufzuhängen gedachte. «Es ist wirklich lächerlich. Ich arbeite sechs Stunden täglich, und in der Zeit hat Liliane auf ihn aufgepaßt. Das war im letzten Jahr meiner Ehe. Nun MUSS ich arbeiten, um Geld zu verdienen, schließlich hat er mir monatelang keinen Unterhalt gezahlt. Was die Nachtclubtänzerin betrifft: Sie ist meine beste Freundin und ein wundervoller Mensch, den Alexander sehr geliebt hat, ebenso wie das philippinische Kindermädchen, das mein Mann mit Hilfe des Ausländeramts entfernen ließ. Zur Zeit habe ich eine arbeitslose Schauspielerin, die sieben Stunden täglich kommt. Eine DEUTSCHE. Katholisch und CSU-Wählerin. Hat er gegen Sonja etwa auch etwas einzuwenden?»

Dr. Herzig raschelte mit Papieren aus meiner Akte, ein Geräusch, das ich unerträglich fand. Sie rückte wieder an ihrer Brille, vermutlich fand sie meinen Ton zu aggressiv. «Ich zitiere nur, Frau Dr. Wagner. Ihr Mann zieht natürlich alle Register seines Könnens. Er kritisiert die wechselnden Aufsichtspersonen, die beengten Wohnverhältnisse ... und zu dieser neuen Kinderfrau führt er an, daß sie in Ihrer Abwesenheit ständig den Fernsehapparat laufen habe. Er schließt daraus, daß Ihre Sonja seinen Sohn vernachlässigt.»

Liliane! Sie spricht mit den Nachbarn, dachte ich, sie spioniert mir nach und liefert ihm die Munition, die er braucht. Und bei alledem heuchelt sie Sympathie und gibt vor, als Versöhnungsengel zu wirken. Wie ich es haßte, das ondulierte, faltige Frettchen mit der Contenance einer Bienenkönigin. Sonja war in der Tat nicht die Idealbesetzung einer Kinderfrau, aber wo und wie zum Teufel sollte ich diese herzaubern? Und zumindest war Sonja bereit, länger zu bleiben, wenn ich Bereitschaftsdienst hatte oder eine Sektion über die Arbeitszeit hinausging. «Meine Schwiegermutter ist fast siebzig. Ist dies seine Traumvorstellung einer angemessenen Betreuung für Alexander? Im übrigen finde ich es widerwärtig, wie mein Mann sich in mein Leben einmischt und ... versucht, mich fertigzumachen.»

Dr. Herzig lächelte ein zweites Mal. Beruhigend, wie es schien. «Mir brauchen Sie nicht zu erzählen, was es heißt, berufstätige Mutter zu sein, Frau Dr. Wagner. Ich bin auch überzeugt davon, daß wir dies der Richterin nahebringen können. Es wäre natürlich günstiger, wenn Sie NICHT arbeiten würden – für das Sorgerechtsverfahren. Das Jugendamt hat ja gottlob recht positive Berichte geliefert.»

«Sie waren zweimal da. Und sie haben auch mit meinen Nachbarn gesprochen. Ich finde es unwürdig, daß ich mich dafür verantworten muß, für meinen Sohn allein zu sorgen. Und ich kann mich ja nicht gut bis zum Scheidungsverfahren beurlauben lassen. Von einem Mann würde das wohl niemand verlangen.»

Wie viele Frauen mochten ihr das schon gesagt haben? Meine Geschichte in unendlichen Variationen? Ihr hübsches Gesicht, das sie unter einer strengen Brille verbarg, war emotionslos. Eine Exfreundin von Dr. Michael Wagner. Die Anwältin, der ich mich ausgeliefert hatte. Michael sagte, daß sie ihre Fälle sehr engagiert bearbeitete. Aber würde dies ausreichen angesichts eines Gegner wie Fabian?

«Frau Dr. Wagner: Für das Familiengericht sind wir EIN Fall unter vielen. Und nicht einmal ein besonders spektakulärer, schließlich beschuldigen Sie beide einander nicht des sexuellen Mißbrauchs des Kindes. Ein inzwischen gängiger Vorwurf bei strittigen Sorgerechtsverfahren; sie glauben ja gar nicht, wozu Eltern fähig sind, wenn es um das geht, was sie als ihren BESITZ verstehen. In unserem Fall muß es objektive Bewertungskriterien geben: Das Jugendamt war gewiß auch bei Ihrem Mann.»

Ich sprach nicht aus, was ich dachte: Daß Fabian die Frau (vermutlich war es eine Frau) mit seinem Charme umgarnt und vielleicht in sein Bett gezogen hatte. In diesem schönen

Haus mit dem lichtdurchfluteten Kinderzimmer. Wo Liliane darauf wartete, ihren Enkelsohn in die Arme zu schließen, um ihn zu einem zweiten Fabian zu formen: unwiderstehlich siegreich und erbarmungslos lebenstüchtig. Und natürlich hatte die Herzig recht: Auch wenn es anders gewesen wäre, hätte ich meinen kostbarsten Besitz nicht hergeben wollen.

Meine Anwältin zog ein Blatt Papier aus ihrer Akte. «Ihr Mann führt im übrigen aus, daß er in angemessener Frist nach der Scheidung wieder zu heiraten gedenkt: eine gewisse Laura Siebeck, eine Anwältin, die ihren Beruf aufgeben will, um sich ganz der Familie zu widmen. Damit widerlegt er unser Argument, daß eine alte Frau als Betreuung für ein Kleinkind nicht geeignet ist.»

Ich haßte ihn. Das Gefühl war klar und überwältigend. Und ich haßte Laura, die angetreten war, meinen Mann, mein Kind und mein Haus zu übernehmen. So blond und blaß und von kluger Kälte. Lilianes Wunschkandidatin. Auch Liliane haßte ich, weil sie mich nie geliebt hatte.

Ich war zum Hindernis geworden in Fabians perfektem Leben und mußte als solches ausgeschaltet werden. Wer würde einer liebenswürdigen alten Dame nächtlichen Telefonterror unterstellen? Den langfristigen Entwurf, einer Mutter das Kind zu entziehen?

«Ist Ihnen nicht gut? Soll ich ein Glas Wasser holen?»

Wodka. Ein Valium. Die Güte, zu vergeben, oder die Stärke, sie zu besiegen. Ich schüttelte den Kopf. «Ich bin Alexanders Mutter. Man kann mich nicht einfach – eliminieren.»

Dr. Herzig versicherte mir, daß Fabians kluges Taktieren genau an diesem Punkt scheitern würde, und ich klammerte mich an ihre kühlen, ausgewogenen Worte. In sechs Wochen würden wir es genau wissen. Unser Fall vor dem Familiengericht. Richterin Ohlsen, die entscheiden würde, was GERECHT war.

Als sie mich zur Tür begleitete, sagte meine Anwältin, daß ich nichts Unüberlegtes tun solle. Es gelte vor allem, die Nerven zu bewahren.

Meine Nerven waren bloßgelegte Stränge, die bei der kleinsten Berührung zitterten. Ich kündigte Sonja fristlos und rief Magda an, um sie zu bitten, nach München zu kommen, doch meine Mutter war krank, eine Eierstockentzündung, die der Wärme und Ruhe bedurfte. Sagte Vater. Und daß er mir Geld schicken würde, wenn ich etwas brauchte. Ich antwortete, daß er mir immer Geld geschickt habe, aber dies sei nie genug gewesen sei. Und legte auf.

Ich rief im Institut an und sagte, daß ich krank sei, was keine besondere Lüge war. Alexander, der in der Art von Kindern meine Verzweiflung spürte, war weinerlich und unausstehlich. «Ich könnte dich durch das geschlossene Fenster werfen», sagte ich zu ihm. Mein Besitz. Meine große Liebe. Der einzige Mensch, der mich nicht verstand – und nichts dafür konnte.

Elly ging nicht ans Telefon. So rief ich Rosa an, und sie kam am nächsten Tag mit dem Flugzeug aus London. Wir holten sie am Flughafen ab, und Alexander begann zu schreien, als er sie sah. Rosa war vollkommen unförmig geworden, eine Riesenfrau ir[illegible]röße und Weite, die alles um sich herum winzig erschei[illegible] ließ, selbst den überdimensionalen Elefanten, den sie Alexander auf den Schoß legte. Rosa war die Farbe ihrer Erscheinung, sie trug ein zeltförmiges Gewand und sehr viel Schmuck, und als sie mich umarmte, roch ich den vertrauten Duft von Veilchen. Alexander brüllte infernalisch.

«Das also ist dein Sohn. Hat er noch nie ein wirklich fettes Weib gesehen?» Rosa war völlig unberührt von dem Geschrei und der Aufmerksamkeit, die wir erregten. «Er wird sich schon an den Anblick gewöhnen. Du siehst furchtbar aus, Eva. Das Dünne steht dir nicht. Kein Wunder, daß dich dieser Schönling verlassen hat.»

Es war dieser Satz, der mich erschreckte, nicht ihr Aussehen. Rosa wußte von meiner und Fabians Geschichte, ich hatte ihr geschrieben und mit ihr telefoniert. Doch ich brauchte einige Tage, um zu begreifen, daß sie sich verändert hatte. Es war nicht offensichtlich, denn Rosa war in vielem wie immer:

warmherzig, großzügig, hilfsbereit. Selbstverständlich versorgte sie Alexander, der sich an ihre Erscheinung gewöhnte und ihrer Zuneigung keinen Widerstand entgegensetzte. Sie kaufte ihm alles, worauf sein kleiner Finger zeigte, und fütterte ihn mit kleinen Häppchen von den Unmengen, die sie einkaufte, in den Kühlschrank stopfte, kochte und im Sitzen und Stehen verschlang. Rosa aß praktisch ununterbrochen. Sie empfand den Viktualienmarkt als Himmel auf Erden und Münchens Brauhäuser als Orte unsäglichen Vergnügens. Sie trank Weißbier, Cola und Pink Gin, wenn wir nachts in der Küche saßen, die Rosa wahrhaftig ausfüllte. Sie erzählte, daß sie ihren Job aufgegeben habe. «Niemand, Eva, ist so pervers, daß er für meinen Körper noch bezahlen würde. Aber ich sitze nun einmal drin, und da wir uns bereits jenseits alles Ästhetischen und Gesunden befinden, ESSE ich. Es ist meine einzige und letzte Leidenschaft. Eine Unabhängigkeitserklärung an den Rest der Welt, die alles beglotzt, was nicht der Norm entspricht. Gott sei Dank hab' ich Heathers Geld. Da ich dich bei der Erbschaft ein bißchen betrogen habe, schlage ich vor, daß ich euch eine anständige Wohnung kaufe. Dieses Loch hier ist nichts für …»

Manchmal vergaß sie Alexanders Namen. Oder etwas, das ich ihr erzählt hatte. Es schien sie nicht zu stören, sie wurde allerdings wütend, wenn ich sie darauf hinwies. Rosas Vergeßlichkeit irritierte mich, auch hatte sie früher niemals barsch auf Kritik reagiert. Und dann, wenn wir über alte Zeiten sprachen, war sie wieder wie immer. Sie zitierte Heathers königliche Aussprüche und Serenas revolutionäre Phrasen; sie schwärmte von Lilys unvergeßlicher Kochkunst und erzählte mir, daß sie von meinen kindlichen Versuchen, die Zuneigung der Viererbande zu gewinnen, sehr berührt gewesen sei. «Du hast uns an die Zeit unserer Unschuld erinnert, und das war nicht immer angenehm. Aber wir mochten dich, und Heather versuchte sogar, Kathleen zu überreden, mit ihren Bastelarbeiten aufzuhören. Weißt du, manchmal denke ich, daß Kathleen versuchte, die Bombe zu demontieren, als sie hochging. Das wäre ein guter, tragischer, irischer Witz, findest du nicht?»

Rosa konnte dasitzen wie ein Buddha, wenn ich von Fabian erzählte. Rosa fand alles richtig, was ich getan hatte. Alles falsch, was Männer taten. Und sie war überzeugt davon, daß das Gute siegen mußte. Rosa glaubte an Gerechtigkeit. An die Stärke der Frauen und eine listige Göttin, die sich als Mann verkleidet hatte, um die Welt zu täuschen. Manchmal sprach sie, wie Kinder es tun, um es dann wieder mit dem Zynismus der Erfahrungen aufzufangen. Ich glaubte nicht, daß Rosas unförmiger Leib eine schlanke Seele beherbergte; Rosas Seele war groß und weich und fast unberührt von jeglicher Eitelkeit, der Urmutter aller Lügen. Warum hatte ich so lange von mir geglaubt, NICHT eitel zu sein?

Rosa liebte München und fand Gefallen an bayerischer Gemütlichkeit. «Hier starren sie mich nicht so an wie in London. Die Leute essen besser, das wirkt Wunder. Die Seele braucht Nahrung, Eva, und wenn du sie von anderen nicht bekommst, mußt du sie dir selbst zuführen. Ich habe übrigens einen Makler beauftragt, eine schöne Wohnung für euch zu suchen.»

Rosas Großzügigkeit ließ keinen Widerspruch zu, auch wenn ich ihr wiederholt versicherte, daß ich mit meinem Anteil aus Heathers Erbe durchaus zufrieden war. Der flüchtige Satz, daß sie mich übervorteilt hatte, blieb stehen; wir sprachen nicht mehr darüber. Vielleicht hatte sie ihn auch vergessen – so, wie sie oft vergaß, wo sie ihren Schmuck abgelegt hatte, bis ihn Alexander irgendwo aufspürte. Es waren Kleinigkeiten, doch manchmal beobachtete ich Rosa und fragte mich, ob ich ihr Alexander guten Gewissens anvertrauen konnte.

Michael bestätigte mich in meinen Ängsten, allerdings auch aus eigennützigen Motiven. In meiner kleinen Wohnung, die Rosa so gewaltig ausfüllte, war kein Platz mehr für ihn, und ich weigerte mich, bei ihm zu übernachten. Für die Wahl meiner Freundinnen und Kinderfrauen brachte er wenig Verständnis auf; für ihn war Rosa eine groteske Frau, er sah nur die äußeren Schichten. Und ich konnte ihm nicht erklären, daß Rosa Valium für meine Seele war, jemand, dem ich vertraute und der mich im Gleichgewicht hielt, wenn wieder ein Brief in der Scheidungssache Wagner gegen Wagner kam.

Es war Rosa, die Alexander im Taxi nach Haidhausen brachte, jeden Sonntag, und dort wieder abholte. Ich hatte Liliane untersagt, meine Wohnung zu betreten, und sie hielt sich daran. Rosa behauptete sogar, daß Liliane Angst vor ihr habe. «Wahrscheinlich fürchtet sie, ich könnte sie erdrücken, wenn ich ihr zu nahe komme. Und dein Mann sieht mich an, als würde er mich am liebsten notschlachten. Er erinnert mich an Londoner Banker, die morgens mit dem Vorstadtzug in die City fahren. So glatt, daß man schon beim Hinsehen ausrutschen könnte. Du kannst froh sein, daß du ihn los bist, diesen lackierten Affen ...»

Rosas Lachen klang wie das Grollen einer Lawine. Sie WAR eine Lawine, die mich schützend unter sich begrub, bis ich wieder die Kraft hatte, mich zu befreien. Das Schweigen, mein Schweigen hatte sich als Waffe gegen mich gewandt, seit ich Gedanken und Gefühle nicht mehr kontrollieren konnte. Ich brauchte Rosas Gegenwart: ihre schlichten Sätze und ihre wahrhaftige Güte. Rosa hatte die Kunst der Verstellung aufgegeben, das machte ihre Größe aus, und nichts zwischen uns war auf Täuschung oder Lüge angelegt – mit Ausnahme meiner Angst vor ihrer Vergeßlichkeit.

Ich schaffte es sogar, meinen Tablettenkonsum zu reduzieren und Dr. Herzigs Briefe zu öffnen, ohne gleich in Panik zu geraten. Ich begann wieder mit Appetit zu essen; Rosas letzte Leidenschaft, in meiner Küche ausgelebt, war eine Versuchung, der wohl niemand dauerhaft widerstehen konnte. Rosa war glücklich, und ich fand zu einem Zustand relativer Gelassenheit, der kaum noch von Pillen abhing. Alexander ging es recht gut mit seinen beiden Frauen, die ihn mit Liebe fütterten und ihm versprachen, ihn zu beschützen, solange er sie brauchte.

Michael fuhr zum Bergsteigen nach Tirol. Er versicherte mir, daß er jederzeit zurückkommen würde, falls ich seine Hilfe benötigte. Allerdings sei er während seiner Bergtouren nicht erreichbar.

28. Kapitel

Die Stimmen kamen wie Wellen auf mich zu und verebbten, bevor ich den Worten einen Sinn geben konnte. Männerstimmen. Meine Augen waren geschlossen, doch ich glaubte, meinen Vater zu hören. «Spring», hatte er gesagt, als ich vor dem Wasser stand, «es passiert dir nichts.» Und ich sprang und tauchte unter und wußte sofort, daß er gelogen hatte. Wasser trat in meine Nase und in meinen Mund, als ich zu schreien versuchte, und das Wasser trieb mich aufwärts nach einer Ewigkeit des Entsetzens. Vater lachte, als ich auftauchte und um Hilfe schrie; etwas hielt meinen Fuß fest und zog mich wieder unter Wasser, eine Schlange, nein, eine Pflanze, und ich strampelte um mein Leben, bis mich etwas wegriß und an die Wasseroberfläche brachte, zwei starke Arme, die mir weh taten. Mutter sagte, daß Vater mich vor dem Ertrinken gerettet habe, aber ich sah es anders. Immer schon.

Es ist schwer, unter Wasser die Augen zu öffnen. Ich versuchte es und sah verschwommene Umrisse, eine Lampe und eine Tür, sehr weiß, und, als die Schatten Konturen annahmen, zwei Männer, einen hellen und einen dunklen. Einer von ihnen sagte: «Ein nervlich bedingter Zusammenbruch, letztendlich ausgelöst durch Tablettenabusus. Wir werden sie ein paar Tage hierbehalten.»

Ich schloß meine Augen sofort, doch die Worte drangen in meinen Kopf ein und lösten eine Sturmflut aus. Schmerzen. Panik. Wut. Auf alle, die mich im Stich gelassen hatten. Auf mich. Vor allem auf mich. Und die zweite Stimme sagte:

«Ich muß weg, aber geben Sie mir Bescheid, wenn sie aufwacht.»

Fabians Stimme. Unter Tausenden hätte ich sie erkannt: autoritär und im Tonfall immer der Bedeutung angemessen, die sein Gesprächspartner für ihn hatte. Ein Arzt. Ich lag im Krankenhaus. In vollkommener Dunkelheit, und ich hatte nicht die Absicht, meine Augen jemals wieder zu öffnen. Nach innen leben, wie Eva es im «Steinhof» versuchte hatte, bevor ... ich mußte mich erinnern ... aber da waren die Schritte und das Öffnen einer Tür, die mich ablenkten. Sie fiel sehr leise ins Schloß, aber ich spürte, daß ich allein war. Sehr allein. Warum hatten sie ihn geholt, meinen schlimmsten Feind?

Die Erinnerung kam in Wellen. Ich hatte die Angst vor dem Wasser überwunden, irgendwann. Ich war allein gewesen, als Rosa zurückkam. Ich saß in der Küche und las die Zeitung. Die Uhr tickte, und ich wartete ... Rosa wollte frische Brötchen holen, und die Zeitung war dick, sie ließ sich kaum festhalten. Es war die Samstagzeitung. Franz Josef Strauß auf der Titelseite – und ich hatte gedacht, daß sein barockes Begräbnis ihm gefallen hätte. Die Uhr tickte, und ich hörte, wie Rosa zurückkam. Sie trug eine Plastiktüte und stellte sie auf den Küchentisch. Der Geruch von frischen Brötchen erfüllte den kleinen Raum. Ich fragte sie, wo Alexander sei, und Rosa sagte: «Warum fragst du das?»

Ein dummer Scherz, dachte ich, aber dann sah ich ihr Gesicht. Erstaunen lag darin – und auch Angst. Vor mir. Vor dem Unbegreiflichen. Rosa setzte sich auf den Stuhl. Ich schrie sie an, was zum Teufel geschehen sei? WO IST ALEXANDER? Sie weinte. Es sah schrecklich aus, wie die schwarzen Tränenspuren ihr Gesicht verwüsteten. Ich schüttelte sie, ich glaubte es zu tun, doch nur ihr Doppelkinn bewegte sich. «WO IST MEIN SOHN – ROSA, UM GOTTES WILLEN ...»

Gott war abwesend. Sein Wille geschehe. Wie im Himmel so auf Erden. Eine Phrase, die ich immer abscheulich gefunden hatte. Rosa legte ihre Hand auf meine Finger, die in ihrer

Schulter festgekrallt waren. Der Blick eines Kindes, das etwas verbrochen hatte, dessen Ausmaße es nicht abschätzen konnte. «Sei nicht böse, Eva. Ich bin mit ihm weggegangen, das weiß ich. Alexander hatte seinen weißen Teddybären in der Hand. Und ich schob seinen Wagen.»

Schneller, wollte ich sagen, doch Rosa brauchte ihre Zeit. Rosa kaufte beim Metzger ein, wo Alexander ein Stück Wurst bekam. Beim Bäcker, wo sie ihm ein süßes Brötchen gab. «Und dann kamen wir an dem Spielwarengeschäft vorbei, das große, du weißt schon, und der Kleine sah den Plüschaffen im Schaufenster. Er war so hübsch, und Alexander wollte ihn so gerne, also sind wir in das Geschäft und ...»

«UND WAS??!!!!»

Rosas Ringe glitzerten. Sie schnitten in das Fleisch ihrer dicken Finger, die meine festhielten, und sie sah so verwirrt aus, so unschuldig ... «Ja, ich weiß nicht. Ich kaufte den Affen und ging nach Hause.»

Rosas kleine Vergeßlichkeiten. Die Angst, die ich stets verdrängt hatte. Rosa, die Gütige. Rosa, das Monstrum. «ALLEIN? Du bist einfach weggegangen und hast ihn in seinem Wagen dort stehenlassen?»

Rosa sah mich hilfesuchend an. «Ich weiß es wirklich nicht. Ich kann mich nicht erinnern, Eva. Nur, daß wir in diesem Geschäft waren. Es waren so viele Leute da und ...»

Ich löste mich aus ihrem Handgriff und rannte in den Flur. Ich nahm den Affen mit, der am Boden lag, und preßte ihn an mich, als könne er mir helfen. Der Lift kam nicht. Es war nichts passiert, Rosa hatte ihn einfach vergessen. Alexander würde anfangen zu schreien, und man würde ihn finden. München war eine gemütliche Stadt, in der man auf kleine Kinder achtgab. Ich rannte die Treppe hinunter auf die Straße, am Metzger und Bäcker vorbei und in das Spielwarengeschäft, das zu groß war für einen kleinen Jungen, viel zu groß, und ich lief zwischen den Regalen hin und her und fand ihn nicht, rempelte Erwachsene und Kinder an und rannte zur Kasse, vorbei an den Wartenden, die mich anmurrten. Mütter mit Kindern und Spielzeug in Einkaufswagen. Gleichgültige, mißmutige Gesichter. Fremde Kinder. Mütter, die ihren kostbaren Besitz nicht aus den Augen ließen. Die Kassiererin verstand nicht, was ich sagte. Es war keine präzise Geschichte («Wer läßt denn sein Kind so einfach stehen?»), und ich erzählte sie schlecht und mit zunehmender Hysterie, und das Mädchen wiederholte wie ein Automat, daß sie ihre Kollegin eben abgelöst habe, die sei jetzt in Pause, und sie wisse nichts von einem Kind in einem blauen Wagen. Jemand sagte: «Die Frau ist doch verrückt.»

Ich lag in einem Krankenzimmer und hielt die Augen geschlossen. Die Leute waren böse, sie wollten nicht warten und keine Geschichten hören, die ihre Vorstellungskraft überstiegen. Eine ältere Frau meinte schließlich, daß ich vom Fernsehen sei, «Versteckte Kamera», aber niemand löste die Wirklichkeit in ein lustiges Spiel auf. Die Kassiererin drückte auf einen weißen Knopf, man rief nach der Polizei, und ich dachte, daß Rosa sich vielleicht geirrt hatte und sich nun erinnerte, wo sie Alexander zurückgelassen hatte, und ich rannte los, zurück nach Hause.

Es waren Schritte im Zimmer, und dann spürte ich Hände, die meinen Puls maßen. Sanfte, kühle Hände, die mich wieder losließen. Rosa saß in der Küche, als ich zurückkam. Sie frühstückte! Ich fand das so ungeheuerlich, daß ich ihr das Brötchen aus der Hand riß und sie anschrie, daß ich sie umbringen würde, wenn Alexander etwas passiert sei. Rosas Mund stand offen, und an ihrem Mundwinkel klebten Krümel am rosa Lippenstift. Sie sagte: «Du haßt mich», und es klang sehr erstaunt. Es stimmte für diesen Augenblick, aber ich erkannte auch, daß sie krank war, nicht schuldfähig, und ich ihr dennoch niemals vergeben konnte.

Ich schluckte drei Valium und ging zum Telefon, um die Polizei anzurufen. Bemüht, ganz ruhig und sachlich zu erklären, was geschehen war. Name, Adresse, Telefonnummer, das Spielwarengeschäft, die Beschreibung von Alexander und dem Kinderwagen. Rosa saß in der Küche und weinte, und der Polizist hörte mir zu, ohne mich zu unterbrechen. Er nahm eine Vermißtenanzeige auf. Erst dann fragte er mich, wie es geschehen konnte, daß meine Freundin mein Kind einfach im Stich gelassen hatte?

«Sie ist krank. Vermutlich Alzheimer.» Warum ich das sagte, wußte ich nicht, man mußte einfach eine Erklärung liefern. Rosa saß in der Küche, und es kümmerte mich nicht, ob sie meine Worte gehört hatte. Der Polizist versprach, mich binnen fünf Minuten zurückzurufen. Er hieß Jakob Sedlmayer und hatte eine sehr beruhigende Stimme. Das Valium begann zu wirken. Ich saß neben dem Telefon, als Rosa ins Wohnzimmer kam.

«Was meinst du mit Alzheimer?» fragte Rosa.

Es gibt so viele Möglichkeiten, Menschen umzubringen. Ich sah Rosa mitleidlos an und sagte: «Eine Krankheit, in deren Verlauf die Nervenzellen in den Bereichen der Hirnrinde allmählich abgebaut werden. Nervenzellen, die Funktionen wie Gedächtnis und Urteilsvermögen steuern. Außerdem vermutet man, daß die Ausschüttung von Azetylcholin abnimmt.»

Rosa nickte, als ob ich ihr eben ein Kochrezept erklärt hätte. «Weißt du schon, was mit Alexander ist?»

«Nein. Aber die Polizei sucht nach ihm.»

«Man wird ihn finden. Du wirst sehen.»

Sie kaute ein Brötchen. Ich sagte: «Im fortgeschrittenen Verlauf der Krankheit treten Sprachstörungen auf, letztendlich wird der Patient völlig inkontinent und verliert die Beherrschung über alle Körperfunktionen. Die gute Nachricht ist, daß der Verfall von Geist und Körper nicht bewußt wahrgenommen wird.»

Es war das erste Mal in meinem Erwachsenenleben, daß ich einem Menschen, den ich liebte, bewußt Böses zufügte. «Du solltest dich untersuchen lassen. Falls ich recht habe, wirst du ohnehin vergessen, was ich dir gesagt habe.»

Rosa lächelte. Ihr großer, bemalter, verschmierter Mund

öffnete sich zu dem schrecklichsten Lächeln, das ich je gesehen hatte. «Falls du recht hast mit deiner Diagnose und ihm was passiert ist, würdest du mich besser umbringen, nicht wahr?»

Hätte ich es getan? Ich lag in einem Eisenbett und war blind für das Leiden anderer. Das Telefon klingelte, und ich nahm den Hörer ab, ganz ruhig. Rosa beobachtete mich ohne jede Güte, aber vielleicht war es auch nur so, daß ich sie verloren hatte.

Es war nicht Jakob Sedlmayer. Der Mann meldete sich mit den Worten: «Ich bin Tony. Kann ich Eva sprechen?»

Er klang nicht wie ein Entführer oder Erpresser. «Was wollen Sie von Eva?»

«Eva? Tony – aus Wien. Wir haben deine Nummer in Ellys Telefonbuch gefunden.»

Ich begriff den Satz nicht sofort. Sagte: «Tony, ich lege jetzt auf. Ich warte auf einen wichtigen Anruf.»

«Elly ist tot. Sie hat sich mit einem schwarzen Schal stranguliert.»

Sie trug niemals andere Farben, dachte ich, während Tony weitersprach. «Die Bar mußte schließen, und es war schwer, etwas anderes zu finden.

Vielleicht war es so, daß sie ohne Tanz nicht mehr leben wollte. Sie hat nichts hinterlassen. Oder hat sie dir einen Brief geschrieben?»

Der Telefonhörer glitt mir aus der Hand. Das letzte, was ich sah, war Rosa mit ihrem grotesken Lächeln. Und einen Satz hörte ich noch, als ich am Boden lag, neben dem Telefonhörer. Tonys Stimme: «Kannst du mir sagen, wie ein Krüppel einen Python in den Wienerwald schaffen soll?»

Möglich, daß ich hinterher getobt hatte, ich wußte es nicht mehr, weil etwas in meinem Kopf abgeschaltet hatte. Dunkelheit und Stille oder die wirksamste Verteidigung vor der Unerträglichkeit des Seins. Deshalb war ich hier, in diesem Bett, in diesem Raum. Deshalb mußte ich mich erinnern. Ich hatte Rosa nicht umgebracht. ODER DOCH?

Krankenhäuser sind effiziente Aufbewahrungsorte: Als ich

zu schreien begann, dauerte es nur Sekunden, bis eine Schwester die Tür öffnete und auf mein Bett zueilte. Ich war nicht mehr blind, doch halbtaub von meinen schrillen Tönen. Ich hoffte, daß sie mich verstehen konnte: WO IST MEIN SOHN?

Als sie sagte, daß sie den Arzt holen müsse, schrie ich weiter, bis er kam, und was immer ich in seinem Gesicht zu lesen versuchte, ergab keinen Sinn. Es war leer, ein Buch mit weißen Seiten. Er sagte: «Sie hatten einen Nervenzusammenbruch. Ihrem Sohn geht es gut. Er ist bei seinem Vater.»

Meine Stimme war heiser: «Warum?»

«Die Frau in Ihrer Wohnung hat ihn verständigt, nachdem sie den Krankenwagen gerufen hatte. Ihr Sohn wurde von einer Türkin gefunden und zur nächsten Polizeistation gebracht. Allerdings gab es dort Verständigungsschwierigkeiten, deshalb hat man Sie nicht sofort informiert, daß der Junge in Sicherheit ist.»

Es war gut. Alexander lebte, und Elly war tot. Rosa hatte das Richtige getan. Zu guter Letzt. «Kann ich meinen Mann sprechen?»

Der Arzt fragte mich, ob ich eine Beruhigungsspritze brauche, und ich begann zu lachen. Er hielt mich für verrückt. Er sah so aus, als ob seine Normalität ihn längst vernichtet oder gleichgültig gemacht hatte, was im Grunde auf dasselbe hinauslief. «Es geht mir gut. Ich brauche nur ein Telefon.»

Fabians Stimme klang sanft, beruhigend. Alexander gehe es gut, ich müsse mir keine Sorgen machen. Ich hörte die Stimme meines Sohnes im Hintergrund, er lachte, und ich war so dankbar für die Güte des Schicksals, das mich nicht bestraft hatte für meine Blindheit gegenüber Rosas Unzulänglichkeiten. Ein Wort wie Watte nach allem, was ich zur ihr gesagt hatte.

Fabian machte mir keine Vorwürfe. Ich erzählte ihm, daß Elly Selbstmord begangen hatte, und er sagte, daß es ihm leid tue. Sie sei eben keine lebenstüchtige Person gewesen, sagte Fabian, und der mitleidlose Nachruf reizte mich zu Tränen.

Zu telefonieren war eine Form der Kommunikation, die ich nie gemocht hatte, aber dieses Mal war ich dankbar für das Gespräch ohne Augen.

«Bist du noch da? Ich denke, du bist einverstanden, daß Alexander bei uns bleibt, bis du wieder gesund bist. Der Arzt meint, in ein paar Tagen ...»

«In zwei Tagen. Mit geht es schon wieder gut; es war nur die Angst um Alexander – und die Nachricht von Ellys Selbstmord. Ein kleiner Kollaps, verstehst du, es war einfach zuviel.»

Ich versuchte das Wort «Tablettenabusus» wegzureden, und er ließ es zu.

Auch meine Erklärungen zu Rosas «geistigem Aussetzer» akzeptierte er ohne Widerspruch. Es war wie in den mittleren Zeiten unserer Ehe: Alles Unangenehme wurde ausgespart, und die ängstliche Höflichkeit besiegte die Wahrheit. Am Ende des Gesprächs fragte ich ihn, ob Laura bereits bei ihm wohne?

«Das wäre doch wohl stillos, oder? Laura arbeitet nach wie vor in Regensburg; sie besucht uns nur ab und zu an Wochenenden.»

«Und? Versteht sie sich mit Alexander?»

Er mochte die Frage nicht, doch er sagte «Ja. Natürlich.» Dann fragte er Alexander: «Willst du mit Mama sprechen?»

«Nein.» Die Stimme meines Sohnes. Ich hatte ihn im Stich gelassen, so mußte er es wohl empfinden. Ausgesetzt, bis eine fremde Frau ihn fand. Ich würde es ihm erklären, später. «Du weiß ja, wie Kinder sind», sagte Fabian am Telefon, so rücksichtsvoll, und ich war ihm dankbar und sogar bereit, den winzigen Triumph in seiner Stimme zu überhören. Er versprach mir, mich mit Alexander zu besuchen, am nächsten Tag, dann legte er auf.

Elly hatte keinen Brief geschrieben, nichts hinterlassen für die wenigen, die um sie trauerten. Sie hatte ihren Selbstmord wiederholt angekündigt, warum sollte sie ihn zu erklären versuchen? Es hätte nichts von dem Schmerz genommen, den sie bei mir hinterlassen hatte. Ein selbstsüchtiger, wütender Schmerz, der in ergebene Trauer münden würde, irgendwann. Traurigkeit war ein altmodisches Wort, keinem Zeitgeist angemessen und keinem Trost zugänglich. Elly war ein zutiefst trauriger Mensch gewesen, und die meisten hatten sie als exotisch empfunden. Die wahre Exotik lag darin, daß mit der gesellschaftlichen Mißbilligung der Traurigkeit der Tod selbst verleugnet wird.

Nachdem ich die Post durchgesehen hatte, nach meiner Rückkehr in die Wohnung, warf ich alle meine Pillen in die Toilette. Wie ich es dem guten Doktor versprochen hatte. Und meinem Sohn, ohne es ihm zu sagen. Alexander, der an der Hand seines Vaters ins Krankenzimmer gekommen war, neugierig und glücklich, mich zu sehen. Er hatte bereits vergessen. Und die Tatsache, daß seine Eltern in einem Raum waren, machte ihn übermütig vor Freude. Fabian war freundlich, zurückhaltend, ein Fremder mit angenehmen Umgangsformen. Was immer er empfand, blieb unter der Distanz verborgen, die er vor seine Gefühle gesetzt hatte. Wenn es sie gab – ich war mir dessen nicht mehr sicher. Die Arrangements seines Wohlbefindens stellten keine Ansprüche an Frauen als jene der distanzierten Begleitung. Der Schnee lag hoch in mir, und ich begegnete ihm mit gefrorener Liebenswürdigkeit. Im Streit um Alexander waren wir Feinde. Er war Goliath – und ich war nicht David, auch wenn ich das in vergangenen Tagen mit Rosa geglaubt hatte.

Rosa hatte die Wohnung bereits verlassen, als ich zurückkam. Sie war leer, meine Wohnung, und die Küche war verwaist. Im Kühlschrank lagen Reste von Braten und Aufschnitt, und ich aß, vor der offenen Tür stehend, als ob ich nie wieder aufhören könnte. Rosas Vermächtnis: das Fressen gegen die Einsamkeit. Ich war froh, daß sie weg war. Mit welchen Worten hätten wir das Gesagte aufheben können?

Während ich wahllos in mich hineinstopfte, dachte ich, daß

der Sommer in London die beste Zeit meines Lebens gewesen war. Eine Zeit des Stillstands. Keine Entscheidungen und keine Wünsche, außer jenem, mehr zu wissen von den Spielregeln der Überlebenskunst: Heathers Stärke, Rosas Güte, Serenas Leidenschaft und Kathleens Konsequenz. Geheimnisse, die nie ganz aufgedeckt wurden. Die drei hatten von Männern gelebt, aber nicht FÜR Männer; Lust oder Unlust als Profession, nicht als Preis für geschlechtsübergreifendes Wohlverhalten. Heather hatte ihre drei Frauen gelehrt, die Macht über ihr Leben zu erhalten. Nicht, das Richtige zu tun, sondern das zu tun, was sie für richtig hielten.

Rosa hatte mir erzählt, daß Heather ihre Finger im Spiel hatte, als ihr Mann im japanischen Internierungslager umkam. Heather habe es ihr erzählt, kurz bevor sie starb. Ohne Bedauern oder Schuldgefühle, sagte Rosa. Und daß es Heathers größtes Vergnügen war in ihren letzten Wochen, Geheimnisse preiszugeben. «Sie hat es nicht etwa als Lebensbeichte begriffen, sondern als Ablenkung, da Gegenwart und Zukunft nichts mehr boten. Sie dachte, es würde mich schockieren, aber wir haben wohl alle sehr viel von den anderen geahnt – und es dabei belassen. Weißt du, was sie sagte? Man müsse einen verhaßten Menschen umbringen, um den Wert des eigenen Lebens zu begreifen. Am Ende war sie wirklich SEHR exzentrisch.»

Rosa. Die das Leben als die einfache Kunst begriff, dem Erfreulichen mit Gier und dem Unverständlichen mit Gelassenheit zu begegnen. Rosa, der ich das Sterben während des Lebens prophezeit hatte. Aus Rache für ihr Versagen, und weil ich eine Erklärung für die anderen gebraucht hatte. Bar jeder Güte. Der Sommer in London war zu kurz gewesen, um von ihnen allen zu lernen. Wie Rosa sagte, war es die Zeit meiner Unschuld – meine letzte Chance, bevor die Maschinerie des Lebens einsetzte, die Defloration der Gedanken und Wünsche und die Geburt von Versagen und Schuld.

Alle Bewegungen und Entscheidungen danach waren anzweifelbar, außer einer: meiner Berufswahl. Die Arbeit war der stärkste selbstgewählte Halt, der selbstverständlichste Rettungsanker meines Lebens. Ich liebte Alexander nicht, weil ich ihn mir gewünscht hatte, sondern weil er DA war, Teil meiner selbst und Zentrum aller Verantwortlichkeiten, einer, der mir jeden Tag aufs neue bewies, daß meine Existenz sinnvoll war. Nie hatte ich geglaubt, daß Kinder glücklich machten. Sie waren im besten Fall eine schöne Last. Sie waren alles, was uns vom Gedanken der Flüchtigkeit des Lebens trennte. Des Nichts, das wir waren, und des Nichts, in das wir gingen.

Sei nicht albern, hätte Rosa jetzt gesagt: Laß deine Leichen im Institut, ich koche uns was Schönes. Kochen und Essen waren ihre Rezepte gegen Gedanken ohne Ende. Sie fehlte mir. Und auf der Suche nach Valiumtabletten, die ich NICHT in den Abfluß befördert hatte, fand ich ihre Hinterlassenschaft. Sie hatte Geldscheine deponiert, überall in der Wohnung, in Schränken und Schubladen – und auch in ihrem Lieblingsbuch «Der Magier» von John Fowles. Insgesamt mußten es an die hunderttausend Mark sein; ich zählte die Scheine nicht, sondern stapelte sie auf dem Küchentisch. Kein Valium. Ich wollte ihr Geld nicht. Ich wollte, daß sie mir verzieh, was ich ihr angetan hatte mit meiner Diagnose der Alzheimer-Krankheit.

Fabian rief an und und versprach, Alexander am nächsten Tag zu mir zu bringen. Die behutsame Frage nach meinem Gesundheitszustand wurde positiv beantwortet, obwohl ich schweißnaß war und meine Hände zitterten. Entzugserscheinungen, der Arzt hatte mich gewarnt und mich für eine weitere Woche krankgeschrieben. Der Mann am Telefon bot mir an, das Kind bei sich zu behalten, bis ich wieder im Vollbesitz meiner Kräfte sei, eine Wendung, die mir mißfiel. Fabian reagierte nicht, als ich ihm sagte, daß ER im Vollbesitz seiner Kräfte der unzulänglichste Mensch sei, den ich kannte.

Sein Schweigen reizte mich. «Deine Perfektion ist nichts anderes als der Versuch, Leute auf Distanz zu halten. Weil du es nicht ertragen könntest, wenn sie dir zu nahe kommen.

Weil du menschlicher Nähe jenseits von Sex nicht gewachsen bist. Und ich möchte nicht, daß mein Sohn SO wird.»

Er sagte, daß ich ein wenig hysterisch sei, was man angesichts der Aufregungen um zwei problematische Freundinnen durchaus verstehen könne. Und fügte hinzu, daß er von psychologischer Hausmannskost noch nie viel gehalten habe. Immer noch sanft im Ton. Er könne mir allerdings einen guten Psychiater empfehlen, wenn der Bedarf bestünde.

War ich jemals mit Worten zu ihm durchgedrungen? Und warum sprach ich sie aus, jetzt, da es zu spät war? «Hör auf, von Elly zu reden, als ob sie ein Problem sei. Sie ist tot. Und Rosa ist abgereist. Sie ist so gesund wie ich auch. Der einzige, der einen Psychiater braucht, bist DU. Weil du keine normale Beziehung zu Frauen aufbauen kannst.»

Die Zeit der Rekonvaleszenz war vorüber. Und kein Valium dämpfte seine Worte. «Du bist eine tragische Figur, Eva. Disziplinlos. Verlogen. Frigide. Vermutlich nur deshalb nicht lesbisch geworden, weil du deine kleinbürgerliche Herkunft nicht abstreifen konntest. Aber immerhin hast du dich mit Huren umgeben, um deinen Hang zur Bohème zu befriedigen. Nicht ganz stringent, wie alles, was du tust. Daß du an deiner Unvollkommenheit leidest, macht die Sache nicht besser.»

Die Fragmente der Wahrheit trafen. Aber nur mich. «Immerhin bin ich fähig, an mir zu leiden. Du fühlst gar nichts – außer dem Trieb, alle Frauen aufs Kreuz zu legen, die dir in den Weg kommen. Im doppelten Sinn des Wortes.»

Der Mann lachte ins Telefon. «Sie tun es gern, Eva. Dir hat es auch mal Spaß gemacht, soweit ich mich erinnern kann.»

Ich sagte, daß es sehr lange her sei. «Du bist ein schlechter Liebhaber, weil es dir auch in diesem Punkt an Phantasie mangelt. Du ziehst deine Potenz durch, Fabian, mehr nicht, und das ist eher ermüdend als aufregend.»

Schweigen. Man traf sie an dieser Stelle der Eitelkeit, dennoch fragte ich mich, ob der Abgesang nötig gewesen war. Meine Hände zitterten. Entzugserscheinungen. Wut. Immer noch. Es war nicht möglich, Frieden mit jemandem zu schließen, der so weit in mich eingedrungen war.

Seine Stimme war eisig. «Du solltest lieber darüber nachdenken, ob du die geeignete Mutter für meinen Sohn bist. Tabletten- und Alkoholsucht sind schließlich keine Empfehlung, meine Liebe. Ganz abgesehen von deinem fragwürdigen Umgang.»

Mein Körper zitterte. «Wie kommst du zu dieser Behauptung?»

«Wann immer ich bei dir ins Schwarze getroffen habe, kippt deine Stimme ins Hysterische. Ich habe recht, nicht wahr?»

«Es stimmt nicht. Ich schwör' es dir.»

Der Mann kicherte ins Telefon. «Von Atheistinnen und Lügnerinnen nehme ich keine Schwüre an. Und ich darf dir noch eines sagen, Eva: Als Frau und Gegnerin warst du nie eine Herausforderung für mich.»

Ich legte den Hörer auf. Der letzte Satz stimmte leider, und auch dafür haßte ich ihn. Wie man Folterer haßt, denen man ausgeliefert ist. Vergewaltiger, Kinderschänder, Sadisten, alle, die Gewalt über andere ausübten und auch noch Spaß daran hatten. Ich war schweißgebadet wie nach einem Boxkampf, den ich durch K.o. verloren hatte. Nahm die Kreislauftabletten, die der Arzt mir gegeben hatte. Versuchte Rosa anzurufen, doch sie legte auf, als sie meine Stimme hörte.

Liliane brachte Alexander zurück, und ich war dankbar für Michaels Gegenwart. Er sah so braungebrannt und gesund aus, so NORMAL, während ich, schlaflos, tablettenlos, versuchte, das Zittern unter Kontrolle zu halten. Liliane sah mich forschend an, bevor sie ging; sie ließ sich von Alexander küssen und gab ihm das Versprechen, daß man sich bald wiedersehen würde, ein Satz, den ich als Drohung begriff. Alexander brachte einen Koffer mit neuem Spielzeug mit, den er achtlos in die Ecke warf, als er seine alten Schätze wiederfand. Michael kochte Tee und sagte: «Was machst du für Sachen, während ich weg bin?»

Der besorgt-vorwurfsvolle Ton war ebenso unerträglich wie die Wortwahl, doch ich erzählte ihm eine Geschichte von Halbwahrheiten, in der Rosa als strahlende Heldin erschien. Ich hörte mir die Abenteuer der Bergkameraden an und war froh, als er ging und ich mit Alexander allein war. In der Nacht dachte ich an Heather, die sich auf drastische Weise an ihrem Mann gerächt hatte: für Demütigungen, Schläge, Fehlgeburten. In Zeiten des Krieges, die Töten zu einem normalen Geschäft machten. Rosa hatte recht: Der Gedanke war nicht schockierend.

Dr. Herzig informierte mich, daß das Familiengericht dem Antrag meines Mannes, meine Eignung zur Betreuung des Kindes durch einen Psychiater prüfen zu lassen, stattgegeben hatte. Sie war verärgert. Ich hätte meinem Mann in die Hände gespielt, sagte meine Anwältin: der Vorfall im Spielwarengeschäft, mein Zusammenbruch, die Tabletten ... Sie habe mich doch gewarnt. Und daß man nun das Beste daraus machen müsse: einen guten Eindruck, einen normalen Eindruck, lebensbejahend, beherrscht, die Frau, die die Dinge im Griff hat ... »Sie nehmen doch kein Valium mehr, oder?«

Ich verneinte, doch sah ich ihr an, daß sie mir nicht glaubte. Ich spürte, daß ihre Zuversicht, unseren Fall zu gewinnen, deutlich abgenommen hatte. Sie verlor nicht gerne, wer tat das schon? Ich fand es merkwürdig, daß sie mir leid tat und ich das Bedürfnis hatte, sie zu trösten. Dr. Herzig versuchte mir einzupauken, was ich dem Psychiater sagen und was verschweigen sollte, und das war beinahe komisch, weil sie damit ihre Einschätzung meiner Person verriet. Offenbar hielt sie nicht viel von Frauen, fand sie zu emotional, zu spontan, zu selbstzweiflerisch. Dr. Herzig haßte die Männer für das, was sie an ihnen bewunderte. Und verachtete an Frauen, was sie an ihnen schätzte. Sie war verheiratet, was sonst.

«Alles liegt in Ihrer Hand», sagte meine Anwältin zum Abschied, Ermunterung und Drohung in einem, und ich lächelte und sagte, daß ich an diesen Satz auch geglaubt hatte, vor längerer Zeit.

Der vom Gericht bestellte Psychiater war ein netter, älterer Herr, der mich in seiner gemütlichen Praxis empfing, als würden wir uns zu einem unverbindlichen Teekränzchen zusammenfinden. Er plauderte zunächst über das Wetter, um die zu examinierende Person aufzulockern. Es gab Tee und Kekse, die seine Frau gebacken hatte. Berufstätige Mütter müßten solche schönen Haushaltsrituale bedauerlicherweise vernachlässigen, sagte Professor Kunze, ein vertrauensbildender Satz, dem ich widersprach.

Alexander und ich würden sehr oft miteinander in der Küche stehen und Kuchen backen. Und ja, zur Zeit paßte eine Nachbarin auf Alexander auf, eine sehr kompetente Person (sie war eine schreckliche, ewig nörgelnde Mutter von Zwillingen, die ihn nur des Geldes wegen nahm); es sei schwierig, eine perfekte Kinderfrau zu finden, aber ich hätte bereits jemanden an der Hand (ich suchte immer noch verzweifelt). Ich war eine Frau, die alles im Griff hatte. Die begriffen hatte, daß sie lügen mußte, um vor Männern zu bestehen.

Professor Kunze saß hinter seinem altmodischen Schreibtisch und machte sich Notizen, obwohl das Tonband lief, das meine wahrheitswidrigen Angaben verewigte. Ich beantwortete seine Fragen bedächtig und gelassen. Ich sah ihm in die Augen, wenn ich log. Seine Augen waren schon ein wenig alterstrüb und verrieten nichts, außer professioneller Langeweile. Das Individuum verzweifelt an äußeren Anforderungen und inneren Konflikten. Zurückhaltung von Aggressionen ist ebenso ungesund wie das Ausleben derselben. Das Strickmuster menschlichen Verhaltens ist schrecklich kompliziert und furchtbar einfach. Man fängt die gefallenen Maschen auf und fügt sie wieder ein. Der Mann mußte sich ein Bild von mir machen, und ich malte ihm eines aus meinen Erfahrungen vergangener Psychiatrievorlesungen und meinen Vorstellungen einer fähigen, erziehungsberechtigen Mutter.

Eva Wagner x-beliebig, nett, konform und normal. Letzteres sind Psychiater selten, deshalb war ich darauf bedacht, nicht zu übertreiben. Ich achtete auf Fang- und Wiederholungsfragen, auch wenn nach zwei Stunden die Konzentration nachließ. Ich wurde fahrig und wußte, daß die Tabletten schuld waren. Die ich nicht mehr nahm. Ein Stück Wahrheit für Professor Kunze, der an seinem Füllfederhalter kaute, wenn er nicht mitschrieb. Nein, ich hatte mich nie mit Selbstmordabsichten getragen. Warum nicht? «Weil ich dem Tod zu oft begegne, um ihn als Ausweg zu betrachten.» Ob ich unglücklich sei? «Die Frage haben Sie mir in anderer Form bereits dreimal gestellt. Zum gegenwärtigen Zeitpunkt: nein.»

«Nein» war ein gutes Wort, das ich oft gebrauchte, sowie möglichst kurze Sätze, die auf klare Gedankenführung hindeuteten. Lügen und Halbwahrheiten. Ja, ich hatte ein paar Tage Valium genommen und auch Aufputschmittel, als es mir psychisch und physisch schlecht ging. Die Schlaflosigkeit und der Telefonterror. Meine Freundin, die mir mitgeteilt hatte, daß sie an der Alzheimer Krankheit litt. Elly, die Selbstmord begangen hatte: «Sie war der fröhlichste und lebensbejahendste Mensch, den ich kenne, deshalb hat mich ihr Freitod so besonders erschüttert.»

Ich war stark, klug und weise. Und spielte das Spiel der Täuschungen beinahe mit Euphorie, obwohl ich ahnte, daß er manches durchschaute. «Sie bemühen sich sehr, eine patente Person zu sein», sagte Professor Kunze und fügte hinzu, daß der Keim des Unaussprechlichen auch in der Psyche des Anständigsten verborgen ruhe. Wir unterhielten uns eine Weile über Freud. Der Professor war ein recht altmodischer Mann, sympathisch bis zu dem Punkt, an dem ich den Inquisitor erkannte, obwohl er sich als gütige Vaterfigur präsentierte. Die Freudsche Kindheit wurde ausgiebig durchleuchtet, und ich sagte ihm, daß Magda eine wundervolle Mutter gewesen sei. Er glaubte mir nicht.

In seinem psychiatrischen Gutachten, das dem Familiengericht vorgelegt wurde, erkannte mich Professor Kunze als eine Person, die sich für den Liebesentzug durch andere (Vater, Ehemann etc.) verantwortlich fühle und selbst bestrafe, unter anderem durch narzißtischen Rückzug und Überkompensation an Wohlverhalten, ein Akt der Selbstverleugnung, der zu Realitätsverlust und depressiven Schüben führe (siehe vorübergehende Tablettenabhängigkeit und eine latente Neigung zur Flucht aus den Anforderungen des Alltags durch Psychopharmaka). Eine gewisse psychische Instabilität mochte er nicht ausschließen, hielt es aber für möglich, daß die examinierte Person dies durch Fähigkeit zur Abstraktion überwinden könne. Er konstatierte starke Suizidneigung, abgeschwächt durch emotionale Bindung an das Kind und die intellektuelle Erkenntnis der damit verbundenen Verantwortung. Geistige Fähigkeiten und Verdrängungsmechanismen stehen in fragilem Gleichgewicht zu Depression und Sublimation, schrieb Professor Kunze. Sie neigt in extremen Situationen zu Irrationalität. Dr. Eva Wagner ist als Fürsorgeperson für ein Kleinkind unter den angeführten Vorbehalten als fähig zu erachten.

Eine grobe Zusammenfassung aus siebzehn Seiten. «Ein im Grunde faires Gutachten», wie meine Anwältin sagte. Es gäbe keinen Anlaß zu einem Gegengutachten. Keinen Anlaß zur Sorge. Ein rechtsmedizinisches Gutachten, das sie dem Gericht eingereicht hatte, protokollierte die freiwillige Absetzung suchtgefährdender Psychopharmaka sowie keinerlei Anzeichen von Alkoholabhängigkeit. Ich übte einen ehrenwerten Beruf aus und lebte in einem sozial verträglichen Milieu. Ich war Mutter auf dem Prüfstand. Fleischgewordene Normalität. Von Angst zerfressen, insofern hatte der Professor nicht unrecht, wenn er mein zur Schau getragenes Wohlverhalten lobte beziehungsweise kritisierte.

Der Tag der Scheidung war ein sehr schöner Herbsttag, die Dächer Münchens waren in warme Sonne getaucht, und vor dem Gerichtsgebäude flanierten Menschen in Sommerstimmung. Dr. Herzig trug ihre schwarze Robe, und die Gegenpartei kam nicht in Fabians Porsche, sondern im Mittelklassewagen seines Anwalts. Mein Noch-Mann bedachte Details, es hätte ja sein können, daß Richterin Ohlsen seine Ankunft beobachten und die Wahl seines Autos mißbilligen würde. Er begrüßte Dr. Herzig mit kollegialer Freundlichkeit und mit der Höflichkeit, die man Feinden zugestand, die man zu vernichten gedachte. Der Scheidungsanzug war makellos, doch auf der weißen Krawatte seines Anwalts entdeckte ich einen kleinen dunklen Fleck. Das freute mich.

Dr. Herzig strahlte Nervosität aus, vielleicht war es die Anwesenheit des berühmten Kollegen. Der Fotograf einer Boulevardzeitung bat um Aufstellung zu einem Gruppenfoto. Die Scheidung des populären Münchner Scheidungsanwalts sei schließlich ein gesellschaftliches Ereignis, sagte er. Der geschmeichelte Mann überlegte blitzschnell das Für und Wider. Der Fotograf grinste und trug einen Goldzahn. Ich sagte ihm, daß er sich zum Teufel scheren sollte, und er fotografierte mich, während ich drohend auf ihn zuging. Mein Gegner lächelte. Ich trug ein graues Kostüm, das zu warm war. Mein Herz war kalt.

Im Verhandlungszimmer hingen ein Kreuz und das Bild des Ministerpräsidenten. Wir nahmen auf unseren Stühlen Platz und standen wieder auf, als die Richterin eintrat. Sie war um die Fünfzig, trug eine Hornbrille und eisgraue Haare, die sehr kurz geschnitten waren. Dr. Ohlsen sprach mit sehr lauter Stimme, möglicherweise hört sie nicht mehr gut, dachte ich, während meine Blicke sie anflehten, gerecht zu urteilen. In meinem Sinne. Sie durfte sich von seinem disziplinierten Über-Ich nicht blenden lassen. Kein Gutachten zu Dr. Fabian Wagner. Der Mann war zu gut, um wahr zu sein, das mußte sie doch sehen.

Die Richterin hatte unsere Ehe gebündelt vor sich. In Akten. Die finanziellen Angelegenheiten – Zugewinn, Unterhalt und Versorgungsausgleich – waren geregelt. Das psychiatrische Gutachten und die Stellungnahme des Jugendamts lagen vor. Wir hatten während der Zeit der Trennung keinen Versuch gemacht, die Ehe wieder aufzunehmen. Es gab Fragen und Antworten, die Rituale eines Scheidungsprozesses waren nüchtern und nicht für emotionale Ausbrüche geeignet. Gerechtigkeit braucht einen Rahmen, und das Bild wird nach präzisen Vorgaben erstellt. Pinselstriche der Gerechtigkeit. Großflächige Farbkleckse von Wahrheit und Lüge. Das Urteil im Namen des Volkes.

Sein Anwalt trug vor, meine Anwältin trug vor. Richterin Ohlsen lächelte mich einmal an, während Dr. Herzig sprach, und meine Hände entkrampften sich. Fabian sah mich hin und wieder an, vermutlich auch dies ein taktisches Unternehmen. Ich wich seinen Blicken aus. Das Kreuz war ein guter Fixpunkt. Ich betete um Vergebung aller Sünden, zumindest vorübergehend, bis zum Urteil. Die Richterin fragte mich, ob Alexander sich zur Scheidung der Eltern in irgendeiner Form geäußert habe, und ich sagte, daß er noch zu klein sei, unsere Trennung zu begreifen. Fabian fiel mir ins Wort: Alexander würde durchaus darunter leiden, könne es aber nicht artikulieren. Man wisse doch um die Spätfolgen einer Scheidung, und er habe alles versucht, seinem Sohn dies zu ersparen.

Bevor ich etwas sagen konnte, wies sie ihn zurecht, mich nicht zu unterbrechen. Ein gutes Omen? Meine Anwältin fügte an, daß der fortgesetzte Ehebruch seitens der Gegenpartei eine gütliche Einigung nicht zugelassen habe. Diese Anmerkung sei für das Sorgerechtsverfahren nicht relevant, sagte die Richterin.

Worte. Sie erreichten mich und auch wieder nicht. Ich sperrte aus, was aus dem Gutachten zitiert oder vom Anwalt meines Feindes vorgetragen wurde. Dr. Herzig war um große Sachlichkeit bemüht, sie hatte sich wohl vorgenommen, sich nicht provozieren zu lassen. Die Richterin sprach davon, daß auch ein gemeinsames Sorgerecht in Betracht komme, und dies aus dem Blickwinkel des Kindes, um das es ja wohl gehe, die fairste Lösung wäre. Ihr Kompromißvorschlag wurde von beiden Parteien abgelehnt. Für eine Sekunde glaubte ich, ein Seufzen von der Richterbank zu hören, doch es war wohl eine akustische Täuschung.

Es gab eine Verhandlungspause vor dem Urteil. Zwanzig Minuten, da die Richterin noch ein Telefonat mit dem Psychiater führen wollte. Wir standen vor der Tür. Fabian und sein Anwalt spazierten auf dem Gang. Sie sprachen über andere Fälle, halblaut, und es erschien mir als weiterer Beweis seiner Kaltherzigkeit. Fabians Schuhe knarrten. Dr. Herzig rauchte. Sie sagte, daß sie nur vor Urteilsverkündungen rauche, sonst nie. «Stört es Sie?»

«Nein.»

«Ich habe ein gutes Gefühl. Juristisch ist die Sache auf der Kippe, aber ... sie kann eigentlich nur für uns entscheiden. Sie waren sehr gut da drin. Sachlich, ruhig, nicht auf der Muttertränentour. Es rührt sie immer wieder, aber sie kann es nicht leiden.»

«Eigentlich» war ein Wort, dessen rücknehmender Wirkung ich stets mißtraut hatte. Die Familienrichterin sprach das Sorgerecht für Alexander dem Vater zu, mit abwägenden Begründungen, die ich nur in Wortfetzen registrierte. Sie sah mich teilnahmsvoll an bisweilen, und wie mir meine Anwältin hinterher versicherte, wurde das Besuchsrecht für die Mutter sehr großzügig geregelt. Der Vater erhob keinen Einspruch. Am Ende standen alle auf, dann war es endgültig vorbei. Die Anwälte schüttelten einander die Hände, ich hielt meine hinter dem Rücken verschränkt. Doch ich sah Fabians triumphierenden Blick. Ich habe gewonnen, sagte er, und ich habe nichts Geringeres erwartet. Ich hasse dich, sagte meiner. Es war ein starkes Gefühl, das sich vor den Schmerz schob. Alles, was ich noch an Kraft hatte, war darauf konzentriert, ihm keinen Schmerz zu zeigen. Ich dankte meiner Anwältin für ihre Bemühungen und verließ das Gerichtsgebäude. Die Sonne schien, und niemand beachtete meine Trauer, als ich zu Fuß nach Hause ging. Es war ein weiter Weg. Menschen, die mir nichts bedeuteten, und Häuser, die nicht einstürzten. Ich überquerte die Straße bei roter Fußgängerampel. Ein paarmal, doch nichts geschah außer kreischenden Bremsen und Hupen. Es war vorbei. Jemand hatte unter neun Jahre meines Lebens einen Strich gezogen und als Summe eine Null eingesetzt.

29. Kapitel

Max Zehntel schreibt seine Habilitationsarbeit über die Hirntoddiagnose unter medizinischen und ethischen Aspekten sowie unter besonderer Berücksichtigung der Anforderungen der Transplantationsmedizin. Er läßt das Institut daran teilhaben, auch insofern, als seine Lust an banaler Arbeit spürbar nachläßt. «Er war immer schon faul, aber jetzt übertreibt er es», sagen seine hausinternen Feinde und nennen ihn hinter seinem Rücken mit kindlicher Häme «Herr Professor Doktor Doktor Aufgeblasen». Der Vergleich mit einer erhabenen, durch Fäulnisbakterien aufgetriebenen Leiche wird allerdings flüsternd verbreitet; man weiß um Zehntels Ziel, Institutsdirektor zu werden, sobald Professor Wirtz in den Ruhestand geht.

Karrieristen sind unbeliebt, auch wenn Max Zehntel sich selbst als geschätzten Kollegen einstuft. Man wirft ihm vor, ein allzu populäres Thema gewählt zu haben, Gegenstand von Bundestagsdebatten und kontroverser öffentlicher Diskussion. Zehntel hat in Medizin und Jura promoviert, ist bekennender Katholik und Pragmatiker, was die Notwendigkeit gesetzlicher Regelungen für die Transplantationsmedizin betrifft: Es ist SEIN Thema, und er läßt keinen Zweifel daran, daß seine Habilitationsschrift einen wertvollen wissenschaftlichen Beitrag zur öffentlichen Debatte und Entscheidungsfindung leisten wird.

«Wann ist der Mensch tot? – Wenn Zehntel es sagt.»

Das Institutsgeflüster vibriert von heimlichem Gelächter, Neid und Schadenfreude. Das Thema ist auch Nichtakademikern zugänglich, und der Pförtner verbreitet Schauergeschichten über Scheintote in ihren dunklen Gräbern: «Man muß ja dankbar sein, bei uns unters Messer zu kommen. Dann ist es nämlich ganz sicher.»

Sterben ist ein Prozeß, die Phase des Übergangs vom Leben zum Tod. Der Tod tritt früher ein, als er mit Sicherheit festgestellt werden kann (möge dies auch auf Zehntels berufliche Ambitionen zutreffen, sagen viele, die ihn für menschlich und fachlich unfähig halten, das Institut zu leiten). Seine bösartigsten Kritiker behaupten, daß der Hirntod bei Zehntel bereits eingetreten sei und er somit als medizinisches Wunder zu gelten habe. Marlies Winter ist der Meinung, daß man die Diskussion von der Person auf die Sache verlagern sollte.

Über Jahrhunderte galt als Definition des Todes der Stillstand von Atmung und Kreislauf, und die endgültige Feststellung beruhte auf Todeszeichen wie Leichenflecken oder Leichenstarre. Erst die moderne Medizin – Reanimation bei Herzstillstand und Organverpflanzung – schuf die Notwendigkeit neuer Definitionen, so daß in den sechziger Jahren der irreversible Funktionsausfall des Gehirns als Todesfeststellung akzeptiert wurde. Hirntod bedeutet, daß die «Schaltzentrale» des Menschen unwiderruflich versagt hat. Und dennoch leben im Toten noch Zellen und Zellverbände – Organe wie Leber und Nieren bis hin zum Herzen, das noch schlagen kann. Apparate können Herz und Atmung am Laufen halten, gewissermaßen die Übergangsphase zwischen Leben und Sterben manifestieren.

Sind Mediziner, die bei Hirntoddiagnose das Beatmungsgerät abschalten, Mörder? Eva Röhm, von den Sekretärinnen dazu befragt, entwirft die Vision medizinischen Fortschritts, in der man alle Sterbenden künstlich am Leben erhalten könne, und nennt dies eine Horrorvorstellung.

Der gesellschaftspolitische Konsens zur Bestimmung des Todeszeitpunkts ist für Max Zehntel eine Überlebensfrage der modernen Medizin. Er ist ein Anhänger des Hirntodkonzeptes. Zehntel plädiert in diesem Fall für die künstliche Beatmung von erklärten Organspendern sowie das Abschalten der Apparate bei Nichtspendern.

«Damit schaffen Sie eine Zweiklassengesellschaft von Sterbenden», sagt Eva Röhm.

«Der Hirntod ist der einzige wissenschaftlich bewiesene Todeseintritt. Sie nehmen meine Thesen nicht ernst.»

«Ich nehme alles ernst. Aber ich kann keine sachliche Diskussion erkennen, solange der Tod in dem Maß tabuisiert wird, wie es bei uns der Fall ist. Solange Naturwissenschaft und Religion weitgehend konträre Standpunkte vertreten. Wir pflegen den diskreten, hygienischen Abgang – man verrottet unterirdisch oder wird verbrannt. Eine Million Leichen pro Jahr in Deutschland – und sie müssen verschwinden, damit nichts an den Tod erinnert. Das ist schon ziemlich pervers.»

Marlies Winter kichert. «Du meinst, man sollte sie recyclen?»

Sie sitzen in Marlies' Zimmer und trinken deutschen Sekt, weil die Kollegin ihren fünfundvierzigsten Geburtstag feiert. Am Abend wird sie zu Hause ein Geburtstagsessen geben, zu dem nur die engsten Freunde eingeladen sind. Georgs Freunde vor allem. Man wird sich betrinken und fröhlicher werden. Einander versichern, wie schön das Leben unter fünfzig ist. Keine Liebe mehr, doch dafür Erfolg mit all seinen Symbolen. Am Abend wird es Champagner geben. Und ein Fünf-Gang-Menü.

Eva war eingeladen, aber sie hat Gott sei Dank abgesagt. Sie ist wirklich hilfsbereit, aber in größerer Gesellschaft keine Bereicherung. Außerdem findet Georg sie arrogant, vermutlich, weil sie seine reife, kluge Männlichkeit nicht honoriert. Seit der Versöhnung vor dem Aquarium und ihrem Kniefall bezüglich des Autos herrscht eine Art Waffenstillstand. Kleine, spitze Bemerkungen, aber kein größerer Streit. Anna und ihre Ratte sind bei den Eltern einer Freundin, die offenbar gute

Nerven haben. Sigmund ist seit zwei Tagen nicht mehr gesehen worden; möglich, daß er vor seinem Computer verhungert – oder er schleicht nachts in die Küche und plündert den Kühlschrank. Das Familienleben ist soweit in Ordnung. Georg hat sogar einmal den ehelichen Beischlaf vollzogen. Marlies vermutet, daß seine Würfel ihm einen Streich gespielt haben.

Marlies hat erwogen, den zukünftigen Institutsdirektor zu Tisch zu bitten (das Bett ist vorerst aufgeschoben), doch Frau Zehntel, eine häßliche, scharfzüngige Anthropologin, wird ebenfalls nicht als gesellschaftsfähig erachtet. Außerdem nervt Zehntel mit seinen Todesbestimmungsthesen.

Die Leute wollen so was nicht hören. Sie wollen ewig leben. So wie Georgs Mutter, das lebende Beispiel der Fortschrittsfalle der Medizin: Herzschrittmacher, künstliches Hüftgelenk, Hörschnecken-Implantat, eine Reihe von «normalen» Operationen und eine Fülle von Medikamenten, die der Aufenthaltsverlängerung einer Neunundachtzigjährigen dienen, die zwar ständig krank ist, aber den Tod als natürlichen Feind betrachtet.

Marlies tröstet sich mit dem Gedanken an eine Gnadenfrist und bricht in das Gespräch Zehntel-Röhm ein: «Ich komme mir vor wie bei meinem Begräbnis. Könnten wir das Thema wechseln?»

Eva lächelt entschuldigend, und Max Zehntel prostet der Jubilarin zu. «Es ist Frau Röhms Schuld. Sie ist leichenfixiert. Wo ist übrigens unser Biologe? Wollte der nicht auch kommen?»

Die Frage wird von Franz beantwortet, der, hinter einem Blumenstrauß versteckt, das Zimmer betreten hat. «Dr. Mayer ist beim Chef. Er war im Urlaub, während die neue Telefonanlage installiert wurde.»

Marlies, die sich für die Lilien artig bedankt, obwohl sie Lilien nicht mag, versteht den Zusammenhang nicht. Zehntel fragt sich, was Sektionsgehilfen in einer akademischen Geburtstagsrunde zu suchen haben. Fehlen nur noch die Leichen, die unten liegen. Dr. Röhm wäre das vielleicht ganz angenehm, sie hat eindeutig nekrophile Tendenzen. Eine Frau ohne Mann ist suspekt, insbesonders, wenn sie diesen Zustand gleichmütig erträgt. Jetzt lächelt sie Franz an, beinahe herzlich, sie ist wirklich eine seltsame Person.

«Mir schwant da etwas.» Eva schenkt Franz Sekt ein und hält ihm das Glas hin. «Mayer hat doch eine Freundin in Australien. Und da er Hausmitteilungen grundsätzlich nie liest, hat er nicht mitbekommen, daß die Institutsrechnung nach Nutzern und Gesprächen aufgeschlüsselt wird, seit wir die neue Telefonanlage haben.»

Franz grinst. «Der Chef soll getobt haben, als man ihm die Telefonrechnungen vorlegte. Zehn Gespräche nach Canberra innerhalb eines Monats. Platz zwei belegt eine MTA, die eine Schwester in Johannesburg hat. Sie sind übrigens die einzige, die nicht ein einziges Privatgespräch verzeichnet hat, Dr. Röhm.»

«Das ist typisch», sagt Marlies. «Woher nehmen Sie Ihre intimen Kenntnisse, mein Lieber?»

«Von der Sekretärin des Chefs. Sie findet unseren Telefonskandal sehr interessant. Und sie hat irgendeinen Trick gefunden, wie man die Anlage ausschalten kann. Herrn Dr. Mayer hat sie es wohl nicht verraten.»

Marlies lacht. Anderer Leute Mißgeschicke sind komisch, die eigenen eine Tragödie. Und Zehntel sieht ein wenig beunruhigt aus. Eine Freundin in Bangkok? Der könnte er telefonisch seine Todeszeitbestimmungsthesen vortragen. So, wie er sich an Professor Wirtz' Sekretärin ranmacht, darf man davon ausgehen, daß diese ihm einige ihrer Tricks verraten hat.

Noch ein Glas Sekt, schließlich hat sie Geburtstag. «Eva ist also mal wieder die Beste von uns. Arbeitsam, redlich und bescheiden. Keine Leichen im Keller – außer den real vegetierenden. Was macht unser Kopfloser, der liegt ja immer noch da.»

Zehntel lacht: «Bis ihm der Kopf abfällt. Eine Frage der Zeit.»

«Herrgott, er hat doch keinen.»

Eva sieht Marlies sehr kühl an. «Er hat kein Gesicht mehr. Du warst doch bei der Obduktion dabei. Es war Herzversagen. Hauptkommissar Hermann ist der Überzeugung, daß ihm eine Prostituierte Säure ins Gesicht geschüttet hat, weil sie Männer haßt.»

«Ex umbris et imaginibus ad lucem et veritatem.» Zehntel sieht Franz an, der errötet. Das große Latinum zum Zwecke der Demütigung Subalterner war immer schon ein probates Mittel. Und er kann diesen Sektionsgehilfen nun einmal nicht leiden. Franz ist unheimlich – und irgendwie unappetitlich.

«Das Licht der Wahrheit hat allerdings den Haken, daß Hermann im dunkeln tappt. Die DNA-Analyse ihrer Kleidung hat nichts ergeben – und das am Tatort gefundene Haar stimmt nicht mit ihrem überein.» Eva Röhm sieht Franz an. «Und für Ihre Theorie eines geheimnisvollen Giftes haben wir leider auch keine Anhaltspunkte gefunden. Der Hauptkommissar wittert Unrat – aber um das Herzversagen kommt er nicht herum, und auch nicht um den Mangel an Beweisen. Er hat sie laufenlassen.»

Marlies Winter sagt, daß sie noch nie verstehen konnte, weshalb Männer zu Prostituierten gehen.

«Ehrlicher, unverkrampfter Sex», sagt Zehntel und sieht Marlies abschätzend an. Sie erwidert seinen Blick mit dem stummen Versprechen, daß er genau dies von ihr haben könne. Er glaubt es nicht.

Franz stellt sich vor, Sex mit Dr. Röhm zu haben. Sie erinnert ihn an seine Tante, die ihm die körperliche Liebe nahebrachte, als er sechzehn war. Sie war weich und warm und von einer zurückgenommenen, ganz und gar unauffälligen Schönheit. Ernsthaft, aber nie verbissen. Mit einer Spur von Traurigkeit, die auf manche Männer sehr anziehend wirkt. Die Meinungen über Dr. Röhm gehen weit auseinander im Institut. Daß sie alle gleich behandelt, wird besonders von den Nichtakademikern geschätzt. Andererseits könnte niemand behaupten, von ihr ein persönliches Wort gehört zu haben.

Kalt und arrogant, sagen ihre Kritiker. Manche halten sie für lesbisch. Eine AIDS-Witwe. Professor Wirtz' Sekretärin vermutet eine unheilbare Krankheit, die auch geistiger Natur sein könnte. Alle spekulieren über das schreckliche Geheimnis, das Dr. Röhm mit Unnahbarkeit hütet. Die Leute mögen es nicht, wenn jemand anders ist. Die Bilder in ihren Köpfen werden schwarz, wenn sie nicht einordnen, zuordnen können. Für ihn ist Eva Röhm eine Frau, die sich selbst und andere fürchtet. Aus Gründen, die er nicht kennt. Jeder trägt sein Unglück, so gut er kann – und allein. Das, was darübergelegt wird, ist unnötiger Ballast. DAS scheint sie verstanden zu haben.

30. Kapitel

Acht Monate nach der Scheidung zog Laura in mein Haus. Um sich ganz und gar meiner Familie zu widmen. Man müsse sich auf wenige Dinge im Leben konzentrieren, um sie zu perfektionieren, sagte Laura. Disziplin zählte zu ihren Lieblingsworten. Sie war von disziplinierter Freundlichkeit, wenn ich kam, um Alexander abzuholen. Jedes zweite Wochenende und jeden Mittwochnachmittag. An ihren kinderfreien Tagen redigierte Laura juristische Texte für einen Fachverlag. Ich war sicher, daß ihr kein Fehler unterlief.

Der Vertrag, den ich mit mir geschlossen hatte, war sehr einfach: Es gibt ein Leben vor dem Tode. Also erfüllte ich seine Anforderungen mit jenem Minimum an Disziplin, dessen ich fähig war. Aufstehen, arbeiten, essen, schlafen. Schlafen mit Michael. Die kostbaren Stunden mit meinem Sohn. Die Tage, die zählten. Alexander hatte sich in das Unvermeidliche gefügt mit der Anpassungsfähigkeit, die Erwachsene Kindern unterstellen. Er mochte Laura, die ihm ihre pädagogisch wertvolle Zeit zur Verfügung stellte. Er fand sie lustig, vermied es aber, über sie zu sprechen, wenn ich ihn nicht fragte. Mein

Sohn wollte niemandem weh tun. Damit stand er in der Familie Wagner allein da.

Laura hielt sich für die bessere Mutter. Bessere Mütter lesen Bücher über Kinderpsychologie und artgerechte Erziehung. Sie organisieren Spiel- und Bastelstunden, um die Kreativität des Kindes zu fördern. Sie kaufen niemals unsinniges Spielzeug (wie das piepsende Raumschiff, das Alexander sich so sehr von mir gewünscht hatte). Sie gehen nicht zu McDonalds und vermitteln liebevolle Konsequenz als oberstes Erziehungsprinzip.

Laura verstand, daß ich Alexander verwöhnte. Sie verstand fast alles, doch sie akzeptierte nichts, wie es war, wenn es anders war als in ihrem Kopf. «Wir müssen uns um Alexanders willen zusammennehmen», sagte Laura. Sie hatte keine Ahnung, wie sehr ich mich bemühte. Und wieder war die Lüge meine stärkste Waffe: Laura nahm mir ab, daß ich ihr dankbar war für ihre Leihmutterschaft. Daß ich mich mit der Situation, so wie sie war, abgefunden hatte. Daß ich trotz allem, was Fabian über mich gesagt hatte, eine zivilisierte Person war, nicht annähernd perfekt, aber im Grunde doch vernunftorientiert.

Sie nahm an, daß ich verstand, wenn an «meinem Wochenende» ein Segelausflug geplant war, an dem Alexander teilnehmen sollte. Ich wisse ja, wie hart Fabian arbeite und wie wertvoll ihm das Zusammensein mit seinem Sohn sei. «Und Alexander freut sich doch so auf die Segeltour mit seinem Vater, nicht wahr, mein Kleiner?»

MEIN Kleiner nickte, und ich verbrachte das Wochenende mit Michael und zwei seiner Bergkameraden in den bayerischen Alpen. Ich hatte vergessen, ihm zu sagen, daß ich an Höhenangst litt, und wir mußten auf halber Strecke umkehren, weil mir schlecht wurde. In der Hütte im Tal betrank ich mich und wurde sehr aggressiv. So sagte Michael, als ich am nächsten Tag erwachte. Ich hätte seine Bergkameraden als «alpine Trottel» beschimpft und seine von dicken Kniestrümpfen umhüllten Beine als verunglückte Weißwürste bezeichnet. Unter anderem. Ich konnte mich an nichts mehr erinnern, also auch nichts bereuen. Es wäre mir lieb gewesen, wenn dies für mein ganzes bisheriges Leben gegolten hätte, eine Amnesie und Generalamnestie in einem. Michael hielt mir vor, daß ich meine Wut und Trauer über meine Sorgerechtsniederlage ausschließlich an ihm auslasse.

«Warum denn nicht? Ich habe sonst niemanden.»

«Im Institut verhältst du dich ganz normal.»

«Was zum Teufel verstehst du unter NORMAL?»

«Normal wäre, wenn du dich allmählich damit abfinden würdest. Statt deinen Haß auf Laura und Fabian zu nähren. Manchmal denke ich, daß du ihn immer noch liebst.»

«Laura ist hassenswert. Du kennst sie nicht. Und ich habe diesen Mann nie geliebt. Ich habe es mir nur eingeredet.»

«Vielleicht könntest du dir einreden, mich etwas pfleglicher zu behandeln. Sonst ...»

Michael verließ mich und kam wieder. Ich nahm es hin wie das Kommen und Gehen von Tagen und Nächten, und er war wohl zu bequem, sich eine andere zu suchen. Andere Frauen wollten geheiratet werden, und davor hatte er Angst. Michael suchte die unverbindliche Bindung, und ich suchte die Ablenkung von mir selbst, und so klammerten wir uns aneinander wie Boxer, die dem K.o.-Schlag auszuweichen versuchen. Laura setzte mich davon in Kenntnis, daß eine Hochzeit in Boston geplant war nach der angemessenen Frist von zwölf Monaten. Und daß sie vorhabe, zwei Kinder zu bekommen, so hätte Alexander Geschwister zum Spielen, und ganz persönlich habe sie die Genugtuung, daß ihr Karriereopfer dann mehr Sinn ergäbe. Eine Frage der Ökonomie in Lauras Gedankenwelt. Ich fragte sie nicht, ob sie im Falle eigener Kinder meinen Sohn vernachlässigen würde; ich wußte, Laura ließ nichts Unvollkommenes zu in ihrem Leben. Außer Fabian natürlich. Ich nahm an, daß sie von seinen diversifizierten Sexualtrieben nichts wußte. Ich nahm weiter an, daß sie zum Beischlaf Kerzen entzündete und schwarze Reizwäsche anzog, bevor sie zu ihm ins Bett stieg. Fabian mochte aufreizende

Dessous und er hatte es mir stets übelgenommen, daß ich die präkoitale Verkleidung ablehnte. Ich stimmte Laura zu, daß ich meinen Urlaub mit Alexander nehmen sollte, während die beiden ihre Hochzeitsreise veranstalteten. Laura, der sonst nichts peinlich war, zögerte vor diesem Satz: «Fabian fände es aber nicht gut, wenn dein ... Liebhaber mitführe ... in diesen Urlaub.»

Ich hatte nicht die Absicht, Michael mitzunehmen. «Warum?»

«Ach Eva, du weißt ja, wie Männer sind. Er akzeptiert, daß du Alexanders Mutter bist und gewisse Rechte hast. Aber er will nicht, daß eine vierte Bezugsperson aufgebaut wird. Eine gewisse väterliche Eifersucht ... ich kann das verstehen.»

Sie war ja so klug, ihren Mann zu verstehen und nicht zu versuchen, ihn zu ändern oder durch mangelnde Anpassungsfähigkeit zu reizen. So klug, seine Seitensprünge nicht zu durchschauen. Ich hoffte sehr, daß eines Tages eine gute Freundin Bekenntnis ablegen und Laura aus ihrer widerwärtigen Selbstzufriedenheit reißen würde. Einmal hatte ich Fabian in der Stadt gesehen, und Sophie war bei ihm gewesen. Ich war auf die andere Straßenseite ausgewichen. In der Kunst des Ausweichens war ich immer Meisterin gewesen. Und meinen einzig offenen Kampf hatte ich verloren.

Rosa schrieb, daß die Ärzte meine Diagnose der Alzheimer-Krankheit bestätigt hätten. Und wie dankbar sie mir sei, daß ich sie rechtzeitig darauf hingewiesen habe. Alexander und ich seien als ihre Erben eingesetzt, doch es würde wohl eine Weile dauern, bis sie ihr Sterben vollendet habe. «Ich habe mich vorsorglich in einem Pflegeheim angemeldet, weil ich nicht weiß, wie lange ich mich noch selbst versorgen kann. Das Essen dort soll sehr gut sein. Kannst du dir einen Pflegefall von dreihundertfünfzig Pfund vorstellen? Der Gedanke erheitert mich, aber wenn es soweit ist, werde ich wohl nicht mehr darüber lachen können. Das beherrschende Gefühl ist Selbstmitleid. Ich hätte Astronautin werden sollen und im All explodieren. Einen würdigen Tod – gibt es so etwas?»

Ich wußte, daß Kathleen und Serena bei Rosa gewesen wären all die Zeit. Ich verstand den Hilferuf, doch ich hatte nicht die Kraft, ihm nachzukommen. So schrieb ich an Rosa, daß ich sie bald besuchen würde. Unverbindlich in Ton und Zeit. Auf ihre Frage wußte ich keine Antwort. Ich wußte nur, daß ich in Alexanders Nähe bleiben mußte, um die Liebe eines Menschen zu erhalten. Mehr wollte ich nicht mehr.

Magda wiederholte am Telefon den Satz, daß das Leben weitergehe. Sie hatte sich nach der Scheidung mit mir solidarisiert und erklärt, daß sie schon immer ein ungutes Gefühl gehabt habe, bereits vor der Hochzeit. Wenn Magda etwas vorher wußte, konnte es hinterher nicht gutgehen.

Es sei nicht meine Schuld, sagte Magda. Es seien immer die Männer, die ihre Triebe nicht beherrschen könnten.

Ich besuchte meine Eltern mit Alexander, während die Wagners in Amerika waren, um zu heiraten. Mein Vater kränkelte, und Magda umsorgte ihn rührend. Das Kind wurde mit Buchteln und Knödeln verwöhnt und durfte mit Magdas Zinnsammlung spielen, eine Gunst, die sie mir nie gewährt hatte. Die neue Arzthelferin hatte eine Hasenscharte, und ich glaubte nicht, daß mein Vater noch Amouren pflegte. Er war alt und müde geworden, und Magda hatte ihn endlich in ihrer Verfügungsgewalt. Sie sprach davon, einen jungen Arzt in die Praxis zu holen, um Vater zu entlasten. «Du wolltest ja sein Lebenswerk nicht fortsetzen», sagte Magda. Ihr Leben lang würde sie Schuldzuweisungen im Plauderton austeilen.

Alexander und ich fuhren vom Kaff nach Wien; ich wollte Ellys Grab besuchen. Es war ein häßlicher Vorstadtfriedhof, der ihr mißfallen hätte, und es gab kein Monument, das von ihrer Größe zeugte, nur ein kleines Kreuz mit ihrem Namen und dem Todestag. Immerhin ein Tag, den sie sich ausgesucht hatte. «Elly war eine große Tänzerin», sagte ich zu meinem Sohn, doch die Toten interessierten ihn nicht; er fror und wollte nach Hause. Laura hatte versprochen, ihm eine Mickymaus aus Amerika mitzubringen, also nahmen wir die Straßenbahn in die Wiener Innenstadt, und ich kaufte ihm Donald Duck und Batman. Dann gingen wir in den Prater, wo ich einst Belushi im Riesenrad geküßt hatte. Alexander zuliebe wiederholte ich die Fahrt mit den schwankenden Gondeln, obwohl mir übel wurde, wenn ich nach unten sah. Mein Sohn litt nicht an Höhenangst; er hatte überhaupt keine Angst, auch nicht im Spiegelkabinett oder in der Geisterbahn. Angst war ein Gefühl, das man mit zunehmendem Alter kultiviert. Alexanders Leben war aufregend (im Prater) oder langweilig (auf dem Friedhof). Das schöne Leben bestand aus Spielzeuggeschäften, Spielplätzen, Eiscreme und Palatschinken. Aus Mamas Geschichten, Lauras Flötenspiel (die Querflöte paßte gut zu ihrem Gesicht) und Segeln mit Papa. Das war Glück, und alles andere zählte nicht.

Alexander war bereits im Taxi eingeschlafen, als wir im «Orient» ankamen. Als ich ihn ins Bett gebracht hatte (es gab nichts, was ich so schön fand wie den Anblick meines träumenden Sohnes, der seine Plüschschlange umschlungen hielt), ging ich hinunter zur Bar, um Jana und Tony zu treffen.

Jana war nicht mehr blond, sondern schwarzhaarig. Und sie trug schwarze Kleider, die an Elly erinnerten. Sie und Tony benahmen sich wie ein Paar, vielleicht hatte sie einfach Ellys Platz eingenommen, weil dies die einfachste Form der Tröstung war. Tony, im afrikanischen Kaftan, sah mager aus, aber sein Lächeln war unverändert. Ich hatte es zum letztenmal bei meiner Hochzeit gesehen.

Es gäbe weniger Hochzeiten und mehr Begräbnisse, sagte Tony. Zwei der homosexuellen Dauergäste seien an AIDS gestorben. Jana reichte mir schweigend eine Bloody Mary.

«Und Mowgli?»

Tony sagte, daß Jana ein behindertengerechtes Auto organisiert habe, um ihn und die Schlange in den Wienerwald zu fahren. «Wir haben lange nach einer einsamen Stelle gesucht, es war ein so verdammt schöner Tag, und überall saßen oder gingen Leute, es war wie auf der Kärtnerstraße.»

«Tony wollte Mowgli töten und heimlich zu Elly ins Grab legen, aber da habe ich nicht mitgemacht», sagte Jana. «Wir haben schließlich einen Platz gefunden und ihn rausgelassen. Drei Tage später ist Mowgli überfahren worden. Vorher hat er noch ein Liebespaar erschreckt und ist auf die Titelseite der Kronen-Zeitung gekommen. Für Elly gab es nur einen Fünfzeiler.»

«Sie war nicht so offensichtlich exotisch.» Tony rollte mit seinem Stuhl zur Portiersloge und brachte ein Bild, nicht sehr groß und in den Farben sehr düster. Es stellte Elly dar, ein weißes Gesicht in finsterer Umrahmung; sie lächelte nicht, und nur ihre Augen lebten.

«Ein Geschenk für dich», sagte Jana. «Tony malt jetzt naturalistisch; ab und zu läßt sich einer unserer Stammkunden porträtieren, so kommen wir finanziell über die Runden. Für Ellys Begräbnis haben wir hier im Haus gesammelt, sie hat nichts hinterlassen. Sie war total pleite, als sie den Schal nahm.»

Ich sah das Bild an und dachte, daß Elly sich vielleicht nicht umgebracht hätte, wenn Geld für Kokain dagewesen wäre. Sie hatte keinen um Geld gebeten. War so verdammt stolz darauf gewesen, niemanden zu brauchen in ihrem Leben – und im Tod.

«Wir haben gedacht, daß du zu ihrem Begräbnis kommen würdest. Es waren die merkwürdigsten Leute da.»

Ich mußte lächeln. Und weinen. Zum ersten Mal für Elly. «Es war kurz vor meiner Scheidung, Jana. Ich konnte nicht weg.»

Jana sah Tony vielsagend an. Tony sah Jana an. Ich kannte diesen Blick. Mein Vater und Magda. Die Abhängigkeit des einen vom anderen, die die Spielregeln der Beziehung festlegt. Immer braucht einer mehr als der andere, und es geht nur gut, weil Sadismus auch in seiner geringsten Form zu einer Art Liebe taugt.

«Deine fürchterliche Hochzeit konnte nur SO enden», sagte Tony. Dann sprachen wir nicht mehr über mich, sondern über Elly und das Hotel; die Geschäfte liefen schlechter nach Janas Aussage, und sie führte es darauf zurück, daß die Leute an der Liebe nicht mehr so interessiert seien. Nicht nur Ellys Bar, auch eine Reihe anderer Etablissements hätten zugemacht. Und auch die stundenweise Kundschaft im «Orient» sei spärlicher geworden. «Die Leute, die ein bißchen schräg sind, sterben aus. Übrig bleiben die Perversen und die Normalen.»

«Und die Behinderten.» Noch einmal dieser demütige Blick hin zu Jana, den ich schrecklich fand. Ich erzählte Tony, daß Sophie eine erfolgreiche Galerie führe und sich in den Betten der Münchner Schickeria wälze. Mein Ehebett erwähnte ich nicht. Tony lachte. Um Mitternacht schlief er in seinem Rollstuhl ein, und Jana brachte ihn in sein Zimmer. Sie hatte Ellys Raum bezogen.

Alexander und ich blieben noch eine Woche in Wien, und ich zeigte ihm meine Stadt, die sich verändert hatte. Sie war nobler geworden, zumindest in den Innenbezirken, und auch ein bißchen gesichtsloser. Ich hatte den morschen Fassaden immer viel abgewinnen können, den alten Häusern, die ihre Vergangenheit lebten, und den schmuddeligen Innenhöfen, in denen Kinder noch spielen durften, bevor sie zu Parkplätzen oder touristischen Besichtigungsstätten ausgebaut wurden. Mein Sohn liebte nur den Prater und die Donaudampfschifffahrtsgesellschaft, die Heurigen mit echten Zigeunern und die duftenden Würstelstände. Er liebte Tonys Besucher, die für ihn sangen und tanzten, und er haßte Jana, weil sie mit dem Fuß nach einem streunenden Hund getreten hatte, der im «Orient» Asyl gesucht hatte.

Als wir in den Zug nach München stiegen, weinte Alexander. Bei der Ankunft sprach er von Lauras Mickymaus. Michael holte uns ab und trug den schweren Koffer mit all dem Spielzeug. Die vierte Bezugsperson sprach über Institutsintrigen und eine geplante Bergtour nach Nepal. Er fand es schade, daß ich so unsportlich war. Wer in München lebte, mußte nach Michaels Auffassung eine Beziehung zu Brezeln und Gipfeln haben.

Lauras Kleinwagen stand bereits vor meiner Haustür, als wir ankamen. Laura stand vor der Tür und sah auf ihre Designeruhr. Michael sagte, daß der Zug Verspätung hatte. Alexander fragte nach seinem Geschenk. «Es ist so groß, ich habe es zu Hause gelassen», sagte Laura. Sie umarmte meinen enttäuschten Sohn, der keinen Sinn für ihre praktischen Erwägungen hatte. Ich beglückwünschte sie zur ihrer Vermählung. Boston sei eine perfekte Stadt, sagte Laura. Eine perfekte Hochzeitsreise entlang der Ostküste; für einen morbiden Ort wie Venedig hätte sie ohnehin nichts übrig gehabt. Wir standen vor der Tür und haßten uns, ganz unabhängig von der Tatsache, daß wir sozusagen einen gemeinsamen Mann hatten. Dann nahm sie Alexander auf den Arm, um ihn NACH HAUSE zu bringen. Mein Sohn winkte mir zu, auf ihrem Arm, bevor sie in das Auto stiegen.

Es war das letzte Mal, daß ich Alexander sah. Später fror ich dieses Bild ein in meiner Erinnerung, in meinem Schmerz über den Verlust eines Menschen, den ich aufrichtig und ohne jeden Zweifel geliebt hatte. Alexanders kleines Gesicht mit den zu langen, braunen Haaren, seine grüngesprenkelten Augen mit den dichten Wimpern, sein Lächeln, das unbeschwert war von Vergangenheit und Zukunft. Er trug seine blaue Cordhose und die rote Lodenjacke, die ich ihm in Wien gekauft hatte. Mein Sohn, den Fabian umgebracht hatte. Bei Windstärke neun. Auf dem Chiemsee. Leider war Fabian nicht ertrunken, als er ins Wasser sprang, um meinen Sohn zu finden, den eine Welle über Bord gespült hatte. Alexander trug keine Schwimmweste, und er war bereits tot, als man ihn fand.

Der Polizei gegenüber gab Fabian an, daß die Weste defekt gewesen sei, so daß er sie ihm wieder ausgezogen hatte, als sie unterwegs waren. Daß sie bei Windstärke sechs losgesegelt seien, bei vertretbaren Wetterverhältnissen, um plötzlich von Sturm und Regen überrascht zu werden. Daß er versucht hatte, das Boot zurück zum Ufer zu manövrieren, und Alexander anschnallen wollte, als die Welle kam, die ihn über Bord spülte ... eine Verkettung unglücklicher Umstände. Eine Tragödie, an der er keine Schuld hatte. Schließlich war er ins Wasser gesprungen, um seinen Sohn zu retten. Der abgetrieben wurde. Der PAPA schrie, bevor er im Wasser versank. Sein Papa, der vielleicht Sekunden zögerte, bevor er über Bord ging und sein Boot im Stich ließ, die «Liliane», auf die er so stolz war. Sekunden in Alexanders Leben, aus der er die Angst mitnahm, die Nässe und Kälte und die Einsamkeit des Todes.

DIESES Bild versuchte ich zu verdrängen, den kleinen Arm, der aus dem Wasser ragte, und den kleinen Mund, der um sein Leben schrie. In all den Tagen, Wochen und Monaten, die danach kamen, klammerte ich mich an das Lächeln meines Sohnes, bevor er ins Auto gestiegen war. Denn DIESES Bild war unerträglich und schürte meinen Haß auf den Mörder.

Es kam zu keiner Anklage wegen fahrlässiger Tötung; die Staatsanwaltschaft stellte das Verfahren ein, schließlich war der Vater bei dem vergeblichen Versuch, seinen Sohn zu retten, beinahe selbst ertrunken. Man hatte Fabians Aussagen überprüft und die defekte Schwimmweste auf dem Boot gefunden, das geborgen wurde. Ein tragischer Unglücksfall. Daß Fabian zu spät gesprungen war, war MEINE Interpretation des Geschehens. Ich brauchte einen Schuldigen, denn Gott war abwesend.

Ich brauchte den Haß, um noch etwas zu fühlen. Um zu überleben, denn alle, die ich geliebt hatte, waren tot, in gewisser Weise auch Rosa, die sich in London auf ein langsames Sterben vorbereitete. Michael zählte nicht, er war nur ein Tröster, einer, den mein Unglück zunehmend irritierte. Ich beschwerte die Leichtigkeit seines Seins, und er war mir dankbar, daß ich ihn nicht umklammerte, sondern losließ.

Ich hatte Dienst, als Alexanders Leichnam eingeliefert wurde. Ich wartete auf meinen Sohn, weil ich wußte, daß sie ihn finden würden. Er hatte nur sechs Stunden im Wasser gelegen, sein Körper war bläulich, aber nicht aufgedunsen. Er schlief schon sehr tief, mein Sohn, als ich ihn küßte und die Schaumbläschen auf seinen Lippen spürte. Dann rollten sie ihn weg in den Obduktionssaal, wo eine Kollegin die Sektion übernahm. Sie führten mich weg, und jemand gab mir ein Wasserglas mit Cognac. Ich trank und wartete. Um mich herum wurde geflüstert. Sie wußten nicht, was sie sagen sollten, und es gab auch keine Worte. Nur die Stille. Später kam die Kollegin und sagte mir, daß man die typische Ertrinkungslunge mit starker Blähung und trockener Schnittfläche gefunden habe. Ich sagte: «Der Ertrinkungsvorgang nimmt drei bis fünf Minuten in Anspruch.» Niemand antwortete. Ich war allein.

Magda weinte beim Begräbnis meines Sohnes, und mein Vater hielt mich fest, als der kleine Sarg in die Grube gesenkt wurde, die Alexanders Grab war. Fabian, Liliane und Laura standen hinter uns, sehr gefaßt. Auch am Telefon war Fabian sehr beherrscht gewesen, selbst als ich ihn des Mordes an meinem Sohn beschuldigte. Wenn er nicht losgesegelt wäre, wenn er die Schwimmweste VORHER überprüft hätte. Wenn er früher gesprungen wäre. WENN. DANN. Dann könnte Alexander noch leben.

«Deine ebenso schrecklichen wie grundlosen Anschuldigungen machen ihn nicht wieder lebendig», hatte Fabian geantwortet. Und daß er keine Schuld an Alexanders Tod trage und ebenso leide wie ich. Am Telefon. Den Mut, mich zu besuchen, hatte er nicht aufgebracht. Aber er könne verstehen, daß mein Schmerz sich gegen IHN richte. Bei Gott, mein Mann verstand mich, zu guter Letzt. Er hatte mir meinen Sohn genommen, erst zeitweise und dann endgültig. Nicht schuldig. Das war Fabian immer gewesen. Und selbst die Leidensfähigkeit sprach ich ihm ab. Die arme Laura war schwanger, und sie litt sehr unter Alexanders Tod. Sagte Fabian. Erwartete er meine Glückwünsche oder mein Mitgefühl? Die Familie Wagner würde sich zu trösten wissen, mit Disziplin und einem neuen Kind. Ich sagte ihm, daß ich ihm nichts mehr wünschte, als daß er mit Alexander ertrunken wäre. Gemeinsam. «Ich hätte es getan, Fabian. Ich hätte meinen Sohn nicht im Stich gelassen.»

Fabian sagte, daß ich verrückt sei, und legte auf. Liliane schrieb mir einen Brief voller Mitgefühl. Ich müsse Fabian verzeihen, schrieb sie, denn er habe um das Leben seines Sohnes gekämpft. Ich zerriß ihren Brief.

Im alten Wien wurden Kindersärge unter einem weiten Mantel verborgen zu Grabe getragen. Die Räder des Leichenwagens quietschten, als sie ihn wegführten, die Blumen herabfielen auf den Sarg und der Priester seine Litanei sprach. Magda weinte haltlos, und mein Vater hielt mich fest, während die Leute murmelnd an mir vorbeihuschten, erleichtert, daß es vorbei war und sie den Tod wieder vergessen konnten. Ich drehte mich weg, als die Schwangere mich ansprach. Fabian war so klug, es nicht zu versuchen. Liliane tröstete Magda. Alexanders Sarg war mit Rosen bedeckt, die nun von Erde begraben wurden. Wie mein Sohn. Ich konnte nicht weinen.

Laura pflegte Alexanders Grab, während ich in London war und später in Irland, in der Connemara, eine Landschaft, die dem Schmerz und der Einsamkeit angemessen schien. Dieses schwere Grün, genährt vom Wasser, und die geduckten Häuser, als wollten sie um Verzeihung bitten für ihr Eindringen in die Stille. Die Leute verstanden die Melancholie, das Leben und den Tod. Sie fanden es normal, daß eine Fremde am Meer entlangging, am See saß und ins Wasser starrte und abends in der Bar Whisky trank, bis sie kaum noch aufstehen und zu Bett gehen konnte. Sie fragten nichts, sie lächelten manchmal und sagten, daß das Wetter morgen besser würde. MORGEN war wieder eine Tür zu öffnen, die in einen dunklen Raum führte.

Vor langer Zeit hatte ich meine Arbeitsstelle und meine Wohnung gekündigt und war aus München verschwunden. In

London hatten Rosa und ich zusammen geweint. In Clifton wartete ich auf das Ende der Welt, das nicht kam. Der Besitzer des Hotels behauptete, daß Austern gut zu Whisky paßten. Und daß höchstens zehn Menschen auf der Welt «Ulysses» gänzlich gelesen hatten. Das Hotel hatte eine Bibliothek und eine alte Bar, in der nachmittags Torf im offenen Kamin entzündet wurde. Die Gäste sprachen über das Wetter, Golf, Gott und die Fischerei. Wenn meine Whiskyflasche sich leerte, erinnerte mich das Hotel an Heathers Haus. Manchmal sang ein Betrunkener schauerlich schön. Ich versuchte, mich an alles in meinem Leben zu erinnern, das gut gewesen war – und es gegen die Dunkelheit aufzuwiegen. Ich versuchte, ins Wasser zu gehen, aber das Meer war zu schrecklich und die Seen waren zu klar. Der innere Monolog war nicht abgeschlossen. Ich mußte alles noch einmal erleben, in meinem Kopf, und dann einen Sinn darin finden. Einen Abschluß, einen Satz, der alles erklärte, und dann könnte ich vielleicht weiterleben. Doch es war wohl so, daß die wahren Lügen den Kopf nicht verlassen.

Am Weihnachtsabend telefonierte ich mit Magda, die mich beschwor zurückzukommen. Rosa rief an und sagte, daß ihre Putzfrau Zucker und Salz vertauscht habe, so daß der Truthahn ungenießbar sei. Eine Tragödie. Der Wirt schenkte mir Gedichte von Seamus Heaney und trug mich um Mitternacht aufs Zimmer, weil meine Beine mir nicht mehr gehorchten. Auf seiner Schulter sagte ich ihm, daß Alexander sich zu Weihnachten einen Hund gewünscht habe und daß Laura, die Hexe, ein unhygienisches Element in ihrem perfekten Haushalt niemals geduldet hätte. Und daß ich ihr wünschte, einen Hund zu gebären.

Er bekreuzigte sich, als er mich abgelegt hatte. Ich führte eines meiner Streitgespräche mit Gott, bevor der Alkohol den dumpfen Schlaf brachte. Der Wind in Clifton war nur dazu da, morgens den Whiskynebel zu zerreißen. Den Kopf freizumachen für Gedanken ohne Ende.

Als der Sommer in die Connemara kam und mit ihm die

Touristen, fuhr ich zurück nach Deutschland. Ich stand zwei Stunden an Alexanders Grab, das Laura geschmackvoll dekoriert hatte. Dann reiste ich nach Wien. Unter meinem Mädchennamen bewarb ich mich an einem rechtsmedizinischen Institut in einer kleinen Stadt in Deutschland, die angemessen weit von München entfernt war. Nah genug, um nichts zu vergessen. Und nichts zu verzeihen.

31. Kapitel

Sie mag die Stadt, wenn sie menschenleer ist, erleuchtet nur von Straßenlaternen und einsamen Fenstern. Autos parken friedlich vor schlafenden Häusern, und alles ist still. Um drei Uhr morgens kann man über grüne Ampeln rasen, Leonard Cohen hören und Nachtgedanken nachhängen. Auch Polizisten schlafen bisweilen. Hauptkommissar Hermann und seine Leute sind für Verkehrssünder nicht zuständig. Sie bearbeiten Kapitalverbrechen, zum Beispiel Mord.

Eva Röhm ist unterwegs zu einer Leiche, nachdem Hermann angerufen und sie gebeten hat zu kommen. Sehr förmlich und mit seltsam klingender Stimme, doch vielleicht ist es nur ihre Schläfrigkeit gewesen, das plötzliche Erwachen aus einem Traum, an den sie sich nicht mehr erinnern kann. Nur die schlimmsten Alpträume retten sich bis in den Tag hinein.

Eine Leiche in einem Reihenhaus in einem der stillen, kleinbürgerlichen Viertel der Stadt. Vorgärten mit Blumenrabatten, schmiedeeiserne Tore und Häuser im Stil der sechziger Jahre. Ihr Ziel ist leicht zu finden, denn in dieser Straße ist die Beschaulichkeit einer grellen Hektik gewichen. Polizeiwagen stehen vor dem Haus, es ist hell erleuchtet, und auch aus den umliegenden Bungalows dringt Licht hinter vorgezogenen Gardinen. Schattengestalten sind zu erkennen, die entfernten Beobachter von Katastrophen, und das unhörbare Flüstern der Straße sagt, daß man es immer schon gewußt hat, daß in DIESEM Haus etwas Schreckliches geschehen würde.

Als Eva aus ihrem Wagen steigt, sieht sie, daß sie unterschiedliche Schuhe anhat, der rechte ist schwarz und der linke blau. Benedikt Hermann bemerkt es sofort, als er ihr die Eingangstür öffnet. Er sieht auf ihre Schuhe, und sie sagt: «So etwas passiert mir nur um drei Uhr morgens.»

Hermann lächelt kaum. Er sieht müde und ärgerlich aus. «Eine idiotische Zeit, sich umzubringen. WENN es Selbstmord war.»

Sie folgt ihm durch den schmalen Flur zur Treppe, die mit einem lindgrünen Teppich bezogen ist. Das Treppengeländer ist aus Preßglas. Hermanns Gummisohlen machen leise, quietschende Geräusche. «Seine Frau hat ihn gefunden. Im Bett. Angekleidet und mit einem Messer im Bauch. Dann hat sie die Polizei gerufen. Vermutlich nach kurzen, spitzen Schreien. So sieht sie aus.»

«Sie haben ja eine grauenhafte Laune.»

Er antwortet nicht und geht voraus ins Schlafzimmer. Zwei Beamte der Spurensicherung kleben ab, was auf dem Nachttisch steht; ein dritter fotografiert die Leiche und ihr Umfeld. Der Bezug des Doppelbettes hat ein Rosenmuster. Der Tote ist in einer Position zwischen Sitzen und Liegen, und sein Hinterkopf ruht auf der Bettkante. Seine Augen sind geöffnet. Es riecht durchdringend nach Alkohol. Neben dem Bett stehen eine Schnapsflasche und ein Wasserglas.

«Olaf Mahlbrink. Fünfzig Jahre alt, städtischer Beamter. Alkoholiker. Sagt seine Frau. Sie ist von den Philippinen. Er hat getrunken, dann hatten sie Geschlechtsverkehr, dann haben sie gestritten, und er trank weiter. Sie ist nach unten, um im Wohnzimmer zu schlafen. Hat es sich anders überlegt und ist zurück ins Schlafzimmer, wo sie ihn tot aufgefunden hat. Sagt sie. Corry Mahlbrink spricht miserables Deutsch, aber versuchen Sie mal, um diese Zeit einen Dolmetscher zu bekommen.»

Hermann steht mit verschränkten Armen vor der Leiche,

die ihn um den Schlaf gebracht hat. Das Bett ist voller Blut. Der Schaft eines Küchenmessers ragt aus der Wunde unterhalb des Herzens. Die rechte Hand des Toten hält das Messer fest, das bis zum Anschlag im Körper steckt. Olaf Mahlbrink trägt einen dunklen, jetzt blutbefleckten Pullover und eine abgewetzte Cordhose.

«Warum sitzt er angezogen im Bett?»

Hermann zuckt mit den Achseln. «Sie sagt, er war verrückt. Besonders, wenn er trank. Corry Mahlbrink ist ein kleiner, verhuschter Schmetterling – wie die Frauen dort so sind. Fünfundzwanzig Jahre jünger als er. Nicht besonders hübsch, aber er hier war ja auch keine Schönheit.»

Olaf Mahlbrink ist glatzköpfig, wie Hermann, und er sieht so aus, als habe er sich ein Leben lang über seine Haarlosigkeit gegrämt. Eva registriert zu lange, schmutzige Fingernägel, als sie die Hände nach Schnittverletzungen untersucht. Sie zeigt Hermann ein paar oberflächliche Schnitte an den Füßen, mißt dann die Temperatur im After und versucht, mit dem Reizstromgerät die Muskulatur zu erregen, um die Todeszeit zu bestimmen.

«Grob geschätzt zwei Stunden. Die Totenstarre hat bereits eingesetzt. Wann hat Frau Mahlbrink die Polizei verständigt?»

«Elf Minuten vor zwei. Es hat 'ne Weile gedauert, bis der Beamte kapierte, was sie ihm sagen wollte. Wir waren um Viertel nach zwei hier. Und dann dachte ich mir, daß es eine gute Idee wäre, Sie aufzuwecken.»

Eva untersucht die Schnittverletzungen an den Füßen. «Es macht mir nichts aus, nachts aufzustehen. Ich schlafe ohnehin nicht besonders gut.»

Hermann starrt auf ihre Füße. «Sie sind merkwürdig, wissen Sie das?»

«Früher war ich ganz normal ... darf ich Ihr Augenmerk auf die Schnittverletzungen lenken? Er war angezogen, trug aber keine Socken oder Schuhe. Hier, am großen Zeh, ist ein ziemlich tiefer Schnitt. Es ist ungewöhnlich, daß man sich im angekleideten Zustand ersticht, finden Sie nicht? Die Wundränder sind glattrandig, der Stichkanal geht von unten nach oben. Das Messer muß ins Herz vorgedrungen sein. Es sieht so aus, als sei der Stich mit großer Wucht geführt worden. So etwas erfordert große Entschlossenheit. WIE betrunken er war, sage ich Ihnen morgen.»

Benedikt Hermann verspürt Lust auf ein Bier, ein großes, frischgezapftes Bier. «Ich würde mich erstens ausziehen und zweitens von oben nach unten stechen. Aber ich bin ja nicht verrückt.»

«Sagen Sie es nicht zu laut. Ich finde keine Probierschnitte. Die meisten Selbstmörder testen das Messer erst einmal mit kleinen Wunden. Wie war die Ehe?»

«Er hat sie vor drei Jahren von einem Philippinen-Urlaub mitgebracht. Sie haßt ihn. Wenn er getrunken hatte, wurde er brutal. Sagt sie. Und daß er jeden Tag zu trinken begann, wenn er von der Arbeit nach Hause kam. Erst vor dem Fernsehapparat, dann im Schlafzimmer. Auf den Philippinen sei er ganz anders gewesen. Und daß er ihr kaum Geld gegeben und den Umgang mit Landsleuten verboten hat, worunter sie wohl besonders gelitten hat. Er muß ein richtiges Ekel gewesen sein. Die Nachbarin behauptet, daß er die Kleine wie eine Sklavin hielt ... wo ist sie überhaupt?»

«Sie sitzt unten in der Küche. Diese Nachbarin ist bei ihr. Die Alte läuft zu ganz großer Form auf. Der Typ hingebungsvolle Samariterin in Katastrophenfällen.» Der Kriminalbeamte fragt Eva, ob er das Messer jetzt herausziehen könne?

«Tun Sie das ja nicht. Ich will ihn MIT Messer auf dem Seziertisch.»

Der Beamte betrachtet die Länge des Schafts. «So kriegen wir die Kiste aber nicht zu. Der hat sich das größte Messer ausgesucht, das er im Haus finden konnte.»

«Dann lassen Sie eben den Deckel offen.» Eva betrachtet die Blutabrinnspuren zur Seite und nach hinten. Sie denkt, daß kleine und zierliche Frauen bei entsprechender Wut große Kräfte entwickeln können.

Wenn sie ihn frontal angegriffen hat, würde dies die Verletzungen an den Füßen erklären. Er versuchte vielleicht, das Messer mit den Füßen abzuwehren, aber sie war schneller und geschickter als er. Olaf Mahlbrink hatte getrunken – und er hatte wohl nicht damit gerechnet, daß sein Haustier Krallen zeigen könnte.

«Glauben Sie, daß die Filipina es war?» Hermann fragt beiläufig und betrachtet einen seiner Beamten, der den Schlafzimmerschrank durchsucht.

«Einiges weist darauf hin. Aber ich lege mich nicht gerne vor der Obduktion fest, das wissen Sie ja.»

«Nein. Sie machen nicht gerne Fehler, Frau Doktor Röhm.»

Schon wieder dieser hintergründige Ton. Eva sieht ihn forschend an, doch Hermanns Gesicht verrät nichts außer Müdigkeit und Überdruß. Sie hingegen ist hellwach und zieht nächtliche Leichen ihren Alpträumen vor. Olaf Mahlbrink paßt auf groteske Weise in dieses Schlafzimmer. Es ist lieblos möbliert, und nichts paßt zusammen. In dem geöffneten Kleiderschrank sieht sie Anzüge hängen, grau oder braun, und daneben ein paar billige, bunte Kleider und Schürzen. Corry Mahlbrink bevorzugt Blumenmuster. Die Wäsche ist säuberlich gefaltet. Eva denkt, daß es eine grauenvolle Art von Ordnung gibt. «Wenn er sich nicht umgebracht hat, war es Notwehr.»

«Wie belieben?» Hermann steht am Fenster und hat die Gardinen zur Seite geschoben.

«Ich rede mit mir selbst. Dieses Schlafzimmer, das ganze Haus ... verursacht Beklemmungen. Rüschengardinen und eine nackte Glühbirne. Das geblümte Bett und Nachtschränke aus Sperrholz. Und es gibt eine Art von Teppichböden, die ... Depressionen auslösen.»

«Es ist eben alles Geschmacksache.» Hermann blickt auf ihre Schuhe. «Mir gefällt der blaue besser.»

Der Kriminalbeamte, der den Schrank durchsucht, zieht unter einem Stapel Pornomagazine einen großen braunen Umschlag hervor. Er öffnet ihn und pfeift. «Sehen Sie mal,

Hauptkommissar: Tausender ... mindestens hundert Stück.» Er hält sie gegen das Licht: «Sehen aus wie echt.»

Hermann betrachtet die Scheine und sagt: «Es war nie Geld da, hat sie gesagt. Er hat immer abgezählt, was sie zum Einkaufen brauchte, und wenn die Rechnung niedriger war, mußte sie ihm das Wechselgeld zurückgeben. Sie bekam fünfzehn Mark Taschengeld pro Woche. Er war der Meinung, daß das für philippinische Verhältnisse ein Vermögen sei.» Er sieht den Mann an, der mit geöffneten Augen ins Nichts starrt: «Muß ein schönes Schwein gewesen sein, mein Lieber. Einer, der Schmetterlinge aufspießt, weil er nichts Lebendiges erträgt.» Gott, wie er es haßt, ein Verbrechen zu verstehen. Und wie er sich wünscht, daß Corry Mahlbrink den Prozeß der Wahrheitsfindung nicht zu lange hinauszögert. Er beobachtet Dr. Röhm, wie sie die Höhe der Einstichstelle über der Fußsohle abmißt. Seine letzte Bemerkung müßte ihr gefallen haben, schließlich hat sie mehr als einmal gesagt, daß es ein Wunder sei, daß nicht mehr Frauen ihre Männer umbrächten. Und DAS, Gnädigste, ließe sich zauberhaft umkehren. Keiner der Kollegen, der ein paar Jahre verheiratet ist, würde behaupten, nicht schon einmal an Mord gedacht zu haben. Ganz zu schweigen von unterhaltsgierigen Exfrauen.

Eva steht vom Bett auf. «Ich bin so weit fertig. Heute mittag können wir obduzieren. Gibt es irgendwo Kaffee?»

«In der Küche. Ich komme mit runter.»

Die Küche ist klein, weiß und funktional. Corry Mahlbrink sitzt auf dem einzigen Stuhl, neben ihr steht eine ältere Frau, und am Herd lehnt ein Kriminalbeamter, der Kaffee aus einer groben, gepunkteten Tasse trinkt und den Eindruck eines wachen Schläfers macht. Er schenkt zwei weitere Tassen ein, als er Hermann und Dr. Röhm sieht, die den winzigen Raum ausfüllen. Eva hält die Arme eng am Körper, während sie trinkt. Sie beobachtet die Witwe, ein unpassendes Wort für das kleine, zusammengesunkene Wesen, das in der Tat einem Schmetterling gleicht, jedoch keinem in schillernden Farben.

Der Polizeibeamte legt ein Handy ab. «Kein Dolmetscher», sagt er zu Hermann: «Frühestens um acht kriegen wir einen.»

Die ältere Frau sieht wütend von einem zum anderen. «Das arme Kind ist doch vollkommen fertig. Können Sie sie nicht in Ruhe lassen.»

Hermann sieht auf seine Uhr. Es ist nach vier, eine Zeit, in der man trinken oder schlafen sollte, nichts anderes. Soll er der Alten sagen, daß Schock und Schlaflosigkeit der geeignetste Zustand für spontane Geständnisse ist? Ist schon komisch, daß niemand hier mit dem Typen im Schlafzimmer Mitleid hat. Auch nicht Dr. Röhm. Sie ist kalt wie eine Hundeschnauze und beherrscht bis in die Fingerspitzen. Zu professionell, um etwas zu übersehen, einen Fehler zu machen. Das ist es ja, was ihn beunruhigt. Etwas stinkt – und es ist nicht der Alkohol im Schlafzimmer oder der Knoblauchgeruch in der Küche.

Die Kleine sitzt zusammengesunken da und stiert auf den Boden. Eva Röhm fragt sie, ob sie einen Arzt brauche, und sie schüttelt stumm den Kopf.

Die Nachbarin sagt: «Als mein Mann an Lungenkrebs starb, da war ich auch wie vor den Kopf geschlagen – obwohl er lange gelitten hat, und der Tod eine Erlösung war.»

Hermann überlegt, wie er sie los wird. Er hört Eva Röhm sagen: «Der Tod ist immer eine Erlösung – auf die eine oder andere Weise.» Sie lächelt jetzt, und er wüßte nur zu gern, woran sie denkt. Corry Mahlbrink sieht hoch zu Dr. Röhm. Keine Trauer in dem Gesicht mit den Mandelaugen und der platten Nase. Er meint, Triumph zu erkennen, doch ist Wahrnehmungen hinsichtlich asiatischer Gesichter grundsätzlich zu mißtrauen. Wenn sie es war (woran er glaubt, seit sie ihm in gebrochenem Deutsch von ihrer Ehe erzählte), dann wird es bis zum Geständnis nicht lange dauern. Frauen lügen geschickter als Männer, aber nicht so konsequent. Und diese Frau scheint ihm ein verängstigtes Kind zu sein, das man mit reiner Güte dazu bringen kann, sich die Last von der Seele zu reden.

Über ihrem T-Shirt trägt sie eine schmale Goldkette mit Kreuz: katholisch ist auch kein Schaden. Sie hat eine Todsünde begangen und wird sie früher oder später beichten. Eva Röhm ist Atheistin, zumindest hat sie ihm erzählt, daß ihr der Kinderglauben abhanden gekommen sei. Wieviel sie ihm schon gesagt hat, und doch ist nichts darunter, das ihm die eine Frage beantwortet, die ihn seit heute quält.

«Olaf war böse», sagt Corry Mahlbrink zu der Nachbarin.

Sei doch still, denkt Eva. Sie kleben ihn jetzt oben ab, und man wird Spuren finden, und in ein paar Stunden machen wir ihn auf und wissen mehr. Es bleibt dir noch eine Gnadenfrist. Hermanns Augen sind halb geschlossen. Er sieht aus wie ein geduldiger, netter Jagdhund auf der Fährte. Schmetterlingsjagd.

«Er war sehr, sehr böse. Hat mich geschlagen. Weil meine Schwester kommen wollte. Ich war so allein.»

«Er hielt sie wie eine Gefangene», sagt die Nachbarin. «Ich will mich ja nicht versündigen, aber es ist ein Glück für die Kleine, daß er sich umgebracht hat.»

Niemand sagt etwas. Corry Mahlbrink hat ihr Gesicht in den Händen verborgen. Hermann trinkt seinen Kaffee. Später wird er die Alte wegschicken und zum gütigen Angriff übergehen. Eva Röhm stellt ihre Tasse in die Spüle, die frisch gereinigt aussieht. Es muß viel Blut gegeben haben. «Ich fahre jetzt. Wir sehen uns heute mittag, Hauptkommissar.»

Er begleitet sie hinaus und geht mit ihr bis zum Gartentor. In den Nachbarhäusern ist wieder Dunkelheit eingekehrt. Das Mondlicht ist zart, ihre ungleichen Schuhe ähneln einander wieder. Im gußeisernen Briefkasten steckt die Zeitung, in der noch nicht über den Fall berichtet wird. Es gibt ausreichend Kastastrophen, denkt Hermann: geschriebene und nicht dokumentierte. Er hat längst aufgehört, sich zu fragen, ob der Rechtsstaat adäquate Antworten auf die Schweinereien hat, die Menschen einander antun. Man macht seine Arbeit – und wundert sich nicht mehr. Und manchmal doch.

«Wenn wir Raucher wären, wäre das jetzt eine wunderbare Gelegenheit», sagt Eva Röhm, als sie an ihrem Auto stehen. «Sie würden mir Feuer geben und dann erzählen, wie Sie den Schmetterling zum Reden bringen.»

«Interessiert Sie das wirklich?»

Eva verstaut ihre Tasche im Wagen. «Nein. Es scheint eine simple Geschichte zu sein. Opfer tötet Täter. Das ist es doch, was Sie denken. Oder?»

Er öffnet ihr die Wagentür. «Ich denke an etwas ganz anderes, Dr. Röhm. Erinnern Sie sich an unseren Gesichtslosen?» Er kann ihr Gesicht nicht sehen, nur ihr Profil im Schatten. Die winzige Andeutung eines Doppelkinns.

Ihre Stimme ist kühl: «Aber natürlich. Der Stammgast in unserem Kühlraum. Mittlerweile schon ein Fall für die Maden. Sie haben doch das Obduktionsprotokoll: Herzversagen, Hauptkommissar, so leid es mir tut.»

Er hält sich an der Wagentür fest. «Ich weiß. Nun ist es so, daß wir den Namen des Mannes endlich haben. Aufgrund einer Vermißtenmeldung. Er war wohl auf einer Kurzreise mit unbekanntem Ziel, deshalb hat es etwas länger gedauert. Er ist hierhergefahren, um einen Herzspezialisten aufzusuchen, insofern wurde Ihre postmortale Diagnose bestätigt.»

Er meint, ein Lächeln zu erkennen und hebt seine Stimme. «Doch als er nach einer Woche nicht zurück war und einen wichtigen beruflichen Termin versäumte, hat seine Frau bei der Polizei angerufen. Sie wird morgen hier eintreffen, um ihn zu identifizieren.»

Sie sitzt im Wagen, den Zündschlüssel in der Hand, und sieht zu ihm hoch. Hermann lehnt mit seinem ganzen Gewicht auf ihrer Autotür.

«Ich dachte, das würde Sie interessieren, Dr. Röhm.»

Sie steckt den Schlüssel in das Schloß. «Nun machen Sie es nicht so spannend. Wer ist es?»

Benedikt Hermanns Gesicht ist jetzt ganz nahe, sie kann seinen Atem spüren, und seine Stimme klingt anklagend. «Sie WISSEN es doch. Er heißt Dr. Fabian Wagner.»

Sie dreht den Schlüssel nach rechts, und der Wagen startet.

«Vergessen Sie das Licht nicht, Dr. Röhm. Das ist Ihr Mädchenname, nicht wahr? Wollen Sie mir weismachen, daß Sie Ihren geschiedenen Mann nicht erkannt haben, als er vor Ihnen auf dem Obduktionstisch lag?»

32. Kapitel

Ich war vierundvierzig Jahre alt und hatte an zu vielen Begräbnissen teilgenommen. Ich war nicht mehr jung genug, um zu glauben, daß es ein Leben vor dem Tod gibt. Es gab Tage, Wochen, Monate und Jahre. Den Schlaf und das Aufwachen. Die Pflicht, sich die Zähne zu putzen und zur Arbeit zu fahren. Die Verpflichtung, sich einzureihen und anzupassen in die Gezeiten von Leben und Tod. Die Annahme, daß dies zu einer Form minderer Zufriedenheit führe, war richtig. Das Dasein betäubte mit seinen schlichtesten Anforderungen, und beruflicher Erfolg und das, was Liebe genannt wurde, waren die Drogen, die die Entzugserscheinungen von Glücksgefühlen auffingen. Manchmal. Mit fortgeschrittenem Alter war Sex eine Handlung, die sich zunehmend auf einen Menschen beschränkte, den man lieben könnte: sich selbst.

Mich selbst zu lieben, war mir wohl nie ganz gelungen. Der Versuch, meine Gefühle auf andere zu übertragen, war gescheitert. Ich war allein. Vermutlich waren es alle, doch wie ließ sich in dem menschlichen Gebäude von Täuschungen und Selbsttäuschungen, von Verstellung und Lüge der kleinste gemeinsame Nenner erkennen? Es gab keine vernünftige Erklärung für die Liebe. Und keine für den Tod. Niemand wußte, warum das Leben zu ertragen war – oder in welcher Illusion es am erträglichsten schien.

Eine Nation hatte geweint vor Freude, als die Mauer fiel, und wünschte klammheimlich, sie wieder aufzubauen. Brandstifter und Biedermänner verbündeten sich zu einer Allianz der Dummheit und Gewalt. Politiker forderten das Gute in Sprechblasen, so als ob sie nicht zum Handeln gewählt worden wären. Mein Mißtrauen richtete sich gegen alles – und vor allem gegen mich selbst. Die Gelassenheit war Ausdruck schierster Verzweiflung, und Furchtlosigkeit die Mißgeburt der Einsamen. Es genügt zu leben, hatte Elly gesagt. Aber was zum Teufel hatte sie damit gemeint?

Magda starb, als ich einen Urlaub in Namibia verbrachte und darüber nachdachte, ob der Weg das Ziel sei. Welcher Weg und welches Ziel? Die Reisegesellschaft war eine bunte Mischung aus akademischem Bildungsbürgertum, und man suchte sich selbst bei Wüstenwanderungen und am offenen Lagerfeuer. Erhabene Natur und philosophische Gespräche verbanden sich mit wachsendem Ärger über die Qualität der mitgeführten chemischen Toilette, die häufig verstopft war. Der Reiseleiter hatte eine entfernte Ähnlichkeit mit Fabian und erinnerte mich an das, was ich als eindeutig identifizierbares Gepäck überallhin mitführte: meinen Haß.

Vater erreichte mich in einem Hotel in Windhuk, einer Stadt, in der Menschen auf unverständliche Weise deutsch sprachen. Ich brach meinen Urlaub ab und flog nach Hause, über Frankfurt und Wien in das Kaff, in dem Magda zwei Tage später begraben wurde. Mit jenem brüchigen Prunk, an dem sie ihr Leben lang so gehangen hatte. Familie Wagner schickte einen Kondolenzbrief, und Vater wußte zu erzählen, daß Laura eine Tochter bekommen habe, die man Stephanie genannt hatte. Ich dachte an den Weihnachtsabend in Irland, und daß böse Wünsche nicht von selbst in Erfüllung gehen. In den fünf Tagen, in denen ich am Ort meiner Kindheit wohnte, sprachen Vater und ich über nichts, was wir fühlten und dachten. Wenn wir im Wohnzimmer zusammensaßen, horchten wir manchmal auf Geräusche, die nicht mehr da waren. Magdas emsige Geschäftigkeit in allen Räumen des Hauses war einer zumindest vorübergehend beunruhigenden Stille gewichen. Ich dachte an Alexander. Seine Schreie der Begeisterung, als er Magdas Zinnsammlung auf dem Boden um sich ausgebreitet hatte. Seine ungebremste Gier nach österreichischen Süßspeisen. Und daß ich nicht fähig war, ein Boot zu sehen, irgendein Schiff, ohne die Szene seines Todes nachzuspielen. Zehn, dreißig, sechzig Sekunden, bis Fabian sich ins Wasser stürzte? Länger noch? Hatte er das persönliche Risiko bedacht, die möglichen juristischen Konsequenzen, bevor er sprang? Mit einer Schwimmweste, die sein Sohn nicht hatte, um vielleicht zu überleben. Mit dem Bewußtsein, daß es zu spät war für einen Rettungsversuch, und daß er nur noch eine gute Legende brauchte?

Vater fragte mich, ob es mir etwas ausmache, beim Leichenschmaus neben dem Pfarrer zu sitzen, und ich schüttelte den Kopf. Wir tranken den alten Cognac, der nach Seife schmeckte, und sprachen über die Anordnung von Kränzen und Gästen bei Tisch. Alexander schrie um Hilfe, seit drei Jahren schon, und nur ich hörte seine Stimme.

Vier Wochen später rief Alexanders Mörder an. Es war ein Sonntagabend, und ich saß in dem leeren Zimmer meiner Wohnung, wie ich es oft tat, damit mich nichts in meinen Erinnerungen ablenken konnte. Das Zimmer, das für Alexander bestimmt war, für meinen toten Sohn. Ich stand im Flur und sah in das leere Zimmer und hielt den Hörer wie eine Handgranate, als er seinen Namen sagte. Mich fragte, ob es mir gutgehe. Auf mein Schweigen hin schnell weitersprach: Er habe einen Termin in meiner Stadt. Er würde mich gerne wiedersehen. Nach all der Zeit. Am nächsten Freitag. Zu einem schönen Essen. Einem versöhnlichen Gespräch. Nach all der Zeit, die Wunden heilt. Der Vergangenheit, die uns verbinde. Der gemeinsamen Trauer um unseren Sohn ...

Seine Worte waren eine Verhöhnung MEINER Trauer, und die Handgranate lag in schweißnassen Händen.

«Warum sagst du nichts? Telefonierst du immer noch so ungern? Oder bist du nicht allein?»

Es gab ein paar Dinge, die er von mir wußte. Die Oberfläche. Und wer, wenn nicht ER war dafür geeignet, ALLES zu erfahren? Das Böse, das der Haß geformt hatte. Plötzlich war ich froh, daß er angerufen und den ersten Schritt getan hatte. Ich sagte ihm, daß wir uns beim Chinesen treffen könnten, und ich nannte ihm Straße und Zeitpunkt. Ich sagte ihm auch, warum ich bereit dazu war: «Am Freitag ist Alexanders vierter Todestag.»

Als er schwieg, wußte ich, daß er NICHT daran gedacht hatte. Fabian hatte den Tag vergessen, an dem sein Sohn ertrunken war. Ich sagte: «Wir sehen uns dann.» Legte den Hörer auf die Gabel. An der offenen Tür des leeren Zimmers stand Alexander und sah mich an. Lächelnd. Ich hatte immer wieder trainiert, ihn SO zu sehen und nicht in seiner Todesangst, den Mund zu einem Schrei geöffnet. Nicht jenen Augenblick, als er durch den Gang geschoben wurde und ich das weiße Laken zurückschlug, um in sein totes Gesicht zu sehen. Nun lächelte er, und ich sagte ihm, daß ich fünf Tage Zeit der Vorbereitung habe bis zum Wiedersehen mit seinem Mörder.

Fabian saß mit dem Rücken zur Tür, als ich das Lokal betrat. Er brauchte die Wand nicht, um sich sicherer zu fühlen, und ich nahm an, daß er keinen Wert darauf legte, das neonbeleuchtete, schäbige Restaurant zu überblicken, das er gewiß nicht ausgewählt hätte. Der Chinese pflegte seine Gäste nicht auf beide Wangen zu küssen, und sein Mobiliar stammte aus der Auflösung eines Bahnhofsrestaurants.

«Reg dich nicht auf, das Essen ist wirklich gut», sagte ich, als ich mich auf den Stuhl an der Wand setzte.

Fabian war aufgesprungen. Ein höflicher Mensch, und er sah gut aus mit seiner neuen Brille und den grauen Haarsträhnen. Siegreich, selbstbewußt und überwiegend graziös gealtert. Ein wenig aufgedunsen vom Erfolg, aber das konnte auch an dem erbarmungslosen Licht liegen. Er starrte auf meine blonde Perücke.

«Ich versuche mir klarzuwerden, ob mir deine neue Haarfarbe zusagt. Das Lokal mißfällt mir ... gibt es nichts Besseres in der Stadt?»

Menschen, die sich nicht verändern, sind unheimlich. Ich starrte zurück.

«Es tut mir leid, Eva. Und ich HABE Alexanders Todestag vergessen, eben weil ich versuche, die Tragödie zu verdrängen.»

«Du verdrängst alles, was dir unangenehm ist. Das war immer schon so.» Ich studierte die Speisekarte und ermahnte mich, liebenswürdiger zu sein.

«Die Dim-Sum sind hervorragend. Und er hat einen guten badischen Wein.»

«Dann bestell du für uns. Ich glaube, die Farbe gefällt mir. Die ganze Aufmachung. Du siehst gut aus, wenn du mir die Bemerkung erlaubst.»

Ich sah aus wie ein teurer, platinblonder Nachtvogel. Fabians dezente Neigung zum Vulgären war kein Widerspruch zu seiner Vorliebe für elegante Frauen. «Danke. Wie geht es Laura? Ihr habt eine Tochter bekommen, hörte ich.»

«Gut. Es geht ihnen gut. Bestens. Auch Mama ist noch sehr rüstig. Sie betet ihr Enkelkind an, wie du dir vorstellen kannst. In der Sozietät habe ich übrigens die Nachfolge von Dr. Wiesenmayer angetreten.»

Er hat nicht gelitten, dachte ich, sonst wäre er nicht fähig, SO mit mir zu sprechen. Mein Lächeln war so künstlich wie die Plastikblumen auf unserem Tisch. «Wie schön für dich. Weiß Laura, daß du hier bist?»

Fabian überlegte eine Sekunde, um dann zu entscheiden, daß ich einen Teil seiner Wahrheiten ertragen konnte. «Nein. Sie denkt, daß ich eine knappe Woche Urlaub mache, ausspanne. Tatsächlich habe ich einen Termin beim Arzt. Ich wollte niemanden beunruhigen. Es ist auch nichts ... eine Art Herzflattern, manchmal ... es wird mit Streß zu tun haben. Seit der Sache mit Alexander habe ich mich wie besessen in Arbeit gestürzt.»

Er nahm meine Hand und hielt sie fest. Schmierentragödienhaft. Und reduzierte den Tod unseres Kindes zu einer SACHE. Die Akte wird geschlossen und abgelegt. Ein bißchen

Herzflattern: Das ist zu wenig, Fabian Wagner. Das löscht die Bilder in meinem Kopf nicht aus. Du mußt dich mehr anstrengen, wenn du eine Chance willst.

«Ich werde mir nie verzeihen, daß ...» Er unterbrach sich, als der Chinese die Vorspeisen brachte. Der Wein fand seine Zustimmung. Er trank und aß hastig und vergaß den unvollendeten Satz, dessen erste Hälfte ich bereits bezweifelte. Worüber sollten wir reden, wenn wir nicht gemeinsam trauern konnten? Die Sozietät war ein unverfängliches Thema, ebenso die Münchner Gesellschaft und die gesamtdeutsche Politik. Inzwischen war er CSU-Stadtrat und Schatzmeister seines Golfclubs. Ich sagte ihm, daß ich hingegen nichts erreicht hätte, außer der Fähigkeit, ohne Alexander weiterzuleben.

«Ich habe ihn geliebt», erwiderte sein Mörder. Er war aufrichtig in diesem Punkt, schließlich hatte er mit allen Mitteln gekämpft, ihn mir wegzunehmen. Aber er war nicht der Mensch, den ein totes Kind aus dem Gleichgewicht bringen konnte. Er sah gut aus, immer noch, und er war klug, gewandt und bisweilen sogar komisch. Immer noch. Wenn ich für Sekunden vergaß, warum ich hier war, konnte ich mit ihm lachen. Ich sah, daß es ihn erfreute, mein Lachen. Er war kein Unmensch. Nur paßte er nicht zur Geschichte eines Moralisten. Alles war geglättet, jede störende Falte entfernt. Fabian war einer, der Ballast abwarf, wenn er aufsteigen wollte. Lüge oder Wahrheit folgten dem Postulat der Zweckmäßigkeit. Wie war es nur möglich, daß einer wie er in einer lebensbedrohenden Krise versagt hatte? Als es um das Leben seines Sohnes ging? Mitleid war das letzte, was ich für Fabian Wagner empfinden wollte. Doch ja. Er tat mir auch leid. Und etwas an ihm war verändert. «Warum wolltest du mich treffen?»

«Weil ich dich liebe. Es hat nie aufgehört.»

Nach allem, was geschehen war, schien mir dieser Satz wie eine grausame Verhöhnung. Fabian trug diesen Gesichtsausdruck, als wolle er einen Richter in wichtiger Sache überzeugen. Ich war ein Fall, den er noch nicht erfolgreich abgeschlossen hatte. Ich stand auf und verließ das Lokal. Es war nicht weit zum Wasser, zu den Schiffen. Er war ein Idiot, mir zu folgen. Damit hatte er seine letzte Chance vertan.

Fabian stand hinter mir, atemnah. «Ich habe das Segelboot verkauft. Ich schätze Laura und liebe meine Tochter. Ich bin der erfolgreichste Anwalt in München. Und ich will, daß du die Nacht mit mir verbringst.»

Es waren große Schiffe auf dem Fluß, keine kleinen Boote, keines mit gestreiften Segeln. Ich sagte: «Als er über Bord ging: Gab es da Schrecksekunden? Angst vor dem Wasser? Wenn du sofort gesprungen bist, müßtest du ihn doch ...»

Er drehte mich zu sich um und hielt mich fest: «Ich BIN. Ich sprang ihm sofort nach, aber da wurde er schon von einer Welle weggerissen. Das mußt du mir glauben. Und noch etwas: Du kannst ohne Bedenken mit mir in ein Hotel gehen, Eva. Ich bin ... impotent.»

Es war das Komischste, das er je zu mir gesagt hatte. Ein furchtloser, fehlerloser, impotenter Witzbold. Ein Lügner und Mörder mit einem kleinen Problem. Ich lachte so laut, daß Spaziergänger stehenblieben. Gelächter wirkt anstößig. Fabian hielt mir den Mund zu, und ich biß in seine Hand, so daß er sie wegziehen mußte.

Fabian hielt mich an den Schultern fest. «Es ist mir verdammt ernst. Ich will hier zum Spezialisten, aber mit dem Herzen hat es nichts zu tun. Eine Spritzenkur, eine Schwellkörper-Autoinjektionstherapie ... meine letzte Hoffnung, Eva. Seit sechs Monaten bin ich ... sozusagen tot da unten.»

Ich dachte, daß Fabian ein Talent zu falscher Wortwahl hatte. Zu falschen Beurteilungen über das, was zählte und was nicht. Prostaglandin E1 half nicht in jedem Fall, aber vielleicht hatte er Glück. Und vielleicht gab es einen Gott der Gerechtigkeit – nur, er ging mir nicht weit genug.

Nicht weit genug ... Fabian hatte mir soeben eine wundervolle Idee eingegeben. Und kurioserweise war es dieser verdammte Rest von ... Nähe, der mich bestärkte, das zu tun, worüber ich zu lange nachgedacht hatte.

Fabian sagte: «Du bist der einzige Mensch, mit dem ich darüber reden kann – außer dem Arzt natürlich.»

Weil ich eine Spezialistin für Lebloses war? Weil er sich vor mir nicht schämte? Für nichts? Ich wandte den Schiffen den Rücken zu. «Warum? Ich meine, warum sollen wir dann eine Nacht zusammen verbringen? Willst du ausprobieren, ob es mit MIR funktioniert?»

Er war klein. Demütig. Vergrub seinen Kopf an meiner Schulter. Ein Mann, der seine letzte Hoffnung in einen Potenzspezialisten und eine Nacht mit seiner Exfrau setzte. Doch es war nicht genug. Es wog keine Jahre, keine Bilder und Alpträume auf. «Ich mache dir einen Vorschlag, Fabian: Ich besorge das Prostaglandin E1. Bis morgen abend. Und DU organisierst zwei Flaschen Champagner. Wir treffen uns um neun im «Central», das ist ein Stundenhotel hinter dem Bahnhof.»

Er dachte über mein Angebot nach. Medikament. Stundenhotel. Champagner. Doch es war zu gut, um es abzulehnen. Zu perfekt in seiner Erfolgschance, und ein wenig abgründig nebenbei. Die Exfrau in einer Absteige war nach Fabians Geschmack, ich wußte es. «Hattest du eine bestimmte Marke im Sinn?» fragte Fabian. Es gab Dinge, die hatte er immer wichtig genommen.

«Nein, das überlasse ich dir.»

«Die ganze Nacht?»

«Wenn du möchtest.»

«Gut, dann bringe ich mein Gepäck mit. Um neun, Eva?»

«Ich werde da sein.»

Er freute sich wie ein kleiner Junge, als wir uns in dem Zimmer trafen, das so schmierig war wie das Augenzwinkern des Portiers. Der Mörder meines Sohnes war euphorisch und schon ein wenig betrunken. Er hatte Jahrgangschampagner gekauft, den wir aus billigen Gläsern tranken. Er küßte mich und zog mich aus, und ich hielt still und verabscheute mich dafür, daß ich etwas empfand. Vertrautheit vielleicht – oder die sexuelle Reizung einer schlafenden Frau. Fabian bestand darauf, daß wir es SO versuchten, und ich willigte ein, aus einem Hauch von Lust – und noch größerer Lust an seiner Impotenz.

Nichts bewegte sich an seinem Fortpflanzungsorgan, als er über mir lag und sich an meinem Körper rieb. NICHTS. Es war klein und ohnmächtig. Ein nutzloses Ding. Ein Stück Fleisch, das sich schamhaft und häßlich kringelte. Er lag auf dem Rücken und hielt die Augen geschlossen. Er sah verletzlicher aus ohne Brille. Gedemütigt. Ich hatte den Kopf in die Hände gestützt und beobachtete ihn. Beinahe besänftigt. Mit Rücktrittsabsichten. Dein ist die Rache, o Herr, und du hast dir mit seiner Impotenz etwas sehr Originelles ausgedacht. Doch in diesem Augenblick sagte Fabian: «Es ist das Schlimmste, das mir je passiert ist.»

Seine Worte. Und meine Bilder. Sie trafen zusammen und stießen einander ab. Fabian hatte eben sein Todesurteil gesprochen. Und ich sagte: «Es war deine Idee, es SO zu versuchen. Ich habe die Spritze in meiner Tasche. Es tut nicht weh ... nur ein kleiner Stich in den Penis.»

Er hielt die Augen geschlossen und nickte. Setzte sich auf und trank sein Glas leer, es war schon die zweite Flasche, und ich hatte nur daran genippt. Ich drehte ihm den Rücken zu, während ich meine Tasche öffnete und die Injektionsnadel aufzog. «Ich weiß, daß du Angst vor dem Einstich hast. Schließ einfach die Augen und denk an was Schönes.»

An den Tod zum Beispiel. Ich setzte die Nadel in das Penis-Septum. Stach zu. Es war nicht Prostaglandin E1, das durch seinen Körper strömte, und nicht Lust ... sondern Luft. Die Luft, die Alexander gefehlt hatte, als er ertrank. Reichlich Luft. Sie wanderte in der Blutbahn zum rechten Herzen und würde eine tödliche Embolie auslösen.

Fabian hatte seine Augen geöffnet, als ich die Nadel herauszog. Der Mörder meines Sohnes atmete röchelnd und griff nach seinem Herzen. Ich hoffte sehr, daß er in seinen letzten Sekunden erkannte, was mit ihm geschehen war. Ein perfekter Mord. Wer würde den winzigen Einstich erkennen und zuordnen? Welcher Rechtsmediziner käme auf die Idee, zuerst nicht den Kopf, sondern die Brust zu öffnen und als erste Handlung den Herzbeutel mit Wasser zu füllen? Nur wenn dies geschah, und das Herz im Wasser zu schwimmen schien und aus der geöffneten rechten Herzkammer Luftblasen aufstiegen, ließ sich eine Luftembolie nachweisen.

Herzversagen: Würdest du behaupten, mein Lieber, daß du diesen Tod nicht verdienst?

Eine perfekte Rache, Fabian. Nicht ganz so furchtbar wie Ertrinken, und nicht so schmerzhaft wie Weiterleben. Ich tue es auch, um Alexander zum Schweigen zu bringen. In meinem Kopf. Und um meine Lüge zu korrigieren, daß ich dich nie geliebt habe. Weil Heather sagte, daß man jemanden töten muß, um den Wert des eigenen Lebens zu erkennen. Und Freud sagt, daß wir alle aus einer Generationsreihe von Mördern abstammen, was schließlich jeder Krieg an den Tag brächte. Wir haben Krieg geführt, Fabian, denn Liebe ist nichts anderes, auch wenn es Menschen gibt, die Sieg oder Niederlage mit Waffenstillstand verwechseln.

Sieh mich nicht so an, Fabian, es ist nicht meine Schuld. Deine. Unsere. Und lächle nicht, es gibt keinen Grund, so siegessicher zu lächeln. Als ob du gewonnen hättest zu guter Letzt. Es wird ein perfekter Mord, mein Lieber. Der Augenblick, der alles erfüllt. Alles, was wir gesehnt, geträumt, gehofft. Gefürchtet, mein Bester. Das ist der Tod.

Prometheus am Fuße des Olymp, in den Worten Goethes. Meine würden nicht ausreichen, Fabian. Doch ich wünschte, ich könnte dein Lächeln zerstören, weil ich dich gänzlich auslöschen möchte, Fabian, um zu überleben. Hab' ich dir von dem Säurefläschchen in meiner Tasche erzählt? Vermutlich nicht. Eine präventive Maßnahme. Falls du die Autoinjektion nicht gewollt oder gebraucht hättest. Eine viel schrecklichere Todesart, aber jetzt spürst du nichts mehr, mein Lieber, nie wieder Triumph oder Niederlage, Stärke oder Impotenz ... die große Lüge, daß sich das Leben besiegen läßt – oder der Tod.